U0936616

万榕

传播新知 优美表达

永不瞑目

海岩 著

SPM 南方传媒 | 花城出版社
中国·广州

图书在版编目（CIP）数据

永不瞑目 / 海岩著. — 广州：花城出版社，2023.4

ISBN 978-7-5360-9865-7

Ⅰ.①永… Ⅱ.①海… Ⅲ.①长篇小说－中国－当代 Ⅳ.①I247.5

中国国家版本馆CIP数据核字（2023）第017062号

出 版 人：张　懿
选题策划：王会鹏
责任编辑：杨淳子
责任校对：衣　然
技术编辑：林佳莹
封面设计：任展志

书　　名　永不瞑目
YONGBUMINGMU
出版发行　花城出版社
（广州市环市东路水荫路 11 号）
经　　销　全国新华书店
印　　刷　北京飞帆印刷有限公司
（北京市顺义区北石槽镇）
开　　本　880 毫米 ×1230 毫米　32 开
印　　张　17.5
字　　数　387,000 字
版　　次　2023 年 4 月第 1 版　2023 年 4 月第 1 次印刷
定　　价　65.00 元

如发现印装质量问题，请直接与印刷厂联系调换。

购书热线：024-23284481

目录

一

谁都知道胡同和四合院是北京的象征，可欧庆春虽然生在京城，却一直被那种鸽笼式的单元房圈到了二十多岁，从没住过一天胡同。单从这一点看，她的北京人的生活，也显得不那么正宗。她本质上其实是一个从父亲那辈才迁进来的外地移民。

算上今天，她在这个招待所的阁楼上已待了四天。透过这里的窗口，她第一次这样长久地、专注地凝视着一条典型的北京胡同，和在这胡同里来来往往的老北京人。和其他胡同不同的是，在鳞次栉比的传统四合院和它的破坏性变形——大杂院的夹缝中，这里居然还挤着一栋两层的老式西洋楼。那西洋楼斑驳的外观看上去像有上百年的历史，大概也是西方列强当年趾高气扬的 个物证。但现在，它以同样的陈旧，协调着周围低矮的平房那波浪般层层铺展的灰色房顶，竟使人感到一种建筑群落样式的丰富与色调的和谐。

今天，她的差事还是照相，她再一次把镜头对准了那栋西洋楼的残败的楼门。当那个提着公文箱的西服笔挺的男人被长焦镜头牢牢套住的瞬间，欧庆春已经不再像前几天那样兴奋。她只是熟练地，甚至是机械地按下相机的快门，只有快门连续发出的带着些沙哑的喳喳声，能给人带来一种隐约的快感。相机的机身已经老旧，但它硕大的镜头却显得簇新而且气派，能把那张粗糙的脸拉得近在眼前。直到李春强在一边推她："差不多了，节省点吧。"她的快门才停下来。

她放下相机，心里笑了一下，为最后一个镜头而暗暗得意。最后这张照片她拍了一幅大全景，把跟在那家伙身后往街口走的胡新民也拍得清清楚楚。天色有些黑了，但胡新民脸上的那份天生的沉着仍然触目。她想，但愿这案子早点儿有个着落，最好别误了他俩后天的苏杭之行。

牛高马大的杜长发和组里的几个新手这时还闪在阁楼的窗边，目送着胡新民跟着那家伙消失在街口。同时，他们都听见了队长李春强拨通了手提电话，他们都知道马处长正等着这个电话。李队和马处的通话很简短，简短得近于暗语，但欧庆春完全可以听得明白无误。在李春强面无表情地收起电话之前，她已经知道了处长的决定。

"行了，按早上布置的，端了吧。"

每个人的心里都感到了几分轻松。已经四天了，他们蹲守在这间有股子霉味儿的阴暗的阁楼里，盯着下面胡同里那栋文物一样歪斜着的西洋楼，用相机的镜头捕捉着在那楼门口进进出出的每一张可疑的面孔，然后按照李春强的判断，有选择地一对一地尾随而去。四天了，从被跟踪过的人看，几乎清一色都是来这里买货的一般吸毒者。他们刻意要等的送货人却一直没有出现。今天早上，他们这组人准备出来和夜班的同志换岗的时候，处长马占福已经表示了不想再等的意思。这个意思在和李春强刚才的通话中，显然已经变成了明确的命令。大家开始默默地检查各自的武器，试枪栓、压子弹的声音此起彼伏。欧庆春只是习惯性地按了按腋下的手枪，早上出来的时候，一切都已检查过了。虽然她刚满二十六岁，但在他们这组人中，除了李春强和胡新民外，她就算来刑警队最早的同志了。

这里的地形不算复杂。一条笔直的胡同，一个浅浅的院落，院落里的这座孤独的西洋楼只有一个出口，极易封锁。暮色苍茫，他们一个接一个从这阁楼里鱼贯而出，横跨胡同，直扑对面的楼门。那毒贩就住在这座洋楼的顶层。李春强留了两个人把住楼门，其余四个人上楼，由庆春突前敲门。那家伙正在做晚饭，听见个女的喊收电费，毫无戒备地把门打开，他们便轰一下冲了进去。那家伙下意识地往厨房里退，李春强和另两条汉子几乎一齐拥进了只有三四米见方的小厨房里。热在煤气灶上的面条翻在地上，烫了大个子杜长发的脚，那毒贩子却惨叫了一声。行动从叫门开始，只用了十几秒钟就结束了。那毒贩子被反铐着，几乎双脚离地被一路拎下楼去。李春强和庆春留下来进行搜查工作，他们居然很轻易地在屋里搜出了整整一大块还没有开包的海洛因。庆春掂了掂，大约一千克，这使得李春强大为兴奋，因为超过一千克的毒品案可以算得上大案子了。

由于有了这个意想不到的战果，他们顾不上吃晚饭就在看守所突审了那个毒贩。更加意想不到的是，到了晚上八点半钟，毒贩突然交代黄昏时那位提着公文箱、穿着西服的最后的访客，就是他的上线供货人。而他们搜获的那包战利品，正是那位西服客刚刚送来的货。

这正是他们蹲了四个昼夜苦苦要等的人，李春强马上把指令呼在了胡新民的BP机上："此人重要，务必跟出下落！"胡新民也很快回了电话，他说那家伙刚刚在饭馆吃完饭，正在结账。李春强果断地命令："别让他甩了，要是跟不住的话，你就先拘了他！我们等你电话。"胡新民说："我知道了，你就擎好吧。"

等着胡新民的电话，大家赶快吃饭。李春强没顾上打开自己那份盒饭就被处长叫去汇报。走的时候他关照欧庆春可以先回家休息。李春强自提了队长以后，对庆春一向格外关照。

庆春也不客气，简单收拾着桌上的东西。临走时，她没忘了向李春强确认："我和新民后天去杭州，我们明天就歇了。明天我们两家父母和亲戚在一起办一桌，就算是个仪式了。"见李春强沉吟了一下没有答复，她又补充道："明天我们还得到办事处去办婚姻登记呢。"

"怎么这么晚才登记？"李春强问。

"新民他妈托人查了查，明天才是个吉日良辰。他妈信这个。"

"你们车票买了吗？"李春强又问。

"买了，后天下午的。我不是早和队里请过假的吗？"

"啊，对对，这是大事。"李春强这才想起来似的，"你们走你们的，反正这案子人手也够了。再说，新民今儿晚上要是把那小子弄住了，也算是头功了。"

庆春笑笑，表示领情。胡新民与李春强是刑警学院同一届出来的，都比庆春大了两届。李春强蹿得快，一年前当了队长，比较希望同辈的哥们儿在工作上能给面子，所以对他们一向也比较照顾。当然，他对庆春的态度从上学那阵儿即如此。

两个人一起走出办公室。看上去李春强像是故意要送她，庆春心里不免诚惶诚恐。在楼梯口分手的时候，李春强无微不至地说：“如果你们需要的话，明天可以把我那辆吉普拿去用。”

庆春说：“不用不用，明天我都借了车了。”

李春强发了一瞬间的呆，从口袋里拿出一个用闪光纸包好的小盒子，递过来，带着几分不自然，说：“祝你们新婚愉快。”

庆春沉默着没有接，李春强笑一下，想把两人间的气氛搞轻松：

“这是我的一点心意，咱们在一块儿这么多年了。”

庆春接了，说：“春强，听说马处给你介绍了一个对象，怎么样？我和新民都挺惦记你这事的。”

李春强勉强笑了一下：“没有的事，马处只是随便提了一句。我跟他说了，我这两年不打算找对象结婚。”

“为什么，你也不小了。”

“我找不到合适的了。”

庆春知道他要说什么。李春强以前和胡新民同时追过她，只是当时她不喜欢李春强总是那样锋芒毕露太好强。当然这个话题是不宜再继续下去的，两人心照不宣。庆春拿着那小礼盒，说声“谢谢”，然后转身下楼。她知道李春强站在那里没走，但她没有回头。

庆春家住得离机关不算远，骑车走一刻钟就到了。这房子是父亲从地矿科学院退休前刚刚分到的。考虑到庆春要结婚，所以当时要房的时候，父亲放弃了一个坐北朝南的大三居，要了一个两居和一个一居的单元，都是阳光不足的东西房。父亲执意要把新房布置在两居室的单元里，而自己住进一居的单元。自庆春母亲去世后，父亲生活中的一切都是围着庆春转的。他对女儿说："你的朋友多，有个客厅方便，我一个人也用不着占两间房，再说，你们的客厅我也可以用，反正两个门都挨着。"

庆春也不推却。她和父亲的关系，几乎亲如一人，完全没有客套的必要。新民没有房子，结婚必定要住过来，也不算倒插门，只是住过来而已。新房完全是按照新民的构思，她帮他一起布置的。不算厨房卫生间，两间房子加一个过道，装修费不到一万块钱，再摆上搭配得恰到好处的几件新家具，看过的人都说感觉还挺舒适。

婚还未结，两人合影的照片已端端正正地挂在了卧室的墙上。照片是普通彩色放大的，镶在木制的镜框里，看上去并不简陋。和她相比，新民的样子十分老气。尽管照相前把胡子刮得干干净净的，但站在庆春身边仍然像她的大哥或者老师。其实他只比她大三岁。他们在学校同学一年，在队里共事五年，已经数度寒暑，在几乎所有事情上都有了一种天然的默契。比如说他们一致反对照那种艺术婚纱照，倒不是为了省钱，只是觉得俗气。

庆春进家门的时候已经快十点了，走进卧室，依然是迎面墙上这张合影的相片最先触目。相片下的桌子上，还摆了几盆盛放的杜鹃花，把相片的色彩衬得更加鲜艳。庆春那些一起长大的发小第一次见到新民的时候总会悄悄在她耳边说："这是你男朋友吗？哟，真不配你，准是特有才吧？"是的，论长相，新民属于一般又一般的，老气横秋且不修边幅。而庆春无论在中学还是在警院，都是公认的校花。虽说岁月无情，可毕业这么多年了，除了举手投足增加了些成熟和老练外，她脸上既不擦油也不抹粉，却怎么也老不下来。

也许就因为这张永远年轻的脸和这股子新添的成熟气质，这两年她的疯狂追求者，不计其数。可包括才貌双全的李春强在内，都不敌一个其貌不扬的胡新民。是胡新民的稳重老到和他的沉默无为，攻破了庆春的防线。她想要的正是一个充满智慧而又不显山露水的男人。

进屋的第一件事，是打开李春强送的结婚礼物。拆开外面的闪光纸，那小盒子里装着的，是一只纯金的小牛。她是属牛的，今年是本命年。她把小金牛从盒子里掀起来，发现底座上还贴着商店的价签——2800元。庆春深深吸了口气，胸口怦怦直跳。2800元，这对李春强来说，不是个小数字。送这么贵重的结婚礼物，似乎已经不是一般同事之所为，庆春说不清心里是感动还是不安。

直到今天，庆春还没能找到结婚成家的感觉。她的下意识里，总觉得自己还是个小女孩。当她想到明天，当结婚的一切手续和仪式都结束的时候，新民就要搬进来，她的自由的单身女孩的生活就要永远地结束了，就像旧时代的妇女盘起头发，标志着不再年轻，让人不免生出几分失落和伤感。

她全身松懈地躺在床上，慢慢地解着衣服扣子，又感到了不可抵抗的疲倦。她想，终归还是该有个家了，每个女人都如此，迟早要痛别自己的青春！

趁现在她还是一个人，还可以无所忌惮地在房间里脱掉全部衣服，光着全身走来走去。她端详着镜子中自己的躯体，俏挺的胸脯和扁平的小腹，细而有力的腰部，几乎和中学毕业时没有差别。她依然像少年时那样光着脚，不理会地面的冰凉，走进卫生间。她把热水器的火力调得很大，任凭滚烫的热水自上而下长时间地冲淋。头脑在热水的包围中处在一种麻痹的状态，几乎昏昏欲睡。她没有计算这样一动不动地冲了多久，直到父亲的敲门声将她惊醒。

“你们队里打电话来，让你马上回单位。”父亲隔着门喊她。家里的电话是装在父亲那个单元里的，因为他全天都在家。

“你不用着急，他们说待会儿来车接你。”

尽管父亲这样说，庆春还是匆匆擦干头发。她猜不出这么晚了还有什么事非要接她回去。是不是有什么材料锁在她的抽屉里马上要用？她想不起来。

她刚刚穿好衣服，车就来了。开车来的是大个子杜长发，拖着刚刚烫伤的左脚一瘸一拐。庆春上了车才问：

“什么事找我？”

杜长发支吾了一下，说：“新民、新民……出了点事。”

庆春倏地紧张起来：“新民出什么事啦？”

“你别着急，没那么严重。刚才六里桥派出所来了个电话，新民受了点伤，让他们送到医院去了。”

从杜长发的口气上看，新民没有什么大事，但庆春心里还是七上八下。他们赶到医院以后庆春才知道，情况比她想象的要严重得多。新民身中两枪，其中一枪击穿肺叶。派出所是接到群众的报告才在六里桥附近的一个仓库的门口找到了他，那时候他已经流血过多昏迷过去，直到庆春赶到医院时还未醒来。闻讯赶来的人还都守候在急救室的门外。

庆春完全无法形容自己此时的心情，她甚至已经无法正常地思维和平静地呼吸。处里和队里都来了很多人，她被无数同情的目光包围着。人人都知道他们明天结婚！这就使得新民的意外变成了两人共同的悲剧。

处长马占福也已经先于她到了医院，正在面色沉重地与医生商量。新民的父母和妹妹也被接来了，在哭泣中等待亲人苏醒。李春强没有来，他带着人去六里桥现场了。那个穿西服、提公文箱的毒贩开枪打倒新民之后不知去向。他是怎么把新民引到那个偏僻的仓库去的，看来只有等新民醒来才能知道。

庆春也想哭，但看到新民的母亲和妹妹止不住地叹息，她就忍下了。大家都围着那对安静不下来的母女，用各种安抚的言语宽慰她们。而她，和新民的父亲坐在一起，低着头默默不语，没有人上来安慰她。也许人们在下意识里把她也当成了男人。一个当了好几年刑警的女人，应该有和男人一样坚硬的心！

天快亮的时候，有人叫了新民的父亲、处长，还叫了她，一起到医生的办公室里。医生并没有一一问他们谁是谁，甚至也没有请大家坐下来，便笼统地问："单位领导和家属都来了吧？"没等回答又接下去说："病人的心脏已经停跳了，我们还在做最后的抢救。我们想……把情况和你们说一下，你们也要早点商量，应该准备准备了。"医生的意思是明确无误的。在这屋里只有庆春是女人，她第一个哭出来了。她觉得自己身体里有什么东西骤然坍塌下来。

之后所有的协商和安排都是在马处长和新民的父亲之间进行的。庆春记不得自己是怎么来到新民的床前，也记不得她最后又向新民哭诉了些什么。接下来她又被人带到医生的办公室里，新民的父亲和处长都在。李春强也来了，眼睛直直地盯着她看。新民的父亲递给她一张表格，用充满慈祥的声音说：

“庆春，这个字，就由你来签吧。”

这是什么？庆春拿过来看，眼前却一片昏花，怎么也看不懂。处长过来说：“这是人体器官捐献的登记表，需要亲属签字的。”

庆春惊愕地盯着处长的脸，半天才说：“是新民的吗？你们要他捐献什么？我不同意，他是烈士！”

新民的父亲哽咽着说：“是角膜，是捐献角膜，这是新民自己的愿望。”

李春强走上来，用亲人般的沉痛提示她：“庆春，你忘了？我们集体签过字的。捐献角膜，新民也签过字的。”

庆春愣愣地，眼睛盯着那一纸薄薄的表格，李春强把自己的钢笔递给她，又说：“庆春，我们都希望他的身体能够保留下来，哪怕只是一小部分。”

庆春接过笔，感激地看一眼李春强，看一眼新民白发苍苍的父亲。她一笔一画地在表格上代表新民的亲人，签了自己的名字。放下笔，她抬头对医生问：

“新民的角膜，捐给什么人？”

医生说：“捐给医院。”

“我想知道，你们给什么人？”

医生说：“现在需要角膜的患者很多……”

“我只要知道新民的角膜给什么人！”

庆春的坚决使医生有点尴尬，他和另外一位刚刚赶来的像是眼科医生的中年人小声沟通了一下，然后对庆春说：“现在我们医院里收治了一个大学二年级的学生，两眼患角膜白斑，几乎双目失明。如果没有人捐献角膜，这样一个正在上大学的年轻人就……”

“是男的，还是女的？”庆春打断医生。

“是男的。”

庆春点点头，是男的。她心里感到一丝宽慰。她不希望新民的眼睛被换给一个女人，或者，一个七老八十、昏聩不堪的男人。

清晨他们离开医院时，庆春没有回家，她陪着新民的父母去了新民家。她想这是她最后应尽的媳妇的义务。和新民的家人在一起，也是克服悲痛的最好方法。同时，她也需要躲避开他们那间已经布置得一切就绪的新房。说不定父亲现在刚刚起床，开始替那间新房里的花浇水了。这是他每天照例要做的事情。她想也许该打个电话告诉父亲，那些花的香气和艳丽已经失去了意义，就让它们随着这间新房的主人一起凋谢了吧！

二

接下来的一天，几乎全是办理新民的后事。庆春的悲痛已渐渐被麻木代替。新民的办公桌先是由队里清理了一遍，把和工作有关的材料及属于公家的物品取走。剩下私人的物品队里叫庆春来清理，庆春拒绝了。她和新民毕竟还没有办理结婚登记，法律上她无权以家属名义清理遗物。于是队里就通知新民的父亲来了。但是李春强把新民留在办公桌里的几封信交给了庆春。这都是前两年庆春出差时写给他的。李春强同时给她的，还有从新民的皮夹里找到的两张去杭州的火车票。“要我找人帮你退掉吗？还能退。”他问。

庆春拿过那两张票，摇摇头。这是她和新民最后的纪念，怎么能退呢。她把那两张票还有一张她本人在新民追悼会上和烈士遗像骨灰的合影，仔细地收藏起来。

她在那西洋楼对面蹲守的时候拍的那些嫌疑犯的照片已经冲洗出来了，最后几张就是杀害新民的那个穿西服的嫌疑人。处里从中选出一张面目相对清楚些的，印到通缉令上发出去了。毕竟罪犯没有抓住，新民的牺牲因此缺少了壮烈而完整的色彩，无法像当年甘雷、崔大庆那样被热闹地公开宣传。所以开完了追悼会，把烈士的骨灰在八宝山革命公墓安顿以后，一个人的生命到此为止算是正式结束了。胡新民的名字也开始慢慢消失。新民的父母取走了儿子的烈士证书、追悼会上的签名簿和写着“献爱心、送光明、功德无量”的角膜捐献纪念册，以及总共不到两万元的抚恤金和各种捐助。所有人都忽略了他的未及结发的妻子，甚至没有给她留下一件可供留念的遗物。这时庆春心里想着的，只是新民留下的那双眼睛。这是新民没有死亡的唯一的身体组织，她觉得那双眼睛就是新民的整个儿灵魂和象征。

她去了医院。

她去得也许太早了。虽然没费什么劲就在一间阳光充足的单人病房里，找到了那个病人，但是她渴望看到的那双眼睛却还被纱布厚厚地蒙着。纱布几乎缠住了那人的半个脑袋，但从那挺拔的鼻尖和那轮廓分明的嘴唇上，能看出这张脸的年轻和俊朗。陪着病人的是一个年轻姑娘，不算漂亮但挺文静，庆春进去的时候她正削了苹果一块一块用叉子叉了往病人的嘴里送呢。

庆春也带去了一兜水果。

她把水果放在床头的柜子上，同他们寒暄。她的身份及与病人的关系，那姑娘似乎已从医生那里知道，脸上自然堆满笑容，嘴上说着空洞而俗套的感谢的话。躺在床上的病人看不见她，不甚礼貌地沉默着。庆春坐在床边的小凳上，和他们聊天，她很想知道那男孩子的情况。

“你在上大学二年级吗?”

病人答："啊。"

姑娘替他补充道："应该上三年级了，他这一病都快半年了。"

"这病怎么得的？"

"咳，给他们系里一个辅导员家里刷房子，他和另一个同学拿白灰打着玩儿，让白灰迷了眼，把角膜给烧坏了。"

庆春看那男孩子只露了一半的脸，似乎看不出他是如此顽皮，她问：

"你在哪个大学呀？"

"燕京大学。"还是姑娘替他回答。

"他学什么专业呀？"她索性就问那姑娘。

"法律。他是主修经济法、民法的。"

"噢，那挺不错，搞这个现在挺热门的。"

"是吗，其实他才不适合研究经济法呢，他没那个经济脑子，又不稳重，干什么事都冲动得不行。"

"还年轻嘛，今年二十吧？"

"快二十二了，他晚上了一年学，到国外探了一年亲。"

"还有海外关系哪？"

"他爸爸妈妈是搞科研的，长期在国外。"

"那你是他什么人呢？"

"我是他朋友。"

床上的病人一动不动地听着她们这样你一句我一句地当面议论自己，没有半点反应。庆春看着这张纱布脸，心里说不清是激动还是忧伤，那纱布里面就是新民的眼睛啊！她想，那双眼睛还会是那样沉稳、睿智、安详吗？

坐了一会儿，彼此便没有更多的话。她起身告辞，对病人说了些好好保重早日康复之类的祝福，那男孩子依然无动于衷地说：“谢谢。”

姑娘送她出来，为男孩的少言寡语做了抱歉和解释：“他刚和我吵完架，还赌气呢。真对不起啊，其实他真应该好好谢谢你，要不是你们捐了角膜，他且等呢。”

庆春说：“那倒没什么。不过你跟他说，生这种病不能总生气，眼睛上的病，最怕上火。”

她们在走廊上边说边慢慢往前走，姑娘说：“没办法，他就这脾气，这些年他父母一直在国外，没人管他。”

庆春笑笑，说：“那你管管他。”

姑娘很老实地说：“我可管不了，我一管，他就急。”

庆春站下了，看看他们这一对，都还是孩子，挺有意思。她问：“你和他是同学吗？”

姑娘摇头：“不是，我们两家算邻居吧。”

“他没有兄弟姐妹吗？每天只有你一个人照顾他？”

“他没有兄弟姐妹，他动手术那两天他妈从国外赶回来看了他一眼就又走了。现在只能是我一个人在这儿顶着。人没了眼睛，什么也干不了。他们系的那个辅导员卢老师倒是来过几次，每次给带点水果、罐头什么的。肖童是给他家刷房子迷的眼，他不来也说不过去。他动手术之前他们同学也来过几批，不过也就是陪他聊聊天。他们功课都挺紧的，也不能总请假出来呀。我在医院都几天几夜了，我也快顶不住了，他还冲我发脾气。”

姑娘文文静静地发着牢骚，精神上却透着无怨无悔。庆春想了想，说："这样吧，我晚上来替替你，你可以回去睡睡觉。"

"哎呀那怎么行，这已经够谢谢你们的了，哪能再让你受这个累呀。"

"没事。"庆春拿定主意，"这也算为了我爱人，为我自己吧，我也希望他早点睁开眼。"

姑娘不知是理解了她这份心情还是确实顶不住了需要有人替换，又客气了两句便说了感谢的话，两人就这么说定了。

那几天队里没怎么给庆春派工作。新民尸骨未寒，他们考虑到庆春的心情，想让她放松一段时间。而庆春却很想找点事做，来充实新民走后的空虚生活。她想，这也挺好，亲自去照顾一下病人，让新民的眼睛早点睁开，这对她自己，确实是一个安慰。

下午她回家想睡觉，可睡不着。晚饭时她和父亲说了这个想法，父亲迟疑着没有表态。他的态度使庆春刚刚兴奋起来的情绪受到挫伤，她问父亲："这样不好吗？"父亲低头往嘴里扒拉着米饭，半晌才说："我倒是觉得，你呀，应该早点振作起来。人固有一死，更何况新民也算是死得其所。你总生活在怀念中，也不好。"

庆春低头吃饭，没有回答，吃着吃着眼泪珠子啪嗒啪嗒地掉下来，这似乎更证实了父亲的担忧。父亲宏观微观地又说了许多道理，庆春心情烦乱，似听非听。到了晚上八点多钟，她依然如约去了医院。她和那位姑娘做了简短的交接，熟悉了一下周围环境，姑娘就千叮咛万嘱咐地走了，临走前又专门告诫庆春："他要和你发脾气你千万别往心里去，啊！"

庆春笑笑："放心吧，我这么大了，哪儿能跟他一个小孩子生气啊。"

姑娘走了。她告诉庆春她姓郑，叫郑文燕，一个非常非常大众化的名字，和她的相貌气质倒蛮相配。她的躺在床上的男朋友叫肖童，听上去不土不洋、可男可女，也不像是有什么特别的个性。

欧庆春走回病房，病人仰面朝天躺着，纱布里那双眼睛不知是睁是闭。庆春在他身边坐下来，问：

"吃水果吗，我给你削个苹果？"

病人摇摇头："不想吃。"

"吃个梨？"

"不想吃。"

沉默了一会儿，庆春没话找话："你叫肖童是吧？"

"啊。"

"我叫欧庆春，你叫我名字，或者叫我姐姐，都行。"

肖童应声："噢。"

庆春仔细看了看这间病房，至少有二十米见方，日光灯照在雪白的墙上，既宁静又耀眼。靠床的墙上和天花板上，挂着吊着一些说不清是干什么用的医疗器械，窗户上拉起蓝色的窗帘，窗帘下摆着一只很大的双人沙发。总的来说，这是间挺阔气的病房。上次他们处里的马处长生病住院，庆春去看望过，也没有这间病房那么体面。

"这眼角膜，是你捐的吗？"

肖童突然主动问话，庆春连忙答道："不，是我爱人捐的。"

"你们挺有感情的吧？"

这话问得既天真又老到，庆春没答，反问："你说呢？"

“肯定感情特别深，不然你也不会到这儿来陪我。”

肖童的思维鲜明地带着青年学生惯有的咄咄逼人的率直和极端，话说得让庆春弄不清是舒服还是不舒服。她只好点点头，说：“啊，也许吧。”

两人的对话稍做停息，肖童又主动问：“他们说你是个警察，是吗？”

“没错，你对警察印象怎么样？”

“不怎么样，我挺讨厌街上那些警察的，有点权就倍儿横。”

庆春心中不悦，这本来是她感兴趣的话题，让他这么一说，几乎没法儿进行下去了。庆春想自己上大学的时候可不像他这么不会说话。

“但我喜欢女警察！”

肖童的这句话又使庆春心里笑了一下，“为什么？”

“女的干警察，肯定有点本事。女人柔弱似水，警察凶悍如虎，两者为一，挺有意思的。女警察，女军人，女运动员，我都喜欢。”庆春觉得挺好笑：“那你女朋友呢，她是干什么的？”

“你说文燕呀，”肖童嘴角露出一丝不屑，“她是在机关里当文秘的。”

从这短短的一两次接触中，庆春似乎已经能从文燕的身上感受到女人的那种多情，而从肖童的身上则体会到男人的无义。她想，现在的年轻大学生，都不讲什么感情，就更别提什么“滴水之恩，涌泉相报”了。

又断断续续地聊了一会儿，肖童再也不出声儿了。庆春一看，这孩子已经睡熟。这么大一个小伙子睡熟时竟静若处子，这一刹那庆春觉得他挺可爱。

早上，文燕不到七点就赶来了，她见了庆春就问：“没事吧，这一晚上他没使性子吧？”

庆春听得出来，文燕的语气与其说是关心她，还不如说是替肖童担忧。她笑笑，说：

“没有，他睡得挺早。”

“你没睡会儿？没事，他睡你就睡。他要上厕所、要喝水自然会叫你。”

庆春不置可否地又笑笑，其实她晚上睡了一会儿。肖童只是早上吃早饭前让她牵着去了趟厕所，并没怎么麻烦她。早饭也是文燕带来自己照顾他吃的，文燕说医院里的饭太没味。

庆春直接从医院到了单位，大家都在忙着，李春强和杜长发他们几个人还盯着那个贩毒的案子。供货的人跑了，线索基本上断掉了。他们只能围着从西洋楼里捉来的那个毒贩子审来审去。看来这人并不是什么大角色，只是个搞零售的小贩子。在审讯中他交代他的货源都是由那个穿西服的人供应的。他知道那人叫胡大庆——居然他也姓胡——四川人，三十多岁，干这行时间不短了。都说他原来也是一文不名，因为心黑手狠，这几年靠大毒枭“罗长腿”的势力发起来了。每次审讯回来，杜长发他们都要把这胡大庆的情况跟庆春汇报汇报。也许因为这是杀她未婚夫的仇人！

“这小子，手里说不定有几条人命呢。整个儿一个亡命徒，活一天算一天的主儿。”杜长发的脚已经不瘸了。他抱着自己喝水的大玻璃瓶子，在办公室里走来走去。他是从派出所刚刚调到刑警队来的，说话的腔调多少还带了些基层片警的味儿，“他出给那小子的货，要五百块钱一克。按一般的行市，四号海洛因应该批四百五到四百七十块钱一克，那小子不敢惹他，只能高价收。这圈子里的人，谁都怕胡大庆翻脸。不过话又说回来，也是图着他的货好，比较纯，供应也比较稳。好歹他是替‘罗长腿’跑货的嘛。”

向处里汇报这个案子的会，庆春参加了。尽管主要线索断了，能抓的都不过是些自买自用的“瘾君子”，但处长马占福对这案子又出现了“罗长腿”这个名字，多少感到几分奇怪。

“又是‘罗长腿’，”处长说，“这些年几个大案子的案犯都提到过这个人。”

李春强说：“所以，我们分析，这不是一般的团伙，可能确实有一个比较大的、组织系统比较严密的贩毒组织存在。他们可能有自己的货源渠道，有自己的运输线路，有自己的销售网络，咱们还真别小看了他们，别把他们都想成土头土脑的小混混。”

马处长一根一根地抽着烟，慢条斯理地谈了另外一种可能性：“也难说，这些吸毒贩毒的人，我亲自谈过几个，我了解他们。城市吸毒圈儿里的大都是手里有几个臭钱的人，发了点横财，什么都想试试。而且在他们那帮人当中，吸毒贩毒，那是有身份的事，是高消费、大买卖，所以这帮人都爱自己吹嘘自己，自己神化自己。什么‘罗长腿’‘罗短腿’，越传越神。其实也许压根就没这么个人，压根就是江湖上的一个故事。”

杜长发和其他几个人一一点头说没错，只有李春强没有附和。

处长又问：“对那个供货的，你们现在怎么搞？”

李春强答：“通缉令发出了，这几天还没有情况反馈。”

处长闭上眼，仰脸想了一会儿，点点头说："只能先这样了，要是不出现新情况，这案子只能先这么挂着了。你们也做一点长期部署，在弄别的案子时注意一下有没有这人的线索。"

处长最后的这番话让庆春的心沉了下去，她脑子里蓦然间充满了新民的那张脸。那张脸除了微笑没有别的表情。但好像有另一个声音在为他喊冤！庆春的心颤抖起来，这案子难道真就这么挂起来了吗，就这么告一段落了吗？

整整一下午她非常沉默，晚上下班的时候，在机关门口碰上也正准备回家的李春强。李春强说陪庆春走一段，两人一起骑上车子出了大门。

路上，李春强问："怎么样，现在好点儿了吧？"

庆春知道他问什么却答非所问："队长，这次通缉令，发的什么范围？"

"你说胡大庆吗？"李春强说，"发得很广，通过公安部发到全国去了。咱们本市的机场、车站、旅馆、饭店都发了。"

停顿了一下，李春强又说："不过你也知道，这通缉令是发了，可能明天就有线索传过来，也可能永远没有消息了。"

庆春无话可说，两人默默骑着车子。骑了一阵，李春强说："你眼睛有点肿，脸色也不好，是不是晚上睡不好？"

庆春支吾了一下，没有把她去医院陪床的事讲出来，她怕李春强派生出一大堆劝她的废话。

到了一个路口，李春强应该拐弯了，但他说："我不急着回家，再往前送你一段。"

庆春执意不肯："不用不用，你这样，我心里反而不好受。"

李春强不再勉强。"那好吧，"他说，"你最近心情不好，可以先调整一段，不急于上案子。过一段时间，你可以跟跟一般的小案子，多干点办公室里的活儿，不用总出去跑。"

庆春看着李春强，突然问："你相信真有'罗长腿'这个人吗?"

李春强一愣，笑了一下，说："只能信其有，不能信其无吧。"

庆春点了点头，说："队长，甭管是胡大庆还是'罗长腿'，只要有线索，你让我上这个案子!"

三

晚上，吃完晚饭，郑文燕走了，女警察来了。这已经是第五天了，肖童从不习惯到习惯，从不自然到自然，他甚至已经和这位连见都没见过一眼的陌生人建立了一种基本的沟通和默契。他听见她向他走过来，听见她在床边的小凳子上坐下来，他从她的声音里猜度着她的表情、她的动作，以及她的身形相貌。她肯定是一个高个子，有一米六五以上。她牵着他的手去卫生间时是一种极洒脱的步子。她的手和文燕的迥然不同，和他以前接触过的其他女孩子也完全不同，在女性的纤细之外，又隐隐带出些男人的力度。他越来越认真地倾听她的提问，甚至越来越愿意主动地和她交谈。和她交谈，很难想象出她是一个身经百战的刑警。到了白天，文燕来了，他反而沉默下来。在文燕默默地帮他擦脸擦手、喂他吃饭的时候，他脑子里竟然全是女警察那理性、简洁和含蓄的谈吐。和她的对话似乎也调动了肖童自己的智慧、想象和幽默，一来一往，充满情趣。晚上，文燕走了，女警察来了，他的情绪又恢复了活力，思维也比白天敏捷。他想，这也许是一种好奇心。他现在也能体会到，为什么盲人的感觉最灵敏、思想最活跃。

女警察问他："晚上吃什么了？"

他答："汉堡包。"

女警察问："文燕带来的？"

他答："啊。"

女警察说；"那是小孩子吃的东西。"

他说："我也不大。"

女警察问："想吃水果吗，苹果还是橘子？"

他说："橘子。"

于是女警察给他剥橘子，剥完了又一瓣一瓣送到他嘴里，又接了他吐在手里的核，这使他有点感动。他听着她把橘子的皮和核倒在垃圾桶里，他问："哎，你是不是把我当成你爱人了？"

"你？"对方好像在笑，"你最多是我的小弟弟。"

他也笑："荣幸，我也有个当警察的姐姐了。"他又说："可我现在还不知道你长什么样儿呢。"

对方说："我也看不见你长什么样。"

他说："你看见了一半。"

对方说："我只想看另一半。"

"为什么？"

"因为那一半有眼睛。"

肖童沉默了，良久才说："我真敬佩你。我是说你对你爱人。"

女警察也沉默良久，说："其实我们还没来得及结婚呢。"

女警察大概留意了肖童那副半张着嘴的诧异的样子，问道："你觉得我很奇怪，是吗？"

肖童摇头："不，我觉得你很了不起。"

女警察帮他把床头摇得高一些，笑着说："这没有什么，等以后你也会这样的。文燕对你这么好，将来为了她，你也能赴汤蹈火。"

"文燕呀，我不会的。"

他的回答显然让对方有些意外，用一种不信服的口气喊了一声："吹牛。"

"真的，"肖童倒是说的心里话，"男人要么为事业，要么为朋友。士为知己者死，很少有为女人玩儿命的。"

"别忘了，女人也可以成为红颜知己嘛。"

"文燕和我，我们可算不了知己。"

"你还是个小孩儿，你还不懂得什么叫知己，你还没走上社会呢。"

那女警察的口气听上去是居高临下、不屑置辩的，这使肖童有点扫兴，他不太喜欢她拿他当小孩子那样轻视。

于是他赌气不再说话。女警察摇好床，离他远远地坐在沙发上，问："你一个普通大学生，怎么住这么好的病房？"

这口气又像是审犯人，肖童故意玩世不恭地回答："花钱呗，现在住医院，有钱就行。"

"你那么有钱？"女警察有些轻蔑地问。

"我爸爸妈妈出钱。"

"你父母真是娇惯你。"

"他们呀，从来就不管我。我爸只关心他的实验室，我妈只关心我爸，他们从来不关心我。”

“不关心你？你父母花钱给你住这么好的病房，你女朋友几天几夜陪着你伺候你，可你都没有一点感激的心情。我看现在你们年轻小伙子都这样没情没义。”

肖童一时词穷，一时不知该怎样向她解释：“我，我眼睛有病，我瞎了，两个眼睛都瞎了，可他们还是舍不得他们在德国的实验室。他们只是寄钱来，只是寄钱来。我不要钱，我想再看看他们，他们从小就不管我，可我还是想再见见他们，可他们……”

他突如其来的激动把女警察弄得沉默了。她不知是想安慰他还是想替他的父母解释：“也许，也许他们确实太忙，科学家都是以科学研究为生命的，你应该理解他们……”

肖童让自己平静下来，他觉得自己犯不上和一个素昧平生的女人倾诉苦闷，但他仍然重重地喘口气，说：

“我真的瞎了，他们才来，而且只待了一天。”

女警察的口气恢复了母性的柔和：“你不会瞎的，过一两天，你就能睁开眼了。你会见到你爸爸妈妈的，你也会见到文燕，还有你想见到的一切。”

她的柔和使肖童放松下来，笑了：“也能见到你了。你漂亮吗？”庆春说：“不，不漂亮。”

肖童说：“对，当警察不能太漂亮了。”

庆春说：“那为什么？”

肖童说：“电影里那些女警察都那么如花似玉的，看着太假了。”庆春说：“对，真的警察并不要求长得太漂亮。”

肖童说："主要看气质。"

庆春似乎不愿再听他闲扯："得了，你还是好好研究你的经济法吧。"

肖童说："咳，没事瞎聊呗。"

就这样每天晚上聊一通，然后就睡觉。这两天他睡得不好，蒙了眼睛，昼夜的分野和区别变得模棱两可，常常半夜不知道什么时候醒来便再无睡意。坐起身想看看，但视线蒙蔽，他只能凭感觉来判断躺在长沙发上的女警察是睡是醒。已经好几天了，她睡在这里，照顾他，陪他聊天，等待着他双目重光。一个女人对自己死去的未婚夫能如此怀念，如此有情有义，这太像一个故事了。肖童心里笼罩着一种从未体验过的异样的感动。

大概在后天，他就会拆去绷带，睁开双眼，了却这个女人的一番心愿了。他想：也许女人和男人确实是不同的，女人爱一个男人，就是这样专注。而男人对女人，追逐一阵就过去了，很少在人死了之后还这样没完没了。

应该说，文燕对他也是很专注的，可不知为什么，他对文燕连热恋的经历都不曾有过。他对她的感觉很奇怪，没有爱，却总觉得离不开她。也许是和她待惯了，让她伺候惯了的缘故。两个人在一起时，他总对文燕发脾气，一个人独处时，想想她的好脾气和对自己的照顾，又不能不心怀感激。然而只是感激而已，从来没有激动过，从来没有。

白天，女警察照例走了，他突然想起应该和文燕商量怎么谢她。文燕说："那就给点钱吧，人家捐了眼睛又来顶班陪床，无亲无故的凭什么呀，咱们不给钱说不过去。只是给多少合适呢？"可肖童觉得给钱不好，不舒服，说不定还会亵渎了女警察对死者的感情。可如果对人家的帮助不做任何表示就这么心安理得地受用，也没有道理。肖童想，最好能有什么方式，把自己的谢意和崇敬恰到好处地表达一下。

终于他决定，送一件礼物给她。显然不能送吃穿类的实用品，那太俗气。也不宜送艺术品和摆设之类，选不好让人觉得附庸风雅，反而没文化。这礼物还必须有一定价值，如果只送些不值钱的小玩意之类的纪念品，弄不好倒让人搞不懂你的意思。整整一天他甚至很少和文燕说话，苦思冥想，没想出结果。

晚上女警察又来了，他们照例聊天，聊完了各自入睡。第二天早上她要走的时候，他说：

“我今天下午要拆绷带了，你想来看看吗？”

女警察说：“是吗，今天下午就拆了吗？我当然会来。”

吃过早饭，他叫文燕到赛特购物中心去，他想起以前在那儿见过一个可以摆在桌上的水晶玻璃的相框，印象中标价一两千块钱。他认为女警察肯定会喜欢这东西，既高雅体面，又不会马上猜到它的价格，乍看上去会以为是个漂亮的玻璃框子，不至于让人不好意思收下。

文燕犹豫说：“那么贵的东西，是不是礼太重了。”

肖童有点生气：“那你扶着我，我自己去买！”

文燕当然只能从命去了。他想，下午拆了绷带，他能睁开眼了，就把这东西送给她，以他和文燕两个人的名义。

东西很快买回来了，是两千八百多块钱。肖童特意嘱咐文燕注意检查一下，相框上和包装盒上千万别留着价格标签。万一人家不肯收，那就尴尬了。

下午，系里的辅导教师卢林东专门赶过来了。他既是辅导老师，又是系里的团总支书记，和学生们的日常联系非常广泛。肖童帮他刷新婚的房子让白灰迷瞎了眼，尽管不是他的责任，但如果这眼睛不能复明，他精神上的压力肯定不小。他和文燕一起扶着肖童走进治疗室，肖童搞不清治疗室里有多少人，他只能听到有人走来走去，有人窃窃私语。手术器械不时发出清脆的碰撞声。空气中弥散着药水的味道。终于，医生们开始为他拆卸绷带，这时屋里才一下子静下来。绷带一层一层地拆完了。他胆怯地睁开双眼，恐惧却占满了整个儿心怀。“我能看见了吗?”他问自己。同时把眼闭上，再用力地睁开。然后用平静的声音说:“我看见了。”

是的，他又看见了整个世界，看见了医生们喜笑颜开的脸，看见了含泪的文燕，看见了如释重负、开怀大笑的辅导员……在极度的兴奋和喜悦中，他环目四顾，心中突然有一点遗憾，他终究没有见到那位给了他光明也让他想象了多日的女警察，那女警察答应了要来，可她没有来。

四

欧庆春下午没去医院。

没去医院是因为发生了一件重大的事情。

中午吃午饭的时候，她刚刚在食堂的窗口打了饭，还没有端到桌子上就看见李春强火急火燎地冲进来，大声呼喊杜长发，呼喊队里的其他人。被喊的人立即放下碗筷跑出去。欧庆春预感到出了什么事，追出去问道：

“出什么事啦?”

李春强看见她，问：“你吃完了吗?”

“出什么事啦?”

“西城分局发现了胡大庆!”

欧庆春心头的热血腾地一下冲上脑门：“在哪儿?”

他们的脚步并没有停下来，一边说话一边向着停满汽车的停车场快步疾行。李春强说：“西城分局刚刚接到报告，有一个很像是胡大庆的人现在在康宏娱乐城吃饭呢，看来通缉令还真是挺管用。你一起去吧。”

庆春手忙脚乱地摊开手：“我的枪还在办公室呢。”

“没事，咱们人手足够，西城分局也去人了，不缺你那一杆家伙。”

庆春赤手空拳跟李春强上了车，车拼命往西城开。这正是城市里的午饭时间，长安街上人少车少，道直如矢，没用一刻钟，他们就赶到了康宏娱乐城。西城分局已经先到了一批人，和他们一样，都是清一色的便衣。娱乐城的前后出口早已被严密地封锁住了。

娱乐城的一个经理模样的人在门卫的小房子里向他们介绍了情况，他大概从没见过这种阵势，神情不免紧张，唇齿也有些打架：

“刚才，刚才在餐厅吃饭呢，现在，到那个，那个，到那个桑拿洗澡去了……”

李春强把庆春那天在西洋楼拍的照片拿给他看：“是他吗？”

那人看了，又叫来门口站着的一个门卫，让他看。那门卫就是最早的报案人。他看了照片，先是犹豫，后又肯定，说：“就是他。”西城分局的同志提议：“找个人先进去看看，搞准了再动手。”

经理马上附和：“对对，里边客人挺多的，搞错了也不太好。”

李春强叫过杜长发，说：“这儿我来过，里边曲里拐弯的。你找身服务员的衣服，进去转一圈，看看他在什么位置。哎，别贼头贼脑过分了，小心惊了他。胡大庆身上估计是有家伙。”他转身又问经理：“他们几个人？”

“好像是两个吧，还有一个大胖子，两个人一起吃的饭。”

杜长发飞快地换了身服务员的衣裳进去了，没三分钟就出来了，脸上暗藏着笑："没错，就是他，两个人都在池子里泡着呢，能抓个光腚！"

经理献计献策："我们这儿内部有条路，用不着穿过大堂和更衣室，可以直接到湿区去。"他的意思大家都明白，怕这么多人冲进大堂穿过更衣室，惊了客人，搅了生意。

李春强也怕这么一路冲进去惊了胡大庆，如果能从内部的侧路直接绕进洗浴区，正可出其不意。为防意外，他还是请分局的同志依然堵住前后门，自己则带着刑警队来的六七个人，跟着经理从侧路进去捉人。在进去之前，杜长发多余地对庆春说道：

"你就别进去啦，里边可是老少爷们儿的地方。"

庆春此刻正是仇恨满腔，只可惜手里没有武器。杜长发不识时务地贫嘴，挑得她蹿起一股子无名火来，她狠狠地回了一句：

"你以为我爱看你们这些臭男人！"

庆春年龄虽轻，但在刑警队的资格却老于杜长发。她的脾气杜长发也领教过，日常总是怕她三分的，此时又讨了这个没趣，不敢回嘴，低头跟着李春强他们进去了。庆春双臂抱在胸前，走出门卫室，站在娱乐城的大堂里，一时不知该做些什么。照理，她应该把那个门卫和有关目击者找来进行照例要做的问询取证，把胡大庆来到娱乐城以后的详细情况一一记录下来。也许和他一起吃饭的那个人也是他的同伙或者在和他进行着什么交易，也许娱乐城的工作人员从旁听到了他们虽不清楚但极重要的只言片语……但是，这些工作她都没有做，她没有这个心情。她记不得李春强、杜长发他们进去有多久了。按说他们的行动一分钟之内就应该结束。她想，说不定胡大庆和他的同伙此时已经就范。

事实上，这个原以为会是手到擒来的行动并没有预想的那么顺利。李春强刚才的提醒不是没有道理，正是由于杜长发进到浴室里那么一转，他自以为做得若无其事，其实满脸挂相，果然惊了已经是惊弓之鸟的胡大庆。胡大庆借口解手，一个人出了池子直奔更衣室，打开柜子飞快地穿衣服，穿到一半就听见洗浴区的声响不对，那是因为李春强已经带人从另一个小门由娱乐城的办公区直接进了浴室。这时，整个儿浴室只有还在池子里泡着的那个胖子，警察们大喊："别动，把手举起来!"那人蒙了，下意识地向池子的另一侧逃。几个便衣奋勇跳进池子，七手八脚，把这白白胖胖的家伙硬是按在了水里。

李春强压根没管池子里的这个人。他一看胡大庆不在，就知道麻烦了，箭步直扑更衣室。胡大庆把西服和袜子扔了一地，只穿了一半衣服便夺门而出。庆春正站在大堂里发呆，猛然看见胡大庆从里面冲出来，惊得头皮发紧，下意识地叫喊一声。守门的几个西城便衣闻声而动亮出家伙。他们还没看清谁是胡大庆，胡大庆已经蹿进女桑拿浴的更衣室了。追出来的杜长发一见是女更衣室，不由自主刹了车。几个西城便衣也下意识地停下来。欧庆春把手伸向杜长发，喊道：

"把枪给我!"

杜长发一愣的工夫，手里的枪已被庆春夺下。庆春冲进去了。李春强大骂杜长发："你快上!"杜长发和西城便衣这才如梦方醒地跟着李春强追进去。

女更衣室里已经尖叫一片，几个半裸的女客吓得面如土色。胡大庆显然是往浴室方向逃去。庆春追进浴室，池子里和花洒下，除了几个瑟瑟发抖的赤裸的女人外，不见胡的踪迹。顺着楼梯追到二楼，再顺着一间一间门首相接的按摩房紧张地搜索，房里的客人和按摩小姐被惊吓得大呼小叫。他们终于在拐角的一个房间里，看到一扇洞开的窗户，窗外是一个宽阔的平台，平台下是一条人来车往的街道。

他们气急败坏地就地审讯了从水池中捉出来的胖子，结果一无所获。胖子是个个体户，在西城三里河那儿开了个餐馆。胡大庆去他那儿吃了两次饭，就提出想把他的餐馆给盘下来。胖子的生意不好，就动了心，于是两个人今天就约到康宏娱乐城里来谈条件。胡大庆的来龙去脉他一无所知。胡大庆告诉他的名字当然是一个化名，其实胡大庆这个名字，也未知真假。

剩下的事是逐个儿询问证人，清理现场。杜长发因为自知刚才临阵犯傻，此时不免有些缩头缩脑。李春强始终阴沉着脸，眉头拧成一个疙瘩，盘算着回去该怎么向处长交代。而最为垂头丧气的倒是那个娱乐城的经理，他连打抖的情绪都没有了，逢人便诉苦："这下子，我这儿的生意算完了，以后谁还敢再来呀！"西城便衣们说："坏人不来了倒好。"他这才苦笑一下说："好人也不来啦。"

西城便衣们协助他们一一找证人谈话，收集胡大庆仓皇丢下的衣物。表情上是认真负责的，但毕竟不是他们的案子，内心里自然超脱多了。欧庆春在刑警队工作了五六年，心里还是第一次这么窝囊。虽然这种临时出击的遭遇战，胜负乃兵家常事，但这是杀害新民的凶手啊！刚才只不过近在一墙之隔，竟让他逃了。她就像输了一场必须赢的比赛那样，堵了满满一肚子的愤恨、不平和沮丧。

回到处里，李春强钻到处长办公室里一直没有出来。杜长发和其他几个参加行动的人在屋子里垂头丧气地议论着刚才的失败，越议论越觉得不是我们无能，而是敌人太狡猾。庆春听得心烦，跟谁也没有打招呼，五点一到就骑车回家了。

父亲今天炖了红烧肉，还炒了一个辣椒苦瓜，都是她爱吃的菜。晚饭时父亲问她怎么脸色这么不好。她说没事，什么事也没有。父亲问她："你今天还去医院吗？"她这才想起来肖童下午拆绷带，她本来是答应了要去的。

她匆匆吃了饭，匆匆骑了车子赶到医院。肖童的病房已经人去屋空，只亮着一只荧光色的消毒灯，连床上的被褥枕头也都被撤净了。她跑到医生的值班室去问。医生说，肖童已经出院回家了。

"你知道他家的地址吗？"

"不知道。"

医生回答得很干脆，庆春不免有点遗憾，但也感到一丝欣慰。显然，肖童已经睁开双眼，新民的角膜终于移植成功了。她心里的这块石头总算落了地。

她想，那有钱又有人伺候的大男孩也真是好运气。

她的思绪并没有在肖童身上停留多久，很快就又转到胡大庆的事情上来了。第二天早上一上班，她找了杜长发。

"胡大庆这个案子的材料现在是不是你保管？"

"是啊，怎么样？"

"拿来我看看。"

"你看哪份呢？"

"审讯笔录、物证材料……你都拿来吧。"

杜长发犹豫了一下，还是掏出了保险柜的钥匙，把这案子的卷宗取了出来。由于没有结案，材料都是散页的，尚未装订。甚至主卷、副卷、证人证词、嫌疑人口供、搜查登记，等等，都没有分类，杂汇在一起装在一个大牛皮纸口袋里。庆春一份一份地看，极仔细，一上午坐在那儿几乎没动地方。中午吃饭，她也没和队里那帮人坐在一起闲侃，一个人找个角落慢慢吃，慢慢想，想材料中的每一个细枝末节。

不知是有意无意，李春强端着饭碗坐过来了。

“听说你在看胡大庆的案卷？怎么，你是有什么想法吗？”

庆春低头吃饭，闷着声音说：“没什么想法，看看。”

李春强看着她：“那两个人都是我主审的，你看笔录里有什么遗漏的方面吗？”

庆春翻起眼睛：“我可不是在复查你的工作。”

李春强本想开个玩笑，未想到庆春如此没好气，一时无话。庆春并没留意他脸上的尴尬，说道：

“从昨天的事看出来，胡大庆并没有离开北京，还在抛头露面地到处活动呢。我想咱们总得做点什么，不能光等着群众看了通缉令找上门来举报吧。”

李春强并不十分让人信服地解释道：“倒不是不能做点什么，可现在确实没什么具体线索。靠咱们手里掌握的这点口供、这点情况，铺天盖地去查，得花多少人力啊。现在咱们手上的案子这么多，哪个不重要？大海捞针的事咱们现在做不了。”

“那好，”庆春说，“这个针我来捞，我现在反正手上没有案子。”李春强愣了一下，极力把口气缓和着：“庆春，你的心情我理解，新民和我，我们也处了多少年了，交情都不错。可这事不是我们急能急得出来的，你可不能感情用事。”

庆春脸上一下子难看极了：“我看看案卷，我想把有些情况再搞搞清楚，这不都是正常工作吗？我觉得这案子应该再下力量搞一搞，怎么就是感情用事？”

李春强也抬高了声音：“这案子下步怎么搞，要听处里的安排队里的部署，你一个人调卷看，看了想怎么着啊？”

欧庆春没有回答，也许李春强的声音把她压住了。她只是赌气端起碗来走出食堂。不过，事后欧庆春回想起来，倒是李春强的这句话，让她把自己应该怎么着给想定了。

五

吃过从医院回家后的第一顿晚饭，肖童就迫不及待地靠在床上看电视，就像一个瞎了几十年的人一朝复明似的如饥似渴，连过去从没兴趣的《电视购物》《曲苑杂坛》这种节目都不加挑拣，甚至连篇累牍的广告也看得津津有味，颇有点不知今夕是何年的新鲜感。文燕一边帮他收拾卫生间，一边不断向外探头，莫名其妙地问他自个儿咯咯地傻笑什么呢。

他指指电视，依然目不转睛、聚精会神。文燕以为确有什么可笑的节目，跑过来看了半天，不得要领。屏幕上无非是什么单位的职工体育、拔河比赛之类，她眨着眼，大惑不解地叨咕着："你这才瞎了几天就这么不开眼了，怎么回事啊你。"

不到晚上十点钟，文燕就坚决关掉了电视："医生怎么交代来着，你的眼睛且得养一段呢，现在还不能长时间看书看电视。要是再瞎了，可就没这么巧再碰上个献爱心送光明的好人了。"

肖童恋恋不舍，余兴未尽，可还是一声不吭地服从了。文燕已经把澡盆里的热水放满，招呼他去洗澡，有效地转移了他的兴奋。他已经很久没有正儿八经地洗过澡了。

洗澡水兑得不冷不热，一条崭新的毛巾搭在池边，香皂和浴液、洗发液也是新买的。家里虽然久无人住，但经文燕的收拾，立即恢复了以往的洁净。肖童从小就是让人伺候惯了的，在父母和保姆的团团包围下，衣来伸手，饭来张口，没受过任何苦。他小时候一直是随父母住在机关的宿舍大院里的（二十年前这种科研学术机关的家属大院是这城里高级知识分子和文化精英最集中的高档社区，是一个拥有自办的商店、礼堂、医院、幼儿园、游泳池甚至派出所的功能齐全自给自足的环境。）与大部分在这种优越的物质和精神的环境中长大的孩子一样，他对那些住在胡同大杂院和临街铺面房里的所谓小市民，有天然的轻视和隔离。直到中学快毕业了，他才搬到了现在这个家。这时候那些机关大院已经逐渐没落，而这些新盖的外销公寓，则取而代之成了上流社会新的部落。而郑文燕，就住在这部落边缘的一栋普通的居民楼里。她正是来自一个被拆迁了的大杂院，现在和肖童住的楼座虽然只隔了一块绿地，却依然是两个阶层鲜明的不同族群。比起文燕，他的生活能力似乎很差，但在思想和为人上，却显得比她大度和单纯。他和她曾经讨论过这些区别，并且不止一次地，互相以己之长攻彼之短地嘲笑和贬低过对方。

泡在热水里，周身舒懒，头脑却显得充满活力。他想找本杂志什么的看看，手边没有，就把眼睛大睁着，四面环顾。久别重归之后，这间浴室里以往不大留意的许多细部，今天看来都别有情趣。连墙面彩色釉砖的花纹，似乎也比过去更加生动有致。和他的床头一样，这间浴室的墙上不甚得当地挂了几幅汽车的画片。什么“宝马”“福特”“梅赛德斯”“玛沙拉蒂”，都是他参观汽车博览会和日常点滴积累收集来的。他没学过开车，但说起墙上的这些经典座驾，无论是出身历史还是性能风格，甚至市价行情，都能一一道来，如数家珍。前几年爸爸妈妈在德国买了辆“欧宝”。那车在中国不怎么吃香，但在欧洲，却是销量第一。

肖童不喜欢“欧宝”，他目前最喜欢的车是“保时捷”，尽管它在欧洲销量最低。

爸爸妈妈置了车，却没在国外买房子。他们出国以后，原来的单位一直嚷嚷着要把大院里他家的那套房子收回去。直到大前年爸爸妈妈回国买了这套公寓，他才搬了家。这套一室一厅的公寓论面积比他们原来的家要小得多，但装修考究，厨房和卫生间非常宽大，而且二十四小时都有热水供应。这对一个单身汉来说，是蛮合适也蛮舒服的。从爸爸妈妈买的这套房子看，他们显然是不打算回国来住了。按照他们的计划，肖童在大学毕业后，也要出国留学，所以没有必要在北京留个永久的家。

他泡够了，又仔仔细细把头和身子洗干净，把挂在卫生间门背后的浴衣穿在身上，对着镜子看自己。那双眼睛依然明亮，和以前并无半点不同。他很想知道给他捐出角膜的那个人究竟是什么长相。还有他的没有结成婚的未婚妻，那位在病房里陪了他好几个晚上的女警察，究竟是个什么长相。

走出浴室，他看见文燕坐在他的床上，已经把床头的灯调得很暗，他说：

“你还不赶快回家。”

文燕不高兴地看着他：“你看这都几点了，还让我回家。”

他低头看看床头柜上的闹钟，已经十点多了，他问：“那怎么睡呀？”

文燕可怜巴巴地看着他，没有回答。他知道她希望两个人一起睡，但他偏不这样说。

“怎么睡呀？”他依然这样问。

文燕嗫嚅着，小声说：“那，那，我到客厅沙发上睡吧。”

肖童当然得说：“我去睡沙发吧。”他从床上抱起一条被子就要往客厅走，文燕扑上来拉住了他。

“不，不，我去睡沙发，你刚出院，得休息好，反正我在家也睡沙发。”

他松了手，任文燕把被子夺走，扔在客厅的沙发上，又看着她进屋替他把床铺好。他在床上坐下来，看一眼文燕，用半开玩笑的口吻，说：

“是不是觉得我欺负你了？”

文燕不看他，跪在床边叠他脱下来的衣服，脸上挂出一丝委屈和无奈，说：“你就是欺负我，我也没办法。”

肖童沉默了一会儿，不去接她的话，只冲她笑了一下，算是一种亲热的表示，他说：“去睡吧。”

文燕没和他道晚安，出去了。肖童坐在床边没动。他听着客厅里沙发上文燕翻身的声音。又过了一会儿，客厅里的灯熄了。他站起来，想把卧室和客厅之间的门关上，但文燕在黑暗中说：

“别关门，行吗?”

“怎么啦?”

“没怎么，门开着，就还是一间大屋子，我不想一个人睡。”

肖童于是没有关门，他先关了卧室的灯，然后摸黑脱掉浴衣，躺进被子。黑暗中他依然可以把一切看得清楚，连屋顶石膏线上的花纹，都能看得清晰无误，这使他感到兴奋。他想，文燕在医院里守了他这么多天，他似乎不该刚睁眼就冷淡她。他不知道自己该不该就这样和她耗下去，这样下去也许文燕是能够坚持的，只是他自己越来越感到无味。文燕从一开始与他相识就是主动的，大概正是由于她太主动了，他才没了兴趣。

他第一次见到文燕是在两年半以前，那时他刚刚接到了燕京大学的录取通知书，身心正享受着入学前最后的轻松。每天黄昏他都聚集一群比他小的孩子在他家不远的空地上踢球。他似乎是很无意地看到场边，那一排粗大的槐树下，总是站着一个文静的姑娘，长时间地看他们你争我抢地践踏着这块草坪。那姑娘持续站了几天之后他开始留意了，故意把球踢到她的脚下然后跑过去捡球。她给他的第一个印象，是她不像个学生而像个职业女性。因为她敢于落落大方地主动开口：“嘿，你踢得不错。”他那时脸上还有些腼腆，心里骤然对这姑娘有了好感。第二次球是自己滚过去的，肖童去捡球时故意正面地看了她一眼，她马上对他说:“你是体校出来的吧?”

他搞不清她这是故意吹捧还是真这么认为，因为他那时赤裸着上身，只穿了一条短裤，身材不壮，却很有形，皮肤紧绷而发亮，这是一个容易让异性注视的身体，是一个显然经常锻炼的身体。只是他那时和异性说话还有些缺乏锻炼，他不很自然地反问道：

“你就住在这边吧？我老看见你。”

姑娘手指着不远的一座普通的居民楼：“我就住在那儿，你住哪个楼？”

“就住这个楼。”

姑娘大惊小怪地笑道：“是吗？我还以为住这种楼的人是不会在这种野场子里踢马路足球呢。”

他还没来得及品味出这惊讶中暗含的是讥讽还是羡慕，场上的球友已经发出一片嘲弄的喊声：“干吗哪！腿肚子转筋了吧！”

他把球抛还给他们，说：“累了，歇会儿。”

姑娘似乎为了解脱他受到同伴奚落的尴尬，马上找了一个话题：“你上学呢，还是工作呢？”

这个问题对一个正沉浸在金榜题名喜悦中的未来的大学生来说是再愉快不过了，但他故意轻描淡写地回答道：

“上学呢，燕京大学。”

“是吗？”姑娘的神情立即肃然起敬了，“真看不出，你球踢得这么棒，还是名牌大学的学生。”

这种夸奖对于他那时的心情非常讨好，他和她的距离似乎一下子拉近了。他问：“你呢，上学呢还是工作呢？”

“我工作了，在一个公司干文秘。”

“噢，也不错。看得出来挺有训练的。”

“是吗，我在公关专科学校学过。”

“是吗，那你算是公关小姐喽。”

“那可谈不上。”

“……”

和许多按照异性相吸的原理相识的少男少女一样，几句话他们就变成朋友了。没用多久姑娘便成了他家的常客。又没用多久，还是姑娘主动，他们就在他乱摊着杂物和衣服的床上，在白天炫目的阳光下做爱。这是他有生以来第一次性的经历，在恐惧和慌乱中，快感来得汹涌而短暂。紧接着，和许多男人对女人的规律一样，他在连续数次和文燕做爱之后，便觉得她的一切都索然无味了。

学校开学后，他就开始回避文燕。大学里无处不在的学术气氛和随处可见的饱学之士，使他觉得自己应该过一种很正派的生活，至少不该这么早这么轻率地就交上个女朋友。但是他没想到文燕却绝不是那种很轻易就能甩得掉的女人。她爱肖童似乎爱得很轻率，轻率得有些新潮，但爱上之后竟能像个老式妇女那样忍辱负重、忠贞不贰。无论肖童对她怎么爱搭不理或者任性使气，她都愿意像影子一样待在他的身边。

是的，论相貌、论学历、论家庭条件，她都远远不如肖童。她甚至比肖童还大了两岁。但这都不是她让着他的原因，她让着他只是因为爱他。

两年多的时间就这么过来了，他并不把文燕放在心上，但生活上却又依赖她的照顾。文燕克服了短暂的心理失衡，逐渐习惯于此。而他，也同样在一段良心不安之后，心安理得起来。有很多个两人独处的夜晚，他们都是这样各睡各的，肖童再也没有主动碰过她。而她依然无怨无悔地留在他的身边，如同一场单向的精神恋爱。

天亮了，肖童起床穿好衣服，洗了脸，然后去厨房煎鸡蛋。文燕睡眼惺忪地从沙发上爬起来，跑到厨房里一边问他为什么这么早起是不是饿醒了，一边接过煎锅替他煎蛋。肖童从冰箱里取出凉果汁，走到客厅里，对着嘴喝，然后又冲着厨房说道：

"我今天上学去。"

"什么？"文燕从厨房里探出身来，"你刚出院，得多休息几天，你干吗这么着急？"

肖童没多解释，他是不想一整天地和文燕泡在一起，他觉得那样还不如上学去。

见肖童不再说话，文燕便习惯地不再多问。她把煎好的鸡蛋摆在餐桌上，两人一起吃了。她又回到厨房里去收拾。她看着他穿好鞋，背好背包，站在那里等她，那意思很明白，他不想她留在这里。"你也该去上班了，"他说，"别让你们公司炒了你。"

文燕说道："我请了半个月假，还没到呢。"

虽然她这样说，但还是擦干手，穿起外衣和皮鞋，两个人并肩出了门。

肖童的自行车放在楼道里，很久没骑已经落了不少尘土。那是一辆很讲究的名牌山地车。肖童蹲在那里擦车，文燕站在边上看着。看他擦完了，她说：

"要不然你把门钥匙给我，我今天下了班早点来给你把饭做上，好吗？"

肖童说："不用了，我今天也许不回来，就住学校了。我得抓紧时间把课补上。"

文燕沉默了一阵，只说了句："那你注意别累着眼睛。"便再没有说什么。分手时两人甚至没说一句告别的话。他们经常如此。

肖童骑车到学校时，第一节课刚刚下课。同学们见他来了不免围着问长问短。有的同学去医院看他时见过文燕，当然要问个底细："那是谁呀，是你女朋友吗？""什么，你有女朋友了吗？什么时候找的？是哪儿的？没听你说过呀。"那些家伙当着女生的面总爱故意把这些话说得格外响亮。肖童淡淡一笑，说："那是我表姐，你们瞎说什么。"

上午是外语课，他没有听，先到自己的宿舍去看了看。他那张床这些天不知被多少借宿者睡过，已经肮脏不堪。他捏着鼻子把被子和床单卷起来，准备拿到学生服务部去拆洗，心想看来今天晚上还是得回家睡了。

他抱着被子往学生服务部走，路上恰巧碰上了辅导员卢林东。卢林东说："你怎么也不多休息几天，干吗这么急着来。"肖童说："在家闲着没事，这些天没上学挺想学校的。"卢林东把自行车支起来，说："正好，我也有个重要事要找你，校党委要组织一次全校的演讲比赛，庆祝七一。我们几位系里的领导商量了一下，咱们系准备让你去。"

肖童说："别别，我缺了那么多课，得集中精力补一补，你们还是找别人得了。最好找个女生。"

卢林东说："这是政治任务，你别推。而且对你积累点政治分，将来入党什么的都有好处。我们都想过了，第一，你口才不错；第二，形象好；第三，大家都知道你双目失明，现在突然能站在讲台上朗诵，那意义就不同了，比较有利于我们'炒作'。这种事，对你自己也绝对有利无弊，你得当仁不让。"见肖童还犹豫，他骑上车又敲了一句："就这么定了啊。”

卢林东骑车子走了，肖童依然抱着被子去学生服务部。学生服务部是学校的“三产”——燕京服务公司开办的。他抱着被子和床单走到服务部门口的时候，碰上了公司的经理郁文涣。郁文涣一年前教过他们历史课，是个副教授，已经五十多岁了。前一阵大概觉得评教授的希望渺茫，所以就自告奋勇出来搞公司，刚上任时间不长，对做生意谈投资兴趣正浓。这时他不知碰上了什么难事正愁眉不展，一见肖童像发现了救星似的，马上如释重负地把他拉到门口，亲热寒暄：

“你眼睛好啦？没事啦？什么时候回来的？”

肖童说：“我今天刚返校。”

郁文涣说：“正好，有件事你帮个忙，你来得正好，我正着急呢。”肖童抱着被子，很不方便地说：“郁教授，等我先把被子送进去。”

郁文涣好像这才发现他抱着被子，马上大声招呼里边的工作人员，让他们把肖童的被子接过来抱进去洗，并且吩咐：“免费洗，回头我来签字。”

肖童受宠若惊：“郁教授，您让我帮什么忙啊？”

郁文涣咽口气，受了多大冤屈又不知从何说起似的：“我可让梁志德给坑了。”

梁志德是法律系的研究生，肖童认识他，便问：“梁志德怎么啦？”

这事看上去还非得从头说起，郁文涣两手并用比比画画地说道：“我们公司那个燕京美食城的项目你知道吧，这多少年了也没搞起来。这好容易我把投资者找来了，人家没别的条件，就是让我给他女儿在大学里找个对象。人家钱有的是，就想给自己女儿找个大学生、研究生、助教什么的。我都和梁志德说好了，他也没说不同意，约了今天晚上在中国大饭店鸭川餐厅见面，结果他跑到天津去了，说今天不回来了。那个老板我又联系不上了，晚上我带不去人，这不是耍人家吗？人家弄不好会觉得咱们燕京公司没有信用，对咱们丧失投资的信心。”

肖童笑道：“没那么严重，他要投资，肯定觉得有好处，没利的事他不会干，有利的事他也跑不了。要是就因为今天晚上他女儿没见着婆家他就不投资了，那肯定是原本就没想投，是拿这事钓鱼呢。”

“你说得简单。”郁文涣拍一下肖童的脑袋，“我这出来一搞公司，才体会到下海经商真不容易。社会主义不是在课堂里讲出来的，真是这么一分钱一分钱地争取来的。哎，说定了，今天晚上你跟我走，让你白吃一顿日本饭。”

“我去算干吗的？”

“你就算顶替梁志德呀。”

“啊？”肖童哭笑不得，心想这郁教授为人师表怎么像个“拉皮条”的呀。他红着脸说：“我又不是研究生，而且我也不想找对象，我才多大呀。”

郁文涣又在他头上拍了一下：“你想找对象，人家也不会要你。那女孩和我谈过，人家现在也根本不想谈对象。她年龄也不算大。就是不知道为什么她爸爸急着要让她找个对象，还得在咱们这种高等学府里找。她爸爸和我提了好几次了。我和梁志德也都说好了，就是去吃个饭、露个面，姑娘肯定不干。我和她也沟通好了，就是给她爸爸做场戏，也算是人家托的事，咱们确实给当回事办了。”肖童觉得这还差不多，但又觉得他一个学生去干这种事，以后传出去让同学老师知道非成笑柄不可。大学里这种事没有瞒得住的，三传两传，让人添枝加叶就成了“段子”了。于是他还是摇头：

“不行不行，我这岁数，也不像急着要找对象的呀。”

“怎么不像，你不是都有对象了吗？”

“郁教授您这是听谁说的呀？”

郁文涣有些生气的样子：“去一趟有什么呀，何况也是为了学校的利益。同学想去的有的是，我还不让呢。我找你是觉得你条件不错，小伙子要个头有个头、要模样有模样，咱们让人看了，得代表咱们学校的水平呀。你今天晚上穿整齐点，你就说你是法律系的研究生，听见没有！你多大了？二十一岁？你就说你二十三四了，听见没有。”

肖童说：“以后人家知道我不是研究生，人家会说你这是欺骗，那更影响你们公司的声誉。”

郁文涣瞪眼说：“你还以为人家真要和你谈恋爱，以后还要细打听你呀。就今天一晚上，一顿饭，吃完算完，各走各的，然后就没你事了，啊！”

郁文涣又拍了肖童一下，像谈定了似的，走了。走几步又回过头来，大声嘱咐：

“哎，晚上是吃日本饭，坐榻榻米，得脱鞋。你记着洗洗脚换双袜子，别臭烘烘的熏着人家，听见没有！”

六

下午，欧庆春给在市局预审处工作的一个警院的老同学打了个电话，求他帮忙找找这几年比较大的贩毒案件的预审材料看看。那老同学问她想干什么，她说手里有个案子想找点线索。老同学说："审讯材料作为证据都进了犯人的档案，档案起诉前就转给了检察院，判刑以后又随着犯人转到劳改单位去了。你要看得找劳改局才行。"

庆春问："劳改局你有熟人吗?"

老同学说："你们开着介绍信直接去查就行。"

庆春说："我们这儿不大重视这个案子，我想自己弄。"

老同学说："噢，想偷着立一功。"

庆春说："帮个忙吧，你肯定有熟人。"

老同学说："我们和劳改单位倒是来往多，我给你问问看吧。"

半个多小时后，老同学就回了电话，说："看档案比较麻烦，需要一串手续，不如直接找几个服刑在押的犯人谈谈，你想了解什么可以直接问。”

这办法倒也不错，似乎比看档案更有利。第二天一大早庆春就按照老同学交代的地址，坐了两个小时的郊区汽车，去了团河劳改农场。车行至半路，天下起了雨。庆春没带雨具，下了车便小跑着进了路边的一个小杂货店，几十米的路程身上已被浇得半透。她站在小商店的屋檐下，心情闷闷地等着天晴。雨忽大忽小一直下到中午才半停不停。她踩着泥泞一路打听到了农场。农场狱政科的一个干部显然和她老同学的关系不错，没等她讲明来意便积极主动地领她去了监区，在监区的管教干部办公室里甚至还为她打了一大饭盒食堂的饭菜，然后把犯人叫来让她问话。

第一个被叫来的犯人是个二十几岁的年轻人，瘦得像一把干柴，几步路走得如风中枯草一样东倒西歪。庆春让他坐下，先简单问了问他的案由和刑期，然后单刀直入地介入主题：

“你听说过一个叫‘罗长腿’的吗?”

犯人说：“听说过。”

“他是干吗的?”

“干吗的不知道，只是听说过这个名字，在这个圈子里，算是个人物吧，挺有名的。”

“那么，你听没听说过他手下有个叫胡大庆的？胡大庆，你听说过吗?”

犯人瘦凹的脸上做苦苦思索状，庆春紧张地盯着他的嘴。少顷，那嘴一张，说：

“不认识。”

“你听说过吗?”

“没听说过。”

庆春把胡大庆的那几张不甚清楚的照片拿出来，让他看。犯人探着细长的脖子，看了半天，一张嘴，依然说：

“不认得。”

和瘦犯人的谈话没用二十分钟就结束了，简单得让人心绪索然。接下来又换了一个犯人，四十来岁，同样一脸病容，坐在庆春面前不住地打抖。庆春还是先问“罗长腿”，犯人说听说过没见过。又问胡大庆，犯人说没见过也没听说过。庆春拿出照片，犯人抖抖地看，看罢抖抖地摇头。庆春隐隐有些绝望。

第三个进来的犯人是个身材魁梧的大汉，刚从泥地里走来的腿上溅了许多泥点子。管教干部当着犯人的面，笑着对庆春说:“刚才那两个是又吸毒又贩毒的，这个是只贩不吸的，你看，身子骨儿就是不一样吧。”

庆春对那彪形大汉打量一番，那人也对着她直视，对管教干部的议论无动于衷。庆春索性不再从头问起，直接把胡大庆的照片拿了出来。

“认识这人吗?”

犯人斜眼看着照片，慢吞吞地说:“这人是不是姓赵啊?”

庆春心中一跳:“叫赵什么?”

犯人眯眼看照片:“是不是叫赵虎啊?”

“赵虎?”庆春问，“你怎么认识他的?”

“在一个朋友家见过。”

“在谁家?”

“侯老八。”

“侯老八是干什么的?”

“也是玩儿毒的。”

“他们两个是什么关系，他和赵虎?”

“谁知道他们什么关系，侯老八说他是广西东阳一个工厂的厂长，大概侯老八跟他做生意吧。”

“这个赵虎你还知道什么情况?”

“就这些，我们在一块儿待了也就一根烟的工夫，没怎么说话。”

“侯老八现在在哪儿，是不是也进来了?”

“没有，”那汉子笑了一下，“他倒是想进来，没这福分。”

管教干部敲桌子斥责:“哎，别油腔滑调的啊，怎么问你就怎么说。”

犯人耷拉着眼睛，半天才说:“让你们枪毙了。”

管教干部板起脸:“让谁呀，知道怎么说话吗，犯什么刺儿呀你。”

犯人无所谓的样子，但还是改了口说:“让政府给毙了。去年，在云南德宏，他过境的时候撞上武警了。”

庆春心里一冷，接着问:“你听说过‘罗长腿’吗?”

“听说过。”

“赵虎是给他干吗的?”

“这我不知道。”

“你知道还有谁认识这个赵虎?”

“我不知道，按说我也不算认识他，只是看这照片觉得面熟，觉着是见过一面。”

庆春住了嘴，再也找不出可问的话来。打发走这个犯人，管教干部对庆春笑道："这帮兔崽子，就欠把他们都毙了，你瞧他们一个个的这德行。我们这儿近几年进来的毒犯，就这么三个。因为贩了毒的人，抓住十人能毙了八个。可能市第一监狱和清河农场那边多一点。大概你们同学和我最熟，就把你支到我这儿来了。"

庆春连连道谢，又礼貌性地闲扯了几句别的，便起身告辞。她辗转换车回到家的时候，已是晚上快八点钟的时辰。她浑身又乏又累，饥肠辘辘，直接跑到父亲的房里来找饭吃。一进屋她就愣住了，父亲正和李春强在屋里聊天呢。

李春强见她进来，从沙发上站起来。父亲说："庆春，你今天上哪儿去了，怎么没去上班呀？"

李春强疑惑地上下看她，她的裤子上溅满了泥点子。

庆春和李春强冷淡地打了个招呼，转脸对父亲说："我钓鱼去了。"

"不去上班你怎么钓鱼去了？"父亲看她情绪不对，问，"鱼呢？"

"没钓着。"

父亲不知说什么好，转脸对李春强说："你看看她，这么大人了，又不知道哪儿不痛快了，老是控制不了自己的情绪。"

庆春嘟哝说："我有什么情绪？我没情绪！"

父亲还想说什么，被李春强劝住了，他说："伯父，庆春是冲我来的，您甭说她。"

父亲看一眼李春强，说："那好，你们有事你们慢慢谈吧，饭在厨房里，要是凉了你自己热。我到那边屋里看电视去。"

父亲拿着茶杯和眼镜，走了。庆春走进厨房，打开火热饭。李春强讪讪地跟过来，站在厨房门口和她说话。

“你今天上哪儿去了，怎么也不说一声。”

庆春没有回头，说：“你不是说让我调整几天吗？”

李春强怀疑地说：“你还真钓鱼去啦？”

庆春慢慢转过身，看着李春强，她想说“对”，可她没这么说。

“我上团河农场了，我和三个贩毒案的犯人谈了谈话。”

李春强平静地靠在厨房门上，脸上并没有表现出一点惊讶。他问：“谈出什么了？”

庆春说：“有一个犯人见过他，说他叫赵虎。”

“噢，还有什么？”李春强不为所动。

“还听说他是广西东阳一个工厂的厂长。”

李春强冷笑一下：“噢，还是个领导干部呢，那你信吗？”

“有个叫侯老八的认识他，可惜这人已经死了。”

李春强的脸上这才浮现出一丝难以察觉的嘲讽，但庆春察觉到了。

“这么说，你今天是一无所获喽？”

庆春用冷冷的、争辩的口气说：“至少，我知道了他还有一个名字，别管是真是假，至少他用过这个名字。我还知道他和一个叫侯老八的毒贩有过来往，而且自称是东阳的一个厂长，如果你觉得这些都毫无价值，那我保留意见。”

虽然李春强提升队长已经一年多了，但庆春此时的态度，依然像当年在学校里那样无所顾忌，并且言语之间带着女人特有的凌厉。李春强虽然也是有脾气的人，但对欧庆春，自同学少年一直到他当了队长，倒是从未红过脸。于是他不再说话，他知道这是一个话不投机的晚上。而且，胡新民尸骨未寒。

他默默地站了一会儿，看着她热饭，说："你吃了饭早点休息吧，我走了。"

庆春回过头来，和李春强的目光相对了瞬间，她说："队长，别生我的气。"

李春强非常宽容地笑一下，说："没有，我只是担心你的情绪。"庆春默默地没再说话。李春强告别了便下楼走了。他在楼前一大堆自行车里，拖出自己的那一辆，还没有骑上，庆春就追了下来。

"队长。"庆春跑到他面前，有些微喘，她递过一只小盒子。李春强一看，竟是自己几天前送给庆春的结婚礼物——一只纯金的小牛。他面色难看地站在那里，没有接。

"队长，这个还给你。"

李春强的心直打哆嗦，他几乎有一种被伤害的痛觉："庆春，这是我诚心诚意送给你的。你不喜欢，可以扔了。"

庆春脸上的表情毫无恶意："春强，你千万别生气，这礼物我很喜欢。可这是你送给我和新民结婚的礼物，现在我们不能结婚了，所以应当还给你。"

这语气中的真诚使李春强的心情得到了一点安抚，他说："那就算我送给你一个人的吧，东西不大，就算为了咱们的交情。"

庆春还是执意把那精致的小盒放在李春强的怀里，摇头道："不、不，如果不是结婚，咱们同事之间送什么礼呢，而且这礼物太贵重了，我心里承受不下。"

李春强眼睛看着那红色的小盒子，闷着气说："你实在不要，我不勉强。”他抬起头，冲庆春笑了一下，笑得有些苦涩：“算我自作多情吧。”

庆春不知为什么突然想起了新民，她突然觉得满脑子都是胡新民的音容笑貌，她的眼睛湿润起来，但竭力故作镇静，强迫自己若无其事。

“春强，你照顾我，对我不错，这我心里知道，其实我心里挺感谢你的。我，我也替新民谢谢你了。可你知道，新民刚走，我心里，还乱得很。我要是说了什么、做了什么，你别往心里去。”

李春强理解地点点头，他转身骑上自行车，骑了几步又下来了。回头看去，楼前的路灯下，庆春依然在原地站着，李春强说：

“明天去上班吧，咱们再好好商量商量这个案子。”

七

当欧庆春在家门口送走李春强的时候，肖童正衣冠楚楚地随着他过去的历史课老师郁文涣坐在中国大饭店日本餐厅一间雅室的“榻榻米”上，救场如救火地客串着一幕“拉郎配”呢。

肖童过去在慕尼黑探亲的时候，曾有一位日本老头儿请他们一家吃过一次日本料理，所以对吃这种“和食”的规矩，他不算是白丁。他可以不用人教就把绿芥末用筷子熟练地在酱油里调匀，把“天妇罗”的萝卜泥倾入配好的料汁儿里搅开。连郁文涣都禁不住把眼睛斜过来，亦步亦趋地学着他的“法儿”吃，好在“榻榻米”也是改良的，虽然进屋照例要脱鞋，但用不着屈膝下跪。桌子下面挖了一个大坑，恰好能把双脚放进去。

肖童最终之所以跟着郁文涣来了，基本上是为了“好玩儿”。他在医院里瞑目卧床那么多天，不知不觉萌生了许多顽童心理。如今乍一解放出来，对一切未曾体验过的事情都产生了兴趣。他想，不就是陪着吃吃饭吗，人家问什么答什么。反正有郁教授周旋着场面，他这个逢场作戏走过场的角色，没什么难演的。

他们进去的时候，那位叫欧阳天的老板和他的千金小姐已经在座。郁文涣一边弯腰脱鞋一边仰脸寒暄，首尾不能相顾。那位老板瘦而精干，穿着雪白硬挺的衬衣，袖口还扎着晶亮耀眼的袖扣。上好料子的西服随意地扔在“榻榻米”的竹席上，脖子上却古板地系着宽幅的领带。他言谈不多，笑容更少。而那位小姐二十多岁，同样不苟言笑，眉目虽端正，表情却阴鸷。说好听了算是个“冷美人”式的女子，只是肖童并不喜欢这种类型。

坐在席子铺就的“榻榻米”上，脚伸进桌下的大坑，双方才正式彼此介绍。其实介绍都是由郁文涣来完成的。按礼节他先把肖童介绍给欧阳父女：“这是我们学校的研究生，学法律的。我教过他，所以知根知底，挺本分、挺用功、挺有才的……”

接着他又介绍那位老板：“这就是欧阳老板，哎，你可不能叫老板，你得叫叔叔，咱们今天得论辈儿。”之后，依序轮到此时此刻的主角儿，“这是欧阳兰兰。兰兰，你管我也得叫叔叔啊。”

欧阳兰兰微微一笑，并不多言。肖童飞快地偷看了她一眼，不料和她的视线撞个正着。那女孩儿真不知道害羞，眼睛正无所顾忌地看着他呢。

这下倒印证了郁文涣事前的介绍。肖童想，看来这女孩儿对自己确实毫无“相亲”的意思，否则脸上不可能没有一点羞涩之态，目光不可能没有一点躲闪回避。她面无表情地对他直视，像看着一个同性或者路人。这也难怪，因为据郁文涣讲，她爸爸托人给她介绍过好几个对象，清一色的书香门第，结果见过之后都让她给“毙”了。肖童想，像这类的“见面”她不知已经是几番经历了。

介绍完毕，喝着日本的绿茶，他感觉那父女俩的目光始终盯在自己的脸上。虽然他知道这对他来说不过是在完成着一项任务，但依然感到有点难堪。他甚至觉得在他们的目光中，有一种居高临下的优越感，那目光不像是相女婿，倒像是挑保姆。这使他的难堪几乎转而变成了一种愤怒。

女孩儿的父亲开口问：“你多大了？”

“我……二十三了。”

“你不是研究生吗，怎么才二十三岁？”

郁文涣连忙替他遮掩：“刚考上的，可不二十三岁，年轻有为呀。”

肖童心里最怕的是他们问他的生肖属相，因为二十三岁该属什么，他完全没有常识。而女孩的父亲却只是在问郁文涣：

“你原来不是说，他有二十七八岁了吗？”

郁文涣硬着头皮装傻：“没有，没有，二十三岁，我一直说二十三岁。噢，兰兰今年多大了？”

父亲替女儿说：“他们同岁。”郁文涣牵强地笑着：“那正合适，正合适嘛。”

接下来郁文涣又要男女双方通报出生月份，肖童说自己五月生人，女孩的父亲说女孩是十月。郁文涣击掌道：“也合适，男的应该比女的大一点。”

女孩儿的父亲并未理睬郁文涣，而是用一种过于严肃的态度继续盘问肖童：

“你家里兄弟姐妹几个呀?”

“就我一个。”

郁文涣笑着插嘴:“他爸爸妈妈都是知识分子，所以计划生育搞得好。”

“你父母是做什么的?”

“搞金属材料研究的。”

“在哪个单位呀?”

“他们已经出国好几年了，他们和德国几个科学家共同搞了一个实验室。”

“那么你以后也要去德国吗?”

“也许要去吧，不过我得先上完大学。啊，得先读完研究生。”他无意间差点说漏了嘴，但女孩的父亲没有注意。

这场“相亲”的气氛，与肖童事前的想象，大相径庭。女孩儿的父亲像是查户口一样，不断地对他的年龄和父母盘根问底。而女孩儿则一直看着他，像看一件东西那样直眉瞪眼，不加表情。这都使他感到很不舒服。虽然他只是替郁教授应付差事的一个角色，或者干脆说，是一个道具，但这一晚上的境遇仍然使他觉得受了屈辱。他几乎有点后悔到这儿来充这傻帽儿。他看着郁文涣和那女孩的父亲高谈阔论着什么项目开发、贷款担保之类的生意经，心里不免有些厌恶。后面上来的菜他赌气几乎没吃，并且除了简短回答一两句问话外，一直沉默到结束，以此来表现出应有的气节。

女孩儿的父亲也没有再问他什么话，散席后双方很简单地分了手。他们没有要他留下电话和联系地址，也没有给他留下任何约定。郁文涣几杯清酒下肚，略有醉意，看不出眉高眼低地和女孩儿的父亲约了明天见，说明天再细谈。女孩儿的父亲很冷淡地说“好吧”。

肖童没有回学校，他的被子床单都送去拆洗了，最快要第二天才能去取。他晚上一个人回了家。打开电视却没有心情看，直到熄灯上床他还对这一晚上的窝囊感到气愤。好在第二天早上他就把昨晚的坏心情忘得一干二净。他起得很早，按时赶到学校上了第一节课。中午又势不可当地吃了一大饭盒米饭外加两个好菜，因为昨天晚上他压根儿就没吃饱。

下午上完了课，他和系里的同学在操场上踢球，郁文涣找他来了，站在操场边上向他招手。

他跑到场边，笑着问他：“郁教授，你们那项目谈成了吧，你说应该怎么谢我？”

郁文涣目光奇怪地看他，问：“你知道人家今天怎么跟我说吗？”

肖童没正形地说：“知道，那女的说不成，我一点都不喜欢那小子，那小子不够魁梧，太没感觉了。他爸就说，郁经理，郁教授，这个既然不行那就麻烦你帮忙再找一个吧，今天晚上在……在香格里拉吧，再来一顿，哈哈哈！”

郁文涣冷笑：“算你猜对一半，她爸爸是不喜欢你，他觉得你年龄太小，完全还是个孩子，照顾不了兰兰。可你猜不出来吧，这次兰兰倒是把假戏做成真的了。她说她觉得你行，她同意和你交朋友。为这事昨天晚上她和她爸爸已经吵了一架了。她爸爸坚决不同意，她呢，倒像是非你不嫁了。你说这事怎么闹成这样了，你要真和兰兰好了，她爸爸非得埋怨我不行！”

这一席话说得肖童直愣神儿，他都搞不清郁文涣是开玩笑还是真的。他拦住郁文涣的话：“等等，等等，郁教授，她同意我还不同意呢，您饶了我吧，我这是替您完成任务去了。您可是跟我说好的，就一顿饭，吃完了各走各的。您可千万别给我招来那么多扯不干净的事儿！”

郁文涣眨着眼，有苦难言地点头：“那是，那是。”

郁文涣嘴上这么说，可是到晚上他还是跑到学校图书馆来找肖童。他把肖童叫出安静的阅览室，叫到楼道里没人的地方，说：“哎，这事还真麻烦，兰兰又找我了，非要你的电话号码不可，你说怎么办？”

肖童心里有点烦：“你就说那天见了面我没看上她。”

“那可不行，那女孩儿自尊心强得不行，你不干归不干，别拿话伤人家。”

“那你说我没电话，这也是真的。我们宿舍里的电话特别不好打，打通了他们也不给叫。”

郁文涣“噢噢”了两声，低头琢磨着什么，然后抬头说：“你有 BP 机吗？要不，你把 BP 机号码给她。”

肖童倒确实有个汉显 BP 机，但他说：“没有啊，有我也不给她。”

肖童说着返身就想走，郁文涣叫住他：“哎，你总得告诉我怎么跟人家回话呀。”

肖童本想说“这是你自己的事，与我何干”，但毕竟要顾及郁文涣的师道尊严，他只好耐着心说：“不行的话，你就说我有女朋友了。”

“你开什么玩笑，有女朋友了我还带你去见面。”

“那你就说我有急事到外地去了，或者你就说我刚查出有甲肝、肺结核、羊痫风。再不然你就说我犯事了，让公安局给拘起来了。随便你怎么说，啊，我不在乎！”

郁文涣在他的脖颈子上拍了一下：“你这小子，送上门的好事你不要，活该。”

郁文涣苦笑着走了。

第二天晚上，肖童晚饭后照例去图书馆看书，刚坐下没一会儿，一个同学过来在他耳边说：“肖童，外面有人找。”

“谁呀？”

“是个女的。”

“女的？”

肖童疑惑地走出阅览室。在图书馆的大门口，他看见了一位身穿警服长身玉立的漂亮的女民警，他不禁有点纳闷，这是找我的吗？但女民警一开口，他马上知道她是谁了。

女民警说：“你不认识我了？”

“啊！你是欧庆春，对吧！”

一听她这熟悉的声音他心里快乐极了。他热情地领她走下图书馆的台阶，却不知要带她到哪儿去。“我还以为我犯什么错误了呢，你穿这身‘官衣’来吓了我一跳。”

“没打扰你看书吧？”

“没有没有，书看多了，人就呆了。”

他们顺着校园里幽静的小路走，庆春说：“书中自有黄金屋，书中自有颜如玉，书是一个学生命运的梯子。我上大学那会儿，最不喜欢晚上看书的时候被人打搅。”

肖童说：“你不来找我，我也应该去找你的，我还没好好谢谢你呢！”

他的这句话使女民警站下来，仔仔细细看着他的眼睛，目光久久不肯移去。肖童有意把眼睛睁大，问："像他的吗？"

"什么？"

"我说眼睛，像他的吗？"

庆春未及回答，仿佛有泪花在眼里打了一个转，她的目光不再和肖童对视。她低下头，说："你的眼睛比他的漂亮，你是个漂亮的小伙子。"

肖童问："你未婚夫，一定也很漂亮。我真想看看他的照片。"

庆春说："不，他不漂亮，但人很好。"

肖童脸上笑着，他看着庆春，说："你知道吗，你差点儿骗了我。"

"我骗你？"

"是啊，你说你不漂亮，这不是真话。你是我见过的最漂亮的警察。"

庆春笑了："是吗，真谢谢你夸我。"

"真的，包括电影里的女警察，你比她们都漂亮。"

庆春不置可否地换了话题："那天，你出院那天，我单位里正好有事，走不开，不然我会来的。"

肖童问："你怎么找到这儿来的？你真不愧是个警察。"

庆春说："你不是告诉我你在燕京大学法律系吗？你们这儿有几个肖童？"

肖童说："有两个，不过那个是女的。"

他们在小路上无目的地走着，无意间转到了校门口，庆春说："行了，我看见你的眼睛好了，就放心了。你注意保护，看书别太狠了。"

这像是告别的话了，可肖童意犹未尽，他提议："咱们到那边再转转吧，时间早着呢。那边有个湖，很美的。你来过我们学校吗？"

庆春说："我得走了，我们以后还见得着。"

"你们很忙吗？当警察是不是很辛苦？"

庆春说："还行吧，我前几天一直出差，要不我早来看你了。"

肖童把庆春送出学校大门，两人握手告别，肖童说："以后我想找你的话，可以去你们单位吗？"

庆春想了想，说："可以，我给你留个BP机号码，你有事可以呼我。"

肖童说："我也有BP机，是汉显的。你也可以呼我，如果有事需要我帮忙，随叫随到。"他们互相记下了对方的BP机号码，然后肖童一直目送庆春走远。她的背影在路灯的照射下，是一个金黄的轮廓，既真切又朦胧，使人依依。在校门口进进出出的人看见一个本校学生和一位漂亮得像模特一样的女警察恋恋不舍的样子，无不侧目而视，窃窃私语。肖童觉得很有面子很开心。

回到宿舍，立即就有人问他："嘿，他们都说你有女朋友了，就是那个警察吗？"

肖童思绪恍惚，不想回答，走到床前倒头便睡。伙伴们更认定了他们的猜测。第二天班上就有同学在议论那个漂亮的警察是真的还是假的。

这就叫新闻，全校最俊的小伙子和一个英姿飒爽的警花，在月下惜别……几乎可以炒作成一部校园传奇！

那天晚上肖童根本睡不着觉。庆春突然的来访真是一个意外，这个意外带给他长时间的兴奋和愉快。庆春的声音充满磁性，给人无穷的好感。过去看不见她的时候，肖童便用想象勾勒她的容貌。想象总是高于现实的。可肖童没想到，现实中的庆春比想象中的更好。

一连几天他心神不定，上课时他反复把庆春的BP机号码在纸上涂写。他想他应该给她打个电话，约出来再见见面。他不知道自己能够帮她做些什么。她有什么难处吗？家里需要个人出力气帮忙干活儿吗？家里生活困难需要钱吗？肖童想，如果庆春能把他当成最亲近的弟弟，有什么难事就来找他，那该多好，他会用自己的全部所能来帮她的。

他带着失恋者一样的心情单相思了好几天，转眼到了周末。肖童决定星期六或者星期天，无论如何要使用一次那个BP机号码。他想最好她能出来和他找个地方聊一会儿。他可以说自己找她是为了要联系个公安单位做点社会调查。他是学法律的，找她要点案例什么的也名正言顺。

星期五下午一放学，他就着急回家。他的比较满意的衣服都是放在家里的。他刚刚把山地车从车棚子里搬出来，一个外系的球友跑过来告诉他，有个女的不知从哪来的要找他，正在球场那边打听呢。

是庆春吗？他心口一跳，马上又冷静下来。不会的，他想，一定是文燕，心里不免有些生气。他以前和她约法三章，不许她到学校来找他的，可她怎么还来了。

他推着自行车，不紧不慢地往球场走，心想今天晚上绝不和文燕待在一起，顶多一起上街吃个饭，然后各回各的家。不料他还没走到球场便蓦地一下愣住了，他看见从球场那边向他走过来的并不是郑文燕，而是那位冷眉俊眼的富商之女欧阳兰兰。

八

欧庆春和肖童说她出了几天差，并非虚言，几天前她去了天津和河北宁河。而且这次也并非一个人独往独来，李春强给她派了个杜长发做助手。他们俩用了三天的时间，在天津监狱和茶淀劳改农场提审了十一个贩毒案的案犯，收获不小。在这十一个服刑的在押犯当中，至少有三个人从照片上认出了胡大庆，并且供出胡大庆以往的一些行迹和他常用的假名。从他们提供的情况看，胡大庆确实不是一般的毒品贩子，他贩毒的次数之多、与毒贩的联系之广、贩毒的数量之巨，都超过了庆春他们原来的估计。

于是，在他们回京以后，李春强专门安排了一次向处里的汇报。处长马占福亲自听了这个汇报，也觉得这很可能是一个不大常见的涉毒巨案。

因为庆春在汇报结束时的结论是非常明确的：第一，胡大庆贩毒的点线很广。仅从几个案犯的交代看，已经遍及北京、天津、东北和广东，算得上大江南北、长城内外了。第二，他长期使用数个假名以及假身份，进高档酒楼，住高档酒店。在康宏娱乐城缴获的登喜路牌的西服，市价可卖到上万元，可见他贩毒已经非常职业化而且毒资巨大。第三，随身携带武器，并且开枪杀人，手段凶残且极有经验。仅这三点，足以证明他不是一般的小贩小倒。从那天在那幢西洋楼现场缴获的毒品看，他一次出手就是上千克海洛因，说明他并不零售，而是那些批发商的供应者。

在庆春汇报的过程中，马处长没有提问和插话，但从他脸部的表情上，看得出是认真听了。庆春谈完之后，他没有立即表态，而是让李春强先发表看法。

李春强说："庆春的结论我同意。现在提出的问题是，胡大庆之所以能够在这么广阔的区域内进行这么大数量的专业贩毒，他显然不是一个'个体户'。只有集团犯罪，才能做到这种水平。现在我们可以假设，这是一个内部系统严密，并且有很好保护措施的贩毒组织。他们有人进货，有人储藏，有人运输，有人销售，有人洗钱，甚至，有专门的制毒据点。那么这个胡大庆，也许只是整个毒品销售网络中的一个骨干销售人员，也就是这圈子里的人说的那种'批份儿'的角色。我们现在寻找胡大庆的目的，应该是要挖出这个毒品集团的主体，还有这个集团的首犯。"

处长点头，脸上有了点笑容："不错。"他说："你们队这段搞得不错，这本来是个线索不多的人物，你们能搞出这么多情况来，而且推断出一个集团犯罪的背景。不管抓没抓到胡大庆，这都是个重要的收获。"处长抓抓头皮，接着说："不过，推理可以大胆，论证须要小心。你们还是要多找些证据，不忙下结论先入为主。另外，你们抓紧把刚才汇报的内容整理成一份专题报告，我们向局里报一下。我看，查清这个案子首先得找到胡大庆，找胡大庆光咱们一个处在北京地区常规地这么查远远不够。我们可以建议局里请公安部协调，要求一些重点城市重点地区，一起查找他的下落。”

处长对刑警队的这几句表扬，和对下步工作的这个安排，让庆春的心情大为开朗。她这几天的辛苦，算没白忙。既对得起死去的胡新民，也给刑警队和李春强添了彩，争了光。李春强毕竟还算新官上任，她知道他对领导的评价还是比较在乎。

给局里的报告是她连夜写的，第二天一早就交到了李春强的手上，李春强几乎没改就转呈了处长。因为处长对这个案子已经有了一个“大胆假设，小心求证”的原则意见，所以李春强并不等着这份报告的批复，便着手布置力量开始了对胡大庆的搜寻工作。庆春当然参与其中，到各分局部署排查，搜集线索，忙得起早贪黑，一连几天连父亲那边都没照过面。她早上出门时父亲还未起，晚上回家时，父亲已睡去，他们每天只是互相留条子问候一下。

周末又忙了一天，星期天的上午他们在一起开了个情况碰头会，散会后，李春强下令：“下午什么都不干了，休息！”

等队里的同志大部分都走了，李春强叫住庆春，约她晚上到他家去吃晚饭。

“我妈叫我请你去的，她今天晚上做大蒜烧黄鱼，你过去吃过的，我妈还记得你最爱吃她这道菜呢。”

庆春想了一下，回绝了，“下回再去吧，”她说，“我爸爸好几天都留条子希望我能和他一起吃个饭，我今天想陪陪他。”

其实，她回绝李春强并不仅仅是因为要陪父亲。她觉得新民去世还未足月，她不应该和李春强打得火热。

回家的路上，她在一家超级市场买了几斤鸡爪子，父亲爱吃这个，做得也拿手。可还没进家门，她的 BP 机便响个不停，BP 机一响她就有点条件反射，每个汗毛孔都紧张起来。她猜不出又发生了什么紧急情况，和父亲共进晚餐的计划刹那间又变得遥远了。

这是一个从未见过的电话号码。她回家先跑到父亲房间的门厅里打电话。电话接通后，她的心情立即松弛下来。呼叫她的人原来是燕大法律系的那个大学生肖童。

肖童在电话里的声音如同他的相貌一样，充满青春的朝气，这使庆春隐隐被某种已经遗忘的东西所感染。肖童问她下午是否有空，她故作老成地反问有什么事吗，肖童说没什么大事，有点小事能不能见个面。她问到底什么事，大概是哪方面的事，肖童说这是公用电话不便久占，最好见面再谈。见他这样神神秘秘，庆春心里发笑，她本想让他到家里来找她，犹豫了一下，转念约了另一个地方。

放下电话，又把买来的鸡爪子放进冰箱。她看一眼父亲的卧室，卧室的门是虚掩的，里边没有声响。她叫了一声：“爸爸！”依然无人应声。她推门进去，见父亲睡在床上，鼻息很重，她又叫了一声：“爸爸。”父亲才哑哑地应道：

“回来啦。”

父亲的床头柜上，零乱地摆着药瓶和水杯，她还没来得及细想就又看到了父亲苍白的脸色和像是几日未刮的胡子，她问：“爸爸，您生病啦?"

父亲侧动了一下身体，把脸对着她，说:"啊，有点不舒服，可能是感冒了。"

庆春坐到父亲床边，用手去摸他的额头。"发烧啊!"她说，"怎么搞的，什么时候病的，去看了吗?"

"好几天了，可能快好了。"

庆春着急了，因为父亲的额头依然滚烫。她手忙脚乱地把父亲扶起来，嘴里一劲儿地埋怨着:

"您干吗不去看病呀，您起不来可以呼我呀，这都几天了，非耽误了不可。"

父亲说:"你这几天不是忙吗？我想给你打电话来着，后来一想，算了。"

庆春说:"您每天不是都给我留条子吗？为什么不说呀?"

父亲说:"我自己有药。你妈不在以后，我生病还不就是这样一顶就过来了。你整天在外面跑，出差，还能指着你?"

庆春帮父亲穿鞋:"您这不是骂我不管您吗？您又不说，您说了我可以请假。"

父亲说:"你现在要奔事业，我老耽误你干吗。你妈一死我就想好了，我自己能克服的，不拖累别人……你给我穿鞋干吗，我不去医院，我有药……"

庆春气呼呼地说:"我怎么就成'别人'了。"她硬给父亲穿上鞋，打电话叫了出租车。在等出租车的时候，没忘在肖童的BP机上呼了一句话:

“我陪父亲去平安医院，见面取消，抱歉。”

半小时后，出租车来了。父亲还不想去医院，她强迫地扶着他下了楼。父亲毕竟已经六十岁了，万一拖出更大的病来如何了得，她想。

平安医院是离她家最近的一个医院，也是父亲单位的合同医院。从她家到平安医院一共五分钟的车程，出租车费加上来她家的空驶费也不过区区二十八元。但麻烦的是，她给了司机一张一百元的票子，那司机死活找不开。她把自己全身翻遍了，全部零钱也凑不足二十块。司机说:“你让这老同志在车里等着，你去换。”她说:“这附近也没商店也没饭馆到哪儿去换?”司机说:“你可以到医院里的收费处去换。”庆春说:“收费处总是排大队，给不给换钱还不知道。”两人正在交涉，突然有一只手从敞开的车窗外把三十元钱钞票递进来，说:“这是三十元，不用找了。”

庆春抬头一看，原来是肖童，不由得惊讶地叫道:“你怎么在这儿?”

肖童得意地一笑:“我无处不在。”

他们一起扶着庆春的父亲走上医院的台阶。在整个看病的过程中，庆春一直陪着父亲，而挂号、取单、划价、交费、领药等一系列跑腿排队的差事，全是劳驾肖童。父亲得了肺炎，幸亏来了医院，打了青霉素，否则弄不好就会转成了别的。庆春心里有些后怕，所以，尽管父亲非常不愿意，她还是坚持让父亲留下来住院。

医生说:“住也行，不住也行，不住就把针拿回去按时打。”

庆春说:“不能不住，万一病情变化，在医院里每天有医生查房可以马上采取措施。再说回家打针也不方便。”

于是医院给安排了病床，并且马上给吊了瓶子。庆春要回家替父亲去取东西，肖童自告奋勇留下来陪着父亲。庆春有些过意不去，让他回去。肖童执意不走。他说："你在医院里陪了我那么多天，总得给我个机会报答一下吧。"庆春只好不再客气，她说："那好，马上该吃晚饭了，你回头问问老头儿想吃什么，你帮他订上。另外你盯着这个点滴的瓶子，要是打完了赶快找医生来换。"

庆春嘱咐完便匆匆走了。她没坐出租车，而是乘公共汽车回的家。这时正是上下班交通高峰，她在路上耽搁了半个多小时才到了家。父亲的东西都是他自己放的，放在什么地方庆春并不清楚。她翻了半天才把父亲住院要用的牙膏牙刷、内衣内裤、半导体收音机和老花镜等一应物品打点齐全。刚要走的时候门铃响了，李春强突然不请自来。

他拎来了一个饭盒，饭盒里放着他妈妈做的大蒜烧黄鱼。他听庆春讲了父亲生病的情况，说："那正好把鱼送给你爸爸尝尝。"

两人没有多谈就出了门一起往医院来，庆春拎着给父亲带的东西，李春强拎着那盒烧鱼。两人赶到医院，庆春的父亲已经打完了吊针，正在喝粥。李春强不失时机地送上大蒜烧黄鱼，口齿不甚利落地说了些慰问的话。父亲看了鱼，夸奖了几句便让他们带回去自己吃。李春强坚持留下来并说这鱼不用热，冷着吃也别有滋味。父亲说："我一不舒服，胃口就不好，不喜欢味重油腻，我就想喝几天粥，清清肠子。"

站在一旁伺候的肖童插嘴说："伯伯现在就喜欢喝粥，已经喝了两碗了。医院的饭我知道，菜做得一点味儿没有，就是粥熬得好。"

李春强上下打量肖童，庆春一时不知该怎么介绍："这是肖童，我的一个朋友，一个小弟弟。"

肖童显示出年轻学生那份特有的大方和交流的主动，向李春强伸出右手："你好！"李春强也伸出手和他握了一下，点了一下头。庆春对肖童说：

"这是我同事。"

天色已晚，医生过来轰人了："不是陪住的都走吧，快点快点，明天再来。"他们不得不离开病房。走到街上，庆春饥肠辘辘，建议就近找个饭馆随便吃点什么，两个男的一起说好。

他们转了半条街，才找到一个说不清是个体还是国营的餐厅，进去坐下。推让了一番，才由庆春点了菜。没有要酒。在等菜的时候，肖童从背包里取出早已为庆春买好的那个水晶玻璃的相框，打开来给庆春看。问她喜欢吗，庆春说太好看了，既高雅又纯净。说得肖童脸上春天般的灿烂一片。他说："我一猜你就喜欢，这就是送给你的。"庆春说："真的吗，那太不好意思了，不过你眼光不俗，挺会买东西的。"

菜上了，庆春去了洗手间。两个男的便搁着筷子等她。李春强把那相框拿在手中把玩，随口问道："这是在哪儿买的，多少钱？"

肖童说："你看不出来吧，告诉你这是水晶的，两千八百块钱呢，不过你千万别告诉她，要不她该骂我了。"

李春强抬眼看着肖童，满脸疑惑地问："你是她什么人呀，干吗送她这么贵重的礼物？"

肖童并不掩饰自己的兴高采烈："没什么，朋友嘛，我觉得她好，所以就送她，花多少钱心里愿意就行。"

也许是二千八百块钱这个数字使李春强格外不舒服，这居然和他送给庆春的结婚礼物同等价值。他皱着眉头问："你不是学生吗？哪来这么多钱，是不是跟你爸爸妈妈要的？"

肖童一愣，还没想好怎么回答，李春强又说：“小伙子，以后要送人这么贵的东西，应该自己挣钱买，别伸手向家里要。这个习惯不好。”

肖童似乎对李春强的这番教训很反感，收起笑容，顶嘴说：“我还没有工作，我父母供养我是应该的。我把他们给我吃喝的钱省下来，给我自己喜欢的人买件东西，既合法又合理，我没觉得有什么不好！”

李春强有点板脸了：“你喜欢她？你多大了？”

肖童也有点顶牛的口气：“我二十多了！怎么了？”

欧庆春在这关键的时候回来了，笑着问肖童：“干吗呀，报户口哪。”

两个男的都住了口，一起拿起筷子，但互相在感觉上已经有了点对立，谁和谁都不说话，要说话也都随着庆春的话题。

庆春说：“你们知道我爸爸为什么最不爱住医院吗？他每天必须看电视。医院里看不了电视。”

肖童马上深有同感地附和：“没错，我住了这一段医院，一出来就是喜欢看电视，连广告都看不腻。你平常看电视吗？你都爱看什么节目？”他问庆春。

庆春还未答，李春强便鄙夷地回了肖童一句：“干我们这行的，一天忙到晚，我们不能和你们这些有闲阶层比，可以天天没事守着电视。”

庆春看一眼李春强，一时不懂他的话里为何带刺儿。肖童不知是没听明白还是没心没肺，继续发表议论：

“现在的电视节目看得多了也就不爱看了。历史剧全是戏说，现代剧全是瞎写，无论是写男盗女娼还是写无私奉献，都是生活中找不着的，离现实太远。”

李春强正色道："男盗女娼是瞎写，无私奉献怎么也是瞎写？生活中不容易看到的才更要写，才更要提倡。现在的文艺作品，写献身精神的、写高尚品质的就是太少了。"

肖童像是不屑置辩地笑一笑，脸冲着庆春说："写得少是因为现实中太难找，人人都是雷锋你信吗？"话音一转，他的嘴又甜起来："不过庆春我最佩服你了。你陪了我这么多天，你图什么呀，就算是为了你以前的那个人吧，那也让我挺感动的。所以我一直觉得你特伟大。"

庆春笑了，她是笑肖童的幼稚和天真："肖童，你身边的老师和那么多同学，就没有高尚的人吗？肯定有，你不注意罢了。年轻人热血沸腾，最容易为什么东西而献身。"

肖童笑道："你说的是'追星族'吧。"

李春强皱着眉头对庆春说："你别跟他讨论这个，他听不懂。咱们上大学的时候也不像他们这样玩世不恭，真是一代不如一代了。"

肖童一脸不服的样子，眼睛依然不看李春强，只看着庆春，说："可世界总得向前走！"不知何故，庆春竟觉得这一大一小两个男人无甚道理地互相顶牛，倒也十分有趣。她微笑着，用一种母性的宽宏和达观的口吻，说："一代不如一代其实就是一代看不惯一代，自古已然。处里那些老同志还觉得咱们不如他们呢，可你李春强现在还不是当了一队之长，也管上大要案了。你别看肖童现在这么没正形，说不定今后什么时候，就成了一个壮烈献身的英雄了。江山代有人才出，各领风骚数百年。不服不行。长江后浪推前浪，也是一条自然规律。咱们现在干得再好，未来也是肖童他们的天下。"

李春强倒不去反驳庆春，肖童却疑惑地瞪起眼睛："嘿嘿，咱们年纪也差不多呀，你这口气怎么像比我大一辈儿似的?”

庆春不置一词，她笑眯眯地，端起饮料杯子，先向李春强，后冲着肖童，说:“为我们当前的英雄和未来的英雄，干杯!”

九

和欧庆春、李春强一起吃完了饭，肖童和他们就分了手。他在街边的公用电话上呼了郑文燕。他呼文燕是因为从上个星期五的晚上到今天一整天，文燕已经呼了他无数遍。

文燕在电话里当然不高兴，克制着委屈掩饰着怀疑问他整个儿大礼拜干什么去了。他说朋友有辆车跟朋友上郊区学车去了。文燕说："我呼了你那么多次你连回个电话的时间都没有吗？"他说："郊区 BP 机收不到，收到了也没电话。"文燕说："我还以为你出什么意外了，百呼不回都把我急坏了。"肖童说："没事没事，你别瞎操心了。"

确实，除了今天他去找了欧庆春外，从星期五的晚上到星期六一天，缠住他整个儿周末的，是欧阳兰兰。

他在球场边上见到欧阳兰兰时有点不知所措。他是一个讲面子的人，既然在一起相过亲吃过饭，此刻见了面他就得主动寒暄。他故作惊讶地和欧阳兰兰打着招呼："哟，是欧阳……欧阳兰兰吧，你怎么到这儿来了，是找人吗？”

欧阳兰兰依然是冷面孔，见面的笑容在脸上稍纵即逝：“是啊，找人。”

她的目光毫不躲闪地盯着他的脸，那目光使肖童知道没必要绕圈子。他也学着她的样儿，一点不笑地问：

“是找我吗？”

“对！”

“有事吗？”

“想和你谈谈。”

“呃，那么，郁教授，郁教授是怎么和你说的？”

“说你对我印象挺好。”

肖童直犯愣，心里暗暗骂街。郁文涣居然为了自己的教授面子，把他像“击鼓传球”那样扔给欧阳兰兰就不管了。他本来以为这是一场事先约定了结局的游戏，结果发起人自己反倒破坏了游戏规则。肖童带着一种恶毒的报复心理，一脸戏谑，甚至谑而近虐地说道：

“对，我爱上你了。”

欧阳兰兰没有一点动容，摇头说：“我看得出真假。”

欧阳兰兰的这句话使他马上又打消了恶作剧的想法。他和这女孩儿无冤无仇，犯不着拿她开心出气。他说：

“你当然知道了，昨天晚上那顿饭，就是你和郁教授一起策划的一场表演。我们四个人中，只有你爸爸被蒙在鼓里。”

欧阳兰兰说：“可我还是很高兴认识你。”

肖童不得不也客气一下：“我也很高兴，可这对我们并没什么意义。”

“相识就是缘分，这本身就有意义。”

女孩儿的执着使肖童有点着急，他不想伤她的自尊，但又不知怎样表白自己。他喘了口气，问：

“我们郁教授到底怎么跟你说的？”

欧阳兰兰笑一下：“刚才我骗你呢，郁教授把你的意思告诉我了。”

“我的什么意思？”

“你觉得和我交朋友不合适。”

“呃——”肖童斟酌着词句，一时拿不准说什么来圆场。欧阳兰兰既如此直言，他反倒不能把话说得不客气：“其实，其实……”

“其实不接触一下，怎么知道合适不合适。”

“其实我不是说不合适，我是说，我现在是学生，还不想这么早找女朋友。学生以学习为主，我刚休了好几个月病假，得抓紧时间把课补上。”

“我不会影响你的学习，也许在你学累了的时候，我还会成为你的一种调剂。”

肖童有点傻眼，他从未见过女孩子如此主动的，连文燕当初也不曾这样。他心中纳闷：这女孩看上我什么了？

“我们出去走走，好吗？”

女方居然已经开始约他散步了，他慌慌张张地说：“哎哎，你知道不知道，我可不是研究生，郁教授骗你们呢，我才上大二，而且我比你小，我才二十一岁。”

欧阳兰兰平静地说：“女大三，抱金砖。”

肖童说："你再好好想想得了，我脾气坏着呢。我虚有其表，和我接触的女孩儿，没有熬过三个月的。"

"三个月？那我更要试试。我想干成的事，没有干不成的。"

肖童直吸气，不过这女孩的性格多少使他有了点好奇。但他还是说："那就抱歉了，因为，我已经有女朋友了。"

这是他最后的一张牌。欧阳兰兰果然愣住了，这句话显然出乎她的意料。她半信半疑地盯着肖童，肖童的表情上，镇定中暗藏着得意，他有点画蛇添足地加了一句：

"真的，我不骗你。"

欧阳兰兰严肃地点头："好吧，我不能强迫你，那我们就做个普通朋友吧。要是三个月后，你的女朋友照例熬不住逃走了的话，你别忘了，这儿还有一个替补的。我喜欢你。"

肖童环顾左右，摆着手："别别，别这么大声。做普通朋友可以，但有个前提，咱们得约法三章，你同意不同意？"

欧阳兰兰冷笑一下："你的毛病可真多。"

肖童说："第一，普通朋友就是普通朋友，相互接触得保持距离。"

欧阳兰兰说："别自作多情了，你以为我会强暴你！"

肖童笑了："瞧你这个性，你什么不敢干。"

欧阳兰兰说："第二是什么？"

"第二，以后你不许到学校来找我，让同学老师看见了影响不好。万一再让我女朋友知道，我就死定了。"

欧阳兰兰说："看来还有比我横的。"

肖童说："你答应不答应？"

欧阳兰兰说："你总得告诉我怎么能找到你吧。你别害怕，我不会总招你讨厌的。"

"呃，你呼我 BP 机吧。我是汉显的，有什么事可以呼在上面留言，别老让我回电话。我们学校打电话特不方便。"

欧阳兰兰记了他的 BP 机号码，接着问："第三呢？"

肖童想了一下，一时想不出还有什么："就先这两条吧，想起来再说。"

欧阳兰兰说："好，我也要约法三章。"

肖童说："你别跟着起哄好不好。"

欧阳兰兰说："我得要平等。"

肖童无奈："好好，你说吧。"

"第一，我们既是朋友，就应该彼此真诚，讲真话，不撒谎，不欺骗。你做得到吗？"

肖童："你说第二条吧。"

"做得到吗？"

"好，我做得到。第二条是什么？"

"你不许再和第三个女人谈情说爱。"

"怎么叫第三个？谁是第二个？"

"除了你现在的女朋友之外，不许再花心。"

"我还有没有点自由了？"

"我最讨厌到处拈花惹草的男人。"

肖童正色道："这我不会，可咱们算什么关系，你管得有点宽了吧。"

欧阳兰兰理不相让地说："就算是普通朋友，我也有权利提醒你。"

肖童苦笑："行，行，我服你了。"

欧阳兰兰也笑了一下："第三……"

肖童打断她："没第三了，我也只有两条，你不是要平等吗？"

欧阳兰兰没有再争，说："好，平等！"她好像办成了一件事似的长出一口气，说："为了庆祝咱们的友谊从今天开始，咱们现在一起出去吃个晚饭，好不好？"

肖童经这一番唇枪舌剑，真是有点累了。他急于摆脱地说："不行不行，我得早点回家，我还有事儿呢。"

"什么事这么重要？"

肖童扬起一只手指："嘿，你听着，我答应你彼此说真话，不撒谎，可不等于什么都得向你汇报。我还有没有点个人隐私了！"

欧阳兰兰用同样强硬的口气回敬道："你有不说的权利，并不等于我没有询问的权利。"

肖童一下让她顶住，一时语塞，不想恋战地说："好，好，咱们相互尊重对方的权利。我得走了，我确实有事。"

欧阳兰兰说："你去哪儿，我可以送你，我有车。"

肖童说："不用了，我有自行车。"

欧阳兰兰说："自行车可以放在我的后备厢里。放心，我把你送到就走。"

肖童犹豫了一下，说："行，那就谢谢了。"

肖童推了自行车，和欧阳兰兰一路走出校园。为了避免口舌，他故意和她拉开间距，路上也不说话。出了校门，路边停着的一辆簇新的宝马 740，"哗"的一声响，车灯粲然闪亮，欧阳兰兰手执遥控钥匙，打开车门，然后“砰”一声按起后备厢盖。这一连串动作和声音，把肖童看得呆了。

“这是你的车吗?”

欧阳兰兰没答，把后备厢盖高高掀起，命令道:“把你的车放进来。”

肖童放进自行车，问:“不会碰坏你的车吧?”

欧阳兰兰无所谓地说:“不会。”

这是肖童坐过的最为宽大豪华的汽车。那皮制的座椅、闪亮的挡把、太空船一般的仪表、无一不令他怦然心动。欧阳兰兰开起车来风度优雅，在这一刻竟也十分动人。肖童禁不住由衷赞叹:“这车真是太棒啦!”欧阳兰兰问:“你会开吗? 要不要试试?”肖童摇头:“可惜我不会，不过以后我肯定要学的。”

华灯初上，他们行驶在宽敞明亮的街道上，风驰电掣。发动机雄壮的轰鸣，使肖童感觉犹如驾驶着一辆高速坦克，那份势不可当的豪情，令人心花怒放，直到车子在他家的楼前停稳他还兴犹未尽。欧阳兰兰问:“我技术好不好?”他说:“不错，女的开车别有味道。”兰兰问:“什么味道?”他答:“英姿飒爽!”

看得出欧阳兰兰被夸得兴起，她主动提议说:“我教你开车，怎么样?”这时肖童已经拉开车门下了汽车。他用手拍了一下车子的顶篷，半是当真半是玩笑地说道:“要教就得拿这车教。”

欧阳兰兰无所谓地冷笑:“免费!”

“那谢了。”

肖童替她关好车门，无可无不可地认下了这个师父。

其实肖童早就打算学车的，先是因为出国探亲，后是因为眼睛失明，一拖再拖。他本来计划这个夏天的暑假无论如何要把车本儿考下来。开车是他自小以来的一个梦想。

墨绿色的宝马扬起一阵烟尘无声地开走了，充满诱惑的红色尾灯展示着迷人的奢华。肖童一直目送那尾灯在视线中消失，才返身上楼。他并不是送欧阳兰兰，他只是喜欢宝马。

进了家，他给自己下了点速冻饺子，对着嘴喝了一瓶啤酒，边喝边从书包里翻出前一天辅导员卢林东给他的演讲比赛的演讲稿。他必须在下周三以前把稿子背熟，因为卢林东专门请来的演讲老师下周三要指导他做第一次排练。另外，他还得看书。下周国际金融课要考试，他欠课太多。好在国际金融课的老师比较喜欢他，私下里已经指点了方向。但他必须再突击看看书，否则不及格补考的话，面子上未免难堪。

时间并不晚，人也并不乏，但书上的字迹却总是模糊。他几次晃晃脑袋试图集中精力，但思绪还是再三飘忽出去。他想此时不知欧庆春在干什么，一个公安人员的周末将是怎样度过？她穿警服的样子帅得逼人，那感觉给他一种意外的冲击。她说她有二十七岁了，可看上去像与自己同龄。在图书馆的大门口见到庆春的第一面，他便认定这就是自己多年以来的梦中情人，美丽、矫健、成熟。这种英雄式的女子最让他心动。

他一静下来，脑子里立即便充满了庆春的一颦一笑、一举一动。他一静下来便热衷于这些想象。想象她身穿紧身的迷彩服，腰佩小巧的坤式枪，驾车飞驰，短发飘扬。那车子不是富贵的宝马，而是敞篷的吉普“沙漠王”……这道心中的风景让肖童有点迷醉。而这魅力四射的想象与其说是对异性的暗恋，不如说是一种对偶像的崇拜。崇拜总是为幻想而存在的。当对异性的迷恋已使他沉湎于疯狂的幻想时，他对她的爱，便超越了性的欲念，而升华为一种灵肉分离的崇拜了。

有时他也会非常务实地盘算，不知自己毕业后会否被分到公安局成为庆春的战友。尽管他知道在燕大学法律的学生以后个个都会成为法官和律师，很少有去公安局的。但没准他今后会选择去当一个民警。

这天夜里他做了多少佳人有约的梦，第二天醒来时已全然忘记。冲了一个清晨的冷水浴，感觉又回到了现实之中。看着依然摊在桌上的书，心中茫然若失。他穿好衣服，没有心情做早饭，只洗了一个苹果，一边啃着一边下楼，心里犹豫着要不要回文燕的 BP 机。从昨晚到现在，他的 BP 机已经叫了无数遍，每一次他都怀着极大的希望拿出来看，结果每一次都照例是失望。所有的响声都是文燕呼出来的。如果不是期待着 BP 机上突然出现庆春的名字，他早就把它关了。他不断安慰自己：事情的成功总是需要一点点耐心积累的。

下得楼来，没走几步他便站住了。他看见不远处横着那辆墨绿的宝马。而它的主人，一身牛仔打扮，正坐在车子的前罩盖上，极为罕见地对着他粲然一笑！

“嘿，几点才起床？”

肖童愣愣地看着她，心里说不清是惊讶、反感，还是麻木。昨晚对她尚存的那一点好奇已荡然无存。他冷淡地问：

“你干吗来了？”

“等你呀。”

“等我干吗?”

欧阳兰兰从车盖子上跳下来，挑战般地仰面而视：

“你不想学开车了吗?”

十

不知是因为父亲的元气未伤还是点滴青霉素的作用，他在病床上只躺了四天便痊愈出院了。在父亲出院的第二天，又是一个周末，欧庆春和李春强以及杜长发突然离开了北京，匆匆飞往九朝故都——洛阳。

走以前，她按照父亲爱吃的做法，把那几斤鸡爪儿给炖出来了。其实父亲的身体已经康复，她并不是担心他不能动手烧饭，只是想表示一下自己对父亲的歉意而已。

她对父亲说："我很快就回来，少则一两日，多则三五天。"

父亲说："你走你的，我又不是不习惯。"

从她毕业分到刑警队以后，父亲确实已经习惯了她这种突然出门，然后多日不归的情况。他们从下午四点接到洛阳公安局的电话决定出发，到登上飞机，不过三个小时的时间。洛阳发现了胡大庆的踪迹，据线报他可能有一个秘密的接头安排在明天。处里本来决定多去几个人，万一捕获，好乘火车把他和与他接头的人一并押解回来。但时间仓促只搞到了三张机票，庆春和李春强他们只好先行一步。

庆春匆匆回家炖上鸡爪儿，作为对父亲的告别。临出门时又接到大学生肖童的呼叫。她回了电话。肖童说："上次找你想谈点事情结果没谈，所以又来叨扰。"庆春说："叨扰不敢当，但我要出差马上就走，只能改天再见。"庆春心里隐隐纳闷，她隐隐觉得这小子一次次找她也许没事只是故意纠缠。

肖童依然不肯放下电话，他问庆春："你走了你爸爸怎么办，是不是还住在医院，要不要我去帮忙照顾？"庆春说："父亲病已经好了，人已经出院，你就别管了。"肖童说："那你什么时候回来，去哪儿去多少天？"庆春心里有点急，因为飞机不等人，她已经有点晚了。

"就这样吧，我必须得走了。"她没有回答肖童的问题，既客气又冷淡地说了结束的话，就把电话挂断。在去机场的路上她又有点后悔，想想肖童毕竟是个蛮可爱的青年，最多是年纪太轻不太懂事，但肯助人为乐，个性开朗透明……她那电话也许不该挂得那么武断。

飞机降落在洛阳时天色已晚，当地公安局派车把他们从机场直接接到了位于市区的招待所。市公安局的刘副处长已经等在这里。他们就在招待所顶层尽头的一间会议室里连夜开会。

先是由洛阳市局的一位石科长介绍情况，一上来先是抱歉："今天给你们这电话打得晚了点儿，因为到今天下午这个情报才基本落实。你们要的那个人现在住在花城饭店，登记用的名字叫赵虎。这个名字，还有他的外貌特征，与你们提供的线索一致，这是我们今天下午拍的外线照片，你们看一下，我们认为和通缉令上的是一个人。"

洛阳的同志把照片拿给他们看，庆春一眼认出：“就是他，没错！”

队长李春强问：“你们是怎么发现他的？”

石科长说：“我们有个案子，盯了有两个月了，案犯是一个叫‘大牙’的。现在基本可以认定，以这个‘大牙’为首，有一个吸毒、贩毒集团。这些人的毒品，基本上都是‘大牙’提供的。现在的问题是，‘大牙’的毒品来源还不太清楚。他的上线是谁一直没有查到。昨天晚上我们得到耳目的报告，说‘大牙’今天要和一个外地来的客人在益发书店见面。我们上了手段，对他们见面的情况进行了监视。结果证实，你们找的这个赵虎，也叫胡大庆，对吧，很可能就是他的供货人。”

刘副处长提示石科长，说可以给北京的同志看看这两个家伙见面时的监控摄像。庆春这才注意到屋角已经摆好了电视机和录像机。

于是他们调暗了灯看录像。这次监控显然动用了两台摄像机，其中一台摄录的是见面地点的外景，是一座街头的小书店。摄像机大概是隐蔽在这书店对面的一座楼上，镜头的画面全是居高临下的俯视，可以清楚地看到在那书店门口进进出出的顾客。胡大庆出现在画面里的时候，庆春突然恶狠狠地兴奋起来，当她看见胡大庆东张西望，步履姗姗，连站在门口点烟观望的动作全被镜头一一吃进时，心中竟生出一种复仇的快感。录像里不时传来现场侦查员的交谈声和联络声：“大概就是这个家伙。镜头近一些……喂喂，五号注意，五号注意，对象进去了……”接下来的画面显然是第二台摄像机拍下的，那摄像机拍摄时不知是藏在侦查员身上的什么部位，所有镜头都变成仰视的近景。镜头的边缘被伪装遮得朦朦胧胧，像电视台经常播放的那种偷拍下来的“现场目击”。画面已经移到了书店的室内，可以看到胡大庆在书架中东转西转，挑了一本洛阳旅游地图册，然后拿到门口柜台去交款。收钱的人相貌猥琐，长着一口大龅牙。摄像机断断续续录下了两个人在结账时的几句交谈：

“……您喜欢旅游对不对?”

“还可以……明天去龙门石窟……那儿人多吗？……我不喜欢人多。”

“你早点去，八点以前人少，人多了挤着不方便。八点……”

胡大庆交完钱出了书店，沿着街道向右走了，摄像镜头就此中断。会议室的灯重新打开。大家对摄像机的角度和画面质量轻松议论几句，石科长便接着介绍：

“‘大牙’就是这家个体书店的老板。那个赵虎呢，我们跟踪下来，他住在花城饭店六〇七房间，住店登记用的名字叫赵虎，说明他这次使用了赵虎这个名字的身份证。我们的人一直在饭店里盯着，除了吃饭之外，到现在没见他离开房间。据我们的耳目今天傍晚报告，‘大牙’说他明天一大早要出去。去什么地方，干什么去，不清楚。我们判断，他们真正的接头可能在明天早上八点前后，地点可能在龙门石窟。”

石科长说完了，目光去看他的上司。那位刘副处长是个年纪不小的河南大汉，身材魁梧，口音也重。他说：“我们局里的意见，如果他们这次真的交了货，可以当场抓获。如果没有交货，这个‘大牙’还准备再留一留，我们必须把他的货源搞清楚。对那个赵虎，你们北京方面的意见怎么处理?”

李春强说：“不管他这次交没交货，我们都准备逮捕。”

石科长说：“如果‘大牙’我们暂时不惊动的话，抓这个赵虎就不要在接头现场抓，等他们分开以后再说。”

刘副处长说：“龙门石窟我们已经做了安排。罪犯选这个地方是非常狡猾的。第一，时间定在八点，或者八点以前，游人很少，周围环境极不利于我们的人员隐蔽；第二，那是从北魏到盛唐，用了四百多年才建成的艺术宝库，是国家重点保护的文物古迹。万一我们动起手来，使用武器很不方便。弄不好损坏了石窟，那可要犯历史性错误了。”

杜长发插嘴：“这倒也是，龙门石窟我去旅游过一次，佛窟三千，佛像十万，光宝塔就有四十来个，确实是非常壮观！地形也是曲里拐弯的……”

石科长说：“整个儿龙门一带，佛像佛龛确实成千上万，龙门石窟中心地带没有那么多，不过中心几个窟地形复杂倒是不假，拐弯多，死角多，不易监视，也不易隐蔽。”

李春强道：“明天怎么搞，你们肯定有办法。你们地形、情况都熟，你们说怎么干，我们服从命令听指挥。”

洛阳的同志都笑笑，说：“客气客气。”

不过洛阳同志的办法确实不错。第二天早上四点钟，庆春他们便被从床上叫起。早饭也是在车上吃的，吃的是洛阳市局的同志带来的包子和可乐。他们坐了一辆中型的旅行车，车身上写着“洛阳花都旅行社”的字样。车里除了他们三人外，还有五六个洛阳市局的侦查员。大家全是便衣，并且一身游客打扮，挎着水壶背着相机，每人头上还戴了顶花都旅行社的遮阳帽。有的人还故意穿了印有北京通县某厂字样的汗衫。大家互相评价着同伴的装束，问庆春他们这一车人像不像北京来的旅游团。杜长发说：“北京人和你们长得不一味儿，北京人自己能看出来。在长安街上这么一走，谁是北京的谁是外地的一目了然。”李春强说：“你们别听他吹牛，他这德行就绝不是北京人的样儿，要是的话也是远郊区的农民。我不是贬低农民，我是说我们这大个子憨厚。”

庆春笑着说：“你们只要别开口说话，要说话也别露出河南腔来，和北京人就没什么两样。北京也快成了移民城市了，我老家就是山东的。”

洛阳刑警对庆春非常好奇，七嘴八舌地问她：“你是大学生还是演员，是到我们公安局来体验生活的吧？看着可不像干我们这行的。”

庆春说：“不像吗？”

他们说：“不像。”

庆春问：“为什么？”

他们说：“干刑警风里来雨里去，女同志干个半年就得成了假小子，没你这么细皮嫩肉的。待会儿到龙门石窟你就在车上留守，帮着看看东西什么的，打起来万一你牺牲了那就太可惜了。”

李春强和杜长发全在一边笑，任那帮小伙子和庆春贫嘴。庆春在刑警队待了这么多年，脸皮子早就锻炼出来了，也真一句假一句、连荤带素地和他们胡扯。

这个行动一共分了四个组，他们这一组先期赶往龙门石窟，预先设伏。还有两组人马，分别盯住花城饭店的胡大庆和小书店的老板“大牙”。第四组人马作为预备队，隐藏待命，以防罪犯临时变更接头地点。也许因为胡大庆是公安部通缉在逃的枪毒要犯，又因为传闻他凶狠残忍，所以洛阳市局投入的力量特别大。

早晨七点钟，他们的旅行车到达龙门石窟附近的一个预先定好的隐蔽地点。从这里可以看到东西两山的崖壁上，布满了密密麻麻的蜂窝一样的洞龛。伊水贯穿两山之间，淙淙南去。雄伟至极的奉先寺大龛遥遥可望。大龛中间的卢舍那石佛寓笑于唇，含爱于目，敦厚而庄严，在晨雾中若近若远，神秘地凝视着这个阴冷的清晨。

隐蔽的据点是一个不算太大的院子，看上去像个餐厅。扮装成旅行社导游的石科长一边和餐厅的经理聊天，一边用手持电话与盯胡大庆和“大牙”的两个组联络。他把餐厅经理介绍给李春强，说这是自己人。

他们到达这个隐蔽点不到十分钟，花城饭店和益发书店的两个小组先后传来消息，胡大庆和“大牙”都出来了。通过和这两个组不断联络，他们始终了解着这两个目标到了什么位置。在最初的半个小时里，他们都没有向龙门石窟的方向来，而是不断换乘着出租车，在王城公园和中州东路那一带的街道上盘桓。有一刻石科长甚至怀疑自己昨天的判断，这两个家伙也许根本不是在龙门石窟接头，而是另有地点。只有刘副处长信心不减，一再用电话嘱咐他们隐蔽好耐下心不要动。果然，七点四十分左右，两个组相继发来消息：目标乘坐的出租车已经先后开上了龙门路。

算好时间，他们也上了车，把旅行车驶出院子，往龙门石窟开去。按预定的计划，他们赶在罪犯之前到达了石窟。这一天天气不好，乌云压顶，风也很冷，像是暴雨将临。石窟的停车场上，只有孤零零的几部车子。也许时间还太早，游客寥寥无几。他们下了车，站在石窟的入口处，听手执导游小旗的石科长装模作样地为他们背诵导游词，磨蹭着时间。李春强看看这地形，脸色严峻，悄悄把庆春和杜长发拉到人后，小声说：

“这地方太不好控制了，咱们可得灵活点儿。如果一切正常，就按计划在他们交货时动手。如果胡大庆没交货，咱们的任务主要是盯住他，别管那个‘大牙’。要是盯不住的话，索性就先当场动手按住他，你们看我眼色！”

杜长发说：“哎，他们要是不交货，洛阳市局不是说就不在这儿动手吗，要不交货他们就不想惊动那个‘大牙’。”

李春强压着声音说：“咱们管不了那么多了。胡大庆是公安部通缉的要犯，比那个‘大牙’重要多了。咱们得以胡大庆为主，再跑了没法儿交代。”

“好！”庆春和杜长发一齐点了下头。

八点十分的样子，一辆红色的出租车开进了停车场。“大牙”从车里钻出来。石科长立即挥动小旗，大声招呼自己的“游客”往奉先寺方向走去。

李春强犹豫片刻，俯身对庆春嘀咕了几句，他临时决定让庆春留在停车场进行观察。

李春强和杜长发都随他们的“旅游团”进去了，欧庆春一个人留下来，站在路边一个卖纪念品的小摊儿上浏览。“大牙”还在那边东张西望，他没有找见胡大庆，便站下来吸烟。跟着他来的那几个侦查员也都三三两两地散在远处。

终于，胡大庆的车出现了，开进了车场。不知是司机结账太慢还是胡有意要观察一下周围动静，他磨蹭了半天才下车，看也没看路边吸烟的“大牙”，径直向石窟里走去。仇人见面，分外眼红。庆春不管跟在胡大庆身后那几个洛阳市局的便衣是否有意见，她离开小摊，紧随胡大庆身后往里走，那个“大牙”，反而是跟在了她的身后。

胡大庆穿了一身运动衫，背上掮了一只看上去沉甸甸的旅行背包。他目不旁顾，大步流星，做出一种长驱直入的姿态，倒让庆春有些摸不着头脑。但只走了百十米，他又突然止步，未加迟疑地转身返回。庆春不及回避，只得迎面和他擦肩而过。她心里一急，全身似乎都冒出了热汗。她想主力还在里边等着呢，这浑蛋怎么不进去了？为了避免过早暴露，她告诫自己不要回头，不要马上返身去追，她又往前走了十几米，才停下脚步。但她还没来得及回过身来，就听见身后突然响起一片惊心动魄的喊声。这突然一喊，把她的心几乎从嗓子眼儿里拽出来了！回头一看，原来跟在后面的便衣们不知何故已经动起手来。看不清几个人扭打在一起。而胡大庆，她看得清清楚楚，已经挣脱出来，夺路而逃，向她这边狂奔而来。庆春几乎是下意识地将手伸进随身的小提包里，脚下却不知绊在什么东西上，身体失去平衡，往下一软，嘴里却已大喊出来：

“站住！”

胡大庆身后追来的便衣警察们也齐声大喊，喊的什么庆春没有听清，她只看到胡大庆没有丝毫迟疑地向她举枪，她清晰地看到那张粗糙的麻脸，和被疯狂扭曲的狰狞的目光。那目光仿佛已和她对峙了几百年！

她的六四式手枪在手里震动了一下，发出沉闷的一响，胡大庆的身体剧烈地颠了一颠，紧接着踉跄几步，重重地摔在她的眼前。她跌坐在地上，依然举着枪，抖动的枪口依然对着那张近在咫尺的血污的脸。

十一

欧庆春一枪击毙胡大庆给了洛阳刑警极大的震撼，原来这如花似玉的女同志真不是演员，真不是大学生，真不是来体验生活的。他们立即对她刮目相看肃然起敬。连久经沙场的刘副处长也大加称赞，说："女同志如此年轻即能临危不惧，出手果断，实在难能可贵，回去一定是披红挂彩立功受奖。你们立了什么功，受了什么奖，发了多少奖金，到时候可要通个消息，我们怎么弄也好有个参照。"

李春强私下里问庆春："怎么回事，怎么在外面就打起来了？"

杜长发也说："是不是洛阳的同志暴露了，那小子要跑？"

庆春说："我也搞不清，据说胡大庆一返身马上就和'大牙'交货了。是市局的同志先动的手，按住了'大牙'，没按住胡大庆。"

李春强叹口气："要是能活捉就好了，还可以搞点口供。"他看一眼庆春，连忙又说："当然，现场那个情况，也只能果断击毙，否则损失更大。"

杜长发倒是由衷地对庆春说："胡新民也是在天有灵，他这杀身之仇，还就是该你亲自来报才行。"

这话把庆春心中的快慰一语道破，但她皱眉说："我可没想着公报私仇。"

杜长发理直气壮地正色道："这有什么，国恨家仇，让你这一枪给了啦，咱们全队都出了这口气！"

胡大庆解决了，"大牙"也被洛阳市局逮捕。在胡大庆的背包里，当场缴获四号高纯度海洛因两公斤零五十克。这个毒品的数量也足以使洛阳市局的刑警们作为大案告破而论功行赏了。

对胡大庆所住的花城饭店的房间进行的搜查，没有获得更多的战果。除了一张身份证外，胡大庆身上没有任何通信簿、工作证之类可供查证面目的证据。身份证上的住址是广东的一个小镇，给当地公安局打电话一查，结果查无此人。身份证显然也是假的。只有胡大庆随身携带的一只手持电话引起了侦查员的兴趣。通过这部电话的重拨功能，他们看到了上面储存未消的一个电话号码。那号码打头的地区号是广西桂林的。李春强在临回北京前就和桂林市公安局通了情况，请他们协查这个可疑的电话。

回到北京，向处里做了汇报，处里队里自是兴奋不已，总算把因胡新民牺牲而压在胸口的这股压力卸下来了。电视台和报纸也对这个重大贩毒案的破获做了宣传报道。刑警队记了一个集体二等功，庆春记了一个个人二等功。而且据李春强私下透露，由于刑警队长期以来一直未配副职，他已经向处长提名，由欧庆春来做他的副手，处长已经报请政治处进行干部考查了。

这些名利上的热闹，常常使庆春更加念及新民在阴间的孤独。而胡大庆的死也并未使她觉得事情已经完结。她更关心桂林市公安局关于那个电话的调查，那个调查不知遇到了什么周折，直到一个星期之后他们才知道结果。

那是一个私人住宅的电话，住宅的主人是桂林环江运输公司的经理，名叫关敬山，是近几年才发起来的私企老板。一听此人的身份情况，处长便认定胡大庆和关敬山的关系有些不一般，指示李春强专门派人南下广西，揪住这根线索，仔细查证一番。

去广西担当此任的是杜长发和另外一个新手，他们在桂林待了四天就匆匆返回，带回来的材料很大一摞，有直接价值的却十分少见。李春强翻看了一上午也没看出所以然来。“你们是不是游漓江，逛芦笛岩去了？”李春强叫过杜长发，说：“这材料不成啊。”

“谁要是游了漓江，谁是这个！”杜长发用手做出一个王八状，赌咒发誓地辩解，“人家当地公安局的同志倒是安排了，我们还真没去。我就知道你以为我们去了。”

李春强说：“游游漓江倒没什么，关键你们得把活儿给我练出来。你们这材料没一样过硬的，你们四天都干吗了？”

庆春见杜长发笨嘴笨舌、支吾难辩，确实有些窝囊，又觉得李春强也过于少年得志、刻薄寡恩了。于是就替杜长发开脱，她翻着材料说：“材料是显得外围了一点，但也还是有些价值的，至少说明这个关敬山发家发得不明不白。他先是做鳗鱼苗生意亏了钱，又做旅游纪念品蚀了本，从大前年开始，搞了这么个运输公司，突然路路通了。倒钢材，运水泥，置了四五辆卡车、面包车，还开了个小餐馆，又临江盖了私宅别墅。他是把老婆许给赵公元帅了吗，这财是怎么发的?”

杜长发得到声援，口齿利索多了，又说了些自我开脱的话：“我们提供的情况，人家桂林市公安局也很重视，他们也打算对这个关敬山做做调查。光靠我们两个人在那人生地不熟的地方磕点材料回来，是起不了什么作用，关键人家桂林市局得上手才行。”

杜长发的自我开脱，实际上暗含了对李春强刚才指责的牢骚和辩解，李春强没有察觉。他想了想，反而补充说：“就算桂林市局自己上手搞，只搞一般性的调查恐怕也不行。我们应当促成桂林市局对关敬山立案侦查。不投入力量，不动用侦查技术手段，恐怕他们也搞不到什么。”

庆春当然也是这样看，晚上她主动去了李春强家里，和他策划如何向处长做一次汇报。

李春强在自己的兄弟姐妹中，排行最小。两个哥哥和一个姐姐都已嫁娶，只有他一个人和父母住在一起。他的父母都是话剧演员，只是多年没演什么戏了。退休后在家赋闲，被一些工厂企业、大专院校请去教教表演、排排节目，挣得倒比退休前还多。庆春以前是李春强家的常客，吃吃喝喝都很随便，和胡新民明确关系后，就再没来过。这次主动上门，举手投足、心理上都有了些不自在。

李春强的父亲这段时间在一个电视剧的剧组里帮忙，一直不在家。他的母亲对庆春的到来一如既往地热情。她拉着庆春问长问短，说起过去，快乐不已。她当然知道庆春和新民的事，也当然知道新民的牺牲。但她没有再唠叨什么安慰的话，对这些事情一句也不提及。只是在庆春告别时，李春强的母亲才拉着她手说：“你呀，什么事都要想开。一个人要是闷了，或者有什么难过的事了，就到阿姨这儿来坐坐。”

庆春听得懂她的意思，感激地点头。李春强是开队里的吉普回来的，因此可以开车送庆春回家。本来庆春是来找他商量向处长汇报的事，结果只顾得与他的母亲叙旧，这事就只好在路上谈了。

李春强说：“最好处里能同意我亲自去一趟桂林，把关敬山的活动情况和社会交往尽快搞清楚。我就不信胡大庆在洛阳给他打的那个电话，和毒品没一点关系。”

庆春说：“关键要让处里把关敬山的情况往局里报，得让局里有个态度，不能把胡大庆的死作为结案的依据。胡大庆的毒品从哪儿来、他的上线是谁？绝对应该盯住关敬山，查清楚。这是唯一的线索。得把关敬山提到这个高度来看。”

李春强说：“咱们前不久报的那份材料，不知道马处是否送上去了，还是他自己看看就算完了。对胡大庆这案子的看法，你在那个材料里写得很清楚，按说上面应该重视。”

两人商量一路，观点一致，话也投机，到了庆春家，言犹未尽，于是上楼接着聊。坐在庆春家的客厅里，李春强第一眼看见的，是那个晶莹透明、一尘不染的水晶相框，相框里装了胡新民的一张生活照片。胡新民笑得非常憨厚。

庆春给李春强倒上饮料，见他正对着胡新民的相片发呆，便问：“还嫉妒这张脸啊？”

李春强有几分尴尬地接过饮料，说：“哪儿能啊。”然后顾左右而言他：“嘿，你知道这个相框卖多少钱吗？要两千八百块钱，真是宰人，这是不是真水晶的还说不定呢。”

“两千八百块钱？”

庆春仿佛第一次知道似的，吃惊地咋舌。李春强说：“现在自称是水晶的东西太多了，其实不过是质量好一点的玻璃。那个小子和你是什么关系呀，干吗送你这么贵的东西？”

庆春打开电视机，站在那里调台，没听明白似的问：“哪个小子？”

“那个大学生，我看他非常喜欢你，是不是有点心理变态？”

庆春说：“这是什么话，喜欢我就是心理变态？”

李春强解释道：“我是说他那年纪，比你小好几岁呢。”

庆春说：“男的比女的小好几岁结婚的有的是。我有个表姑，四十好几了，就和一个三十七八的男的结的婚，过得还挺好。”

李春强揶揄道：“那你也想找个小的？”

庆春斗嘴似的回道：“只要相爱，年龄无所谓。你给我介绍一个？”

李春强笑道：“就那大学生吧，怎么样？”

庆春做认真状：“好啊，下次见到他，你替我做个媒。”

两人如此这般地闲扯，忽而玩笑忽而正经。李春强说：“你呀，要真嫁了这么一个人，在咱们全处，非成头号新闻不可。”

庆春抬杠地说：“那我还真想过过这把新闻人物的瘾。为什么我就不能嫁个比我小的？”

李春强说：“不在于年纪大小，那个人跟你就不是一个档次的人。说真的庆春，如果，如果你现在真的觉得寂寞，真的想找个伴儿的话，我……我知道你对我过去有成见，但我还是，还是，我其实一直是希望能为你做点什么的。”

庆春没想到轻松谈笑之中，李春强话锋一转，竟转到这么严肃的主题上来了，她有点猝不及防。她愣了半天，甚至不知该把自己的目光回避到何处，心情也变得有些无措。

“春强，如果我过去伤害过你的自尊心，那我不是有意的。但今天你谈这个话题，我还是觉得有点不是时候。新民刚刚走，还没有走远，说心里话，我还忘不了他。所以，所以我没有心情，也不想谈这种事……”

李春强低着头，手里抱着盛着橘子水的杯子，他没让庆春说下去。

“对不起庆春，新民出了这个事，我真是怕你心里受不了，所以我想帮你。你也应该知道，我和新民一样，都是最希望你幸福的，当然，我尊重你的选择，我不会为难你。”

李春强放下杯子，站起来，他把这句话当作告别语。庆春没有再留他，也没有送下楼去。但是她站在窗前，看着他的吉普车走远，才回到卧室。她想也许今天她不该去李春强家，也不该把他带到自己的客厅里。李春强是一个喜怒哀乐形于色的直性子，暴脾气，她这次躲闪不开，又伤了他的面子。

第二天上班之后，她用心留意了一下李春强的举止，他表面上声色不变，但视线与庆春相遇，果然多了些不自然。和庆春说话，也带了过去不曾有的严肃和矜持。当然也可能是她自己多心。

上午他们还没有来得及找处长汇报，反倒先被马处长叫到了办公室。他们一进屋，处长便问：“杜长发去桂林回来了没有？”

李春强说：“回来了。”

处长问：“情况怎么样？”

李春强把杜长发回来谈的情况简单地汇报了一下。处长几乎没听完就表示："我找你们来，一句话，就是你们搞的这个案子，不能因为胡大庆死了就停下来。上次你们报的那份材料局里很重视。昨天我去局里开会，局长还问起这案子的进展。你们赶快准备准备，说不定什么时候局领导就要当面听汇报，你们可别什么都谈不出来。"

庆春和李春强相视一笑，他们当然没想到会有这样顺利的局面。这说明局里处里头头们的观点和直觉与他们相当接近。

局里果然很快就安排了汇报会，汇报会由李春强主讲，庆春和杜长发补充。由于他们准备充分，所以这案子尽管线索不多，但推理有力，分析精辟，材料运用恰如其分，因此他们提出的判断很受赏识。会上局长当场指示，这个案子就以汇报会的日期六月十六日，作为案件的代号。要作为大要案认真查办。要精心组织、周密计划、长期打算，力争尽快找到这个贩毒组织的踪迹和主脉。当前，要取得有关地区的公安机关的支持。首先从桂林关敬山入手，顺藤摸瓜，扩大线索，取得深入。

会议结束后，处里马上宣布成立"6·16"案专案组，由李春强任组长，欧庆春任副组长，并且增调了其他科、队的人员加强此案的力量。庆春将要提升副队长的消息本来已有流传，这下更是不胫而走。舆论普遍认为，这么重要的专案由庆春出任副组长，显然是升职的前奏和见习。

很快，李春强和欧庆春分头带队，两下广西，重点调查关敬山的社会关系。开始进展并不顺利。关敬山除了运输公司的日常业务外，社会交往简单得出奇，当然这反而加深了专案组的怀疑。从他私人企业主的身份和公司活动的需要看，他很少走动关系也是一种反常。他是怎么发财致富的？几天之后，欧庆春突然想出了一个主意。他们请出税务部门上门查账。庆春也穿了一身税务干部的制服跟着去了环江运输公司。毕竟她对财税知识一窍不通，所以只是装模作样看看账本，留心一下关敬山的反应，不敢多言。一切问题都由税务所的一个女专管员出面提出。

关敬山的外表一点不像个私人老板，一张饱经风霜的脸倒像是漓江上的一个老船工。对税务所的查账他非常配合，让提供什么就提供什么，从不做半点遮掩，态度相当积极。查账进行了一天。快收工的时候，庆春把带队的女专管员叫到僻静处，她问：

“怎么样，查出什么了吗？”

女专管员像是没完成任务似的，面带歉意，说：“账面上没什么大问题。在现在的私营企业中，像这么规矩的账还不多见呢。基本上做到了账账相符、账实相符，凭证也很齐全。手续制度方面有点问题，但不严重。”

庆春有点失望，但她心里总是解不开这个疙瘩：“我就不明白，他这几年发得这么快，又买房子又买车，他哪儿来这么多钱？”

女专管员说：“是有人给他投资。这环江运输公司严格地说，不算他个人的企业。他只不过是个小股东，然后兼着经理。大股东是广东红发有限公司，是红发给他投的资，这也算是红发公司的一个子公司吧。”

庆春感到心头豁然亮了一片天，她用力握了一下女专管员的手，“好，有这一条就够了！”

第二天他们派人去了广州。在广州市局的协助下，也是用税务所查账的方法，查了同样是私营企业的红发有限公司。发现红发公司和桂林的环江运输公司一样，主要股本也是另有东主。大股东是北京的大业公司。

绕了一圈，根子竟在北京。专案组除留了个别人在桂林和广州继续查证外，其余人马班师回京，直扑大业公司。大业公司的账要复杂得多，他们请税务局查了好几天，才查完大账。这是一家投资控股公司，老板是做进出口生意发家的，如今在很多城市都有投资。在房地产、饮食业、贸易运输等方面均有涉足，因此收支往来的账目也比较复杂。但没有查出问题。

案子查到这个份上，似乎又陷入了停顿。本来对花这么大精力去查这几家公司的账就持不同意见而又一直隐忍未说的杜长发，此时便站出来发表看法，建议对这一阶段的工作好好总结一下。这个“总结一下”的意思自然是检讨一下，用杜长发的话说，人家就是真的贩了毒，能把这种杀头的生意往账上记吗？能记上今天卖出海洛因三千克、大麻五公斤、鸦片一板车，收入五十万吗？杜长发的矛头是指向欧庆春的。因为查账是庆春的主意，查账工作也是庆春一手组织的。李春强对查账的态度既不像杜长发那么虚无，也不像庆春那么热衷。他认为查账并不是没有一点意义，至少搞清了几家公司之间的投资关系，也看到明面的账上没有问题。但这点收获值不值得投入这么大精力，应有疑义。正在李春强态度尚未明朗之际，从广东传来了一条惊人的消息，这消息一下子就确认了庆春的胜利。

消息是他们留驻广州的侦查员打电话回来报告的，庆春也是第一个看到这个电话记录的人：

"……据广州市局告，昨天珠海市武警支队在斗门堵截海上贩毒船只，发生战斗，击毙毒匪三人，重伤一人。在击毙毒匪中，有一人查系广州红发公司经理段汉强……"

庆春几乎跳起来，她按捺不住兴奋，立即把这电话记录拿给了李春强。李春强也没有耽搁，立即转给了处长。处长当即决定，对北京大业公司的主要负责人实施监控。

根据处长的批准，他们首先对大业公司的总裁挂了外线，每天跟踪他的出入情况。一连跟踪了三天没有结果。那位总裁除了生意上的会见、谈判之外，几乎总是蜗居在他郊外的别墅里，看不出任何反常和不轨。尽管如此，庆春对外线的跟踪工作仍然抱有奢望，每天都盼着能有什么重要情况发生。她每天下班很晚才走，说是想等着看当天的外线报告和照片。李春强先是劝她，说这外线的报告第二天一早看也来得及，如果外线侦查员真有重要发现他们会随时报告的。李春强的话当然没错，外线的工作日报一般不会记载重要情况，只不过是监控对象一天出入的流水账而已。其实庆春每天坚持坐等，倒不是认定外线方面真会有什么突破，她更主要的心情，只是不希望一个人早早回去，面对那间空空的"新房"。

于是，李春强也每天留下来陪着她等。杜长发到了第四天也不好意思早走。直到李春强发话"轰"他回家，他才暧昧地笑笑，把房子留给了正副组长。

这天杜长发走后，外线的报告就来了。庆春看看表，才六点半钟，心里对外线这几日收工过早隐隐不快。但毕竟外线侦查员不归刑警队指挥，所以不便指责。她照例仔细地阅读着字迹潦草的外线日报，把她认为应当留意的一些人物和地点记在自己的小本子上。刚看到一半，身边的李春强突然叫出声来：

“嘿！你看这是谁呀！”

她看见李春强手里拿着外线侦查员今天拍下的一张监视照片。她接过照片一看，不由得大吃一惊。照片上，大业公司的总裁和一对青年男女正站在一部轿车的旁边，从那女孩的相貌和年龄看，像是总裁的女儿。而那个男的，却是非常面熟。

“这不是那个小子吗？”

李春强惊讶地指给庆春看。不错，那男青年正是她在医院里陪伴了很多个夜晚的那位漂亮的大学生，肖童。

庆春呆呆地看着那张照片，暗暗感叹着天下真小！她想不到这种三教九流的毒案，居然会闯进一位清清朗朗的肖童，也猜不出“6·16”案山重水复的此刻，这位总是不期而至的肖童，会不会成为一个柳暗花明的角色。

十二

“当你进入了角色，就必须忘掉自我！”当肖童不得不反复体会这句话时，他早已厌倦了自己的角色。

这些天的晚上，他被卢林东强迫着，已经连上了两堂朗诵训练课，却始终没有搞懂如何按照那位朗诵教师的要求，把演讲词念得更加铿锵有力、抑扬顿挫。那演讲词本来已经写得满篇慷慨激昂、一咏三叹，再朗诵得如此声嘶力竭，在肖童看来，实在是抒情得过分了。但卢林东不知从哪里请来的那位专家仍不尽兴，不断地启发他“忘掉自我进入角色”，致使肖童的“忘我”，不知不觉到了一种疯癫的程度。难怪路过教室的同学常要把一张受惊的脸从门口伸进来，看是不是谁在这儿犯病了！

他演讲的题目是“祖国啊，我的母亲”。稿子是卢林东请人写的，又经过系里其他教师七改八改，最后改得几乎成为一连串政治口号和情感辞藻的排列组合。肖童总在想，要是谁真把自己的母亲感慨得这么肉麻，母亲肯定会觉得你并不爱她。

为了提高他的积极性，卢林东总是以毕业分配和入党来引导他学会顺从。说实话肖童并不想毕业留校或者分配到什么热门单位去，他毕业后是要到德国去的。他一连两天在这里违心地声嘶力竭，主要是不想扫众人的兴。系里这么看得上他，对他一炮打响寄予如此厚望，卢林东又是奔前跑后，每次排练都不离左右，这都使他受到感动。他因为代表系里参加比赛而受到多方面的关注，也无形中激发了他的集体荣誉感。他必须尽力为之，才能不辜负领导和老师们的一片苦心。

于是他既顺从又卖力，甚至一个人在宿舍里压着嗓子背词的时候，也是表情丰富全神投入。周围的同学都说他做作，但朗诵教师说过："你只要往台上一站，就是一人之下万人之上，夸张一点绝不为过！"

于是在曲径通幽的树林里，在空旷无人的操场上，在太阳落去的湖水边，总是断断续续地响着他一丝不苟的朗诵声：

"我们每个人都热爱自己的母亲，是母亲给了我们生命、养育和温情。我们每个人都有一个共同的母亲，那就是我们的祖国。我们的祖国有悠久的历史、灿烂的文化、壮丽的山河，是世界文明发达最早的国家之一。……然而，世界上没有任何一个民族像我们中华民族一样，在漫长的生存历程中充满了灾难、坎坷、危机和厄运。'天下兴亡，匹夫有责'就成为我们中国人代代相沿的品格遗传。上下五千年，英雄万万千，壮士常怀报国心！黄沙百战穿金甲，不破楼兰终不还！就是每个龙的子孙永恒的精神。"

就像念经也能陶冶灵魂一样，朗诵得久了，他对祖国母亲的爱戴和仰慕，也真的变得虔诚起来。除了练习朗诵外，还要应付考试，他的时间每天都占得满满的。星期六的晚上，文燕到他家来找他，看见他赤膊伏案，面前全是摊开的书本，脸上的表情立刻宽慰了许多，立刻一声不响地帮他做了顿饭。饭后他说，“你在这儿我看不进书”，文燕又立刻心甘情愿地走了。

除了看书、背词、排练之外，下了课他连球都不踢了，剩余时间全都用去学车。他明明知道和欧阳兰兰这种女孩儿交往如同湿手沾面粉，将来想甩也甩不掉，但他还是经常在黄昏时站在校门口，等着那辆墨绿色的宝马 740 来接他。

欧阳兰兰是个极称职的教练，既耐心又严厉。每次课程从黄昏一直安排到晚上十点，他可以在郊外的一个空地上，爱不释手地开上三个小时。兰兰说：“你学车其实不该用宝马，宝马太好开了。你只知道无级变速，你就开不了别的了。”所以有时她也开一辆手排挡的桑塔纳过来，让肖童感受一下物质生活的品质一旦高了再低下来是多么难以适应。

欧阳兰兰的心计就像她驾车一样，超乎寻常地老到。她精心为他俩安排了多次情调浪漫的晚餐，以加深肖童对一种温情的记忆。她甚至迫不及待地安排了肖童和她父亲的“邂逅”，以使他在不知不觉中进入她的生活和家庭。

肖童和她一起学车，一起出去吃晚饭。但对吃晚饭他坚持了一个以每顿为单位的 AA 制原则：如果上顿是欧阳兰兰请客，那么下顿则必定由他付钱。他不想给人一种占便宜吃大户的感觉。

无论如何忙碌，这些天他心里还是不断地想着欧庆春。他呼叫过无数次欧庆春的 BP 机，回答却总是“对方没有开机”。这是他在和女人交往的不算长的经历中，第一次感到失败和无望。像对待文燕一样，他又常常不自觉地将这种沮丧和气恼喜怒无常地发泄在欧阳兰兰的身上。好在欧阳兰兰无论怎么受不了，第二天照旧会开着车子，在学校的门口等他。

欧阳兰兰给他买了一件皮尔·卡丹的衬衣，他不要。他说："这衬衣是配着西服穿的，我又没有西服。"结果第二天欧阳兰兰又给他买了一套同样牌子的西服。他仍然推回去，说："我一个学生穿什么西服，穿了让人笑话。"欧阳兰兰横眉怒目地瞪着他，哆嗦着说："肖童，人说为师一日，终身父母，好歹我也教了你这么久的车，你就不能跟我说句人话！"

两人立即吵架，肖童说："是你非拉着我学的。你不教，我花几千块钱找个有钟点课的驾校。人家是正规教练，一样随叫随到！"

欧阳兰兰气急败坏地抡起胳膊要抽他耳光，被他一把抓住，他们俩就这样在车子里扭打。最终欧阳兰兰甩开他的手，眼圈红红地说："肖童，我这样低声下气地教你，你觉得就是给你省了几千块钱吗？你就是为了省那几千块钱才让我教你吗？"

这是肖童第一次看见欧阳兰兰的哭相。他心软了想劝劝她，但面子上软不下来。他拉开车门，看也不看她，说："算我欺负你了，你可以不再教我了，算我欠你的。"

他用力关上车门，走进学校。他甚至没有回头去看那宝马是停在原地还是已经开走，他不想让欧阳兰兰察觉他心软。

但是第二天黄昏，当他有意走出校门时，不出所料地看到欧阳兰兰的车子又停在那里。他知道她在反光镜里看着自己，故作漫不经心地溜达过去，拉开车门，坐进车厢。欧阳兰兰冲他笑了一下，他也笑一下，昨天的争吵，谁也不再提起。

他有时宽慰自己，他和欧阳兰兰是有言在先的，他和她只是普通的朋友而已。学车也罢，送衣服也罢，活该她愿意。他用不着为此而承担什么。可他有时又想，男女之间是没有友谊的，要么是爱，要么什么都不是。尽管他们之间约定了“游戏规则”，但还是应该注意距离。至少要把距离搞得清晰明确。和文燕也一样，也应该早点说清楚。不可能永远在一起就要把话讲清。如果还愿意来往就以普通朋友的关系来往，不愿意就拉倒！

星期五下午通常没有课，他终于忍不住按照庆春以前给他的地址找到她的单位去了。他清楚地记得她答应过有事的话可以到单位去找她。于是他编好了一个事由就去了。可传达室不让他进。他们问他是她什么人，他说是弟弟。他们说没听说欧庆春有个弟弟呀。他说是表弟。他们说欧庆春不在她出差了。他问什么时候走的，他们说早走了，他问什么时候回来，他们说且回不来呢。

没有见到人，可他的自信心又恢复到以前的状态。原来她是出差去了，怪不得总是“对方已经关机”。

他那几天又变得格外快乐，常常忍不住在宿舍里大声地朗诵：“上下五千年，英雄万万千，壮士常怀报国心！黄沙百战穿金甲，不破楼兰终不还！就是每个龙的子孙永恒的精神！”这些激昂的段落配合着他的心情，被念得声情并茂，动人心魄。有同学疑心地问：“肖童你是不是傍上个女大款呀？”他愣了：“女大款？”同学说：“可不是，每天用宝马 740 接出去吃喝，你本事可大了。”

同学说的这个“本事”他承认，只要他是认真的，还没有哪个女孩儿会不爱他！

他期望的这一天来得比预想的要快。在一个炎热的下午，他上课时腰间的BP机突然振动，上面有人呼了一行字：“欧女士请你晚七点在学校门口等。”他当时没有在意，以为欧阳兰兰原来约好是晚上六点半来的，大概有事要拖到七点。晚上七点他走出校门，上了欧阳兰兰的车。一问才知道欧阳兰兰下午并未呼他。他突然猛醒那欧女士会不会是欧庆春？心头不禁狂喜，连忙对欧阳兰兰撒谎说另有急事，今天的训练取消，以后再约。

欧阳兰兰敏感地诘问：“下午是不是有女的呼你了？”

肖童说：“没有没有。”

欧阳兰兰说：“你还能骗得了我，女人和女人隔着一千里，也能闻出味儿来！”

肖童生气地说：“对，是有个女的呼我了。”

欧阳兰兰问：“谁？”

肖童仰起脸，说：“我女朋友！”

他的肆无忌惮的态度激怒了欧阳兰兰，还没等他下车站稳，便一踩油门疾驰而去。他顾不得生气，便往校门方向张望。一眼便看见欧庆春正站在那边已朝他注视良久。

他快乐极了，见了她不知该说些什么，只说：“嘿，你回来啦！”

欧庆春笑着问：“你怎么知道我出去了？”

他开心地说：“我侦察过你。”

庆春像大姐姐一样用手指指他：“我说呢，业余警察都是你这么鬼头鬼脑的。”

这种嗔爱的口气让他感到周身温暖。他问：“你怎么想起来看我？”

庆春说：“看看你的眼睛有没有犯病。”

肖童说：“你是关心我还是关心你未婚夫的眼睛？”

庆春说：“眼睛已经长在你的脸上，已经是你的了。”

肖童说：“那你是关心我啦？”

庆春说：“允许吗？”

肖童说：“我会失眠一星期的。”

两人边说边走进校门，肖童说：“想不想去看看我的宿舍？”他很想让同屋的人看看庆春。他们一定会觉得她非常体面。

但是庆春提议：“你不是说你们学校里有一个湖很漂亮吗？我们可以去那边坐坐。”

这主意也不错，湖边会很凉快。肖童兴致勃勃地引路，两人到了位于校园中心的内湖。天色还没有暗下来，幽蓝的湖水泛着夕阳的金辉，岸边的垂柳风止欲静。他们沿着湖边的矮栅漫无目的地往前走。湖并不大，也许这样走一圈也用不了半小时。但庆春还是对校园里能有这样一个美丽的湖景赞叹不已。

他们谈着这里的景致：湖边的树，石凳，湖面上泊着的一只小船；谈了医院里的气味和伙食，还谈了已经开始的期末考试和将要开始的政治演讲……总之这是肖童出院后第一次单独和庆春这样从容地聊天，全是轻松愉快的话题。他们围着美丽的湖水转了一圈后，庆春站下了。她问：

“你最近是不是和文燕吵架了？”

肖童被这个看去无意却很突然的问题弄得一愣。他敏感地说："没有。我和文燕的关系你可能误会了。其实我们只是邻居，只是普通朋友，是很不错的普通朋友。"

庆春笑笑，说："噢，我还以为你又有了一个新朋友，所以对文燕冷淡了呢。"

肖童说："我可没有新朋友。我这个人，不走这个运。我看不上的人，人家哭着喊着要跟我；我看上的人，人家心里又未必看得上我。"

庆春刺探地说："啊，我知道了，你看上了一个有钱的女孩，而那女孩并没有答应你，对吗？"

肖童说："你说什么呀，我才不会看上那些有钱的阔妞呢。"

庆春说："能开一辆大宝马，总不会是摆地摊儿的'摊儿妹'吧。"

肖童万般委屈地摆着手："你是说她呀。我们是假恋爱，做戏给她爸爸看的。现在是普通朋友。她教我学开车呢。"

庆春说："我刚才都看见了，你们两个在吵嘴，你下了车她好像很不高兴。普通朋友不至于这样吧？"

肖童有些急了："是她一厢情愿，我对她从来没有这个意思。你要不信，我可以发誓！"

庆春似是非常关注地再问："你真不喜欢她吗？她长得也不错。"

庆春对这事的重视和敏感，令肖童心中暗喜。同时也让他有了一个机会可以说清和声明："我绝对不喜欢她这种类型的。"他盼着庆春能问他喜欢哪种类型的，但她没问。她只是思忖片刻，出人意料地用一种工作性的口吻，对他说道：

"肖童，我今天来，是有件事，想请你帮我们一个忙。不知道你愿意不愿意。”

肖童没听明白似的，愣愣地问：“帮你们一个忙？你们是谁？”

庆春说：“公安局。”

肖童心里一冷，脸上飘过一丝阴影：“这么说，你今天来找我，是因为公事了？”

庆春圆滑了一下：“公私兼顾吧。”

肖童脸上的笑容顿时失去了光彩，显得十分勉强了，他说：“我能帮你们公安局什么忙？”

庆春从皮包里取出一张照片，递给他，问：“认识这个人吗？”

肖童一看，疑惑地说：“这是欧阳兰兰的爸爸。”

庆春问：“他叫什么你知道吗？”

“好像叫欧阳天吧。他怎么啦？”

庆春说：“我们怀疑他和一起贩毒案有关。我们希望你能够帮助我们调查。”

肖童惊得半天说不出话来：“他，他很有钱啊，公司也很大，怎么会去贩毒呢？”

庆春：“我们只是怀疑，所以想请你协助我们获取必要的证据。”

肖童问：“你们怎么知道我和他们认识？我们刚认识没几天呀。”

庆春想了一下，说：“有人看见你和他们在一起。”

肖童面露反感地盯着庆春：“你们是不是在跟踪我？”

“我们是在跟踪欧阳天！”

“那他女儿呢，欧阳兰兰，她有没有事，她是不是也搅进那种事里去了？”

“目前我们还没有发现。”

肖童低头沉思，其实他什么也没有想，他的脑子全乱了。

庆春说：“你要是真的关心欧阳兰兰，就更应该协助我们搞清这件事，避免她陷进去，甚至可以把她解脱出来。”

肖童抬头看了庆春一眼：“不，我不是关心她。我讨厌她。而且她是她我是我，你别把我们俩搅在一起。”

庆春说：“那你更不应该再有什么顾虑。是的，他们很有钱，可那些钱是怎么来的？欧阳天二十年前还一文不名，后来自己做生意也是一波三折。可现在，连他的女儿都开着宝马。也许他手上的每一分钱，都沾着罪恶！你应该帮我们查清他。”

但是肖童摇头：“不，我不想参与这种事，我也干不了密探这种事。我也不打算再和欧阳兰兰有什么来往了，我以后也没法知道她爸爸的事。”

天色已经黑了，身边的湖变得暗淡无光，像一潭死水。肖童看不清庆春的脸色，他知道她很失望。他自己也很失望。他原以为庆春是出于对他的好感和挂念才来学校看他的，结果他自作多情。她是为了一桩实际上和他毫无关系的公案而来。这一刻他心情很坏，恨不能立刻跑回家去，蒙头哭上一场。

但那位女警察似乎丝毫没有察觉他的沮丧，仍然不遗余力地忠实于自己的公务，对肖童循循善诱地做着说服动员：

“你是大学生，你应该学过中国近代史吧，你应该清楚中国近代的民族衰落和毒品有着什么样的关系吧。你看过《中华之剑》吗？你知道现在毒品在中国扮演着什么角色吗？如果你什么时候有空，我可以带你去参观一下戒毒所。你可以看看毒品毁了多少人，拆了多少家庭。你可以了解一下在你周围有多少家破人亡的真人真事。你要是了解了，我相信你会明白的。你会勇敢地站出来，为禁毒出一份力、尽一份责任的。我希望……"

肖童突然粗暴打断庆春的"希望"，他哑着嗓子说："对不起警官，我不是吸毒者，我没有必要去戒毒所！你来看我，我很高兴，我很高兴！但是对不起我刚才不知道，你陪我在这儿散步、聊天，是在占用你宝贵的工作时间，你是为了你的公务，才这样耐心地陪我……我很抱歉！"

肖童说不下去了，他觉得自己的心被一种戏弄和讥讽刺伤了。他向庆春狠狠地鞠了一躬，转身跑开，头也不回地把庆春一个人丢在突然降临的夜幕和湖水的寒意中了。

十三

第二天早上，庆春上班时在机关门口碰上了处长。处长也是刚来，他的老式奥迪从她身边缓缓开过，停在办公楼前。处长从车里下来，没有进楼，站在台阶下等她。她紧走了几步，打招呼说早上好。处长没答，只是问：

“昨天你去了吗？”

她知道处长在问肖童的事，于是答道：“去了。”

“工作做得怎么样，他同意不同意？”

庆春摇摇头，她跟着处长走进办公楼，一时不知该怎样描述昨晚在燕京大学湖边的那场无功而返的谈话。处长反倒见怪不怪地说：

“我早就料到了。现在不少年轻人，包括一些大学生，爱国主义教育不知忘到哪里去了，和自身的利益无关的，一律不感兴趣。一点献身精神都没有。过去五六十年代，公安机关要是让谁协助完成个任务，那都是争先恐后啊，那是对自己政治上的信任啊。真是时代不同了。”处长感慨万千似的，然后说：“你再耐心做做工作吧，实在不想干也不能强迫。你告诉他，如果他提供的情况对破案有价值的话，当然啦，得是那种直接的有决定意义的价值，我们可以给些适当的经济奖励，或者叫补贴吧。现在真是没办法，有些人不给钱就不干。”

庆春低头听着，最后表示一定抓紧再做做工作：“不过我估计希望不大，他要真的不愿意，这案子就只能另想主意了”。

处长说：“你们抓紧，外线再挂一阵我看必须停了，不能总是这么硬盯着。盯到什么时候是个头啊，你们总的出路还是要把内线侦查搞起来，不能长期依赖外线。”

处长话里的不满当然是清楚无误的。这个案子进展艰难，主要是没有内线。庆春也明白，涉毒案缺了内线，仅靠外线跟踪和一般查控是很难取得战果的，这也是一条规律。所以当他们意外地发现肖童居然和欧阳天的家庭有一点交往之后，她和李春强都不约而同地意识到这是一个楔入的良机。

肖童的拒绝倒并不像处长感叹的那样简单。在庆春的感觉里，这小伙子显然不是那种单纯图财的俗人，看上去他也并不缺钱花。那么是不爱国吗？是缺乏社会责任感吗？似乎也不完全如此。昨晚肖童突然发作的原因，庆春内心可知，只是不想向处长说出来而已。她知道肖童气愤的，是她去看他时那个实用主义的目的。

李春强的态度比处长还要激烈一些，他似乎对肖童有一种天生的敌意。他面目严肃地听完庆春的报告，马上表示这事没那么简单算完。“下次再谈的时候你可以给他几句硬的。这不是我们求他，协助公安机关打击犯罪，维护社会治安是一个公民起码应尽的义务。社会需要你尽这个义务的时候，你躲可不行！你往哪儿躲呀！你要硬不干，我们也可以到你学校去向组织上反映，也臭臭你。起码品德分就不能及格。将来毕业分配也得考虑考虑。”

庆春没有和他共鸣，只是表示：“这种事，还是得说服人家自愿，不自愿也干不好。”

李春强抬杠说：“没有点压力能自愿吗？你回头把他找来，我跟他谈。你们女的嘴太软，不论什么事都是掰开揉碎了讲道理，有时候不一定管用。对有些人就得来横的，连哄带吓唬。”

欧庆春还是劝李春强先别急，再让她继续做做工作以观后效。她现在也多少了解一点肖童的个性，她相信，李春强要是自己赤膊上阵冲上去和他谈，那就非谈夹生了不可。

这一整天欧庆春忙忙碌碌，那些协助他们秘密调查大业公司分支机构的外地公安机关近日已纷纷有信息反馈过来，需要一一分析汇总。偶有空闲她还是反复琢磨下步如何继续争取肖童。她想要不要去燕京大学找找学校领导说明情况，请学校的党团组织出面晓之以理？细一想又觉得不行。这种事必须高度机密，一找学校等于把肖童暴露了。又想可不可以去找找文燕，让她从侧面做做工作动之以情？但想到肖童对文燕的态度，足以证明文燕的话对他来说无足轻重。思来想去无计可施。晚上下班的时候她还是决定再亲自去一趟燕大见一下肖童。

下了班，她从楼前存车棚里取出自行车，推着刚要出门。传达室的同志喊她：“庆春，你弟弟找你。”她应声看见传达室的椅子上坐着一个人，她几乎不敢相信自己的眼睛。那人竟是肖童。

“肖童，你怎么来啦？”

庆春极其热情地大声招呼他。他从椅子上站起来，默默地走出传达室，低着头并不说话。庆春想了一下，说："走，到我办公室去坐一会儿。"

肖童背着书包，很听话地跟庆春进了楼，到庆春的办公室里坐下。同事们都下班走了，办公室里没有别人。庆春一边问着些你刚放学吗、今天上什么课之类的无关紧要的问题，一边找杯子给他倒水。杯子找到了，但暖壶是空的，她便让肖童稍坐一会儿自己出去找水。肖童就这么沉默地坐着，也不笑也不动也不言声。

就在庆春出去找水的空当，李春强进了办公室。他本来是想看看庆春是否已经回家，没承想在这里见到了肖童。

"咦，你怎么来啦？"李春强不无惊讶地挑起眉毛，问，"是不是想通了？"

肖童见李春强进来和他打招呼，不甚礼貌地坐着没动，明知故问："想通了什么？"

"什么，昨天我们欧警官和你谈什么来着？"

李春强在肖童对面骑着椅子坐下来，点了根烟，抽了一口才想起问："你抽吗？"

肖童说不抽。

李春强问："你们现在大学里有没有禁毒教育啊，现在要求都要有的。"

肖童说："没有。"

李春强说："全世界现在的刑事犯罪，三分之一都和贩毒吸毒有关，全世界每年毒品交易额高达八千亿美元，仅次于军火占世界贸易的第二位，这些数字你知道不知道啊？哥伦比亚，麦德林集团，这你听说过吧？光这个集团控制的毒贩在全世界就有两万多人。一个贩毒组织能跟欧美好多国家的政府都开了战，连美国在内，都搞得不得安宁，够猖狂的吧。你真没听说过还是跟我装傻充愣呢？当然咱们中国的毒品犯罪没那么严重，不过现在也是毒潮泛起，有的贩毒组织是把中国当成一个毒品通道，把缅甸、泰国那边的毒品从中国内地通过中国香港运到欧美国家去。美国有百分之二十的毒品，就是从香港这边走的。所以，咱们国家的反毒斗争也是世界反毒斗争的一个重要组成部分。这是个光荣事。别的我不了解你，我想不管怎么说你肯定得爱国吧，社会给了你上大学的机会你总得报效社会吧……”

当庆春拎着一把暖壶回来的时候，李春强还在情词恳切、滔滔不绝地进行着他的反毒意识的正面教育。肖童则面目冷淡，无动于衷，坐在那里似听非听。庆春给肖童倒了水，问李春强：

“你怎么还没走？”

李春强说：“这不正帮你做工作呢。”

庆春说：“是吗。”她转脸问肖童：“你们谈得好吗？我们李队长说话可直。”

肖童这才开口，他说：“庆春，我只想和你谈。”

庆春看看李春强，李春强气不打一处来地问道：“嘿，小伙子，我刚才口干舌燥地说了那么多，你听进去没有？”

肖童斜着看一眼李春强：“你刚才说什么？”

李春强被噎得半天说不出话来：“你说你这人，年纪轻轻的，四六不懂，你怎么这么浑哪！”

庆春连忙笑着缓和着气氛，说："算了春强，你先走吧，我和他谈谈。"

李春强半是气恼半是威胁地说："甭跟他谈了，跟他们学校谈去。这人一点道理听不进去，这学校是怎么教育的！"

欧庆春面孔严肃起来："春强！"她压着声音说："让我来谈！"她怕李春强怒不择言把事情搞僵，那以后的工作就更没法做了。

李春强住了嘴，说了句："好，你谈！"他悻悻地走到门口，回过头来对庆春又说："我在我屋里等你。"

屋里平静下来，只剩下两个人。庆春靠在桌子上，想这场谈话该从哪儿入手，肖童却先开了口：

"我想知道，这件事，是你想让我干，还是你们领导想让我干？"

庆春感到奇怪地笑一下，说："这有什么不同吗？我去找你是和我们领导请示过的，是我们共同研究决定的。"

肖童盯住她说："我只想知道，你希望我怎么样？"

庆春说："我？我当然希望你能配合我们。"

肖童依然盯着她，说："那好吧，我干，我为你干！"

庆春笑笑，说："不，你不是为我，你是为国家做工作，是为社会做贡献。"

肖童说："为国家为社会我可以去做别的，报效国家服务社会不一定非干间谍不可。你们别把爱国不爱国的帽子扣给我。我去干就是为了你，如果你不需要，那就算了。那就让你那位李队长另请他人吧。我不干这个也一样爱国！"

庆春愣愣地听着。肖童口口声声为她才干这事，她心里不知是感动还是不安。但她还是点点头，表示领情。

“好，那我就谢谢你了。”

肖童站起来，背起书包，像是要告辞的样子，却又突然问道：“这件事我答应了你，你也能答应我一件事吗？”

庆春想，这是要提交换条件了，她不清楚肖童会开出一个什么“价”来。但她脸上十分冷静，问：“你说吧，你要什么？”

“我要你以后别把我当小弟弟、小孩子。我已经不是个孩子了。”

庆春心里完全清楚肖童要的是什么，但她只能揣着明白装糊涂：

“你本来就比我小嘛。”

“你那么不能接受比你小的人吗？”

“我说过了，我很高兴认你做我的小弟弟。”

“我也说过了，我不想做你的小弟弟。”

“那你要做什么？”

“我要你拿我当个平起平坐的朋友，当你最信任最要好的朋友！”

两人都沉默了，少顷，庆春说：“平起平坐可以，但你要和我做最信任最要好的朋友，这要看以后我们相处得怎么样。这可不是用嘴巴就可以指定的。”

肖童想了想，似乎这道理无懈可击。他点头说：“好，那我会努力的。但你得保证，你和我交朋友不是为了要完成你的那个任务。”庆春想，现在的大学生就喜欢搞这种形而上的东西，随他怎么说法吧，只要案子破得能顺利，怎么个说法都行。于是她承诺：

“当然，我们交朋友是为了纯洁的友谊。但既是朋友，就应该认认真真地共同来完成这个任务。而且有一条你必须记住，在工作方面你不能任性，一切都听我指挥，否则你会坏了事情。”

肖童看上去已经轻松下来，态度不像刚才那么严肃了，他说：“没问题，我听你指挥！”

庆春笑了，肖童也笑了，笑得有些腼腆。庆春说：“咱们一言为定。”

肖童答：“一言为定。”

两人一齐走出了办公室。告别的时候，庆春说：“上次你送我的那水晶相框，我得还给你，我可受不起这么重的礼。”

肖童说：“礼轻礼重无所谓，关键是心意，哪有把人家的一片心意退回来的。”

庆春说：“我们公安人员有‘八大纪律十项注意’，你这不是让我犯错误吗？”

肖童说：“你要退回来我就不给你们干了，你们一点人情味儿都没有！”

庆春愣了一下，说：“好吧，我不退给你。”见肖童笑了，又说：“再给你提个要求，以后不许老拿这个威胁我，再这样可就俗了。”

肖童咧嘴笑：“知道。”

这天晚上庆春睡得非常安稳。她已经很久没有这样踏踏实实地睡过觉了，以致第二天早上在向处里汇报的时候，她一进门马处长就心明眼亮地笑道：“准有好消息了，不然庆春的脸色怎么这么红润！”

庆春和李春强向马处长汇报了她昨天和肖童“谈判”的结果，当然她省略了肖童最后提出的“附加条件”。对肖童这么快就端正了思想，同意做公安的“特情”，处长感到意外和满意，并且表示了对这个特情的关切和重视。

“你们今后准备由谁来负责和他的日常联系?”

庆春看一眼李春强，说:“还是我联系吧，我对他有一定的了解。”

李春强马上接话:“由杜长发联系也行，或者由我亲自联系。我看这小子脾气太生，还是找个男同志对付他。”

庆春说:“对这种人只能以柔克刚，男同志处理矛盾容易生硬。而且……”她本想说“同性相斥”，但话到嘴边又觉不妥，于是没有说出来。

马处长点头，算是认同了庆春的意见，又问:“他和欧阳兰兰，是不是肯定没在谈恋爱?如果他们之间有感情关系的话，那就绝对不能用他了。”

庆春说:“没有，我都了解过了，绝对没有。”

李春强问:“你怎么这么肯定?”

庆春说:“我和他侧面谈过这个问题。我都工作多少年了，他不过是一个二十一二岁的学生，他喜欢谁不喜欢谁我还看不出来?”

处长没再纠缠这个问题，接着问:“你怎么和他联络?”

庆春说:“我把BP机、手持电话、办公室的直线电话的号码都给他了，我家里的电话号码也给他了。我也有他的BP机号码。万一他发现什么情况要紧急找我随时可以。”

马处长提醒道:“做这种情报工作的基本技巧和基本规矩，你们之间联络的注意事项和保密要求，都要教给他。别工作还没做就先把自己暴露了。对他本人，你们也不要露太多的底，他掌握太多了，弄不好反而把事情搞坏。开始给他的任务，可以具体点，但尽量不要太复杂。”

向处长的汇报持续了一个小时，基本上把这个案子下步的路数和要注意的问题一一议定了。从处长的屋里出来以后，李春强反常地沉默。他们顺着楼道往刑警队办公室走，步履显得有些沉闷。庆春侧目看他，几次目光相碰，见李春强欲言又止，庆春索性自己开口问：

“怎么啦，你觉得有什么不放心吗？”

李春强先是摇摇头，既而却问：“对这个肖童，你怎么看呢？”

庆春不知他指什么，只能正面地答道：“这案子现在没什么更好的出路了，只能让肖童杀进去试试。死马当作活马医吧。你是不是怕他和欧阳兰兰接触长了，少男少女控制不了感情发展，突破了普通朋友的关系？”

李春强说：“你不是说肖童对她没有那方面的兴趣吗？我不是担心他们俩，我倒是担心他对你……怎么说呢，这点你清楚不清楚？”

庆春看着李春强，她站下来，眼睛一眨不眨地看着他，问：“他对我怎么了，我清楚什么？”

李春强移开视线，说：“他对你，我觉得倒有点那方面的兴趣。”“哪方面？”

李春强正视着庆春：“他可能喜欢你！”

“是吗？”庆春平静地面对着李春强的注视，说，“所以让你担心了。”

庆春说完这话，转身径自向自己的办公室走去。李春强皱着眉，在她身后说道：“庆春，我是在谈工作！”

庆春停下来，转过身，在楼道的昏暗中能看到她的两只眼睛异常透明。她的声音在周围的空寂中仿佛是一种遥远的回声：

“好，那我告诉你，我欧庆春这一生中看得最重的，就是工作。没有任何事，比工作更能吸引我。所以在这个刑警队里，我永远会是最好的。你尽可放心吧，队长！”

十四

这天晚上的朗诵练习，肖童突然神不守舍。本来已经烂熟于胸的演讲词，总是念得支离破碎。朗诵老师一再强调他马上要去外地讲课，这是给肖童的最后一次练习，希望他能珍惜。可包括卢林东在内，他们都不明白这学生今晚何以如此一反常态心不在焉。

卢林东说："你嘴里有什么东西，怎么总绊着舌头？"

肖童说："我累了也困了。"

卢林东说："你不是都考完了吗，是不是没有考好？"

肖童脸上若有所思，口中答非所问："卢老师，今天先练到这儿，行吗？"

朗诵教师顿感受到轻视，面带愠色收拾起自己的东西，说了句："那就这样吧，我又何苦呢。"便走出了教室。卢林东连声抱歉地追了出去。

肖童没有更多地抱歉，只说了声："老师再见。"便低头收拾自己的书包准备走。卢林东送客回来，一脸的埋怨："你今天哪根筋不对了？

是失恋了还是又迷上谁了?”

肖童说没有。

卢林东恨铁不成钢地批评道:“你瞒我瞒得住吗?你现在傍上了一个富婆还是款姐,每天开着高级轿车来接你,好多同学都看见了。我得提醒你一句肖童,你可千万别对不起郑文燕,她对你那么好你可不能伤害她。”

肖童说:“那全是造谣呢,你非要传谣信谣我也没办法。”他自顾走出教室,听见卢林东还在身后喊道:

“你抓紧把词儿背熟!”

肖童离开教室的第一件事,是跑到学生宿舍楼下的公用电话去呼叫欧庆春。可他刚刚呼完,就有人排队打电话。他和他们商量能不能等一会儿再打,他等人回电。可人家说我们也有急事,打一会儿就完。没办法,他走到另一个楼里去打,结果那里的电话也有人占着。他又往前走,还没走到第三个楼,欧庆春回呼他了,从留的电话号码看,她此刻在家。

他给她家里拨通了电话,庆春在电话里的口气有一点急切:“有情况吗?”她问:“你说话方便不方便?”

肖童说:“方便,没人。这么晚了还打扰你,你不生气吧?”

庆春说:“怎么会生气,我不是告诉你有事找我的话,多晚都行吗?”

肖童说:“没事,没什么事。我心里有点闷,就打了电话。没事。”庆春在电话那头儿沉默了一会儿,呼了口气说:“我还以为你有什么情况要告诉我呢。”

“是不是没有情况就不许给你打电话?”

“那倒也不是。不过没有情况尽量少打。现在咱们联络是秘密的，就像过去做地下工作那样，要减少无谓的接触，你知道吗？”

肖童没有答。

庆春在电话里又问：“和欧阳兰兰见过面了吗？”

肖童萎靡不振地说：“还没有，她上次可能真生气了，所以不来找我了。”

庆春说：“你可以主动找找她，你要设法和她爸爸尽快熟起来。你尽快去找她，好吗？”

肖童沉默了一会儿，嗯了一声。庆春似乎无话可谈了，说：“那就这样吧，你早点休息。”

肖童说：“好吧，祝你晚安。”他心情乱乱地挂掉电话，回到宿舍。宿舍里没人，同学大概都去图书馆了。他想要不要也去，可站起来又坐下，六神无主。他想坏了，难道人们说的那个所谓一见钟情的“恋爱”，真的来了吗？

这一刻他口干舌燥，全身所有的细胞和神经都陷入一种失控的痉挛中，我真爱上这个人了吗？真爱上这个比我大而且距我那么远的女人了吗？

这一晚他上床很早，但入睡很迟。在几人同室的集体宿舍里，只有在被窝里才能打开幻想的空间。但幻想的结果又是自卑和无望，他隐隐感到欧庆春一直是把他当个好玩儿的小弟弟看待的。她看上去对他并没有他希望的那种感觉。

第二天早上醒来，看了窗台上新鲜的阳光，和站在窗外的一只灵气逼人的麻雀，他的情绪又转而高涨起来。想到庆春交给他的任务和由此而产生的对他的需要，又感到内心的充实和快乐。

的确，正是由于欧庆春对他表现出来的这种需要，才激发了他干这件事的热情和兴趣。借着清晨的阳光和朝气，他未及洗漱就跑到楼下打电话，在欧阳兰兰的BP机上呼了一行字："晚上请来接我。"到了晚上他还是在那个时间走出校门，他看见在老地方果然停了那辆熟悉的宝马。他照例慢悠悠地走过去，想象她依然像往常那样在反光镜里看他。而他却没有像往常那样坐在车的前座，而是拉开了后门。他想一开始还是和她保持一点距离，不要太亲密了为好。

但是他一进车子便觉得不对，欧阳兰兰没在车里。坐在司机位置上的是一个其貌不扬的男人。他还没来得及反应，两侧的车门同时打开，两个大汉一左一右钻了进来，车子随即轰隆一声吼叫，快速地开动起来。他只是下意识地挣扎了一秒钟便放弃了反抗。两个男的紧紧挟住他，不用估量他也知道自己不是对手。

恐惧刹那间占满心头。他想，公安方面一定出了纰漏，或是有内奸通报了消息。他答应为庆春干这件事时也想到过危险，但没想到来得这么快这么现实。他的脑子一下子变得空白了，心跳之快如刚刚冲刺了百米，可声音居然还勉强地保持了表面的无畏。

"你们是谁，要干什么？"

左右两个人，不知是谁在说："老实坐着，别找不自在！"

他提高了声音，既是壮胆又是绝望："上哪儿去你们说清楚！"

他的腰被重重地杵了一拳，剧痛令他眼冒金花："你老实点儿，会跟你说的！"他怀疑自己的肋骨断了。

车是往郊外开的，开得飞快。天色已晚，夜幕降临。夜幕的降临使他心中更充满了死亡的气氛。这时他的思绪也越来越单纯，他只想，他们会怎么折磨他，他能不能在人生的最后关头视死如归。他想这些人总有一天会被抓住的，公安局会审讯他们，如果欧庆春能够知道他死得壮烈勇敢，那她会不会在心里对他留下一点点惊讶和感叹？

车子在一个没人的地方停下来。他被他们推下车。借着饱满的月光他看见身边都是一垛垛的砖坯。他想这准是一个砖厂。但这里已是机器停转，工人下班，静得听不见一点声音。他们把他顶在一排刚刚脱好的泥坯垛上，揪住他胸前的衣服。他不反抗也不挣扎，甚至不发一言，只听到一个有点口音的声音在问："兔崽子你对欧阳兰兰干什么了，啊？你要流氓也不看看门槛！"

他这才大声呼喊："欧阳兰兰说什么啦！她说什么啦？"

他脸上马上吃了一拳，这一拳再次使他眼冒金星。他不知为什么拼命地捂住自己的双眼，他只想着保护自己的眼睛，身上任凭他们拳脚相加。他们一边踢打一边痛骂，骂得七嘴八舌什么话都有。但肖童耳鼓里最清楚的只有那个带着外地口音的骂声，那骂声不停地重复："叫你要流氓！叫你要流氓！叫你要流氓！"每骂一句便踢他一脚，直到他瘫在地上，身后的坯垛塌了一片。

打骂完了，他们拍拍手扔下他往车上走，边走边回头警告他别以为算完。"你再敢缠着她就试试看！下次再见到你非把你阉了不可！"肖童靠着砖垛坐直了身子，他也想骂，可张不开嘴，嘴里全是血，脸也肿了半边。

那漂亮的宝马亮着大灯卷着尘土，气宇轩昂地开走了。肖童筋疲力尽地坐在原处，他甚至没有力气来挥赶那些闻见了血腥的蚊子。坐了一会儿体力有所恢复，他才站起身来，晃晃地走出这个在月光下不免荒凉的砖厂，走上了来时的大路。路上没人，偶有汽车通过，他抬手拦车，但那些车无一不是突然加速从他身边轰鸣着驶过。

这是他人生中第一次皮肉受苦，也是第一次受到如此的屈辱。他沿着公路走，不再拦车。只知道他的脸肿了，流血了，但不知道具体什么模样，为什么没有一辆汽车敢停下来载他。

沿着公路歪歪斜斜地走了很久，他终于找到了一个灯光疏朗的小镇。镇上一个小商店的门口，挂着公用电话的招牌。店主是个慈眉善目的中年妇女，见他模样可怜不像坏人，便打了水让他洗去血污，还问他要不要去附近的派出所报案。他摇摇头，他想做的只是给庆春打电话。

庆春接电话的声音不像第一次那么急切了。她问他："有事吗，现在在哪儿？"他说："就算有事吧，你能不能出来？"庆春问："什么事你电话里说方便不方便？"他说："你最好出来，我想见你。"对方有些犹豫，搞不清他到底有什么事，但最后还是答应了。

见面的地点约在庆春家附近的一个商店的门口。肖童按那女店主的指引，很快坐上了近郊的公共汽车。他在三环路下车又换乘了"面的"，赶到约定地点时庆春已经满脸不快地等候了多时。

肖童下了车，他的这副面孔让她大吃一惊，脸上的不满为之一扫。她问这是谁打的。他说是他们打的。她马上感到了问题的严重，立即把他领到自己家中，一边问一边帮他擦药检查伤势，并且让他在自己的卫生间里冲了澡，还去父亲的房里要了衣服，让他换下沾着血迹和泥土的衣裤。在这个过程中他有意让她看见了自己半裸的身体，他的身体匀称而健康，他深信上面的青紫伤痕反而会使自己显得更加性感。他偷偷地留意着庆春的眼神，不免暗暗失望。因为那眼神居然没有半点回避，她看着他时就像是他的姐姐，甚至像一位慈爱的母亲，和文燕和欧阳兰兰的目光完全不同。

洗完澡，穿上干净松软宽宽大大的衣服，坐在庆春的小客厅里，喝上一杯她亲手泡的热茶，肖童被这温馨所迷醉。这使他在叙述今晚的遭遇时有了一个非常好的心情。庆春一边听，一边记，一边问时间、地点、过程、人数。每个人的长相，他们说了什么骂了什么，带没带凶器，详尽而具体。问完了她松了口气。

“你别害怕，我看你并没有暴露。可能是欧阳兰兰真的生你气了，所以找几个朋友教训教训你，这不要紧。”

肖童说：“我不能让他们这么白打吧！”

庆春说：“你明天再呼欧阳兰兰，正好可以利用这个机会质问她。我想这事出了以后，她会和你接触的，你一定要利用这个机会，千万别跟她斗气。”

肖童说：“那我挨的这顿算为了谁呀？”

“为工作嘛。”

肖童鼓着嘴说：“工作是你交给我的，我是为你干的，所以应该说是为了你！”

庆春点破他的无赖：“这个情我不能领，在你为我们工作之前，欧阳兰兰已经跟你闹翻，我给不给你工作你这顿老拳都逃不掉。再说，就算你为了我，那我又为了谁？”

“你为了你自己，为了你的事业。破了案你可以升官、受奖。我没说错吧。”

肖童一脸狡黠地看着庆春，庆春索性笑笑，不拿这话当真：“那我将来要是得了奖，全都给你。”

肖童说：“君子一言！”

庆春道：“驷马难追。”

轻松了这一下，肖童又说：“告诉你，他们打我的时候，我什么都不管，就光护着眼睛来着。只要眼睛保住，怎么都行。”

庆春问：“为什么？”

肖童说：“因为眼睛是你给的。”

庆春这回很领情地笑了笑，马上又严肃起来，她说：“肖童，有件事你可一定要跟我说实话。你只要说的是实话，我就不批评你，但必须是实话。”

肖童疑惑地问：“什么事？”

“你和欧阳兰兰，你们之间到底怎么样，你们之间有没有那种事？”

“哪种事？”

“就是那种事。”

“我和她？绝对没有。”肖童马上对这个问题重视起来，大有不平反昭雪誓不罢休的架势，“我可以发誓，以我的人格，以我爸爸妈妈的人格发誓。”

“那为什么他们骂你要流氓？”

这一问倒把肖童问愣了，他不由得恨得咬牙切齿，“这个欧阳兰兰，我一个指头都没碰过她，她怎么可以这样血口喷人！”

“好了。”庆春安抚地说，“我相信你，但我有个要求，不知道你能不能做到。”

肖童说：“什么要求，你说！”

“你和欧阳兰兰，今后如果恢复接触，要尽快和她父亲建立某种联系。对欧阳兰兰，可千万别摆出谈恋爱的架势，也别让她往这方面发展。更不能到最后真的和她有了这方面的关系，那你可就不能自拔了。”

庆春居然会忌讳他和欧阳兰兰的这种事，这反倒让肖童感到惊喜。他恨不能把心掏出来给庆春看：“我绝不会和她做那种事的，我心里只要有喜欢的人，对其他任何人都不会动一点心的。我不能对不起我心上的人。”

肖童很希望庆春能问：“谁是你心上的人？”可庆春偏偏没问。她把记录本一合，说：“时间不早了，你早点回去吧，趁现在街上还有出租车。另外，明天你一定要到医院去看看有没有伤着骨头。”

肖童依依不舍地喝完了杯子里的茶，在把杯子放到旁边的茶几上时，他的目光被狠狠地刺了一下：他看到茶几上摆着他送她的那个水晶相框，相框里镶着一个男人的照片。他知道那老气横秋的男人是谁。刚刚明朗的心情一下子又变得暗淡起来。

他站起来告别，庆春看着他穿着父亲那肥大的汗衫和长至膝盖的裤衩，发笑说：“你就穿这个回去吧，别嫌难看，脏衣服留下来我帮你洗一洗。”

肖童告辞了出来。他并没有马上走，而是在庆春家的楼下站了一会儿，直到看见庆春房间的灯熄了才走，并且用心记下周围的特征标记，以防下次自己来时找不到这里。

第二天上课，几乎人人都问他脸上怎么回事。他说和人打架打的。

再细问他便语焉不详顾左右而言他了。卢林东消息灵通也专门跑来探问伤势，见了他这青肿模样更是一脑门的焦灼：“这都几号了，离‘七一’演讲比赛没多少天了，你这样子怎么上台？”

肖童说：“赶快换人吧。”

卢林东说：“别废话，你赶紧好好养！”

确实，他身上的疼痛昨天还不觉得什么，今天才开始发作出来，疼得他一有空就想往床上躺，一躺就不想起来。中午，欧庆春又呼了他的 BP 机，他只有在这时才会忘掉周身的疼痛，从床上跃起，三步并两步跑下楼去打电话。庆春在电话里问他：“是否已经去了医院，医生怎么说，有无大碍？”他说：“我还没去，本来同学老师就已经议论纷纷说什么的都有了，我不想再为这事缺课。”庆春说：“无论如何你还是得去，万一有事耽误治疗，年纪轻轻的别再落下点残疾。”他笑笑说：“我会去的，不过残疾还不至于。残疾了我顶多独身，谁也不娶了；残疾了我也就不做那个梦了。”

庆春在电话里停了一会儿，才说：“别总在梦里。梦总归是梦，总归要醒的，身体没病才最现实。”

肖童问：“你是真心疼我，还是怕我残疾了耽误了你们的工作？”

庆春口气显然有些不快了：“随便你怎么想吧，我话说到了，去不去医院在你自己。”

肖童还没来得及说抱歉的话，那边就把电话挂了。他快快地拿着话筒发愣，直到有人喊他：

“肖童，有人找你。”

一个路过的同学指指楼门外，他顺着方向出了楼。在楼前红红绿绿的黑板报下，一身精干打扮的欧阳兰兰正目光如灼地看着他。他心头蹿起一股怒火，扭身就往回走。欧阳兰兰追过来，拦住他的去路。他冲她喊了一声："你还想干什么！"欧阳兰兰一把抱住了他，失声痛哭。

这一弄反而把肖童弄得手足无措，周围过往的同学无不侧目而视。肖童想他在学校真是快成一个绯闻人物了。他推开欧阳兰兰，冷淡地说："你还哭什么？"

欧阳兰兰仰头看着他脸上的伤痕，她想用手摸摸但肖童躲开了。她停止抽泣，说："肖童你应该听我解释。"

肖童看看左右，过来过去的人络绎不绝。他狠狠地说："好，我听你解释。"便领头向楼外走去。他想把她领到湖边，走到一半又转念。那湖边是他和庆春第一次畅谈的地方，已成为他心中的一道风景，有纪念的意义。于是他改道把欧阳兰兰领到了学校的图书馆，那图书馆的门前有几十级宽阔无比的台阶，中午这里只开侧门，所以台阶上肃然无人。

没等她开口，肖童第一句便说："告诉你，我不会让你们白打的，你让那几个小子等着点！"

欧阳兰兰说："不是我让他们去的，是我爸爸，是他让他们去的。他们去找你我完全不知道。"

肖童恶狠狠地看着她："你不和你爸爸胡说八道，你爸爸怎么能让他们找我！"

欧阳兰兰眼圈又红了，她红着眼叫喊："他不同意我和你在一起，可我要和你在一起，我要和你在一起，我爱你！"

这句"我爱你"，让肖童躲闪不及，他最怕欧阳兰兰说出这句话来。

面对这句话他显得有些无措，不知道该怎样反应。只是不假思索地冲她叫喊：

“你爱我，所以我就得接受你爸爸的教训！是不是！”

欧阳兰兰稍稍平静了一下，说：“因为他不让我和你来往，他说我应该找一个稳重的、条件更好的、年龄大一些的人。他想让那人带着我到国外去。我爸有钱他可以让我在国外生活得很好，但是必须有个牢靠的人带着我去。可我只喜欢你。从我见到你的第一天我就忘不了你。”

肖童看看天，天蓝蓝的，蓝得那么透彻那么饱和，而几朵白云又蓬松得恰到好处。他想，他也是这样，从见到庆春的第一天就忘不了她了。

欧阳兰兰说：“我告诉我爸我一定要跟你。我爸这几天不停地劝我，我怎么解释都不管用。我一急，索性就告诉他我和你已有了……”

欧阳兰兰停下来，肖童脑门上几乎冒出火来，瞪着眼问：“有了什么？你和我有了什么？”

欧阳兰兰理直气壮地说：“有了那种关系，我告诉他我们已经有了那种关系，我不想再跟第二个人！”

肖童气急败坏得几乎无法言语：“你你你，你凭什么把这桶脏水扣在我的头上，你有什么权力！”

欧阳兰兰像吵架一样大声地辩解：“我不这么说又能怎么说，我这么说又没有恶意！”

肖童手足无措地骂：“你浑蛋！你必须，你必须去和你爸爸说清楚，我和你什么都没有，过去没有现在没有以后也不会有，永远没有！”

欧阳兰兰说不出话来，她只是红着眼睛，憎恨地看他。

两个人都不再说话，都累了，有点筋疲力尽。沉默了很长时间，肖童的怒气渐渐平息了，他闷声说：“我要上课了。”便往台阶下走。欧阳兰兰在身后叫他。

“肖童，下了课我来接你。”

肖童回头，说：“我不学车了。”

“不是学车，是我爸爸要见见你！”

“还要揍我吗？”

“不，他同意我们交往了，所以他要见你。”

肖童一挥手刚想拒绝，但他张开嘴又闭上了，手也只是空挥了一下。因为他突然意识到庆春给他的那个任务似乎已可以开始，意识到他接近欧阳天的机会已经明确无误地摆在了面前！

十五

晚上天刚擦黑，肖童终于又坐上了欧阳兰兰的汽车，离开了学校。他以前想不到，在和城里几乎同样拥挤的北京近郊，在离他们学校只有几公里远的地方，竟然藏着这样一座华丽而又幽静的庄园。

汽车不过疾行了七八分钟便离开公路，穿过一片果林，又绕过一片樱桃园，一条笔直的林荫路把他们带到那世外桃源般的院落。院子里有青翠的草坪和苍绿的老树，簇拥掩映着一幢欧式的别墅。别墅灰白色的墙壁上，爬着这个夏天新生的藤蔓。百叶窗里泻出的灯光下，有三两飞虫起舞，舞出了几分怀旧和有闲的情调。

这就是欧阳兰兰的家。

欧阳兰兰把车停在别墅的门前，立刻有一个男用人跑下台阶，学着酒店门童的动作，毕恭毕敬地为她拉开车门。另有一位穿着笔挺西服的臃肿的男人站在门口，笑呵呵地招呼："兰兰回来啦。"

欧阳兰兰并不理睬那中年男子平庸的微笑，拉着肖童的手走上台阶，目不旁顾地进了客厅。她把外衣脱下扔在沙发上，才可有可无地把那中年人介绍给肖童：

“这是老黄，我爸的助理。”

欧阳兰兰并未向老黄介绍肖童，便在沙发上坐下。一个女佣端来两杯茶水，摆在茶几上。肖童向老黄伸出一只手，自我介绍：“我叫肖童。”

“啊，我是黄万平，幸会。”

老黄谦恭地和他握手通了姓名，然后对欧阳兰兰说：“你爸爸在楼上，我去告诉他你们来了。”

老黄上楼去了。一只大黄猫敏捷地跳上沙发，弓着背在欧阳兰兰身边蹭来蹭去，极尽亲热之能事。欧阳兰兰抱起它对嘴亲了一下，又向肖童介绍说：“这是小黄，不过现在也该叫老黄了，它刚刚做了妈妈。这可是最纯最地道的波斯猫。”

小黄和主人亲热完了，像完成迎接仪式一样跳下沙发，步态雍容地走了。欧阳兰兰喝着茶，让肖童坐下。肖童没有坐，站在屋子当中举目四顾。这是一间不小的客厅，家具和灯具显然都不是国货。装饰和摆设不无俗气地堆金砌玉，夸张地展览着一种并不协调的奢靡。欧阳兰兰问：

“喜欢这儿吗？”

肖童应景地答应：“还行吧。”

“以后这房子也是你的。这儿叫‘樱桃别墅’。”

肖童没有对这种千金一掷的慷慨做出任何反应，反而冷淡地问：“你们家是暴发户吧？”

欧阳兰兰无动于衷地看着他，丝毫不觉尴尬地答道：“就算是吧。”

肖童站在窗前向外看。天已经黑了，外面什么也看不见。窗户都是紧闭着的，玻璃上星星点点趴着不少野外的飞虫。这是个闷热的夜晚，但屋里的空调却冷得逼人。

他问：“你们干吗要住到这么个荒郊野地里来，住在这儿不寂寞吗？不害怕吗？”

欧阳兰兰说：“我们在城里有公寓。带你到这儿来一是离你们学校近，又不堵车，二是我觉得你一定会喜欢这儿。在城里住惯了的人都会喜欢这儿。说不定你还能爱屋及乌。”

肖童看一眼欧阳兰兰：“你就是乌？”

欧阳兰兰笑而不答。

老黄从楼上下来了，说老板请肖先生上去。欧阳兰兰从沙发上跳起来，对肖童说：

“走。”

老黄说：“你爸爸叫肖先生自己上去，他想单独和他谈谈。”

欧阳兰兰把探询的目光递给肖童。肖童镇定了一下，竭力做出漫不经心的样子，独自向楼上走去。楼梯是木制的，模仿了欧洲古堡里那种一夫当关万夫莫开的防御型楼梯的狭窄。肖童竭力把脚步放慢，显得若无其事地拾级而上。除了他的脚步声，楼上静得如同一座空宅。

正对着楼梯有扇房门。和楼梯的狭窄恰成对照，那门又宽大得不成比例。门半开半掩，肖童敲了敲，无人应声，他便大大方方地推门而入。这是一间光线黑暗的书房，和楼下客厅的浮华相比，这里又显得古朴有余。通天到地的书橱上，略嫌繁复地镶满古罗马风格的雕花木饰，不无刻意地强调着一种贵族式的陈旧。写字台置于窗前，宽大而厚重。遮光窗帘拉得严丝合缝。头上低低地悬垂着半亮的青铜吊灯，光线的萎靡不免使这屋子有了几分昼夜不分晨昏不辨的陈腐气和颓废感。倒是写字台右侧安装的一台电脑，赫然示意出房间主人所处的时代。

屋里一个人也没有，但能听见隔壁卫生间里有冲水的声音。肖童身边，一只仿旧的皮制沙发，显然也是模仿了二十世纪三十年代的样式，且磨损的皮面和褪漆的木框，都逼真得恰到好处，像摆在角落里的一个陈年的故事。他犹豫着不知自己该不该在此坐下。

他的心跳有一点慌乱。

卫生间的门响了一下，欧阳兰兰的父亲欧阳天出来了，穿着绸子的中式睡衣，有点像电影里那些二十世纪三十年代的民族资本家。他几乎没对肖童看一眼，便径自在写字台后的大班椅上坐下，然后才说：

“你也坐吧。”

肖童在皮沙发上坐下来，那沙发比他想象的要硬。他们隔得很远，灯光昏暗，他几乎看不清欧阳天的脸，只感觉比初见的印象要病态苍老，声音也显得沉闷粗哑。

“你今年到底多大了？”

肖童如实说：“二十一岁。”

欧阳天“啊”了一声，然后头枕椅背，仰面朝天，不知在想些什么，少顷才说：“我原来一直想，给兰兰找个年龄大一点的对象。兰兰太任性，需要男人哄着她一点，让着她一点。过一段时间，兰兰就要到国外去定居了。我一时还得留在国内，所以就希望有个人能在她身边照顾他，你能吗？”

肖童含糊其词地说：“这我说不好。”

欧阳天似乎对他的回答有点不满，也有点意外。他愣了一会儿，无奈地说：“随她吧，只要她心甘情愿。”

两人都沉默着，似乎话不投机，欧阳天最后闷闷地说：“你下去陪她吧。”

肖童没想到与欧阳天的见面如此短暂就告结束。他松了口气，站起来，说了声“再见”就往门口走，不料欧阳天又叫住他：

“兰兰有几个大哥，平时很疼她，所以对你出手重了一点，我替他们道个歉。”

肖童站在门口，一只手已把那扇宽大而沉重的门拉开，欧阳天一说到这件事，肖童脸上的表情不由得带出了几分凛然。

“可惜你们都搞错了，我对欧阳兰兰什么也没有做，我不是那种见了女孩子就走不动的人。”

他看见欧阳天张开嘴，一脸愕然。他带着胜利的微笑说声“打搅了”，便走出书房的昏暗。他此时的心情因为最后的这个声明而痛快起来。他鲜明地感觉到自己在他们面前的形象，比起在日本餐厅第一次见面的那天，增添了应有的尊严。

晚饭就在这间别墅的餐厅里吃的。菜是家常菜，但做得极精致。餐具也极讲究。欧阳兰兰边吃边喂小黄，而欧阳天则和老黄对着喝了一点白酒，话也多了一些，席间的气氛由此而透出几分轻松和随意。欧阳天问肖童身体如何，有无得过大病。肖童说除换过角膜从未住过医院。欧阳天说好像瘦了点。兰兰马上维护地插嘴：“瘦才精干呢。他这么小岁数要是像老黄这样那就叫胖墩了。”老黄扭动着中年发福的身子说：“我年轻时其实和肖童一样，也瘦得精干。”肖童解释说：“学校里的伙食差，谁要是想减肥，到我们那儿吃上一个月，保准见效。”欧阳兰兰于是不失时机地盛邀肖童以后可以每天晚上到这儿来吃饭：“这儿的厨师做饭特别好吃。瘦倒没什么，但营养要跟上。”肖童推辞道：“你天天去学校接我，同学都有议论了，还是免了吧。”欧阳兰兰口惠实至地说：“我给你一部车，你存在你们学校对面的停车场上。自己开车来，不过十几分钟的路。吃完了你就走，一点不耽误你晚上自习。”

肖童听到能让他独自驾车，不免动心。他刚学会开车正是瘾大的时候，于是问：“我的技术你放心吗？”

欧阳兰兰笑道：“我看可以出师了。我刚上路的时候还不如你呢。回头我再给你搞个驾驶证，有了本子你就是司机啦。”

肖童说：“刚学这么几天，考本子谈何容易？”

欧阳兰兰说：“到外地去搞个本子，再到这儿慢慢想办法换，有什么不容易？”她指指老黄：“他有办法，别说车本，连身份证也能给你弄几个来。”

老黄讨好地对肖童说：“兰兰交办的事，我比老板的事还办得勤谨。”

这个晚上肖童和樱桃别墅主人的每一句对话，都在第二天中午与庆春接头时，一字不落地做了复述。他们接头的地点就安排在离学校不远的一个商场的后门，这是庆春早就选定的地点。肖童按照她教给的反跟踪的方法，从学校出来先是装作逛商场，三转两转转到后门。后门是一条狭窄的胡同，庆春的车就停在那里。肖童上了车以后车便开动，五秒钟之内已拐出胡同，融入了大路上滚滚如潮的车流。

庆春对他进入欧阳家第一天的表现感到满意，说了几句鼓励的话，这使肖童非常高兴。同时庆春也赞成他利用每天去吃晚饭的机会更多地接触欧阳兰兰的父亲。在这次接头时，她还告诉他应该对什么东西更仔细些观察，对他们说的哪一类话要特别留意，以及诸如此类的侦查要领。交代完了，庆春让那个叫杜长发的司机把车开到学校附近的一个僻静处，把他放了下来。

肖童下了车，自己慢慢往学校走。离下午上课的时间还早，所以走得不必太急。天上的太阳非常刺眼，但并不毒热。肖童轻松愉快地看看挤在路边小摊上叽叽喳喳的孩子，和在人行道上慢慢行走的老人，觉得身边的一切都非常动人。

晚上欧阳兰兰来了，她给肖童带来了一部手持电话。她说："既然你在学校电话那么难打，这大哥大你就留在身边用吧。"她同时开来了一辆日本丰田。肖童对车很熟悉，他告诉兰兰这车的车型叫丰田佳美。车子八成新，正是好开的时候，也是无级变速。肖童一路开到樱桃别墅，感觉非常顺手。

别墅的院子里，已经停了好几辆汽车，想必屋里已是高朋满座，但他们走进大门才发现客厅里空空如也。欧阳兰兰见老黄从二楼下来，便问他谁来了。老黄指指楼上，说了句什么，兰兰也没再多问。肖童看出来他们都有点神神秘秘。

晚饭是兰兰单独陪肖童吃的，吃完以后兰兰问肖童是否着急走，肖童看一眼楼上，说不着急。于是他们就一起去后面小黄的窝里看小黄的两儿一女。一个女佣正用拔了针头的注射器塞在猫崽的嘴里喂奶，看得肖童煞是惊奇。然后他们又回到客厅，坐在沙发上泡了茶聊天，肖童问：“你们这房子盖了多久了，这是谁的地？”欧阳兰兰说：“我们要在这儿投资建一个大型主题游乐园，叫‘樱桃乐园’。地是农民的，他们很希望大业公司到这儿投资，所以就先划了一块地给我们。我们就盖了这幢‘樱桃别墅’。”肖童问：“那游乐园你们到底盖不盖呢？是真打算盖还是随便说说骗人家农民？”欧阳兰兰说：“当然要盖，正办审批手续，什么征地、青苗、环保、农转非安置、文化娱乐行业管理，等等。要盖上百个图章，要办妥一切绝非一朝一夕。再说资金也没筹齐，距凑满投资总额还差了一个亿。”

肖童笑道：“看来农民要沾上你们的好处，怕要发扬愚公移山的精神，子子孙孙等好几辈子了。”

欧阳兰兰辩解说：“哪儿啊，我们已经跟他们有合作了。他们在城里原来开了个酒楼，不景气净亏钱。我们投资把它改造成一个豪华歌舞厅了，叫‘帝都夜总会’，听说过吗？生意火得不行。你喜欢唱卡拉OK吗？”

肖童说：“唱歌不行，蹦迪还凑合。”

兰兰说：“哪天你有空，我陪你去蹦。”

两人正漫无边际言不及义地聊着，只听楼梯响动，肖童侧身，见欧阳天陪着几个男的走下楼来。那几个男的除一人西装革履、气宇轩昂外，其余皆是短衫仔裤，一副走街串巷的打扮。那位绅士派头的客人冲欧阳兰兰打着招呼，说欧阳小姐越长越好看了，是人逢喜事还是保养有方？欧阳兰兰只是站起身来表示礼貌，面容却冷冷的并不回话。

那几人的目光一致扫了一下肖童，老黄连忙介绍说：“这是兰兰的男朋友。”他们才收回审视的目光面露和气地“啊啊”了两声。

一行人走到门外，站在汽车边上说话。欧阳兰兰起身说去卫生间。老黄则向肖童要了丰田佳美的车钥匙，说这车挡了路他去挪一挪。客厅里不期然只剩下肖童一人。肖童走到门边，轻轻把门打开一道缝，想听听院子里的交谈。这时有人已经上了车，几个声音都在说着告别的话。突然有人说道：“罗老板，明天那货你最好还是亲自去看一看。如果有问题可以和他们当面谈。”

接下来是欧阳天的声音：“你们原定在哪儿看货？”

“在004国道的边上，那儿有个仓库。”

又是欧阳天的声音：“要当场交钱吗？”

“如果对货满意，对方倒是要求一手交钱一手交货，所以你还是亲自看一看为好，毕竟是上百万的东西。”

欧阳天还是说：“我不去了，货好不好，你比我懂，你去看看就行了。你把钱带好，确实货真价实的话，你就替我拍板。”

这几句话肖童听得十分清楚，从门缝里看，说话的正是那个西装革履的客人。这时兰兰突然在身后叫他，冷不防吓了他一跳。

“肖童，你要走吗？”

他回头强作镇静，顺水推舟：“对，我也该走了。过几天学校有个演讲比赛，我还得抓紧背词儿呢。”

他一边说一边走出屋子，来到院子里。那几位客人都已经上了车。他特别留意了那位西装客人的车子，是停在最里边的一辆白色的奥迪。他礼貌地和欧阳天简短道别，然后拿过老黄递来的钥匙，上了自己的丰田佳美。车还没发动，欧阳兰兰又跑过来敲他的玻璃。他把车窗玻璃摇了下来，用目光询问。欧阳兰兰说：

“明天来吃饭。”

他冲她点了下头，把车发动起来，见那白色奥迪不知磨蹭什么尚未启动，便又转头对欧阳兰兰说道：

“告诉你们老黄，向别人介绍就说我是你朋友，前面别加那个‘男’字。”

兰兰翻着眼睛：“你不是男的？”

这时连同白色奥迪在内，几辆汽车都已发动起来，马达声充满了这个本来十分清静的院落，肖童不得不抬高声音：

“咱们说好的，现在是普通朋友，你忘了吗！”

欧阳兰兰生气地在汽车上拍了一下，她也抬高嗓门，声音中透着一股豪气！

“好，我没忘！你说是什么就是什么！”

肖童看着她，也看着那白色奥迪从他面前开过。他大声对欧阳兰兰说：“欧阳兰兰，我佩服你！”

“你佩服我什么？”

“我佩服你的个性！”

他踩了一下油门，丰田佳美冲了一下，向开出院子的白色轿车追去。

夜幕深重，那条笔直的林荫道两旁，栽着高大的白杨。黑黝黝的华盖把头顶遮得不见一线星云。他们这一串闪亮刺目的车灯在林木间鱼贯蜿蜒。穿过苹果林，绕过樱桃园，开上通往城区的大路后，方作鸟兽散。肖童紧跟在白色奥迪之后，寸步不离。通过自己车前的大灯，他看见奥迪那被照亮的尾部，挂着“津 EXXXX”的牌照。很快，他们上了三环路，奥迪加大油门，高速行驶。肖童驾车的技术开始捉襟见肘，现出本相，眼看着那辆奥迪像野马一样在三环路的车流中左冲右突，而自己的丰田佳美稍做追赶便险情无数。没用多久他就望尘莫及，任凭那一团白色忽隐忽现，淹没在前方密密麻麻星罗棋布的红色尾灯之中了。

十六

这两天欧庆春患了感冒，所以晚上不到十点便上床睡觉。父亲上次生病剩下的药里，大概有致人困倦的成分，吃过之后便昏昏欲睡。正睡得模棱两可，她的BP机突然狂叫起来，又是肖童！她强睁着眼用手持电话回电。

肖童说他正在三环路附近的一个公用电话亭里，有点情况希望与她见面。庆春凭经验感觉到这次可能确有情况，因为肖童的口气不像前两次那样有种没事找事的无聊。她和他把接头地点约在位于两人之间的建国门立交桥下，便匆匆下楼，拦了辆出租车便向二环路方向开去。时间毕竟太晚了，她不方便再让肖童到她家来，尽管他自称有车。

他们很快在建国门桥下见了面。肖童果然开着一辆漂亮的丰田，他们就在这车里做了大约一刻钟的交谈。然后庆春又当着肖童的面，呼叫了队长李春强。

午夜十二点钟刚过，庆春、李春强、杜长发和刑警队能叫到的所有干警，已经集合在指挥中心开会了。处长马占福也从家里匆匆赶到，主持了这个会议。情况既简单又紧急，根据肖童听到的情况判断：在天亮后的某个时间，有人要向欧阳天交一笔货，价值在一百万元以上。地点是004国道附近的一个仓库。双方一手交钱一手交货。但是当欧庆春把情况汇报完以后，处长却表现出一反常态的犹豫，不做明确表态反而不断地把刚才已经谈到的细节又拿来重问，仿佛其中有什么矛盾和破绽。李春强不得不僭越地抢先发言，他力主抓住时机，把这个案子一举端掉！

“如果能在那个仓库里人赃俱获，我看‘6·16’案就完全可以全案破获了。哪怕欧阳天并没有出现在交货现场，但凭肖童的证词，再加上其他嫌疑人的口供，也完全可以给他定罪。”

大家全看处长，处长摸着下巴。谁都解读不了他脸上的迟疑。那迟疑在此时仿佛格外深刻。

“这样一来，这案子就太小了。”处长摇头说，“我原来估计这个案子的架势要大得多，很像是有国际背景。远远不止一个欧阳天、一个一百万。”

杜长发也觉得这是个疑问：“这一端，即便人赃俱获，后面的事可就难了。他那些分公司和他有什么内幕关系，他的点线部署在什么地方，他的货源的来路和出路，这些我们最想搞清的问题就全得依赖审讯和搜查的结果了，能扩大多少战果非常难说。”

李春强见杜长发并未呼应自己，有些不满，口气生硬地坚持己见：“可一百万的货在那儿摆着，两方毒贩光天化日之下在那儿交接，我们现在不动手，更待何时啊？以后万一没这个机会了，这责任谁来承担？

再说了，要是真让一百万的毒品流入社会，那损失可就更大了。”

杜长发显然也知道是这个道理，但李春强的口气使他多少觉得有点拿大道理扣帽子的味道，于是壮胆再次反论着说：

“咱这不是讨论问题吗？我的意思是，咱们现在办这种大案子，就要有点大气魄、大手笔。有些小得小利，放在那里，别动心。有些小败小失，也要承受得了，沉得住气。咱要盯就盯到底，要端就端那大个儿的。笑到最后才是真正的笑。当然了，我不是说咱成心把一百万的毒品流到社会上去不管，我可不是这个意思。”

“我听来听去，你就是这个意思，客观上不就是这个结果吗？”李春强的帽子这下真扣上去了，“要不然怎么说你这人常有理呢，你是既当婊子又立牌坊，造成损失了还落一个大手笔。”

杜长发一看李春强话说得比较难听，知道自由讨论的空气已不存在，便忍气吞声住了嘴。处长摆摆手，示意李春强打住。他转脸问庆春：

“这情报你看准不准？”

处长这么一问，庆春预感到他是决定要端这个案子了。她点头说：“应该没问题，他听得很仔细。尽管内容不全，但时间、地点、事件的性质，基本都有了大致的方向。他还跟踪了那家伙一段。可惜他刚学会开车手太潮，跟不上，半路给丢了。”

大家都笑笑，议论说这小伙子还行啊，连外线跟踪都自己招呼上了。庆春没有笑，她倒是想，如果这时让她也表个态的话，她也只能同意李春强的观点。拿一百万的毒品放长线扩大战果，万一人赃两空，谁负得了这个责任？但是作为主办这个案件的侦查员，杜长发的想法确实投合了她的愿望。她想，我们现在手里毕竟有了一个可以深入进去的耳目，内线侦查大有可为了，这是多么不容易的机会呀。如果匆匆破案，确实有些可惜了！

处长没有再征求任何人的意见，由于时间紧急，他必须马上做出决定来终止这场讨论。

“这样吧，你们分几组行动，第一，马上查清那辆白色奥迪的下落。内线说是天津的牌照，肯定停在什么饭店旅馆的停车场里。要马上通知各分局连夜查找。第二，马上派人到004国道沿线的派出所去，查这条公路附近的所有仓库，包括单位内部的仓库。派出所对情况一般会掌握。第三，对别墅里的欧阳天，只监视，暂不动，等交接现场我们的抓捕行动结束后再动手。对欧阳兰兰，如果没有足够的证据，倒是可以留一留，看看她以后会有什么动作。”

杜长发咧嘴笑了笑，李春强不满地问：“你笑什么？”

杜长发看看处长，有些不好意思地忍住笑，说：“怎么像杀了李玉和，留个李铁梅似的。”

全场都笑了。

散了会，按照李春强刚刚分好的组，刑警们离开了指挥中心，分头出动了。处长还留在指挥室里给主管局长的家里打电话汇报。庆春分工负责那辆汽车的查控工作，向各城区分局部署完毕之后，已是凌晨三点，她坐在指挥中心等着各分局的报告。人一静下来，晚饭后吃进去的感冒药和感冒好像同时发作，全身隐隐发寒，困顿百生。她想到肖童，那个既玩世不恭又充满热情的大男孩，居然这么大的手眼，刚进欧阳家不到四十八小时，就奇迹般地拿到了如此重要的情报，以前也真是看低了他。从肖童的神情上，她知道他更是希望这案子早点结束，他也许已经对欧阳兰兰那种死缠硬打的追逐和他自己这种必须若即若离的角色感到厌倦。也许他巴不得早一点干净漂亮地向她交了这个差……庆春想想自己也笑了，如果明天大功告成，肖童更该有资本缠住她没完没了了。

凌晨五点三十分接到西城分局的电话，他们在民族饭店的停车场找到了那部挂着津 EXXXX 牌照的白色奥迪。从这时开始，一切部署都有了实现的可能。004 国道沿线的派出所也报来了几个可能会用作交货地点的仓库。一时间指挥中心忙乱起来——接听报告，调遣力量，沟通情况，电话声此起彼伏。杜长发带着负责监控欧阳天的小组已经出发到樱桃别墅那边去了。庆春用自己的手机呼了肖童，然后带人离开指挥中心开车前往燕京大学。路上接到肖童回的电话，庆春叫他马上到老地方等。他们说的老地方，就是学校对面商场后门的那条胡同。

在胡同口他们接了匆匆赶来的肖童，往民族饭店走。这时整个城市刚刚苏醒，街上行人的脸上还挂着睡意未消的倦容。马路上汽车喇叭的呜咽由稀疏而渐渐密集。车速慢下来，他们不得不挂起警灯拉响警笛，在三环二环的车流中像 F1 大奖赛那样摇摆超越。快到复兴门立交桥他们才收起警灯和警笛，偃旗息鼓地悄悄开进民族饭店的停车场。

先期到达的刑警已严密地控制了车场的各个出口。庆春的车停在那辆“津”字头奥迪的斜对面，没有熄火。肖童坐在车的后座上，庆春让他透过贴了茶色太阳膜的车窗盯住那辆车子。

“他们什么时候出来呀？我今天上午有大课。”

肖童对被带到这里似乎有点不情愿。他拔出手机的天线要打电话：“我得打个电话先请个假。我们现在考勤可严呢，缺课就扣分。回头我要是毕不了业到哪儿喊冤去。”

车上的一个刑警说：“没事，真影响了你毕业，我们可以去和你们学校领导交涉。实在不行让你再多学一年。”

“留级呀，我可丢不起这面子。”

庆春疑心地问：“你拿谁的电话？”

肖童嘻地一笑：“是欧阳兰兰给我的，倒为你们破案发挥作用了。刚才我就是用它给你回的电话。”

庆春夺过电话，把它关掉，又扔还给他：“听着，以后凡是和我们联系，都不要用这部电话，你知道他们扒没扒过机？你知道他们会不会串个分机？你用它和我们联系不是找死吗？万一你打完电话没销号，电话号码留在里面也是个隐患。”

肖童听罢，看一眼手上的电话，像拿了个炸弹似的脸色发白：“他们不会已经知道了吧？”看上去他就像小孩子听了大人的吓唬，立即害怕起来。但庆春没有回答他，因为这时车上的无线通话机已经发出了警报。

他们一齐抬头往外看，有两个人一前一后走向目标。庆春问肖童：

“是不是他们？”

肖童说：“开车门的那个是！”

庆春马上用无线通话器发布命令：“注意，目标移动，跟紧了。”他们的车子也迫不及待地挂上了挡，肖童急着说：“没我事了，我要下车。”

开车的刑警说：“来不及了。”说话时他的车子已经开动。

“让他下去。”庆春命令。司机踩了制动器。肖童拉开车门。在他下车的一瞬间，庆春嘱咐了一句：

“晚上别去那儿吃饭了。”

“当然啦。”

肖童把一句如释重负的回答留在了车里，车便开了出去。这时至少已经有四辆满载着刑警队员的车，尾随着那辆白色奥迪离开了停车场。

路上，庆春和李春强通了电话，沟通了一下情况。这时的李春强，已经率队到达004国道的起点，正等待着与庆春的会师。

那辆白色奥迪果然连圈子也没绕，直奔了004国道。上了004国道以后，李春强命令用三部车轮换着跟踪奥迪，其余车辆全部远远地跟在一里地以外，以防暴露。走了没多久，白色奥迪便下了国道，改走小路。刑警们的车辆仍然分成前队后队两个阵形，互相用无线通话器联络着，以便随时策应。

庆春和李春强的车子都在押后的一队。当接到前队通报目标已经停车，并且已经进入了一处院落时，他们才全队加速，旋即赶到了现场。那是一个有保安人员站岗的院子。从围墙的展幅看，院子的平方并不大。从洞开的大门向里张望，里边果然有一幢大库房似的建筑。刑警的车辆已开往围墙的四角，对院子形成了包围的态势。李春强用无线话机布置了一番，然后集中了五辆车，从大门正面，对院子发动了强攻！

庆春的车子是第三辆冲进院子的，她看见那辆白色奥迪和另一辆桑塔纳一左一右停在仓库的门口。他们下了车，如迅雷不及掩耳破门而入，齐声呐喊气势如虹。这间仓库大而空旷，顶部有窗，像一个拆空了机器的大厂房。除了边边角角堆着些货物外，房子正中央，有四五个人正围着一只两三米高的大木箱在说着什么。众多警察荷枪实弹突然涌入使他们惊慌失措，一个个面如土色。警察们大声命令："举手，别动！不许动！"杀气腾腾。那五个人全部高高举起双手。庆春快步上前，命令刑警将他们从木箱边带开，从上到下仔细地搜了身。搜身时那五个人方开始喊冤。

"你们一定是搞错了！你们在抓什么？你们有没有逮捕证？我们要告你们侵犯公民权利，侵犯自由……"

他们七嘴八舌不停地叫喊。李春强挥挥手，让刑警们将他们带出仓库，押上汽车。剩下的刑警全部围住那只放在房子当中的高大的木箱。有人不知从哪里找来两根撬杠，破坏性地撬劈着木箱。木箱的板子顷刻间开裂破碎，散落一地。当箱子里的货物完全暴露之时，包括李春强和欧庆春在内，所有人都惊讶得鸦雀无声。

呈现在他们眼前的，是一尊高至两米的释迦牟尼镏金大佛，高髻长鼻，大耳垂肩，面容慈祥，结跏趺坐于莲花座上，双眼庄严地凝视着前方。从仓库顶部的窗户里斜射进来的朝气勃勃的太阳光，强烈地披散在佛像的头顶和两肩，使这尊释迦牟尼的金身更加大放异彩。刑警们全部仰起脸，看着那高不可攀的方额慧目，全部凝固在这艺术的辉煌中了。

五位嫌疑人被就近押到了管界派出所，由欧庆春负责做了讯问。讯问中未发现任何问题。那辆白色奥迪的车主，是天津津业贸易公司的经理，也是靠北京大业公司投资支持的私营企业。他自称是替香港天蓝公司向北京通华工艺品公司购买工艺品，而在大仓库里同时被拘的，就是通华工艺品公司的销售经理和仓库的管理人员。

这个仓库也就是通华工艺雕刻厂的仓库。木箱里的那个坐佛，是按西藏大昭寺供奉的由文成公主入藏时带去的释迦牟尼等身镀金佛像仿制而成的贴金铸铜工艺品佛，售价一百一十八万元人民币。今天是由买卖双方当面议价验货。从五个人身上搜出的发票本、产品说明书等物证上看，他们之间所进行的，确实是一场正常的、没有任何违法行为的商业交易。

欧庆春还没审完，李春强就来了电话，告诉她对大佛的检查已经结束，未发现任何可疑。李春强在电话里的声音带着不知是冲谁而来的明显不满和埋怨情绪："赶快放人吧，杜长发那个组我已经通知他们撤了。"

庆春也知道这事是非常坐蜡了，但她还是压着懊恼问了一句：

"对抓的这五个人怎么解释呀？"

李春强没好气地说："这不是你那特情提供的情况吗？你就再替他圆圆场吧，就说有人举报你们走私文物。你该道歉的就别顾面子了，人家弄不好还告咱们呢。"

庆春无话可说。放下电话，她到派出所的所长办公室里找到协助他们问话的所长，通知放人。那五个人听说公安局承认搞错了，道声对不起要放他们走，竟一齐闹到所长办公室来了。"你们说抓就抓、说放就放，你们有没有法律手续？你们把我们的产品包装破坏了你们得赔偿；你们拧伤了我们经理的胳膊得负责看病，报销医药费和营养补助、误工补助；你们必须做出书面道歉承认错误没个正式结论不成！"七嘴八舌，气势汹汹，不依不饶。

正在这时，前边接待室有值班民警报告，说大业公司的负责人来了，要求见公安局的领导。欧庆春请所长帮忙应付一下那几位闹个没完的人，自己到前边的接待室来了。

她想，这也是一个机会，索性正面会一会这位大业公司的负责人。

来人是个梳着背头大腹便便的中年男人，递上来的名片上写着姓黄名万平，职务是大业公司的董事长助理。他说刚刚接到了通华工艺雕刻厂的电话，他们的人在这儿被公安局扣了，所以特来交涉。

“他们犯了什么法吗？”他问。

“请问他们当中，谁是你们的人？”庆春反问。

“曹万来和徐明德，是我们天津公司的人。”

他显然在说那辆白色奥迪的车主。庆春问：“这尊佛像是你们大业买还是天津的公司买？”

“都不是，是香港天蓝公司买，我们是受托代理。”

庆春见这位黄万平人虽臃肿，但口齿清楚，答得不慌不忙，并无破绽，遂改变了按部就班推进谈话的策略，突然转移话题，问道：

“广东红发公司也是你们大业的子公司吧，红发的经理贩运毒品被武警部队击毙了，你们知道吗？”

黄万平依然不疾不徐，应答如流：“这是他个人的问题，与大业和红发都没有关系。他参与犯罪罪有应得。”停了一下，他也承认：“不过，对红发公司和我们大业，声誉上确实产生了一些负面影响。”

欧庆春其实也是试探一下，也只能到此为止了。她言归正传，说：“今天有人举报你们走私国家文物，看来是误会了。我们很抱歉。”

黄万平这时才做出义愤状：“这究竟是谁在诬告我们，啊！真是商场如战场，明着竞争不过，就用暗器伤人，太卑鄙了！你不说我也能猜到是谁。商圈里真是小人太多，太卑鄙了！”

庆春应和着他：“给你们带来的惊吓和麻烦我们深表歉意。希望你们能安抚一下你们公司的人，另外也做做通华工艺雕刻厂那几位的工作。我们表示感谢了。”

“这没问题，我们董事长交代我，只要事情搞清楚，就不要揪住不放。山不转水转，说不定什么时候，还会碰头的。相逢一笑泯恩仇嘛。以后我们各方面的工作，还需要公安方面多多支持。我们大业公司在各地的子公司分公司，和公安局的关系都很好。你们在经济上如果有需要帮忙的地方，我们责无旁贷，出点赞助什么的绝没问题。也算我们对社会治安贡献一点绵薄之力吧。”

谈得很好、很融洽。黄万平又到后面和那五个人一说，果然全都息声消气，不再吵闹了。雕刻厂的几位开始还多少有些耿耿于怀，在黄万平表态一定买下这尊坐佛，并且负担这个事件造成的损失之后，也就不再较劲儿了。他们在离开派出所和庆春等人告别的时候，双方的关系看上去甚至还有了几分亲热。

他们走了，派出所的所长悄悄问庆春：“你们怎么搞的，这情报不准嘛。”庆春没有回答，她走出派出所大门坐上了自己的汽车，周身都感到无尽的疲倦，心里恨不得宰了肖童！

十七

中午肖童下了大课，顾不上吃饭就跑回宿舍给庆春的手机打电话。他掩饰着兴奋故意轻轻松松地问庆春吃没吃饭、喝没喝酒，是否已经大功告成正在庆贺。庆春在电话里沉默着，一句不答，他这才感到有点不对劲："哟，怎么啦，是不是让他们跑了？"

庆春的口气有点像审犯人："你说他们今天要看货，他们要看什么货？"

从这口气上肖童当然猜到出了问题，他心里有点发慌："就是看货呀……他们今天看的什么货？"

"你问我呀！"庆春极为不满地抬高了声音。肖童脸上的汗唰一下冒出来了，嘴里一时说不出话来。庆春说："算了，电话里别谈那么多了，我以后再找你。你今天晚上还得照常去欧阳兰兰那儿吃饭，得像什么都没发生过。记着，一定要去！要是碰见昨天那几个人，你注意听听他们说什么。你听准点！"

庆春挂了电话。肖童兴高采烈的心情，一下子破坏殆尽。他心里骂道："我明明听得清清楚楚，你们搞砸了怎么赖我？"

他心情败坏地走到食堂去吃饭。在食堂碰上刚刚吃完还没来得及洗碗的卢林东，坐到他身边不无得意地白话："知道吗，演讲比赛延期了。这对咱们可是非常有利。"

他低头吃饭，他哪儿有心情谈什么演讲比赛。可卢林东依然兴趣盎然喋喋不休：

"'七一'党委要安排的活动太多了，市委、国家教委都有布置，安排得太挤了。我和韩副书记说，与其挤在一块儿办得仓仓促促，还不如改到校庆去呢，各系也可以准备得充分一点。韩副书记还真同意了。其他系的演讲词我都知道，大部分都是歌颂党的，只适合'七一'用。这一改时间，他们全得另起炉灶重新编词儿，我看他们这个暑假是轻闲不了了。可咱们这词就没问题。校庆离'十一'很近，所以这次演讲会的主题就圈在歌颂社会主义祖国上了，咱们这词正好用上。咱们从从容容以逸待劳。你脸上的伤到时也能养好了。不过你放暑假可别松劲儿，别有轻敌思想，抓空还得巩固巩固。这次志在必得，只准成功不准失败……"

卢林东后面说的什么，肖童几乎全没听进去。他只听见卢林东最后问："我的意思你都懂了吧？"他糊里糊涂地敷衍着说了句："懂了。"卢林东才端着碗走了。

黄昏时天上下了场短促的阵雨。雨停后他自己开车去了欧阳兰兰家。他一进门就问："你爸爸呢？"欧阳兰兰说："下午去公司了，一直没回来。你找他有事吗？"肖童摇头："啊，没事，随便问问。"

从欧阳兰兰的表情上看，好像任何事都没发生过。她亲亲热热地陪着肖童吃饭。吃完饭肖童见欧阳天仍然没有回来，便不想久留，抹着嘴就说要走。欧阳兰兰说："今天是星期五，过周末你都不能少看一天书，坐着咱们聊会儿天吗?"可肖童还是想走："我晚上还有事呢。"

"是去会你的女朋友吗?"欧阳兰兰歪着头，有意把"女朋友"三个字咬得很重。肖童一笑：

"我这张脸让你们打成这样，怎么见她?"

欧阳兰兰说："那等你快好了，我们就再打一次，让你永远别见她。"

这时肖童已经走出门外，走向自己的汽车，他回过头，看着靠在门口的欧阳兰兰，说：

"真是最毒莫过妇人心。"

他拉开车门，欧阳兰兰叫他："嘿，明天你干吗?"

"还不一定呢。"

"晚上来吧，咱们一起去蹦迪。"

"我要来会呼你的。"

他匆匆离开别墅，驾车往学校开。行至半路，车子的挡风玻璃上又噼噼啪啪响起了雨点声。他想起今天是周末，于是又掉转车头往家开。他此刻的心情和这潮湿的天气一样，晦暗得几乎要发霉。这样的晚上他无心做任何事情，只想回家独处。

他把车开到家，停在楼门前的空地上，锁好车门刚要上楼，猛然发现楼门口站着一个轮廓熟悉的身影，他心情黯然地收住脚步，向那身影问道：

“你怎么在这儿?”

站在楼门口的是郑文燕，她不敢相认地看着雨中的他，疑惑地问道：

“是你吗肖童？你怎么会开车了?”

“啊，我不是跟你说我学车呢。”

“这是谁的车呀?”

“啊，是一个朋友借给我的。”

他们一边说，一边上了楼，肖童拿钥匙开了门，文燕跟着他进了屋。看着屋里家具上的浮土，她问：“你多少天没回家了？我来了很多次，都没有人。”

肖童脱掉外衣，打开空调，说：“学校里事多，除了上课，系里又布置很多额外的任务，像校庆演讲什么的。”

他挂好衣服，回头看见文燕在弯腰脱鞋，便问：“你等多久了，找我有事吗?”

文燕换上拖鞋，到厨房里找出抹布要打扫卫生。她回答道：“没事就不能来找你了吗?”

“噢。”他也换上拖鞋，走到沙发上坐下，看着文燕半蹲在面前擦着茶几上的尘土，犹豫了半天，他说：

“文燕，这么长时间了，我觉得咱们应该好好谈谈了。”

他的郑重的语气，像是意味着有什么事情将要发生。文燕的手慢慢停下来，但她没有抬头，问：“谈什么?”

“呃，咱们，咱们认识的时间也不算短了，你觉得，你觉得咱们合适吗？我是说，咱们俩的个性、爱好，你觉得谐调吗?”

“你说呢?”

文燕抬起头来，她的声音是平和的，但目光却带出论战的味道。肖童把心一横，说:

“我觉得不那么谐调。我这人你也知道，脾气不好，心硬，又不懂如何心疼你。你应该找个更加知冷知热的人。而且，我觉得，我目前还在上学，年龄也太小，也不能把精力都放在这上面……”

文燕辩论似的打断他:“我并没有让你把精力都放在这上面。”

“你看，我今天回来本来是想抓紧时间看看书的，你一来，我就得陪你，你在这儿我什么也看不下去。”

“你别找借口了，我两个礼拜才见你一面，我怎么影响你了?我和你相处两年半了，我还不了解你吗?你要说什么就说什么，别找借口好不好。”

肖童这一刻心里承认他是对不起文燕的。生活上她对他一直无微不至。可他没有办法，因为他不爱她。他和她不能永远这样像演戏一样地耗下去。他不得不下定决心吐出这么几个字来:

“我们分手吧。”

文燕无力地坐在地板上，哭了。她知道肖童迟早要说这句话，但当他终于说出来的这一刻，无论她做了怎样充分的思想准备，她的泪水还是禁不住夺眶而出。肖童也不劝她，也不看她，硬着心肠听任她在自己身旁抽泣。

“肖童，你说要分手，那好，我可以同意。我只有一个要求，你能不能跟我说句实话，你是不是又有喜欢的人了?”

肖童真想脱口而出:“是!”但他开口时却忍住了，他说:“你别瞎分析了，没有。”

“你敢保证你说的是真话吗?”

“我说了，我现在是学生，我不想拿精力去琢磨这种事情。”

“你敢保证吗?敢用你的人格保证吗?”

文燕盯住他，他心里有点火:“你干吗?我说了没有就是没有，我骗你干吗。我讨厌你动不动就拿我的人格说话。你要信就信，不信就算了!”

文燕突然膝行几步，扑在他身上痛哭起来:“我不要离开你，我不愿意离开你，你这是为什么……”肖童推开她，站起来拉开房门，光着脚就跑出了屋子。他跑到了楼下，站在楼门口，望着眼前细密如织的雨幕，什么也不想，只想躲开她的哭声。

雨越下越大，伴着雷电和风。楼门口黑着，没有开灯。

也不知过了多久，楼梯上响起文燕的脚步声。她下来了，不再哭。她对肖童说了句“你快回去看书吧”，便跑进雨中。肖童喊了一声:“文燕!”但他的喊声和文燕的背影都在一眨眼间被疾风骤雨吞并。

他心里有点酸楚，尽管他希望就这样结束，也知道文燕并未做错什么，他们分手全是自己的薄情。

他回到房间里无心看书，酸楚之后，又感到几分轻松。毕竟该结束的已经结束。而结束之后又如何开始呢?幻想的一切遥不可及，这使他心烦意乱。

庆春中午在电话里的态度使他又一次猜想他和她之间是否只是一种公事公办的来往。当他拿到她所期待的情报，她就对他兴致勃勃、热情有加。当他的情报被证实没有价值，她又马上板起脸来。

想起中午庆春的口气他便心灰意懒，有几秒钟甚至决心不再为她干了。

但是，当文燕走了没多久他的BP机突然狂叫起来的时候，他还是怀着小兔一样的心跳，手忙脚乱地拿出来看。天哪！是她！看到BP机上那行“欧女士请你回电话”的字，他的激动不可抑制。

他迫不及待不顾后果地用手持电话拨了庆春家的号码，铃声只响了一次庆春便接了。她问：“你现在在哪儿，怎么回电话那么快？”肖童说：“对不起我用手机打的，我怕你有急事。我家里没电话。”

庆春似乎思考了一下，问：“有空吗？”

他说：“有啊。”

庆春说：“算了吧，外面下雨，明天再说吧。”

他说：“没事，我有车，我可以去你家找你。”

庆春说：“那就在你上次来时我等你的地方吧。我还在那儿等你。你开车慢点，我会等你的。”

“OK！”

他挂了电话，迅速打扮了一下。换了他最喜欢的红格休闲衬衣，下面是一条直筒的Lee牌牛仔裤，那裤腿很瘦，可以展现出腿的修长。臀部也包得非常有形。但是在临出门最后一次照镜子时，他又犹豫了。庆春是那类喜欢成熟男人的成熟女人，而他这身打扮似乎太嫩了点。于是他又走成熟型的路子换上一身深蓝色的西服。那西服是在德国买的，像度身定制一样合身。

匆匆下了楼，把那辆丰田佳美开出泥泞。他反复不断地享受着庆春最后的那句话——“你开车慢点，我会等你。”心中的委屈郁闷为之一扫。他壮起胆子不顾后果地把车子开得飞快。这湿漉漉的雨夜，那路面上汽车大灯璀璨的反光，都使他快意盎然。

庆春站在路边，穿着白色的衣裙，打着红色的伞。白和红在雨中都鲜明触目，使人猜测她也是经过了刻意的打扮。她上了肖童的汽车，不经意地收着伞说“你到得真快”。这种只有对最熟悉的人才会流露的不经意，使肖童有一种被认同的亲密感。他笑着说：

“我怕你不等我了。”

庆春歪着头看他，用英文说：“哟，怎么这么绅士?”

她当然指的是肖童的西服。肖童笑笑不置一词。庆春又问：

“中午你是不是生我气了?”

“没有啊。”

“中午我心情不好，所以对你的态度比较生硬，你别往心里去呀。”

“没有没有。到底是怎么回事啊？是我听错了吗?”

庆春不知如何回答似的，她问：“他们说要看的货，你根据什么认为是毒品呢?”

肖童眨着眼睛，说：“你不是说他们是贩毒的吗？那他们看什么货?”

庆春哭笑不得地叹口气：“你呀，昨天晚上那么肯定说是毒品，原来是自己推测出来的。你真是诲(毁)人不倦，害得我们彻底玩儿了一次心跳!”

“那他们，他们看的是什么货?”

“一件工艺品。”

“他们，他们到底是不是贩毒的呀?”

“你觉得像吗？”

“看不出来，不过绝对是暴发户。”

“今天他们说什么了？”

“欧阳天晚上不在，欧阳兰兰说他去公司了没回来。”

“欧阳兰兰说上午发生什么事了吗？”

“没有啊，一句没提。”

欧庆春陷入思索。肖童说：“哎，咱们之间除了你的工作，能不能也谈点别的？”

庆春惊醒道：“啊，可以呀，谈什么？”

雨似乎停了。肖童看见街上有巡警走过，向他们的车里张望。他把车开起来。庆春问：

“上哪儿去？”

肖童回头看看，说：“别停着，你没看巡警直看咱们。大晚上的别怀疑咱俩在耍流氓。”

“咱俩，耍流氓？”庆春大笑起来，“你玩儿幽默呢吧！”

“怎么叫幽默，难道咱俩就不能耍流氓了？”

“啊？”庆春几乎听不懂。

“啊，不是，难道咱俩就不能被人怀疑耍流氓？”

“你才多大？”

“不大，但耍流氓够了。”

庆春笑：“你耍过吗？”

肖童也笑：“没有，但说实话挺想试试的。”

庆春道：“你是不是也和那些街头无赖或者先锋青年一样，什么都想试试？吸毒想试试吗？”

肖童道：“这可不试，上瘾就麻烦了。”

庆春说：“你也有怕的就行。”

两人聊着，汽车沿着大路无目标地开着，庆春问：“你到底往哪儿开呀？”

肖童说：“开到哪儿是哪儿。要不要去我家看看，我那儿没人。”

“没人我不去，不方便。”

“你还真怕我要流氓呀？”

“我是警察我怕谁？”

两人逗着，庆春说：“去吧，去认认门，以后抓你我可以带路。”

这么晚了庆春居然同意到他家去，这对肖童来说是个意想不到的收获。他又留意到庆春说他家没人不方便的那句话，可见她现在终于不再把他当作孩子而是当成一个男人。这种变化肖童非常敏感。

有车就是方便，他很快把庆春领进了自己的漂亮的公寓。让庆春看墙上的汽车图片，告诉她每一款车的名气和它们厉害在哪儿。庆春应景一样地听着，尽量不扫他的兴。看了一圈，她问：

“文燕常来这儿吗？”

肖童说：“我们吹了。”

“吹了？为什么？”

肖童说：“我说过，我们只是邻居，是一般朋友，是那种关系很好的一般朋友。”

“一般朋友能在医院里陪你那么多天吗？这一定是有很深感情才做得到的。”

肖童说："你也在医院陪了我那么多天，你对我有感情吗？"

"我？"庆春愣了，"我去陪你，情况不同。"

肖童说："不管你对我有没有感情，那几天我会记住一辈子。"

大概是他的表情和口气太郑重了，郑重得几乎像是个盟誓，庆春似乎有点受用不住了。她笑着说：

"你现在帮我们工作，是不是就为了知恩图报？"

肖童依然郑重其事地答道："也是也不是。你知道吗，我佩服你，也喜欢你，我愿意为你做任何事。"

庆春尴尬地站着，肖童的话令她不知所措，好半天她才说：

"太晚了，我要走了。你不用送我了，我自己可以乘公共汽车。"肖童没有说话，他和庆春一起走出屋子，一起下楼。雨不知何时停了。他打开车门，庆春犹豫了一下，还是上了车。两人一路无话。

肖童一直把车开到庆春家的楼下。庆春拉开车门，没有看他，低声说：

"再见。"

肖童叫住她："庆春，你知道吗，我今天，今天差点不想干了，我差点不想再干了。"

庆春没动声色，问："为什么？"

"因为我觉得你讨厌我。"

"我刚才已经道歉了，我中午态度不好。"

"那我也道歉。"

"你道什么歉，是因为你昨晚虚报军情吗？"

"不是，是因为今晚我可能说了冒犯你的话。是因为我有一个不该有的梦想。”

庆春抬头看他，他不知道那眼神里蕴含的是冷静还是温情。庆春说：“每个人都有梦，但每个人都会醒！”

十八

庆春也有过多梦的年龄。在还是个中学生的时候，她也是一个最狂热的追星族。

她心中第一个热恋的对象是齐秦，他的《大约在冬季》《玻璃心》和《外面的世界》，倾倒了她无数个日夜。随后她转而投向了童安格，这位情歌王子有很长一段时间也是她心中的白马王子。她最后一个倾心的对象是黎明，但对那张娃娃脸的迷恋非常短暂，因为这时她已迈入梦醒的年龄。

多梦时节之后，她又走得格外极端，几乎拒绝了一切遥远的幻想，在大学毕业以前她已变得极其现实。她最终能喜欢上老成持重的胡新民，最说明她已远离了那种少年式的浪漫和激情。她哪会想到快二十七岁了竟会撞上一个疯狂追求自己的小青年。她比肖童大了差不多五岁。尽管许多不熟悉的人常常看小了她的年龄，尽管她的外表确实一如少女般柔嫩，但她心里早有了一种沧桑历尽的感觉，似乎很难再习惯与小虎队式的少年为伍了。

所以她很难解释为什么这些天的心情终于又有了一点纷乱。她的生活中突然闯入了一个肖童，他不可抗拒地带来一股生气勃勃的青春之风。青春是每一个人都喜爱和羡慕的东西，哪怕是垂垂将暮的老人。庆春倒并非觉得肖童的外表有多么赏心悦目，是他那份难得的天真和执着，那种追求女孩的方式，还有他灿烂的笑，让人怦然心动。

同时她也为自己的魅力而暗暗满足。她忘了是什么时候开始意识到肖童对她的那些举动和表情。在那一刻她自己也非常吃惊。当初她把肖童带到自己家里是因为他那时被打得全身青肿，必须立即给予帮助。她跟肖童去了他的家是因为想知道他住在什么地方，她作为他的联系人必须掌握他的行踪。但是，一种初衷往往会带来另一种结果。当那个雨夜肖童脱口说出“我喜欢你，我愿意为你做任何事”之后，她几乎被他拉入梦境。

胡新民也好，李春强也好，其他人也好，追求过她的人无一不含蓄矜持，肖童使她第一次遭遇激情。

幸亏，她站住了，她还清醒。

幸亏，她克制了自己的冲动。

也幸亏她坚守了自己的承诺——没有任何人，可以怀疑她会放纵个人的感情和欲望。她永远是一名最好的刑警！

星期六肖童在她的 BP 机上呼了一行字：“是否有空，我想见你。”她也回呼了一句话：“我很忙，如有重要事再打电话。”

这是一句拒绝的话，既冷漠又严肃。

星期六她确实很忙。前一天那么大的行动白忙一场，需要善后，需要检讨，需要总结分析。“6·16”案的几个主办人员，当然不能休息。

马处长对这个行动扑空几乎未动声色。桂林环江运输公司和广州红发公司被税务部门突然查账之后，大业公司自己紧接着又被查账。红发公司的经理再因贩毒被狙击，胡大庆继而在洛阳被击毙。马处长认为，这一连串事件发生后，欧阳天应成惊弓之鸟，按常规也该蛰伏一时，停止活动。他用这么大价钱买工艺品，还投资了不少目前并不赚钱的夜总会之类，很可能是一种洗钱行为。也就是说，把非法的、账外的黑钱，变成合法的有账可查的物业和收藏。那个买下巨型工艺坐佛的香港天蓝公司，说不定就是欧阳天和欧阳兰兰自己在香港攒的。这次行动虽然又是打草惊蛇，但意外地发现了一个以前在查大业的账时并不掌握的天津公司和天蓝公司，等于又开辟了一个调查的方向，也算是一个收获吧。

处长此论一出，欧庆春的心里自然宽慰了许多。但李春强认为马处对这次行动的评价是不得已而为之。因为这次行动最后是他拍的板，把行动彻底定为失败，不仅会挫伤专案组的积极性，他也要承担拍板的责任。因此李春强的心情并不轻松。他在小结会上做了一个检讨，主动承担了责任。但会后他找庆春，很自然地，把气出在了肖童的身上。

“这小子说话有准没准，他太玩世不恭了，让人都不敢相信。”

庆春没有表态，只说胜败乃兵家常事。

李春强说：“我会上必须检讨。处长虽然那么说，可他心里最窝囊。你是处里培养准备提拔的干部，他得保你，保咱们队。所以我会上必须站出来当这个替罪羊。”

李春强的分析不无道理，庆春的心情又转而沉重并且惭愧。李春强提醒道：

“以后那小子送的消息咱们可得好好分析分析，千万不能轻举妄动了，你别让他给毁了。”

对李春强的提醒，庆春表情上没有露出什么反应，心里却翻个不停。肖童的形象在她心中突然变得轻率、主观、责任心差、能力低下。有一刻她甚至怀疑她是否把肖童对这案子的作用和价值看得太重。

星期天一早肖童又急急地呼她，说有重要事情请她回电。她搞不清是真有情况还是他借故纠缠。犹豫了半天才回了电话，态度也故意很冷淡。

电话里她几乎没有寒暄，接通后直接问：“有什么事吗？”肖童说：“有事必须面谈。”她想了想，问：“你现在在哪儿？”肖童说：“我刚从她家出来，在路边打公用电话，这儿是哪儿我不知道，这儿离香山比较近。”

庆春问：“你还有车吗？”

肖童答：“有车。”

庆春说：“我往北，你往南，咱们在颐和园见。颐和园西堤玉带桥，不见不散。”

肖童在电话里笑：“你们接头都是选这种浪漫的地方吗？我以前还以为得在废墟、坟场或者谁也不去的地下室呢。”

庆春砰地挂了电话。

这次接头她想好了，她要叫上李春强。一来要扫一扫肖童的兴，他别以为约个浪漫的地方就一定有浪漫的故事，这回一定要让他失望。二来肖童又提供什么情况你李春强自己来听，信不信由你，你自己定！

李春强接到她的通知，立即开车来接了她，然后同往颐和园。他们把车从西侧门直接开进了园子，沿昆明湖西岸绕湖而行。远远地看见玉带桥飞扬的桥拱，与水中倒影交相辉映，如一轮浑圆的满月，而肖童已经站在了那满月之上。他不时看表不时东张西望，但只顾远眺忽略近观，以致他们走上桥头他才刚刚发现。

不出庆春所料，李春强的到来显然使肖童感到意外和不快。他眨着眼看他们相偕而至出现在桥上，僵僵得几乎忘记和他们打招呼。

庆春怀着一丝快意看着那张生气的脸。

李春强粗声粗气地问："早来啦?"

肖童郁闷地吭了一声："啊。"

桥上桥下除了他们三个人再没有任何过往游客，李春强便就地发问："有什么情况，你说吧。"

任性的肖童看也不看队长李春强，不成体统地只冲着庆春说："接头都是单线联络，你们怎么来了一帮?"

庆春脸上暗藏了幸灾乐祸的笑意，说："我们队长亲自来，是重视你。你到底有事没事?"

李春强则一脸严肃地说："你不是约我们来昆明湖观鱼吧。今天你没课，休息，所以你闷了，要约欧警官来汇报汇报思想，对不对!"

庆春看着肖童，并不为他辩解。肖童脸涨红了，嘴唇哆嗦。他说了句："那我还不说了!"便大步走下玉带桥。庆春想叫住他，但见李春强的脸色，终未开口。

肖童气急败坏地跑了。李春强趴在汉白玉桥栏上，观赏着那上面雕镂着的一只只振翅欲飞的仙鹤，故作轻松地吟道："莫道昆明池水浅，观鱼胜过富春江。”而庆春却毫无半点闲情逸致，索然地问道：

“他跑了，怎么办？”

李春强说：“跑就跑吧，我看他也没什么情况。他居然把你约到这种风花雪月的地方来，是不是想谈情说爱呀。”

庆春说：“这地方是我约的。”

“你约的？你干吗约到这儿来？”

庆春不知该怎样答，她当然不能把自己对肖童恶作剧的念头说出来，只好胡乱搪塞地说：“今天是星期天，这不是想让你们都轻松一下吗。”

李春强笑一下，问：“你多久没逛公园了？”

庆春记得今年和胡新民还去过一趟紫竹院。但她未及答话，李春强就说：“我从警院毕业后就再没进过公园。没时间，也没心情。”庆春说：“没心情，那咱们走吧。”

李春强看着庆春，一向严肃不苟的眼神变得温情脉脉了，他说：“今天开戒，咱们既来之则安之，我今天有心情。”

庆春说：“可我今天没心情。”她这时已开始对刚才肖童的事后悔。她走下玉带桥，对跟上来的李春强说：“队长，我看还是再找他一下吧，他可能真有情况。”

李春强沉默了一会儿。两人都没了心情，开了车向大门的方向走。李春强说：“你找吧。不过你得知道，对他这种政治素质比较一般的特情，还是要加强思想工作，严格管理。别让他拿你一把。你看他刚才多大的气性，我就说了他那么一句，他扭头就走。他是想逼着我求他。他上次误报军情连道个歉说声对不起都没有说，还要我们怎么着？”

庆春说：“要不然怎么说一个特情不能谁都管呢。上次的事，我已经批评他了，你再对他这个态度，他当然受不了。他又不欠咱们的。这和你利用那些有把柄在我们手里的社会渣滓当耳目终归不同。他去卧底是凭他的积极性，凭觉悟。因为不管怎么说，多少要耽误他一定的时间和精力，而且，多少有一定的危险性。他能干本身就反映他有基本的政治素质。对这种人的管理方法就应该不同，至少应该当作自己的同志和兄弟那样爱护他。”

庆春把自己的后悔和隐隐的内疚，全都表达在这番替肖童打抱不平的议论中。李春强嘴上虽然还硬，其实观念上还是认同她的看法：

“我要是把他完全当自己同志，我早就处分他撤了他了。就因为怕打击他积极性，我都没和他提前天那档子窝囊事。前天差点没把咱们折腾出毛病来。而且他既然是由你联络管理，我还是一直比较尊重你的，很少过问插嘴。今天是你叫我来我才来的。他的情绪不好，这是你的事，得你来负责。”

两人把车开出公园。李春强把气氛缓和下来，问：“我送你回家？或者你想去哪儿？”

庆春说：“你先开车走吧，我下来要到这附近办点私事。”

李春强当然不便细问，只笑一下：“你把见面地点约到这儿，敢情是公私兼顾呀。”

他们就在路边停车分手。李春强驾车自去，庆春拿出手持电话就地呼叫肖童。然后她顺着大路往公共汽车站的方向走。

公共汽车还没来，肖童回电了。他说：“你呼我？”然后就不说话。庆春说：“还生气哪，至于吗。你在哪儿我去找你。”

肖童说："我讨厌你和那家伙在一起。"

庆春息事宁人地解释："他是我的领导……"

肖童说："他领导你可不领导我，我又不欠他的。"

庆春顿了一下，问："那你欠我的吗？"

肖童哑了片刻，问："你在哪儿，我过去。"

庆春举目四望，街对面有一座雕梁画栋的酒楼，她便把会面约在那里。

肖童显然并未走远，不到五分钟他就驱车而至。庆春上了车，他不看她也不主动开口说话。庆春说："你年纪不大脾气不小，一言不合，拔脚就走。将来大学毕业走向社会，怎么和人相处啊。"

肖童答非所问："他怎么没来？"

"谁？"

"你领导。"

庆春说："你不是不想让他来吗？"

肖童说："你不是成心带他来吗？"

庆春问："既然你是因为工作要和我们接头，我们谁来都是可以的。你今天约我，到底有没有情况？"

肖童沉默了一会儿，才说："他们有一批货，藏在延庆龙庆峡那边的一个小旅馆里。"

"是什么货你搞准了吗？"

"没有，我也搞不准。只是昨天晚上听他们谈话时这么说。欧阳天的助理老黄告诉欧阳天那批货已经存在十八盘旅店了。欧阳天就说最近不大顺，先存一阵儿再说。这是他们背着我说让我听见的。"

庆春面孔严肃起来："你怎么知道那十八盘旅店在龙庆峡？"

"老黄后来在吃饭的时候和欧阳天聊天，说今年北京这么热，老板你真该到龙庆峡住几天。风景好不说，是真凉快，比开空调的感觉可舒服多了。不过十八盘那儿没法住，那儿条件太差。他说可以住坝上。"

有了上次的前车之鉴，庆春没有马上兴奋起来。她反反复复不厌其烦地又询问了许多昨晚谈话的细节。肖童说："你是不是不相信我？"庆春说："不是不相信，这事必须慎重，有些细节必须问清。这些细节你不一定看得出问题但我却能分析。"

谈完了，她自己心里也分析完了，她对肖童说："对不起肖童，我今天不能陪你多聊了。你的这个情况我得马上报告一下。"

肖童这回懂事地点头："你要去单位吗？我可以送你。"

庆春没有回单位，她拨了李春强的手持电话，然后让肖童把她送到离处长家不远的地方，下车和肖童告别：

"也许我很快还会呼你。"

她赶到马处家的时候，李春强已在屋里端坐。就在客厅里那过于软陷的沙发上，马处和他一起听了庆春不厌其详的汇报，似乎谁也不能马上挑出破绽，但谁也不急于发言。

后来马处笑了："你们是不是都给上次弄怕了？"

庆春说："没错，一朝被蛇咬，十年怕井绳。"

马处笑："情报要是个个都准，也就不叫情报了，情报分析工作也可以取消了。"

不知李春强是吸取了上次表态过急的教训，还是对肖童个人的不信任，他始终只是听着，不发一言。最后还是处长先说：

"这样吧，从理论上说，对这种情报，只可信其有，不可信其无。不过既然那小伙子上次的情报不准，对这次的可信度也不妨稍稍打个折扣。所以，咱们在行动上可以多留一点进退的余地。"

庆春和李春强把眼睛盯住处长，等待具体指示。马处长看着李春强说："今天下午你先派人去一趟龙庆峡。摸一摸有没有这么个十八盘旅店，踩踩点，再留两个人监视，今天晚上用常规治安检查的方式也行，借口搜捕逃犯也行，搜他一下。万一情况虚假，也不至于找不到个台阶下。"

庆春和李春强对视了一眼，从互相的眼神上看，似乎都觉得这主意行。

领了命令，他们从处长家出来，已接近吃午饭的时间。李春强提议由他请客就在外面吃，庆春说还是早点回处里把人员安排妥当，今天是星期天找人要费时间。于是两人就开车回了处里。午饭也是去机关食堂吃的。

星期天在食堂里就餐的人照例不多，所以饭菜也是凑合，大多是前一天剩的。庆春吃了一半就没了胃口，正思量着把剩的倒掉影响好不好。杜长发走进了食堂，见了庆春便牢骚满腹："真是没有一个星期天能过得好，我正带着我老婆做人工流产呢，这 BP 机就把我呼来了。"

庆春问："你也该要孩子了，做什么人工流产？"

杜长发大大咧咧地说："我是想要，可我老婆不干。她说了，你只管生不管养，没门儿！要生你自己生去。我老婆那工作，出差太多，生了孩子她也没精力管。你说咱们干的这工作，真是把千秋万代的正事都耽误了。"

庆春笑道:“我看那么多老同志，干公安几十年了，个个有子有孙的。你将来要是断子绝孙，准是干了别的缺德事了。你最近没对不起你老婆吧?”

杜长发憨厚地笑道:“不敢不敢，刚才门口来了个女的找你，长得还行，我连正眼都没瞧一下。”

庆春问:“是吗，谁找我?”

“门口呢，你去吧，我打饭去了。”

杜长发拿碗去了。庆春倒掉剩菜，没洗碗就来到机关大门口。她看见站在门口等着她的，是肖童的女朋友郑文燕。

十九

见了郑文燕，庆春不知为什么竟然感到一阵突如其来的胆怯。她很不自然地和她远远地打了个招呼，问她怎么找到这儿来了。

郑文燕的神情气色与以前初见她时几乎判若两人。她气若游丝地告诉庆春她在市公安局有个熟人，是托他辗转打听才找到这儿来的。她和庆春握了手便没再松开，问能不能占她一会儿时间有事想谈谈。庆春看看表，说："来不及了，我下午一点前有事要出去。"

文燕说："那还有半个小时呢，我只有几句话，说完了就走。"

外面阳光猛烈，于是她们移步到机关对面一间清静的咖啡室里，各要了一杯冷饮坐下。还没开口文燕已泪水盈眶。一看这眼泪庆春心里不问自明。

文燕的第一句话是："肖童和我吹了。"

庆春只能佯做惊讶："吹了？为什么？"

"他爱上了另外一个女人。"

庆春心里跳了一下，但脸上保持了镇定，问："他爱上谁了？"

文燕抬眼，盯住庆春，庆春竭力让自己的目光不做回避。文燕说："他让一个有钱的女人缠上了，那女人给他汽车，给他大哥大，也许还给他钱。所以他就变了，他控制不了自己。我太了解他了，他要喜欢上谁就控制不了自己，就会不顾一切。"

庆春的心跳稳定了许多，但她又突然警惕起来，肖童该不会把他接触欧阳兰兰的事在外面到处乱说吧？她问："这个女人的事，是肖童告诉你的吗？关于他和这个女人的来往，他是怎么和你说的？"

"不是他说的，他当然想瞒着我。他说他要和我分手是不想耽误学习，是我们的性格不合。可我去找过他的辅导员，是他们卢老师告诉我的。肖童搭上一个款妞，学校里很多人都知道，卢老师说这样下去会害了他，他希望认识肖童的人都做做工作，劝劝他。肖童现在因为这个在学校里都快臭了。"

庆春看着两颊垂泪的文燕，她脸上的优点本来是那股子文静的神态，一旦换上了愤恨和悲哀，面相就不免大失水准。庆春心里动了一下，不知为什么突然问："那么，他当初对你，是不是也不顾一切呢？"

文燕用手绢擦眼，擦了半天才坦率地承认："没有，是我不顾一切追的他。这么多年一直是我对他好，照顾他，所以养成他生活上是很依赖我的。我们认识不到两年，可我们俩的关系从一开始就像一对老夫老妻似的，只有柴米油盐，没有谈情说爱。真的，他对我一点都没有一个二十岁的男孩子应该有的激情。"

"既然他是这样一种性格，那你怎么知道他在感情方面控制不了自己呢，你怎么知道他对女人会不顾一切呢？"

“凭我的感觉，凭我对他性格本质的了解。我的社会经验比他多多了。我看他不会看错的。”

“那，”庆春疑惑地问：“你来找我，是不是想让我帮你做点什么？”

文燕的表情立刻充满信任与恳切：“你给过他光明，你是他最信赖最佩服的人。他一定会重视你的话的，我希望你能和他谈谈。”庆春想，这女孩子也真是傻得可以。找上她来做肖童的工作几乎有点“引狼入室”了。她勉为其难地推脱道：“我也很少有机会能见到他。”但是一想如果一点也没有帮忙的表示似乎也不大合乎情理，便又补充道：“当然如果见到了我会说说他的。可我怎么说呢？和谁恋爱是他的自由。”

“是他的自由。他不爱我，我不能强求。可他那么一个各方面都很优秀的人，不该自甘堕落，去贪图一个女人的汽车、电话和钱！那女的那么年轻就那么有钱，她能是个正经人吗！”

“也许是她家里有钱吧。”

欧庆春见时间快到了，口气上已有些敷衍。但文燕仍是义愤填膺，恨之入骨地说：

“用父母辛苦血汗挣来的钱去追男的，能是什么好人！”

文燕对情敌的深恶痛绝，使庆春心里感到一种震撼。看来，再文静的女人，当自己的感情领地遭到入侵时，也会变得恶毒起来。

她含糊、笼统、原则地答应了文燕的要求，表示尽量做做肖童的工作。从咖啡室和她告别后，庆春匆匆赶回机关。她上午和李春强说好了一起去龙庆峡踏勘踩点的。李春强在她和文燕谈话的时候，已经做好了搜查的一切准备工作，并已和延庆县局取得了联系。

庆春在北京住了这么多年，这还是第一次去龙庆峡。他们一行人便衣打扮，分成几组，乘车穿过居庸关和八达岭，直抵龙庆峡。他们把车停在龙庆峡宾馆的门口，然后乘古城河口的电动扶梯，翻上了七十米高的拦河大坝。站在大坝的顶端，庆春的眼前为之一爽。纵目四望，南方山峦浩荡，灰白色的八达岭长城蜿蜒其间。山下绿水如带，炊烟袅袅，与山间雾霭飘浮的岚气，合为一体。回身北眺，峡内青峰四合，一水中流，碧蓝如镜。这诗画般的情境让庆春激动万分。杜长发在身边感叹一句："真仙境也。"可她反倒觉得自己就像在一个从不停顿的机器里周而复始地运转了多年，这一刻才又回到了人间。她站在大坝上，任微风拂面，忘乎所以地向山谷里喊了一声，弄得周围同伴无不大吃一惊，以为遭遇了敌情。李春强拽了她一下，她才清醒过来，随众人下坝登舟，向峡谷深处徐徐而行。一张船票六十元钱，初嫌昂贵，但船行一路，两岸峰峦入水，水动山摇，步换景移，自然野趣和人文景观兼收并蓄。一一入目，倒也觉得值回票价。

他们在十八盘弃船登岸，沿山道盘旋而上。山并不高，山后便是一片平原，有公路可通达至此。在十八盘等候他们的公安局的侦查员做向导，十分便捷地领他们找到了十八盘旅店。他们在旅店附近查看了一番，确切掌握了前后出口，然后这地形便无可再勘。李春强忽发奇想，临时决定和庆春假扮夫妻到旅店里开个房间住进去。

庆春心里并不太愿意和李春强假扮夫妻，无奈李春强以命令的口气说出，庆春只好服从。李春强和杜长发交代几句，然后偕庆春离开队伍，向旅店走去。

旅店安静得似乎门可罗雀，他们东张西望走进大门。想不到这么小的旅店也有个接待室服务台，听说他们要住店，一个睡眼惺忪的服务员问住一间还是住两间。李春强不假犹豫地说住一间。服务员问："那你们有结婚证吗？"李春强笑道："你们这儿还这么正规？"服务员也笑了，给他们拿了钥匙，说："可不是吗，我们这儿有时候还住外宾呢。"

这是一个中国古典庭院式的旅舍，红梁绿柱，虽有些俗气，却不失特色。三进的大院，前廊后厦，倒是个郊游避暑的好去处。李春强和庆春装作看新鲜地前后院转了一圈。客人未见一个，服务员也仅二三。回到屋里，李春强即用手持电话命令留在外面的杜长发提前行动。

庆春问："不是晚上吗，为什么要提前？"

李春强收好电话，说："现在客人不多，而且白天看得清楚，我想也没有必要耗到晚上再搜。"

半小时后，杜长发带着一批身穿警服的公安人员和一只比警察更有训练的缉毒犬，从正门登堂入室。他们带了马处长刚刚批出来的搜查证，口口声声要搜寻一件杀人的凶器。警察们散在各处搜索，连服务员的休息间、更衣柜，旅店的办公室都一一搜过。搜了整整一个多小时，最后杜长发"搜"到了李春强和欧庆春的房间。

"什么也没搜到。"他小声向李春强汇报。

李春强习惯性地问一句："你们搜得细不细？"

杜长发夸张地甩着头上的汗，说："就差挖地三尺了。"

"那狗呢？"

"东闻西转就是不叫。这狗还是从德国进口的呢，能识别几十种毒品，破了好几个案子了，总不会到咱们手上就闹情绪吃大锅饭了吧。"

李春强喘口粗气："算了。你们撤吧。"

杜长发离开屋子。庆春隔窗听见他们装模作样地和旅店的人交代了几句，牵着狗呼隆呼隆地走了。李春强说道：

“咱们也走吧，赶得及回去吃晚饭。”

门口的服务员见他们也要走，极力挽留。李春强笑着说：“刚才那帮穿‘官衣’的可把我吓着了，我们还是趁早走了的好。”

门外已经不见杜长发他们的人影，庆春跟着李春强又翻过十八盘，乘最后一班船无功而返。船上的座位很空。他们坐在后排，谁都无心欣赏侧岸峭壁上的落日余晖。

他们不约而同地想了一个问题：对欧阳天和大业公司的怀疑会不会是犯了一个方向性的错误？这话由李春强脱口，但他们两人又同时否定了它。伴着隆隆的船机声和哗哗的水浪声，他们又默默地做着其他猜测。李春强说：“会不会是肖童凭空编造故事哄你去和他约会，骗取好感也骗取重视？过去就发现有的特情有过这种表现。”庆春没有作声。她的不作声已经表明她否认这种可能。李春强马上也意识到他的假设不能自圆其说。

“如果那样岂不适得其反？”

其实庆春心里最怕的，是另一种可能：“会不会他们已经怀疑了他，利用这两个情况来试探他？或者，利用他传出这两个他们设计好的现场来麻痹我们，证明他们其实奉公守法做的全是正经生意什么问题也没有？”

庆春的这个假设连她自己都感到震惊，因为这不仅意味着他们的侦查意图及内线手段已暴露殆尽，今后获取证据破获全案将极为艰难，还意味着肖童的生命面临危险。当然这危险不是现在。如果欧阳天真的清楚肖童的面目，至少现在还不敢对他下手。从龙庆峡回到市区时天色隐约有些擦黑，只有在拥挤的三环路上还能看到西边遥远的残红。他们直接把车子开到处长家，处长还在等他们的消息。

对十八盘旅店搜查的结果处长已经从延庆县局那边知道了消息。对李春强和欧庆春所做的形势判断和各种猜测，他似乎都不以为然，而他自己又没有提出任何新的假设。他说："你们的猜测不是没有道理，只是不足以服人，更不足以确定。看来我们得看一段时间再说了。看看各方面的人，包括肖童，下一步都是如何表现。"

从处长家出来，早过了晚饭的时间。李春强再次邀请庆春到他家或者一起在街上吃饭。庆春感冒刚好，体质正虚，心情郁郁，便说："改日吧，队长，我现在没有一点胃口，只想早点休息。"

李春强说："那好，我送你回家。"

路上，庆春闷闷不语。李春强一边开车一边宽慰："这不是咱们的问题。'特情'的素质有高有低，能量有大有小，有时候情报质量差，是常见的事情，你用不着有挫折感。我看也不至于影响你的提职问题。你安心回家吃点东西，好好睡一觉。明天上班，高高兴兴带个好心情。"

李春强的话语充满了体贴和关切，他近来用这样的语气和她说话变得越来越频繁。可也许是他们太熟了，距离太近，是同学，是同事，是朋友，也是上下级，庆春对一切都有点司空见惯。他们之间无论是激烈争吵还是脉脉温情，庆春心里的感觉都有点迟钝。

她在她家的路口下了车。她下车时对李春强说了句："谢谢你，队长。"李春强说："以后下了班别叫我队长。"她便又说："谢谢你，春强，这两天你也累了也早点休息。"她也搞不清她这样说是出于常规以外的关心嘱咐，还是一种正常的礼貌和客气。

她下了车往街口走。她知道李春强的车直等她拐了弯看不见了才开走。她想这样下去不行，和李春强的关系应当保持怎样一个距离必须有个确定。要么拒绝，要么接受，若即若离久了只会导致是非和伤害。

想到这里她似乎必然地想到了肖童。她几乎不能否认肖童给她的感觉，要比李春强更加强烈。也许同样是因为距离。因为她和肖童的距离太远了，才会使相处的感觉和结果变得难以预测。不能预测的东西常常使人产生期待和想象，而期待和想象便是一种迷惑。他们的年龄、职业、经历、个性，都是那么迥然不同。正是这种距离使她一夜间成了他的偶像，而肖童少年式的追求也带给她巨大的新鲜感和难以躲避的刺激。在这刺激面前她承认有快感，而且她没有拒绝和厌恶这种带有叛逆意味的快感。

但快感之后她又有点害怕，她害怕自己的心智发生迷乱。和肖童也同样不该再这样顺流而下了。因为她知道这种快感一旦离开了内心活动的范围而要去寻求什么外在的结果那几乎是匪夷所思。

她只希望这案子能够顺顺利利地破了，大家皆大欢喜，各得其所。以后她又会像往常一样接了别的案子，像往常一样为那新的案子终日心焦神虑。肖童则埋头书本或者移情别恋，他那少年的激情又有了新的寄托。多年以后，事过境迁，当肖童也长大的时候，他们也许会共同想起这个夏天的浪漫，他们似水年华的记忆中，会共同珍藏这短短的一页。

如此而已。

庆春走到自己家的楼门口，她首先看到楼下停了一辆丰田佳美。那车子的前灯稍纵即逝地亮了一下，俏皮地晃得她眼前发黑。车门开时，一个熟悉的身影横在路边。

庆春站下了，心里不知是兴奋还是不安。她向那影子问道：

“你是等我吗？”

黑暗中的人影向楼上看了一眼，说：“方便上去坐一会儿吗？”

庆春犹豫了一下，点头说：“来吧。”

他跟在她身后上了楼。楼道里没有灯，黑得只能凭感觉走。庆春听见肖童在身后跌跌撞撞地磕碰着楼梯拐弯处堆放的杂物，她并没有停下来等他，对他不加提醒地径自大步走上四楼。她用钥匙打开门，拉开门厅的电灯，肖童才借着光找了上来。

“你没事吧？”庆春问。

“没事。”肖童进了屋。

父亲正坐在庆春这边的客厅里看电视呢，看见肖童来了，特别高兴，站起来寒暄得极为亲热。庆春给肖童倒了杯水，自己也倒了一杯，靠着柜子站着，一边喝一边看电视。

肖童和父亲东拉西扯，聊得很热乎。父亲问他放假了没有，考试考得怎么样，现在的大学都是怎么教怎么考还有没有师道尊严。肖童问他身体怎么样，还爱不爱喝粥爱喝稀的还是爱喝稠的。他和父亲说话，时不时拿眼睛去瞟一下庆春。庆春视而不见冲着电视慢慢喝水。

父亲留意到他们的表情，醒悟地站起：“你们有事吧？那你们谈，你们谈。我到那边屋里去看。”他收拾起茶几上的茶杯、报纸、眼镜盒之类。肖童客气一句：“没事，您坐这儿看吧。”

父亲还是让出了地方：“我那屋也有电视，就是小点儿。”

父亲走了，庆春坐下来，她坐在父亲刚才坐着的地方继续看电视。

她知道肖童会先开口说话的。

果然，肖童开口了，他小心地问："你们今天……去了吗？"

"去哪儿？"庆春明知故问。

"去十八盘旅店了吗？"

"去了。"

"怎么样？"

"和上次一样，什么也没有。"

庆春的口气平平淡淡，她说话时眼睛始终没有离开电视。她很想看一看肖童的表情，但她没让自己转过脸来。

肖童哑了，显然这个坏消息令他备感沮丧。屋里只有电视节目的声音。庆春的目光其实只是机械地停在那画面上，上面演的什么说的什么她一概没有留心。

肖童的声音再一次怯生生地进入她的耳朵："你们，都挺生气的，是吗？"

"生什么气？"

"我两次都让你们……劳而无功。"

庆春不动声色："这对我们是常事。"

肖童说："可我不希望你因为我而丢脸。"

庆春这才转过头来，她把一种故意做出来的夸张的迷惑放在脸上，说："你的情报没搞准，我丢什么脸？"

肖童感到尴尬，但依然牵强解释："终归我是你负责联络的人。"

是的，他是她负责联络的人。庆春心里的窝囊和失败感似乎如此简单地都源于此。她终于没好气地说："你觉得丢脸那是你的事，我可不觉得有什么丢脸。我会和我的领导说，这小子提供的情况总是没谱，我也没办法。领导还能把我怎么样？能给我一个耳光还是扣我的工资？”

肖童应该听出来她是在羞辱他，脸上红红的像憋足了气。他说：“那我引咎辞职吧，我不干了。”

庆春笑了，她是被他的这句话，被他的表情逗笑的。肖童无计可施时便显露出儿童一样的天真。庆春笑道：

“你辞什么职，你有什么职可辞？就因为这两次情况没弄准？你把我们折腾得半死我们说什么啦，几乎一句也没有指责你，没让你承担任何责任。你辞什么职！”

肖童低头不笑，说：“这个差事不好干。”

庆春激将了一下：“你害怕了吧？你怕他们还像上次那样打你个鼻青脸肿或者更狠，所以你想退缩了，是不是？”

肖童并未如她预期的那样激动和辩白，他仍然低着头，沉闷地说：“这差事再干下去，我都不知道该怎么干了。我能接触欧阳天全是因为欧阳兰兰，可欧阳兰兰是个进攻性很强的女孩儿，我总是原地不动她会怀疑的。我现在每天去和她纠缠心里很烦，每天和她演这种戏我都快受不了啦！我真的不想干了。”

肖童的话把庆春说哑了，她一直忽略了他面临的这个最尖锐最棘手的问题。她一时想不出该如何教他好自为之，只能先笼统地安抚一番：

“你放心，这个案子不会拖得太久，我们会加快速度的，你再坚持坚持。我想象你身边肯定有很多女孩子，你不一定都喜欢她们但你肯定能周旋得挺好，这个本事我相信你有。”

庆春故意用了这种轻松幽默的口气，以便大事化小，减轻肖童的心理压力。不料肖童抬起头来没有笑，反而一脸严肃地问：“在你心目中，我是不是个花花公子？”

庆春说：“没有没有，我的意思你正面理解。”

肖童移目，看着茶几上水晶相框里胡新民的相片，他说：“我和她周旋是为了你。”

庆春没有接这个话题，一到这个话题她便没法表态。少顷，她犹豫着说：

“今天，今天文燕找过我。”

她看见肖童蓦然盯住她，她尽量把口气放得自然：“她和我说了你们吹了的事，她说你和她吹是因为欧阳兰兰。”

肖童的脸上显现出气愤：“她凭什么来找你！她怎么知道欧阳兰兰？”

“你和欧阳兰兰来往这么频繁，学校里很多人都知道，她怎么会没有耳闻。她来找我是想让我劝劝你……”

“劝我什么？再跟她和好吗？”

“这就是你们两个人的事了。肖童，等这案子破了，我可以替你向文燕解释的。文燕对你确实有感情。不管你对她怎么样，你们毕竟有了两年多的交往，我觉得你应该珍惜，一个女孩子真心爱上一个人不是儿戏。”

肖童说：“你不会是要求我为了她的真心就得牺牲我自己吧。凡是爱上我的女孩儿，文燕也好，欧阳兰兰也好，其他人也好，我都应该珍惜，都应该去回报吧，她们有选择爱的自由，我就没有了吗？”

庆春知道这个话题是不宜继续的，她以一种无可无不可的态度说：“那当然，选择什么样的爱在你自己。”她一边说一边看了一眼墙上的挂钟。肖童当然明白她的意思，他似乎还有想要说的话，但都咽了回去，爽快地站起来告辞。她把他送到门口，说：“楼道里黑，要我找个电筒送你下去吗？”

肖童说：“你送我，我当然不反对，不过还是免了吧。再黑的路我也蹚得过去！”

肖童下楼去了。他的这句话还留在屋里，“再黑的路我也蹚得过去！”庆春喜欢他说话时那股子劲儿，那口吻虽然听起来有几分幼稚，有几分吹嘘，不像胡新民那么稳，也不像李春强那么酷，但同样使人触及一股男子气！

庆春关好门，回到卧室，脱去衣服洗了澡。对她来说，洗热水澡向来是解除疲劳的最有用的一招。洗完澡以后头脑果然变得清醒多了，她躺在床上翻来覆去睡不着。今晚和肖童的谈话让她迫近了一个非常无奈的现实——这条内线看来不能再继续长期经营下去了。随着时间的推移欧阳兰兰对肖童的要求会变得日益明确而迫切，肖童也不可能一味推三挡四，故作糊涂，再含混下去。废止这条内线看上去势所必然。想到这里庆春头脑中一片茫然，因为“6·16”案其他几个侦查方向迄今为止均无战事。如果肖童这条内线再停了，破案必是遥遥无期。这局面越来越清晰地呈现出来，使她隐隐预感到大势已去。

二十

肖童已经连续两天没去欧阳兰兰家吃晚饭了，但他答应今晚和她一起去“蹦迪”。

他在图书馆里抄了一下午的资料卡片。晚上在空荡荡的食堂里随便吃了点饭。学校已经放了暑假，外地的学生都走光了，校园里一下清静下来。本来系里组织一部分同学去南方搞假期的社会实践，让他参加。他因为替公安局干的这件事还未了结，没法儿离开北京，正好学校面向社会办了一个赢利性质的暑期英语短训班，由卢林东具体负责，拉他做辅导老师。他便借此推脱了南方之行。好在今年的假期学校的图书馆照常开放，他也想利用这段时间多看些书，补一补落得很惨的功课，以便在下个学期能恢复学习成绩的名次。他本来一直是班上的“尖子”。

吃完晚饭他回到宿舍换了衣服。因为他不认识去帝都夜总会的路，所以约好晚上七点半欧阳兰兰来接他。本来时间还很充裕，不料他换好衣服刚走出宿舍楼就让不期而来的郑文燕不偏不倚地堵在了楼门口。

一见文燕他就想起她去找庆春的事，心里不免有些气愤。他态度冷淡，言语僵硬，十分没好气地问道：

“你干吗来了？”

文燕面容平静，但也不像以往那样唯唯诺诺。她说：“想找你谈谈。”

肖童板着脸说：“要吵架咱们上外头去吵，你别堵在学校里毁我。”

文燕说：“我不想和你吵架，我是想约你上外面去谈。”

肖童看表：“对不起，我今天有事，要谈可以，再约时间。”

文燕说：“我这么远来一趟也不容易，你有事你去办，我可以等你。”

肖童指责道：“你要谈为什么不事先约好？”

文燕顶撞说：“我呼你你回我吗？我怎么和你约？”

肖童咽了口气，咽得理屈词穷，只得粗声粗气地说：“我今晚有事不回来，你不用等了。”

文燕目光逼射：“是去找那个开宝马的女人吗？”

肖童被逼情急，下意识地撒谎：“不是，是我们一个老师找我，我说好要去的。”

文燕的声音有些激动，眼泪又在打转：“肖童，好歹我也爱了你两年多了，我心里有话想对你说出来，你就不能给我半小时的时间吗？”

文燕的话和她的语气使肖童有一种被强迫的感觉。他个性中最不接受的就是被强迫，无论是被暴力还是被眼泪。谈话本来就是两相情愿的事，你凭什么不事先约好，堵住人家就立即要谈，不和你谈就好像是欺负了你！肖童心里堵着这口气，毫不妥协地说：

“我再说一遍，我今天有事，要谈以后约时间，今天绝不和你谈！”

他说完便走，文燕在身后叫了他一声，他不回头。一路走出校门，欧阳兰兰的宝马已经候了多时。他上车以后一言不发，欧阳兰兰问他："脸色为什么不好，是不是出什么事了？"肖童闷闷地说："没事，你开车吧。"

帝都夜总会门前灯火辉煌，车水马龙，示意着欧阳兰兰所言不虚——这里确是生意兴隆。夜总会的门卫头上裹着又厚又圆的红布，装扮成印度"红头阿三"的模样。看见老板的千金驾到，无不毕恭毕敬。欧阳兰兰把车停在大门正中，将钥匙扔给"印度人"便拽着肖童长驱直入。一路上颐指气使，威风八面。夜总会的经理、领班、服务小姐和打手模样的警卫，迎面见了或亲热或恭敬，众星捧月般地把他们簇拥至一个豪华的KTV包间。欧阳兰兰进去了又出来，说："今天是专门来跳舞的，就在舞厅里坐吧，给你们省了这个贵宾房可以多赚点钱。"经理笑着说："你好久没来了，生意可好呢，还缺这点钱？"

他们俩于是占据了大舞厅里一处最好的座位，视线开阔，远离过道。这时舞厅里陆陆续续开始上客，灯光转暗，音乐变强。肖童四下里一看，黑暗中游荡的女人似乎比客人还多，个个打扮得肆无忌惮。她们时聚时散，互相聊着笑着，盯着每个从她们身边走过的男人，笑靥里不知藏了多少个风情万种的陷阱。

肖童大声压过音乐，对欧阳兰兰说："怪不得你们生意好，这里都快成妓院了。"

欧阳兰兰辩解道："她们买了票我们也不能不让进，不过进来了我们也不许她们乱来。除非客人把她们拉出去，出去了她们爱干什么干什么，我们不管。"

肖童说：“你要天天站在这儿，我准以为你是老鸨呢。”

欧阳兰兰在他胳膊上使劲拧了一把：“怎么回事你，整天地冷淡我还不够，还要这样欺负我。”

肖童没有回嘴，胳膊上感觉有点不对——这是欧阳兰兰第一次确切地触及他的身体。他不知是为了躲避还是舞曲已热，他率先离开座位，跳入空敞无人的舞池，没规没矩地乱跳起来。

欧阳兰兰也跳进来了。顷刻间舞池里拥进了一大批舞兴难耐的男女，标志着这个疯狂之夜的开始。

因为眼病，因为课紧，肖童很久没有跳舞了。那节奏激烈的音乐使他振奋，那眼花缭乱的灯光使他忘乎所以。他跳了一曲又一曲，啤酒接着可乐，喝了一杯又一杯。后来他终于累了，也腻了，坐下来挥汗如雨。心里的郁闷似乎仍未发泄出去。夜总会那位叫老袁的经理上来讨好地搭讪，让人给他调了一杯用黑色的咖啡酒和白色的牛奶配制的鸡尾酒，美其名曰“黑白天使”，喝得肖童苦不堪言。老袁又递上香烟，欧阳兰兰在旁边说：“人家是好孩子，从不抽烟。”经理笑道：“抽烟提神解乏，排忧消遣，男人嘴上叼根烟，看上去才有味道。”肖童对这位袁经理见人说人话、见鬼说鬼话，伶牙俐齿左右逢源的职业本能颇开眼界，于是捧场地接了他的烟，点上大口吸，漫不经心的样子让欧阳兰兰看得眼花缭乱。也许老袁确实说得对，“男的不坏，女的不爱”。在女孩子的眼里，小伙子的魅力就是沉着、洒脱、叛逆和浪荡不羁。

迪斯科音乐疯狂了半天，转而给追随者们一个喘息的时间。舞池里的灯光不再那么光怪陆离，打出一种紫色的浪漫。音乐换成了慢三慢四，疲倦的人们陆续搂在一起开始跳“贴面”。欧阳兰兰拽他，“我们也去跳一个!”不容他拒绝便把他拉进了那令人骨软的节拍。

这下他们的身体接触无可避免。欧阳兰兰的体形不错，在舞池里显得很有身段。肖童的双手所及，能感觉出她肌肤滑润、腰部细软。欧阳兰兰双目似开似合，十分陶醉。一曲终了，他们下场小憩。刚喝了半口水，音乐又起。欧阳兰兰拉着他还想跳，肖童则有些勉强。两个人都未防备另一个女人，突然出现在他们中间，伸出一只手，对肖童说道:

“这位先生，我想请你跳一曲，请赏我这个脸!”

肖童目瞪口呆，他怎么也没想到郑文燕会把事情做得这么绝!

欧阳兰兰心明眼亮聪明异常，她从肖童的脸色上已洞悉一切。她故意不疾不徐地问:“肖童，这是你什么人哪?”她嘴上问肖童，目光却凌厉地射向文燕。

肖童镇定下来，面无表情地看着文燕，说:“这是我女朋友!”

这一声“女朋友”，说得文燕泪水盈眶!欧阳兰兰不动声色地向文燕伸出一只手来。

“幸会。我是欧阳兰兰。”

文燕对欧阳兰兰不屑一顾，颤抖着问肖童:“这就是你的老师吗?你们约好的事情就是来这里跳舞吗?”

文燕的蔑视使欧阳兰兰有点涨红了脸，她不顾礼貌地横在他们之间，拉着肖童的手往舞池里走，她说:“走，我们去跳舞。”肖童甩开她，向文燕伸出手。

“我陪你跳舞!”

文燕只流泪，没有动。肖童上前拉住文燕的手，把她领进舞池。

欧阳兰兰一脸冷笑，也要了一杯“黑白天使”，眼睛盯住舞池，慢慢啜饮。

舞池里的音乐凝重而舒缓，压住了肖童肩头的哭泣。肖童说：“我真想克隆一个自己交给你，然后你给我自由。”文燕抱紧他：“我只要这个你，只要现在这个你。”肖童说：“你对我好我知道，你让我来世再报。”文燕说：“你报不报都可以，但我不想让你这样堕落下去。”

他们跳跳停停，文燕总要抱住肖童，肖童总是挣脱开架着她跳下去。肖童说：“你对我有点误解，以后我会向你解释的。你相信我没有堕落也不会堕落。”文燕环看舞池四周：“你跟她泡在这种地方，你们就像一对妓女和嫖客，你还要怎么堕落！”文燕越说越恨她要挣脱被肖童抓住的手，肖童同样怒气冲冲地扭住她，两人不像跳舞几乎是在厮打。肖童叫：“谁是嫖客谁是妓女你说话负不负责任！”文燕喊：“你跟她到这种地方鬼混你对我负不负责任！”

肖童猛地推开文燕，大声喊：“你走吧！既然你讨厌这里你还待在这儿干吗？你为什么不走？你赖在这里是不是也想像她们一样？”他指着那些游荡在暗处的女人，冲文燕发泄。恰在此时，巨大的迪斯科音乐声重新响起，霹雳般的节拍像重锤一样每一下都砸在人的心里。淹没了男人的喊叫，也淹没了女人的哭泣。文燕冲他哭喊了句什么他没有听见，只见她掩面而去消失在狂乱的人群里。

肖童没去追她，离开舞池回到座位，把杯中残剩的“黑白天使”一饮而尽。欧阳兰兰非常聪明地不言不语，她知道如果这时自己不识时务地攻击文燕或者哪怕只是问上一句，肖童都会大发脾气。

刹那间他也突然厌恶了这里。轰鸣的音乐，疯狂的舞蹈，明灭不定的灯光，以及粉面红唇的妓女，无不带给人光怪陆离的嘈杂和丑陋。他摇摇晃晃地向外走，他也搞不清自己是要寻找安静还是什么新的刺激。

欧阳兰兰尾随出来，说："我们去玩儿游戏机？"

他醉了一样说："去！"

舞厅的侧廊里，排满了各型各式的游戏机。其实欧阳兰兰对游戏机并无兴趣，她只是陪他玩。他在那里"打飞机""打坦克""砌墙""排雷"变"数字游戏"，全神贯注，她就坐在他的身边喝着可乐大呼小叫。

那一晚他满载赫赫战功收场，她也观战喝彩得筋疲力尽。欧阳兰兰把他送回学校时已近午夜。他回宿舍也未洗漱便倒在床上和衣而睡，结果第二天上午耽误了英语短训班的整整一堂课。

中午卢林东找了他，问："昨天上哪儿去了？宿舍管理员反映你半夜三更还没回来，而且就因为这个你上午居然把课给我撂了。那些学生都喊着要退钱呢。"肖童还没睡醒似的说是和朋友出去玩儿了。"什么朋友？"卢林东问。"朋友就是朋友呗。"他答。卢林东说："肖童啊肖童，你才貌双全、聪明绝顶，你可别毁了自己！"

他嘟哝着说："我知道。"可到了晚上他又和欧阳兰兰去了"帝都"。他不是去蹦迪。他似乎一夜之间变成了一个孩童，对游戏机充满了迷恋。面对一个个绚丽多彩的屏幕，耳畔的嘀嘀嗒嗒的声音此起彼伏，置身于硝烟弥漫的逼真的"战场"，他的喜怒哀乐那么简单、明确、自然而然。这些游戏使他回归了生理意义上的自我。

第一个受不了的倒是把他带回"纯真年代"的欧阳兰兰。肖童一连几天在游戏机前聚精会神，除了投币用完请她去拿外，几乎和她没有一句话交谈。她坐累了喝饱了为他的胜利欢呼腻了，开始百无聊赖。于是在某天晚上她和他在别墅吃完饭她便拒绝再去“帝都”。

她病恹恹地说：“我今天不舒服，你陪我在家坐一会儿好吗？”

肖童无奈地说：“那好吧。”眨眨眼睛又问：“你家里有游戏机吗？小型的那种。”

欧阳兰兰有些恼火地说：“你都二十多了，一天不玩都不行吗？”

肖童说：“行、行，我不过是问问。”

大概是第一次看见肖童低头妥协，欧阳兰兰马上转怒为喜，装出的病态为之一扫，“咱们喝点酒好不好？”她提议。

肖童有些无聊地坐下来，无可无不可地说：“行。”

于是欧阳兰兰打开酒柜。看上去她家有丰富的藏酒。“人头马”“轩尼诗”，还有显赫的“路易十三”，她问他喜欢喝什么，他说：“随便，反正我不会喝，喝什么都一个味儿。”欧阳兰兰说：“那就别喝‘路易十三’了，喝了也是浪费。”

于是他们开了一瓶“轩尼诗”。杯觥交错，东拉西扯，用些黄色笑话之类档次不高的话题助饮。肖童看时间不早，仍不见欧阳天打道回府，便问欧阳兰兰：“你爸爸干什么去了？”欧阳兰兰说：“他有应酬今晚不回来。”肖童于是看看表，说：“时候不早我也要走了。”

欧阳兰兰脸上喝得半红，见肖童要走，急忙挽留：“我家有台电脑，里边能玩很多种游戏，你想不想玩玩儿？”

肖童愣了一会儿，刚想谢绝，忽然想那会不会就是楼上欧阳天那间神秘书房里的电脑？在他谒见欧阳天时，那电脑和书房气氛的失调曾给他留下印象。于是他连忙表示乐意。

"好啊，那就再玩玩儿。"

果然，欧阳兰兰带他上了二楼，她用随身钥匙打开了那扇宽大厚重如保险柜似的大门。屋里黑黑的，木头的香味和终日不见阳光的陈腐味混合着，浸润着肖童的嗅觉。欧阳兰兰没开吊灯，只是把写字台上的台灯打开，把屋子搞得幽幽暗暗，说不清是浪漫还是恐怖。她打开电脑，调出游戏，然后把大班椅摆正，招呼肖童。

"来吧。"

肖童上座，开始操作，眼睛飞快地在写字台面上扫了一下。台面上零乱摆放着一些纸头和文件，好像是什么项目的可行性研究、什么产品的性能说明，以及一些不知何故随手在便笺上记下的只言片语。欧阳兰兰倒了一杯矿泉水给他，然后在他身边坐下。他做出聚精会神的姿态开始"打飞机"。他感觉欧阳兰兰的身体慢慢倚过来，双手拢着他的肩。她的富有弹性的胸部若即若离地贴在他的背上，只隔了薄薄的T恤。他没有动，让自己把注意力集中在屏幕上，一架又一架地消灭那些不顾死活汹涌来犯的"敌机"。欧阳兰兰的肉体乘隙也在步步进犯，纤细的十指插入他的头发，轻柔地摩挲着，继而抚弄他的耳朵和脖子。肖童回头躲开她的手，说：

"你下去把酒拿上来，我想再喝一点。"

"好啊。"欧阳兰兰顺从地站起来，下楼去了。书房里只留下他一个人。他迅速地按动电脑的键盘，打出"菜单"，调看着里边储存的文件。他紧张地检索着一个个像代号一样的英文标题，快速判断着那些字母的含义。他带着点盲目地选了一个叫"现金"的标题，按下去后，屏幕上出现了一些难以看懂的名称和数字。他来不及琢磨，楼梯上已响起了欧阳兰兰的脚步声。他连忙按下恢复键，重新回到了游戏的厮杀中。

欧阳兰兰拿来了酒，斟在酒杯里递给他。他心不在焉地玩儿着，心不在焉地喝着。欧阳兰兰说："时间太晚了，你今天就住在这儿吧。"他犹豫片刻竟然答应了。

她为他安排的住所，是一楼拐角的一间十来平方米带卫生间的睡房，与欧阳兰兰的卧室相邻。她让女佣铺上崭新的被褥。又让他去参观她的卧室。欧阳兰兰的卧室陈设华丽，但明快有余、温馨不足，缺了点女孩子的脂粉气。他应付差事地看了看，发表了些褒贬不清的评价。正要走时，欧阳兰兰堵在门口抱住了他。

这一抱来势突然吓了他一跳，尽管他早料到这麻烦事迟早要来。他不进不退地让她抱着，让她把脸靠在他的胸前。少顷，他觉得差不多了便用手拍拍她的背，说："好啦，休息吧。"

欧阳兰兰抬起头来，用疑惑的目光逼视着他，她松了手，问道："你是不是并不喜欢我，如果是的话，你应该明白地告诉我。这么长时间了，我一直等着你给我一点热情。我是女的不能总是我主动。你应该明白告诉我，我是不是在自作多情？"

肖童被问得无法应答，只能支吾其词先做应急搪塞。他甚至主动地轻轻搂了一下欧阳兰兰，说："兰兰，你知道我不是一个乱来的男人。男的轻浮起来是很容易的，我相信我真的那样了你并不会喜欢。将来我们要真从普通朋友的关系往深里发展，我希望是靠感情而不是靠别的。感情嘛，要慢慢积累。一见钟情不一定能白头到老……"

他如此这般冠冕堂皇地说一番，让欧阳兰兰对他的真诚和理念信以为真。她果真拿得起放得下地说："好，你有道理我就听你的，反正我对你怎么样你心里清楚，我不相信我的精诚所至，不能叫你金石为开。你对得起我就行。"

一切疑惑和冲突暂告缓解，他们互道了晚安。他回到自己的房里，反插了门，脱衣睡下，关灯后凝神检讨了一下自己，在欧阳兰兰的进攻下搂了她是否算是失节。他又想如果他心里没有庆春，今晚会不会就和兰兰更进一步？欧阳兰兰的体形不错，皮肤也不错。她用胸脯触及他的那一刻他显然有了一种纯生理的舒适感。

虽然有些困乏但他没有闭眼，靠胡思乱想眼睁睁地熬到半夜两点。他悄悄起床，穿上衣裳，蹑手蹑脚走出房间。整个儿别墅都睡熟了。他凭着不知从哪里折射来的一点点光线，摸索着进了客厅，又一步一步顺着狭窄的楼梯上了二楼。二楼更是漆黑一片。他凭感觉摸索着书房门上的把手，把手没有摸到忽听到"喵"的一声怪响，吓得他心跳几乎停止，随即便是一身冷汗。黑暗中他看到两只发着荧光的猫眼，出窍的惊魂才又归位。原来是小黄，小黄的眼睛一动不动地盯着他，使他怀疑是不是猫也有看家护院的本能。

他终于摸到了门的把手，刚才他离开书房时已从里边悄悄拨开了锁环。他打开门摸到写字台前，拧亮台灯，打开电脑，在菜单里调出储存的文件，用自己并不到家的英文底子翻阅着那些难以看懂的文字。储存的文件并不多，多数只一两页，很短。这时他已经镇定下来，他决定用旁边的打印机把几页他觉得看不懂的文件打印出来。在这间密封得几乎与世隔绝的屋子里，他听不见远处的响动。他一点也不知道欧阳天突然能在半夜返回，他的汽车这时已经开进了院子。

打印机哗哗地响着，打出的文件清楚无误。不知是哪根第六神经让他鬼差神使地走到门前，拉开那扇沉重的门探看外面的动静。他听见楼下别墅的大门砰地响了一下，有人进来了，没有开灯，直接向楼梯处走来。肖童心里跳得几乎窒息，跌跌撞撞扑向电脑，拿上打印好的文件。关掉打印机的开关，然后拉开门夺路而出。这时欧阳天已经走上楼梯，两人几乎不可避免地就要狭路相逢。肖童别无选择，只好退到楼道的黑暗处埋头一蹲！

欧阳天上了楼，摸着钥匙，熟门熟道地打开书房门。门没锁，他似乎感到疑惑，思忖了片刻，推门而入。书房里的灯光从半开的门缝中唰地照亮了半个楼道。肖童听见欧阳天的脚步声向写字台方向走去，便想此时不走更待何时！他弯着腰顺着楼梯迅速无声地向楼下逃逸，直到溜进了自己的睡房他才像卸下千斤重负，全身疲乏至极。

他飞快脱下衣服，躺下装睡，同时竖起耳朵听得楼梯处欧阳天自上而下的疾步。他来到肖童的隔壁，敲击欧阳兰兰的房门。欧阳兰兰开了门，声音中充满了睡意：

“你怎么回来了爸爸？”

“兰兰，晚上你一直在家吗？”

“在呀，怎么啦？”

“有人进过我的书房吗？”

“怎么啦？”

“我的电脑被人打开了。”

“噢，我和肖童晚上玩儿电脑游戏来着。”

“肖童？”

“啊，他今天没走，玩儿太晚了就睡这儿了。”

“噢——”

欧阳天的声音松弛下来，问：“你们睡在一起了？”

“没有，他睡那屋了，您干吗那么不放心！”

父女俩的说话声在万籁俱静的深夜显得异常清晰，接下来就是关门声、脚步声，再接下来一切复归于平静。肖童躺在被窝里，悬心归位，深深地透出一口气来。

这一夜他没有睡，凌晨时也许迷糊了一下，旋即又醒。天是看着一点点亮起来的。六点三十分他起了床。在卫生间里洗漱了一番，走出房门时，看见欧阳天已经在餐厅里坐着喝茶看昨天的报纸。他抬起头来看了肖童一眼，哑着嗓子问道：

“夜里你睡得好吗？”

二十一

“6 · 16”案的行动两次失败之后，整个儿专案组的气氛连续多日比较沉闷。桂林、广东和天津方面的线索，经过了相当长一段时间的查证，终无进展。当地公安机关继续协查的积极性已经难以为继，侦查的力度因此成为强弩之末，有的地方甚至已经事实上停止了日常的监视工作。可以说，“6 · 16”案彻底地陷入了僵局。考虑到肖童和欧阳兰兰那种若即若离的相处方式也确实难度太大，不宜继续，马处已经向李春强明确表示了这条内线可以适时中止的意见。同时庆春也知道，处里正酝酿着把李春强和杜长发从这个日渐沉寂的案子上抽出来，只留她自己独守残局。

一连数日肖童也再未与她联系，这更加重了庆春内心的失败感。李春强劝她：“别指望那小子了，泡个妞什么的他还在行，正经事他就没那么大能耐了。你不是说过让他去卧这个底也是死马当作活马医，有枣没枣打一竿子吗，你还能指望枣树上掉下个大西瓜来？马处既然同意中止他的工作，你就尽快约他来谈吧。这也算遂了肖童的心愿，他不是早就不想干了吗?”

肖童终于要退出了，欧庆春深深地松了口气。虽然案件的前景会因此而更加暗淡，但他的退出，不知为什么却让庆春如释重负。她想，当他们之间没有了这层严肃的工作关系，面对彼此也许会变得自由轻松。也许他们真的会成为一对感情单纯的姐弟，她也用不着一天到晚再操心肖童和李春强那常常紧张的工作关系。想到此，庆春倒觉得既然肖童这条线不能长此以往，他适时退出来未尝不是一件好事。

但在她还没有拿起电话的时候，肖童倒先呼响了她的BP机。她给他回了电话。她回这个电话时第一次感到全身是那么放松。

像往常一样，肖童在电话里说有事要面谈。一听有事她照例习惯性地问事情急不急。肖童大概记着前两次十万火急见了面，而最后又让他们无功而返的教训，所以这次说不着急，说:“今天晚了可以明天见。”于是他们约定把故宫的东华门作为次日清晨接头的地点，因为庆春每天上班都要从紫禁城下那条宁静而古老的护城河经过。她觉得那里的气氛与时代、与现实都有几分游离，很适合谈肖童结束工作这件事。

她曾经特别留意过清晨的护城河上那一片青色的雾气，是那雾气使护城河及故宫的城郭和角楼呈现出一种经典的东方式的静谧。她每天上班常常有意绕出半里远经过这里，就是想呼吸一下河边清新的空气，作为一天愉快心情的开始。

她在这里见到肖童时还不到早上六点半钟。他穿着一件短袖的套头衫和一条青灰的牛仔裤，打着一辆夏利从将要散去的晨雾中赶来。

他下了车见到她站在河边便露出灿烂的笑，这笑容在薄雾的清晨显得格外单纯。

她的心情也由之一下子好起来，她的好心情让她也回报肖童一个亲切的表情。她问：“你怎么打了夏利，怎么不打个便宜些的。”

肖童无所谓地说：“街上没有‘面的’。”又说：“好在我没用你们的经费，否则你准以为我慷公家之慨故意浪费。”

她笑一下，反唇相讥：“怎么和欧阳兰兰待了几天，嘴就变得这么尖刻？”

肖童说：“我原本就是这样不饶人，只不过一见到你就变得厚道了。算是一物降一物吧。”

他们靠在河沿上，款款谈笑。远处有两个打太极拳和遛鸟的老人不时向他们瞟上一眼，大概纳闷这对儿年轻人怎么大早上跑到这儿谈情说爱来了。

庆春先不说结束工作的事，先问：“有什么情况，你说说吧。”

肖童拿出几张纸递过来给她看，上面的内容全是英文的。庆春的英文这几年丢得差不多了，吃力地看了半天还是不甚了了。肖童说：“这是我在欧阳天的电脑里打出来的，我也看不懂。我想你们也许能看懂。”

庆春问：“你约我就是把这个给我吗？还有没有别的情况？”

肖童说：“就是给你这个，可能你们需要吧，也许能研究出点什么。”停了一下，他又说：“别的没有了。”

庆春隐隐有些失望，但没有流露出来，反而鼓励了他两句。她问：“你去他办公室了吗？怎么能看他的电脑？”

肖童不无炫耀地笑笑：“那别墅的书房里有一台电脑，我半夜溜进去从里面调了这几份文件出来。还差点让他发现呢。”

“半夜?”庆春有点不可思议,“你半夜三更潜入人家家里去偷文件?这可不是你这点儿经验能保险的。你是怎么溜进去的?”

“我不是溜进去的,那天我住在那儿了。”

“住在那儿了?你住在欧阳兰兰那儿了?”

庆春口气上的疑惑使肖童脸上一红。他嘴里拌蒜似的解释着:“你别瞎想啊。我又不是和欧阳兰兰住一个屋。她家有的是地方。我是等她睡着了才去书房的。她要是发现了,我就说我睡不着觉所以自己来玩电脑游戏。她知道我喜欢玩游戏。”

庆春嘴里仍然吸着凉气,她说:“还真看不出你也敢玩儿这种勇敢者的游戏。再说,你住在欧阳兰兰家,也不怕她有非分之想吗?万一明天她向你求爱你怎么办?”

这句话把肖童说哑了。庆春敏感地注意到他在这个问题上的表情,因此视线没有离开他的眼睛。肖童说:“我实在不想再跟她缠了。”

庆春问:“是不是她对你已经有什么表示了?”

“她给我车、大哥大,每天请我到家里吃饭,总不会是义务扶贫吧。”

“那你对她的感觉,和以前相比,有没有变化呢?”庆春警觉地问,“你过去说并不喜欢她,现在呢?”

肖童并不回避她的注视,说:“我说过,只要我心里有了爱的人,就不会再喜欢上任何人,哪怕她挥金如土,或者貌比天仙,我都不会看她一眼。去欧阳兰兰家是你让我去的。”

庆春态度郑重地说:“肖童,爱什么人是你的自由,但你既然答应为国家工作，就必须遵守我们的纪律和约定。欧阳一家有犯罪的嫌疑，你和他们接触完全是为了工作，和她千万不能发生感情。就算你以后不再为我们工作了，也不能和她有这种来往。你为我们工作的事今后也不能有半点透露。肖童，你要知道像你这样漂亮的小伙子，让女孩儿动心并不稀奇，你别见一个爱一个。”

肖童的面容也严肃起来，直瞪瞪地对着庆春的脸看，半晌才说：“我爱的是你，和你相比，任何女人都一钱不值！”

庆春只是担心欧阳兰兰那风情万种的陷阱会毁了这个案子，因此极力向肖童晓以利害，说服教育，竟忽略了他会将她所提醒的感情问题直接转向自己，一时哑然。她避开肖童的直视，也许因为那双眼睛本来就覆盖着胡新民的角膜，那一刹那的目光交会竟和新民逼真得相似。

她说：“对不起肖童。咱们在一起，也是为了工作。”

肖童没有表白，也没有争辩，他只是把视线转向高高的紫禁城头，和远处被朝霞洗礼的金碧辉煌的角楼。

“那就快点结束这个工作吧，我不想再为你们干了。我讨厌和欧阳兰兰在一起，讨厌总去和她逢场作戏地吃晚饭。我不想和你再有什么工作关系。没有工作关系我也有权利和你做朋友。我就是我，你就是你，不是什么工作关系！”

他说。

这个清晨的气氛被肖童搞得过于沉重和尖锐了。庆春并不准备向他表什么态。她想自己最终还是会觉得这个大男孩只适合做一个可爱的弟弟。但她又不想把这感觉马上说出来刺伤他。她今天本来可以顺水推舟地遂了他的心愿，向他宣布中止工作，但由于他交来的那一纸文件所以暂时没说。她想，这就算他完成的最后一个任务吧，无论价值几何，他的勇敢和机智是值得嘉奖的。但嘉奖的话她也没说。这些话她准备留着下次见面宣布中止工作时，用作对他的评价和总结。

肖童依然是打着出租车回学校去赶那短训班的课，欧庆春则骑车来到单位。这时还不到上班的钟点，她就独自坐在办公室里把肖童交给她的那几张纸在早晨的阳光下一一展读。上班以后，她又把这几张查了英汉词典也没有看懂内容的纸交给了李春强，李春强又拿去给处长过了目。处长找了几位文字分析的专家，指示要做专题研究，处里对这几张薄纸的重视使庆春多少感到了一些宽慰，至少说明这东西的来源和出处本身就有所价值。

当天夜里三点钟她在家里被 BP 机叫醒，通知她立即赶到处里开会。这种半夜突然呼叫的情形近来并不多见，她猜不到出了什么事情，而且是否和“6·16”案有关。

赶到处里时她看到李春强和杜长发都已来了。会议室除了处长之外，还坐着那几位“文字专家”。处长开宗明义说昨天特情交来几张电脑打印的材料，经过研究分析已发现明显疑点，很可能将导致“6·16”案的重大突破，情况紧急所以要立即商量出一个意见报局里审批。

这个开场白之后，便是几位文字分析专家介绍情况。他们认为在这几张纸中间，有一页标题为“现金”的材料，很可能是一个随笔记下的不正规的现金账单。这张账单上最可疑也是最惊人的一笔，是一项标着数字“2100”的账目。经过和同一页纸上的其他账目金额数字书写习惯的分析比对，这个 2100 很可能是表示两千一百万元的巨额数字。

从文字上下的衔接看，这数字可能是发生在两个户头之间的一次往来收付。付出一方的名称，目前尚不能确定含义，而收到一方的名称与前不久被我们查证过的桂林环江运输公司的英文名称的缩写完全相符。这似乎不应该推为巧合。

几位文字分析专家奇思异想而又丝丝入扣的分析，让庆春既目瞪口呆，又将信将疑。连一向自作聪明总喜欢提出悖论的杜长发，也被这分析的神秘弄得不知所云。处长说："之所以这么紧急地把大家叫来，关键是在环江运输公司的缩写之后，还标了 8、2、6 三个数字。如果我们把这三个数字分析为日期的话，那就是，明天。"每个人的心里在这句话之后都一下子紧张起来。的确，现在已是八月二十五号的凌晨。

处长说："我们现在继续假设：明天，将有一笔两千一百万元的现金，注意，账单上的标题已经注明是现金，要付给桂林环江运输公司。我们都知道环江运输公司的经营规模和业务范围，肯定不可能发生这么大数字的资金流动。而且这么大额资金收支不用支票或银行转账，而用现金流动，也是国家财务制度所不允许的。所以，我们姑且判断，这笔现金是账外的、秘密的、用于非法交易的。如果是用于毒品交易……"处长停顿了一下，目光一扫，接着说，"那就是我们所遇到的第一个上千万元的贩毒巨案！"

全场都静了，庆春能听到自己的心跳。

处长在众人脸上环视一周，慢慢地问："对这个分析，谁有异议吗？"

静了一会儿场。李春强开了口：

"我认为这个分析是可以成立的，但下一步在操作上，还是留有余地为好。因为，因为同是这个特情，已经开了我们好几次玩笑了。"

庆春马上反对这个说法："前两次情报是不够准确，但不能说成是开我们的玩笑。再说，除了这两次情况不准外，他提供的关于欧阳天家庭和住处的情况以及他的一些交往关系，还是有一定价值的。"

庆春也知道由她跳出来替肖童辩解，恐有自我标榜之嫌。她其实并不在乎该怎样评价自己在特情管理工作上的得失，她只是觉得对肖童应有起码的公正。

处长照例不去裁判他们的争论。他点了一下头，打断庆春的话："好，我们就这样上报市局：这个分析成立，但在具体行动的设计和操作上，要谨慎，要留有进退的余地。"

凌晨五点钟，马处长和李春强一起离开机关，到主管局长家去进行紧急汇报。按照处长的指示，庆春和杜长发已开始着手南下的各项准备工作。早上七点半钟，李春强独自回来了。处长和主管局长则一起去了公安部请求支援。八点钟上班时间一到，李春强即和广西桂林市公安局进行了电话联系。中午的时候，他和欧庆春以及杜长发三人，已经与一群金发碧眼的外国旅游者一起，坐在前往桂林的飞机上，遥看脚下滚滚无际的万顷白云了。

在飞机上吃了午饭，打了半个盹，当他们透过机舱窗户看到了那些平地拔起形态万千的奇异山峰时，庆春恍若还在昨夜的梦中。

桂林在下雨，山色空蒙。一条不知是不是漓江的水系，像一条墨绿色的罗带，散漫地缠绕在深黛色的石灰岩峰林之间，显得凝重而疲惫。飞机在山峰包围着的机场震荡着落地，旅客们在湿冷的细雨中走下舷梯。桂林市公安局已有汽车在门口等候，载上他们亮起警灯，风驰电掣地向市区开去。

在路上，桂林的同志介绍了一个新的情况：上午他们在接到李春强的电话以后，马上对环江公司的动态做了摸底，了解到公司的老板关敬山昨天一早带着几辆卡车到云南昆明去拉货，已经离开了桂林。经过侧面打听，只知道是广东还是福建的一家公司在云南采购了一批商品，交由桂林环江公司承接了运输的生意。桂林市公安局的同志谈了情况以后问他们打算怎么办，李春强未加犹豫便决定立即应变，跟踪追击赶到昆明去。

二十二

桂林市公安局在他们到达的当天就为他们安排了去昆明的汽车。汽车在下午三时半从桂林市区出发，沿滇桂公路向西飞驰。一路上但见奇峰挺拔，秀水萦回，田野似锦，步移景换。驶出广西境界天也黑了。汽车亮着大灯，并不减速。这辆溅满泥浆的面包车终于赶在八月二十六日的凌晨，风尘仆仆地开进了春城昆明。

找到昆明市公安局，知道这里已接到公安部的指示和桂林市公安局发来的情况，从昨天傍晚即在全市部署查找那几辆带桂字头牌号的卡车，在他们赶到之前已经有了下落。卡车是带篷的，一共四辆，正停在一家公司的招待所里，车牌号与桂林市公安局提供的牌号完全一致。据初步侦查，车上已经装了货，全是一箱一箱的烟叶。何时启程，去往何处，均不清楚。跟车的司机，一共八个，也都住在那个临街有院的招待所里。而他们的老板关敬山，则下落不明，昆明市局正在查找。

天亮以后，李春强打电话向处长汇报情况。杜长发跟昆明市局的几个侦查员去招待所看看地形看看车。四辆车一上午都没有动。吃午饭的时候，接到五华区分局的报告，在他们辖区的锦华大酒店，查到了关敬山的住店登记。

于是，昆明市局立即布置了对关敬山的监控。也许是有了公安部的通知，庆春看到桂林和昆明方面都非常支持，不仅出动大批警力，而且夜以继日。这使她更加担心和怀疑那几位文字分析专家是否“秀才误国”。他们只是凭了肖童从欧阳天的电脑中随意调出来的那几页账单，便做出了如此玄而又玄的分析，几近捕风捉影牵强附会。如果又是虚惊一场，那才真是劳民伤财，让他们在兄弟局面前丢尽面子。

但是走到这一步，也只能往下走了。现在最重要的事，是盯住关敬山。今天正是八月二十六日。

关敬山中午是在酒店里吃的饭，饭后乘出租车离开了酒店。他离开酒店后，杜长发和昆明市局的技侦人员一道，秘密搜查了关敬山所住的客房，结果毫无收获。如果真有两千一百万元现金的话，随身带不了，屋子里也不会搜不着。

欧庆春和李春强一道，盯着关敬山的行踪，尾随在他后面像个游客一样游览了倚江临海的大观楼。站在大观楼上极目滇池，烟波浩渺，一碧万顷，风帆点点。下得楼来，穿堤岸，过通桥，走蓬莱仙境，游画舫游艇。关敬山像是无事一身轻，那份优哉游哉的闲情逸致，怎么看也不像是装出来的。出了大观楼，他游兴不减，又去了不远的西山，看古木参天，听泻涧流泉，如饱食终日的文人墨客似的沿山间石磴随处浏览。庆春心里越发狐疑，这哪里像是有要事在身的行状，他到昆明来会不会就是押车和游玩？在关敬山离开西山他们跟踪他回市区的路上，庆春带着疑惑去问李春强，李春强沉默不言。关敬山的那份闲在，几乎把他们此行已经疲弱的信心，彻底地动摇了。

晚上，昆明市局布置警力，在锦华大酒店和放车的招待所继续蹲守监控。一夜无事。

二十六日就这么无是无非地过去了。李春强的面色，也一分一秒地变得难看。当二十六日夜里十二点最后一分钟走完之后，他甚至和杜长发嘀咕说现在到了该认真考虑善后事宜的时候了。庆春心里也清楚，这事闹大了，上惊了公安部，下扰了好几个省市局，何以善其后呢？她想这事其实赖不着肖童，肖童只不过是把那文件拿过来让咱们看看，是处里那几个搞文字分析的学究，纸上谈兵才闹出这么大的动静。但李春强的脸色多少像是给她看的，因为肖童送出来的虚惊已经是一而再、再而三了。

二十七日早上，天刚放明，停在招待所的四辆卡车突然一齐启程。守候的侦查员用手持电话请示怎么办，应李春强的要求，昆明市局命令守候的侦查员进行跟踪。

奇怪的是，关敬山并未跟车走，早上他只是到招待所里来和司机们交代了几句，便乘出租车去了机场，搭乘上午回桂林的飞机离开了昆明。

他们马上通知了桂林。中午接到桂林市公安局反馈回来的消息，说关敬山下了飞机从机场直接回了家里，没与任何人联系。

听到这个情况时，庆春和李春强等人正在吃午饭。她和李春强对视一眼，目光中都是绝望，并且几乎都不敢往云南省厅陪着他们吃饭的同志脸上看。杜长发却聪明外露，非要点破说："瞧见没有，看来咱们这趟又得和前两次一样，竹篮子打水白忙活了。”他呼噜呼噜地大声喝着汤，歪着头问：“队长，咱们是不是也该打道回府了？”

不知是李春强的心情不好还是嫌杜长发的吃相难看，他皱着眉板着脸答非所问：

“你喝汤别出那么大声儿成不成，显得那么没教养！”

杜长发知趣地不再发问，索性连汤也不喝了，冲着庆春做苦脸。庆春也绷着面孔装没看见。

每个人的心情都坏到极点。

饭还没吃完，昆明市局的同志找来了，说跟踪卡车的侦查员报告，四辆卡车现在已到达开远市，正在市区停车吃饭。市局的同志婉转地表示这四辆车子早已驶出了昆明地界，再往下走，马上就要走出云南省界，再这么继续跟踪下去，确有困难。

“问题是我们只有一部车跟着，从昨天守在招待所到今天跟出去，他们已经二十四小时没合眼了，汽油也不多了。路上车多人多岔口也多，跟紧了怕暴露，跟松了又怕丢，再跟下去恐怕是不行了。下一站可能是砚山，我们市局的意见，最多跟到那里。而且他们的目的地究竟在哪里我们不清楚，也许是去桂林，也许是去广东，也许是去贵州，到底应该通知哪个地方的公安局接手呢？即便请几个省的省厅共同调集力量，这种在公路上的长途跟踪也不大现实。”

一番话说得几个人默然无语。确实，车子再往下走就到了几个省的交界，再动员几个省共同出动警力沿途跟下去显然不太现实。李春强一拍桌子站起来，孤注一掷地说：“干脆，端了他！”

大家全一愣，杜长发小心翼翼地提醒道：“队长，咱们在北京可是有两次都搞空了，这几辆卡车上能搞出什么东西来我看更是没谱的事了。”

李春强像是决心已下：“既然走到这一步了，那索性就搞个放心，该采取的措施都要采取，不留后患。就是什么也没搞到，心里也踏实！”

庆春也表示赞成：“我也觉得应该搜一下这几辆车，别回去再后悔。”

李春强马上拨了北京马处长的电话，汇报了想法，马处也表达了相同的意见。如果能跟踪到底，查出目的地和收货人，最好。如果困难太大不现实，对这四辆车也一定要搜一下，不管把握有多大，绝不放过一丝可疑。

省厅的同志当然也赞成马上采取行动，一了百了。他们立即安排了车辆和警力随同李春强等人沿公路全速追击。同时昆明市局也命令在开远执行跟踪任务的同志不能放弃，要他们发扬“宜将剩勇追穷寇”的精神，克服困难继续往下跟。

中午李春强一行从昆明市区出发，一共三辆小车，拉着警报器，顺公路全速前进。一路上与在前面跟踪的同志不断保持着联系。晚上九点钟他们赶到了滇桂交界处的富宁县。那四辆卡车正静静地停在一家旅店的院子里，八位司机也就在这间略显简陋的旅店里歇息。他们和当地公安局的同志经过短暂商议，决定动用武警，在晚上十点半钟包围了旅店。有的司机这时已经睡下了，有的还在盥洗，一个个张皇失措地被全副武装的橄榄绿警察带出卧室，带到院子里，然后交出了汽车的钥匙，由公安局的司机连车带人统统弄到了县局大院。

县局大院里有个篮球场，四角竖着晚上打球的大灯。四辆卡车在灯光通明的球场上一字排开。八位司机中的六位押在二楼，由李春强逐一叫到会议室里问话。另两位被叫出来蹲在球场边上，作为搜查的见证。

离开了春城气温便不一样，富宁的这个夜晚闷热难当。武警战士们全都脱光了上衣，赤膊爬上汽车拆卸车厢的雨篷和被粗绳捆住的纸箱。纸箱东一堆西一堆放了满场。打开的和没打开的乱得难以分清。烟叶也被翻出来摊得到处都是。庆春和昆明来的同志一起干活儿，只干了几下便大汗如雨。当地的同志笑着说："女同志靠边站，男同志向上冲，回头让女同志给咱们唱支歌！"庆春说："那我还是干活儿吧，比唱歌强。"杜长发说："你还是上楼帮着李春强去问那几个司机得了，这儿也不多你这一把手。"

庆春站在场边喘口气，说："也好，男女有别。"又嘱咐杜长发："我估计搜搜也就这样了。你盯着点，武警那帮小伙子动作太猛。你让他们别把烟叶都弄散了，万一人家有损失，以后来索赔也是麻烦事。"

杜长发点点头："刚才队长都跟他们说了。可你看这么多人这么多手，管得住吗？这些小伙子哪知道咱们还想'留有余地'呀。只能尽量和他们说吧。"

两人说着话，庆春正要转身上楼，忽听有人发出惊天一喊："找着啦！"她和杜长发全都吓了一跳，下意识地向喊声跑去。一群汗油油的兴奋的光背围着一个纸箱，七嘴八舌地大声议论着那箱里的东西。杜长发替庆春扒拉开一条缝，庆春探进身去，她全身的汗毛孔唰地扩张了一下，她清楚无误地看见在那纸箱里，在被扒开的烟叶下，齐齐密密地排列着一块块像砖头一样大小的东西。庆春一看见那熟悉的赛璐玢包装便意识到胜利。昆明市局的一位干部下手取出一块，刚撕开一角，手指头马上沾了些粉末，那粉末飘飘洒洒地落在地上，白得刺目！

市局和县局的同志冲上二楼，把正在接受询问的六名司机和球场边的两位，一并铐起。八只喉咙顿时齐声喊冤，喊得声泪俱下。欧庆春看见李春强从会议室里冲出来，站在二楼的露天走廊上向这边张望，她冲着他把右手高高举起，那手上托着的，是一包高纯度的精制海洛因！

在司机们的哭号和武警战士劳动号子般的吆喝声中，所有纸箱全被打开了，烟叶子被无所顾忌地撒得满场都是，每发现一箱毒品大家就欢呼一阵。共有十五只箱子里发现了那些包装严整的毒品。这十五只箱子全部是从一部卡车上卸下来的。搜出的毒品被运到楼上的会议室里，整整齐齐地摆在桌子上。称重的结果令人瞠目，居然有九十五公斤！望着这价值两千多万元的战果，大家额手相庆，谈笑风生。有人抱来几个大西瓜，当场切开。又有人再次提议要庆春唱歌，大家随之起哄。庆春没有应，她甚至连笑都没有开怀地笑一下，她站在堆得高高的海洛因面前，只是在心里欢呼，为自己，为新民，也为肖童！

李春强在隔壁屋里激动地给马处长挂电话，向他报告富宁大捷。庆春想这消息如果现在肖童也知道该有多好，但只是想想而已。

尽管大家疲惫至极，但胜利之夜所有人都了无睡意。吃完西瓜消完汗，便分几组突击审讯了八个司机。桂林方面也在凌晨采取行动，拘捕了正在熟睡的关敬山。

对司机和关敬山的审讯分别在富宁和桂林同时进行，清晨太阳升起，李春强和桂林方面在电话里沟通了情况。放下电话后他眉头不展，因为两地的审讯结果均不理想，让人无法满意。

关敬山和他手下的司机全都矢口否认与这批巨额毒品有任何牵涉，每一个人都做出被冤枉死不瞑目的表情。司机们说："我们只是开车拉货，出力气挣工资养家糊口。货不是我们出的，也不是我们收的，连装车都不是我们干的。我们怎么知道这烟叶里还藏着'大烟'呢。"

关敬山说："这货是广东粤力达公司订了出口的，供货的云南石桥贸易公司也是他们自己找的。我们环江运输公司只管运输，运到广州交货我们就没事了。我们也不知道怎么车里会藏了杀头的东西。"

审讯的结果上午向北京做了汇报，公安部很快便通知广东和昆明方面，拘传了广州粤力达公司和云南石桥公司的负责人。石桥公司和粤力达似乎更是坦然，一个说货是我们供的，可供的是正宗的云南烟叶，不是从鸦片烟里提炼出来的海洛因。另一个说，境外一家公司要货，境内一家公司有货，我们公司有进出口权，做做转手生意，代理进出口的业务，别的一概不知。

两个方面的讯问结果都通过北京传到富宁。无论是云南的石桥还是广东的粤力达，都拒绝对运输途中查获的毒品承担责任。

但在富宁的李春强和欧庆春他们看来，毒品几乎可以肯定不是在运输途中上的车。因为一路上昆明市局的跟踪车从没掉过链子漏过梢，没有发现有半途装货的情况。

对石桥公司和粤力达的审讯结果传到富宁以后，庆春和李春强、杜长发一行，随武警部队一道将九十五公斤海洛因及八位涉嫌的司机押至了桂林。尽管在审讯和讯问中每个当事人都把事情推得一干二净，但案情毕竟还是有了一些眉目。

最关键的是两个情节：第一，司机们交代，他们的车在石桥公司装完货以后，老板关敬山没有着急让他们赶路，而是让他们在昆明休息到八月二十七号的早上。在二十六号的早上关敬山自己借用了一辆车说是去昆明北郊的黑龙潭公园玩，中午又还了回来。他用的这辆车正是搜出毒品的车子。另外，从关敬山的家里，搜出了一张八月二十八号去广州的机票。因此可以假设，他二十六号上午把一辆车借出去，在十五箱烟叶中塞进了毒品。而二十八号他又准备赶到广州去交接这批毒品。

第二，广东粤力达公司反映，这批烟叶的求方和供方，都是广州红发公司联系的，运输也是红发公司自己找的环江运输公司。只不过红发公司没有进出口权，因此找粤力达做代理。粤力达一来可以收取代理费，二来可以扩大本公司的年进出口额，何乐而不为？红发和环江又都和北京大业公司有投资关系。这两个情况使整个儿案情不言自明。

当然还有一个最重要的证据，那就是富宁大捷的最初动力——肖童从欧阳天的电脑里窃取的那张“现金账单”。

广州市局拘捕了红发公司的负责人，红发的负责人也同样否认与这批毒品有关。根据马处的意见，红发的负责人和环江的关敬山均被留押当地，由当地公安机关继续审讯攻心。李春强则率领庆春和杜长发班师回京，解决这个贩毒集团的老巢——欧阳天的“大业”公司。

因为是旅游旺季，返程的机票最快只能搞到九月三号的，九月二号他们便在桂林休息。当地公安局的同志就安排他们去游了漓江。

他们清晨乘了游船，从叠彩山、象鼻山顺流而下。一路上的漓江，水波不兴，平滑如镜，两岸奇峰异洞，如诗如画。杜长发站在船头的甲板上，和桂林市公安局的陪同聊天，说上次来就没有游成漓江，回去还被领导冤枉了一顿，鼓动当地的同志替他鸣冤做证。庆春见船头挤着的人多，便绕到船尾，图个清静。

船至斗米滩，李春强踱至船尾，与庆春一起，背风而立。望着岸上的仙人石和望夫石，默默无言。庆春的目光随了舷边滑过的几只渔筏，眺向远方的峰峦云影，和山垄间的翠竹茂林，无限感慨，油然而生。她又想到了那批祸国殃民的毒品，想到胡大庆、关敬山的嘴脸，与这仙境般的山光水色，竟同日而在、同世而存。美丑对照，真是不可思议。李春强似乎也被这胜景陶醉，傻傻地在她耳边说："山水相依，真是个谈情说爱的地方。"

庆春笑道："天未下雨，你何来湿(诗)意?"

李春强说："自古以来，诗人灵感都来自江山如画，来自美女如仙。"

庆春又笑："那你可做首'画中仙'。"

李春强说："什么叫'画中仙'呀?"

庆春说："古词的曲牌呀，这也不懂。"

李春强说："我是不懂，曲牌只有'临江仙'，哪有'画中仙'。别忘了在警院的时候，你的文学课就不灵。"

庆春反躬自省以解嘲，索性做出诚恳征求意见状，问："我还有什么课不灵?"

"射击课也不灵，你眼睛有点近视。你说巧不巧，咱们系你的射击成绩最差，可现在你的实战成绩最好，首次实战射击，首发命中，一枪就崩了胡大庆!"

庆春再笑："对了，我想起来了，你是咱们全系射击比赛的冠军。咱们系的同学中，你一直是最出色的。功课门门全优，又是在学校入的党。毕业到现在，你也是提得最快的。上次同学聚会，你的警衔最高。往他们当中一站，鹤立鸡群，魅力四射。我那天都不敢往你身边靠，怕自己相形见绌。"

李春强若有所思，似乎并未细想庆春的口吻究竟是恭维还是奚落。这山水胜境大概是一种气氛，可借以抒发情感，坦露心声。什么日常不好说的话，在这儿都可以说了。

"庆春，前些天我一直在想，等这个案子破了，我就向你正式提出求婚。我多少年来一直做这个梦，可如果案子没有眉目就提出来，我怕你拒绝我。"

他没有提到胡新民，显然是一种故意的回避。胡新民牺牲已数月有余，庆春如果拒绝的话，不应该还是这个借口。

庆春自己也没有再提起新民。她的态度超然得几乎像在讨论别人的事情。

"如果这案子破不了，你是不是就永远不提这个事情？"

庆春的反问使李春强不明就里，他说："我相信这案子一定会破，现在看来我没有想错。"

"前些天这案子的工作还几乎停摆，你怎么这么自信？"

"因为有你，有你的细致和耐心，因为有我们俩的配合。我觉得和你搭班珠联璧合。"

"不，"庆春摇摇头，"我承认你的魄力和才能，我承认咱们配合得不错。但你别忘了，这案子有今天的成功，也因为有马处的英明决断，有文字专家的聪明智慧，有方方面面的通力支援，还因为，有一个肖童!”

说到马处和专家的判断，说到方方面面的支援，李春强一说一点头，最后说到肖童，他愣了一下，但还是点了头。他把庆春扯远的话题又拉回来：

“总之案子已经破了，我现在要向你说我爱你，我希望你能给我一个态度。”

庆春依然摇摇头：“不，案子还没有破。主犯没有落网，整个犯罪集团还没有摧毁，那两千一百万巨款付给谁了，那些毒品的来龙去脉，都还没有搞清楚……”

庆春见李春强面色不悦，便冲他笑笑，缓和着气氛，又说：“咱们不到最后时刻，绝不轻言胜利!”

李春强也笑一下，他的笑既勉强又凶狠，却依然自信。他说：“你要的这些，已经是囊中之物，最后的胜利，指日可待！我相信那时候，你会给我一个满意的答复。对！我这人就是这么自信!”

二十三

在欧庆春出差的这些天，肖童觉得日子真是难挨。烦乱的心情使他再也没有情绪每天去陪欧阳兰兰吃晚饭。除了给短训班那些年龄和水平都参差不齐的学员上课，去图书馆看书之外，他很少再与欧阳兰兰约会，也不回她的电话，也很少回家。一天到晚几乎总是宿舍、教室、食堂、图书馆，四点一线。晚上实在烦了，就自己开了车去帝都夜总会蹦一会儿迪，然后把整个儿晚上消磨在游戏机前。“帝都”的门卫和经理老袁都知道他是兰兰的“傍尖儿”，所以一切免费，照顾得十分殷勤。

于是欧阳兰兰也开始每天在“帝都”等他。他要跳舞她就陪他跳，他要玩游戏她就在一边看。“帝都”的人都纳闷，老板的女儿一向脾气乖张，怎么让个小白脸活活弄成了个贤妻良母型的女孩？他们私下说这天地宇宙真是无奇不有，人间正道就是一物降一物。

整个儿暑假就这么既无聊又疲乏地过去了。新的学期已经开始。

通过一个假期的补课，肖童在课程方面已显得比较轻松。压力的消失使他更加肆无忌惮地每天晚上流连于夜总会的舞池和游戏机前，缺乏节制。自从他出现在“帝都”以后，也使这里的人对老板的女儿增加了更多侧面的了解。如果说，过去人们只是对这个不苟言笑不可触犯的女人感到深不可测、高不可攀的话，那么现在在肖童面前，他们看到了她作为女人顺从和服帖的一面。

他们也知道了她还有一个情敌，她是从另一个女人手中把肖童夺来的。这三角关系的故事在“帝都”夜总会的职工休息室、更衣室和办公室里广为流传，已经被滥加演绎搞出了无数变了味的版本。

这几天故事的中心移向了粉墨登场的郑文燕。肖童和她相处了两年半，竟没有认识到她居然是这样一个好生了得的女人。他过去被她一贯的唯唯诺诺迷惑了，以为她的反抗武器不过是有限的谴责和说来就来的眼泪。所以当文燕装扮得和那些妓女一样妖艳性感，在一张擦得几乎像日本艺妓一样厚厚脂粉的脸上，涂了鲜红欲滴的嘴唇，走进夜总会，出现在他的面前时，他几乎不相信这就是两年前在那棵大槐树下看他踢球的文燕。他甚至猜不出她那身超短裙是打哪儿弄来的。

他那时正坐在夜总会的吧台前喝一杯啤酒，文燕看也不看他便坐在离他不远的吧凳上，她居然还点了一支烟，动作稚嫩地叼在嘴上夸张地吸吮。肖童看了半天才相信自己的眼睛，看了半天还是目瞪口呆。文燕的装束和神情无处不表达出一种报复的心态。说不定她是有意将自己的样子弄得比其他妓女更拙劣更低档，来刺激肖童的心情，来伤害他对往昔的记忆。她这样子马上勾引着一些低档男客过来搭讪，请她喝酒。她一律来者不拒，故意大声而浪荡地笑着，笑给肖童听！

肖童受不了，他冲上去推开缠着她的男人，抓住她的胳膊，把她从吧凳上拖下来，拉拉扯扯地拖到走廊上。文燕一路挣扎，冲他大喊：

“你放手！你干什么！你放开我！你是谁呀你！”

他拖她到走廊上放开手，他的脸涨红了，哆嗦着喊：“你这是干什么！你怎么能这么堕落无耻！”

文燕揉着让他拽疼的胳膊，毫不示弱地和他对喊：“你也知道什么叫无耻？你也知道什么叫堕落？你想开了我也想开了！我管不了你，你也别管我！”

肖童软下来：“文燕，我求求你好不好！你再怎么样也不能这样，你一个女孩子！你这样就完了！”

文燕冷笑：“对了，我完了，我早就完了，我现在只想换个样儿活着。我学学你，看看这儿是不是很刺激！”她用眼睛四下看着这华丽的走廊，笑，“这儿可真不错！”

肖童几乎是哀求的声气：“文燕，我知道我对不起你，我下辈子当牛当马回报你行不行。你看在我们朋友一场的分儿上，我求你别这样作践你自己行不行，你是个好人，是我的好姐姐，你要恨我报复我，也用不着这样作践自己！”

文燕脸上那恶毒的微笑，说明她已经意识到了自己的胜利。这种快意使她愈发不可收拾，愈发想更残酷地挥霍一下自己。

“你算我什么人？你也有资格来教训我？难道你还真的在关心我吗？你以为我相信你还会关心我吗？”

她的语气已经蜕变为一种单纯的发泄，而语言的本意反而变得不重要了。肖童确实被激怒了，也开始用语言和语气来伤害对方：

“好，好，那你去吧！我不管你了，王八蛋才管你呢！你愿意当婊子没有人拦你。你以为你涂红了嘴唇就有人要你吗？这儿的婊子个个都比你漂亮！”

文燕给了他一个耳光，又给了一个。他抓住她的手，把她狠狠推开。然后他昂首回到酒吧台前，要了啤酒大口地喝，喝了一杯又一杯，还喝了白兰地，喝了“黑白天使”。醉醺醺地，他看见文燕被几个男人搂着，让夜总会的袁经理领进了一间KTV包房。那几个男人也醉了。他听见他们和文燕大声地笑。文燕也醉了，她的笑格外变态。肖童摇摇晃晃向那KTV包房走，老袁上来了，问：“肖先生喝高了吧？我给你弄点醒酒的东西吃……”他把老袁推了个趔趄，闯进了KTV包房。

包房里的灯光昏暗得有些暧昧，电视的画面里是一个忸怩作态的泳装少女。几个男人随着她的扭动正在胡乱唱着，而文燕则被一个大汉压在沙发上，一边笑一边骂一边挣扎。肖童指着那大汉说：“你放手，你他妈浑蛋！”他脑子里在酒精之外还剩了一点空间，因此他突然认出了那人正是在郊区砖厂替欧阳天把他打得鼻青脸肿的家伙。旧恨新仇一起冲上头顶，他把文燕从沙发上拉起来，那人上来抓住他的领子，破口大骂，他顺手抄起茶几上的酒瓶，像砸一个西瓜那样，向下哗啦一砸，那人的脸上迅速出现了几条自上而下的血的溪流，整个人像失去重心的米袋子一样，随即摔在沙发的一角。

唱歌的人全愣了，手持话筒傻站在那儿，肖童扔了破碎的酒瓶，拉着文燕推门而去。

老袁赶来了，拦住他要和他交涉刚才的流血事件。他揪住老袁指着文燕，扯着嗓子吼着：“她，以后你们不准让她进来，她是我女朋友，你们不准让她进来，买票也不行！听见没有！”

老袁说：“肖先生，你喝醉了！没醉？没醉你怎么把建军的瓢开啦！他可是老板的司机！”

这时，欧阳兰兰出现了，她是老袁呼来的。肖童和文燕一闹老袁就呼了她。她看见有人扶着满头是血的建军，张张罗罗地备车上医院。还看见被几个警卫架出夜总会的浓妆艳抹醉得无形的郑文燕。最后，她看见呕吐了一地的肖童，还抓着老袁胡叫乱喊：

“她是我女朋友，你们不准让她进来！”

肖童几乎是让人拖着，塞进了欧阳兰兰的汽车，车子一开动他便开始昏昏睡去。欧阳兰兰把他带回了樱桃别墅，让人抬进屋里，除去鞋袜和吐脏的外衣，放到床上，他依然神志不清如死人一样。

这是肖童第一次醉酒，那感觉像发高烧打摆子生了大病。半夜时他记得自己醒了一次，迷迷糊糊看见欧阳兰兰坐在床边，她用手轻轻抚摸他的脸庞，问了一句什么话，他没有答出口便又蒙眬睡去。

再次苏醒是第二天中午，太阳的强光使整个屋子明亮异常，他的头依然如针刺般疼痛，全身乏力无骨。左右一看这竟是欧阳兰兰的卧房，明快有余温馨不足。慌乱中他发现自己竟是半裸，那瞬间竟有失身之感无地自容。门声响动，欧阳兰兰进来了，手里拿着他的洗好熨平的衣裤，放在他胸前问他要起来吗，起来吃点东西吧。他把被子拉严，说：“你出去我穿衣服。”

欧阳兰兰冷冷一笑，说：“你还怕我看吗，昨天我给你脱的时候早就看了个全面。”话虽如此说，人还是出去了。

穿好衣服，他看见镜子里的脸，触目的惨白，眼圈围了一层黑晕。

他想昨天是喝醉了，醉的滋味真难受，以后一定滴酒不沾。他仔细回想昨晚是和谁喝酒、为何而醉，猛然想起大概因为文燕。为文燕他还和人动手打了一架。但如果不是欧阳兰兰后来告诉他，打架的对手是谁以及胜负输赢他已全然忘记。

欧阳兰兰叫人做了些口味清淡的饭菜，他的胃里有股烧灼感难以下咽。兰兰说："你就在这儿休息两天吧，恢复一下身体。"她这句话使他想起什么，火急火燎地说："你赶快送我回学校，我们明天校庆的演讲比赛今天下午要彩排。"

无论路上怎么赶，他回到学校时还是误了走台的钟点。走进礼堂时彩排已到一半。他顶着无数批评的目光走到卢林东面前低声检讨，卢林东说："明天就是正式比赛了，你该收收心了，不能还是这么个状态。"

彩排是为了计算时间，演练节奏和调试音响，因为有不少选手的演讲都配有音乐。肖童的《祖国啊，我的母亲》就是用钢琴协奏曲《黄河》做配乐的。演讲比赛的总导演是校团委的副书记，她要求每名选手都把演讲词像实战一样朗诵一遍。尽管肖童晚到了，被安排在最后演练，但走完台后卢林东还是信心大增，认为其他系的选手声音平淡表情呆板，到明天必是不堪一击。肖童说："人家今天都留着一手，故意表现平平，兵不厌诈，你得和系里把丑话说在前头，万一我输了可别承受不了。"卢林东说："他们可没那么高的智力搞这种阴谋诡计，咱们争一保三方针不变。"肖童说："要弄个第四是不是就得把我开除学籍？"卢林东笑道："你放心，咱们明天走着瞧！"

傍晚肖童给欧庆春的单位打了个电话，问庆春出差回来没有。他很想让她来看看这场演讲比赛。为了这场比赛他经过了旷日持久的演练，他希望庆春能够目睹他的那种只有在舞台上才适合表现出来的风采。

庆春办公室的人说她出差刚回来，但现在开会去了会还没有散。他过了四十分钟又打，接电话的正是庆春自己，听到她的声音他兴奋得难以抑制：

“咳，是我。”

“啊，是肖童啊，你好吗？”

“还行吧，你呢？”

“我也挺好。”

听得出来她的声音很疲惫，但语气还是快活的。他问：“你的任务完成了吗？你们这次顺利吗？”

“还算顺利吧。你提供的情况很有价值，应该好好地谢谢你呢。”

肖童说：“想谢我的话，就答应我一件事好吗？”

电话那边笑了：“你总是喜欢讲交换条件。你又有什么事？”

“来看我明天的演讲比赛吧。有你助威我会赢的。”

“我去了你不紧张吗？”

“不会的，我从小就是个人来疯。”

“好吧，明天我会提前一会儿去，还有事要和你谈。”

肖童没想到庆春这么痛快就答应了，这毕竟要占用她的上班时间。他和她约了见面的时间和地点，约了不见不散。

演讲比赛就在他们学校刚刚落成的礼堂举办，那礼堂是好几个香港大亨联合赞助的，由一位曾在本校建筑系毕业早年留学海外后来举世闻名的设计大师亲手设计，现已成为燕京大学的一个体面。它的外观高大雄伟，看上去卓尔不凡。又给人一种陈旧感，一种空荡荡的整洁，这就避免了一团新气的浮华和俗艳，也避免了以后的陈旧。学校里到处都是饱学之士，任何重复、抄袭、套裁和流俗的东西，在这里都不会得到喝彩。尽管它朴素简洁，但毕竟有教堂般壮观的结构，这结构又使你感到它的奢侈和价值。建筑的精神含义也是一种形而上的东西，也许它的本质和宗教一样，就是使人卑微。

肖童把在演讲比赛前和庆春的见面就约在了这里。这礼堂一落成便成为学校的一个新的标志性建筑，非常好找。他们在礼堂的背面见了面，背面是一片青青的草地和树林。在一个庞大建筑前的草地上与情人约会，在肖童看来有些欧式的情调。况且站在礼堂魁伟的躯干下他并无卑微渺小之感，反而觉得仰仗了它的庇护和威风。

因为今天是正式比赛，所以他穿了一身笔挺的深色西服。他的身材挺拔，而西服质量很好，所以看上去极其妥帖。他和庆春坐在草地上，他把西服上衣脱下来小心地放在一边以防弄皱。庆春今天倒是穿得很随便，不认识的看了会以为她也是本校的学生，是肖童的同窗。

肖童此时的心情格外好，不像前几次和庆春见面时那么深沉严肃。他有些放荡无形地在草地上或坐或躺，有时还把腿放肆地跷到天上。他和庆春吹嘘着他的男人气概，也就是前天喝醉以后的那场表演：“我把那个打我的小子揍了，揍得满脸开花见红见彩。我说过我不会让他们白揍的，下次我见了他还得揍，那种王八蛋吃硬不吃软。”

庆春问：“你在哪儿揍了他？”

“在帝都夜总会。”

“你干吗总去那儿？怎么迷上夜总会了？”

“没有，我去玩游戏机。”

“你这么大了怎么还对这东西入迷？”

“我不玩这东西怎么能给你们找到那张账单。”

庆春说：“肖童，那是另一回事。我觉得你已经不小了，你应该成熟些，别再总玩游戏机，别再动手和人打架，嘴里干净点，别骂骂咧咧的。我知道在大学里嘴脏是一种时尚，但我看不惯你这样。”

肖童半是认真半是嬉皮笑脸地说：“行行行，我听你的，我把一切都改了，我变得深沉了文雅了，你就会爱我吗？”

庆春不作声。她可能对肖童说这种事所用的口气过于轻浮而反感。

肖童一点没看出庆春的不快，依然毫无眼色地嬉笑着穷追猛打：“你说你到底喜欢不喜欢我，你说说又怎么啦。”

庆春说：“肖童，我们今天不谈这个。”

肖童说：“为什么不能谈，我心里想什么就要说出来，你也用不着憋着。你喜欢我吗？还是不喜欢我、讨厌我，觉得我不成熟，啊？”

庆春说：“肖童，我们年龄差了那么多，你觉得你的想法现实吗？我们都清醒一点好吗？”

肖童说：“差了这么几岁算什么，你不能算老我也不算小了，只要两个人愿意没有什么不现实的，你是不是怕别人说什么？”

“不，你知道我喜欢成熟的男人。”

“我可以成熟。我向你保证以后再也不玩游戏机了，不骂人不打架了，我说到做到！”

“一个人的成熟不是靠他自己的决心，而是要靠时间岁月。你现在整天还迷恋于打架和游戏机这种东西，几乎还是一个中学生的水平。等你何年何月成熟了，我可能已经老成黄脸婆了。”

说到这儿肖童开始严肃认真了：“你成什么样我都会喜欢的。我什么都可以放弃，只要能和你在一起。”

庆春从草地上站起来，似是不想再谈这个话题。她转过身背向肖童，说：“你说这话也只能表明你太不成熟，这是无知少年才喜欢说的山盟海誓。海枯石烂的决心在说的时候比谁都真诚，但用不了多久就全变了。年轻人都是这样激情和善变。我也是从那个阶段过来的。”

肖童也站起来，追在庆春身后：“既然你也幼稚过，你凭什么不相信我也会逐渐老练起来！”

庆春回过头，她回过头却不知说什么好：“我已经快二十七岁了肖童，我该结婚了我不能等。”

肖童愣住了，他没想到在这个最晴朗的日子里，这个最幸福的话题会说得这么艰难这么沉重。在他一向的自我感觉上庆春是喜欢他的。这世界上还没有哪个女孩子能不喜欢他。他怀着一丝侥幸，说：“我也可以马上结婚，如果你需要的话，我可以马上准备好。”

庆春笑了一下，似乎还是在笑他的幼稚：“别忘了你还在上学呢。”

“那不妨碍结婚。”

庆春严肃着，说：“肖童，我已经和别人订婚了。我和你，咱们在一起不现实。”

肖童脑袋里嗡的一声，他颤抖地问：“你和谁，和谁，订婚了？”

庆春顿了一下，说：“这是我的私事。”

肖童想笑一下，随即却用哭腔大喊：“你在骗我，你骗我！你为什么要骗我！”

庆春用冷静的声音压住他的激动：“你不信就算了，我没必要让你相信。”

“是谁你都说不出来，你是怕我去找他打架吗？”

也许是他的泼皮无赖的行为激怒了庆春，庆春冷笑一声说道：“那个人叫李春强，是侦查英雄、刑警队长、擒敌高手、散打冠军，你可以去找他打架！我不拉着你！”

肖童狠着面孔僵住了。庆春欺人太甚地又问：“你上了人身保险吗？”

肖童脸色发白，被失落、气愤和怨恨煎迫着，他从地上拎起衣服，扭身就走。庆春把他叫住：

“嘿，你是男人，你应该多少有一点风度吧。我们今天还没有谈正事。”

肖童站住了，忍耐着：“你要谈什么正事？”

庆春从他背后走上来，说：“你前一段为我们工作，有成绩，有贡献。下一步还有许多工作需要你做，我们希望你再接再厉。”她从自己带的小包里取出一个厚厚的信封，说：“我们领导批了一千块钱给你，给你当车马费补贴，也算是一种奖励吧。你给我签个收条。”

肖童并不去接那个装了钱的信封，那信封里的钱更刺痛了他的心。“我不是为了钱，庆春，我是为你！你想拿这一千块钱把我做的事来了结掉吗，我还不至于这么便宜！”

庆春正色地说：“我告诉你，你做这些事是为国家为社会，我欧庆春个人绝不欠你的！”

肖童的眼里霎时充满了血丝，声音也抖起来："庆春，你，你为什么这样说，这么多天，这么多天我冒着危险……我和我不喜欢的人没完没了地泡在一起，因为我想着你，我心里想着你才坚持下来。你今天，你今天为什么这样说……"

庆春的口气也一下子软下来，她想用手绢替他擦拭眼泪，但他没哭。她说："肖童，你为了我，我很感谢。但是，我们并不是在做一项交换，我不可能拿自己的感情去和你的情报进行交换。"

肖童的泪水干涸在眼里。他带着一种输不起的愤怒和暴躁，说："我也不是在交换。可我有我的自由、我的权利。现在我告诉你，我不想干了。我不再给你们干了！你们另找别人吧。"

肖童说完，并没有因发泄而获得畅快，相反，他感到自己内心里有什么东西正在坍塌和崩溃。他撇下庆春，向礼堂里跑去。庆春在身后没有叫他。

跑进礼堂的后门肖童才发觉自己跑错了方向，他本想找个没人的地方痛快地哭上一场。但此时礼堂的后台已全是忙碌的人群，盛大的演讲比赛马上就要开始。工作人员和比赛的选手都各就各位进入角色。他必须立即收住痛苦，擦干眼泪，循规蹈矩和别人做出同样喜悦和庄严的面孔，见了每个老师同样要热情礼貌地称呼。

他这样做了，眼圈红着但对每个迎面而来的人都笑一下，笑得非常生硬，他确实无法控制和掩饰自己。在后台一角他碰上郁文涣。这礼堂也是交给他的服务公司管理的，学校没活动的时候他可以出租经营。他一看肖童的脸色似乎明白了什么，把他拉到一边低声盘问：

"你怎么搞的！你到底犯什么事啦？"

肖童说：“没事你别管我，我什么事也没有。”

“你还瞒我！公安局抓你的人都来了，我刚才在学校保卫处都见到了。你前天把谁打了？”

肖童愣了——公安局？抓我？

郁文涣不失老师身份地嘱咐教育道：“待会儿演讲比赛一结束，人家警察就带你走，你可别耍脾气，好好配合人家，这可不是任性的时候，听见了吗？到里边有什么说什么，别害怕，公安局都是讲法律讲政策的。你是学法律的，该说什么不该说什么，你应该懂。”

郁文涣走了。

演讲比赛开始。

他是第几个出场的，是怎么走到台子中央的，全都糊里糊涂。舞台迎面的灯光刺得他睁不开眼，台下黑压压的人群静得只有一两声咳嗽。他下意识地想找一找卢林东，但什么也看不见。他身后呈梯形地坐着年轻的主持人和年老的评委，一个个面带疑惑地注视着他的脸，他由此知道自己脸上的表情一定很难看。台下也响起了嗡嗡嗡的议论声，人头摇摆。作为朗诵配乐的钢琴协奏曲《黄河》从扩音喇叭里放送出来，震得他的耳鼓嗡嗡作响，他居然忘记了该在哪一个音节上进入。他张开嘴念了第一句，似乎听不见自己的声音。他重新开始，拼足全身的力气把演讲词念了出来。

“我们每个人都热爱自己的母亲……是母亲给了我们生命、养育和温情。我们每个人都有一个共同的母亲……那就是我们的祖国。我们的祖国有悠久的历史、灿烂的文化、壮丽的山河，是世界文明发达最早的国家之一。然而……世界上没有任何一个民族和我们中华民族一样，在漫长的……历程中，充满了灾难、危机……天下兴亡，匹夫有责……上下五千年，英雄万万千，壮士常怀报国心！黄沙百战穿金甲，不破楼兰终不还……就是每个龙的子孙永恒的精神……”

他断断续续丢词落句地勉强背出了第一段，便再也想不起后面的词了，脑子里一片空白。他知道台下乱了，台上也慌了。主持人用尴尬的声音挽救着场面：

“这位同学太紧张了，让我们用掌声鼓励他！”

下面立即响起了掌声，鼓励和起哄兼而有之。

他没有继续开口，低头想整理一下自己的思绪，但脑子里只有庆春刚才的冷漠，她宣布已经订婚时的冷漠。

《黄河》协奏曲迟疑地中断下来，全场都在看他。主持人说：“这位同学真是太紧张了，没关系，你先下去再准备一下，我们请下一位同学出场。”

一个工作人员上来，示意他下去，他这才机械地挪动双脚，步履蹒跚地走到后台。看见两个保卫处的干部迎面上来，他立刻明白自己的时限已到。他这时突然清醒了也镇定了，脸上无所畏惧，坦然地问道：

“现在就走吗？”

保卫干部被他的镇定自若弄得有些意外，表情上反应了一下，才说：“啊，走吧。”

警察也到了后台，他们在后台的一间房子里向他出示了拘留证并让他签字按手印。然后，明明没有必要，还是给他戴上了手铐。也许在警察的意识中，他犯的是暴力攻击的罪行，因此属于有必要使用械具制约的危险人物。

警察把他带出礼堂的后门，又从后门押到前门，押上停在那里的警车。肖童在回首反顾的瞬间，恍惚看到围观的人群中，欧庆春那张美丽的脸。那张脸在他的思想里，留下了一片无可挽回的温情。他并不知道，欧阳兰兰也来了。她站在礼堂的最后一排，听了他半途而废的讲演。然后，走到门外，站在看热闹的人群里，冷静地目睹了他被押上警车的那个乱哄哄的场面。

二十四

从桂林回来的这些天，是李春强当刑警以来最得意的日子。他领导的“6 · 16”案侦破组，一举截获价值两千多万元的巨额毒品，震惊了全国，更是全局全处上上下下一连多日的中心话题。昨天他又获得了自己从警后的最大荣誉——一个个人一等功和一个集体一等功。这是他事业上最光辉的一页，他成了名副其实的侦查英雄。在事业迈向巅峰、荣誉赞誉如潮的人生快意之时，他心里唯一的缺憾，就是庆春并没有答复他的求婚。也唯独此事，他不知该不该拥有自信。

庆春作为这个专案组的副组长，虽然没有个人记功，但她无疑也是富宁大捷的最大受益者，因为在昨天的会议上，处长当众宣布了她的刑警队副队长的任职命令。

昨天的会既是“6 · 16”案前一段工作的总结会，又是下一步工作的部署会。会上决定了一些重大的事情。从这些决定上李春强不难揣摩处长的“野心”，他还是处心积虑要把案子往大里搞，而并不想陶醉在这场惊人的胜利上。

处长决定不抓欧阳天，理由有二：

第一，毒品虽然截获了，但能认定关敬山和广州红发公司犯罪的证据却并不齐全。这场毒品贩运案显然是被精心策划过的。只要没有在关键环节上人赃俱获，其结果就必然是抓到东西抓不到人，很容易使他们逃避打击。现在关敬山和红发公司的负责人都否认和这批毒品有关，而要在法律上认定他们的罪行，确实还比较麻烦。要再由此认定欧阳天和这批毒品的关系，就更困难。至少仅凭一张从电脑里调出来的含义晦涩的账单，是远远不够的。

第二，即便能认定他们犯罪，这个案子也破得残缺不全。他们的毒品货源在哪里，钱付给了谁，毒品的目的地在哪里，货要交给谁，中间还有没有其他的中转站，这些问题都没有搞清。从胡大庆和红发前任经理的活动看，从这次截获的毒品数额看，这种操作精细而数额庞大的贩毒活动，只有那种规模很大的犯罪组织才能有如此作为，而这个组织进出毒品的完整线路，还没有暴露出来。

处长的判断，李春强从理论上是不陌生的。从无数个情报资料、敌情分析和一次次反毒培训班、研讨会上，他早就知道多年以来，国际刑警组织便认定中国内地有一个国际贩毒的运输通道。毒品从缅甸泰国经中国内地到中国香港，然后运往欧美，确实是一条被证实了的途径。美国现在有百分之二十的毒品是香港黑社会与意大利黑手党联手贩入的。处长认为，欧阳天贩毒的主干市场很可能并不在内地各省，而是在国外，他充当了这个国际贩毒通道上的一个搬运夫的角色。因此这个案子应该带有国际性犯罪的性质。

处长的大家气魄分析，让李春强尤其兴奋。这比在当街扭住几个小毒贩过瘾得多。而“6 · 16”案的下一步行动，就必然地分出了许多个战场。公安部也决定在近日召开一个联席会议，让广西、云南、广东、北京等几个主要战场上的指挥员坐到一起，协调动作，共商良策。

而昨天的会是处长和“6 · 16”案专案组自己研究工作的一个务实会。会上决定了下一步他们自己要做什么、不做什么，要对其他战场上的工作提出什么建议和需求，等等。当然，也包括决定奖励肖童一千元人民币并且继续让他在欧阳家卧底。

今天上午庆春告诉李春强她约了肖童准备和他好好谈一谈，并且带去了那份不薄的奖金。中午她情绪反常地回来了，带回来一个不好的消息。

她告诉李春强，肖童拒绝受奖，也拒绝再去卧底。

李春强有点意外，又不意外：“这小子太年轻就是没个常性。或者看见自己搞这两下子就能上千块钱地挣，意识到自我的价值了，现在经济大潮之下，人人都学会了谈生意。”他笑着分析说：“他不是嫌钱少，哄抬身价吧？他知道自己立了个不小的功。”

庆春反感地瞪了他一眼，说：“肖童父母都在国外，他又不是没见过钱的主儿。”口气中带着明显的烦躁。

“那为什么不干了？你是怎么跟他谈的？”

这话似乎又有点责备庆春没有谈好的味道，庆春突然发泄地说：“那你去谈，这个特情以后你自己管，我不管了。”

李春强不免疑惑，欧庆春从中午回来便有些神态异样——焦躁，烦闷，怏怏不乐，若有所失。他用一种刺探的目光窥视着庆春的反应，说:“是不是那小子又冲你犯浑了?咳,对这种年轻不懂事的人,你还真得有点耐心。除了晓之以理、动之以情,有时候还得哄,有时候还得横。用什么方法你可以选择,可不能自己生气。他又不是经过训练受党教育多年的公安干部,对他的要求也不能太高。”

庆春不说话,目光呆滞地望着窗外。李春强点了根烟,坐下来,又说:“要不,我去找他谈谈?”

“甭谈了,”庆春头也没回地说,“他刚才让分局给拘了。”

这倒让李春强愣了,烟也忘了抽:“哟,犯什么事了?”

“我去分局问了一下,说是前天在帝都夜总会把一个客人给打了,伤得不轻。受害人和帝都夜总会昨天一块儿告到分局去了。”

“因为什么呀?”

庆春半晌没吭声,李春强又问了一遍,她才闷闷地说:“喝醉了,为争一个女的。”

李春强不知是恨是恼:“这个小子,我早说过,档次不高。”停了一下,击掌一笑,叫道:“这倒更好,他有案在身,咱们要用他还方便呢,至少咱们手里有这个把柄拿着他,也省得他老是那么嚣张!”

这本来是典型的坏事变好事,但庆春的反应确实离了常规,她不但没有随声附和,反而心生厌恶:“你干吗这么热衷乘人之危……”

李春强不无奇怪地说:“这是正常的工作手段,他打人犯事又不是咱们设计好的。他咎由自取,咱们乘势而入,这和乘人之危是两个性质的问题。”

庆春固执地说:“对他不合适。”

李春强笑了,有点搞不懂地说:“你立场出问题了吧?”

庆春沉闷不答。

李春强想找点幽默，来挑起她的情绪，胡乱说道："你是不是和他接触长了，有感情了，真把他当成你弟弟啦？"

庆春不但没笑，反而被此话激怒，一推门走出屋子。李春强在后边几乎来不及解释："咳，我开玩笑！"

但是李春强还是认为这个机会绝不能错过，他决定下午亲自去一趟分局的拘留所找一下肖童，趁热打铁，迫其就范。他既然犯了事，肯定也需要得到一个将功折罪的机会。

下午临走的时候，他犹豫了一下，还是征求了庆春的意见，问她愿不愿意同去。庆春想了一下，居然答应了。

他们一同到了分局，先找分局的同志问了问帝都夜总会伤害案的大致案情。然后就叫分局的同志领着，到后面的看守所来了。

看守所分为前后两个套院。前院是分局预审科办公的地方，后院是看守所的监房。前后院间隔了一排预审室，围墙电网、警卫塔楼，一应俱全。地方虽然不大，布局却正规。

李春强和欧庆春进到后院，在一个四面用房子围起来的口字形的天井里，预审科的民警正在给新进来的嫌疑犯拍档案照片。因此让他们稍等一等。相机支在三脚架上，每次从房子里叫出一个嫌疑犯，让他们双手把写有自己名字的纸牌端在胸前，正面一张，侧面两张，照完后再换下一个人。拍的速度倒是挺快。李春强和庆春没等一会儿便轮到了肖童。他从屋子里被带出来时面容呆板，无精打采如行尸走肉一样。忽见李春强和欧庆春在侧，眼睛便直了，死死地盯住欧庆春不动。欧庆春冲他笑了一下，他激动得全身发抖。预审干部把一张纸牌给他，叫他端在胸前，上面白纸黑字笔画难看地写着“肖童”二字。他动作机械地端着自己的名字，看着庆春，脸上的肌肉僵着，目光里什么都有。拍照的预审干部喝令：“看镜头！”他像没听见一样，仍对着庆春毫无遮掩地逼视。预审干部喝道：“嘿，看什么呢你，眼睛规矩点好不好，这是什么地方，嘿？看这边！”肖童把头正了。咔嚓一张照完，又照左右两个侧相。全照完了，又让他在一张专门的纸上留了指纹和掌印，然后押他回屋。他没有再看庆春，低头进去了。

预审干部对李春强和庆春笑笑，摇头无奈地说：“这种人，你算没辙，这才刚刚进来没几个小时，见来个女的眼就直了。这要是关的时间长了，咳，那就不知道怎么着了。这些人关键是一点廉耻心也没有，跟个动物差不多了……”

李春强随声笑了笑，庆春低头不语。他们被预审干部领进了一间预审室。不多时，肖童被带来了，手上还戴着铐子，庆春对预审干部说：“铐子摘了吧。”李春强也说：“摘了吧，没事。”

铐子摘了，预审民警让肖童在一只方凳上坐好，便出去了。李春强点上根烟，故意做出很随便的样子，问肖童：

“抽吗，来一支？”

肖童说不抽。

李春强笑着问：“怎么回事，好好的怎么折这儿来了？”

肖童歪着头不说话。

李春强说：“就为一个女的，值得吗？你一个大学生，本来前途无量。这下好了，故意伤害，你知道刑法规定犯故意伤害罪要判多少年吗？”

肖童一动不动，眼睛不看他。

李春强对肖童的态度有些反感，但还是忍耐着，说：“你说不想给公安局干了，是不是？这下不是还得跟公安局打交道吗？这下想通了没有？想通了我们可以给你个将功赎罪的机会，啊！”

肖童梗着脖子看了李春强一眼，开口说：“我没犯罪！”

“你没犯罪，没犯罪你到这儿干吗来了？”李春强把嗓门放粗，“是参观学习呀，还是你们法律系组织你在这儿体验生活呀？没犯罪，你把人家脑袋打开花了，人家缝了多少针有没有后遗症你知道吗？我还是奉劝你嘴别那么硬了，到了这儿只有一条路，认罪服法，配合政府，将功补过，这是唯一的路！”

肖童同样声气不让地说：“只有法院才能判我有罪，你没有权利说我有罪！”

李春强倒给他说得哑了一下，他忽略了这小子是学法律的，所以在谈话的用词上让他抓了漏洞。他吸着气说：“哟，那是我们抓错你了，你来这儿是冤假错案，是吗！”

肖童倒显得十分理直气壮：“我打的是一个流氓，他玩弄妇女，我是见义勇为！”

“你见义勇为？我真是长了见识了。你喝得醉醺醺地跑到夜总会去见义勇为？可惜的是目前还没有一个证人跳出来证明你是见义勇为呢。”

他的这番话把肖童的强词夺理给堵回去了。李春强乘胜追击：“你清醒一点吧，别一误再误卖弄你那点法律知识了。”

肖童低头无话。

李春强又卖了卖老，说："其实你这种打架伤人的案子我经手的多了。这种案子，说大可以大，判个几年没什么稀奇。说小也可以小，也可以按一般治安案件处理。拘几天，罚点款，就放了你。你们学校也顶多给你个处分，你还可以接着上大学。毕了业还可以当法官当律师，高高在上审别人的案子，什么都不影响。但如果判了刑，哪怕只有几年，你这学是上不成了，档案里有这么个污点，将来找工作都是个麻烦，弄不好你这辈子就这么完了。何去何从，你自己想想吧。"

李春强长篇大论完了，肖童抬起头，简短一句："你想要我怎么办？"

"我路已经给你指明了，将功补过，犹未为晚。我们可以把你按治安处罚处理，但你出去了，要为我们工作。你应该为国家做的贡献，你必须做！"

肖童说："我要是不答应你呢？"

李春强故意冷淡地说："对我们没什么损失，你别以为我们是来求你的，说白了我们是来救你的，念着你过去为人民做过点贡献，我们不想看着你就这么毁了！"

肖童看一眼庆春，庆春从一开始就一言未发。肖童说："我想和她单独谈谈。"

李春强断然拒绝："不行，现在你没有资格提条件！"

肖童目光再看庆春，他大概以为庆春能够同意和他单独谈谈。但庆春仍然一言未发。肖童看了半天，绝望地自语道：

"那好，那就让我毁了吧。"

李春强口干舌燥，以为成功，未想到这小子竟是如此朽木不堪雕琢。他无计可施，怒目而视了半天，才按响了警卫的呼叫铃。

从分局回来，李春强仍然余怒未消，他干刑警七八年了，处理过的案子已不可计数，什么人都见过，像肖童这样软硬不吃的家伙，还是头回遭遇。他苦笑着对庆春唠叨："咱们也算是仁至义尽了吧，你今天可都听见了，我是上至国家利益，下至个人前途，大道理小道理都讲全了，可你看他那态度。人长得蛮机灵，脑子可是一根筋加一盆糨糊。我今天也算是动之以情、晓之以理了吧。"庆春却摇头："你今天晓之以理了，我没见你动之以情。"

李春强语塞，一想，也是。

庆春勿谓言之不预地批评道："我早说过，你这套威胁利诱的方法，对他效果不会好。他的性格我比你了解。"

李春强一时不服，但又找不出道理来否定庆春的想法，抬杠地说："你既然了解他，今天为什么一句话不说？"

庆春道："他要和我单独谈，就是有松动。你硬不同意，那他的性格，当然就赌上这口气了。"

李春强说："我就反对你这样，当时不说，事后又诸葛亮了。"

庆春说："你当时那么气愤，你和他的情绪又那么顶牛，我能要求和他单谈吗？我总还得维护你的权威吧。"

李春强说："不是要维护我的权威，我们和这种耳目的关系，必须要有一定权威。他想怎么着就怎么着，一味地哄着他顺着他，迟早会有麻烦。"

李春强的这个观点，从是非原则上是无懈可击的。但欧庆春回避了和他进行一场观念上的讨论，只是务实地问道：

"我想我应该再去和他谈谈，好不好？"

虽然庆春用的是一种商量的口吻，但这口吻过于郑重和急迫，这种无意间流露出来的心情，让李春强感到疑惑和不快，但他还是同意了。他也不愿轻易放弃这个现成的情报来源，那两千一百万元的海洛因毕竟说明了肖童的价值。于是他说：“好啊，你再去谈谈也好，咱们一个唱红脸，一个唱白脸，打个战术配合！”

李春强嘴上固然同意，心里对庆春再去谈话能收到多大成效，却有很大保留。不料庆春第二天上午单独去了分局看守所，竟是马到成功，肖童居然无条件地答应了继续为他们工作。他不禁有点摸不着头脑了。问庆春有何法宝，庆春平淡地说：“你昨天不是把利害关系都讲清了吗，我无非唱个白脸，说几句软话，让他下这个台阶罢了。”

这确是一个不容轻描淡写的成功，而庆春的神态，却并没有像李春强想象的那般兴奋，她的少言寡语，甚至使人感到几分暧昧难解。李春强始终想不出她和肖童究竟都说了些什么“软话”，她又是怎样地对他“动之以情”。

二十五

在肖童的问题上，欧阳兰兰彻底佩服了父亲的谋略和远见，她相信他既可以让肖童戴上镣铐，也可以把他从缧绁中解放出来。

一切都是为她。

自从母亲死于车祸，她就是父亲唯一的亲人了。父亲始终不让她介入那些地下的生意，不让她参与任何违法的事情，不让她冒一点点风险。他殚精竭虑地为她筹划着另一种生活，一种富足、平安、合法的生活，也作为他自己未来的寄托和终老的归宿。

但她很清楚父亲的一切美好打算都是依靠贩毒。如果说，当她最初明了这内幕时还曾有过一丝恐怖和罪恶感的话，那么现在，在她知道父亲冒着生命危险所做的一切，都是在为她垒造幸福的时候，她除了在感情上体会到父爱的温暖之外，再也不去想别的什么了。

父亲说："你应该好好学习英语，以后到了国外可以自己生活。"但她对英语没有一点耐心和兴趣。

父亲说："那你就找个懂英语又有才能，又谦让厚道、成熟持重的人结婚吧，然后让他带你出去照顾你保护你。"而她对父亲找来的那些老气横秋的学究，也没有一点耐心和兴趣。

父亲说："你什么本事也不学，什么人都不爱，对什么都没兴趣，这世上还有什么能让你动心？"

是的，她应有尽有，百无聊赖。她告诉父亲她不想出国，不想背英语，不想结婚生孩子。她对这一切都不会有兴趣。但这时出现了肖童。

是肖童使她在旷日持久的无聊和麻木中感受到那么纯洁的美，感受到清新，感受到健康、朝气和一种未被修饰的倔强，一种毫不做作的浪荡和粗野。他的完美给了她从未体验过的激动和向往，她在见他的第一面就在心里决定以身相许。她惊喜地意识到当自己一直冷藏在无意识中的那种激情一旦被发掘和释放，它所焕发出来的能量，无人可以阻挡，包括父亲，也包括肖童自己。

在一番阻挠和规劝无效之后，父亲务实地表示了无奈的宽容。肖童也在一阵明确的敌意和抵抗之后，松动了立场。至少他已经把公开的躲避变为经常的相聚，他和她一起吃饭，一起跳舞，一起玩游戏机。甚至同意在她家留宿。甚至还主动背离了原来曾是相濡以沫的女友。欧阳兰兰为自己的能量感到新奇，这种突如其来的成就感，使她对这些天的生活感到相当的充实和满意。

在初步成功之后，最令她心急的，是进展。肖童和她一起吃，一起玩儿，一起聊天，但在感情上，却总是貌合神离。他像一个同性恋和禁欲者一样，处红尘而不染，对她的暗示、允诺、撩拨和进犯，木然不动。她只是在他喝醉的那个晚上，在他昏睡无知的时候，才偷偷亲吻了他的脸颊和双唇，除此之外，几乎再无肌肤之亲。

父亲洞察一切。他说："兰兰，你必须知道他不是一个爱钱的人，物质上的慷慨不能增加你的半点光彩。因为你没有文化、没有学历、一无所长，所以他看不起你。这种大学生都爱把自己幻想得不可一世，幻想今后事业如何登峰造极。名誉啊，地位啊，品位啊，他们爱想这些。这些东西给人的快感是金钱无法取代的。你想让他爱你，就必须和他平起平坐，并驾齐驱。所以你有两条路可走，或者，你自己发愤努力弥补差距，迎头赶上去；或者，你把他拉下来毁掉他的幻想，让他声誉扫地，二者必择其一。"

她只是高中毕业，在学业方面显然难以和肖童并驾齐驱。于是，她和父亲便策划了后者。肖童在"帝都"醉打建军这件事本来生不出官司，这种在自己家门里发生的流血事件，不过是民不举官不究的一场斗殴而已，完全可以自行调解、自行了结。但是在父亲的授意下，夜总会的老袁和受害者何建军，小题大做串通证供诉之于公安分局，结果就弄出了肖童在演讲会上被拘的一幕。

父亲说："你放心，这种打破头皮的事最多拘几天，罚点款，最后终归是具结悔过，开监放人，不会真上法庭的。这么弄弄他也就够了，他的学校里就没人不知道他有过这么一段劣迹了。"

欧阳兰兰毕竟不忍肖童在拘留所受苦太多。在肖童被拘的当晚，她就以女友身份，为他送去了被褥和换洗衣服。到了第三天，她仍然以女友身份到分局代表肖童与建军做了民事调解，并且同意赔偿夜总会的损失。她并没有告诉分局她和夜总会以及受害人之间的关系。三方在分局如此这般像演戏一样地商讨一番，然后很快达成了赔偿协议。

在肖童拘留满七天之后，他被放了出来。在分局大门口来接他的，还是那辆擦得锃亮的宝马 740 和打扮入时的欧阳兰兰。

她把他接到家里，让他在樱桃别墅那豪华的浴室里，好好地洗了一个热水澡。为了迎接他出狱，几天来她流连在丰联广场、世都百货和新开的新东安广场，为他买了好几套流行的衣服。在他洗澡时便叫人一一挂在浴室外屋的衣架上，想让他出浴时有一个惊喜。她断定他不会再像以前拒绝那身西服那样没心没肺。

果然，肖童洗完澡出来，被告知他的衣裤已被洗了之后，很自然地从衣架上取了一套穿上，只是并没有表现出她所期望的那种惊喜。然后他们一起吃了一顿事先经过认真准备的丰盛午餐，她用法国的红酒为他接风和压惊。肖童吃着喝着，少言寡语，心不在焉。酒至酣畅，人至半饱，肖童突然问道：

“你爸爸呢，不在家吗？”

她说：“不在家。”

肖童问：“他到底是做什么生意的，发了这么大财？”

她说：“餐饮娱乐房地产，什么挣钱做什么。”

肖童又问：“最近生意好吗？”

她说：“不好，听说亏了几大笔钱。”

肖童问：“亏了钱怎么办，他着急吗？”

她说：“怎么不急，他这几天天天在书房里和人谈话不出来。前几天还突然说要陪我出国散散心。他过去再忙再累也从来没有休息过，可见现在生意做得身心交瘁。”

肖童问：“出国？打算什么时候走？”

她说："也许不走了，这两天他又没提。另外，这两天我也走不了，我不是还等你出来吗。怎么样，你要愿意的话，咱们一起去。"

肖童摇头："那哪行啊，我还要回去上学呢。"

肖童像是无意地东问西问，欧阳兰兰毫无戒备地东拉西扯。午饭之后，肖童急着要回学校，她还是把那辆丰田佳美给了他，让他自己开了回去。她告诉他老黄已经帮他在海南的一个小地方花钱办了一个驾驶执照，过两天就可以去换出一个北京的"车本儿"来。只是帮忙的人粗心大意把名字听错了，肖童写成了夏同。好在那人还真有门路，同时又帮他办了一个假身份证，名字也是夏同，两证可以一并使用。肖童听了，并没显得多么高兴，一脸无所谓的样子，说："你们怎么净干违法乱纪的事啊。"

他临走的时候，欧阳兰兰扒着车门，带着点撒娇也带着点含情脉脉，冲他说："想着我，肖童。"肖童面无表情地点了一下头，她才松开手，说："我也想着你。"

肖童走后，当天晚上没来吃饭。她哪儿也不去，就在樱桃别墅耐心等他。第二天晚上他还是没来。第三天也没来。星期六星期天也没有同她联系。呼他，也不回。她傻老婆等汉子似的天天等，越等越感到气愤，越感到自己一次次的努力和期待，到如今都化为不知去向的流水。她的忍耐近乎崩溃。她觉得就是一个铁石心肠的人，她这样的雨露恩泽，也该有所感知了。她一个人关在屋里痛哭了一场，把肖童骂得一钱不值，这以后便茶饭不思。父亲让老黄和建军分别来劝她，意思是如果她有悔意，索性就劝她和肖童断了。建军说："你要是觉得这口气没处咽，这好办，我可以让你出了这口气！"

她把老黄骂跑了，也把建军骂跑了，她是觉得不把肖童制服了就出不了这口气。父亲到她房间里来了三次，先是劝她，老生常谈的一套。后又责骂，说："你也算是个大家闺秀，你太没骨气了。"最后，一切该说的都说了，该骂的也都骂了，她只还给父亲一句话：

"我恨！"

父亲叹口气："你恨他，还不如恨你自己呢。你恨他是无奈，你拿他没办法。你恨自己是因为自己无能。你没能力遂了自己的心愿。"

她犟嘴："我早就没什么心愿了，什么也没有！"

父亲说："你想让他在你身边，想让他听你的话，受你统治，服服帖帖地爱你，这就是你的心愿，是你每天日思夜想的东西。但是兰兰，我告诉你，这些东西你一旦得到了，一旦他遂了你地心愿，你马上就会厌烦的，马上会失去兴趣。"

她看着父亲，父亲这几天瘦得形销骨立。她知道他有笔生意做赔了本，好像还惹上了公安局的注意，已经意乱心惊地几天没好好休息了。按理她的这些儿女情长的事本不该这时候再让他操心，但她忍不住还是拉住父亲：

"爸，我求求你，你能不能让我遂了这个心愿，以后怎么样我自己认了。"

父亲没说话，离开她的屋子上楼去了。她跟到楼上，跟到书房里，求父亲。父亲欲言又止，迟疑再三，终于说："那我告诉你：有一样东西，可以让他自动来找你，受你统治，服服帖帖地跟着你。"

"什么？"

"毒！"

欧阳兰兰怔住了，还没细想便连连摇头："不不不，沾上这个他就废了，我再恨他，也不想废了他！"

父亲说："那就随你啦。"

那天她思想混乱地斗争了一夜。第二天中午她去学校找了肖童。她直接去了他的宿舍。宿舍里的人说他去食堂了，她到食堂，食堂里的人说他回宿舍了。她在宿舍食堂之间走了两个来回，突然在路边一个树林里发现了他。他坐在树下两眼无神独自发呆，见她走来竟视如陌路。

"肖童，你怎么啦？"

"没怎么。"

"没怎么一个人坐在这儿干吗？"

"歇歇。"

她走到他身边，也坐下来，问："是我做错了什么，你生我气了吗？为什么一直不来找我也不来电话？"

他说："没有，我只是心烦。"

她看看他没精打采心事重重的样子，伸手想摸摸他的脸，他躲开了，说："别动，小心让人看见。"

她又问："你到底心烦什么？"

肖童低着头拔草，地上的草已拔了一片。

他说："我背了个处分，留校察看。现在没人不知道我为争个女的跑到夜总会里和人打架了。"他自顾冷笑："我在燕大成了名人了。我在这儿什么都没有了。"

她说："可我爱你，你有我在爱你呢。你知道吗？肖童，我是多么地爱你，你用不着这么孤单。”

肖童抬头看她，那目光既犹豫又缺乏热度。他对她注视良久才移开视线，说：“可我们约好的，只做普通朋友。说实在的连做普通朋友对你也没好处。如果你离开我，讨厌我，再不和我来往了，那最好，对你也好，我不想毁了你！”

“为什么？肖童，我从来没有对任何人像对你这样好过，我都不知道该怎么对你好了。难道你看不出来吗？你就不能也对我好一点吗？”

肖童说：“你要我对你好，是吗？那你能按我说的去做吗？”

欧阳兰兰问：“你要我做什么？”

肖童张嘴想说什么，又停住了，想了想，突然莫名其妙地问：“兰兰，你说，你爸爸这个人，怎么样？”

欧阳兰兰不知肖童是不是还在记恨着父亲，她说：“我爸原来是做过伤害你的事，可他现在对咱们俩交朋友是同意的。你知道我妈死后一直是我爸把我带大的。他是我唯一的亲人。我相信他以后会喜欢你的，只要是我爱的人，他一定会接受的。”

肖童愣了半天，又问：“兰兰，假使你爱的人，他犯了罪，做了坏事，你会怎么对待他，你会大义灭亲吗？”

欧阳兰兰想笑一下，说：“肖童，不要说你只是进了两天拘留所，让学校给了个处分，你就是判死刑枪毙了，我也敢到刑场上为你送行去。我对你，对我爸，你们就是犯了天大的事，我对你们都不会变心的。”

肖童问：“要是我和你爸，我们势不两立了，你站在谁那边呢？”

欧阳兰兰皱着眉，她不想回答这个问题，她不明白肖童提这种牛角尖的问题有什么意义。她说:“肖童，你干吗老这样问呢?你们都是我最爱的人，干吗要势不两立，逼着我非此即彼?”

肖童真是钻在这牛角尖里出不来了，他问:“要是我让你为我背叛你爸爸，你干吗?”

欧阳兰兰有点反感地说:“我不会那样做人的。如果我爸爸让我为他而抛弃你，我也同样不会那样做的!”

“如果你爸爸确实做错了事，你也不会反对吗?是非曲直对你来说，就那么不重要吗?”

“我更看重感情，我说过，我爱你们，就算你们犯了杀头的罪，我也一样爱你们。”

肖童摇摇头，似乎不想再说什么了:“你真是个没有脑子的女人!”他站起来，想走。欧阳兰兰拉住他:

“肖童，那你要我怎么做?怎么做你才满意?”

肖童站下了，说:“兰兰，你知道我为什么不喜欢你吗?因为咱们俩没有共同语言。我说的话你一点也听不懂，听懂了你也不会去做的。”

欧阳兰兰说:“我知道我学历不如你高，懂得也比你少，可我对你诚心诚意，你总不能全当没看见吧。”

肖童说:“今生没缘，来世再报吧。”

他说完这句话，冷淡地转身，走出树林。欧阳兰兰在他身后大声叫道:

“肖童，你想这样就走吗?我欧阳兰兰也不是好欺负的!”

肖童站住了，回头说:“我要上课了。”

欧阳兰兰说:“我告诉你，我不是好欺负的。你要甩了我也没那么容易，你别让我给你来阴的。你把我逼急了我什么都敢做，我比那个郑文燕狠多了！”

肖童说：“你不就是到学校来闹吗，反正我也臭了，随你来造什么谣，随你！”

肖童说完便走了。她一个人留在这有些荒凉的树林里，流着泪咬牙切齿。

第二天她呼了他，狂呼了不知多少遍，他终于回了。她在电话里说：“咱们和好吧，还是普通朋友。我不强迫你了，一切顺其自然。我心里很烦，真的很烦，看在我对你不错的分儿上，你今天晚上陪我跳一回舞吧。”

他答应了。

晚上他开车来到了帝都夜总会，见了面就把车钥匙和大哥大都还给了她，说他反正每天上课，要这些也没什么用。欧阳兰兰没说什么就收下了。他们就跳舞，就喝酒。喝各种鸡尾酒：“黑白天使”“凯撒大帝”“夏威夷之夜”，等等。还是那个老袁前后伺候着，一再和肖童解释上次的事告到分局并非他的本意，是他们一个保安部经理自作主张未经批准擅自行动，他已经把他开了。他给肖童递烟，说抽一根，肖童说：“不抽，抽了嘴臭。”他又说了一套“男的不臭，女的不嗅”的理论，说得肖童笑了。老袁说：“肖童别看你平时不抽烟，可你一抽起来，那姿势特别……”他用了句英文，意思是性感。

肖童就接了烟，他接烟的一刹那欧阳兰兰的脸抽搐了一下，看着他点着火喷出青色烟雾，她的面色突然惨白。肖童抽完烟老袁就再也不见了。肖童说他有点头晕恶心不想再玩儿了。欧阳兰兰也不勉强，便说:“好吧，我开车送你回学校。”在车上肖童吐了，吐得一身都是脏物，昏昏欲睡。她见此状便没去学校，直接把他拉回了樱桃别墅。肖童进了别墅便疯疯傻傻地说:“这是在哪儿啊，这么漂亮咱们进天堂了吧?”她叫人把他扶到卧室躺下。她看他半张着嘴半闭着眼，脸上的表情痴痴若仙，心里害怕，便走到客厅给夜总会的老袁打电话。她问老袁:“你到底给他吸了多少，会不会过量了出问题?”老袁说:“没事，就让他吸了点纯的。不是得一次上瘾吗。但量不大，你放心，头一次都得有点头晕恶心的反应，问题不大。”她问:“以后会不会伤了身子变成个没骨头没肉的大烟鬼?”老袁说:“不至于，你得控制他的用量，让他只吸别注射，别用太纯的，那就看不出来，不上瘾的时候跟好人一样。”欧阳兰兰松了口气。

半夜里肖童清醒了，说口干想喝水。欧阳兰兰睡在他身边的沙发上，跳起来给他倒了杯凉开水，他咕咚咕咚仰脖喝完，环顾四周说:“怎么没送我回学校?”欧阳兰兰说:“你醉了吐了一身，我拉你回来换衣服。”

肖童看看身上已经换过的衣服，突然大发雷霆，说:“谁让你又给我换衣服的，换不换衣服是我自己的事。”欧阳兰兰默然不语，任他发作。肖童命令说:“你送我回学校！我现在就走。”他摇摇晃晃站起来，腿一软又瘫在床上。他闭上眼问:“你们给我喝什么了?”欧阳兰兰依然缄口不答。肖童喘着气说:“你送我上医院，我浑身发冷。”欧阳兰兰这才冷冷地说:“不用上医院，你其实没病。”他哆嗦着站起来扶着墙走，说:“你不送我，我自己去。”走到客厅他走不动了，贴墙根蹲下像发了疟疾。欧阳兰兰走过来，站在他面前，居高临下望着他，他低着头打摆子似的痛苦万分。欧阳兰兰向他伸过一只手，那手的两个纤纤细指上，夹着一根又粗又白的香烟。

他抬头看那根烟，目光迷茫，脸上冷汗涟涟。欧阳兰兰说："抽一口吧，你会好些。"他不接，欧阳兰兰又说："刚才在夜总会抽的，也是这烟，抽一口你就不冷了。"

她的特别的语气使他疑惑，"这是什么烟?"他口齿打战地问。

欧阳兰兰冰冷着面孔，从容不迫地说："就是一般的香烟，里边有点海洛因，解乏的。"

海洛因!

无论欧阳兰兰的语气怎样平淡，仍如晴天霹雳一样让肖童的双眼恐怖地瞪圆："刚才，刚才在夜总会，给我的烟，有海洛因吗?"

欧阳兰兰欲答不答，肖童已经意识到一切。他贴着墙站起来，无比的怨恨把他煎迫得语不成句："你们，你们不是人，浑蛋，你们凭什么害我！我要杀了你们!"

他的痛苦和气愤使脸上肌肉变形，面目全非。他拼出全身力气狠狠打了欧阳兰兰一个耳光，欧阳兰兰倒在沙发前的地毯上，他把她揪起来又踢又打，恨不得把她撕成碎片。欧阳兰兰也还了手，又推又踹，两人在沙发间滚作一团，衣衫破碎，头发凌乱，口鼻出血。是肖童先败下来，他没折腾几下就累了，累得筋疲力尽。他头次吸毒的生理反应看上去比较强烈，已把他的力气耗蚀大半。他身心交瘁地坐在沙发前，靠着沙发打抖犯恶心。欧阳兰兰看着肖童一脸病态，有点后悔，也有点后怕。她挣扎着爬起来，再次把那根香烟递给他。肖童两眼盯着那根烟，不停地喘气，眼神中交替着渴求和犹豫。终于他手指颤抖着接了它，欧阳兰兰替他打着火，他用力地吸了一口，又吸了一口，急促的喘息慢慢平息下来，面孔立即变得安详而平和，好像睡去了一样，享受着梦境的奇幻。欧阳兰兰在他面前跪下，摸着他没有知觉的脸，自言自语：

“原谅我吧，谁让你老不来找我呢……”

二十六

这一下肖童把欧阳兰兰痛恨死了，这下他完全相信了庆春的警告，这个浮华之家的每一分钱都沾满了罪恶。痛恨之后他陷入了极度的恐惧中。他不知道自己是不是上瘾了，这瘾究竟有多大，能不能忍住，能不能戒断。他一天到晚总想着这事。人在课堂，形聚神散，心里乱成一团。老师和同学都发觉他这几天脸色不对，心事重重，问他为何，回答总是一派恍惚。为此卢林东还专门找他谈了一次话，劝他不要把留校察看的处分总压在心上，要放下包袱，轻装上阵。要有勇气面对错误，在什么地方跌倒，就在什么地方爬起来！他还给他讲了好几个燕大过去曾一度误入歧途的学生，后来知耻近乎勇，痛改前非，终成一方事业的事迹，以此为勉励。

从别墅回到学校的第一天晚上，他又打了一回“摆子”。在床上躺不下去就半夜跑到学校的湖边去熬着。第二天下午，一切恢复正常，除了头晕目眩之外，勉强可以听课。下午，是一堂审判实践课。班里的同学分成不同角色，模拟一场实况的庭审。他坐上了主审法官的高位，却难以正襟危坐。整个下午感到疲倦万分，双眼涩得总想流泪，眼前常常雾气一片。他强忍着一个又一个哈欠，把脸上的肌肉绷得变形。扮双方律师的同学带着大学生中最常见的唯我正确的激烈，慷慨激昂、声色铿锵。连书记员等法庭工作人员都一板一眼，极尽职守。唯有他这个审判长却怎么也提不起精神来，甚至该自己发问的时候也忘记了发问，连基本的审判程序都一再搞错。一节课磕磕绊绊模拟下来，他得了一个全场最低的分数。老师还是照顾了他的情绪，大家都知道他的那个处分。

只有他自己知道这是毒瘾。

本来他发誓再也不见欧阳兰兰了，但到了晚上他实在熬不住，又颤颤抖抖地给兰兰拨了电话。他心里明白他很快就会变成一个意志崩溃的没脸没皮的人。

欧阳兰兰很快来了。他一钻进她的车里就迫不及待地要烟。欧阳兰兰默不作声地给了他一支烟，他迫不及待地点了火吸着，一支烟很快吸完，他仰靠在汽车的座椅上，全身都被瞬间而来的轻松和舒适征服了。他闭着眼仰着脸，经历着快感的高潮。不知过了多久，他清醒了，推开车门要走，欧阳兰兰叫了他一声：

“肖童!”

他一只脚跨出车门，回过头看她，她说：

“我爱你。”

随着毒瘾的消失，随着这声“我爱你”，肖童心中万丈怒火，愤然而起。他恶狠狠地喊了一声：“我恨你!”便走下车去，砰的一声用力摔上车门。

这时他再次赌咒发誓绝不再见这个女人。

但是三天之后，当欧阳兰兰再次呼他的时候，他还是不由自主地回了电话，并且约了见面。他知道自己已经是一个没有意志的无赖了。

他还是像第一次一样上了她的汽车，他不看她但还是迫不及待地说："给支烟抽。"这次欧阳兰兰却出乎意料地没有递过烟来，而是一踩油门把车子开了出去。

他开始哀求，他苦苦哀求。他说："兰兰你要我干什么我就干什么好不好，我再也不骂你了好不好，我一点不恨你好不好，求你了，求你了好不好。"他的眼睛里全是眼泪，好话说尽，兰兰才把车子停在一个僻静的路边。

她说："我要你爱我，对我好，你答应吗？"

他愣了半天，脑子里仅有的一点意识在阻止他的无耻。但这点意识很快就被痛苦冲毁、淹没。他结结巴巴地应诺：

"行，行。"

欧阳兰兰仍不放过："行什么？"

"我，我爱你，对你好，行吗？"

"你发个誓。"

"我发誓，我爱你，对你好！我发誓……"

欧阳兰兰并没有喜形于色，她看上去依然沉重，但毕竟把烟递过来了，同时叹了口气。

抽完烟，享受了快感，肖童清醒了。欧阳兰兰把车开回了学校，肖童下车时她显得很冷静。

肖童下了车，又返身，迟疑地说："再多给我几支烟，行吗？"

欧阳兰兰说："刚才你对我发了个誓，还记得吗？"

肖童哑了一会儿，说："不记得了。"他试图遮掩地解释："我刚才有点晕。"

欧阳兰兰冷笑一下："那你下次再晕的时候，再找我吧。"

她把汽车轰的一声开走了。

他失魂落魄地站在学校的门口，觉得自己三分是人、七分是鬼。

黄昏时他的BP机又响了，他一看，心便一阵狂跳，呼他的是庆春。他以前是多么盼望着这个呼叫，而现在，却感到无比的心虚，甚至万念俱灰。

这是一个要求接头的呼叫，他和她在电话里约了地点。从情绪上听，庆春心情不错，她说："你吃饭了吗？没有的话我请你吃晚饭。"

接头的地点于是就安排在了两个人都好找的一个僻静的小餐馆里。庆春让他点菜。他说："你爱吃什么？"庆春说："你点什么我爱吃什么。"他问："今天到底谁请谁？"庆春说："当然我请你，我刚才不是已经说了。"肖童也没有争，就点了几个便宜的菜。他心里已不像以前和庆春在一起时那么轻松愉快，连笑着的脸上都带了几分窘态。

上了菜，庆春才问："最近几天，有什么情况吗？"

他说："没有。"

庆春问："你现在是天天去他们家，还是有时候去？"

他说："嗯……有时候吧，有时候去。"

庆春问："欧阳天最近情绪怎么样，都和什么人接触？"

他说："他一直没怎么回家，我很少见他。"

庆春问："那欧阳兰兰呢，有没有反常表现，或者，向你流露过什么？"

他想想："呃，好像说她爸爸赔了一笔生意，心情不好，前几天还想陪她出国休息几天呢。"

庆春很重视地追问："想出去？去哪儿？"

"后来又说不去了。谁知道他们。"

庆春说："如果他想走，不管是出国还是到外地，你一定要设法掌握，及早通知我们。"

肖童含混地点头。他岔开话题："上次你跟我说你是九月二十五号过生日，到那天我请你出来吃顿饭，好不好？"

庆春笑了一下，居然点头："好啊。"

肖童踌躇了一下，问："你，你能告诉我，你打算什么时候结婚吗？"

"结婚？"庆春似乎对这个前不着村后不着店的字眼感到奇怪，"和谁结婚？"

"你不是，和那位李警官，订婚了吗？我想送你一个结婚礼物。""噢——"她像是才想起似的，"早呢，我不想太早结婚。"

"你不是说，你已经快二十七岁了不能再等了吗？"

庆春有些语塞，用笑来掩饰。她说："什么时候想结婚了，我会通知你的。你希望我早点结婚吗？"

肖童未答，他眼里突然充满了泪水。庆春吓了一跳，问他怎么了，他说："你早结婚晚结婚我都同意，只要你幸福，我都高兴。"

庆春问："那你干吗这样，实际上你是不希望我早结婚，对吗？"

肖童的泪珠一大颗一大颗地滚下来，他摇头说："不，我是觉得我是个废人了，已经没有资格再爱什么人。”

庆春脸上的线条变得极为柔和了，她甚至伸出一只手，放在肖童的手上，声音中充满柔情：

“肖童，你听我说，你是个很好的小伙子，我一直是这样看的。你不要因为进了两天拘留所，受了学校一个处分就自暴自弃。我从来也不认为你是个废人。以后会有很多女孩子喜欢你的，我相信！”肖童擦了眼泪，抬头看她，问：“你能告诉我，你喜欢我吗？你曾经，喜欢过我吗？”

庆春回避了他的视线，不答。

他说：“你不用担心，我刚才已经说了，我不配再得到你的好感了。我问你只是想知道过去，你对我是什么感觉。”

庆春沉默了一会儿，说：“我说过，你是一个很好很好的小伙子，所有接触过你的女人……包括我，都会对你有好感……但是，我和你，现在我们毕竟在工作，现在我们不能谈这个。”

庆春的这段话使肖童冥思默想了好几天。

他甚至大胆地做出这样的推断，那就是庆春并没有和她的那位上司订婚。那位上司可能只不过和自己一样，充其量是她的一个追求者。而她还是喜欢自己的，就像以前他估计的一样。越这样想他越觉得痛不欲生。当他又看到爱的曙光时，却已身陷污淖无法自拔了。

他无法告诉庆春他已经成了一个大烟鬼！

他也没有告诉她自己已不再去欧阳家的别墅了，他早已见不到欧阳天，搞不到任何情报了。他去见欧阳兰兰也只是为了乞求一根带有海洛因的毒烟！

在和庆春接头后的第二天中午，欧阳兰兰又来找他了。她问他有没有记起他的誓言。他告诉她，他记得自己的誓言，那就是再也不想见到她！

欧阳兰兰冷酷地盯着他，说："你会来找我的，也许明天，也许今晚，你熬不住了就别顾面子，我们就算做个交换，你给我感情，我也给你感情，还给你烟。"

肖童则再次立下誓言："我不会给你感情的。没有你我也搞得到烟。别以为我离不开你那点臭钱，你那黑钱！"

欧阳兰兰嗤之以鼻："你爸爸妈妈给你的那点钱，够你抽几天？"

肖童说："足够了，够我抽烟，也够我戒烟，反正我砸锅卖铁，也不求你。你毁了我，我下辈子也不会饶了你！"

肖童说了所有诅咒、解恨的话，摔了车门扬长而去，把面色苍白的欧阳兰兰甩在车里。

他以前就听说中关村那一带零批零售的小毒贩子很多。你只要在街上站一会儿就会有人上来兜售。他的好几个同学都曾有过亲身的经历。他算算家里的存折，父母出国前留下的和以后寄来他还没用完的钱还有八万多。如果花完了还可以卖掉电视、冰箱、空调和一切值钱的东西。最后，一定要想办法把毒戒了。戒了毒好好地做人，他幻想着欧庆春也许还留着接纳他的心。

下午系里组织劳动，为学校秋季运动会平整操场清运渣土。辅导员卢林东有意和他抬一筐土，表示亲热。干活时卢林东先是和他谈起学校最近要举办的足球联赛，问他知道不知道。话锋一转，他突然谈到了文燕。

“昨天晚上文燕找了我，把她和你的事都跟我说了。后来我还想打电话叫你也来呢，一看时间太晚也就算了。”

肖童动作停顿了片刻，又接着低头往筐里铲土。卢林东说：“那天在夜总会的情况，她也跟我说了。按那种情况，学校对你的处分确实有些重了。我过两天找找校保卫处，找找系总支，反映反映这个情况。看能不能撤销处分或者改一下，改个记过，警告什么的。你当时毕竟也喝醉了，在解救文燕时也没掌握好分寸，所以处分还是要有。让公安局拘过的都得给处分。如果处分改不了……我估计很困难，那就争取不进档案，或者让他们答应在你毕业离校的时候从档案里给撤出来。这样对你以后工作就不会有影响了。不过，这件事对你在燕大解决组织问题，难度就大了。你说你喝那些酒干什么，我记得你从来就是烟酒不沾的嘛。哎，你再多铲两锹。”

肖童铲满了筐。他们一前一后用扁担穿了抬起来。筐很重，他的体力已明显不如卢林东。他集中全力扛住扁担，根本顾不上对卢林东的话做出解释或者感谢的反应。卢林东似乎也没在意，路上有节奏地颠着扁担，说：

“文燕对你，还是很有感情的。她当时也醉了。事后清醒过来，也很后悔。她昨天在我那儿，说说就哭，说说就哭。后悔当时不该那样报复你。她觉得你被公安局拘了，还有你的处分，全是为了她，她挺感动的。她昨天说了，只要你改了，和那女的断了，别再去那种地方，她还是愿意回到你身边的。她其实还是喜欢你。”

见他没有表态，卢林东很懂技巧地换了一个话题，又和他谈了谈最近的课程，以及系里以后要组织的足球队，以及以前的那场演讲比赛。他说："那天我都蒙了，你在台上那样子，谁能想得到啊，简直把咱们系的脸都丢尽了！不过后来大家也明白了你当时的心情。"

好不容易盼到劳动结束，肖童筋疲力尽坐在地上不想起来，卢林东拖了他去冲澡。冲完澡，两人分手的时候，卢林东正经地问道："哎，我说了半天，你总得给我个态度，回头我跟文燕，怎么说呀？"

肖童脸上没有一丝血色，他说："卢老师，我谢谢你。你跟文燕说，我现在这个样子，已经不值得她爱了。她以前对我的好，我心里记着。下辈子我当牛当马报答她。今生今世，你就替我求求她，让她放了我吧。"

卢林东怔怔地看着他，先是带着些火气地说："那阔妞的宝马740就有那么大吸引力？"看看肖童的脸色，又住了口，思索一下，说："这样吧，文燕那边，我先不跟她去说，你也再考虑考虑。你情绪不好，咱们今天就谈到这儿，好吧。"

和卢林东分了手，肖童连宿舍都没回就走出校门，骑车子回家来了。他记不清储蓄所是五点关门还是开到晚上七点。他想如果能取出钱来他今天晚上就去一趟中关村。

到了家。开门时他觉得门锁有些异样，钥匙在锁眼里仿佛轻松得只是空转。他推开门，屋里的景象令他目瞪口呆。他的家像是刚刚被盗匪洗劫过，所有的抽屉、柜子都被拉开，东西扔得满地都是，电视机和录像机、冰箱以及一切值钱的家具都被砸毁。撬开的抽屉里，几张存折不翼而飞。他震惊地站在浩劫之后的屋子里，欲哭无泪。

他呼了庆春的BP机。

半小时后，警察赶到了。进行现场勘查的人挤满了屋子。欧庆春和李春强也来了，表情严肃地把他叫到里屋谈话。看着屋里进进出出的警察，肖童心里已经麻木。

李春强问："你最近惹了什么人吗?"

他低头不说话。

李春强说："这不像是纯粹以窃取财物为目的的犯罪，作案人显然带有泄愤报复的心态。除了存折之外，值钱的东西他并不带走，而是毁了，砸了。你肯定是得罪了什么人了。你过去有仇人吗?"

肖童仍是低头不答。

庆春开口："是不是在夜总会让你打的那个人?"隔了一会儿，又问："是文燕？她不会那么没理智吧。"

肖童心里知道是谁，从一打开家门他心里就知道是谁。他对欧阳兰兰说过他有钱，他砸锅卖铁也不求她。所以她就叫他顷刻间一贫如洗！

李春强的手持电话响起来，他接了，大声地："啊啊，好好，知道啦。"说了几句，便挂掉了。他对庆春说："是杜长发来的。银行查了，存折里的钱下午全被提取了，是用本人户口本提取的。"

是的，钱是用父母的名义存的。肖童以前要取的话，就用户口本证明一下，户口本和存折是锁在同一个抽屉里的。

这究竟是谁干的，他们一再启发他参与分析，但他不能说出来。他一说出来庆春就会知道他吸毒！他不愿想象当庆春知道他吸毒之后会怎样看他。尽管虚无缥缈，但她在他的心里，无论如何仍然是一个最难割舍的梦想。

二十七

肖童被盗洗一空的事，再次成为班里的新闻。团支部和团总支还借此发动了援助活动，为他募捐救急的生活费用。也许是他这一段时间实在祸不单行的缘故，系里有不少同学都参加了这一献爱心的义举，可谓同情之心人人皆有。在卢林东代表团总支把总共一千三百多块钱郑重其事地交到肖童手上的当天，他就去了中关村。

中关村的傍晚是最有市井味儿的。街上各色行人川流如潮，街边的小摊小店也都开张迎客。车声人声汇成一片，使人耳朵里充塞着无休无止的厚厚的嘈杂。在烤羊肉串的炭火和汽车的尾气不断掺入秋天黄昏的余热之后，大大小小的街巷里便弥漫着一种成分复杂的怪味。这怪味使这里有点不那么像北京。

肖童揣了那笔充满了爱心和同情心的捐款，神形诡秘地穿街过巷。如同藏匿了多日的逃犯突然抛头露面那样仓皇紧张。他混迹在这半城半乡的嘈杂和鱼龙混杂的人流中，看每个迎面来者都不无可疑。那些浪荡街头、衣冠不整、交头接耳的人，个个都像怀里揣了白粉的毒贩。他冲他们看，他们也冲他看。没人上来搭话，似乎彼此都在用目光试探。他几次想上前主动开口："有粉子吗？"——经历过这种遭遇的同学就是这么学舌的——但始终不敢。

天黑后他终于碰上了一个主动开口的人，确实是这种问法："要粉子吗？"那人的模样像是个新疆人，一张胡子拉碴的面孔天生一副盗贼的造型，但开口的语气却颇为善良。肖童在那一刻，所有的渴望全被恐惧攫住，他心惊肉跳地答道：

"有，有吗？"

"有啊，你要什么样儿的？"

"啊，我也不知道，都有什么样儿的呀？"

那新疆人只消这两个回合，便可看出他的行道还浅，拍拍他的肩膀努努嘴："走，咱们到那边去谈。"

他跟着新疆人走，走进一条僻静的小巷，在一个肮脏的厕所边上，那人站下了，问：

"你要多少？"

"多少钱……怎么卖呀？"

"五百块钱一包，很纯的。"

肖童拿不定主意："一包有多少，能用多久？"

"能用很长很长时间。"那人龇着残缺不全的黄牙笑道，"小兄弟，是刚刚吸上的吧？"

肖童没说话。那人的形象和口音让他恶心，因此不想再多纠缠，他说："给我两包吧，能便宜点吗？"

那人从一只破烂的黑皮包里拿出两个小纸包，说:“小兄弟，我是从别人那里四百六十元一包买出来的，你总得让我也挣个坐车子的钱吧。你要不要，要就拿钱来，不要就算了。不要啰啰唆唆!”

肖童递上了钱，新疆人又把小纸包放回去，把钱数齐了，收好，才又取出纸包交给他。然后连声再见都没说，一转脸，拐到巷子外面走没了。

肖童揣了东西，偷眼环顾左右，心怦怦跳着离开了中关村，几乎连弯儿都没拐地直接回了家。

家里的门上，临时换了把挂锁。他打开灯，穿过那些尚未收拾的残破家具，走进里屋。打开其中的一个纸包，从厨房找来一只可乐瓶的瓶盖，从纸包里倒了一些白粉在那铝制的瓶盖里，然后用筷子夹着，用打火机在下面烧。烧出一些毕毕剥剥的青烟来，他一缕不漏地吸进鼻子里。这是他在电视里见过的方法。

那一晚上他间隔很短连吸了两次，才觉得稍微舒服了些。到后来他才懂，他这第一次在街上买的白粉，不过是少量的海洛因和大量的面粉掺和而成的次品，值不到二百块钱。而那毒贩子却几乎骗光了他得到的全部捐献。

他靠那两包被大大稀释了的白粉只坚持了三四天，就又回到了痛不欲生的边缘。每天不但要和毒瘾做殊死搏斗，还要竭力躲避人们的注视。他只能藏在厕所、树林和一切无人可及的肮脏角落里，忍受着涕泪交加、四肢奇痒，甚至万虫啮心的疼痛。每天晚上，他都不在宿舍里留宿，而是一个人回到残破不堪的家里，躺在床上独自呻吟。他害怕见人，害怕别人问他为何消瘦、为何苍白、为何总睡不醒、为何不去踢球。他每天苦思冥想的，只有一件事，那就是怎么可以弄到点钱，然后去中关村！

一不会偷，二不敢抢，他就开始借钱，第一个借钱的对象是郁文涣，他对郁文涣说该买食堂的饭票了，求他帮忙给垫一垫。郁文涣很不情愿地拿出了三百块钱，说："我这是救急不救穷，你要是真的缺钱花，就到我这儿来打个课余工。我们公司的那美食城快开业了，反正缺人。"

他敷衍地点点头，揣了钱就走。此时的郁文涣早没有了为人师表的斯文气，完全是一副商人的嘴脸。他办的那个酒楼也是靠欧阳天的投资入股，肖童就是没钱上吊也不会去那里打工的。

三百元不算多，但至少可以让他安静两天。如果说他骗郁文涣的钱还多少有些报复心态的话——是他把他带上欧阳兰兰的贼船的——那么后来他借卢林东的钱，借同学的钱，借一切可以借钱给他的人的钱，十块二十块都借的时候，已经完全是一种无法控制的堕落了。

给父母去了好几封要钱的信，一直未见反应。邮路的漫长使他知道父母的接济不仅杯水车薪，而且远水不解近渴。而向人借钱也只能一而再，无法再而三。尽管他撒谎的本领越来越大，但能借到的钱却越来越少。没多久他在班里的名声就开始变臭。一个活跃、聪明、正派，而且漂亮的人突然变得如此轻贱、如此讨厌，几乎令所有熟悉他的人都百思不得其解。

只有个别的老师见怪不怪，他们议论说："还不是因为那个处分，学生中过去就有过这种人，一点都不能正确对待逆境，稍有挫折便一蹶不振。肖童只不过表现得更为极端罢了。"

而肖童早已顾不上周围的舆论。他又去过几次中关村，不知不觉中，竟认识了好几个毒贩，买粉的经验和路数越来越熟了，也知道了许多吸毒圈子里的规矩和故事。他渐渐也和大多数吸毒者一样，不上这儿来买粉了，他手里也有了几个毒贩的BP机号码，有钱的时候就呼他们。

他还知道了许多搞钱的办法，无外乎偷、抢、骗和投机倒把。他不得不总是刻骨铭心地提醒自己，千万别去犯罪，千万别去找欧阳兰兰，他想这是他最后的骨气。他之所以能够这样告诫自己并且咬牙坚持住，就是因为心里还有一个他暗恋着的庆春。尽管随着自己的堕落，他日益看清这个梦想离他越来越远，但仍然想死死抓住这个心里唯一美丽的念想。

他想着庆春的生日快到了，他答应过要请她吃饭。他想无论如何要把这个钱留出来。最令他惊喜的是，在和一个毒贩闲聊的时候，他突然找到了一个挣钱的机会。他以前一直不知道这年头竟还可以找到地方去卖血。

星期五他请假去了一个输血站，恰有几个单位正在这里进行无偿献血，门里门外因此都很拥挤。他按照打听来的方法坐在椅子上等待，不一会儿就过来一个烫着头发的中年妇女，问他要不要填表。他说要，便马上拿到了一张献血体检表。那女的神神秘秘把他拉到门口。门口的路边上，还站着几个正在填表的人，有男有女，衣着简陋，面相或臃肿或枯瘦，年龄大都在三四十岁之间。那烫发的女人教他们如何填表，如何搪塞医生的询问，并且一一看了他们的身份证。其中有一位连临时户口、外来居民常住证都没有的妇女被她收回表格赶离了这一群。她看了肖童的身份证，打量这小伙子眉清目秀，不无疑惑地问：“你上学啊，还是工作了，真是缺钱花呀？”肖童说“我待业呢，上有父母有病下岗，下有小妹妹还上小学”。他此时已把撒谎练得非常熟练顺嘴。

烫发女人同情地咂嘴，大慈大悲地帮他填好表格。在工作单位一栏里填的是一个什么丽华莲大酒楼。然后就带他们一行人进去，先体检，后抽血，每人抽了600毫升鲜血。然后他们出来，都站在街角等那烫发的女人过来发钱。

那女人在里边和什么人交割完了，就出来发钱，和血的数量一样，每人也是六百，当面点清。轮到肖童，她没有给，说：“你先靠边待会再说。”等钱都发完，卖血者四散而去，那女人才把肖童的钱拿出来。她给了肖童一千，并且留下了一个呼机的号码。

她说：“小伙子，我看你面善，又是头回卖，家里情况真是难为你了。以后有什么难事尽管来找大姐，大姐能帮的一定责无旁贷。”他问：“你是丽华莲大酒楼的经理吗？”

烫发女人说：“你真是头回来？我可不是他们丽华莲大酒楼的。他们酒楼分配了献血指标可没人报名献。一个人给一千八都没人献。我是帮他们承包献血任务的，我找的人一人只要他们酒楼出一千五。我够仁义的吧。他们酒楼愿意，你们也愿意，我就是挣点儿来回组织的辛苦钱。”

烫发女人又要去了肖童BP机的号码，说以后有这类任务还可以找他。

那女人向肖童递着媚眼，叫了一辆“面的”走了。肖童站在路边的风里，手里攥着这一千块卖血的钱。他第一件事就是用输血站附近的公用电话呼叫了一个熟悉的毒贩，约了地方跟他要了五百块钱的白粉。另外五百块钱他揣在怀里，他想得留着请庆春吃生日饭和给她买礼品。

在后来的一个星期之内他很走运，又连着得到三次卖血的机会。只是第三次去卖的时候，他胳膊上还带着一时来不及消退的发青的针眼，让采血站的医生看出来了，把他盘问了一顿赶了出去，但烫发女人还是给了他五百块钱。说："小伙子你对自己也别太狠了，你去搞点硫酸亚铁和肝铁片吃吃，等养些天再说吧。"

他一个多星期就挣了三千多块钱，使他每天生熬死拼的状况一下子缓解下来。他每天晚上吃了饭又有了精力去商场里转，经过反复挑选，他还是买了个水晶器皿，作为给庆春的生日礼物，那是一个五百多块钱的水晶花瓶。在理念上和感观上，他都觉得只有水晶的东西既有实用价值，又高尚纯洁。

他把水晶花瓶抱回家，拿出来摆在桌子上赏看。在这个残破不堪的家里，这只精雕细刻的花瓶更显出了它超凡脱俗的精致与华美。

就在这天晚上，欧阳兰兰来了。自从他和文燕不再来往后，他的家里就没有响起过敲门的声音。欧阳兰兰的敲门声不像文燕那样怯懦，她敲得财大气粗砰砰作响。他拉开门后一看是她，几乎不想让她进屋。

但她还是进来了，四面看着这疮痍满目的屋子。肖童说："这是你的杰作，看看吧，你的狗腿子干得合不合要求。"欧阳兰兰没有承认也没有否认，她不置可否地默不作声。

肖童问："你来干什么？"他看得出欧阳兰兰看他的目光中，带着难以掩饰的疑惑，那是因为他此时的仪表在灯光下看不出任何染毒的痕迹，他不靠她也活得挺好。这使他有一种得胜的心情。

其实肖童没有发觉，欧阳兰兰的汽车已经连续三天停在他家的楼下，她躲在汽车里看他每天晚上独自回家。三天来这是她第一次决定上来敲门。她对他说："你好吗?"她和他都知道这句问候的含意是什么。

肖童扬着头，说："你看呢?"

欧阳兰兰没再问话。她拿出了一个纸包，放在桌子上，说："这里有二十支烟，你要难受，就用一点吧。"

肖童不屑地说："你拿走!"

欧阳兰兰像没听见似的，继续说："这是专门为你配制的，这里的海洛因量很小，很安全。另外，你要实在难受，可以多吸一支，千万不要注射，那样容易染上其他病。而且，也就难戒了。"

肖童拿起那纸包，嘲讽地笑道："凭这个，我可以告你贩毒了吧，我可以让你尝尝监狱的滋味了吧?"

欧阳兰兰脸不变色心不跳地说："这些烟我是送你的，我没有向你收钱，所以我没有贩毒。"

肖童这几天在学校图书馆，特别把毒品犯罪的有关法律看了一遍。所以他又说："你非法持有毒品，也是犯罪！凭这一包烟我完全可以告你!"

欧阳兰兰依然胸有成竹，不疾不徐地回答："对，你是学法律的，你应该知道持有海洛因超过五十克才构成犯罪。这包烟里，远远没有五十克。"

肖童哑了，他猜想欧阳天准是把一切都研究透了，才会同意他女儿带着海洛因来找他的。

欧阳兰兰说："包里还有一点钱，你去买点营养品吧，别弄坏身体。"

她说完就走了。门外楼梯上的脚步声由近及远。肖童甚至从敞开的窗外，听到宝马车关门的声音，那么真切。欧阳兰兰是把他的腿打折了，又来给他送拐棍。但肖童此时却怎么也横不下心，将这包烟和钱扔在她的脸上。尽管他知道，这烟是毒烟，这钱是黑钱，都不是她自己挣来的！

他在屋里愣了好一会儿，才打开那纸包，纸包里包着五千块钱和二十支粗粗大大的毒烟。那纸包的里边，还画着一颗红红的心形图案。

他又把它们包好，放进了一只没有砸坏的抽屉里。无论烟还是钱，他都决定不去碰它。因为一旦他用了这些东西，就意味着他还是摆脱不了对她的依赖。

第二天是法律系足球队建队的日子。中午肖童应召在高年级教室开了球队的成立会。教练是从体院外请的。卢林东代表系里司职领队，队长由毕业班的一个学生担任。副队长一职，由卢林东提名，选了肖童。他散会后对肖童说："你大胆干，现在你需要的是重建自信！"

散了会马上就练了第一场球。教练让大家随便踢一场民间式的比赛，以观察每个人的技术特点，确定场上位置。肖童很快便找到了以前在球场上的那种灵巧和兴奋。他激烈地拼抢，快速地奔跑，漂亮地传切。临门一脚虽无建树，但意识好，出脚果断。他看得出在球场的边上，卢林东溢于言表的得意和教练含蓄的赞赏。

但是很快，他的体力就垮下来。上场时的亢奋使他忽略了自己多日来吃睡无常，而且卖掉了近两千毫升的鲜血。跑了不到二十分钟他几乎快要虚脱，坐在地上只有大口喘气的余力。

教练发现了他的脸色和水一样的汗流，挥手叫他下场。卢林东也说：“你跑得太猛了，今天你就别练了，你的水平我们都知道。”他在场边坐了半天汗水还是不断地出来，眼泪也随之而下，全身肌肉开始疼痛，甚至痛入骨髓。他知道毒瘾上来了。

他和卢林东说他想先去洗一洗。卢林东同意了。他急急忙忙抱了自己的衣服跑到浴室。这个浴室离球场最近也最简陋，只有几个淋浴的喷头。这是专为在球场运动的人准备的，其他人洗澡从不远足至此。此时此地和他期望的一样，听不见球场的呐喊，静得只有喷头漏水的滴答声。他没有把衣服放进外间的衣箱里，而是抱着进了里边的淋浴间。淋浴间的地上半干半湿，有些潮闷。他坐地上，手忙脚乱地从口袋深处掏出一个小纸包，把里边的白粉倒在随身带着的一张口香糖的锡箔上，然后抖抖地打着一只打火机，锡箔上的白粉顷刻青烟袅袅。他如饥似渴地大口吸着，尽量不使一丝浮烟浪费。正吸着，隐约听见身后有什么响动，回头一看，他全身僵住，卢林东和几个准备来冲澡的球员都站在了淋浴间的门口，每个人都诧异不解地冲他瞪着眼。他只看着卢林东。他第一次看到卢老师有这样一张吃惊、失望和气愤的脸！

一切都是如此突然，也如此必然。从这一刻开始，肖童就再没有走进过自己的教室。他在学校保卫处被审问了两天之后，还是在校保卫处的办公室里，一个他不认识的干部向他宣布了关于开除他学籍的决定。

没有欢送会，没有饯行，没有赠言互勉。一切大学生中流行的送别方式，都不会发生。只有个别同学语重心长地劝诲和几滴私下里的眼泪。他抱着行李从学校回到家里，简单得有点像一个学期的结束。

他没有给父母写信，没有向不相关的人知会此事。在学校的保卫处，他也只是咬定他是从中关村街头素不相识的人手里，买下毒品，他吸毒只是缘于自己的一时好奇。这样说的目的，实际上非常简单，那就是在庆春二十七岁的生日之前，他不想让她知道自己的真相。如果他说出了欧阳兰兰，说出了他误陷毒海的过程，他相信保卫处很快会报告给公安局，欧庆春便会马上知晓一切。那时候她怎么还会再和他一起共度自己的生日？而那个等候已久的生日晚餐，在肖童心里，仿佛已经抽象为一个不忍失去的希望和温暖的象征。

二十八

尽管肖童一直没再提供任何有价值的情报，但欧庆春这些天的工作还是安排得有条不紊。在她的组织下，“6 · 16”案围绕大业公司的调查越来越深，范围越来越广。大业属下那些挂名不挂名的分支机构的情况，也都逐一纳入了视线。李春强作为刑警队的一把手，因为要照顾其他几个案子的情况和队里的日常事务，这段时间对“6 · 16”案的工作倒是比较超脱。

这些按部就班的调查看起来不无枯燥，而且难有什么振奋人心的突破，但作为今后全案破获的基础，则是必不可少的积累。欧庆春坚信，由于有了这些日积月累的工作，他们一旦抓到了突破性的证据，就完全可以在最短的时间内四面出击，获得全线战果。

李春强这一段时间尽管具体参与不多，但还是每天坚持和庆春碰碰情况，然后再和她谈谈队里的其他工作。虽说庆春现在全力扑在“6 · 16”案上心无旁骛，但她现在毕竟是队里的副职，一二把手之间的工作沟通还是不可省略的。

但在庆春自己的感觉上，李春强每天不管多忙也要兴致勃勃进行的这种沟通，似乎隐隐带了点谈情说爱的动机。这使她在与他对面而坐的时候，不得不摆出一副公务性的矜持。这些天李春强又多次谈到她的生日，半当真半随意地为她策划了各种生日的过法。当然那天的生日晚饭，他是早用大蒜烧黄鱼预约了的，他对庆春说："你可以叫上你爸爸一起过来。"

庆春想，父亲肯定是不会去的。如果李春强盛情难却，就必须说服父亲同意。因为父亲也为她的生日预备了晚餐和一个蛋糕。

生日的那天下午，又接到了肖童的电话。她这才想起很早以前的一个晚上，她已经把生日的晚饭约给了肖童。她只好在电话里连连抱歉，说："真不好意思，今天我们头儿请我到他家去，我已经答应他母亲了，人家也准备了，我不好食言。咱们以后再找机会……"肖童在电话里沉默着。她说："喂！喂！"喂了好几声他才说："我也准备了，我早就约你了，你也不该食言。"

庆春理屈词穷，但还是笑着哄他："明天怎么样，明天再给我改正错误的机会。"

肖童的语气出乎意料地沉重，他说："你心里一点没有我！"

这不过是一顿饭的先后，在庆春看来，至少没有这么严重。而肖童的语气和声音似乎都有点反常，有点小题大做。他的嗓子也是从未有过的沙哑。

她记不清最后是谁先挂了电话。尽管她认为肖童有些过分，但这电话的确搅得她心神不安。李春强的母亲那天晚上做了很多的菜，鸡鱼肉蛋，色香味形，摆了满满一桌子。高脚玻璃杯里斟满了暗红的葡萄酒。在欢声笑语和觥筹交错之间，庆春突然想到了肖童。她脑子里挥赶不去地浮现出肖童一个人孤独地枯坐家中的情景，与眼前这番丰盛的华宴和满堂的笑脸，无论如何成了一个心酸的反衬。这个反衬使一切珍馐美味在她嘴里顷刻变得麻木无味。酒至三巡，李春强敏感地注意到她话少了，笑容也变得勉强。他问她怎么了，是不是不舒服？她顺水推舟说有些头晕，想早些回去。于是晚宴便虎头蛇尾地草草结束。李春强的父母叫他开车送庆春回家，并且让他带上了许多没有动过的菜，说让她爸爸也尝尝。她把菜拿了，却执意不让李春强送。李春强说："那你自己把车开回去吧，明天方便的话，就来接我一趟。"庆春于是拿了车钥匙，说："好吧。"

离开李春强的家，庆春开车走在街上。不知是从一开始就蓄意还是中途转念，她并没有回家，而是把车子直接开到了肖童家的楼下。

她拎着李春强母亲给她的那一摞余热尚存的饭盒轻步上楼。她想，也许，当然最好是，肖童还没有吃饭，她还可以借花献佛弥补一下失约的过失。

肖童家大门上的锁显然还未修复。临时安装上的锁扣空着，显示着主人此时在家。她敲了敲门，也许声音轻得过于温存，半天无人应声。她用手推了推，门是虚掩的，门厅黑着，有一缕灯光从客厅的门缝里惶惶地泄漏出来。她走进去。客厅亮着灯却无人，依然那么凌乱，被小偷故意破坏的痕迹还历历在目。她把饭盒放在桌子上，敲敲卧室的门，她听见里边有响动，但没人应声。她想大概他是睡着了。于是她把门推开，看见肖童仰卧在床上，呼吸有些微弱，面色惨白。对她的闯入，似有察觉，但双目半开，视而不见。屋里灯光很暗，但庆春依然震惊地看到床上，肖童的身边，放着一张半皱的锡箔，和一只简易的打火机。锡箔上还残留着白粉的余烬。

她惊呆得僵立在门口。她几乎不敢相信，也不可想象，她一向觉得是那么可爱的、青春的、天真单纯的，甚至隐隐让她感到诱惑的肖童，竟是一个令人厌恶的瘾君子。她搞不清他怎么能那么天衣无缝地把自己如此阴暗的一面，伪装了那么久。

肖童突然张开了眼睛，他清醒了，举动艰难地爬起来，哑着嗓子叫她："庆春……"

庆春几乎想哭出来，她压抑着自己的激动，问："你在干什么？"

"我吗？"肖童站起来，人有些摇晃，"我在等你。"他似乎仔细想一下才想起来似的，喃喃地说："今天是你的生日。"

他从床头柜上抱起一只精美无比的水晶花瓶，那上面插着一束红透的玫瑰。他想往她怀里送："这是我给你买的，二十七枝玫瑰……"

他的眼神似真似幻，声音似梦似醒。

那晶莹玲珑的花瓶和红得发紫的玫瑰颤颤抖抖地靠近她，她气急败坏用力一推，便听见砰的一声，花瓶猝不及防地翻了个身，直落下去，在地上碎得四分五裂。

肖童僵硬地张着两手，这一声巨响让他完全清醒。庆春怒目而视，但看到他心疼地蹲下身去，抖抖的手想要收拾那一地残红。她的心忽然又软下来，忍不住蹲下去拉住他的手，急切地呼唤着他，她觉得这太像一场梦，她试图把自己唤醒。

"肖童，你告诉我，这是怎么回事，你怎么会吸了毒！"

肖童没有回答，他双手掩面无声地哭。

庆春连连喊着："怎么会这样，怎么会这样，你告诉我怎么会这样！我不相信！"

肖童的泪水大颗大颗地掉在破碎的花瓶上，滚入凌乱的花瓣中。他不敢抬头看一眼庆春。声音哽咽得断续变形：

"你走吧，走吧……我再也不能爱你了，不能了，不能了！你走吧……"

庆春的泪水涌上来了。她强忍着没有落下。刚才的震惊和厌恶突然被一种责任和同情所代替。她站起来，看着脚下的肖童，镇定地说：

"你告诉我，这些天到底发生了什么！"

这个生日的夜晚对庆春来说是刻骨铭心的。她在肖童身边待到深夜才回到家里。肖童的遭遇使她彻夜难眠。这些年她接触了那么多案件、不可计数的罪犯和受害者，她自以为对人生的一切悲喜善恶都已司空见惯，但这一夜的感受却给了她前所未有的刺痛和惊愕。

天刚亮，她开车去找李春强。

李春强从楼上下来，盯着她布满血丝的两眼，毫不掩饰自己的疑问，他一钻进车子就问：

"你昨天一夜上哪里去了？你不是说你不舒服吗，可你居然一夜未归。你爸爸半夜两点给我打电话问你是不是还没回去。你到底上哪儿去了？"

庆春没有发动汽车，她沉沉地说："我去肖童家了。"

"什么？"李春强大出意外地瞪大了眼睛，"有什么情况吗？他呼了你？"

“不，是我自己去的。”

这个回答更加出乎他的意料，这意外又随即转为愤怒：“你自己去的？你干什么去了？你在他那儿待了一夜？”

庆春沉默了一下，说：“他吸毒！”

李春强显然不曾料到庆春会有这样一个回答，这消息让他张开了嘴半天没能合拢起来。先是直感地说了句：“他怎么这么不争气！”然后一想，又觉得尽在情理之中，他冷笑一下，说：“尽管他为‘6·16’案立了功，但素质这个东西，不是一天两天就能提高的，也不是一句两句就能说清的。他平时玩世不恭，游戏人生，现在吸毒也就不足为怪了。”

庆春沉闷着，像是自言自语：“他需要帮助。”可她自己心里还乱着，她此刻也说不出能帮他什么。

倒是李春强显示了男人的主见和果断：“没别的办法，送他去戒毒吧。这个特情我们是不能继续用了。”

庆春说：“我们得给处里打个报告，让处里批点钱，送他去戒毒所。或者让哪个局长批一下，让他免费戒毒。他现在已经身无分文，家里让人毁得连一件可卖的东西也没有了。”

太阳高高升起，李春强眼望着车窗外面的楼群。家家的阳台都被清晨橙红色的阳光涂染出生活的斑斓多彩。而他此时的口气却分明有些阴晦：“处里不会批这笔钱的，他的父母都在国外收入丰厚，他不算没有经济来源的人。”

“可他不想让父母知道，他太要面子。”

对庆春这种明显的同情和袒护的态度，李春强已不能压抑自己的反感:“他要面子就别吸毒呀!我告诉你,吸了毒的人,有一个算一个,还有什么自尊心呀!这些人无所谓面子,无所谓羞耻,你别以为他们还有什么人格意志,都没有了。有一个算一个!”

“不,他吸毒才刚开始,还没有那么严重,他清醒的时候非常痛苦,他不想让他父母知道,他本来也想瞒着我们。我们应该帮他,他现在孤立无援!”

李春强把目光收回,不想再谈地说:“别谈他了,开车吧。”

“春强……”

李春强的脸坦率地沉下来,但他注意控制了自己的声音:“庆春,我不明白,对这个人,你为什么那么动感情?他是你管的特情,可你们毕竟是工作关系,你不能过分!”

庆春的脸上霍然抖了一下,但她也控制着,竭力心平气和地问:“我哪点过分?”

李春强没有再说,目光心照不宣地和她对视,似乎一切不言自明。

庆春说:“春强,我很尊重你,希望你也能尊重我。”

李春强说:“我尊重事实。”

庆春的呼吸波澜起伏:“什么事实?”

“他在追你,他异想天开在追求你。你心里是知道的,你什么都知道但你不说。你本来应该有个态度,你对他应该表示出你的态度,对我也应该有个态度,但你……但你没有。”

李春强的激愤是压抑着的,但这无疑已是他和庆春同窗同事七年中,最激烈的一次。庆春沉默着,沉默得令人窒息。终于,她打开车门,说了句:“这是你的车,你开走吧。”

庆春下了车，头也不回地向前走去。她听见身后车门的开关声，李春强追了上来。“我说错了吗庆春！”他的脸涨得通红，“你为什么没勇气回答我！”

庆春站下来，对李春强的失望反而让她把同情和怜悯更加堆积在肖童的身上，她觉得她确实需要替他呐喊一声。她说：“队长，肖童是为了工作，是为了我们，被人诱骗才吸了那东西的。可是他就是在毒瘾发作痛不欲生的时候，他一次次去卖血也没有去求他们，也没有出卖秘密。他到现在也还是想好好做人。他让学校开除了，他的家让他们砸了，全是为了我们。是我们让他干这事才发生了这一切。我们应该为他承担一点责任！你不想负这个责你可以不管。但是当初是我动员他出来干的，他快要家破人亡了我不能不管！”

李春强愣了，低下头去。庆春狠狠地从他身边走开，他没有再追上来。

欧庆春自己乘公共汽车到了机关。她自己找到马处长做了汇报。在汇报的时候她的心情也没能平静下来。当昨天夜里她知道了肖童吸毒的经过，知道了他为了爱一个女人而坚忍地抵抗着另一个女人在他身体里种下的诱惑，表现出一个男子汉应有的骨气，表现了一个被毒瘾所折磨的人所难以表现的气节时，她怎能不为之感动！他在她心中的形象，刹那间成熟地站立起来。她怎能再责备他，唾弃他。他一无所有了，她应该伸出援助之手，帮他脱离毒海。她甚至觉得这已经不是一般的人道主义或私人的感情问题了，而是一个人民警察对自己的特情应尽的责任！

深夜在离开肖童家的时候，她从地上捡起了一支还没有枯萎的落花，她想她应该保留下这枝红色的玫瑰。这是一个男人用卖血的钱给她买来的祝福。那玫瑰已经熟透，每一叶花瓣都红得那么饱满，就像真的浸泡了肖童的鲜血。在夜深人静的街上她的车开得很慢，她一边开一边哭了。她流了一个女人应该流的眼泪。在向处长汇报的时候，她的声音依然有些颤抖。处长意外地抬头看她，不明白她为何如此激动。

但处长还是同意了她的请求，并且叫来了李春强，当着他们两个人的面，交代了这样几项安排。

一、立即送肖童去强制戒毒所戒毒。戒毒费、治疗费由处里的侦查经费中支付。肖童是立过大功的人，这个钱我们应当出。

二、肖童送强制戒毒后，欧庆春可以代表处里去看看他，了解他的戒毒表现和身体情况，表示组织的关心。考虑到肖童今后的安全，要避免暴露他的特情身份。庆春去看他时可用他的表姐的名义。

三、鉴于肖童已经吸毒且不知能否戒断，他的特情身份应该终止。“6·16”案要另选其他途径侦破。且不宜恋战，应尽快寻找机会和证据破案。

处长问：这三条你们有何意见？

庆春说没有。

李春强说同意。

出了处长办公室的门，李春强对庆春说：“联系戒毒所的事，我去办吧。”

庆春没有答话。

两人沉默地走向刑警队的办公室。李春强又说：“早上，我不太冷静。我也是担心你对他感情用事，有些情况没问清，错怪你了。可是，我为什么这样，你其实也应该能理解。”

庆春像没听见一样地打断他的话：“联系戒毒所，我自己去吧。”

“庆春！”李春强抓住她的胳膊，似是要她认真听一下自己的心声。欧庆春的两眼凌厉地盯着他，目光中看不见理解，也没有宽恕。李春强收回了手。庆春转身走了几步，又回过头来，问：

“能把车给我用一下吗？”

李春强从口袋里掏出钥匙，递给她，庆春接了，说：“谢谢。”

当天，庆春就把戒毒所的事联系好了。傍晚，她亲自开车送肖童去了位于郊区的强制戒毒所。戒毒所本来已经没有空的床位，庆春请市局法宣处一个同学给所长打了电话。那同学采访过所长跟他很熟。所长并不知道庆春是刑警队的头目，以为她不过是法宣处那位干部的亲戚，就帮她硬挤出了一个床位。为了给肖童保密，庆春送肖童的车子，也用了李春强常开的、不带公安的0字头牌照的那辆。

肖童对去强制戒毒所一直顾虑重重，他虽然想戒毒但觉得那地方大概像关犯人的监狱。以前那几天拘留所把他关得心有余悸。庆春苦口婆心做了许多说服工作，说：“戒毒所不是监狱，倒更像个军事化管理的学校或者医院，你去了就知道了。再说戒毒总要有一些约束和痛苦。”

肖童问：“如果我戒了毒，还能和你在一起吗？”

庆春一时无言。但肖童眼睛里的渴望似乎已不仅仅是为了她，那几乎是在寻找一种对生命和未来的寄托，于是她点头，说：

“能，当然能。”

于是他就上了她的车，离开家到了戒毒所。戒毒所的围墙铁网和守门的警卫在感观上使肖童的脸色变得阴沉，他下车时对庆春说："这不是学校，学校怎么会是这样。"庆春说："这当然不是学校，这是戒毒所，而且还有强制两个字。"肖童说："你不是说这是学校和医院吗？"庆春说："我说像，没说是。"肖童拎着自己的被褥，跟着她往里走，说："等会儿我可以跟他们说你是我女朋友吗？"庆春说："不行，你就说我是你表姐。你在这儿可别顺嘴乱说，这也是为了你的安全。这儿全是吸毒的人，万一有人和欧阳家的人勾着，传给他们说你是让你女朋友送到这儿来的，欧阳兰兰说不定能杀了你。"

肖童说："我还想杀了她呢。"

进了戒毒所，他们看见戒毒人员正在操场上排队等候吃饭，饭前他们在唱一首像是自编自谱的歌，唱得极难听也极认真。歌词咬得含糊不清但大意明白，无非是说吸毒的悔恨和戒毒的决心。

在所长办公室里他们受到了热情的接待。所长还亲自给他们沏了茶，问了情况并叫医生来做了体检。这一切都和拘留所截然不同。肖童的脸色也随之晴朗了许多。

庆春又随肖童去了分配给他的宿舍，那是一间能住十几个人的大屋。肖童睡在靠里边的一张床的上铺。庆春爬上去帮他铺好被褥，把他带来换洗的衣服叠好当枕头给他垫着，上面还盖了块枕巾。枕巾是庆春自己从家里给他带的。她还给他带了些休闲、体育和娱乐的杂志。她想这些杂志有时能使人体会到生活的丰富和美好。

肖童看着她爬上爬下地忙活，站在一边一声不响。戒毒所的管教向他交代着这里的生活设施、每天的活动日程和必须遵守的纪律。肖童似听未听。庆春从床上下来又嘱咐肖童几句，无非是听管教的话，按时吃药，正常吃饭，多晒太阳，等等。肖童问："你什么时候来看我？"庆春说："过些天只要有空我会来的。"

庆春和肖童告了别，跟着管教去找医生。路上管教笑着说："你是他表姐呀？我看他对你还真有感情。"

庆春问："你怎么知道他对我有感情？"

管教是个二十几岁的小伙子，自称在此工作了三年，大概认为自己已可以感受人生的一切。他洞察秋毫地说："那还看不出来。你刚才要走他那依依不舍的样儿，都不像个大小伙子。"

庆春随意搭讪着："他本来就还是个孩子。"

管教感慨万千地说："在这儿干久了，人生的悲欢离合，妻离子散，真是见得多了。这些戒毒的人，大多数都是有钱的主儿，追求刺激醉生梦死糟蹋自己。成了大烟鬼才知道什么是幸福，因为他得不到了。得不到的东西他才看得见，才懂。"

庆春笑着问："什么是幸福呀？"

"当了大烟鬼他们才明白，幸福其实太简单了：有份工作，有个家，有心疼自己的人，行了。这就是幸福！咱们都是平头老百姓，老百姓还不就是这些。这些看起来很简单、很容易，可对他们来说，咳，难了。"

庆春想此话有理，很多人都无意地陷入这个轮回。当身处寻常时，寻常便是一种无聊，可以随意蔑视和遗弃。当失去寻常时，寻常就成了幸福，成了渴求的目的。

庆春没再说话。那年轻管教也深刻地沉默着。他把她带到了医疗室，见了刚才给肖童体检的医生。医生简短地介绍了检查的结果：

“还好，他还没染上别的病。身体有点虚弱，但可能以前的素质比较好，所以能量还没有耗完。毒瘾也不深。戒毒开始两天他可能比较难受，只要熬过七十二小时，再加上我们配合药物治疗，用不长的时间让他的身体摆脱对毒品的依赖，还是不难的。”

庆春再三谢了医生，谢了陪她来的年轻管教。管教说：“你放心吧，你弟弟我会照顾。”

她离开戒毒所的时候里边又在唱歌，这回她依稀听清了几句断续的歌词：

亲爱的爸爸，亲爱的妈妈，
想起你们我泪水流啊，
白魔毒害我，
毒害我一生啊。
…………

二十九

一个星期之后，欧庆春到戒毒所去看了肖童。

依然是那首“亲爱的爸爸，亲爱的妈妈”的歌，响彻操场。她由所长陪着，站在操场的边上，看戒毒的学员们出操跑步。年轻的管教高声喊着口令，“一二一，一二一”，一百多人的脚步，整齐地呼应着他的节拍，显得蛮有气势。在队列中她看见了肖童，剃着短平的寸头，穿着一身蓝白条的衣服，不时地回头看她。她远远地冲他笑。

操练完毕，管教又训了一会儿话，然后宣布解散。学员们喊了句什么，四散开来，三三两两走到操场周围的树荫下，仨一群俩一伙地坐下来休息。肖童向她跑过来。他不愧是踢球的，奔跑的姿态和步伐与众不同。

所长特别给他们找了间屋子，让他们姐弟聊聊。庆春从所长的介绍中已经知道，肖童进来的头两天，毒瘾发作得很凶。最厉害的时候管教用绳子把他在床上捆了几个小时，吐了一身一床一地，好歹算挺过来了。这几天身体和气色明显好转，和一个正常人已经差不多。

庆春看着满头是汗的肖童，说："怎么热成这样？"

肖童笑了一下，那一瞬间的笑短暂地再现了以往的灿烂，他说："跑的。"

庆春拿了手绢给他擦汗，他接了，却没擦。庆春问："身体感觉恢复了吗？"

他低头说："啊。"

庆春问："睡眠好不好？"

他答："有时好。"

又问："每天在这儿都做些什么？"

又答："军训，上课，管教找谈话，再就是看病吃药。"

"给你吃什么药？都有什么治疗？"

"漂肠子，吃'绿炮弹''大黄片'，还有626胶囊，一种中草药，祛邪扶正，以毒攻毒。"

"在这儿有什么玩儿的吗？"

"打乒乓球、羽毛球，还有卡拉OK，还可以看电视。"

"管教和大夫对你好吗？"

"好。"

"我看这儿真的跟疗养院也差不多了，我都忍不住想来了。"

庆春见他情绪一点点低沉下去，便用玩笑话来撩拨，但肖童没有笑，也没有反应。停了一下，庆春又问：

"伙食呢，比你过去住医院时怎么样？"

肖童没有回答，他抬头看她一眼，说："我想出去。在这儿我很闷。"

“你才进来一个星期，按要求至少要三个月呢。”

肖童低头用手绢擦汗，说：“求你了，你带我出去吧，我已经戒了。我向你保证，我保证再也不吸毒了。”

“戒毒是个漫长的过程。”庆春做着说服工作，“你别看得那么简单。我说三个月还是短的呢。上次这儿的医生说了，按国际上医学界的理论规定，只有连续三年半不再复吸的人，才算真正戒除了毒瘾。你才只有一个星期。而且这里床位紧张，你出去了万一不行再进来可没那么容易了。而且你这次戒毒是我们给你出的费用，你下次复吸了再来就得自己花钱了。所以我看还是巩固好了再说。”肖童低着头，不知为什么他不和她正面对视，他说：“这里和监狱差不多。我讨厌那些吸毒的人，我不愿意和他们住在一个屋子里。我不会再吸了，在这里会把我闷死的。这些人身上都有很多病，有胃病，有肝病，你不怕他们传染我吗？”

肖童搜遍了一大堆能够说服她的理由，庆春想了一下，只说：“等会儿我去问问所长吧，看他怎么说。”

肖童迫不及待地说：“那你快去吧，要不他该下班了。”

“你想今天就走吗？这不可能。”

“你今天带我走吧，怎么不可能？”

肖童孩子一样的性急，以及他对她的毫不掩饰的孤儿般的依赖，都让庆春心动。但她坚持原则地说：“绝对不行，就是所长同意我也不能今天带你走，我还要回去请示领导。你出来不出来，出来以后怎么办，得由领导决定。”

“你不是说我已经完成任务了吗？你不是说没我的事了吗？怎么还

要去请示领导?”

“可你毕竟为我们工作过。现在这个案子还没有完，那些人还在活动，我们得为你的安全负责。”

肖童皱着眉苦着脸，他望着窗外操场那边那些在树下乘凉的学员百无聊赖的姿态，仿佛再也不想回到他们当中。庆春说:“肖童，我毕竟比你大几岁，我记得你过去答应过我，在重要问题上不任性，听我的。如果你不想这样做的话，我也就不再管你了。”

她的这句威胁十分管用，肖童不再作声。她把给他带来的一些吃的和几本新杂志给了他，然后告辞。

走的时候她和所长谈了谈。所长说肖童吸毒原来仅限于吸食，还没有发展到肌内注射，而且用量不大。所以目前已经基本完成了生理戒断的任务，也就是说，身体上已经没有毒瘾反应了。但是吸毒者戒毒后的复吸率之所以在百分之九十五以上，主要是由于心理毒瘾很难戒断的缘故，心理毒瘾的戒断需要漫长的时间。肖童现在出所可以，但要保证今后不复吸，家里必须天天有人看着他，教育他，帮助他，监督他。尽量避免他在生活中再碰上挫折和苦闷。如果碰上了，也要及时开导。所以，有一个健全、幸福、能帮助他并且让他有生活兴趣的家庭，哪怕是一两个对他有感情的亲人，对于巩固戒毒的成果，是至关重要的。他有吗?

庆春听罢，心里说不清是轻松是沉重。她从郊区的戒毒所回到家时天色已晚。父亲还在等她吃饭，因为她早上说好了今天要回家吃饭的。饭桌上父亲照例问她今天干了些什么、碰上了哪些熟人，听她每天报些流水账似的活动和说点儿单位里的新闻，这是父亲每天晚上固定的消遣和功课。

吃完了饭，她一边收拾桌子，一边斟酌着探询父亲的口气：“爸爸，我有个事想求你帮忙。”

父亲问什么事。

她说：“我不知道你有没有兴趣。”

父亲笑道：“不是又要给我找个伴儿吧。”

庆春说：“差不多，和找个伴儿差不多。”

父亲摆手：“我这事，需要的时候我会考虑。你别净给我操心。你倒是应该考虑考虑你自己了，还是得早点定一个。李春强行不行？他不行还有没有更合适的？也该有个数了。”

庆春说：“说您呢，怎么又扯到我这儿来了。你别紧张，我不是想给你找老伴，是想给你找个小伴。”

父亲摸不着头脑地说：“小伴？我都革命一辈子了，政治上还算坚定，生活上也从没犯过错误，我还是保持晚节吧。”

庆春说：“我求您的事，不仅是保持晚节，还是再立新功的事。但我不知道你都歇了一两年了，还有没有这个能力。”

父亲说：“你就说，什么事，别卖关子。”

庆春说：“肖童，那个大二的学生，你还记得吗？”

父亲说：“怎么不记得，上次不是还来过。”

“你对他印象怎么样？”

“挺好呀，我挺喜欢他，那孩子挺单纯的。他是叫我爷爷还是叫我伯伯？”

“怎么是爷爷，我和他是平辈！”

“噢，”父亲稀里糊涂地说，“他要来给我做伴？现在是不是在放暑假？还是让我给他做传统教育？”

庆春琢磨着该怎么开口：“是这样，他呢，他前一阵让学校给开除了。”

“开除了？”父亲惊愕，“为什么？”

“因为他吸毒。”

“什么？”父亲立刻严肃起来，庆春知道肖童那健康活泼的外表，让谁也难以相信他会吸毒。她说：

“爸爸，他是为我们在工作，因为工作误吸了海洛因，上了瘾。你可能对毒品不太了解，纯海洛因一次就能上瘾。学校发现以后，把他开除了。”

父亲愣愣的，似乎觉得这一切都那么不可思议：“那你们应该到他学校去，向学校解释一下，这下他的前途不就毁了？”

庆春不知该怎么说清这个过程，她只能简单地说明：“他替我们工作是绝密的，说出去对他的安全不利，而且当务之急是让他戒毒。如果毒戒不掉，别说前途，连生命也没有保证。”

父亲没有插话，他在听。

庆春说：“我们送他去了戒毒所，生理毒瘾已经戒了，还需要用一段比较长的时间戒心理毒瘾。这需要有一个环境，要有人管他，监督他、教育他。可他父母都在国外，他在北京孤身一人。如果他从戒毒所出来，一个人回家去，一旦碰上什么不开心的事，或者那些小毒贩子再找上他，十有八九还会复吸……”

“你是说，让他到咱们家来，让我管着他，是吗？”

父亲接出了她的下文。她注视着父亲的表情，那表情不置可否，这是父亲谈正事的一贯作风。

她点头："是。"

父亲低头，拿出一根烟，想抽，却没有点，抬头问："他什么时候来？"

庆春心中一喜："您同意了吗！"

父亲说："我可以试试，听说吸毒是很难戒的。如果别人都做不成，我也不能保证，只能说试试。"

庆春忘乎所以地说："我代表我自己，代表我们刑警队，向您表示衷心的感谢并致以战斗的敬礼！"

父亲用手指点着她："你呀，你能把身边所有的人都用上，为你的刑警队服务。人家上大学上得好好的，你非拉他出来干这个干吗。"

庆春没有反驳。不管怎么说，父亲应承了这个任务，这使她心里宽释了许多。这一晚她和父亲仔细商量了肖童来以后的安排，从生活起居到学习娱乐，到思想教育。父亲说："就让他和我住在一个屋里吧，他怕不怕我打呼噜？"

第二天早上她找处长汇报了这个想法，处长原则上同意，还表示："现在全国戒毒时间最长没有复吸的，只有广东的一个女孩，已经三年了，离国际上的彻底戒断的标准还差半年。现在连全国禁毒委员会都非常关注她，一直在跟踪了解。你爸爸要是有这个本事让肖童彻底脱离心理毒瘾，那就不仅仅是拯救了一个吸毒者，对整个中国的戒毒工作，都是一个非常有意义的范例，可以载入史册的。"后来庆春把处长的这段话说给父亲听了，父亲没动声色，嘴上说："那好啊，全国都尚未有彻底成功的范例，我到时候知难而退，也就有话说了。”但庆春看得出来，他嘴上这么说，其实心里还是深受鼓舞的。

只有李春强对这件事表现出明确的保留。他甚至对庆春提出一个取而代之的方案：让肖童住到自己家去。他说：“我爸爸妈妈现在在家都闲着，让他们来干这事也完全可以。”庆春说：“队长你怕什么？你是对我爸爸没信心吗？”李春强说：“不是，我是对你没信心。”庆春转过脸去，说：“那我们还是免谈了吧。”李春强这次并没有缩回去，他语气冷静，意思却咄咄逼人：“庆春你能不能告诉我，你对肖童这样做，纯粹是因为工作还是有某种个人感情？”

庆春沉默了半天，才用同样冷静的语气回答：“这是我的责任，他为我们工作过，是我负责他的，所以我有这个责任。”

李春强说：“我记得我跟你说过你是刑警队里最好的一个。我承认你过去一直很出色，也希望今后你永远如此！”停了片刻，他又说：“最好的刑警忠于职务，个人感情动摇不了他！”

庆春说：“对，这也是我要跟你说的话。”

她不想再和李春强发生辩论。

她开车去接肖童。

到了戒毒所，在所长的安排下，她先和肖童谈了一次话。她先问肖童：“你真的想出去吗？”肖童说：“真的想。”她说：“可你的毒瘾并没有断根，除非你答应我几个条件，否则你必须留在这里。”肖童说：“什么条件？”她说：“你出去后要在指定人员的监护下继续戒毒。我和领导请示了，让你住到我家里去，由我父亲做你的监护人，你同意吗？”肖童不相信似的：“住到你家去？”庆春说：“如果你不同意，我们可以给你另选地方另选监护人。那你还得在这儿耐心等一等。”肖童连声欢呼：“不不不，我同意，我同意。”但他还是不信，“你真让我住到你们家去吗？”庆春说：“我家可以收留你，但你必须保证，一切听我父亲的安排，包括上哪儿去，看什么书，和什么人来往，连每天几点起床几点睡觉，什么时候锻炼什么时候吃药，总之生活中的一切，都要听从命令。如果你做不到就算了，就还留在这里，其实你留在这里效果更好。”肖童连声保证：“我做得到，一定做得到，我向你保证！”

庆春笑了，说：“那好，现在你可以跟我回去了。”

肖童几乎跳起来：“现在吗？现在就走？”

庆春说：“带上你的东西。”

肖童弹簧似的跳起来跑回宿舍去了。只一眨眼的工夫他就抱出了自己的全部行李。出所手续也不太复杂，很快所长和管他的管教就送他们出了戒毒所的大门，并且例行公事但又不失亲切地叮嘱了肖童几句。

他们告别了所长和年轻的管教，上了车。庆春没有发动，她看着肖童，轻声说：“你应该，也给我一个保证，给我！”

肖童问：“你要什么保证？”

庆春的声音依然很轻，但异常清晰：“要你永远不再吸毒！”

肖童的眼泪在眼眶里打转，他说：“好，我保证！”

这仿佛是两个人之间的一个盟约、一个报偿、一个承诺。两人长久对视，用目光沟通着决心和信任。庆春说：“走吧，跟我回家！”

这是一个秋末冬初的上午。整个儿秋天都难得有这样万里无云、一碧如洗的天空。北京的郊区，最壮观的就是公路，宽如通衢，直如箭矢。两翼高大的杨柳，夹道而行。他们打开车窗，在坦荡如砥的大路上疾驶，任清风在耳边和发梢尽情鼓动。望着被林荫拢成一条笔直长河的蓝天，他们的心情也都格外晴朗。肖童的兴奋，更是溢于言表。他大声地和庆春谈笑，评论着沿途的每一景物，像个孩童一样忘情于晴空、绿树，和突然找回的自由。

为了迎接肖童，迎接这个带有世界意义的任务，父亲认真做了准备，重新布置了房间，替肖童搭了一张单人床，增加了床头灯，还为他在书桌里专门腾了个抽屉，在衣柜里腾出了相应的空间，准备了新的洗漱用品。父亲在生活上本来就是个相当精细的人，不仅生活上做了准备和安排，他还搞了不少戒毒学习资料，既有庆春帮他找的戒毒知识和国际戒毒治疗指南等书籍，还有一些诸如心理学、旅游介绍等书籍，为今后的监护和治疗，以及娱乐和生活，做了不厌其详的物质和知识的准备。庆春想，老一辈当过干部的人就是这样，做事高度负责，极端认真，不服不行。

肖童对这个新家的生活似乎非常适应。晨昏起居，一日三餐，都很规律。父亲每天和他一起起床，出去跑步。两人一起做饭，一起吃，饭毕照例由肖童洗碗，父亲擦桌子。白天大部分时间是看书。父亲要求肖童还是看法律专业的书，鼓励他在家里继续学完大学的课程。晚上庆春回来，大家一起吃饭，一起看电视，对电视里的节目一起评头论足，碰上好的一起感叹，碰上差的一起嘲讽，他们的观点常常惊人地一致，只是肖童的言辞更加尖刻偏颇。每晚十点整，父亲便命令关掉电视，洗漱上床。当然有特别好的节目除外，可以适当延长至十一点钟。

对肖童的政治教育和思想工作，父亲也没有偏废。指定《新闻联播》要看，国内外大事要懂。他还带他到电影院看了一场谢晋拍的国产大片《鸦片战争》，算作正面教育。他和肖童交谈时，从不提“吸毒”二字，也不提和毒品有关的事。在这方面从没有一句正面指责和侧面的影射。庆春认为，从心理学的立场上看，父亲这样做当然不无道理。

父亲和肖童讲得最多的，倒是个人品德和为人处世，讲的是做人的规矩。譬如他对肖童说：“庆春比你大好几岁你不应该直呼其名，至少该叫声姐姐，再熟也要有礼貌。”肖童对父亲的种种教诲百依百顺，唯独对这条充耳不闻。

常常，父亲也带肖童骑上自行车出去转转，或乘车去郊游。头一个星期他们就去了位于寿安山麓的樱桃沟和位于西郊法海寺附近的“冰川擦痕”。父亲以前是搞地质的，他可以滔滔不绝地从这里讲到一亿年前，由于“燕山运动”而造成的地壳出海；讲到几十万年前北京一带的冰封雪盖；讲到万年冰河时进时退在山体留下的惊心动魄的擦痕。他可以大声吟诵李四光的诗文：“山兮复何在？石迹耿千秋。”肖童不知是没有兴趣，还是俗眼难开，他说：“伯伯，哪儿是冰川擦痕，我怎么什么也看不见呀。”父亲便用自己喝水的水壶，顺着斜坡，向脚下褐色的基岩，慢慢浇下一壶清水。水顺势流下，一道道冰川擦出的痕迹，果然清晰地显现出来。他说：“这就是著名的地质学家李四光当年寻找擦痕时用的办法。”

庆春对父亲的用心和方法，对肖童的顺从和配合，都是满意的。肖童和她单独在一起的时间不多，偶尔父亲有事离开一会儿，肖童便要凑过来对她说些温存的话，而庆春依然注意着距离。她既不想让肖童的梦幻破灭，对未来失望，以致影响戒毒的心态；也不想在他和李春强之间，过早地取舍。她想，现在还不是拿定主意谈情说爱的时候。

她有时甚至有一个愿望：李春强和肖童，为什么不能成为一对要好的兄弟和朋友呢？她希望她身边的这一大一小两个男人，能建立一点起码的交情，至少能够和平共处。正好，李春强的生日快到了。她想这倒是一个机会，可以让他们在一起聚聚，高高兴兴地聊聊，慢慢建立些沟通和感情。她相信男人之间总会有许多共同的兴趣和话题。于是她先找到李春强，以父亲的名义，邀请他来她家吃一顿生日的晚饭。李春强对她的惦记十分高兴，但他提议："咱们还是出去吃吧，到你家你父亲坐在那儿我总是不好意思。况且现在肖童也住在你家，吃饭时叫他不叫他都不太好。"

庆春说："我过生日时不也是上你家去吃饭吗？你爸爸妈妈也都在，我也没觉得不好意思。"

李春强说："要不就叫上你爸爸，咱们出去吃。"

庆春说："肖童怎么办，他不能离开人。"

李春强沉默，不表态。

庆春说："和他相比，你算是个大哥，你的胸怀就不能宽阔一点？"

李春强情绪不高地说："怎么安排，你定吧。反正我希望和你在一起过个愉快的生日。"

庆春松口气，她笑了。在李春强这里，她相信她的笑，能够征服一切。她笑吟吟地问：

"生日你想吃什么？我去准备。"

三十

晚上吃饭的时候，欧庆春向父亲和肖童布置了任务：准备请李春强到家里来过生日。

他们当即研究确定了那一天晚餐的菜单。本来这种任务父亲一向是亲自动手乐此不疲的，如今有了肖童这么个帮手，他也开始吆三喝四，动口不动手了。他大声计划着要买的东西，包括葱蒜之类的调料，一一叫肖童记在纸上，并且要求肖童也发表意见。

肖童板着脸，按要求把要买的零碎物品草草地写在纸上。对于整体策划，却不进一言。父亲上厕所的时候，他压着声音质问庆春：

“你干吗非请他到家里来?”

庆春对肖童这种得寸进尺的干涉有点反感：“怎么不能请他来？我过生日他也请过我。”

肖童皱眉说：“你可以约上几个同事和他一起到外边吃，有什么必要请到家里来!”

庆春冷笑一下："我过生日也是到他家去吃的，礼尚往来嘛。我又没请他到你家去！"

最后这句话，庆春有意无意地伤害了一下肖童。她看见肖童脸色顿时通红，既而变白，才有点后悔，觉得在他戒毒期间不该说刺伤他的话。她放下饭碗，把口气缓和下来。

"你是不是觉得我没事先和你商量才不高兴了？我知道现在你也是这家里的一员，我应该先和你商量，我主要是以为你会没有意见。"

这话她自认为说得很巧妙，极尽亲密之能事了，但肖童并没有从刚才的打击中摆脱出来。他离开了饭桌，说：

"我没有意见，这是你的家，我没资格有意见。"

她有点狼狈，不知该说什么，剩下的饭也没心情吃完。

为了挽回局面，想到第二天是星期六，她决定让父亲休息一天，去老朋友家串门打打麻将。她说："肖童明天由我来陪。"

晚上看电视时，她见肖童还是有些情绪低沉，便主动打开自己的相册，给他看第一页里夹着的一朵制成标本的玫瑰。这就是她过生日那天夜里，从肖童家带来的那支花。肖童见他送她的这个生日礼物被如此精心地保存着，马上高兴起来。庆春见他情绪好转，又锦上添花地提议："明天我爸爸有事，我陪你出去转转好吗？"

这是肖童从戒毒所出来后，庆春第一次表示要陪他出去。肖童当然兴奋不已，晚饭时的龃龉被彻底地置之脑后。他说："好啊，你想去哪儿，我都奉陪。"

庆春故意板脸："这明明是我陪你，怎么你要抢这个人情？如果你是为了陪我的话，那就免了吧，我明天还不如去单位加个班。"

肖童连忙改口："好好好，是你陪我，你大公无私，救死扶伤，送温暖，献爱心，你说明天去哪儿？"

庆春说："我天天在外面跑，我去哪儿无所谓。这回放权给你，你说了算。"

"我说了真算吗？"肖童暧昧地一笑，"那咱俩明天哪儿都不去了。你爸爸不是出去吗，咱俩就在家休息，聊天，做饭，看电视，好不好？"

庆春说："还是出去走走吧，你的身体也需要经常户外活动。"

肖童说："那就走远一点，我们去爬长城，有兴趣吗？"

庆春说："星期六星期天，长城人太多吧。"

肖童说："咱们别去八达岭慕田峪，那地方去的人太多，都俗了。咱们往远了走，现在爬长城，讲究去金山岭。"

他们当即把父亲刚刚搞来的旅游指南找出来看。金山岭距京城一百三十公里，看来明天还得早点起。于是这一晚不到十点他们就关了电视，准备了一下就各自回屋熄灯上床休息了。

北京深秋的早晨被一股清澈无比的寒气包围着，灰色的薄雾搭配树叶的金黄，游移着油画一样的凝重和迷茫。他们身背简单的行囊出门上路，街头尚不见行人和车辆。他们乘了早间的火车到达密云与滦县交界的古北口时，太阳刚刚燃亮了司马台和老虎岭。他们来得太早了，山上山下，不见人迹。司马台长城沿着那一线高峰低岭起伏翻腾，动感无限。而山野中的那份宁静，又使人发思古之幽情。火一样的朝阳，辉映着满山的秋黄，让人觉得金山岭正是为秋天和朝阳而名。

他们显然是今天登山索道的第一批乘客，这很让人兴奋。在半山腰下了索道，他们又拾级而上，捷足先登，开始了对顶峰的攀缘。从旅游指南上他们知道这里是整个儿万里长城中防御工事最密集的一段，一百四十多座敌楼布满二十公里长的每一处峰顶和险口，看上去可算步步为营。比起八达岭和慕田峪，这里更为山高崖险。在有的城段，台阶的仰角至少有七十度，状如天梯，且无扶手。登上这段天梯还要过一道长数丈、宽仅半米的“天桥”。看到“天桥”在万丈深渊中凌空飞渡，庆春有些胆寒，说:“到此为止吧，别往上爬了，摔死了都没人救。”肖童见她望而却步，连忙拽住她的手，大声呐喊着:“嘿嘿嘿！咱们都走到这一步了，谁都不许半途而废。你抓着我的手，跟我在一起，没有过不去的关口!”他不断地用豪言壮语鼓舞着庆春。这让庆春不仅看到了一种令人感动的男人气概，也看到了胡新民和李春强都不曾有过的天真和朝气，这种天真和朝气有时几乎就是一种淳朴。她看着他那被强烈的阳光和边塞的劲风熏拂的健康的脸，怎么也想象不出她在自己的生日之夜看到的那个被毒瘾吞食得病入膏肓的肖童，和此刻的这个大男孩，竟是同一人。

他那有力的手，他那大声的吆喝，对庆春都充满了诱惑。她横下心跟他向前走，那心惊肉跳的几十步，使她有一种毕生难忘的刺激和新奇。

她不敢想，这会不会就是自己所爱的人?

过了天梯天桥，又过了仙女楼，便一举登上了司马台的巅峰——望京楼。他们都出了汗，站在这千古敌楼上大口喘息着。极目远眺，西边就是天险古北口，再西可以看见燕山山脉的最高峰——风起云涌的雾灵山。往南偏一点，烟波浩渺的密云水库碧蓝一片，尚未封冻。再往南，若隐若现的便是北京城。万千高楼大厦由此看去，只是明暗不定朦胧不清的一片颜色……

庆春看着北京，她第一次这样审视着北京。她很想分辨出自己的家在哪儿，在东边还是西边。这时，肖童从她的身后用两只长猿一样的臂膀，轻轻地抱住了她。她猝不及防全身轰一下热起来，可却打了一个冷战。她明知这里没人。天还早，这里是司马台的最高点，几乎与世隔绝，但她每一个细胞都在下意识地打战。她没有动，她肢体僵硬好像已不能再动。

肖童的脸轻轻靠在她的肩头，他用整个儿怀抱围拢着她。他说这里真美。

战栗之后，她渐渐有点陶醉。是他的怀抱，是他的声音，他说这里真美。是的这里真美！她感到他在亲她，是那年轻的、柔软而湿润的嘴唇。这感觉与新民的不一样，新民的亲吻是那么扎实沉稳刻板规矩，而此刻，却飘忽、温润、胆怯，和一种带着罪恶感的慌乱。

她终于往前走了一步，离开了他的拥抱。她没有回首，像是对迎面的风说："别这样肖童，我爱你，可我是你的姐姐。"

肖童再一次抱紧了她，比刚才更加执着有力。他说："庆春我爱你，我心里只有你，只要你高兴，我可以从这儿跳下去。"

她再次挣脱开，挣脱开他有力的双臂和满嘴喃喃情话的低语。她说："肖童你别强迫我好不好，你做什么都应该像个大人！"

肖童很尴尬地站在那里，阳光把他的全身照得鲜明触目。他说："你生气了？"

庆春说："没有，我只是，只是不希望你这样乱来。"

肖童情绪波动，表情黯然地说："我永远摸不透你，不知道什么是真正的你。我一直猜你爱我，你做了很多事都说明你爱我。难道这其实都是游戏?”

庆春说:“我们了解太少了，不应该这么着急谈‘爱’字。爱是一生的承诺，怎么能只争朝夕?”

肖童平静了一下心情，说:“那好吧，我不急，如果刚才我太用力弄疼你了，求你不要生气。”

庆春笑了，她主动伸出手，拉了他的手，说:“走，我们下去!”

那天他们带了一个相机，他给她照，她给他照，在每一个险峻处都留一个念。可惜山上找不到人帮一个忙，以致最后也没有一张两人的合影。多年以后，庆春一直都在感叹这个遗憾，因为金山岭对她来说，确实是一次难忘的浪漫之旅。

那天回家之后，在晚餐的饭桌上，父亲问起他们对金山岭司马台的感受，她和肖童都不约而同很低调地支吾其词。但父亲一离开饭桌，肖童便放肆地去摸她的手。他说:“说真的，这些年我去了那么多地方，连德国在内，最喜欢的还是司马台。我第一次去就一见如故，就觉得那儿是我的福地。”

庆春拨开他的手，说:“好好吃饭。”又问:“为什么?”

“那儿那么险峻，那么壮观，而且清静，有灵气。另外，今天在那儿，最重要最难忘的，是……”

庆春知道他要说什么，制止道:“嘿，你别自作多情没完没了好不好。”

肖童笑道:“那就不说了，就算我自作多情吧。”

他果然一边吃饭，一边做思想状。庆春看他，那张像模特一样标致的脸上，一点也看不出吸毒的痕迹来了。她想，这是父亲的努力，也是自己的影响力，他肯定是为了她才会戒得这么快，效果这么好！她为自己而暗暗骄傲。

两天之后，到了李春强的生日。庆春那天晚上特别从单位早回来了一会儿，检查一下生日晚餐准备工作的落实情况。令她感到欣慰的是，肖童虽然对请李春强来过生日心怀不满，但对各项工作还是任劳任怨。父亲的角色已经从事必躬亲的一线退居到指手画脚的二线，动手操作的事几乎全是肖童一人包揽。

六点半钟李春强来了，一身便衣。庆春和父亲陪他在客厅里坐，饭桌就设在这里。肖童因为一直在父亲那个单元的厨房里忙活，所以直到酒菜上桌才过来与李春强见了面。

双方都挺平淡，只点了一下头。

父亲说："今天你过生日，我也借光喝点酒，喝古井贡如何？"

李春强说："客随主便。您喝我陪着。"

开了酒，菜也都上了桌，肖童又去厨房收拾。庆春左等不来右等不来，见李春强已面露不快，便让他们先吃，自己跑到这边厨房来叫肖童。肖童说："你们先吃我收拾完了再过去。"庆春命令他放下，说："你怎么这么不懂事，明知道大家都在等你，你这不是成心吗？"

她硬拽了肖童过来入席，也给他的杯里倒了一点酒。大家举杯，祝李春强长命百岁。四只杯子在一起胡乱地碰了碰，李春强和父亲都是一饮而尽。

李春强说："叔叔，您是长辈，让您给我祝寿，有点不成体统。"

父亲说："那有什么，谁过生日谁是寿星老。将来肖童过生日，我也得祝一声长命百岁。”

李春强看一眼庆春，别有用心地说：“肖童就更是晚一辈儿的人了。”

肖童目视李春强，那目光并不友好。庆春连忙半开玩笑地拨乱反正：“春强你别净充大辈的，占人家便宜。”

李春强口无遮拦地说：“本来嘛，咱们都工作多少年了，他还没毕业呢。”

庆春心里怦地一跳，心里骂死了李春强！你明知道肖童已经失学在家还提毕业这种字眼干什么！转脸悄悄看肖童，他似是浑然未觉地在给父亲倒酒。

父亲和李春强又干了一杯。李春强祝父亲身体健康。

开席不到一分钟，已经两杯酒下肚，显然喝得猛了点，李春强脸色微红，又满上了一杯，面对庆春，说：“来，我祝你永远年轻、永远这么漂亮。另外，把枪练准。”

庆春说：“承蒙吹捧，也承蒙批评。”她抿了一口，李春强又干了。

庆春对肖童说：“你单独敬一杯李大哥。”

肖童听话地端起酒杯，说：“祝李大哥事业发达、官运亨通。”他祝完自己先喝了一小口，李春强说：“哎，喝完。”肖童也听从地喝干了杯子。

李春强举起杯：“那我也祝你，祝你什么呢？”他转头问父亲：“他现在这病治到什么程度了，还顺利吧？”

父亲也没想到他会当着肖童的面在这种场合问这个，嘴里塞着食物急得不知先咽还是先说。

“嗯，嗯，还好，好，好……”

李春强转脸对肖童举杯：“我祝你，养好身体，彻底把病根给断了！”

他又是一饮而尽。但肖童此时的脸色比他还要涨红。

父亲咽下嘴里的东西，他显然也注意到了肖童的窘态，不得不发表几句正面的评价。

“肖童这孩子，真是挺好，聪明，人品也好，我挺喜欢，挺喜欢……”

李春强附和着说：“本来嘛，人聪明，年纪又那么轻，所以我刚才说嘛，一定要把那个瘾给断了，否则就毁了。我也知道难，难也得下决心，十年八年也得下这个决心！”

父亲顾左右而言他，扯开了话题：“来来来，再喝。没关系，这是低度酒。”

庆春和父亲都起劲地劝酒，挑选着李春强感兴趣的话题。父亲说：“听说你们最近出差，净拣昆明、桂林这种山明水秀的地方走，你们是办案去了还是旅游去了，警察现在是不是也越干越潇洒了？”李春强说：“我们再潇洒也比不过叔叔，您是搞地质的，名山大川就是你们上班的办公室，游山玩水是你们的本职工作。”父亲说：“那倒也是，我这么多年，国内的好地方也差不多走遍了，就是一次没出过国。”李春强说：“现在可以买旅游票出去，方便得很。”父亲说：“也贵得很，没上万块钱玩儿不好。”李春强说：“要是出去的话您最想去哪儿？”父亲说：“我倒是很想去一趟香港，中国自己的地方，没去过是个遗憾。”李春强笑着说：“叔叔您气派太小。”又问庆春要旅游的话最想去哪儿，庆春说想去美国，看看资本主义发达成什么样儿，腐朽成什么样儿。庆春见肖童有些被冷落，就问他最喜欢哪里。肖童驴唇不对马嘴地说："最喜欢司马台金山岭。"

庆春不去接他这个话茬，她又和父亲夸耀起李春强的枪法："那真是指哪儿打哪儿百步穿杨。"父亲问："那你的枪法怎么样？"庆春自甘下风地说："我是打哪儿指哪儿。这射击、格斗、驾车什么的，都是男同志的强项，女的怎么也不行。"李春强说："那不一定，解放以前华蓥山游击队司令双枪老太婆就可以左右开弓，说打你眼珠，不打你眼窝。"庆春面对父亲说："男女生理条件就是有差别。你看今天李春强就三十了，看上去是比我大几岁，可二十年后我们俩再站到一块儿我就没法看了。女的生理上比男的就是弱，老得快。"李春强说："那也不一定，历史上有名的老寿星净是女的，杨家将里的佘太君，一百岁了还挂帅出征呢。男的这么有精神的还没听说过……"

一直低头吃饭的肖童冷不防参加了他们的抬杠，他插嘴说："佘太君那是传说人物，是民间故事，不能真当有这么个女寿星。"李春强最讨厌人家当面驳斥他，尤其是他的下级或晚辈。他皱眉说："你这就是抬杠了，我不过是举个例子，说明年纪大也有老当益壮的。"肖童还真是抬杠，说："那你干吗不举孙悟空的例子，他五百岁了还长征呢。"

父亲哈哈大笑，庆春也笑。李春强无从发作，悻悻地说："现在的大学生都是这个毛病，都这么好斗，这么自以为是，得理不让人，这么攻其一点不及其余。"他一边说一边自己又干了一杯。

父亲看他的样子，盖了酒瓶，说："你差不多了，再喝该回不去了。"可惜父亲已经说晚了，李春强这时已经半醉，他半醉的表现就是话多。他又把酒瓶打开，说："反正这是低度的，低度的酒不醉人，可就是喝起来像酒精掺了水没意思，要真喝还是喝高度酒过瘾。”说到过瘾他又问肖童，说：“这喝低度酒的滋味是不是像吸掺了面粉的海洛因一样没劲？要不然稀释的海洛因怎么就那么不值钱。”

他说完这话，全场都静了。庆春和父亲面面相觑，不知所措。肖童夹菜的手停在空中，微微颤抖，但他还是把菜夹到了父亲的碟中，说：“伯伯，您该多吃点素的。”

说完他站起身来，把吃净的盘子收起，拿到厨房去了。他这一去就再不见回来。庆春坚决不让李春强喝了，为他盛了饭。然后就到父亲那个单元的厨房里来叫肖童。肖童正在洗碗，他说他吃饱了就不过去了。

庆春还是劝他：“不过去不好，显得不礼貌。”

肖童说：“他总是挤对我，你都看见了。要在外面我非揍他不可。”

庆春看他脸色，知道他正在火头上，勉强他过去效果也不一定好，就劝慰两句说：“不想过去就算了，不过你心眼儿也是太小了点。喝酒时说的话，用不着那么当真。你刚才还拿孙悟空挤对他呢。”

肖童不说话，低头使劲地刷一只铁锅。

庆春回到饭桌上，父亲问：“肖童呢？叫他过来吃饭，不吃主食不行。”庆春遮掩地说：“他吃饱了，我叫他洗碗呢。”

直到李春强吃完饭，吃完水果，吃完生日蛋糕，喝完茶，和父亲滔滔不绝地聊完了天，告辞要走的时候，肖童也没有再露面，也没有出来说再见。

李春强一走，父亲马上过去看肖童。他甚至担心他这些天的工作成果会因为李春强的口不择言而付诸东流。好在李春强一走肖童脸上马上多云转晴，和父亲有说有笑，上了床他们还聊到很晚。

尽管如此，欧庆春第二天上了班还是直截了当地向李春强表达了不满。不料李春强对自己昨晚的表现不觉有过反觉有功，他说：“我昨天对你那位小弟弟很不错了，我敬他酒，鼓励他下决心戒毒，我是真心实意的，难道他连这个都接受不了？这种吸了毒的人就得有人不断在他身边提醒他教育他，我这是替你们做工作。”

庆春说：“做工作可不是在昨天那种场合，而且你还问他被稀释的掺了假的海洛因是不是跟喝低度酒一样不过瘾、不值钱，你这样连讽刺带挖苦的会有什么效果？”

从表情上李春强有些自认理亏，但他只沉默了一会儿就又说：“连开这么个玩笑都不能接受，那自尊心也太强了！”

庆春说：“对一个吸毒的人来说，再没有什么比建立他们的自尊心更重要了！”

李春强说：“好，我向你道歉，向你爸爸道歉。”

庆春想说“你该向肖童道歉”，但想想算了。她想，以后再也不要有这种傻瓜一样的念头，再也不要一厢情愿地为他们联络感情制造这种机会了。闹了半天男人也不全是心胸广大，在个人情绪上也不全是绅士风度。她觉得这顿饭纯粹是她搬起石头砸自己的脚。

李春强同样是一脸的不得志，他说：“庆春，我这生日过得也不痛快，有好多想说的话，当着他们也不便说。我们还是在外面单聚一次吧，我来请客。”

三十一

李春强的生日聚会终于不欢而散，也使欧庆春那个处心积虑的亲和计划彻底破产。但那天晚上肖童的克制和无辜，进一步加深了她的好感。在她的生活里，肖童越来越成为一个让人惦念的角色。由此她也证实了情感的力量，她对肖童投入的每一分关爱，如今都结出了厚重的果实。肖童已经完全走出了吸毒的阴影，她相信她已经让他脱胎换骨成了一个新人。如果你不说的话，有谁会相信他这样一个有着健康的外表、开朗的性格、强烈的自尊和正常的克制力的阳光少年，不久前还是一个病恹恹的大烟鬼呢？她觉得李春强实在没有理由再歧视肖童，而且不管是有意无意，不该再那样刺伤他。

这天上午处里召开“6·16”案的专题会，处长听了这一段调查工作的汇报，对他们工作的细致和不计浩繁给予了肯定，但对案情进展和那些证据的价值，则没有发表正面的评论，这使李春强和欧庆春都感到了几分难堪。

在会上处长的眉眼也始终未见舒展，散会时他用一种总结性的口吻表达了自己的不满："这案子这么弄下去，恐怕不是个办法，看来对方自我保护的功底和反侦查的手段是不容轻视的，再加上我们最近几次行动，在客观上惊动了他们，他们比过去就更要藏头缩尾了。在这种情况下这么按部就班地进行常规调查，收效当然不会太大。桂林方面把司机都放了，关敬山虽然还押着，但最后能不能判，不好说，材料已经送了一次检察院，因为证据不充分让检察院给退回来了。再审不出结果来可能也要放人。广州市局对红发公司的贩毒问题基本上已能认定下来，为首的几个头头都正式逮捕准备起诉了。但这些人至今也没有把一切都供认出来，因为他们知道这个罪名，一供了就得枪毙。所以不会放弃侥幸心理，在法庭上也还会装模作样地喊冤，我看是准备一直喊到刑场上去了。所以指望从他们的口供上翻出关敬山甚至欧阳天的老底，真是一点把握没有。我们不能吊死在这棵树上。还是得另辟蹊径，自己想想办法。"

处长说说容易，可又从哪儿另辟蹊径？庆春看一眼李春强，李春强低头沉思。她知道，其实他什么也没想，此时谁都无计可施。

大家都沉默了一会儿。处长看看李春强，又看看欧庆春，一句话突然脱口而出："能不能重新起用肖童？"

李春强霍地抬起头来，愣了一会儿，不解地说："前一段不是一直有用嘛。可富宁大捷之后，就没见他再搞出什么东西来。"

处长的话让庆春也吃了一惊，她觉得处长是被逼疯了。

可处长的口气听上去却非常冷静，说："也许现在的条件允许我们换一个方法，换一个思路，让他用一个新面目重新登场，主动出击一下。”

处长见他们还是犯愣，如此这般，说了一个大致的想法。李春强听罢拍案叫绝。欧庆春却没有表态，她脑子一时有点蒙。

李春强虽然为处长的计谋叫好，但对肖童的个人素质和配合的态度，则表示了担忧：“这小子有时候挺浑的，素质比较差，不那么好说服他。”

庆春则对李春强顽固的成见有点反感，忍不住反驳说：“你客观一点好不好，他素质怎么啦，我觉得并不像你说的那样坏。”

李春强还没有来得及争辩，处长已经接过话来，冲李春强笑道：“世界上的事还就是一物降一物，对这小子你觉得扎手，庆春可有办法。”

庆春对处长调侃式的表扬没有一点得意，对处长的方案她只感到突然和矛盾，态度也表现得非常迟疑：“他刚刚戒了毒，心情和身体都刚刚稳定，和欧阳兰兰的那一段，对他本来就不堪回首，再让他旧事重提，我担心他会承受不了的。”

李春强说：“冤有头，债有主，他现在的处境，正是欧阳天和欧阳兰兰一手造成的，他应该报仇心切才对，怎么叫不堪回首？”

庆春确实有些不忍让肖童再和欧阳家打交道了，但这心情又说不出口。她面色沉重，听处长又说了些相信她一定能做好肖童的工作，把这一仗拿下来的鼓励的话。她知道，这也是拍板敲定的意思。

见庆春面有难色，态度消极，李春强自告奋勇对庆春说：“你要没把握的话，咱们可以一起和他谈。我晓之以理，你动之以情，再不行的话，还可以诱之以利。他要确有立功表现，咱们公安局完全可以出面找他们学校，帮助他恢复学籍，怎么样？”

庆春想了想，说：“算了吧，还是我一个人先谈谈看吧。你和人谈话太厉害太尖刻，到时候再问点稀释的海洛因是不是跟低度酒一个味儿之类的问题，熟饭也得让你折腾夹生了。”

处长问：“什么海洛因低度酒，又是李春强编的段子吧？”

李春强支吾其词：“没有，没有。”然后顾左右而言他。他对庆春又提这事，心里显然有些恼火，散了会也不和庆春多说，严肃着面孔先行而去。

李春强喜怒哀乐着于心形于色是多年来一以贯之的性格，庆春见怪不怪。这天晚上，她下班回家较早，心情忐忑地准备和肖童谈话。

她一进家门就听见肖童和父亲热烈的说笑声。她深受感染也笑着问：“有什么喜事？”父亲答非所问，说：“你今天倒回来得早，我们还没做饭呢。”她说：“就随便吃点剩的吧，你们笑什么呢？”肖童一脸顽皮地说：“今天你又多了个弟弟，你猜猜是谁？”

弟弟？庆春疑惑不解，以为是个笑话，她一脸正经地说：“有你一个我就够烦了，再多一个我还不得跳楼。”肖童说：“你看！”他让开身子，身后露出一个纸箱，纸箱里垫着一条旧床单，床单上蜷缩着一只巴掌大的黑色的猫崽。

他说：“公的。”

庆春惊奇地叫了一声，惊奇之余又觉得有些突然。她从小家里干干净净的，从未养过猫狗之类，因此对这黑乎乎的不速之客没有一点心理准备。“咱们怎么养这个，这个养不活的。”她说。但看那猫崽毛茸茸的样子，又不能不有怜悯疼爱之心。令人费解的是，父亲一生只知革命工作，最恨玩物丧志，如今在这小宠物面前，竟也笑逐颜开，童心毕现。庆春想，这都是肖童搞的!

果然，父亲说这是下午他们一起上街时看见有人卖的，是肖童坚决主张买才买下来的。他和肖童经过讨价还价，最后花了八十块钱成交，父亲说:“真不算贵，这毕竟也是个活物，是条生命啊。”

看着父亲的兴致，庆春不能不承认肖童确实给这家里带来了从未有过的气氛，活跃而热烈，充满了生活的情趣。这家里现在到处都能看到肖童独出心裁的小小的布置，这儿挂一张画，那儿摆一盆花，连厨房厕所里都巧妙地摆了些小玩意儿。他似乎比这房子的主人更把这里当个家。

接着他们就坐下来商量给这个小家伙起个什么名字，父亲开玩笑说:“不如就叫欧小春吧。”庆春大闹:“不行不行，那不真成我弟弟了，那还不如叫肖小童呢。”她说从一般习惯出发，还是叫个咪咪呀或者叫小黑呀什么的，名正言顺。父亲征求肖童的意见，肖童说:“那就叫小黑吧。咪咪太女性化了，小黑还像个男孩子的名字。”

给这个新添的家庭成员议定了名字，父亲提了个塑料桶到外面去找供小黑排泄的沙子。肖童到厨房里热那些剩饭。庆春蹲在纸盒边上玩儿个新鲜。这小动物可怜巴巴的软弱的躯体，让庆春油然生出一种对童年和母亲的怀念。

但是很快，她的思绪又回到眼前，她快速地调整了一下心情，离开纸盒，坐在肖童的床上，想着待会儿怎样开口和他谈话。她不知此刻最难的究竟是说服肖童还是说服自己。

肖童的枕边，卷着一卷像是用过的口巾纸。她顺手想替他收拾干净，不料那纸里突然滚出一只一次性的注射器，针头不知到哪里去了，针管里还触目地残留着少许乳白色的液体。

这是什么东西?

她茫然了片刻,马上震惊了。她明白了这东西就是毒品!她不相信自己的眼睛,不相信这就是她所看见的东西,她甚至依稀觉得这一刻似乎在梦里。她对他那么好,尽心尽力。她,和父亲,和这个家,都尽心尽力。她是在他最没人要的时候,用自己的心来收留他的。她甚至常常在夜深人静时对着新民的遗像,向他讲述这个不期然闯入自己生活的年轻人。不管李春强怎样怀疑和贬低,她总是维护他,相信他。她现在才意识到她是让他那迷人的外表给骗了!她始终以为他已经把毒戒了,而且是为她而戒的。她一点也没想到他竟会躲过她的眼睛,躲过父亲的眼睛,变本加厉,甚至用上了注射器!如果不是她今天回来早了,他没来得及收好,她也许再过多久也不会发现。

她望着这邪恶的针管,那不干不净的白色的液体,欲哭无泪!在无数案件的现场她都见到过这肮脏的针管,没想到这一次是在自己的家里。

肖童这时在外面大声喊"吃饭啦!",声音依然那么饱满。她走到门厅,肖童早已在饭桌上摆好了碗筷。又端着一盆热好的米饭从厨房里出来,笑着说:"好了。"可他的笑容随即就疑惑地凝固在脸上,显然他看见了她的脸色。她没办法控制自己脸上的愤恨和痛心。她把那肮脏的针管戳到肖童面前,浑身发抖地问:

"这是什么?"

"……这个呀,你说这个呀……"

她分辨不出肖童的表情是在继续撒谎还是要解释和承认,她已经将一个耳光重重地抽在他的脸上。“啪”的一声，冒着热气的饭盆摔在地上，白花花的米饭撒了一片。父亲恰在这时拎着一桶沙子进来了，大惊失色地看着摔掉的饭盆，看着肖童狼狈不堪地捂着脸，看着庆春脸上热泪纵横。庆春泣不成声地说：

“你走吧，现在就走！你没有资格住在这里！”

父亲颤虚虚地说：“怎么回事，怎么回事？”

庆春指着肖童：“你骗得还不够吗？你还有一句话是真的吗！还有一个表情是真的吗？你戒不了为什么要骗我！要住到这里来骗我！”

父亲站在两人当中，哆哆嗦嗦地问：“怎么啦，这是怎么啦？”他把庆春推到屋里，抬高声音劝她：“你不要这样好吧，有话好好说不行吗，你比他大，他有不对的地方你也该让着他。”

庆春这时才痛悔地明白自己原来已经爱上了这个人，她不爱他就不会有这样撕心裂肺的战栗。她已经一步一步地走近了他，已经在心里把自己和他摆在了一起。就因为相信了他的纯真和率直，相信了他的热情和骨气，相信了他的一切伪装。她真想为自己拼命地哭一场。但她压制住，只向父亲咬牙切齿：“他不该骗我！你让他出去！让他走！”

父亲站在卧室和门厅的中间，向肖童使着眼色：“肖童，你先出去一下，先出去一下。”庆春知道这不是父亲的逐客令，他只是让肖童回避一下她的歇斯底里。

肖童走了。庆春听到门重重地关上，听到楼梯上混乱而快速的脚步，那声音急促得如天塌地陷。

父亲关好了门，一声不响收拾了地上的米饭。等庆春停止了唏嘘，才慢慢地问：

"到底为什么，你发这么大火？"

庆春指了指扔在床上的针管，说："你看那个。"

父亲拿起针管，不解地问："这又怎么啦？"

庆春疲倦万分地喘口气，说："他根本没有戒毒，他骗着我从戒毒所领他出来，骗着我把他带到家里来住，其实他一直在吸，现在已经发展到用针管注射！您天天守着他，你就看不见吗！"

父亲举着针管："你说这个？这是我们刚刚买的，是用它给小黑灌奶的，我们刚才还用过。"

"小黑？"

庆春全身一软靠在了墙上，愣愣地看着父亲半天说不出话来。但内心里随之而来的，是一阵热烈的狂喜。啊，肖童还是原来的肖童！可父亲发怒了，他把厨房里剩的牛奶，把扔在垃圾桶里的注射器的包装袋，全都拿过来，摆在庆春的面前。他气得全身哆嗦。

"你这是职业病，你看谁都像骗子，他来咱们家这么多天了，他总的表现是好的，你怎么就不过脑子分析分析？你神经过敏主观臆断！我辛辛苦苦，辛辛苦苦做了那么多天的思想感化工作，昨天李春强那么一搞，今天你这么一闹，还有什么作用？他的脾气我知道，他这一跑能死给你看！他不会再回来！你信不信？"

父亲的话音未落，庆春已经冲出去了。父亲也跟着她跑下了楼。他们在楼前楼后以至附近的街上四处寻找，发神经一样地大喊："肖童！肖童！"但肖童不见踪影。

整个儿晚上他们都在找。街上，街心的花园里，肖童的家……庆春甚至给郑文燕也打了电话。一直到半夜了肖童也没有回来。她明知道他不会回来，但楼梯上一响起脚步声，她的全部神经总要条件反射地紧绷起来。晚饭她和父亲谁也没有心情吃。晚上十二点钟父亲把饭又热了热，叫她。但父亲的脸色像鞭子一样抽打着她。她看着父亲把注射器里抽进了奶水，塞在小黑的嘴里一点一点地推进去，她看着小黑吮吸有声地鼓动着小嘴，禁不住潸然泪下。

那一晚庆春几乎彻夜未眠。第二天早上电话铃突然响了，她怕肖童听到她的声音就挂断，因此让父亲去接。父亲接了，又把听筒给她，说："这是春强。"

李春强在电话里问她和肖童谈得怎么样，如果已经谈好的话上午可以带他到据点里来一起商量一下行动的步骤。庆春答非所问说："春强你能不能把车子借我一下？"李春强说："没问题，你用车干什么？"庆春说："肖童丢了，我要去找他。"

李春强很快把车子开来了。他问庆春这到底是怎么回事，庆春简单地说了事情的原委，但李春强不信。他说："不会吧，如果你只是怀疑他在吸毒，骂他两句他不至于弃家出走一夜不归吧，你们之间是不是还有什么别的事，怎么总让人觉得叽叽咕咕神神秘秘。"

庆春说："你别瞎想了，以后再跟你细说，你先把车给我。"

李春强说："你脸色非常不好，眼睛都是红的，你是不是哭过，他到底对你做了什么？"

庆春说："他没对我做什么，是我昨天晚上没睡好。"

李春强半信半疑盯了她一会儿，才闷闷地说："你这样子怎么开车，还是我来开吧。你说上哪儿去找他？也许他又找上哪个毒友，躲到什么角落里吸上了也说不定。结果你还以为他在哪儿伤心呢。"

李春强自顾嘟哝着，庆春不想和他争辩。她上了车，说：“走，我知道他上哪儿了！”

他们开着车，开足马力，开上宽阔的京密公路。两个小时后，他们到达了金山岭的脚下。李春强疑疑惑惑地问：“他在这儿？”庆春不答。她跳下车，大步流星奔司马台长城跑去。李春强完全摸不着头脑地紧步后尘。山上没有人。开索道的工人疑惑地看着这两位严肃而焦急的乘客，也许带着这种表情登山的人非常少见。他们下了缆车继续往上爬，越往上爬路越难走，李春强越不可思议：“肖童怎么会在这儿？你们搞什么名堂？”他气喘吁吁爬上陡峭的天梯，又跟在庆春身后亦步亦趋如履薄冰地步上天桥。他奇怪为什么一向冷静务实的欧庆春，在认识了肖童之后这么快就变成了另一个人。她大早上匪夷所思地把他领到这里，看上去几乎像个疯子。

风很大，不时在空中发出强劲的撞击。风使这里绝了人迹。风声更增加了庆春的幻想，她想象着肖童会有怎样一种心情——如果他伤心了绝望了，他一定会来这里。

她几乎是用最后的喘息，登上了司马台之巅——望京楼。

尽管她已经想到了，尽管她已经有了预感，但当她在望京楼看到蜷缩在避风处的肖童时，仍然觉得这是奇迹。她大口地喘着气，泪花迎风迸出，她轻轻地叫了声：“肖童！”在风的呼啸中犹如耳语。

但肖童听见了。他扶着斑驳残缺的城墙站起来，人显得又脏又瘦。在阳光下那颀长的轮廓又像一个变形的雕塑。庆春想说：“你原谅我吧，我错怪了你。”但她张开嘴，却什么也说不出。肖童的双唇也哆嗦着，他向她注视刹那便张开双臂。庆春无法自制地扑过去，任肖童用尽全力把自己抱在怀里。

他们紧紧地抱在一起，热泪滚滚，湿了彼此的肩头。肖童哽咽地说:“你别让我走，别让我走，我能好好活着，就是为了你。你不要我，我就完了，就完了。”庆春没有说话，她抱着肖童，仿佛怕他再丢了似的，又像抱着一个流浪在外受了惊的小弟弟，不断用手安抚着他的脊背，他们都忘记了忽略了紧随而来的李春强，他如梦般地站在他们身后。随即他默默地转身，往山下走，脚下如驾了云一样穿过天桥，万丈深渊如履平地。升高的太阳给整个儿司马台带来一丝暖意。李春强迎着刺目的阳光只身下山，一个人疯也似的开走了汽车，把阳光笼罩的司马台远远地甩在身后。刚才目击的一切对他来说已经不是什么悲痛，而是一种猝不及防避之不及的羞辱!

在路上他把油门踩到了极限，他大声地唱歌，但唱了两句便戛然停下。他想破口大骂，只骂了句:“妈的!”便气涌胸肋。他把车停在路边，抽了一支烟。又抽了一支。心情慢慢平静下来，他想，我李春强什么没见过。

这也是在后来庆春再见到他试图向他解释的时候，他说的一句话。他不想听她的解释。他对庆春总是宽纵和袒护肖童一向不满，也表示过一些怀疑和反感。但他从未预见到会有今天这样的结果。特别是在肖童吸毒之后，她居然还和他发展到这一步，这不是堕落和自暴自弃又是什么！他认为自己心中的义愤已经不是什么个人恩怨，而是带有了一种道德的色彩。你欧庆春可以不爱我李春强，但你不能辱没了烈士胡新民的不瞑之目!

欧庆春并没有意识到李春强走得那么愤怒。她在他身后领着肖童也下了山。他们手拉着手走在空旷的公路上。公路十分干净，干净得几乎一尘不染。风也不像山上的那般生硬，变得细致纤弱，来去无声。他们心里都充满了幸福的宁静。一路步行到了古北口外的巴克什营，在那儿的一个小饭馆里吃了点东西。庆春看着低头咀嚼的肖童，看着他那苍白的布满灰尘的面容，似乎只能用“心疼”二字来形容自己此时的心情。她说：“肖童你怎么想起司马台了，怎么就想起跑到这儿来？”肖童嘴里塞满吃的，腼腆地笑笑，说：“我就这么想了，所以就来了。这儿能让我回忆，让我愿意想什么就能想起什么，我心里才舒服。”庆春问：“你想起什么来了？”肖童说：“想和你在一起呗。”他说完这话两人都躲避了对方的眼睛。肖童看着小饭馆外面的金黄落叶，说：“司马台是我们的见证。”

巴克什营是离司马台最近的一个长途汽车站。他们从这里乘车回到北京。庆春把肖童带回家已是下午，他们都是一夜未睡，疲惫不堪。父亲对肖童的归来没有表现出预料之中的惊喜和欣慰，反而有些心事重重。他照顾肖童冲了澡吃了东西然后让他睡下，他自己到了庆春这边的屋子里，在客厅里坐下。他说：“庆春你先别着急上班去，你坐一下。”

庆春坐下来，她疲乏的神经仍然可以从父亲的神态中预感到有什么事情将要发生。她心里极其不安地坐下来，但样子却很安静。

父亲说：“刚才，春强来过。”

此话一出庆春就明白了父亲的沉郁，但她仍然没有急着解释。她的沉默使父亲更加出语踌躇。

“你和他，和肖童，到什么程度了？”

庆春开口，反问："李春强跟您怎么说的？"

"他说你和肖童，是那种关系。"

"他说我们是哪种关系？"

"你说是哪种关系，我这么问你还不明白吗？"

庆春沉默。

父亲直言不讳地说："我认为这样不合适，春强也认为不合适。"

庆春眉头一挑，她对李春强的干预有些生气："他有什么资格说三道四！"

父亲严肃地说："你和李春强成不成，那是你的自由。他来找我也是为你着想。肖童年纪小，你不在乎也可以。你和他是工作关系，谈恋爱行不行我也搞不懂你们的规矩。可你不是不知道，他吸毒啊，这可是一辈子的毛病，你不能不考虑！"

庆春说："我和肖童今后怎么样还没有定。因为我欠了他的所以我要还他，也许这是命中注定。"

父亲说："你欠他的你已经在还，你把他接来，帮他戒毒，你对他已经很好了。就算滴水之恩涌泉相报也用不着以身相许。他如果没有吸毒这事我可以不管，可有了这事，这事明摆着，我不能不提醒你。"

庆春低了头，她说："他不是戒了吗？"

父亲说："我原来不懂，肖童来了以后我看了很多这方面的书，戒过毒的人又复吸的是占绝大多数，克服身体对毒品的依赖很容易，但是断除精神的依赖很少有先例。抽上一口就是一辈子的事。你一辈子要看住他！一辈子要提心吊胆！你愿意这样一辈子吗？"

庆春无言以对，心乱如麻。她知道和肖童相爱是多么艰难甚至不现实。但脑子里，也许从昨天开始，总是赶不开他。

父亲说：“他也不能总住在咱们这里，咱们帮他，总得有个头吧。”

庆春抬头说：“你想赶他走吗？”

父亲沉默了一下，说：“应该尽快让他找份工作。他有了工作，有了寄托，自己回家住也可以。你不是说他原来有女朋友吗，他们是不是还联系？”

庆春半天没再说话，父亲说：“你到底怎么想？”她站起来，只说：

“我得上班去了。”

她穿起外衣，拿起手包，走出门。在出门的刹那她蓦然回首，看见父亲一个人枯坐在沙发上，老态毕露，心里不免有些酸楚。她说：“爸，你让我自己好好想想，别急着逼我。”她又说：“爸，待会儿你对肖童还像以前那样好吗，别冲他板脸，就算为我。”

父亲长叹一声，说：“你见了春强，也别冲他发火，算是为我吧。”

三十二

在和肖童进行了认真的谈话之后，欧庆春奉命带他出席了“6·16”案下一步工作的部署会。

这是肖童第一次正式参加警察的内部会议。会议安排在景山附近的一个古色古香的四合院里，他听警察们管这个地方叫“点儿”。

这座四合院不大，但廊庑周接，回环四合，精巧别致而又小有气派。院内种了许多四季常青的植物，虽已时至初冬，仍然天养地护，枝繁叶茂。特别是当庭一架盘根错节的藤萝，据说已有百余年的历史，岁月依稀，峥嵘依旧。肖童听庆春说，这儿是过去一个王府的一角，而这王府的大部分旧宅，早已荡然无存。肖童对此将信将疑。虽然他在历史课中知道北京自明代拓城以来，几百年王府宅邸，多不胜数。而且这院子的垂花门、石狮子，以及重檐藻井、砖雕彩绘，也是一应俱全，王气宛然。但他仍然疑心把这粉饰一新的小院子攀附为王府遗址，说不定是警察们自己发思古之幽情。

马处长、李春强、欧庆春和杜长发都参加了这个会。这一天阳光和煦，会就开在了正房门前的藤萝架下，倒颇像几个邻居茶余饭后的小坐。这在肖童的感觉上，与自己原来对公安机关森严不苟的想象，谬之千里。

他当然并不知道那位最后才到的年长者就是处长马占福，他只是听警察们都喊他“老板”。那“老板”的老板派头给人几分神秘，也令人肃然起敬。他能被带到这里与警察和警察的“老板”促膝而坐，心里多少有些兴奋和新奇。

“老板”很和气，开口先问他的身体是否已经复原，然后又问他对完成这个任务有几成信心几分胆量。肖童说：“庆春昨天都跟我谈了，信心没有，胆量有一点点。”他说完看一眼庆春，暗以为他这么答一定为庆春在“老板”的面前长了脸。

“老板”说：“这事儿下一步主要是你和我们李队长配合。你和李队长熟吗？”

肖童没看李春强，他没看他也知道他那张驴脸始终拉着。“老板”倒也并不等他回答，又转头去问李春强：“细节你们都谈透了吗？”

李春强说：“还没有，等您把原则交代完了，细节好谈。”

“老板”说：“原则还是那些原则，这件事原则好谈，细节难办。成功的关键是细节的设计和落实到位。你们千万别粗枝大叶，别到时候你们搞砸了又说是上面决策的错误。”

李春强说：“知道了。只要他不掉链子，我看十拿九稳。”

肖童这才和李春强对视一眼，李春强说的这个他，当然是指自己。但他默不作声。

“老板”又鼓励了几句，原则了几句，便提着皮包先走了。大家起身送行，杜长发一直送到门口。藤萝架下只留下肖童、欧庆春和李春强，三人默然相对，谁都不开口说话。

欧庆春忍不住这份别扭，拿了石桌上的茶壶进屋续水躲开了片刻。肖童和李春强更是沉默，似短兵相接。最后是李春强打破僵局先开了口。

“咱们坐下谈细节吧。”

肖童没有坐，他开口第一句便从从容容，是个问句：“李队长，你现在非常恨我，是吗？”

李春强面目冷峻，说：“你还是不是个男的，你心里还有没有正事？”

肖童毫不退让地说：“正因为我是个男的，所以明人不做暗事。你也是个爷们儿，我应该和你把事情谈清楚。”

李春强盯着他，没接这话。

肖童说：“我爱她。”

李春强眼里是火，但嘴巴关着。

肖童又说：“我敬重你李队长，我不想冒犯你。但这种事，没办法，这是人一生的感情，没法谦让，没法绕开它。”

李春强说：“你说够了吗？”

肖童张嘴刚要再说什么，李春强便打断他：“如果你说够了，我们谈细节吧。”

肖童说：“我不过是想当面告诉你我的想法，而且我不觉得我的行为有什么可耻。”

李春强有些粗暴地回答：“你听着，我现在和你站在一起是为了我的责任。咱们俩的问题，等这件事办完了以后再说！”

肖童张嘴想说什么，但这时他们不约而同地，看见了庆春。庆春已经端着茶壶站在了他们的中间，她显然已经听见他们最后的对话。

杜长发也回来了，肖童和李春强才都板着面孔坐下，言归正传。李春强把已经思考过准备过的方案细节一一道来，讲得细致而又简练。肖童也不得不暗暗佩服他的气质与经验。李春强说完了，让庆春和杜长发补充。两人未及发言，肖童倒先说了话：

“这段时间，我能不能还是和欧伯伯住在一起？我自己家很长时间没人住了，我一直没有收拾。”

李春强未答话，转脸问欧庆春：“你没跟他谈好吗？”

庆春皱眉对肖童说：“咱们不是都谈好了吗，为了应付他们万一暗中监视你，你得回家住。等这事完了再回来都成。”

肖童低了头，欲言又止。他的样子似乎有几分可怜，欧庆春安慰似的补充道：“我想这案子也不会拖得太久，我和李队长都相信你能很快把事情办好。”

肖童依然垂着头，说：“我和欧阳兰兰已经翻了脸，话也说得很绝了。女的都是要脸面的。何况她的自尊心特别强，你们想没想过她可能不想再和我见面。”

李春强冷淡地说：“女人最大的弱点，就是好奇，没有夏娃的好奇，也就没有了人类。我看你肖童倒是有这个本事。你能让不同的女人对你产生好奇。说实在的你要是没跟她翻过脸，假使她随心所欲就得到了你，她可能早觉得你其实没味了。”

肖童的脸有些烧红，他抬头看一眼庆春，几乎猜不出李春强是不是在指桑骂槐。

杜长发则无心地附和道：“没错，结婚的感觉不如恋爱，恋爱的感觉不如偷情，偷情的感觉不如偷不上手。这是俗理儿。”

他说完自己大笑。可另三个人各怀心事，谁也没露笑脸。

会开完了他们就在这个“点儿”里吃了顿极简单的晚饭。然后，肖童跟上李春强和杜长发到四季大饭店开了一个房间。就在这个房间里，李春强让肖童呼叫了欧阳兰兰。

一分钟之后欧阳兰兰便回了电话，她压抑着声音的颤抖，故作平静却连珠炮似的问，“是你吧肖童？你好吗，身体好吗，这一段过得如何？这些天上哪儿去了？怎么又想起呼我了？”

肖童问：“你在哪儿？”

欧阳兰兰说：“在家。”

肖童问：“忙吗？”

欧阳兰兰苦笑一下，说：“你那位郁教授，现在是燕京美食城的副董事长，今天又给我带来一位。是个副教授呢。你看我嫁个副教授怎么样？”

肖童说：“那挺好。”又问：“什么时候有空，能见个面吗？”

欧阳兰兰问：“行啊，你这是在四季饭店吗？我去找你？”

肖童说：“我不知道你今天要相亲，咱们改日再约也行。”

欧阳兰兰在电话里好像笑了一下：“没事，你等着我去找你。”

挂了电话，肖童抬眼看坐在沙发上的李春强，李春强问：“她情绪怎么样，口气怎么样？”

肖童说：“还是那样。”

“她马上就来吗?”

“你不是都听见了吗，我们约了半小时以后在楼下的酒吧见面。”

李春强看看表，说:“和她怎么谈，没忘吧?”

肖童没说话，他站起来，说:“我下去等她。”

杜长发说:“不是半小时以后到吗?”

肖童已经打开了门，声音留在了屋里:“屋里闷得慌。”

“等一等!”

李春强喊住了他，他站住了，一脚门里，一脚门外。李春强走过去，探头看一眼门外，走廊上空阒无人。他拿出五百块钱交给肖童，说:“结完账把发票留着，我们这儿财务上要。”

肖童看看手上几张崭新的票子，知道这就是今晚接头的经费了。他揣上钱独自下楼，进了大堂一侧的酒吧。酒吧里没几桌人，生意清淡。但他还是找了个靠墙角的僻静处坐下来。叫了一杯啤酒。自戒毒后，甚至几乎自吸毒后，他就再没有沾过啤酒。

啤酒端上来，刚喝了一口，李春强和杜长发也溜达着进了酒吧，离他不远不近找座位坐下来，点了饮料抽烟。他等着欧阳兰兰，他们拿眼睛瞟着他。

晚上八点钟，欧阳兰兰急急地来了，打扮得漂亮入时。肖童没有招呼她，任她在酒吧门口东张西望了一会儿。终于，她看到角落里的他，快步走了过来，肖童几乎看不出她脸上有任何表情。

两个人甚至没有一句互相的问候。欧阳兰兰坐下来，盯着他的脸看。他知道她看什么，她想从他的脸色上判断他的毒瘾到什么程度了。他此时的脸色健康如初。他猜不出这会使她高兴还是失望。欧阳兰兰点了饮料，然后态度矜持地先开了口：“好久不见。”她说：“看来你活得不错。”

肖童心里的怨气又升腾而起，忍不住冷笑着说：“你恨不得我死，对吗？”

他的这句话使欧阳兰兰一下子脸色苍白、目光胆怯。她的矜持顷刻被一种虚弱所代替，她用尴尬的声音说：“肖童，原谅我吧，都是因为我太爱你了。”

肖童住了声。她又说：“因为那时候，那时候我特绝望，我不想就这样让你离开我。”

肖童记得他和欧阳兰兰说过，最毒莫过妇人心。当时不过是说说而已，没想到她为了达到目的竟真的不择手段。欧阳兰兰似乎看透了他的思想，接着说：

“你别恨我了，恨也没用。你命中注定，离不了我。我就知道你会打电话给我的。咱们哪怕是冤冤相报，也脱不开这个缘分。”

肖童用眼睛瞟了一下不远处的李春强，李春强此时已移身坐到酒吧台上去了，从吧台那里往这边看可以看得更加真切。他不知道这是不是一种示意，示意他别再拖延，于是他对欧阳兰兰说：“缘分不缘分别总挂在嘴上，你帮我个忙吧，我正好有个事想求你。”

“求我？”欧阳兰兰脸上闪过一丝笑意，“什么事，是想要粉儿吗？”

肖童眨了一下眼，说：“是。”

欧阳兰兰脸上一派忧喜交集，她长出一口气，低头说：“我知道是我害了你。”她抬头，伸手抓住肖童的手，说：“你答应我吧，和我在一起，不再离开我了，我什么都能满足你。你不用担心没有粉儿，你要愿意的话我还可以帮你戒了。咱们可以到国外去戒。只要你同意不再离开我了，你同意吗？”

肖童抽回手，低头，回避开她的逼视，不知该怎么虚应。他说：“你先说，你到底有没有粉儿？”

欧阳兰兰打开皮包，从里边取出一根粗大的香烟，放到他的面前，然后打着了一只打火机，那打火机的火一跳一跳的，红得耀目。

肖童说：“我不是给我要。”

欧阳兰兰关掉打火机，疑惑地问：“你给谁要？”

“给我的老板要。”

“你的老板？”

“啊，他是倒这个的。他要的量大，你给他开个好价。”

欧阳兰兰愣了半天，有点如梦方醒：“噢，你找我来是想和我做生意？”

肖童说：“算是求你帮个忙吧。”

欧阳兰兰说：“帮忙可以，你要跟我说实话。你的老板是干什么的，你怎么认识他的？”

肖童按照编好的话如此这般学说一遍。他告诉她这老板姓于，叫于春强。自己在毒瘾发作最熬不下去的时候，是于老板救了他。他一直靠他生活，欠他太多了，所以要替他做这件事报偿他。

欧阳兰兰问：“这么说，你还在吸吗？”

肖童迟疑一下，点头。

欧阳兰兰又问：“你是吸，还是已经用针管了？”

肖童答：“吸。”

欧阳兰兰压低了声音，几乎用哀求的腔调说："肖童，你吸可以，只要控制得好，别用针管，还不至于太伤身子。你千万不能倒腾这东西。你知道吗，倒腾五十克，就能杀头啊！"

肖童说："你说得太晚了，我已经在倒腾了。"

欧阳兰兰说："肖童，那你从现在起，金盆洗手，别再干了。你自己需要粉子，我可以供你。你可以不靠这个挣钱，我可以一直供着你。你跟我到国外去，我们找个安静的地方，我陪着你，去过一种普通人的生活，好不好？你愿意到德国去找你的爸爸妈妈，我也可以陪你去，你千万别干这个事了。"

肖童摇头："以后我可以跟你去，现在不行。现在我必须替于老板把这事办了。我得把欠他的还了。"

"你欠他多少钱，我来还。"

"我欠他的，是人情。"

欧阳兰兰咬着嘴唇，终于问："他要买多少？"

"你们有多少？"

"他要多少，我可以去问。"

"要一万克，有吗？"

"我不知道，我可以找人去问，他出多少钱一克？"

"你们先开个价吧，如果有，他可以出来和货主当面谈。"

欧阳兰兰说："如果，你替他办成了这件事，你可以离开他跟我走吗？"

肖童沉闷了一下，看了欧阳兰兰一眼，含糊地虚应了一声。

欧阳兰兰使劲盯着他的眼睛："可以吗？"

他只好说:“可以。”

欧阳兰兰锐利的目光依然没有离开他的眼睛:“我希望你能把自己的话当作一种承诺,一个男人的承诺。你能吗?”

肖童的目光也不回避了,他说:“能。”

欧阳兰兰回身抬抬手,服务员来了,她说:“结账。”服务员送上账单,肖童拿过去,说:“我来结。”欧阳兰兰没有争。她看着肖童付钱的样子,目光变得温情如水。

“你现在真的有钱了?”

“做生意嘛,总要花钱。”

肖童漫不经心地答着,和她一同步出酒吧,在酒店的大堂告别。肖童说:“我还是原来的呼机,我等你信儿。对不起今天打搅了你的相亲。”

欧阳兰兰和他握了手,说:“在家是逢场作戏,到这儿来才是真正地相亲。”

欧阳兰兰还是开着她那辆宝马车,走了。肖童返身回到酒吧,李春强和杜长发已不见人迹。他上了楼,他们已经在房间里等他。他向他们汇报完以后,便先离开了房间。他独自走出饭店的大堂,走到街上。街上的商店已经关了门。地上虽然还有零星枯黄的秋叶,但气氛已是一派冬日的萧瑟。在街的对面,他看到预定停在那里的一辆吉普。他走过去,拉开车门,坐到了驾驶员右手的座位上。

车里只有欧庆春一人。

车子打亮大灯,缓缓启动。欧庆春问:“见着啦?”他点点头。庆春又问:“谈得顺利吗?”他又点点头。庆春看一眼后座上的提包,说:“你常用的东西，换洗的衣服，我都给你带来了。还有药，你得按时吃。”

车子向肖童家的方向开，两人路上都不再说话。肖童把后座上的手提包拿过来，打开看了看里边的东西。除了庆春说的之外，还有几盒口服的营养补液。包里的东西更给他一种离愁别恨，离家越近他反而越觉孤独。

车停了，停在离他家楼区不远的街道上。庆春说：“你得走进去，万一欧阳兰兰或者他们的人来找你，看见有人送你就不好了。”肖童点点头，拿起包要下车。庆春又问：“你身上钱够吗？”

肖童说：“够，我妈给我寄的钱还没有花完呢。”

肖童打开了车门，下车时又回了头，他们目光对视了片刻，庆春说：“肖童，别忘了你给我的保证！永远不再碰那东西！无论我们在不在你的身边，我们相信你都不会再吸那东西了！”

肖童没有说话，他看得见庆春的双眼闪着动人的光芒。他探过身来把她抱住，她没有反抗。肖童第一次感觉到她的身体并不像以前那么僵硬，而是出乎意料地柔软。这一刻他心中涌出无数海誓山盟，一时却激动得无法形成语言，他感到无比的幸福！

庆春伸过手来，也抱了他。她搂着他的脖子，轻轻细语：“我会等你的，等你胜利完成了任务，那时候再搬过来，我们一起住。”

三十三

在相亲的晚宴上，欧阳兰兰接了一个电话就撇下众人跑了，搞得那位正在高谈阔论的年轻副教授和媒人郁文涣都有些下不来台。欧阳天只得用不停地敬酒和同样的高谈阔论，缓解着尴尬的气氛，他想，能用一个电话就把兰兰勾跑的人，只能是那个一时没了音信的肖童。

他猜得没错。

欧阳兰兰一回来，就说要和他谈谈。他打发开了老黄和所有下人，就在客厅里和女儿面对面地坐下。他猜想肖童可能出了什么问题或者有了什么困难，女儿要他出力帮忙或者出钱救急。也可能，女儿是要跟他谈谈她和那男孩子之间的关系，今天晚上她跑出去找他，他们说不定已经谈定了什么。

可他猜错了。

他万万没想到，肖童摇身一变，竟变成了一个找上门来的大买主。开口就要一万克，气派非凡。而兰兰，他一直不让她卷进这种事情的独生女儿，竟成了这笔价值几百万的大买卖的中间人。

父亲的惊愕，是欧阳兰兰已经预见的。因此她反倒显得不慌不乱。她说:“爸爸，您别再操心给我找对象了，我谁也不爱。我已经和肖童谈好了，办完这件事，他就离开那位于老板，跟我出国去。”

父亲抽着烟，迟迟疑疑地想了半天，然后冷静地说:“兰兰，你去告诉肖童，就说你找不到白粉。以前给他的烟，也是在街上买的。你不能参与这种事。那个于老板，我们不摸底，还是不打交道为好。我不想冒这个险。”

欧阳兰兰知道父亲有多么在乎她，所以她敢于把话往绝了说:“爸，挣这笔钱对你也没有坏处，我求你帮我。如果你不帮我，我只有自己搞。你就不怕这样对我更危险?”

欧阳天变色道:“你到哪儿去搞，你简直胡来。”

欧阳兰兰说:“你们的买卖，我多少也知道一点，你不信我的能力我就做给你看!”

她说完，站起身走出客厅，回到自己的卧室。不出所料，父亲跟过来了。她从化妆镜里看见父亲那张显老的脸。多年来提心吊胆的生意使这脸上的每一条皱纹都成了一种凝固的焦虑。父亲问:“你知道不知道肖童他自己还吸不吸?”

她点点头，说:“我想到了国外，我可以帮他戒了。是我让他吸上的，所以我也有责任帮他戒了。”

父亲说:“我不是这个意思。我是说如果他还吸，倒还让人放心一点。如果他已经戒了，还来找你谈这种买卖，那就很可能是让公安局给操纵了。”

欧阳兰兰愣愣的，半懂不懂，她说：“他还吸，我问他来着，他还吸。”

“是他自己这么说的，还是你看见他吸了？”

她摇摇头。她想起刚才在四季饭店的酒吧里她给过他支烟，并且替他打着了火，但他没有吸。

“那你要试试他。兰兰，我从来没有和不熟悉的人做过这么大的生意。如果你没搅进去我可以找几个替死的人试着跟他们做一次，但你这回搅进去了，所以我必须慎重。你想办法把肖童找来，我让人试试他。如果他真的还吸，那我可以叫人去和那个姓于的谈这笔生意。”

欧阳兰兰马上站起来，面对着父亲，她叮嘱了一句：“爸爸你说话可要算话！”

她第二天就呼了肖童。肖童也很快就回了电话。她约他晚上到帝都夜总会去跳舞，并且说好到时候她会开车去他家接他。

晚上快到八点钟的时候，欧阳兰兰准时把车子停在了肖童家的楼下，没容她锁好车门上去，肖童已经下来了。

她开着车沿着城区拥挤的马路向帝都夜总会的方向走。肖童在路上问：“你和货主谈好了吗？他们有那么多货吗？”

欧阳兰兰觉得没有必要瞒着肖童，有些事本来就可以把阴谋变成阳谋。她索性率直地说：“货他们大概是有的，可他们对你不放心。所以他们想试试你。”

“怎么试我？”

“想试试你还吸不吸毒了。”

“吸不吸毒跟这事有什么关系？”

“他们神经病呗，你要是个瘾君子，他们就相信你。你要一身正气，五毒不沾，他们就觉得你弄不好是公安局的线人。做这个买卖的人都有这种疑神疑鬼的职业病。”

她把父亲的计策和盘托出还有另一个意图，那就是怕肖童万一不知根底没按要求做，引起父亲的猜疑。父亲巴不得找点碴子推了这档子底细不清的生意。

肖童不言不语地傻愣了半天，突然又问：“他们想怎么试呀，我要硬是不吸呢？”

欧阳兰兰说：“那他们会杀了你。”她看一眼肖童惨白的脸，一笑，“别害怕，杀你还不至于，顶多不和你做这笔生意了。你就别跟他们置气了。你今天去了要见到他们，给你烟你就抽，别的都别问。千万别问有没有货之类的话，今天不谈正题。你要谈的话就算是不懂规矩了，他们肯定就得装听不懂，就得装傻充愣不跟你谈了。”

肖童犹犹豫豫地说：“兰兰，我刚才，刚才出来的时候刚刚吸过，我现在每天的量都控制得很少。你跟他们解释一下，我不想超量。你应该相信我，你跟他们解释一下。”

欧阳兰兰斜眼看他：“这是他们的规矩，我没办法，要不然咱们改到明天晚上去也行。明天晚上你就别在家吸了。”

肖童哑然无声。

欧阳兰兰又说：“还有一个办法，咱俩马上成亲！哪怕是同居，也行。咱们好得成一家人了，他们还能不信？”

肖童更是无话。

“怎么样？”兰兰问。

肖童支吾地说："我要是因为做生意的需要就跟你同居了，岂不成了为钱卖身了，这样的男人你喜欢吗？"

欧阳兰兰认认真真地看着他，说："只要你同意，我没什么不喜欢的。你同意吗？"

肖童带着几分厌恶地说："我不同意！"

欧阳兰兰半笑不笑地："那你说怎么办，这生意你不做我无所谓。"

车子这时已开到了夜总会的大门口，一个"红头阿三"拉开车门，但肖童坐着没动。欧阳兰兰说："发什么愣啊，下车吧。"肖童伸手又把车门用力拉上，气呼呼地说：

"今天不跳了！"

欧阳兰兰怔怔地，问："那你到底想怎么着啊，老袁他们你还见不见？"

肖童狠着脸，憋了半天，说："明天再说吧，他们要真不相信我就算了，我还不求他们了。"

肖童此话一出，欧阳兰兰倒是当好事似的笑了一下："我早说过，你吸点毒倒不算什么，真犯不上倒腾这玩意儿，这生意还是不做的好。这事我找老袁替你推掉就完了，他也不会求着你做。"

肖童低头，又有几分犹豫的样子，欧阳兰兰拉住他的手摇了摇："别想这事儿了，咱们跳舞去。"

肖童沉闷地说："不想跳了。"

欧阳兰兰说："那我陪你去玩儿游戏机，你不是爱玩儿游戏机吗？"

肖童赌着气说："不去了，我顶腻歪老袁了，要见了这王八蛋非抽他不可！"

欧阳兰兰于是转舵说:“那咱们换个地儿，找个清静的酒吧喝酒去，好不好?”

见肖童吐了口气，未置可否，欧阳兰兰便把车子开动起来。

几个月没见，肖童不知是深沉了还是仅仅变得沉默，总是心事重重的样子。欧阳兰兰想，也许是海洛因让他变了。虽然这天晚上他们在一个幽静的音乐酒吧里只消磨了短短的几支曲子，但两人之间的话题却枯燥得难以为继。她对他说:“肖童，我到现在也没闹清楚你究竟喜欢什么样的女人，反正我觉得你特难伺候。”

肖童冷眼看她，懒懒地回道:“我喜欢刘胡兰那样的女人，喜欢圣女贞德那样的女人，你是吗?”

欧阳兰兰嗤笑:“那种女人，这年头有吗?”

肖童抬杠似的:“当然有了。”

“谁呀?你找出来。”

“找出来你也不信，你理解不了那种女人。”

欧阳兰兰倒是不急不妒，说:“就算有吧，可这种女人，可敬不可爱。你要真碰上一个就知道了，这种女人能在家里一天到晚陪你过日子吗!你这人太爱幻想。你是不是小时候看了什么刘胡兰和圣女贞德的书了?”

肖童做出一脸道不同不相为谋的表情，挥挥手:“你不懂，说了你也不懂。”

欧阳兰兰依然不温不火地笑着:“哟，现在的大学生，还有像你这么天真的吗?”

肖童板着脸:“我不是大学生了。”

欧阳兰兰故意扬扬眉毛："是吗？"

肖童说："你装什么傻呀，我要不认识你，这会儿还在学校图书馆里看书呢。"

欧阳兰兰取笑道："你不是党员吧？"

肖童说："不配。"

兰兰说："那你是共青团员吗？"

肖童磕巴了一下，"以前是。"

兰兰说："这么说，你是信仰共产主义喽，你懂共产主义吗？"

肖童似乎答不上来，反问："你都信仰什么？"

兰兰干干脆脆地答道："我什么都不信仰。"

肖童说："连西方国家的人都说，什么都不信仰的人是最可怕的人。什么都不信仰，也就不受任何约束，想干什么就干什么，你就是这样的人吧？"

欧阳兰兰坦然地说："那有什么，现在还不都是我这样的。说信仰共产主义那是骗人。我才不信你每天都是想着共产主义过日子呢。要说什么观音如来上帝、什么伊斯兰真主吧，咱又不懂。你说咱还能信仰什么，也就是跟着感觉走，走哪儿算哪儿。就说我对你吧，只要我觉得你好，我就愿意和你在一块儿待着，谁也拦不住。"

肖童说："我是不懂共产主义，可做人做事总得堂堂正正，偷鸡摸狗藏着掖着的事我不干，害人的事我不干。"

欧阳兰兰冷笑："别把自己说得那么一本正经好不好。你不干，不干你倒腾那玩意儿干什么？一弄就是一万克，你以为那是给婴儿吃的糕干粉哪！"

肖童干张着嘴，欲辩无词。欧阳兰兰难得看见他这张口结舌的窘态，竟得意地笑出声来。

尽管话不投机，但对欧阳兰兰来说，这毕竟是与肖童久别重逢的一个难得的小聚。外面是入冬后第一次大风降温的寒冷，而酒吧里却是缠绵的音乐、喃喃的低语和温暖的蜡烛。这情调让欧阳兰兰周身舒服，每一根神经都不可抑制地兴奋着。眼前拥有的一切，包括肖童那张闷闷不乐的面孔，都足以让她陶醉，他毕竟陪着她，共同喝着一瓶浪漫的红葡萄酒，在这里促膝而坐。

这天晚上她回到家的时候，老袁和老黄都在父亲的书房里没走，他们像是在等她。见她进来，先是父亲问："你上哪儿去了？"随后老袁说："我们那儿的门卫说你去了，怎么没下车又走了？我还以为出什么事了呢。"

欧阳兰兰并不急着回答，她往沙发里一坐，轻轻松松地说："那生意，肖童不做了。"

三个男人都愣了，面面相觑，老袁甚至心有不甘地问了一句："怎么又不做了？"

欧阳兰兰未及答言，老黄却已想到："你和肖童，是不是又闹别扭了？"但欧阳兰兰脸上悠然自得的气色，显然否定了这个猜测。

迎着他们追问的目光，欧阳兰兰幸灾乐祸地一笑。老袁和老黄的神态，暴露了他们对这笔生意实际上也有着同样的渴求。她这时的立场仿佛无意中代表了肖童，脸上流露出一种你急我不急的优越，慢条斯理地说：

"跟你们做生意太麻烦，还得让人家先吸毒，还得生出各种各样的法儿来考验人家，人家懒得跟你们玩儿了。跟你们玩儿太累。”父亲突然变脸：“兰兰，我们要试他，你是不是告诉他了？”

欧阳兰兰让父亲猝然一问，心里有点慌，结结巴巴地说道：“没有啊，我哪有那么傻呀。”

“那他怎么突然不做了？”

“也没说不做，反正不是你们想的那么上赶着，好像非做不可似的，要不今天晚上我们去酒吧喝酒，他怎么没急着问我呀。”

老袁问：“不是说好了让你把他带到夜总会吗？”

兰兰说：“他说想换个清静地方，你那儿又不清静。”

老黄笑笑，转脸对老袁说：“看看，兰兰的心思都在谈情说爱上呢，已经没兴趣帮你谈这笔生意了。”

兰兰理直气壮地瞪一眼老黄：“你们是不是恨不得我们俩都和你们一样，成了毒贩子，到时候让公安局把我们抓起来都枪毙！”

老黄涎脸笑着：“兰兰又冤枉我了，我就算有心把肖童拉下水，也得把你留在岸上呀，你爸爸这么多年对你的这点心思，我还不懂？连我们都琢磨着什么时候淡出江湖呢。”

父亲闷声打断了他们：“行了，他不做正好。我本来就不想冒这个险，也省得你没深没浅地搅进去。不做了好！”

老袁突然阴阴地说：“会不会是肖童察觉了什么，不敢往咱们的套儿里钻了？”

父亲严厉地说：“不管怎么样，兰兰，你以后不要再和肖童来往了，他和以前的那个大学生可不是一个人了。突然找上门来要做这种生意，转脸又没兴趣了。刚出道就这么神神秘秘的，你还是躲他远点吧！”

父亲这样说肖童，欧阳兰兰就暴跳起来了："我还有没有自由了，您干吗老是这样干涉我！你们谁为我想一想了，我喜欢谁又没碍着你们什么了。得，从现在开始，你们谁也别管我的事了，我用不着你们管了！"

父亲想制止她的吵闹："兰兰！"但她不听，她站起来跑出书房，咚咚咚地跑下楼梯，示威似的把自己卧室的门砰一声重重地关上！

楼上楼下都静了，没人下来劝她。她的愤怒渐渐平息下来，既而有几分委屈扑上心头，她想："肖童，你知道不知道我为了你，和我爸翻了多少回脸吗？"

三十四

从酒吧出来，欧阳兰兰的车把肖童送到了他家的路口。他上了楼，拿出钥匙却找不到门上那把临时的挂锁，他在门口盘桓摸索了半天，直到那屋子里有人听见动静打开门问他，他才知道进错了楼门。

真奇怪他在自家门口居然迷了路。

也许因为这一路上脑子里万念丛生，以致他不得不强迫自己凝思默想，一遍一遍地告诫自己千万不能再吸毒了。因为当欧阳兰兰让他再吸一回毒给老袁看的时候，他的全部神经几乎在刹那间又被海洛因的魅力笼罩，他怀着深深的罪恶感压制着油然而生的渴望，反复去想那东西曾经带给他的生理痛苦和心灵的幻灭。一朝吸毒，十年戒毒，终生想毒，这话真是不假。他能熬着一直不让自己去想那东西，就是不想再次失去他的至爱，这是能够让他回到正常的生活，成为一个正常人的最重要的依托。

庆春对他一好，他就受不了。她的拥抱、她的期望，证明他已不是一个废人了。他不仅可以得到自己想要的爱，而且，也可以成为一个对全社会都有重要作用的人，成为一个共产党和老百姓都需要的人。这使他感到骄傲！感到带劲！这感觉让他体会到前所未有的充实。他看到，在这条战壕里的每一个人，都那么投入，互相都像生死与共似的。这和他以前对人的普遍生存态度的想象，大不相同，让他在无形中深受感染。所以从酒吧回来他确实有一种迷路的感觉，他苦熬了那么多天，已经有资格与欧庆春他们并肩为伍了，他不能再去吸毒毁了自己。可他不吸毒就没法完成他们给他的任务，就会让庆春失望，让她的“老板”失望，就会让李春强看不起他，以为他办不成事。他现在太需要让他们都看到，都承认他的价值了！

此时此刻，他该如何是好？

这一夜他辗转反侧，很晚才睡，断断续续做了些没头没尾不成章法的梦，一会儿梦见和庆春如胶似漆地缱绻，一会儿又梦见自己吸毒后飘飘欲仙地迷离。醒来后他客观地想了很久，他想如果没有昨天欧阳兰兰事实上的撩拨，他也许不会又梦见那片烟雾。

一整天欧阳兰兰没再呼他，这使他有点沉不住气了。会不会因为他昨天的态度，导致她中断了和他的联系？他有点后怕，他怕万一由于他的原因而致使这个快要到手的胜利功败垂成，那欧庆春和李春强以及他们的“老板”，不知将怎样地看他，那他对他们还有什么用？

他眼前仿佛已看到李春强脸上露出了嘲讽的笑，并且在欧庆春的耳边嘀嘀咕咕，他欲辩无词，无地自容！他想不如索性就把昨天的情况与庆春如实道来，他甚至可以向他们表个态，为了这个案子的需要他愿意再去吸毒，愿意再去忍受一次戒毒的痛苦。但这个做法可能会引出的后果又让他出了一身冷汗：就算欧庆春同意了理解了，甚至支持鼓励他这样做，她内心里还会保留他在她生活中的位置吗？谁都知道毒这玩意儿一旦复吸了，就更难戒！他实在不想再冒险去触动那个好不容易才渐渐弥合的伤口。

下午欧庆春竟意外地呼了他。他回了电话，庆春问他和欧阳兰兰又联系了吗，他含糊地说见了一面，但没谈正事。庆春竟也没有再问这件正事，她岔开话题，说："你知道吗，我昨天夜里做了一个噩梦。"

肖童一下子想起自己昨晚的梦了，他问："什么噩梦？"

"我梦见你又吸那东西了。"

肖童心里形容不清是什么感觉，他问："那你怎么样了？"

庆春说："我大哭了一场，对你特失望，后来哭醒了。"

肖童说："你呼我就为告诉我这个？"

庆春说："不是，有个朋友送了我两张今天晚上的芭蕾舞票，你有兴趣吗？"

他兴奋起来，一夜的烦恼暂时置之脑后，说："当然！"

晚上他们一起在国际剧院看了中央芭蕾舞团演出的《天鹅湖》，座位虽然差了点，但在这种亲密的氛围下，谁又在乎座位的远近呢。他想起小时候曾经和父母一起看过一次《天鹅湖》，母亲告诉他，白天鹅是好的，黑天鹅是坏的。现在看来，由柴可夫斯基作曲的这一不朽名作其实不过是一部儿童文学，它所表现的简单的善恶观念对他来说，几乎导致了多年以后情感方式的定型。虽然成长后的社会经验告诉他这个世界上的芸芸众生大都是不好不坏的中间人物，好人也有恶念，坏人也有善心。但他对自己身边种种人、种种事的态度，却总习惯于非白即黑，爱憎分明。他也知道这一直是自己的幼稚之处。

散了场，他们肩并肩地从华丽的剧场走到灯火阑珊的街上，似乎谁也没有急着去找车站。肖童从小看过很多次芭蕾舞，有中国的，也有外国的，对舞者的水平已经很有眼光。他很内行地评论起今晚谁的功夫不错，谁的“偏腿转”已经超过三十圈了。庆春一声不响地听着，突然插话说：“那个王子长得特像你。”说得肖童心花怒放。他回敬道：“那只白天鹅特像你。”庆春哈哈大笑，她笑着说：“你真聪明，也知道恭维人了，不过听起来怎么像讽刺？”肖童赌咒发誓：“真的我不骗你。”可庆春说：“我可不愿当那个白天鹅，让黑天鹅挤对得那么可怜，死得窝窝囊囊的。”

谈完了芭蕾舞，不知不觉言归正传。庆春问：“昨天欧阳兰兰找你谈了什么？”

肖童一时不知从何说起：“没谈什么。”

“那她找你干什么去了？”

“拉我到酒吧喝酒去了。”

“什么也没谈吗，你没问她要货的事联系得怎么样了？”

“……问了。”

“她怎么说？”

“她说，她说……老袁他们不相信我，得考验考验我。”

“怎么考验？”

“她说，让我，让我和她结婚，或者和她同居，或者让我再吸毒给他们看……”

“你怎么说？”

“我说，我是做生意的，不是卖身的！”

“说得好！那她怎么说？”

“她说，那你就别想做这笔生意了，就这么说。”

“那你怎么说？”

“我说，让我考虑考虑吧。”

庆春站下了，他们之间的对话似乎越来越郑重了：“那你考虑了吗，你打算怎么回答她呢？”

肖童看着庆春的脸，他反问：“你希望我怎么说呢，你觉得我应该怎么回答她呢？”

庆春不假思索地说：“你当然知道我希望你怎么回答她。”

肖童逼了一句：“可我不这样做他们就不会答应见你的队长！你们定的这个计划，就搞不成了。你们要想和他们拉上关系，我就得按他们的要求干。”

庆春毫不犹豫地说：“搞不成我们也不能让你去干这种事情。我们是有原则的，我们不能像国外有些恐怖主义组织那样，为了所谓最高利益可以不择手段。”

这时他们已经走入二环路边沿的林荫便道。便道上冷清无人，夜晚的寒气乘虚逼近，但庆春的话，她的语气、声音，却感动得肖童热血涌流。他一把揽过庆春，抱在自己的怀里，他说：“庆春，我知道你心疼我。”

庆春没有脱开他，甚至还伸出双手，自自然然地抱住了他的身子。他情不自禁把手伸进庆春敞开的短大衣里，甚至探进了粗粗的毛衣，贴着衬衫，抱着她的身体。她的身体在他怀抱里显得那么娇嫩、那么柔软、那么温暖。肖童用一只手去捧了她的脸，低头想亲她的嘴唇，她没让，把脸埋进他怀里。他们这样长久地拥抱着。不知多久，欧庆春双肩竟然在他怀里抖动起来。

“你怎么了，你哭了吗庆春?”

庆春不说话，只是抱住他，脸贴在他的胸口上，他有些慌，他不知道为什么，这个他一向以为铁一样坚强的女人，为什么像孩子一样地哭了?

“你怎么了，你告诉我，你想什么了?”

庆春抓着他背上的衣服，轻轻抖动着身子，好一会儿才渐渐平静了。她松开他，掏出手绢擦眼睛，她说:“没什么，没想什么。”

肖童当然不信，他第一次看见庆春的眼泪，而且这眼泪看上去有点无缘无故。

“你肯定想起什么了，你告诉我。”

庆春镇定了一下，回避了他的眼睛，说:“肖童你别介意，我不知道怎么着，突然想起胡新民来了。”

肖童脸上一暗，说:“我知道我和他没法比。”

“不，不是，我是觉得，这个案子破得怎么就这么难，就差这一步，也许永远就跨不过去了。我觉得胡新民死不瞑目!”

肖童没有说话，他和她默然相对。

他不知道那位死不瞑目的胡新民，在欧庆春的心里，究竟埋了多深，但无论如何，庆春对亡友的这份心情，令人感动。他觉得这样的女人，真是令人感动。为了这样的女人，自己还有什么不能豁出去的呢?

第二天他呼了欧阳兰兰。欧阳兰兰照例很快回了电话，她说：“我还以为你又要消失了呢，真难得你还能主动呼我。”

肖童在电话里沉默了半天，终于说：“我要见老袁！”

三十五

当天晚上，当欧阳兰兰那辆墨绿色的宝马轿车出现在帝都夜总会大门口的时候，夜总会里的迪斯科音乐刚刚震天动地响起来。欧阳兰兰下了车，拉着同车而来面色阴沉的肖童，步上夜总会门前高高的台阶。

圣诞节即将来临，这里到处装点着灯光闪烁的圣诞树，树下堆放着许多五颜六色的礼品盒，那些徒有其表的盒子其实都是空的，无非虚应着圣诞老人的传说。但墙上挂着的松枝圈上，那些饱满的松塔倒神形兼备，可以乱真。大舞厅里装潢得像个欧洲的城堡，大柱子上画着白雪公主和七个矮人。一个装扮成圣诞老人的魁梧的胖子，扛着口袋吆喝着向进来的客人发放着糖果和玩意儿。舞台上，一队小学生正整齐地唱着电影《音乐之声》里的插曲。

夜总会的那位左右逢源的袁经理，脸上依然挂着诡计多端的笑，一路点头哈腰地把他们接进一间 KTV 包房。他叫服务小姐送上果盘、饮料，又问他们喝什么酒。他说："肖童你可好久不来了，要不要再尝尝'黑白天使'？"欧阳兰兰看得出肖童对他横眉冷对，但对他推荐的东西一概不加拒绝。老袁又问："肖童现在在哪儿发财呀？"肖童冷冷地说："发什么财，就差卖老婆了。"老袁半是调侃地说："哟，怎么没把你那位女朋友一起带来玩儿？"肖童指指欧阳兰兰："喏！"老袁看一眼欧阳兰兰，低眉讪笑："肖童要真成了我们老板的乘龙快婿，我们以前多有得罪的地方，可得请您多多包涵了。"肖童冷笑，说："以前既往不咎，从现在起，别再干坑害我的事。我这人心也狠着呢，让我记仇的人，我一辈子都不放过他。"老袁嘿嘿笑着，笑得干干巴巴，笑完了才说："干我们这行的，三教九流，什么人都得应付，免不了得罪点儿人，没办法，各为其主嘛。"话锋一转，他又说："前阵子听说你也吸口粉子了，现在戒了吗？"肖童瞪起眼睛，说："我怎么那么讨厌你，你能不能出去！"老袁脸皮厚厚的，仍然不急不慢，说："我说肖童啊，你要是这么少年气盛，可就不太适合做生意了。"他一边说一边从怀里掏出一个金光闪闪的金属烟盒，从里边抽出一支烟来，递到肖童眼前，说："来，抽一支压压火。"

肖童眼睛盯着这支烟，盯了半天才用嘴慢慢地靠过去，叼了。老袁旋即"啪"的一声，打着了手里的打火机。见肖童未动，便主动把火凑过去，火在烟头上烧了三四秒钟，肖童才缓缓地吸了一口。老袁心领神会地看一眼欧阳兰兰，欧阳兰兰盯着肖童。

屋里好像突然沉默了，两个人全都看着肖童，看他一口一口地抽那根烟。快要抽完，老袁突然猛醒似的吆喝了一声：

"啊，现在到迪斯科时间了，要不要去跳舞？"

欧阳兰兰也惊醒似的拉起肖童："走，咱们去跳舞，你最近跳过舞吗？"

她和肖童出了包房，挤进舞池。烟里的海洛因使肖童变得疯狂。他拼命地跳着，不和她说一句话、露一个笑脸。跳完一曲，他们便回包房里喝"黑白天使"。然后再跳一曲，一直跳到深更半夜，她和肖童都喝得酩酊大醉。

那一夜他们就横在包房的沙发上昏昏睡去。欧阳兰兰醒来时肖童还未醒。她拍拍他的脸叫道："起来吧，别睡了。"他睁开眼懵懵懂懂地叫了一声："欧伯伯。"

欧阳兰兰笑了："你是叫我爸吗？要叫得欧阳连着叫，不能只叫一个欧。你现在居然想着老头儿都不想着我，是不是做梦都梦见做生意？"

肖童似乎这才看清眼前的人物，疑惑地问："这是哪儿？"

兰兰说："这是帝都夜总会，昨天晚上的事你都忘了吗？起来吧，咱们出去吃早饭。"

肖童坐起来，用手抱着脑袋，抱了一会儿又仰脸靠在沙发上，像是在回忆昨夜的疯狂。欧阳兰兰把自己的衣服整理好，叫人送来热毛巾，擦了脸，补了妆。然后到沙发上抱起又要昏睡的肖童，在他脸上深深地亲了一下，她说：

"别睡了宝贝，精神点儿，早上你想吃什么？"

肖童闭上眼，咬了半天牙，才说："我想再抽一支烟。"

欧阳兰兰走出 KTV 包房去找烟。几个上白班打扫卫生的工人正在用吸尘器吸地，到处都响着吸尘器的嗡嗡声。她走进大舞厅，看见父亲的司机建军正坐在沙发里和一位昨夜没有走的坐台小姐聊天，她问：

“我爸来了?”

建军说:“来了。”

她又问:“老袁呢?”

建军说:“和你爸在办公室谈话呢。”

她于是来到办公室。父亲坐在老板椅上，老袁和黄万平都在，他们显然已经谈了很长时间。她进门叫了声爸，然后就跟老袁要烟。老袁问还是昨天那种行吗，她说行。老袁打开保险柜，把那只金光闪闪的金属盒拿出来，从里面取出一支，欧阳兰兰接了，又一把将金属烟盒也拿在手里，说:“都给我吧。”老袁看了欧阳天一眼，欧阳天说:

“兰兰，等一会儿叫老袁先跟肖童谈谈，这件事你就不要再参与了。”

欧阳兰兰点了一下头，她知道父亲这样说就意味着他已经准备接下这笔买卖了。

买卖究竟怎么做，老袁很快就和肖童在那间KTV包房里谈开了。欧阳兰兰没有在场旁听，以表示对父亲旨意的遵从。不过从老袁和肖童走出包房时的神态上，她猜想他们一定是达成了某种协议。

她开车把肖童送回了家。路上他们在香格里拉饭店的咖啡厅里吃了早餐。等结完账起身要走的时候，她把那个金灿灿的烟盒子放到了肖童的面前。

“你拿着吧，也可能你现在并不缺这个。”

肖童看着那盒烟，眼神有些呆滞，呆滞得有几分病态。他的手有些抖，在那烟盒上迟迟疑疑地摩挲了半天，才把它装进了口袋。

她问:“跟老袁谈得顺利吗?你是不是还在记恨他?”

肖童低头，没有回答。良久，他才抬头，说："走吧。"

欧阳兰兰并没有猜错，老袁和肖童早上确实达成了一项协议，但这项协议只不过是供求双方进一步洽谈的一个日程安排而已。

下午，肖童主动给她来了一个电话，他说他已经按照老袁指定的时间地点，约了于老板，今晚在新开张不久的燕京美食城和老袁见面。他问她晚上去不去。她问："那你去吗？"他答："去，我希望你也能去。他们谈他们的生意，咱们可以聊聊天。"欧阳兰兰说："行。要我去接你吗？"肖童说："不用，我坐于老板的车去。"

晚上，欧阳兰兰早早地去了燕京美食城。虽然这里地处偏僻，但规模宏大，连餐饮带休闲娱乐，项目很全。也可能是开张不久，生意还没旺起来，所以金碧辉煌的大厅里，不免有些冷落。连圣诞节的布置，也显得过分简单。她走进美食城的大转门，一眼便看见肖童已经到了，正和美食城的副董事长郁文涣在大厅里闲谈。郁文涣问肖童："这么多日子都到哪儿去了，怎么也不通个音信，好多老师同学都惦记你打听你来着。都以为你上外地去了或者出国找你父母去了，谁知道你还在这儿。"转脸又埋怨欧阳兰兰，说："你和肖童还好着怎么也不说一声，害得我还瞎忙着给你找对象。你这可有点不像话了，你说你怎么补偿吧。"欧阳兰兰笑着说："以后我和肖童一起请你吃饭。"

肖童还碰上几个同学穿着服务员的衣服在这里打工。郁文涣向肖童介绍说："我这儿用了不少特困生来打课余工，还有几个生活并不困难的学生来这儿算是社会实习。我这儿在替学校增加收入的同时，也算是为学生做一点好事吧。原来我总是打听你也是怕你找不着工作，想让你上这儿来。看来我也是瞎操心了，你和兰兰以后要真成了事，说俗点你就是这儿的少东家了，兰兰她爸爸是这儿的大股东。”

欧阳兰兰见肖童面带尴尬地和他的几个同窗叙旧，竟不见一丝“少东家”的快乐和轻松，他甚至比那几个端盘子洗碗在这儿挣辛苦钱的同学，更多了几分邂逅的拘谨和难堪。他向他们打听学校里的变化，打听熟悉的老师和同学的现况，遮掩着脸上的羡慕和向往。欧阳兰兰想不通，上学难道也像抽海洛因，能让人上了瘾似的这么恋恋不舍？

老袁姗姗来迟，见到欧阳兰兰便低声问她干吗也来了：“你爸爸不是不让你再掺和了吗！”欧阳兰兰说：“你们谈你们的，我和肖童有别的事。”

肖童见了老袁，把坐在门厅角落里的两个男子介绍给他。欧阳兰兰猜想为首的一位就是那个于老板。她看见他们握手寒暄然后有说有笑地相跟着上楼去谈。肖童回头招呼她一起去，她摆摆手说：“你们谈吧，我在下面等你。”

他们在楼上包房里只谈了不到半顿饭的工夫便结束了。欧阳兰兰在楼下的散座里叫的一份鱼翅还没吃完，便见肖童陪着于老板和那位牛高马大的跟班从楼上下来。郁文涣放下师道尊严，迎上去一路笑着，极尽亲热地和肖童勾肩搭背，陪他们走出美食城的大转门。欧阳兰兰连忙跑出去，问肖童谈得怎么样。肖童说：“还行吧，给了我们一点样品。”他把她拉到一边，说：“兰兰你回去替我打听着点，看老袁他们对我们是什么印象。他们说他们的货挺纯，你帮我打听打听底价是多少，老袁他们最后肯让到多少钱。”欧阳兰兰说：“没问题，回头我呼你。”

她兴奋地想，这真是一切顺利！她高高兴兴地答应着肖童，然后当着他那位于老板的面，突然在肖童脸上热情奔放地亲了一下。再然后她几乎要笑出声来，因为肖童的脸被她闪避不及地一亲，刹那间红得那么迅速。他目瞪口呆的样子在瞬间竟然十分动人。她想这小子身上的那股子清纯劲儿真是与生俱来，他就是玩过一百个女人也还像是一个天真的雏儿。

他们走了。她回到座位上吃完了那份红扒鱼翅，又吃了一份水果拼盘。然后充满回味地开车回到樱桃别墅。让她回味的并不是鱼翅和水果，而是留在红唇上的那份刺激。

回到家她的心情十分轻松。她把小黄和它的几个子女都抱到客厅里，任它们在闪亮着小灯的圣诞树下大捉迷藏。那些猫崽已经长得半大，玩儿得兴起时总是把一双眼睛睁得溜圆。那圆圆的眼睛何时何地都挂出几分惊惶和疑问，她觉得那味道很像肖童。而它们的妈妈小黄，疏懒地蜷在沙发一角，做出深沉厌世的神态，她觉得也像肖童。

院子里汽车声响，老袁也从燕京美食城赶回来了，走进客厅和她打了个招呼，便上楼钻到父亲的书房里去了。欧阳兰兰灵机一动，想到肖童托她打听的事情，便扔了猫蹑手蹑脚上了楼。她扒在虚掩的门外，屋里的对话听得清清楚楚。

父亲的声音在问："样货给了他们多少？"

老袁答道："给了一克。按您交代的，含量是百分之七十五。"

接下来是父亲的助理老黄的声音："如果他们下次见面不提出异议，怎么办？"

"那就只能不做。"父亲说，"能一次就要一万克的大买家，不可能不把样品检查清楚。能要这么大的量，我估计也是往海外运，说不定又给我们开辟了一个新的市场，省得以后总是吊在香港 14K 这一棵树上，也是好事。但假使他们拿了这种稀释了的货色不做反应，还要我们照此出货的话，那就肯定出问题了。你们下次接头一定要选一个有条件下手的地方，而且预先不能让对方知道地点。如果真让我说中了，你们就先下手为强搞掉他们，然后老袁要离开北京出去躲一躲。”

父亲的声音虽然照旧沙哑，但欧阳兰兰却听得声声入耳，心里紧张得几乎喘不过气来。屋里有很长一段时间鸦雀无声。她竭力透过门缝往里看，里面的光线很暗很暗，三个人面目依稀。她只能从他们熟悉的身形上，辨认出谁是谁。老黄终于打破沉寂，说：

“老板，下次见面如果肖童也在，怎么办?”

“只能一起搞掉。”父亲的口气没有半点犹豫。

老黄说：“兰兰可是迷上他了。”

父亲说：“也未必长得了。不过你们要是干掉肖童，千万别告诉兰兰。”

老黄又说：“会不会，样品不纯的问题被他们忽略了，因为百分之七十五也不算稀释得过分。”

老袁又说：“这就没办法了。咱们也只能先让自己保险了。”

黄万平说：“那倒也是。”

父亲说：“你们可以拖两天再和他们接头。假使他们有这么充分的时间还不认真检验，只能说明他们对货的成色并不关心。买货的不关心货，那他们关心什么，你们就想去吧。索性你和他们接头前我们出去避一避，万一发生意外，也免得让他们一锅端了。”

老袁说：“也好，只要您和兰兰安全了，我们会见机行事的。”停了一下，又笑道：“老黄是担心兰兰的脾气，兰兰要是知道咱们把肖童一起做掉了，非气疯了不可。女孩子嘛，心里没别的，还不就是儿女情长。”

父亲默不作声。老黄说：“我倒有个主意，如果老板和兰兰要出去避过这段时间，那就让兰兰拉上肖童。他要不是让雷子收买的，也不会误伤了他。他要是的话，雷子就不敢对老袁轻举妄动，至少他们会顾忌肖童还在我们手上。等于我们抓了一个人质！”

父亲马上指了一下老黄：“好计。”

这番暗室密谋，直听得欧阳兰兰惊心动魄，继而心乱如麻。难道肖童会是雷子的眼线吗？欧阳兰兰怎么也不能相信。她屏着气息下楼时，双脚突然发软，一步踏空，整个儿身子都险些顺着这窄窄的楼梯翻滚下去。

三十六

杜长发开着汽车一离开燕京美食城，李春强便对独自坐在后座的肖童说："现在我们和他们联系上了，你的任务也就算完成了。你这一段干得还不错，等将来破了案以后，我们还会专门表示感谢的。下一阶段的工作基本上你就不用参加了。需要你帮忙的时候，我们再找你，啊。"

李春强的这段表扬和感谢，在肖童听来，例行公事的味道太过显著。不过他倒无所谓，他本来也不是为了几句表扬和感谢才干这事的。说实在的，他现在对这个案子的投入，已经完全是发自内心了。如果说，他起初答应去干这个卧底仅仅是为了讨庆春高兴的话，那么现在，他觉得正是这份工作让他锻炼得逐渐成熟起来。他的思想感情和生活态度与过去相比，也有了很大不同。过去不太相信、不太在乎的东西，譬如什么爱国啊，正义啊，责任啊，等等，现在就不觉得空洞，在心里就挂得很重。

他没想到在美食城会意外地碰到几个旧日的同学。他看到同学真想哭啊，过去的一切不堪回首。他敏感地察觉到这些同窗旧友显然已从郁文涣那里证实了他和富妞欧阳兰兰的传闻，因此在他们的眼神中，既有惊奇羡慕，也有冷淡鄙夷。在有的人眼里，他摇身一变，成了一个出没于高档酒楼豪华饭店的排场阔少。而在另一些人眼里，他又是卖身求荣靠“吃软饭”过日子的“瘾君子”。那些不屑的眼神令他如芒在背。他真想告诉他们他来这里是为了什么。他们不会想到他也是在为国家和社会出生入死啊！同学脸上的轻蔑使他甚至觉得这个过去他一直当个额外负担的卧底任务，现在竟成了唯一能让他找回自尊和心理平衡的一份光荣了。

于是他在李春强面前就表现出一种前所未有的积极。他把身子探到坐在前座的李春强和杜长发之间，自告奋勇地请示：“你不是让我今天把欧阳兰兰约来假装让她帮忙杀杀价吗，我顺便又托她替我打听一下老袁他们对今天见面的反应，所以她这两天也许还会找我。我还要不要再和她接触了？”

李春强说：“你不要主动找她了，如果她找你，也用不着回避。她要是说了什么情况你可以及时告诉我们。另外，这个案子结束以前，你还是待在家里。我们不找你你不要找我们，也不要去找欧队长。还是得防着他们有人跟你。如果他们发现你和警察来往就麻烦了。好不好？”

肖童喉咙里“嗯”了一声。

他们用车把他送到家，在街口把他放下，再次说了感谢的话，便轰着油门走了。从李春强和杜长发在路上的对话中肖童知道，他们是直接到“老板”家里汇报去了。

肖童站在街头，看看表，时间似乎还不算太晚。他没有往家走，而是拦住一辆路过的“面的”，奔欧庆春家来了。

他上了楼先侧耳听了听庆春父亲房门里的动静，里边隐约传来电视机的声音，但愿老头儿是自己一个人在屋里看电视呢。他轻轻地敲了敲庆春的房门，然后心神不定地等了半分钟。庆春打开了门，见他站在黑暗里，有些意外，说:“这么晚了你怎么来了?”他压着声音说:“你小声点，让我进去，别让你爸爸听见。”

庆春让他进了屋，她已经穿了薄纱一样的宽松的睡衣，像天使般纯洁和美丽，以致让肖童觉得非常性感。他的目光有些发呆地在她身上滞留了一阵，不知怎么搞的他突然想到帝都夜总会里的那些妓女，他一直搞不懂为什么她们总是清一色地要打扮得那么俗艳，脸上总是涂抹得那么过分，都爱穿那种黑皮短裙，露着多肉的腰腹，一点也不能激起他的兴趣，有时甚至还让人觉得恶心。他认为庆春身穿警服时的英武，和她现在的洁白飘逸，才真正会令男人心动。他认为男人心动全是基于某种幻想。

庆春也在看电视，她让他进了客厅，到沙发上坐下来，问:“干什么这么鬼鬼祟祟的，你今天不是跟李队长去燕京美食城了吗?”

肖童说是，也在沙发上坐下来，把刚才在美食城与他们见面的情况扼要地叙述一遍。庆春问:

“是李队长他们送你到这儿来的?”

“啊，不是，是我自己来的。”肖童说，“我怕你惦记这事，所以跑来告诉你。”

“你小心有人跟你，万一有人跟你到这儿，白天找邻居一打听，知道我是警察，这案子就麻烦啦。”

肖童闷闷不乐，垂着眼皮说：“你就知道关心案子。”

庆春笑了：“也关心你，你要暴露了，第一个倒霉的就是你自己。我可不是吓唬你，现在贩毒案的特点是枪毒同流。搞贩毒的都是些提着脑袋玩儿命的家伙，可以说他们什么都敢干。”

肖童说：“我来的时候都注意了。我老远就下了车，自己一路走进来的，绝对没人跟着。”

庆春说：“小心没大错，知道吗？”

肖童说：“啊。”

两人的目光都投向电视，但似乎都没在用心真看，一时谁也找不出合适的话题。庆春问：“喝水吗？”

肖童摇摇头，他说：“庆春，咱们俩相处这么久了，有些话你始终没有直接对我说过。”

庆春转头看他：“说什么？”

“你到底喜欢我吗？”

“你说呢？”

“我早说过你喜欢我，可你自己没说过。”

庆春停了一下，反问：“不喜欢你，我把你接到这儿来住？”

这回答肖童基本满意，但仍心有不足，又问：“那，你爱我吗？”

庆春看电视，不回答。

肖童说：“我不该这么问吗？”

庆春歪过头来，还是反问：“这么晚了你来这儿，就是想问这个？”

肖童扭捏了一下，说:“我心里总是七上八下的，我需要你给我一个回答。你爱我吗?”

可庆春迟迟不答，想了半天，才说:“你想知道吗？那我告诉你:你必须彻底把毒戒了，彻底！我才会回答你。这是你现在人生中的最重要的任务，在你完成这个任务之前，不该再想别的。想也不现实。”

肖童的脸红了，随即又发白，他怯怯生生地小声说:“我，我不是已经戒了?”

“不，你只是有了个好的开始，还不能说是彻底没有复吸的可能了。这需要时间。”

肖童犹豫了半天，吞吞吐吐地说:“假使，假使，欧阳兰兰他们非逼着我吸，拿这个来考验我。我为了骗取他们信任，就吸了一点，这，这不能算是复吸吧。当然，我是说假使。”

庆春笑笑:“你别找这种小儿科的借口了。你可别跟我耍小聪明，别忘了我是干什么的。”

肖童嗫嚅着不敢往下说了。庆春突然神色认真地问:“你不是又吸上了吧?”

肖童拨浪鼓似的摇头:“没有没有!”

庆春笑着吐口气:“你可别吓我。”

肖童来时兴冲冲的情绪，此时荡然无存。直到离开了庆春的家，他才觉出背上的衣服已被汗水湿透。他本想把这次在帝都夜总会被迫吸毒的过程和庆春解释清楚，但和庆春之间这两句对话把他的胆子弄破了。他想庆春即便是能够理解他，但要是知道他的瘾又上来了，也不会爱他了。吸毒上瘾的人不难得到一些理解和同情，但有谁会爱呢!

他失魂落魄地坐了一段地铁，又换了一站公共汽车，回到自己家的时候，才发觉腹中空荡荡的。晚上他在燕京美食城几乎没顾上吃什么，可又并不觉得多么饿。他脑子里翻来覆去只折腾着一个念头，那就是趁这案子没结束、他还一个人独自在家的机会，尽快把欧阳兰兰和老袁这次逼出来的毒瘾戒了，在回到庆春家之前，把戒毒的成果恢复到原来的水平。

他深知这一次戒毒比上一次更难，因为上一次是在戒毒所，而这一次则要自己孤军苦战。这是对自己意志毅力的一次考验。他不断地警告自己，给自己壮胆鼓劲，一遍一遍地对将要面临的痛苦做着种种心理准备。他并没有去找吃的东西，怀着恐惧的心情坐立不安地等待着毒瘾的来临。为了避免在执行任务时毒瘾发作，他在傍晚去燕京美食城前，已经吸了一支，距此已过去了六七个小时，他躺在床上，心里不停地下定决心不停地发誓：傍晚的那支就是最后的一支，绝不再吸，绝不再吸！凌晨一点他开始明显地头晕，耳朵里嗡嗡一片，像要失聪，眼泪不停地流淌出来，鼻子里灌满了清鼻涕。浑身一阵一阵地发紧发冷，四肢的皮肤上像有无数小虫子来回爬行，奇痒不止。而骨头里又发出一种弄不清源头的疼痛。他拼尽全力熬着，呻吟中呼唤着庆春的名字。他在床上辗转反侧整整一夜，天明时才精疲力竭地昏睡过去。他睡得并不踏实，睡得断断续续模棱两可。迷迷糊糊地，他飘飘然又到了樱桃别墅。天上阴雨绵绵，他听到欧阳兰兰雨中凄惨的哭声，这哭声使他骤然发觉樱桃别墅已变成了一个志怪电影中的废墟，里面风声呼呼，蛇行狐奔。欧阳兰兰和她的枯瘦的父亲，还有大腹便便的老黄、油头粉面的老袁、青面獠牙的建军，游魂一样鱼贯而来。

荒屋残垣，冷雨青烟，空谷足音，遥远处响着野寺钟磬。那苍凉的钟声越来越近，越来越急，以致后来震耳欲聋。他醒来才知道那是楼下不知道谁的汽车防盗器出了故障，报警的怪叫声响个没完。他爬起来，在镜子里看自己，也许是刚刚走出那个凄厉的鬼梦，他在镜中看到的，竟是一张人鬼不分的枯槁的脸！

BP机这时响了，把他拉回到现实的人间。是庆春呼的，让他回电。他这时不但不能兴奋起来，而且举步维艰。意识的清醒对他来说又是一个地狱之行的重启。他又全身难过得不知所措，满脑子只是越来越有力地响着一个声音，那是他自己的声音："吸一支吧，吸一支吧，吸一支吧……"当他终于决定再吸一支的那个瞬间，脑子里还苟延残喘的一点点挣扎抵抗的意识顷刻瓦解。他跌跌撞撞地冲向柜子，拉开抽屉，取出欧阳兰兰给他的那个金色的盒子，一刻不容迟缓地取出一支烟，哆哆嗦嗦地点上火，迫不及待地把一大口烟气深深地吸进心底。他闭上眼，连自己都能感觉出眼皮止不住地抖动。他大口地抽着烟，每一口都把烟闷在肚子里。海洛因的滋味迅速地在身体的每个细胞里渗透，扩散。他没用几口就抽完了这支烟，他躺在床上，身上开始舒服起来。可当他一恢复了常态，就又一次地懊悔不堪，又一次发誓这是最后一支，绝不再吸，绝不再吸！

庆春在电话里约他今天回家吃晚饭，庆春热情的声音让他悲喜交集，他心情发苦地问："怎么想起让我去吃晚饭？"他觉得自己已经没有资格再去进入他梦想的幸福了。

庆春说："今天是个节日。"

"什么节日？"

“你这个大学生，连这个都不知道，现在很时髦的一个节。”

“啊，我知道，是圣诞节。”

“来吗，晚上?”

肖童不知该用什么样的回答来躲避自己矛盾的心情，他胡乱地说道:“你爸爸那么正统，让你过这个洋节吗?”

“你来的时候别说是这个节。今天正好是我爸爸和我妈妈的结婚纪念日。我每年都给他过的。你就说是我告诉你的。”

“那我不能给你送圣诞卡了吗?”

“不用了，现在那些卡也都很贵。再说你要送还得送我爸爸一份。他也不讲究这个。咱们俩也没必要搞这些繁文缛节。”

肖童说:“这怎么是繁文缛节，给自己喜欢的人送张卡，写几句祝愿的话，这是很浪漫的事。”

庆春笑道:“行，你的浪漫我心领了。你要没事的话，可以早点去，帮我爸爸准备准备。另外，你还是得注意有没有人跟踪你。”

肖童这时的心情才慢慢安定下来，脸上也晴朗了一些。尽管庆春轻视浪漫，只是很实际地让他早点去帮忙“准备准备”酒菜之类，但这又给他一种共同居家过日子似的温馨。去除了繁文缛节，倒也显得亲密无间，因此他很高兴地答应着:

“好!”

下午，他早早地打扮好，准备去庆春家。出门前，犹豫再三，为了防瘾，还是吸了半支烟垫底。他在头脑完全清醒时吸这烟，心里就充满矛盾、自责和罪恶感。但他还是吸了，刚刚吸完，就听见房门有节奏地被人敲了几下，他匆忙将剩下的半支放回小金盒装回抽屉。打开门，门外无人。地上放着一束红色的玫瑰。那束玫瑰上别致地扎着一条丝带，丝带的扣结是一只花纸叠就的燕子。花的下面有一只装在信封里的圣诞卡。

他知道这是文燕，他似乎也依稀听见了一个纤细的脚步悄悄下楼的声音。他打开圣诞卡，卡设计得很简单，只画着一棵圣诞树和两只童话里的铃铛。树和铃铛之间，手写着一行字：

“哭泣的圣诞，与你同在。”

他看了半天，似懂非懂。回到屋里，行色匆匆，竟找不到一个瓶子把花插上。

为了防备万一回来太晚，他又在金盒子里拿了一支烟带在身上，才离开了家。他先坐了一段公共汽车，下车后去了商店，买了一只专门给小动物喂奶的袖珍型的小奶瓶。然后换乘地铁。一路上左顾右盼，直到确信无人尾随，才直奔庆春家去了。

庆春还没有下班。她父亲大概早知道了他要来，所以见到他并没有表现出多少惊奇和热情。他让肖童进了屋，问他现在身体怎么样、药是不是还在吃。肖童说：“身体没事，药还在吃。”他把奶瓶交给庆春的父亲，然后就蹲在纸箱子边上逗猫。他说：“几天不见这小东西就长大了。”

庆春的父亲坐在床上，看着他嗲声嗲气哄孩子一样逗着小黑玩儿。问道：“肖童啊，伯伯不在你身边这些天，没人管着你了，你有没有动过那个念头啊？”

肖童回过头来，心里有点慌张，便用明知故问来掩饰：“什么呀？”

父亲看着他，没说话，那意思是不言自明的，肖童结结巴巴地说：

“没有，没有。”

父亲点点头：“啊，那就好。”

肖童转过头来继续逗猫，但心情顿时黯淡下来。庆春父亲的问话和表情在两人之间投下一道有形无形的阴影。肖童和他几天不见，一时不知这份隔膜和生分从何而来。

父亲又说：“听说你原来有个女朋友，还来往吗?”

肖童说：“伯伯我原来没有女朋友，以前有个邻居家的女孩对我不错，不过现在也没来往了。”

他说完才回头看了父亲一眼，父亲的眼神说不清是怀疑还是麻木，一动不动地看着他。肖童做贼似的把目光回避开。父亲说：“是啊，你现在交女朋友，年龄也小了一点，更何况你现在还有这个病。这个病要想去根儿不容易，需要漫长的时间和坚强的毅力，你必须全力以赴。这个阶段谈恋爱，会分散你的精力的。再说，你这病能不能彻底去根儿，你究竟有多大决心和毅力，也还不好说。你这病治好之前，就找女朋友，对人家女方也不负责任啊。万一你好不了啦，那不也是害了人家吗。你说是不是这个道理?”

肖童低着头，心乱如麻地听着，嘴里含含糊糊地附和着：“是，是。”好在庆春的父亲站起来，说了句：“咱们做饭吧。”他才如释重负。

在帮庆春父亲做饭时，肖童竭力表现得既听话又勤快，但没有了以往的活跃，也不敢放开闲聊了，厨房内外因此显得有些枯燥和沉寂。甚至，还有一丝紧张。他们烧了鸡爪子和五花肉，做了凉菜，包了饺子。饺子用了两种馅，猪肉韭菜的和猪肉茴香的。父亲说他爱吃茴香的那个味儿，肖童说他也爱吃。父亲说：“现在的速冻水饺一点味儿都没有，完全不是那种感觉。”肖童说：“没错，饺子还是自家包的好吃。”

饺子包完，用干净报纸垫着，摆了一片。父亲对肖童说：“大蒜没了你去买点吧，吃饺子不能没有蒜。”肖童麻利地答应着，套上外衣便出门去了。父亲在他身后又喊了一句：“你再带几瓶啤酒来！”

他下了楼。天色渐晚，楼群拱立在夕阳残照之下，投出一个个红中带紫的巨大阴影。而迎着晚霞的一切景物，都显得格外娇嫩。肖童此时的心境，被这娇嫩而斑斓的色彩所感动，觉得生活毕竟是那么美好，但同时又顾影自怜，无限伤感。他想，就因为“只是近黄昏”，所以夕阳中才自然就有一种挥赶不去的伤感。他过去是怎么也不会想到自己的青春年华就会有这种夕阳心态，看见一抹彩霞也会激起对人生的留恋。

如果这时他不是看见了李春强，他也许会以为自己已经失去了少年的好胜、忌妒和激烈。李春强的吉普车触目地停在路边，他和欧庆春正站在车边娓娓交谈。他手里拿了一束成熟的玫瑰，笑着把它递给庆春。庆春也笑着，不知说了些什么，竟伸手接了那束玫瑰。肖童看在眼里，妒火中烧。他恨透了李春强！也恨庆春。他挺胸抬头，从他们身边凶狠地走过，不发一言只用脸色示威。他们看见他了。庆春问肖童：“你干什么去？”他还是怒目不言，昂首走去。他听见庆春叫他，又听见李春强问庆春：“是你叫他来的吗？”庆春没有回答。肖童能感觉到她从身后追了上来。这时又听见李春强在叫：“庆春！”肖童回头看了一眼，李春强面目平静地喊她。庆春张皇反顾，却没有停下脚步，依然向自己追了过来。

肖童大步走，拐出楼群，庆春追上来，气喘吁吁地问：“你这是干什么，发什么脾气！”肖童不答，只顾走。庆春拽了他一下，委屈地喊道：“你这是干什么！”

肖童说：“他干吗总缠着你！他明明知道我和你的关系，干吗还缠着你！他还是不是人民警察，还讲不讲三大纪律八项注意！”

庆春哭笑不得：“他开车送我回来，怎么不行？”

“他干吗送你花，你干吗要他的花？”

“这过节嘛，同志之间表示一下，有什么不行！”

“圣诞节都是送‘一品红’，他干吗送这个花，谁不知道玫瑰花是干吗的！”

庆春也板起脸来：“我跟你现在是什么关系？别人怎么就不能送花给我？过圣诞该送什么花，有几个中国人搞得清楚，你这样发脾气也太过分了吧！”

肖童心里受到极大打击，他哆嗦着说：“他不懂，可你懂，你可以不要！”

庆春毫不相让地说：“我们在一个屋里上班，我不想驳人家面子扫人家的兴，这不是我为人处世的原则。你不要事事干涉我好不好。如果有你过去认识的女孩子给你送这个，我不会当成了不得的大事。”

庆春说完这句，便扔下他返身走了。肖童站在路边，傻傻地发呆。他想起文燕放在他家门前的玫瑰，哑然无话。

他精神恍惚地买了蒜，忘了买啤酒就往回走。回到家看见庆春为刚才的事还在闷闷不乐，他便趁她父亲不在眼前的工夫，向她表示了歉意。他说：“你还生气哪，是我不好，我心眼儿小，你心眼儿大点儿不就行了。”

庆春的脸色松了下来，说：“肖童我是怕伤你自尊心不利于你养病，要不然我早跟你急了。我跟李春强同学同事都七八年了，我跟你才几天？我刚觉得你不错你就这么不讲理，你别让我那么失望行不行。”

肖童低头不语，庆春笑了，说：“也不知道你这算是可爱，还是可气！”

父亲端着凉菜到这边屋里来了，招呼他们摆桌子准备吃饭。他说：“你们知道吗，今天是西方的圣诞节，相当于咱们国家的春节。我当初和你妈结婚的时候不懂，要懂的话就不选这个日子了。”肖童和庆春装作意外地说：“那太巧了，今天这顿饺子还吃对了，咱们是洋节中吃。”

席间没有酒，他们用饮料碰杯，互相说了祝愿的话。肖童和庆春先是一同祝老头儿身体健康、精神愉快。然后老头儿祝肖童坚持把大学的课程读完，争取自己把学历考下来。肖童极尽讨好地笑着，说：“谢谢伯伯。”老头儿又祝庆春，祝她思想越来越成熟，别什么事都还像小孩子似的心血来潮。庆春和父亲碰了杯，呷了一口，什么都没说。

肖童端起杯，说：“庆春我祝你……”

老头儿打断：“你比她小，别总是直呼其名，你应该管她叫姐姐。我说你们现在年轻人知识多了，礼貌倒少了，这样可不好。”

肖童看着庆春，好半天才叫出一声：“姐姐，我祝你，祝你永远永远，都幸福！”

庆春和他碰了杯，四目相视，她说：“祝你永远像现在这么有毅力、有热情，永远这么单纯、诚实。”她祝完，自己先喝了一口，又说：“祝你别忘了给我的保证。”

庆春的这几句祝福，像尖锐的钉子，一根根钉进肖童的心里。他强撑笑脸，将杯中的饮料一饮而尽，说："这几句话，我会永远记着。"

接下来开始吃菜，边吃边聊。一如肖童希望的那样，聊的都是些山高水远无关紧要的话题。从NBA说到甲A，从最惠国待遇说到巴以关系，还说到香港回归后到香港去照样那么难。父亲说："可以跟旅行社组织的旅游团去，除了香港还有新、马、泰，都可以去，现在很方便。"庆春说："可是钱呢，新、马、泰转一圈一个人就得上万，再说出去总不能连个纪念品都不买吧，这又是一笔钱。"

父亲说："你们还年轻，今后总有机会出国转转，我这岁数，也不想了，我一个人也不愿意去。"

庆春说："我陪你去。"

父亲摇头："花两万块钱，就为看几天新鲜，我思想还没解放到这一步呢。"

肖童说："我以后拼命挣钱，一定要让伯伯和庆春出一趟国。我陪你们一块儿去。"

父亲说："等你挣够了钱，我也老得走不动了。"

肖童说："我过些天就出去找工作，多苦多累多脏的事，我都能干。干三年，我不信挣不出几万块钱来。到时候我一定让伯伯出去！"

庆春嗤之以鼻："那么多下岗待业的人还找不着这么高工资的工作呢，你别干什么都想入非非。"

父亲说："肖童有这份心，我们领了。肖童也是该找份工作了。我不指着你挣钱让伯伯和姐姐出国，我只要看到你自食其力，正正常常地生活，那就不容易，就是好样的。"

肖童想再说两句表决心的话，但他收住了。因为他突然觉得身上有些发紧，他想幸亏带了烟了。他说：“你们慢慢喝，我去煮饺子。”但他还没起身，庆春的父亲已经站起来，说：“我去，你煮非把两种馅弄混了不可。”

父亲说着起身去了。庆春见父亲走了，凑近了和肖童说话。可这时肖童耳朵里嗡嗡作响，他忽而清楚忽而糊涂地听见她在和他商量给他找什么工作的事。他强打精神应付着，随口说了些什么话自己也不清楚。

他一直熬到庆春的父亲端着饺子回来了，才说要去那边方便一下。老头儿说：“你先趁热吃一口看熟了没有。”他拿着筷子伸进盘里，手颤抖得屡夹不中，头上的汗珠子像水一样地淌下来，呼吸也有些控制不住地粗重和急促起来。他已经顾不得庆春和她父亲面面相觑的怀疑的目光，他好像憋不住尿似的扔了筷子，胡乱说了句“我去方便一下”，便匆忙起身，向门外走去。庆春和父亲都没有应声，他身后的屋里留下一片死一样的沉寂。

他进了庆春父亲的单元门，冲进厕所，反插了门，手忙脚乱掏出身上藏着的那支烟，却想起没有带火。他又拉开门冲出厕所，冲到房间里，东翻西找，终于在床头柜上找到一盒火柴。他连打了两根都断掉，当他终于打着第三根时，他无可逃避地看见了庆春和她的父亲出现在房间的门口，目光惊恐而绝望地注视着他。他面色惨白，浑身颤抖，尽管自尊心在生理痛苦面前突然崩溃，但心里还能被无地自容的感觉强烈地刺痛。他的手已经不听使唤，不能自主地当着他们的面，点燃了那根粗大的烟，不顾羞耻地大口大口地抽起来。他的泪水也大颗大颗地滚下脸庞，落在地上。这时天地间仿佛绝了声音，一切都幻化为乌有，他轻飘飘地随欲而走，只依稀听见纸箱里传来小黑尖锐的哭声。

三十七

那天晚上肖童不知怎么就梦见了他的学校。梦中的校园比现实中显得鲜艳多了。一砖一瓦，一草一木，都新染了五彩的颜色，如夏天里的公园那般明丽。内湖不再是小小的一潭凝绿，而是变得汪洋恣意，浩渺一片，可以把他的视线带得很远很远。而那座原本高大宏伟使人相形自惭的礼堂，在冥冥中却又成为一个亲切平易的背景。他站在礼堂的台上，台下鸦雀无声，同学和老师的面孔都似曾相识。他自己的声音像穿透星夜和旷野般空明动人。他知道自己是经过艰苦训练才能朗诵得如此传神！欧庆春和她的父亲也夹在人群中，严肃地倾听。还有他自己的父母，还有卢林东和郁文涣，还有一群面目友善表情庄严的警察。这么多亲朋好友藏在人海之中被他一一发现，激励着他把每一个词都念得充满情感和酸楚。

"……我们的祖国有悠久的历史、灿烂的文化、壮美的山河，是世界文明发达最早的国家之一。然而，我们中华民族在漫长的生存历程里充满了灾难、坎坷、危机和厄运。天下兴亡，匹夫有责，就成为我们中国人代代相沿的品格遗传。上下五千年，英雄万万千，壮士常怀报国心！黄沙百战穿金甲，不破楼兰终不还！就是每个龙的子孙永恒的精神！……”

朗诵的配乐还是那支钢琴协奏曲——《黄河》。那行云流水、气势磅礴的音乐在耳畔滚动着，让他的每一句朗诵都显得荡气回肠，撼人心魄。当《东方红》的旋律奔腾而起，把全曲推向高潮时，他的泪水也夺眶而出。他觉得那一浪高过一浪的旋律好像就代表了波澜壮阔的中国，代表了每个中国人的振奋和苦难、往昔和觉醒。这种力量和激情使他心潮起伏热泪滚滚，他一发不可收拾地号啕大哭，直到自己哭醒。他望着黑暗中这个残破的家，听着自己像患了痨病一样喘息，他不知道，如今自己落到这步田地算不算为了祖国而献身呢？他为什么哭了？为什么醒来后依然不能止住泪水？他抱着一团被子抽泣得全身疼痛。在这覆盖了芸芸众生的暗夜中，是不是只有他醒着？有谁还会陪伴他想着他，知道他所做的每一件事情？他想了半天没有。在所有人的眼里，他只是一个堕落的吸毒者！是梦中的演讲词把他感动了，也许只有祖国这个母亲会知晓他的伤口，默默地在心里疼他。梦醒时分他又有些迷茫，祖国是谁？谁是祖国？是党和政府吗？是公安局吗？是脚下这块土地吗？是遍布城乡每一个角落此刻都在沉睡着的十二亿人吗？是一个包罗万象、涵纳古今的概念吗？无论祖国是什么，他都渴望着扑到她的怀里。他想哭诉，想被爱抚，想有人来抱一抱他，哪怕能有一个人代表祖国母亲，在他耳边轻轻地低语几句……他想，那个人应该就是庆春！想到庆春他知道自己这回肯定是不被原谅了。他想起昨天晚上天下了小雨，那入冬的小雨纤细无声却有彻骨的寒意。庆春叫了出租车送他回了家。他注意到她临出门前把手枪带在了身上。他怀疑这是故意做给他看的，像押送一样。庆春的父亲在他走时竟没有和他说一句告别的话，只是和庆春附耳低语几句，庆春点头对父亲说："不会的，你放心吧。"

路上庆春一言不发，肖童当着出租车司机的面也没有讲话。司机在车上放着一盘圣诞歌曲的磁带，一路上的音乐因此带着一种童话般的祥和，让人的思绪突然飘离了现实。出租车把他们拉到肖童家附近的街道上，庆春对司机说："师傅就是这儿，在这儿停吧。"车停后她把门拉开，示意他下车，自己则是不准备下车的样子。肖童说："庆春你下来一下，我要和你解释。"她犹豫了一会儿，还是下来了，付了司机钱，说："师傅你不用等了。"

出租车开走了。他们站在清冷湿透的马路旁，远处的街灯把两个人的身影拉得细长。北京的圣诞节都集中在那些豪华的饭店里，圣诞老人不会驾着梅花鹿把过节的气氛带到这些无关紧要的街道上。在这些街道上，小雨似停未停。天冷得要命，但没有风。

肖童说："庆春，我跟你说过是他们逼我吸的，是他们考验我是不是真的还在吸，我不吸他们就会怀疑我，也怀疑李队长。"

庆春面无表情地说："你知道吗？吸毒的人，有一个共同的毛病，那就是撒谎。"

肖童说："我没有撒谎，我干吗要对你撒谎？"

"对我？你对我撒的谎还不够吗！"

"你不信我可以，等破了案你可以去审问他们。看我说得对不对！"

“不用问，我也知道是他们让你抽的，让你抽你就抽吗？你对我的保证、你发的誓，这么随随便便，就都不算数了吗？”

庆春的眼里泪光闪闪，肖童心里乱得不知应该怎样解释清楚。他想试着从头说起：“欧阳兰兰开始问我的时候我就说我还吸，后来他们就让我吸，我要是不吸他们就会认为我说话不老实……”

但庆春这时心情激动得听不进去：“你别再找借口了，你怕他们说你不老实，那么你对我们老实吗？你和李队长说过这事吗？你和我说过这事吗？你刚才在饭桌上还在撒谎。他们说你素质差，我总是维护你，我弄不清我怎么就这么相信你！”

庆春的口气激愤难平，泪水也顺着脸颊流下来，越流越不可控制。她双肩抽动，双手捂脸，往黑暗中走。肖童想抱住她，她说：“你松手！”肖童松了手，默默地站在她的身边，等她哭完，等她平静了，他说：“再给我一次机会吧，我一定会戒的。”

庆春深深地吸着气，说：“肖童，咱们恐怕是没有这个缘分了。你知道，我要是决定跟你好，那是要下很大决心的。我的同事都会奇怪，我的家里也会反对，因为我们的年龄和经历，差别太大了，很多人会说三道四的。我承认我喜欢你，但你连最起码的做个正常人的能力都没有，我们今后怎么能生活在一起？你也该为我想想，我们组织上，还有我爸爸，就是再通情达理，也不可能答应我和一个吸毒成瘾的人在一起，这不现实！”

肖童预感到自己刚刚抓住的这个五彩光辉的气泡就要破灭了，他不曾想过这一切刚刚开始就大势已去。他怀着一种被遗弃的凄凉苦苦哀求，而语言却干枯得只有一句：“求你再给我一次机会吧。再给我一次机会吧。”

庆春抬眼看着他，他的表情现出令人怜悯的凄苦，她忍不住用手轻轻地摸了摸那张清瘦的脸，摸得那么轻柔，轻柔得肖童五内俱焚。庆春说：“肖童，我知道你是个好人，你为我们做了很多工作。我知道你是为我，所以我真的不知道该怎么感谢你。我本来一直相信你的毅力，我以为会有一个奇迹，也许我是难为你了，强求你了。以后我会好好地谢你、帮你的，可我也希望有我的生活，我的幸福，一种最普通最普通的幸福。我没有过高的要求，我只想要一个正常的家庭。”

肖童痛哭失声：“我只想要你，我只想要你！”

庆春的泪水再一次忍不住喷涌出来，她说了句：“你保重！”便转身向街的对面跑去，她拦住了一辆刚巧驶过的出租车，那出租车的车门砰然关闭的撞击，透过湿气逼人的夜雾，刺进肖童的鼓膜，车轮轧碎了地面上凝结的雨水，带着沙哑的声音，越来越远。肖童的眼泪凝在脸上，听着那声音直到消失。他一个人坐在湿漉漉的马路沿上，不想回家。偶有骑车路过的行人回头看他，他目光呆滞如木偶一样，在路边无动于衷地枯坐，对过往的一切全都麻木不仁。

在这个穷途末路般的寒冷的雨夜，他居然做了那样一个色彩明丽而又慷慨激昂的梦。醒来时他还是理不清自己的心情。清晨照常来临，太阳依然升起。他躺在床上，脑子里似乎已经昼夜不分。对海洛因的需求又成为全身每一块肌肉的唯一渴望。但他想，他还是得戒，非戒不可！他咬牙切齿仰面而卧，算着时间一分一秒地把痛苦拉长，他靠着意识里欧庆春的越来越模糊的面容拼命顽抗，一秒一秒地计算着能不能熬过七十二小时。为此，他不惜吞下了大量的安眠药和626胶囊，但它们似乎不起一点作用。他度日如年地耗到中午，直到迷迷糊糊听见有人敲门。

是欧阳兰兰来了。她看见开门的肖童吃了一惊。她问："你怎么了，这平安夜你是怎么过的，怎么脸色这么难看？"肖童没有说话，返身又躺回到床上。欧阳兰兰明白了什么似的，问："你没烟了？"

他说："我想戒。"

欧阳兰兰说："这可不是一朝一夕的事。而且你一个人怎么戒得了。"她坐在肖童床边，说："跟我出去玩儿两天吧，等你身体养好一点，我送你到国外那些条件好的戒毒医院去，听说没有什么痛苦就能把毒戒了。"

欧阳兰兰甜蜜的话语如同在他身上注射了一针腐蚀剂，顿时将他与毒瘾殊死抵抗的意志腐蚀干净。他从床上挣扎起来，打开柜子里的抽屉，拿出金盒取出烟，如饥似渴地抽起来。抽完一支，意犹未尽，又把昨天剩下的半支也抽了。全身立时感到血脉通畅，筋络舒展，皮肤不再痛痒，头脑也爽然清醒起来。但清醒之后的自责和矛盾又袭上心头，他克制不住哭了起来，欧阳兰兰问他怎么了，他压抑着发自肺腑的号啕，万念俱灰地说："我这辈子完了。"

欧阳兰兰从身后抱住了他，说着许多安慰的话，他对她的怀抱没有拒绝，此时孤儿般的心情使他对一切温暖都丧失了排斥的能力。如同一个毒瘾发作的人对毒品的渴望一样，他明知道正是这个女人打折了他的腿又送来拐棍，但还是感激涕零地接了。

欧阳兰兰抱着他，说："明天我要到外地去休息一段时间，你跟我一起去吧。"

肖童摇头："我哪儿也不想去，我只想一个人安静地待着。"

欧阳兰兰说："我跟你说实话吧，他们还是不放心你的那位于老板。他们已经和他约了明天见面，他们让我明天出去避一避，以防万一。他们说让我带着你去。"

肖童摆脱欧阳兰兰的缠绵，疑惑地站起身来："为什么？"

欧阳兰兰仰脸看着他，一字一顿地说："拿你当人质。"

肖童愣着，像是听不明白："人质？"

"他们怕于老板是雷子，如果于老板不让你跟我走，就说明他心里有鬼，如果让你跟我走，他再搞什么名堂，你不就成了人质？如果那姓于的真是公安局的密探，他们要抓我们的时候，总不能不考虑你的死活吧。这都是老袁那帮人瞎分析。不过这倒正好方便了咱们俩，我真的非常想和你出去玩玩儿。"

"如果，我不去呢？"

"那，老袁他们就不打算冒险跟你们来往了，你叫于老板另找别家做这笔生意吧。"

肖童想不到这件事节外生枝一波三折又冒出这么个枝杈来。他脑子里一下子乱了，无章无法地问："于老板什么时候和老袁约的，我怎么不知道。"

欧阳兰兰冷笑："我看你那位于老板也就是供你一点白粉罢了。生意谈到关键的地方，就不让你听了，你这还看不出来，他并没把你当成心腹。"

"他们明天在哪儿见面？"

"这我就不知道了，但我想他们肯定要带他去一个僻静的地方。怎么样，明天跟我走吗？我可给你订票啦。”

“你要去哪儿？”

“也许往南，也许往北，到时候你就知道了。”

肖童转身走进厨房，用嘴巴对着水龙头大口喝水。欧阳兰兰跟进来，从后面抱着他的腰。他假作赌气地再次甩开她，走出厨房，说：“连地方都不告诉我，我不去，那生意你们爱做不做。”

欧阳兰兰走过来，扳过他的肩膀，像哄小孩似的说：“咱们往北走，到吉林去。”

肖童记在心里，嘴上嘟哝了一句：“怎么冬天到了，还往北走，你们都是神经兮兮的。”

他到底去不去，他没有和欧阳兰兰说定。他说要去和于老板商量一下，如果不告而别，那太不够意思。欧阳兰兰冷笑，说：“但愿他也对你够意思。”

中午欧阳兰兰拉他到长城饭店顶层的云台餐厅去吃川菜。从这里居高临下，可以看到亮马河两岸高楼林立，壮阔的三环路从摩天大厦的群落中昂然穿过，给人一种势不可挡的畅快。中午餐厅里人不多，坐在这里看三环路上的车流滚滚，颇有一种闹中取静的惬意。

欧阳兰兰点了几样菜，自己并不吃，她说：“我最近有点发胖，苗头不好。”因此她只喝了一碗清汤。肖童寡言少语，低头吃饭，昨天晚上他自己包的饺子最后并没能吃上，到现在已经粒米未进饿得发慌。

欧阳兰兰看他狼吞虎咽的样子，说：“我欠你的钱，也该还你了，你家存折里的人民币连本带息将近六万，美元存款有两千多吧。我给你凑个整数，你愿意要人民币就还你八万三人民币，你想要美元就还你一万美元。人民币的银行利息高，美元将来用的时候方便，万一你想出国旅游什么的，也不用找门路换了。各有利弊。你到底要什么？”

肖童抬眼看她，欧阳兰兰用这种轻描淡写照价赔偿的方式来公开承认她的强盗行径，显示了她的聪明。用这样的方式、这样的口气，选择这样的场合，一开口就逼使受害者不了了之。但肖童冷漠的目光仍然给她脸上添了几分尴尬，她解释道：

“你别瞪我，这都是建军找人干的，他们也太狠，把你家弄成那样可真不是我的意思。但你别忘了你在帝都夜总会开了他的瓢，出手也不轻。他也算一报还一报吧。”

肖童说：“你给我美元吧。你拿了我多少，就还我多少，你用不着在这件事上装大方。”

欧阳兰兰似笑非笑：“怎么，一点也不想欠我的？”

肖童眼望窗外，他说：“要讲欠，是你欠我，你欠我多了！你是成心想要我家破人亡！”

欧阳兰兰眼神暗了一下，低声说：“所以我想补偿你。真的，我想用我的一生来补偿你。如果是我害了你，我愿意跟你一命抵一命！”

肖童从窗外收回目光，他看到欧阳兰兰一张真诚的脸，他想，也许她的真诚仅仅是因为她喜欢他，是因为一种对异性的少年式的激情。她为了得到他不惜把他折腾得半人半鬼。他心情矛盾地看着她的脸，那张脸如同一朵盛放的罂粟花，既美丽奔放又充满毒性。她的性格是攻击性的，而且执着到不择手段的程度。肖童想他们坐在这里真的像一对恋人吗？至少周围那些服务小姐会用这样的眼光睃他们。也许，他也确实冤冤相报地做了她的“夺命情人”，正一步步地暗中把她逼上绝境。他和她命中注定是一对冤家对头，不是你死我活，就是同归于尽。肖童不禁打了一个寒战。他再次把目光投向窗外，投向雨后晴朗的天际和温煦的阳光。阳光下的马路上，行人如豆。他心里油然生出一个强烈的渴望，他想再没有比做一个普通人过寻常而平淡的日子更幸福的事了。

饭后，他们乘坐观景电梯从顶楼一直降至大堂。在饭店的大门口告别。欧阳兰兰说："你最迟明天下午三点前给我答复。过了这个钟点生意肯定告吹，而且我敢保证你们再也不会见到老袁他们了。相信我不会骗你的。这是我亲耳听见他们商量的。如果你答应跟我一起走，就给我来电话。记住，明天下午三点以前，我的手机始终开着。"

欧阳兰兰开着她的车走了。肖童在饭店附近的小街小巷里转了一阵，确信无人跟踪，便闪进了一个挂着公用电话牌子的小饭馆里。

他呼了欧庆春。

他狂呼了三遍但她没有回。

他直接打了她办公室的电话，很巧，接电话的正是她本人。他问她收到呼叫没有，为什么不回？庆春沉默了一会儿，然后问他有什么事。他说："有事，我要见你当面谈。"庆春说："肖童，我们都该冷静冷静。再见面对双方都没有好处。等这个案子办完了，你还是得回戒毒所。到时候我会帮你安排好的，我还可以当一回你的表姐。"

肖童态度严肃，说："我刚刚和欧阳兰兰见过面，有重要情况要和你谈。"

对方像是思考了一下，说："这样吧，你放下电话，待会在哪儿见面我会呼你。"

肖童挂掉电话，走出这家小饭馆。这条拥挤的街上有很多外地民工模样的人，马路两旁挤满了低档简陋的地摊，不免给人一种半城半乡的嘈杂感。他无目标地在人群中比肩接踵地走着，等着欧庆春的传唤。

五分钟后 BP 机叫起来，他回了电话，庆春在电话里指示他现在就到“点儿”里去，她说的这个“点儿”，就是上次开会的那个被称作“王府遗址”的四合院。

他当街拦了一辆“面的”，匆匆往景山方向赶。等他赶到那个四合院的时候，他看见院门口已经停了李春强的吉普和一辆黑色的奥迪。

李春强、欧庆春、杜长发和他们的“老板”都来了。天太冷了，会开在生了暖气的正房里。那屋子中间摆了一个长条形的会议桌，配着老式的椅子，四周靠墙围着一圈沙发。沙发也是老式的那种，套着白色的套子，显得大方、简洁、干净。

李春强和欧庆春见了肖童都很严肃，只有杜长发和他开了两句玩笑并且倒上一杯热茶。“老板”对他也很亲切，主动和他握手，然后说：“行，小伙子，你前两天又立了一功！”从他们或严肃或热情的表情上，肖童猜测欧庆春并没把他又吸毒的丑事过早地张扬。

李春强问：“你不是跟欧队长说有事吗，你说吧，什么事？”

肖童对李春强这种发号施令的官腔照例有点反感。他看一眼庆春，庆春却把眼低下去，避开了视线。肖童于是便面向“老板”，说：“欧阳兰兰要到吉林去，她说要出去避几天。”

“老板”和李春强对视一眼，对李春强说：“果然和咱们分析的一样。他们还是不相信你，又不想放弃这笔生意，所以在和你交易前，做了外逃的准备。”

李春强点点头，问肖童：“她爸爸也去吗？”

肖童说：“不知道。”

“老板”说：“肯定去。要马上通知吉林市局，设法掌握住他们的行踪。”

杜长发插嘴：“这欧阳天一出了北京，能不能控制得住就不能保险了，索性他一到吉林就先拘了他。”

“老板”摆摆手，说：“明天春强去接头，只是进一步和他们商定价格和交货地点交货方式。这个案子破案的最佳时间，是在交货的时候。如果提前拘了欧阳天，姓袁的那帮人也就必须抓。这种法律规定必杀无疑的罪犯，特别是这种集团犯罪的人，在审讯中十有八九会硬扛着。到时候让你抓得着人，抓不着货，那这案子不又夹生了。”

李春强白了一眼杜长发，说：“欧阳天肯定不能抓早了，就得让吉林市局死盯！”

“老板”吸着气说：“这次看来要难为一下吉林市局了。又得盯死，又不能让他发觉，发觉了这案子同样得砸。”

看他们一个个眉头紧锁的样子，肖童说：“欧阳兰兰让我和她一起去吉林。”

此话一出，所有人都兴奋了一下，但随即，“老板”犹豫地说：“那太危险了，万一我们这边露了什么破绽，或者情况有变需要我们提前动手，你在他们手里就不好办了。所以你不宜跟她去，你就说有事去不了。”

肖童注意到，当“老板”阐述“危险”的时候，欧庆春听得全神贯注。他想，她还会在乎他有没有危险吗？几乎是为了试试她的反应，他对“老板”说：

“欧阳兰兰的意思是，如果我的于老板不让我去，就说明心里有鬼，那这笔买卖他们就不做了。”

李春强说：“如果我让你跟他们去呢？”

肖童说：“那我就是他们手上的人质。他们说如果你们真是雷子，要下手搞他们的时候就不能不投鼠忌器。”

肖童说了这话，目光突然射向庆春。庆春正紧张地听着他说话，被他的目光突然一扫，眼睛不禁躲得有些忙乱。

杜长发说：“你看，我说什么来着，这意外的事就是有。这下好了，肖童要是不去，他们还真可能疑心了，那还就真得提前把他们都摁了才行。”

隔壁屋里响起了电话的铃声，杜长发一边说一边过去接电话。少顷他从隔壁探出头来，说电话是找“老板”的，在“老板”去接电话时他又往卫生间走，还回过头来强调：“到时候能审出多少是多少，也比惊了窝全跑了强。”

“老板”的电话很短，但打完后他没有出来，而是把李春强也叫到隔壁商量什么事去了。屋子里只剩下肖童和庆春两个人，隔着桌子默然相对。

肖童看一眼庆春，问：“你希望我去吗？”

庆春没有回答。

他又问：“你希望这案子破得漂亮，还是希望我安全？”

庆春的眼睛这才移到他的脸上，那眼睛还带着昨天哭过的疲倦。

她说：“我希望这案子破得漂亮。”停了一下，又说，“也希望你能安全。”

他们没有再往下谈，因为“老板”和李春强一前一后又回到这个房间，重又坐在桌前。“老板”看一眼肖童，斟酌着词句，说：“呃，小肖同志，我刚才和李队长商量了一下，从案件侦破工作的需要上看，当然是需要先稳住他们。但刚才我们也和你分析了，这样做有一定危险。你呢，不是我们公安干部，所以这件事，我们想尊重你自己的意见。你如果愿意去，那我们全力以赴保证你的安全。如果你认为你去了应付不了，心里没有这个底，那我们也不勉强。那我们会把下一步怎么办重新安排一下。即便你不去，我们也一样认为你对这个案件的侦破工作，已经做了不少贡献。你是共青团员是吧？现在还是吗？呃，不管怎么说，你这一段帮助我们工作，确实体现了一个90年代的年轻人的基本觉悟，体现了你们这一代青年人的献身精神，这一点是非常值得肯定的。我也可以负责任地告诉你，等这案子破了以后，我们会到你原来的学校去向组织上反映你的情况的，让他们重新考虑对你的处理。退一万步说，你就是回不去学校了，你的工作安排、生活出路，我们也会帮你考虑的，这一点你放心，啊，当然这和你去不去吉林没有关系。”

大家的目光全集中在肖童的脸上。肖童平静地说：“我去。”

这一刻屋里显得很静，只有处长面露笑容，那笑容在此时显得格外慈祥。

“我们感谢你。”

肖童看了一眼庆春，庆春的脸上说不清是感激还是担忧。她依然避开了和他的目光碰撞，肖童却死死地看着庆春，他说：“这是我应该做的，是我的光荣！”

肖童和这几个警察在这栋古老的四合院里待到很晚才走，警察们和他一起仔细研究了他出去以后的注意事项、联络的方法，并且进一步对他说了不少鼓劲和激励的话，然后又不厌其烦地对李春强明天的接头再次商量了对策。老袁让李春强明天下午三点在丰联广场三楼的“伊都锦”专卖店的门口准时等着。那地方是个回形的天井式建筑，上上下下的自动电梯有好几部，还有数不清的其他进出的通道。他们可以从多个角度观察李春强等候时周围的状况，而且进退自如。为了防止他们临时变更接头地点，决定由庆春带刑警队的部分同志混在丰联广场的大楼里，万一他们带李春强和杜长发去其他地方，好在后面跟出下落。

他们商量的时间一长，肖童便感到有些困乏，这似乎是毒瘾发作的前兆。他向“老板”提出是否可以先走，“老板”同意了，站起来和他握手，慷慨激昂地说了壮行的话，又让庆春把他送到门口。

出了四合院，天已经有些擦黑。他向庆春伸出一只手，说：“再见。”庆春也伸出手和他握了一下，也只说了一句：“再见。”

肖童回到家里，他吸了烟，精神好起来，然后到街上吃了点东西。晚上十点钟左右，他的BP机又响了，是欧庆春呼的，她在上面呼了两个字。

“保重。”

肖童反反复复看着那两个字，字里面好像什么都有。

第二天他准备好要带的东西，洗了一个热水澡。中午上街吃了一顿麦当劳。下午两点多钟他给欧阳兰兰打了电话，他告诉她他已经准备好和她一起出发。

欧阳兰兰在电话里笑起来："我一猜你就会跟我走的，所以飞机票都替你买好了。下午五点十分的飞机，我四点钟在机场候机厅等你，你可别晚了。说实在的，我拉你走是救你命，你要真跟那姓于的去见老袁他们的话，你今天说不定就和那姓于的一块儿让他们撂平了。"

肖童心里跳了一下："怎么叫撂平了？"

欧阳兰兰说："你不知道，那天给你们的那货样，不纯，只有百分之七十五的含量。你们于老板要真是犯傻看不出来，他今天这条命就搭上了。他花几百万买这么大一批货，货色好坏都不搞搞清楚，肯定不是个正经买家。就算他不是个雷子，也是个糊涂蛋子。这种人要真那么没本事，死了你也别可惜，你跟他干不值得。"

肖童心跳加速，又疑惑地说："那货的含量究竟百分之多少谁能看得那么准，凭这个你们怎么就能下定论！"

欧阳兰兰说："只要是专门干这个买卖的，都有办法看出来，否则不早赔光了。老袁他们又贼又狠的，他们才不会拿命去冒险。"欧阳兰兰在电话里的声音突然变小，"哎，我爸下楼来了，咱们就这样儿吧。四点整我在候机厅里等你，你别忘了带身份证。"

挂了电话，肖童马上拨了庆春办公室的电话，没有人接，又拨了她的手持电话，被告知"用户没有开机"。他又呼她，左等右等都没有回音。抬手看看表，时间已是两点四十分，离李春强去丰联广场接头只有二十分钟了。他跑出打电话的小商店，外面刮了西北风，而他却是满头大汗。他几乎是站到街当中想拦住一辆出租车。过来过往的"夏利"和"面的"都是满载，鸣着喇叭不满地从他身边绕过，有的司机还骂骂咧咧出言不逊。他知道这二十分钟对李春强和杜长发来说，就是生命！这时他听见有一个熟悉的声音在叫他："肖童，肖童！"他回身一看，原来是他过去的辅导老师卢林东。卢林东站在马路边上一辆破旧的捷达牌汽车的旁边，多少有些惊讶地招呼他。

"嘿，怎么在这儿碰见你了，你这一段干什么去了，怎么也不露一面通个消息呀。"

肖童眼睛只盯着那辆捷达，他甚至忘了应该说两句久别重逢必不可少的寒暄的话。他上来就急急地说："卢老师，你能送我去一趟丰联广场吗？我有急事！"

卢林东大概没想到自己的学生一离开学校就变得这么实际，多日不见一见了就开口求人办事。于是他面露不悦地推托："不行啊，这是我朋友的车。我现在正学车呢，他是陪着我出来练练。刚练完，人家马上要开回去。"

像是为了印证他的解释，旁边饮料店里有个男的探出头来，冲这边喊："老卢，有一块钱吗？"

卢林东用下巴指指那男的，给肖童看，那是一个爱莫能助的表情。他从兜里找出一块钱跑着递过去了。肖童一瞥之下，发现那辆车子的钥匙竟还插在方向盘的旁边。他看一眼卢林东，他还在饮料店门口和那男的说着什么，和他不过十步之遥。他把牙一咬，拉开车门一头钻了进去，快速地打着火，车门都没关上就一踩油门开了出去。他听见卢林东在身后大叫，他从反光镜上看到他和那个男的都跌跌撞撞地猛追了几步又都站下来目瞪口呆！

他追风似的开着车直奔丰联广场，甚至不惜闯红灯不惜和抢行的车连剐带蹭。到达丰联广场时已过了三点，他把车往门口一扔便冲进大楼。大楼的门卫在身后大声责问这是谁的车怎么停在这儿，他连头也没回不顾一切跳上自动扶梯，冲开梯上站着的绅士小姐快步向上攀登，假扮着逛商店的欧庆春和她手下的刑警几乎都看见了他的突然闯入，都紧张万分不知又出了什么意外的变故。

这时肖童看见了李春强。他和杜长发一道，被几个男子簇拥着乘坐旁边的另一部自动扶梯自上而下，和他反方向地走了一个照面。李春强也看见他了，满脸狐疑一时竟不知该不该和他打招呼。肖童高叫了一声："老板，你怎么到这儿来啦?"

李春强这才回身仰头，越走越远地应道："哟，你怎么也在这儿，是来买东西吗?"

肖童的电梯已到了二楼，他快步拐到李春强乘坐的这部下行电梯上，这时李春强和那帮人已经下了电梯，都站在梯口看着他。李春强的脸上已恢复了镇静，说："你不是要陪你女朋友出去玩儿吗，你们还没走?"

肖童站在缓缓下行的电梯上，居高临下地反问："你干什么去，晚上和我们一起吃饭吗?"

肖童这句像念错了台词的问话，让李春强难以察觉地愣了一下，他指指周围那几个男的说："我晚上有饭局，朋友请客。"

肖童看看那几个陌生的男人，冷笑道："又是老袁那帮人，他们不够朋友，上次在燕京美食城给你喝的，是低度酒！你别以为那酒是纯的。"

李春强全神贯注地看着他的脸，不解其意地胡乱应答："你刚开始学喝酒，就非要喝六十五度的?”

肖童说:“六十五度，七十五度也不能算纯，要喝就喝九十度的!”

李春强似是恍然明白了什么，咧嘴一笑:“你还没喝呢，就说醉话了。”

那几个男的催他了:“走吧，于老板。”李春强转身和他们向大门口走去，肖童在他身后又喊了一句:

“老板，你不是说低度酒不值钱吗!”

李春强回头，会意地一笑。转身出了大门。肖童站在原地，目送他们消失在门外。他转脸，无意间看见了立于自选店门口的欧庆春。欧庆春穿了一件浅米色的风衣，那风衣随意地敞开着，在肖童的眼里美丽无比。

三十八

欧庆春没有听见肖童在电梯口和李春强说了些什么，她站在丰联广场大堂右侧的自选商店的门口，看见他们俩在进行着一场表情古怪的短暂对话，然后李春强扔下肖童，让那几个男人领着继续走向大门。这使她几乎顾不上细想肖童何以会不速而来，便不得不目示着散在大堂里的便衣们迅速撤出大楼，走向等在门外的汽车。她看见李春强和杜长发被那几个男人安排着分别上了两辆桑塔纳，一前一后相跟着驶离了大厦。

那两辆桑塔纳走得并不快，也许是担心走散，所以互相照顾着速度，不疾不徐地向东直奔了三环路。欧庆春和手下的刑警们共有四部车子跟在后面，这四部车在她的指挥下，就像进行着一场自行车的公路赛似的，轮换着充当领骑的角色，这种不断变换跟踪顺位的方法，是外线防止暴露的技术中最基本的一种。

时值下午三点半，三环路上交通顺畅，车流不大。两辆桑塔纳若无其事地绕了半个三环，来到宽阔的航天桥上。突然紧靠着桥当中的隔离带减速停车。而对面快车道上驶来的两部银灰色的小本田也突然刹停。庆春看见李春强和杜长发钻出桑塔纳，被那几个男人拥着，快速越过隔离带，分别上了两辆小本田。庆春带的四部跟踪车怕暴露都没敢停，开车的侦查员一边在嘴里骂着，一边速度不减地从抛锚的桑塔纳身边一一驶过。她叫同车的侦查员记下那两辆小本田的车号，然后回过头去，眼睁睁看着它们载着李春强二人向北走远。

庆春用手持电话通知了侦查指挥中心，指挥中心立即将搜索监控两部银灰色本田的命令，传达给了全城每一个巡警。他们还没回到处里，指挥中心已经用电话告诉了他们对这四部汽车牌照的调查结果。原来这两部桑塔纳和两部小本田，都是登记在帝都夜总会名下的。庆春心想，这次欧阳天也真是机关算尽，对这笔不托底的交易，他连人带车都只用帝都夜总会一家。万一出了纰漏，也顶多断其一指，不致牵连其余四指，就像有限责任公司似的，破了产只负有限的连带责任。

他们一直等到吃晚饭也没有接到指挥中心关于那两辆银灰色本田行踪的任何报告，大家心急如焚。处长马占福也一直待在刑警队的办公室里等消息。大家不停地琢磨下午李春强杜长发被带走前肖童怎么会突然出现在丰联广场，他和李春强之间究竟做了怎样一种微言大义的交谈。从首都机场回来的外线侦查员说，肖童四点零八分赶到了机场，在候机大厅和欧阳兰兰见了面。同行的果然还有欧阳天及他的助理黄万平。他们已经乘五点十分去吉林市的航班准时离港，这会儿一行四人还都在天上。

外线们正说着，电话铃响了，庆春接起来，一听声音，便眉头一展，大声叫道："于老板吗，你在哪儿？"

李春强在电话里说他正在回家的路上，让"老板"别着急，等回去再谈。大家这才一块石头落了地，大大地松了口气，才想起在桌子上摆了半天早就冰凉的晚饭。

李春强和杜长发是晚上八点钟回到处里的。恰在这时吉林市局也打来电话，通报了欧阳天一行四人到达吉林并且住进松花江宾馆的情况。

李春强和杜长发当然也没吃晚饭，庆春派人去食堂又给他们热了热饭菜，不知谁还拿出一瓶二锅头，让他们喝两口压压惊。处长说："要喝应该是咱们喝，他们俩倒没什么，真正受惊的可是咱们。"

饭还没吃，酒也没喝，欧庆春和李春强、杜长发三人就都凑到处长屋里碰情况。李春强情况还没谈，便先感慨万千，说："别看肖童这小子平时玩世不恭又吸毒，这次他还真是把我们俩给救了，把这案子也给救了。这帮王八蛋上次故意拿稀释的海洛因给我们做样品，这事咱们还真是疏忽了。如果这次接头我们不假装气愤提这档子事的话，他们肯定会怀疑。他们这次把我们带到郊外一个烧砖的厂子里去了，那地方成片的砖垛，大得望不到边，工人都下班了，一个人影也没有，要干掉我们很容易。"

庆春说："估计肖童知道这个情况以后呼我们来着，我们在丰联广场执行跟踪任务所以把 BP 机都关了。"李春强说："我去接头就没带 BP 机，免得有人给我呼上一句话再把我给暴露了。"

大家感慨后怕了一番，都说李春强杜长发吉人天相，这条命是捡回来的。又说这肖童也是神出鬼没不知什么时候就能出一个惊人之笔。

处长收住话题，问："咱们说正事吧，这次成果如何？"

李春强拿出一小包白粉，说："谈好了。元旦，在天津接头交货。价钱谈到每克三百五十元，这是他们新给的样品，可以送技术部门化验一下。他们说保证含量在百分之九十左右，我估计这回不会是低度酒了。我提高数量要了两万克，他们居然也答应了，可见他们也确实有实力。整个儿交易数额是七百万人民币。我跟他们说了，这笔货我们也是替别人做的，是往美洲运。这次做得双方要是都合适，下次接着做。他们大概也觉着我们可能会是个长期的买家，所以也确实想冒险做一次。"

处长点点头，迎着大家一致投来的目光，脸上闪过一丝不易察觉的笑意，他说："近敌作战就是来得快，我看，可以破案了。"

处长的声音虽不大，但庆春心里却好像响了一声霹雳，她身上的皮肤激动得麻酥酥的汗毛直竖。处长又自我解嘲地笑了一下，说："这案子真是拖得跨了年。"

庆春提醒道："处长，破案的现场虽然在天津，但这案子的主犯却在吉林。肖童也还在他们手里，要不要派人去盯一下，不行我亲自去一趟如何？"

处长想了想，说："抓欧阳天还是要依靠当地，你去盯着人家弄不好还会有意见，出了问题责任也分不清，我看目前还是不去人为好。不过可以让他们准备好。元旦只要天津方面一得手，在吉林的那几个人可以马上拘捕归案。你们前一阵摸的情况再认真清理一下，凡是可疑的人都要通知当地公安机关控制起来，证据充分的就可以抓了。只要他们在天津一交货，欧阳天一落网，桂林的关敬山和广州的红发就可以并案提请起诉了。”

这个会开得短促而激动人心。欧庆春他们从处长办公室出来以后，又和李春强把下一步要做的工作简单分了分工。然后李春强、杜长发就被那班兴高采烈的年轻刑警拖去吃饭喝酒，欧庆春就一个人骑上车子回家了。

回到家她先去了父亲的屋里。父亲这个时间照例还在看电视。她问父亲：“小黑晚上喂了没有？”父亲说：“吃晚饭前喂了一次，现在又该喂了。”庆春就拿了针管灌上奶，一点点推着喂小黑吃饭。猫也像婴儿一样，饿了就大哭大叫，一旦叼上针管，又是那么贪婪。父亲说：“别用针管喂了，有奶瓶了，就在那桌子上放着呢。用针管推不好能呛着它。”

庆春到桌子上找到了奶瓶，不无惊奇地问：“还有这么小的奶瓶？这是什么时候买的？”

父亲说：“这是上次肖童买的。”

说到肖童，庆春愣了一下，默默把小奶瓶里灌满了奶蹲在纸箱前喂小黑。好久才又问：“他什么时候买的？”

父亲似是不愿启齿似的，憋了半天，才说：“就是吃饺子那天。”父女俩又都沉默。家里的气氛从来不是这样的。父亲眼睛在电视上，心里不知在想什么。点了一支烟，又不抽，拿在手里，烧了一半又掐了。庆春喂完奶仍低头俯在纸箱前，把自己的一只手指头给小黑抱着玩。她想，小黑无忧无虑，睡醒了就吃，吃饱了就玩儿。人要是能够如此简单，饮食男女之外，再无更多喜怒哀乐，那也是莫大的幸福。

还是父亲憋不住，开口问：“庆春，这两天你又见着肖童了吗？”

庆春背对父亲蹲着，回答：“见着了。”

“你又去找他了？还是他找的你？”

“我们不是让他帮我们做点事吗，前两天在一块儿开会来着。”“你们让他帮着做的那事，还得做多长时间呀？”

“快了，没几天就完了。”

父亲停了一下，又抽出一支烟点上，说：“我的意见，你们之间的工作关系结束之后，你们就不要再来来往往了。总这么藕断丝连的，对你们俩都不好。”

庆春站起身来，坐在父亲斜对面，眼睛还是看着小黑。小黑也仰着脸看她。它玩儿得刚刚兴起，瞪圆的眼睛意犹未尽。庆春说：“这事办完之后，他还是得去戒毒。”

父亲说：“那你把他送到戒毒所去。这次让他住得时间长一点，太短了看来不行。”

庆春低头不语。

父亲问：“庆春，你得跟我说句实话，你对他，是不是还有那个想法，啊？你现在是爸爸唯一的亲人，你得跟爸爸说实话。”

庆春依然沉默，脑子里不知在想些什么。父亲叹了口气，说：

“不是我要干涉你，以前那么多男的追你，有很多人条件相当不错，可你偏偏选了胡新民，我没有反对。尽管你们俩并不般配。但只要你喜欢，我不干涉。可肖童的情况就不同了。他比你小五六岁，就算这个不重要。尽管这也确实是个问题，按常规男的应该比女的大一些，大个五六岁甚至十来岁都不算什么。如果女的比男的大这么多，就不合适了。现在就算显不出什么来，将来生理情况发生变化，思想上、感觉上就很难同步、很难协调了。但即便如此，如果仅仅是年龄问题，仅仅是身份经历的差别，我也顶多就是提点参考意见，也不会横加干涉的。现在问题的关键是，他有吸毒这个毛病，这可是个要命的事。以前他没到咱们家来，我对这方面还不大懂。这一段我看了那么多书、那么多资料，我才知道这里面的情况。吸了毒的人，一千个人里也难有一个真正戒断再不复吸的。这是经过科学调查的结论！你跟他在一块儿，咱们以后就得是倾家荡产，闹不好还要家破人亡。我不是危言耸听，这已经有成千上万个例子摆在那儿了。而且，吸了毒的人都会染上一身的病，很多人会丧失劳动能力，变成一个废人。而且，吸了毒的人大部分都是生活失常、心理变态、人格扭曲、道德败坏，除了吸毒他们对别的都不感兴趣，骗人撒谎是家常便饭。没钱了就骗，骗不着就偷、就抢。现在的刑事犯罪有相当一部分就是吸毒者干的。这毒瘾能把人的意志人格给你剥得一干二净。我知道肖童原本是个不错的年轻人，他也真心爱你，可你看他现在对你还有一点诚实的态度吗？还不照样是满嘴瞎话。”

庆春用和父亲同样的严肃，说：“爸，肖童是为了我才吸毒的，他是在为我们工作的时候被人骗着吸了毒的。他因为这个让学校开除了。他身边没有一个亲人，您说，我能不管他吗？我能不帮他把毒戒了吗？我可以不爱他，但不能不帮他！”

父亲的脸阴沉着，说：“生理上的瘾好戒，心理上的瘾难戒。你是打算帮他一辈子吗？”

庆春说：“爸，我也搞了这么些年缉毒工作了，我不是不懂毒瘾是怎么回事。要戒心瘾，主要是靠亲人的关心帮助体贴，让他对生活充满希望，要靠一个有爱心的家庭环境，让他有幸福感。如果他在生活中找不到这些，如果他的失落、苦闷，没有人去安慰，去开导，去化解，他当然就戒不了这个瘾。”

“他前一段住在咱们这儿，难道咱们没有安慰他吗，没有开导他吗，没有关心他吗，他在咱们家没有幸福感吗？什么都没有吗？他怎么还是改不了？”

父亲的声调越说越高，庆春也提高了嗓音打断他：“这需要时间！”

她的嗓门压过父亲，父亲的声音戛然而止，但他的脸孔仍然激动着。庆春压低了嗓子，她几乎用恳求的口气又说了句：“这需要耐心！”

父亲似乎没有接受，他哆嗦着说：“我不想和你吵架。这么多年我们从来没有吵过架，你现在也是大人了，我不能把我的看法强加于你。你的看法，也不能强加于我。这儿是我们两个人的家。”

这当然已经是吵架了。庆春心里难过极了。她站起来，抱起小黑的纸箱就离开了父亲的房间。父亲没和她道晚安，甚至也没问她把猫抱走干什么。她回到自己的卧室，把纸箱放在床头久久端详。心里也知道和肖童的相爱是多么遥不可及。或者，像夹在相册里的那支干枯的玫瑰，美丽犹存，却早已枯死。只代表了风花雪月的往昔。

夜里她醒了好几次，打着手电去看熟睡的小黑。也许把对小黑的关切当作对肖童的思念是滑稽的，但她确实一见到它安静地睡着便心潮滚滚想掉眼泪。

早上起来，她来到父亲的单元里，父亲没有像往常那样起来为她做早饭，卧室的门也紧紧关着。她热了稀饭，炸了馒头片，煮了鸡蛋，摆在门厅的小桌上。又留了一张字条：

“别不吃早饭。吃完了再喂一次小黑。”

整整一上午她都在开会，研究着元旦行动的每一个细节。这个行动的原则方案已经由处里报局里，局里报部里，层层批准了。并且由局里出面联系了银行，同意借出七百万现金，在天津提款。去天津的先头小组预定在十二月三十日当天先期抵达，与当地公安机关取得联络，安排提款事宜，并做好接货的各项准备工作。

去天津的先头小组由欧庆春带队，三十日下午乘车走京津塘高速路到达天津。而李春强和杜长发则都留在北京，等候那个没有约定具体时间的电话，那个电话将会通知他们到天津的什么地方接头取货。

中午出发前庆春回了趟家，父亲的脸色已开始变得平和，但仍然少言寡语。他知道庆春马上要走所以很快帮她下了点面。吃面时庆春告诉他过元旦自己可能回不来了，问他一个人这年打算怎么过。他摇摇头，说:“你走你的，你别管我。”庆春心里老大不忍，出谋划策说:“要不你找几个老战友来打打麻将，或者你到他们那儿去。”父亲说：“你就别管我了，新年又不是春节，怎么过无所谓，你春节最好就别出去了。”

庆春一直是不希望父亲再续个老伴儿的，她从未主动提过这事。因为她总怕加一个陌生人进来，这家就不知道是什么味儿了。但每逢她连续加班或者出差在外，父亲一个人孤独在家的时候，她就觉得欠了他的。去年春节他们破了一个伪钞案，就是大年三十长途奔袭去四川起的货，不知有几次类似的年夜饭，父亲就是这样独守空房，自斟自饮，对影成二人的。

忠孝不能两全，她也没办法。吃完午饭，她收拾好东西，父亲和她一起出门。她说：“我几天就回来了，您还送什么。”父亲说：“我正好要出去散散步，今天没风。”两人一路走出来，来接庆春的车已等在路口。庆春站下与父亲告别，父亲迟疑了一下，开口说：

“等过了年，你回来，就让肖童到戒毒所把毒戒了。如果他愿意，戒完毒，我还可以管他。”

庆春笑了，明知车里同志可能远远地会看见，她还是在父亲脸上亲了一下。父亲也笑了一下，但笑得很苦，笑得并不开心。

他们到达天津以后，各项准备工作进展得很顺利，同时庆春也在向处长做电话汇报时，知道了肖童在吉林一切正常。根据吉林市局发来的情况，他和欧阳兰兰父女俩头一天上午去了骚达沟新石器遗址和文庙参观游览，中午退了酒店的房间去了松花湖滑雪场。元旦估计是要住在那里了。

庆春空悬着的心多少放下来一些，但又很奇怪地有点隐隐的别扭，她猜不出肖童此时的心情，他是不是没心没肺玩儿得还挺开心？

十二月三十一日，李春强、杜长发和处长先后到达天津。此前李春强如期接到老袁的电话，要他三十一号晚上到天津的利顺德饭店接头。他们到达天津后，与庆春带队的前站同志很快会合，又与天津市公安局的同志一起开会碰了情况。会上决定，为了加强力量，便于掩护，庆春要作为李春强的太太，和李春强假扮夫妻，一起住到利顺德饭店去。

三十九

从飞机一离开地面，欧阳兰兰的心情就显得有些兴奋。起飞时还满是阴霾的天空，在飞机穿过厚厚的云层之后，立刻变得霞光万道。她和肖童并排坐在飞机上，晚霞透过椭圆形的机窗，将他们向外张望的脸，镀上了一层饱满的红色，这不免更给人一种蜜月旅行的味道。

在吉林的机场接他们的，是先期到达的建军。他从他的本地朋友那里借来一辆八成新的丰田旅行车，把他们从机场直接拉到了松花江边的松花江宾馆。老黄去服务台开房间的时候，特意表情暧昧地把欧阳兰兰拉到一边，问她开几个房间为好。她仓促间没听明白，但马上恍然大悟得不由对老黄的善解人意报以不露声色的感激，她点着头说道：

“我和肖童住一间就够了。”

老黄很快办好了房卡和钥匙。欧阳天自己住了个套间，老黄跟建军合住一个标准间。而另一个标准间，老黄把钥匙交给了欧阳兰兰，不无调侃地笑一下，说：

“我给你要了个大床。”

上了楼，进了房，果然是个大床。肖童在房间里转了一圈却没坐下来，他疑惑地问：“我住哪儿？这房是给你的还是给我的？”

“给咱们俩的。”欧阳兰兰歪在宽大的席梦思床上，一本正经地看他。

“咱们俩？咱们俩又不是两口子，怎么能住在一块儿？”

“你年纪不大，怎么那么封建！”

“你爸爸知道吗？他知道咱俩住一块儿吗？”

“他应该知道吧。老黄安排的。”

肖童愣愣地站在屋子当中，两条眉毛皱成了一条直线。依然一动不动，非常不快的样子，说：“我跟你说兰兰，我有我的生活原则，咱们什么都没有定，我不能和你住在一间屋里。我答应陪你出来散散心，可没答应跟你这样。我这人就是这脾气，没说好的事不喜欢别人强迫我！”

欧阳兰兰盯着他那张严肃的脸，一时说不清自己的感受，是恼火，是羞辱，还是愤恨！也许，还有几分敬佩。连她自己也奇怪，肖童越是难以诱惑，越是坚持本色，她反倒越是加深了一层喜欢和占据的欲望。但他的态度毕竟让她有些下不来台，幸好这时老黄过来敲门喊他们下去吃饭，她的尴尬才暂时缓解下来。

吃饭时肖童一直闷闷不乐，搞得一人向隅满座不欢。欧阳兰兰低声对老黄说：“你再给他开间房吧。”老黄半笑不笑地问：“怎么啦？”她说：“刚才我们俩吵架了，我不想和他一起住。”老黄说：“咳！”

晚饭后欧阳兰兰以和解的态度，对肖童说："要不要我陪你出去走走？"肖童没精打采地说："晕飞机想早睡。"他谁也不理，进了自己的房间便挂上"请勿打扰"牌再没了声息。欧阳兰兰没想到头一天便是这么别扭。她一个人待着无聊，便去找老黄。老黄和建军的屋里没人，他们这会儿都聚在父亲的屋里。

她走进父亲的房间时他们正在谈着什么，见她进来便中断下来，话题自然转换到肖童身上。父亲问："你们俩又吵什么架了，干吗分开住？"

欧阳兰兰往沙发里狠狠一坐，不说话。

父亲又对老黄说："你以后不能再给他开房让他单独住，这两天他单住还凑合，过两天离开这儿以后绝对不行。咱们毕竟对那姓于的没把握，万一老袁接头出了问题，肖童再给姓于的打电话，把咱们的行踪都给露出去，那他就不是咱们的人质倒成人家的卧底了。"

老黄笑道："我见过这样的，越嫁到有钱人家越要拿着架子，怕人家小看了他。不过这种人倒是女的多，男的这么工于心计的还是少见。"

父亲转脸问她："他到底爱不爱你，他对你到底有没有感情？"

欧阳兰兰嘴硬："没感情他跟我出来干什么。"停了一下，又说："他的自尊心比女的还强。"

一直没说话的建军拉着脸说："我就看不出他有什么值得你这么护着他，要学问没学问、要事业没事业，还是个大烟鬼，你跟他以后……"

欧阳兰兰目光凌厉地瞪着建军，把他后面的话硬是给瞪回去了。

父亲说："我一直就说肖童对你并不合适，既然你死去活来非喜欢他不可，我也只能是宁拆一座庙，不拆一门亲了。我当初出主意让你给他点儿白粉，一来是看你弄不住他就寻死觅活的，二来，咳，我还以为只要肖童一吸了毒，一上了瘾，你肯定会很快讨厌他的。没想到你真是鬼迷心窍了。你得知道，一个吸毒上瘾的人，那不能叫什么人了。你要爱他，有你后悔的时候。”

欧阳兰兰说：“我会帮他戒的。外国那些电影明星、体育明星，净是吸毒的。全世界都知道他们吸毒，可人家戏照演、球照踢，大家还是喜欢他们。马拉多纳都五次复出了，现在踢一场球还五万美金呢。美国的年轻人有百分之二三十都吸大麻，吸古柯叶，人家都不活啦！人家美国前总统福特的夫人也吸毒，后来戒了毒不也过得好好的吗！”

父亲闷了一会儿，说：“他要戒，你赶快帮他戒。我都快破产了，我不可能像养个马拉多纳和总统夫人那么供着他。”

欧阳兰兰有些动气，她觉得父亲不该当着老黄和建军的面给她这种脸色。她站起来开门就走，说：“我们不用你养，我离开这个家自食其力，我就不信我活不下去！”

老黄照例又担任了调和的角色，拉住她，推上门，说：“你爸爸说的都是实话，今年夏天公司在广西云南做赔了一笔生意，连老本都搭上了。”

欧阳兰兰随即驳斥道：“公司这么些年开了那么多地方，什么歌厅酒楼夜总会，站着房子躺着地，噢，一到我用钱的时候钱就没了。我用几个钱了？”

老黄苦笑：“要不说你大小姐不当家不知柴米贵呢。那些个物业大部分都是靠贷款搞的，生意也都不景气，能还本付息就不错了。公司现在真没钱了。要不然你爸爸也不会冒险跟那姓于的搭关系，咱们和他可从没打过交道。”

父亲皱着眉，语气严厉：“你自食其力，你能干什么？”

欧阳兰兰赌着气，拼命把话往狠了说：“你能干什么，我就能干什么！”

父亲愣了半天，终于把气泄下来，说：“兰兰，你现在真是，怎么越大越不懂事了，我这么多年辛辛苦苦，就是不想让你再和我们似的冒这个风险了，想让你有个家过平平安安的日子。将来我老了，你黄叔叔、建军，我们都老了，干不动了，也能有个去处。我们就到你那儿去，平平安安度个晚年，得个善终。我这想法你都知道。你都知道，你干吗还说这种气话，你伤我的心，你觉得过瘾是不是？”

欧阳兰兰默默地听完，知道自己错了，但还是拉开父亲的房门，走出屋子。老黄跟出来，语重心长地说：“兰兰，你爸爸这辈子可全是为了你，你怎么着也不该为一个肖童伤他的心呀。到时候你就知道了，最疼你的，末了还是你爸爸。”

欧阳兰兰在走廊里站下来，若有所思，老黄又说：

“你跟肖童，你们究竟到什么程度了？他对你到底怎么样？你觉得能靠他一辈子吗？这种年纪小的人不一定靠得住。”

欧阳兰兰低头说：“没办法，我就是喜欢他。”

老黄做了个虽然含蓄但能看得出来的下流的手势：“你跟他，你们做过没有？”

“什么？”欧阳兰兰先是愣一下，随即皱眉说，“我们的关系是很纯洁的，你们干吗老把我们想得那么坏！”

老黄用过来人的口气，老于世故地教导她：“兰兰，你要真喜欢他，你得跟他做，你得让他舒服了，他才离不了你。一次舒服了，他就会要第二次，这跟吸毒是一个道理。这方面舒服不舒服，对男的很重要。”

欧阳兰兰听了，若有所动，她抬头，犹豫了一下，说：“老黄，你能不能帮我个忙？”

“干什么呀？”

“你，或者你让建军，把肖童那盒烟给我拿出来。”

“烟？”

“一个镀金的小铁盒，里边装了点那种烟。”

老黄点头：“啊，明白了。不过你要真想让他戒，还是得先跟他说好，他得有这个心，否则你看不住他。”

欧阳兰兰说：“这你就别管了。我爸不是说了嘛，下一站不能让他单独住，我手里要不拿住这个东西，控制得了他吗！”

老黄会意地笑笑，说：“还是你聪明。”他包打天下地说了句“这事你放心吧”然后走了。

欧阳兰兰回到房里洗了澡，然后，歪在床上有心无心地看电视。半个小时后，有人敲门，老黄和建军果然神通广大地带来了那只镀金铁盒前来邀赏。欧阳兰兰不无惊讶地问道：“你们真是手眼通天，怎么这么快就拿出来了？”

老黄小事一桩地说：“我打电话把肖童叫到我房间里跟他商量这两天的活动安排，听听他的意见。建军就让服务员打开他房间，进去就拿出来了，还不是和探囊取物一样。服务员知道我们是一起的。”

欧阳兰兰夸了建军几句，建军沉着脸，不说话。老黄见欧阳兰兰已经穿上了睡衣，便不再逗留，拉着建军走了。

欧阳兰兰藏好了那只小铁盒，心里多少有些解气和得意，也有了些平衡。她一边胡思乱想，一边接着看电视。东北酒店的暖气都烧得很热，她只穿一件睡衣，丝毫没有冷意。刚看到《晚间新闻》，又有人敲门。一听就知道准不是老黄和建军，因为那敲门声显得格外脆弱和无力。

她问："谁？"

门外答："我。"

她跳起来，拉开门，肖童进来了，只穿了薄薄的衬衣，光着脚。她知道他来干什么，一看他脸色她就知道他嘴里含了什么话语。

"我的烟找不见，就是你给我的那烟，没有了。你这次出来带那种烟了吗？"

他的声音带着克制不住的急切和恐慌，欧阳兰兰若无其事地坐在床上，说："噢，那烟呀，是我让建军拿走了。"

肖童大睁着眼，脸微微有点抖，声音也哆嗦着："你……干吗呀？"

欧阳兰兰说："我想让你戒了。"

他呆了一呆，出乎意料地主动过来蹲在了她的跟前，孩子似的拉住她央求道："我会戒的，我一定戒，现在我难受极了，真的，你先给我一支好不好，我以后一定戒好不好。"

欧阳兰兰一脸的严肃不苟，暗地里却心花怒放。她一看见肖童这样匍匐在自己脚下苦苦哀求便快感无限。她不疾不徐地说："给你烟，可以。可咱们俩得说说清楚，你说咱们俩认识到现在了，我对你怎么样？"

"你对我？还行啊。"

“还行?”

“好，你对我好。真的，我现在真的特难受。”

“你说我对你好是吗，那你对我怎么样呢？你对我好不好?”

“也好，也好。”

“怎么好法?”

“我不是陪你出来散心了吗。”

“你说你到底喜欢不喜欢我?”

“喜欢喜欢。”

“怎么喜欢法儿?”

“我不是陪你出来了吗?”

欧阳兰兰突然抱住他，在他汗淋淋的脸上亲着，说：“那你过来好吗？我要你陪在我身边。”

肖童迟疑了一下，说：“可我现在特难受。我这样儿也没法陪你。”

“我给你烟，你抽完了就留下来陪我好吗?”

“好好，烟放哪儿了?”

欧阳兰兰站起来，从写字台的抽屉里取出一支烟。她是在藏那镀金铁盒的时候，特意取出来单放在这里的。肖童颤颤抖抖地接了烟，就坐在床边的地毯上，用力地，全心全意地，一口一口地抽着。欧阳兰兰搂着他不停地摸他的脸。他抽烟的样子，他的每一个动作，都让她心疼、可怜。肖童抽完烟，脸上气色渐渐好转。他把头仰在床上，闭着眼休息了片刻，突然站起来，向房门走去。欧阳兰兰心里一急，叫了一声：

“肖童!”

肖童站了一下，还是无情无义地拉开门。欧阳兰兰发着狠地威胁：

“肖童，你要走，就再也别来跟我要烟，我不伺候你了！你要犯瘾了就自己撞墙去吧！我告诉你，你别再厚着脸皮敲我的门！”

肖童的脚步还是跨出去了，房门砰一声关住。欧阳兰兰呆呆地坐在地毯上，整个屋子显得空空荡荡。电视里，一个醉汉正在哈哈大笑，夸张的笑声一浪高过一浪，而她却欲哭无泪，恨死了肖童！

这一夜她的梦千奇百怪。她梦见自己手持利刃追杀肖童，又梦见肖童双手使枪追杀她。她逃到一个青烟缭绕的穷乡僻壤，发现已至穷途末路，转身回眸又见肖童对她含情脉脉，她心下顿时转危为安，脸上百媚待生，肖童却突然变脸朝她开枪，砰砰砰砰！在震耳的枪声中她死了也醒了，惊魂未定听见有人敲门。

外面的天还是黑着的，窗帘的缝隙处泄漏着浓浓的夜色。她看看床头柜上的电子表，却已是早晨六点钟，她惊恐得一时分不清那敲门声是梦是真。

“谁?”她问。

“我。”

又是肖童。

她恨透了肖童，但还是没有一点犹豫地爬起来，给他打开了门。

肖童头发乱乱的，脸色枯黄，他没有进来，站在门外，目光恍惚地说:“对不起。”

欧阳兰兰怨恨地瞪着他，心却忽地软了。她把门完全拉开，说:“进来吧。”

肖童进来了，屋里昏沉沉的只亮着一盏床头灯。欧阳兰兰什么都没问，便又从抽屉里拿出一支烟来递了过去。肖童接了，还是靠床坐在地上吸，和上次连动作姿态全都相同。欧阳兰兰看着他，心里故态复萌，还是忍不住满腔的怜悯和心疼。她想老黄说得对，也许我太不像个女人了，不知道该怎么让男人舒服，也许肖童就因为这个才冷淡我。他以前的那个女朋友有胆子跑到夜总会大庭广众之下和他撒泼，估计上了床也一定浪得不行。她一定花样翻新让肖童神魂离窍，欲仙欲死。老黄四十多了他说的不是至理名言也是经验之谈。这方面舒服不舒服对男人很重要！她想也许我和那个女人相比，是太保守太古板太没用了。

于是在肖童吸烟时她就开始抚摸他，她甚至动手解开他的衬衣，把手伸进怀里去触摸他发热的胸膛。和他虚弱枯瘦的面容相反，他的胸肌依然那么充实和有力。她的手在他的身上游移着，肆无忌惮地一路往下摸。肖童只顾抽烟，对她的温存无暇顾及。抽完烟他照例把头仰在床上，享受着海洛因带来的轻松和惬意，他毫无反抗地让她把他的衣裤全部解开，他闭着双眼仿佛进入了一种幻觉和梦境。

那个凌晨对欧阳兰兰来说是历史性的一页，当一切都安静下来以后，肖童就在她的床上昏昏睡去。她独自走进卫生间，站在淋浴龙头下面，让热水长久地冲洗，脸上始终带着笑意。她不知道肖童是不是舒服了，但他刚才那么大口地喘息，似乎证明了他有快感，而她自己当然也相当地满足。肖童显然不是一个力量型的男子，缺乏那种疾风暴雨的撞击，同时也不够温柔、细致，他甚至一直处在一种半梦半醒的被动中。但是毕竟，和肖童的肌肤相亲使她感到一种梦想成真的归宿和胜利，他的每一寸肌肤都让她激动和新奇。

天亮了，她没有急着穿上衣服，只在赤裸的身上裹了一块浴巾。她把窗帘拉开，初升的阳光平射进来，使她的皮肤金灿灿的十分好看。她对自己的身材一向自信，在男人的眼里，如果她的相貌被打到八十分的话，那么她的身材，可以打到一百一！

阳光刺醒了肖童，他迷迷糊糊坐起来，发现自己的裸体在阳光下暴露无遗，连忙拉上被单，结结巴巴问："昨天，昨天我一直睡在这儿吗？我什么时候来的？"

欧阳兰兰双手抱肩，雍容自得地看着他，声色平静地说："你昨天找我来要烟抽，你忘了吗？"

肖童的记忆在迅速地恢复，他倒像是女人失贞受了多大刺激似的，神色发呆地说："我的衣服呢？"

欧阳兰兰猫玩耗子般地冷笑："你昨天强奸了我，也忘了吗？现在想穿上衣服一抹脸就走，是不是？"

出乎欧阳兰兰意料的是，肖童并没有一句争吵和辩解，他竟突然翻身躺下，把被单蒙在头上，双肩像发病一样抖动着，无声地哭起来。这一下倒把她弄慌了，跑过去拉开被单，抱住他，不住地哄劝："这都是我愿意的，是我愿意的，你是不是害怕了？"但无论她说什么，肖童都一句不答，他拼命压抑着哭泣，伤心得泪流满面。

欧阳兰兰后来想了很久，她始终不敢断定肖童为什么会哭。一般只有少女才会在初夜之后恐慌落泪，或喜极而泣，想不到肖童这样一个冷面男人竟也有如此脆弱的小儿女态。也许真是爱屋及乌的惯性，她觉得肖童的每一个性格表现都那么新鲜有趣。她喜欢他高傲冷酷的神态，喜欢他放荡不羁的行迹，也喜欢他像奴隶一样跪下来好话说尽，还喜欢他孩子似的慌乱和哭泣。她想肖童真是一个奇特的尤物，女人在他身上可以同时找到征服和被征服两种截然不同的快感。

整整一天肖童沉默不语，欧阳兰兰也不多和他说话。大概她的本性更偏向于对异性的征服，所以肖童越沉闷，她就越满足。她突然有一种大女人的自豪，相信以自己的温情、心智、手段和耐心，对任何男人都可战无不胜。

这一天他们在骚达沟新石器遗址和文庙走马观花地看了看。与其说他们对遗址和庙有什么兴趣，不如说纯粹是悠闲一下心情。中午，他们回到宾馆里吃了饭，老黄便去退了房。他们坐上那辆丰田旅行车，去了吉林市郊的丰满水库，也就是著名的滑雪胜地松花湖。他们住进松花湖畔的一个被称为疗养院的宾馆后，马上就出来去游了湖。

据说今年松花湖的雪格外好，入冬后已下过几场名副其实的大雪。未到隆冬时节，已是雪满山原，冰封湖面，极目所望，银装素裹，让人心旷神怡。在这一片银白的世界里，每个人的心都有一种被净化的感觉。欧阳兰兰见肖童冻红的脸上有了一丝神往的笑意，便问他：

“你喜欢这里吗？”

肖童没有看她，但居然用了一种温和的声音回答：“喜欢。”

“喜欢什么？”

“很，很纯洁吧。”

这也许是此时此地所有人都会有的心情、都会有的感叹。欧阳兰兰说：“我也喜欢。”

疗养院的大门离湖很近，湖边有一些当地农民租给游客的雪橇，他们就租了两只这种被当地人称作马拉爬犁的雪橇向湖的深处滑去。

拉橇的马是那种古画上清朝皇帝狩猎时乘坐的矮脚关东马，样子淳朴但步伐稳健。马身上的串串铃铛叮当作响，响出了一种无忧无虑的欢快和热闹。远处的岸上，有片片白桦。直立的树干，闪着银灰的光泽，枯密的树枝，则是烟一样的迷离。整个儿湖面，被崇山峻岭环绕。湖宽处白雪万顷，有平原般的辽阔；湖窄处巨岩夹峙，又如隘口般险峻。欧阳兰兰大声欢笑着，她的笑声无遮无拦地传得很远很远。她留意着肖童，他没有笑，白雪的照射使他总是眯着眼睛。他眯着眼睛就像是在笑一样，脸上的肌肉显得祥和而滑稽。

游了半天的湖，很尽兴。欧阳兰兰是第一次看见这么大的雪原，算是见了世面。但同是面对雪的壮观，父亲、老黄和建军他们却不为所动，也许因为他们以前都来过这里，甚至对每一条小路的来龙去脉，都像走了多少遍似的那么谙熟。

回到疗养院，已是吃晚饭的时间，他们在暖烘烘的餐厅里，吃了这松花湖特产的清蒸白鱼和水煮鳌花鱼，据说这两种鱼都是以前给皇上进贡的无上佳品，肉细且无刺。父亲一边吃一边说要找一天夜里到湖上去看渔民的凿冰夜钓，钓上来现烧现吃，那才叫别有风味。

晚上，老黄没再征求任何人的意见便只开了三间房。肖童什么都没说就跟着欧阳兰兰进了同一间屋子。他进屋关了门，第一件事就是要烟抽。他已经一整天没有吸一口烟了，也许是松花湖壮美的雪景吸引了他的注意力，延缓了毒瘾的发作。

抽完烟，他坐在床上发呆，既不说话，也不脱掉厚重的外衣。欧阳兰兰没好气地说："是不是还想一个人睡？要想的话走廊上睡去，我可不拦着你！"

肖童没有说话，默默地脱了外衣。晚上欧阳兰兰如愿以偿地和他同床共枕，尽管肖童严实地穿了长袖长筒的内衣裤，但毕竟是上了她的床。这是他们一起度过的头一个完整的夜晚。上床前肖童试探着问她那盒烟放在哪儿了，能不能还给他让他自己保管。欧阳兰兰自是断然拒绝。她说："放在我这儿还能控制你一下，省得你没节制地抽越抽瘾越大，到时候中毒太深想戒都难戒了。"肖童说："我肯定控制量，一天不超过两支还不行吗？"欧阳兰兰说："烟盒在建军那儿，你想要找他要去。"她知道肖童与建军有那么点新仇旧恨，一提建军他准得知难而退地缩回去。

果然他不再纠缠，熄灯躺下，两人一夜无话。肖童背向着她，她也不气，反而很温柔地从背后抱着他。他一动不动，木头一样，她不知他心里在想什么。

依然是凌晨，她先醒来，看见怀抱里的肖童还在熟睡，她把手伸进他的内衣，轻轻地摸他，从上到下。他醒了，扭过身依然把背脊给她，嘟哝着说："别闹了，我困着呢。"但她的动作并未中止，手指轻轻的，游丝一样，温柔得不可抗拒，没用多久，肖童的身体终于兴奋起来，老黄说得千真万确，"一次舒服了，他就想要第二次。"只不过一天一夜的工夫，她和肖童居然来了两次。

事毕，她开了灯，肖童趴在床上，把脸转向另一面，回避着灯光，也回避着她。她用手轻轻抚摸着他光光的脊背，问道："喂，昨天早上，你哭什么？"

肖童不理她。

她摇摇他，有点撒娇地说："告诉我嘛。"

肖童突然撑起身子，转过脸恶狠狠地瞪她，说：“因为我恨你！”

他说完跳下床，气急败坏地快速地往身上穿衣服，然后坐在沙发上闭着眼对她不搭不理。

她把身子靠在床头板上，缓缓地问：“你是不是，还在想着那个女孩儿？”

肖童没有动，也没有回答，但他睁开了眼睛，显然他留意了这句问话。

“我没说错吧？”

肖童怀疑地看她：“哪个女孩儿？”

“大闹帝都夜总会的那个。”

肖童才想起来似的，不耐烦地又闭上眼睛，“随你怎么想吧。”他说。

他们就这么坐着，有一问没一答地说着些斗气的话，一直到天亮。

天亮了。他们上山去滑雪，这儿有全国数一数二的滑雪场。对滑雪的新奇暂时代替了两人之间的龃龉。欧阳兰兰看得出来，肖童玩得不能说开心，但很用心。也许滑雪使他又找回了一个少壮男人的虎虎生气。

滑了一天雪，大家都很疲劳。第二天早上，吃饭时，父亲宣布今天在疗养院里休息一天，哪儿也不去了。他让大家养精蓄锐，夜里好到湖上去看渔民们破冰捕鱼。

这一天正是十二月三十一日，是这一年的最后一天。

四十

十二月三十一日的晚上，按照计划，庆春陪着李春强和杜长发，乘出租车来到海河之滨的利顺德饭店。天津公安局的同志说起利顺德，都有几分天津卫的骄傲。他们说天津在全国的直辖市中，现在虽比不过北京上海，将来的重庆也可能后来居上，但天津的利顺德可算得上中国涉外饭店的第一家。他们说的当然是年头，利顺德建店至今有将近一百四十年的历史了，算得上是一个陈年的古董。

庆春他们下了出租车走进大堂，前台迎面一座长形的浮雕极其触目。浮雕上依次绘刻着百年来出入这块风云聚散之地的名人和伟人们。凸显着利顺德甚至整个儿天津的历史地位。他们在前台登记时，李春强端着老板的架子，问接待生："你们这里有什么特色客房吗？你们可是百年老店。"接待生振振有词地介绍说："我们这儿 208 房是总统套房，您有兴趣住住吗？ 1912 年孙中山赴京晤袁，1924 年北上反段，都是住的这套房子。"庆春想巧了，这次他们来也是会晤老袁。当然此老袁非彼老袁也，而且房价也贵得令人咋舌。接待生又推荐徐世昌、黎元洪、袁世凯用过的房间。杜长发一听都很贵，就说："你能不能给我们挑点好人住过的，怎么净挑些祸国殃民不得好死的家伙，听着那么不吉利。"

接待生笑着看看李春强和欧庆春，说："我们这儿吉利的房子可太多了。大至乾坤历史，小至风花雪月，不知你们喜欢哪一类。蔡锷在这儿幽会过小凤仙，张学良在这儿与赵四小姐订下终身，你们二位要不要在他们的房间过一夜？"

杜长发瞪着眼，风马牛不相及地说："我们老板娘最不喜欢第三者插足了，你别净搞这种情人约会的房间，有正经的没有？"

接待生说："那让您老板住 309 房吧，是美国第三十一届总统胡佛住过的，当年他在这儿谋夺开滦煤矿，后来当了总统，又发财又升官，够吉利了吧。"

李春强不想多啰嗦了，对杜长发说："就是它吧。"

于是杜长发就要了这一间，同时让接待生在同一层再挑个房间给他住。接待生推荐了 332 房。说："这位先生我看您身高体壮，要是愿意沾点文气的话这间最好，这是当年梅兰芳梅大师住的房子。"

他们拿了这两间房的钥匙，让行李员拎着行李乘电梯上楼。在现代化的电梯旁边，美国奥迪斯公司 1924 年安装的一部手摇升降机，居然还在运行。而大堂拐角处的一只意大利文艺复兴时期的雕花长椅，已在那里安坐了百年。行李员一路为他们介绍着饭店的各种传统陈设，诸如中国人没铰辫子时就亮起来的灯泡和比他祖爷爷的爷爷岁数还大的电话机之类，引经据典，如数家珍。他们到了房间后，由杜长发统一为那位几乎像博物馆讲解员一样的行李员付了小费，便各自关了房门在屋里等接头的电话。

欧庆春和李春强在走进这个房间半分钟后，所有的好奇便消失殆尽。这位美国前总统住过的房子看上去并无出众之处。也可能他当时只有二十四岁，还是个一文不名的毛头小子。庆春想，还不如到袁世凯的那个房间看看是什么样子呢。她对李春强说：“不知道老袁今天是不是也住在这里，咱们要是在窃国大盗的老袁的房间和毒品贩子的老袁接头的话，出去就能写部小说了。”

李春强没有呼应她的感慨，坐在沙发上歪着头问：“怎么样，初为人妇的感觉，找着没有？”

庆春先是一愣，然后冷笑一下，说：“我在胡新民那儿早找着了。”

李春强尖锐地跟了一句：“还在谁那儿找着过？”

庆春正视着李春强，沉下脸，说：“春强，我可是一向尊重你。”

屋里的光线似乎有意昏暗着，只亮着床头的两只小灯。李春强坐在阴影里，庆春看不清他的脸庞。这老式的房子开间很大，屋顶很高，人在其中不免有些渺小。这种空旷感又给他们一种隔膜，仿佛彼此相距很远，说话的声音也带了些空洞的回声。

李春强说：“我也尊重你。当初，你选择胡新民的时候，咱们熟悉的同学都不信，我也想不通，但我尊重你的选择。前两天我妈一个朋友来串门儿，给我妈算命，我也加塞儿让她算了一算。她说我命中福禄财寿都有，唯独缺了喜，我妈当时还不高兴了。我说妈你别不高兴，她算得对。庆春我知道你喜欢标新立异，你总是要给人惊奇。我有时确实……确实会一时接受不了。可这两天我想了很多，我想了咱们相识的这七八年，我想不管你选择了什么，我都应该尊重你。”

庆春站在窗前，透过纱帘可以看到月光下封冻的海河。李春强的这番话使他在她的心目中立刻成为一个亲人的角色，成为一个可以承接她的一切委屈和苦闷的宽宏大量的大哥。是的，他们毕竟如他所说亲密地相处了七八年！她心里的千言万语，好像压抑了很久很久，她真需要有一个可以信赖的倾听者，好把它们决堤而出。但她还是忍住了，只吐了几个字：

“肖童，他又复吸了。”

“什么？”李春强坐在阴影里没动，但口气中显然有几分惊讶。他张嘴刚想说什么，但又吞回去，斟酌了一会儿，才平静地说：“戒毒又复吸的，百分之九十五，他只不过没能免俗罢了。”

而欧庆春却不能像李春强那样，把这件事当作一种沿途风景，因为这件事可能已经使她看不到彼岸了。那种孤独的彻痛是刻骨铭心的。她像是自言自语地喃喃道：“他是答应过我的。他是向我做过保证的。也许我们不该再派他去找欧阳兰兰，他们勾引了他，他就又吸上了。”

李春强的口气已经不是那种见怪不怪的冷漠，而是变得严肃起来：“那么这个情况你跟处长说过吗？他又复吸的事，你是什么时候知道的，你怎么不说呢？”

庆春默不作声，她知道她没有揭发此事对她的职责来说是一个错误。如果处长和李春强知道他又吸上了毒，他们可能就不会相信他了，甚至可能不会让他跟欧阳兰兰到吉林去。她也说不清她替他隐瞒是为了他的面子，还是为了自己的面子。

李春强马上用客房里的电话和处长通了话。他在电话里报告了肖童复吸的事，并且和处长进行了讨论。令庆春感到欣慰的是，他们讨论的结果似乎一致认为肖童还是可信的。因为他在这个正在执行的计划中几乎没有失误过，而且在去吉林前的最后一刻还拯救了李春强和杜长发，也拯救了整个儿计划。

李春强挂了电话，两人沉默了一会儿，彼此依旧远远地坐着。庆春没有问他处长还说了什么，是李春强自己先开了口："处长问咱们俩这夫妻装得怎么样。我说咱们俩都没体会过这种角色，都没找着感觉呢。"

庆春没有接话。屋子里又是一阵沉默。

李春强又说："我想知道，你和肖童，你们定了吗？"

庆春没有回答，她不知该怎么回答。

李春强说："我说了我会尊重你的，但肖童，他最终能把毒彻底戒了吗？我没有别的意思，我只是为你担心。"

庆春说："春强，今天我不想谈这个，今后我究竟会怎么样，我自己也不知道。"

李春强不再说话，闷闷地打着火抽烟，香烟在昏暗中红光如豆。庆春想，这大概是"6·16"案最后的一个夜晚了。这个让她激动，也给她悲伤，在她经历中最为惊心动魄的案件，终将结束。而它给她带来的这个意外的插曲又将如何曲终人散呢？这插曲的旋律也许是动人的，因为它的浪漫，也因为它的愁苦。但它的尾声，却不忍卒听。她不止一次地在最无望的时候想起肖童那充满自信的声音，那声音来自她家夜里伸手不见五指的楼道，肖童用满不在乎的口吻对她说："再黑的路我也蹚得过去！"那声音也来自司马台险象环生的悬关断路，他在那陡峭的天梯尽头高声呐喊："嘿！咱们都走到这一步了，谁也不许半途而废!”肖童的豪言壮语和浪漫的执迷，总是给她鼓舞。但她也同样不止一次地看到他无望的眼泪、徒劳的哀求和难以原谅的失信。他连自己都挽救不了，怎么还能给她支撑？晚上八点，他们等待的那个电话来了。电话是打到李春强的手机上的。果然是老袁那油滑的腔调：“于老板真准时啊，你在几号房？都准备齐了吗？”

李春强说：“齐了，没准备齐能来吗？你在哪儿？在天津吗？”

对方没有透露自己的位置，但表示马上就会赶到饭店楼下的“泰晤士”咖啡厅。李春强说：“好啊，我在那儿恭候。”

挂断电话，李春强又用庆春的手持电话和处长报告了情况，并且通知了332房的杜长发。然后他和庆春一道离开了房间，去了楼下的“泰晤士”咖啡厅。

他们走进这间古老的咖啡厅才发现，老袁已经坐在一个角落里，正怡然自得地呷着一杯浓浓的咖啡，欣赏着餐厅里那支西洋乐队的演奏呢。李春强和庆春搭着背款款而至，与老袁同桌而坐。杜长发则坐在邻桌，给自己要了一杯啤酒。

对老袁来说，欧庆春是个生面孔，他冷静但又专注地上下打量着这位漂亮的女人。李春强介绍说：“这是我太太。”他才伸手和庆春握了一下。

“啊，幸会。”老袁笑笑，随即奉上一句恭维，“于老板精明强干，太太也这么漂亮。”

李春强开门见山：“咱们怎么着啊？”

老袁用手指捻了一下，不紧不慢地说：“这个你不是都带了吗，带了就好说。”

李春强问："你们的东西呢，也准备好了吗?"

老袁答非所问，指指上面："钱在房间里吗？我先上去点一点。"李春强说："咱们这不是做买卖吗，没见到东西，我哪儿能把钱拿出来。"

老袁说："只要钱的数目对，我马上带你去拿东西。"

李春强说："我先看东西，东西在，我马上交钱。"

老袁想了想，说："这样吧，你带上钱，跟我走，见了东西，一手钱一手货，同时清点。"

李春强说："你想带我上哪儿去？那地方保险吗?"

老袁笑笑："你跟我走就行了。"

李春强也笑笑："我跟你走没问题，但钱我不能带。咱们去哪儿、去什么地方我都不知道，就拖上一麻袋票子跟你走？老袁你没做过生意吧。"

老袁又笑："不是我没做过生意，我是看你会不会做生意。"他把声音压低一点，说："明天早上六点，你们备好一辆车，带上钱，我们会有一辆车在饭店门口等你们，你们跟着这辆车走。记住，你们只能去一辆车。"

"去哪儿?"

李春强板着脸问。老袁却掏出二百块钱放在桌上，起身离座，笑吟吟地说："想想吧，这么好的货，这么便宜的价钱，可没处再找啦。要做不了我们不勉强。今天的咖啡我请客。"

他说完，手里拨着手持电话，轻轻松松地走了。李春强和欧庆春似乎没有完全反应过来，他已消失在咖啡厅的门口。

晚上，李春强让庆春留在房间里，以防老袁他们万一打电话来好有人接应。他和杜长发溜回市局汇报去了，直到半夜才回来。他回来时庆春已经在床上睡着了。他轻轻开了门，在卫生间里擦了脸，然后和衣躺在沙发上。直到早上五点三十分的叫醒电话将他们叫醒。

叫醒电话是杜长发在332房打来的。他们匆匆洗漱，吃了一点随身带的面包，李春强边吃边把昨天夜里汇报的情况和对今天行动的布置向庆春简单交代了一遍。凌晨六点整，他们三人走出饭店大门。天还没有亮，街上也没有人，封冻的海河上弥漫着厚重的雾气。一切都笼罩在灰色的严寒之中。大门外的马路边上，已经停着两辆车，一辆是一部五吨的冷柜车，在它的后面，有一辆北京牌照的银灰色的本田。

从本田车里下来几个人，其中一个冲着李春强叫了一声："于老板！"从声音中他们听出那正是老袁。

李春强走过去，和老袁寒暄。老袁疑惑地看着那辆冷柜车，问道："这是你们的车吗？干吗要开这么大个家伙？"

李春强笑笑，说："钱在里面。"似乎是为了释疑，他叫司机把冷柜的后门打开，在昏黄的路灯下隐约可以看到，里边除了几只大皮箱外，空空如也。李春强当着老袁的面，用钥匙打开其中一只皮箱，露出满满一箱灰色的百元大钞。他笑道："这车就跟银行的押运车一样，子弹都打不透的。"

李春强关上皮箱，让杜长发坐进冷柜，看着那几只箱子。杜长发一边拖着肥肥的身子往上爬，一边笑着说："老板你可别把冷冻开关打开，要不我可就成冻肉了。"李春强没有搭理他，把重重的车门砰的一声关死，然后冲老袁说了句："这多保险！"

老袁的神经松下来，也许因为李春强这边加上司机只有四个人，其中一个还是女的，似乎不足多虑。他笑着拍拍李春强的肩膀，说：“走吧，你们跟在后面别走丢了，路还远着呢。”

李春强说了句：“开慢点。”便拉着庆春坐进了冷柜车的驾驶室。欧庆春坐在他和司机的中间，听见他对司机小声嘱咐：“慢点开，他们会等咱们。”

庆春知道这话的意义，是为照顾跟踪和隐蔽的同志。她看见那辆银色本田已经启动，缓缓滑过冷柜车的左舷，向前开去，冷柜车也就随之开动起来。

汽车穿过天津凌晨冷清的街道，路灯依稀，星月宛然。他们跟着前边那辆不明终点的幽灵一样的本田，驶过一条条大街和小巷，一直开上了京津塘高速公路，很快就把天津市区甩在了身后。

李春强用手持电话向处长通报着去向和位置。庆春知道处长此时正在他们身后望不见的地方，率领着主力部队紧步后尘。这个案子的跟踪一直是采取宁丢勿暴的原则，包括吉林方面，他们都要求不能死跟，万一让欧阳天察觉已被警方监视，那几乎可以肯定他会取消这笔预定的生意。包括昨天晚上老袁从利顺德出去，因为他明显地采取了反跟踪的手段，所以天津市局的外线跟到一半也放弃了。

他们沿着京津塘高速公路向海的方向行进。当天色泛白，浓雾散去，前面的银灰本田便离开高速路向北塘方向驶去。当东方天际出现了一片华丽的红晕时，他们驶入了一片望不到边际的像滩涂一样的盐场。汽车顺着一条冻土小路颠簸着向盐场的深处开去。两边是井字形的一畦畦整齐划一的晒盐池。冬天的土地是黑色的，除了偶尔能看到一两堆小山一样的盐堆在远处被晨曦点染着，泛出一些娇柔的粉色外，整个儿滩涂只能看见几片匍匐在黑土上的白亮亮的冰碴。李春强骂道："这帮兔崽子，弄这么个地方交货，是他妈怎么琢磨出来的，也真够难为他们了。"开车的侦查员和欧庆春都没有搭腔，可心里都知道这地方的险恶之处，在于后续人马不能明目张胆地跟进盐场，即便他们提前知道这个地点，也没法事先隐蔽任何力量。这里四面一望无垠，三公里以内的所有景物，皆是一览无余。他们此时的视线所及，除了前方不远出现了两辆轿车之外，竟再也见不到一个人影，前方出现的那两辆汽车因此而给人几分神秘和恐怖。开车的侦查员说："他们来了！"声音中显然透出一丝紧张。

那两辆汽车已经停了下来，等候着他们越走越近。这是一处晒盐池之间的空地。从远处飘来的阵阵腥气中，可以衡量出大海的距离。

前面的本田也停下来，老袁几乎是和对面两部车里的人同时拉开了车门。李春强也拉开门下去了。司机也下去了。只有庆春还留在车里，她紧张地数着对方的人数，观察着整个儿场面，右手紧紧地在下面握着枪柄。

连老袁在内，对方一共来了十个人。

李春强和司机跟着老袁过去，与那帮人说了几句什么，又跟他们走到其中一辆轿车的尾部，有人把车的后盖打开。后盖遮住了李春强的身体。但庆春知道这是那帮人在让他验货。也许因为这周围空空荡荡没有一点人气，而且他们以十比四占尽优势，所以那帮人的神态显得相当的轻松和懈怠。老袁笑呵呵地陪李春强走过来，拍着肩膀递着香烟谈笑风生。庆春知道这会儿自己该下去了。

她跳下冷柜车高高的驾驶室，显然立即吸引了一些目光。李春强招呼着他们走到冷柜车的尾部，他自己不动手，假意点烟，大声吆喝着让他们把车门打开。

庆春知道再过几秒钟战斗就要打响。她踱到车头占住了有利的位置，裤兜里握枪的手已经热得出汗。她看见一个牛高马大的年轻人上去转动冷柜车后门的手柄，转到一半那门突然砰的一声从里边被撞开。庆春按照自己想好的动作，等那门砰地一开就拔出了手枪，她想说："举起手来别动!"可声音还未出口，车尾处已经响起一片震天动地的呐喊。数不清有多少身穿橄榄绿的武警战士天兵天将般地从车上跃下，冲锋枪嗒嗒嗒的射击声在清晨旷野的寒气中惊魂夺魄!

庆春不清楚怎么一下子就开起枪来了，枪声也许说明了有人拒捕。这使这场抓捕行动从一开始便显现了残酷和血腥。庆春和那个司机将枪平端着，断了这帮人的退路。她同时也提防了身后，她早注意到那两部车的旁边还留着一个人，她用枪逼着他双手过顶，同时喝令他趴在地上。大多数毒贩此时已经都在武警战士的威喝声中双手抱头趴在地上。只有一个毒贩的叫喊压过一切声音，像什么东西爆炸了一样响亮：

"你们都把枪放下！都放下！把枪放下!"

庆春的心一下子提到嗓子眼，她看见这个膀大腰圆的家伙不知怎么抱住了李春强，用枪顶着他的头部，以他的身体做掩护，慢慢地，一步一步移向装着毒品的轿车。她看见，李春强不知何时已经负了伤，移动的脚步拖出一道长长的血迹，红血渗入黑土，转眼间也变成了黑色。

她这时也看清了，一共有六个身强力壮的武警突击队员，此刻都将冲锋枪端至齐肩，对准了那个敢于顽抗的毒贩，杜长发的手枪也夹在其中。庆春上前叫了一声："都别开枪！"她突然意识到在李春强已被敌人控制之后，她已经责无旁贷地成为这场战斗的指挥员。

双方用枪，用人质，用嘶声的叫喊对峙着，那毒贩已经拖着流血不止的李春强移至汽车的门边。在这十几秒钟的过程中，老袁曾一度想从地上爬起来和挟持者一起走，被一个突击队员用枪狠狠戳了一下脑袋，他"噢"地叫了一声又趴下了。

突击队员和杜长发仍然用武器和喊声威胁着趴在地上的人："趴好，不许动！"欧庆春则冲挟持者叫道：

"你别开枪，我们可以谈判，你可以先让他上你们的车。我和你谈！"

挟持者依然用枪顶住李春强的脑袋，看上去李春强已经处在半昏迷的状态。趴在汽车边上的那个家伙被挟持者示意着跳起来，钻进汽车，把车子轰的一声发动起来。欧庆春嘴里不停地说着："你别伤害他，我们和你谈判，你可以提条件。他已经不行了，你先让他上车。你有什么条件……"挟持者一句话不答，拉开车的后门，拖着李春强往车里钻，这时，庆春的枪迅雷不及掩耳地响了！她在挟持者上车时半个身子无意间暴露出来的一刹那果断扣动扳机，那一刻她自己的呼吸也随着头脑中瞬间的空白和紧张而窒息，但耳朵里却还可以听见自己手枪沙哑的枪声。一条腿已经进了车厢的挟持者往后一仰，直直地摔在地上。汽车却不顾一切地开动起来，把已经断气的挟持者甩在车门外，呼扇着那扇没有关上的车门夺路而逃。庆春和装扮成司机的侦查员连忙奔向另一辆车准备去追。车还未发动就听见前面逃走的车里发出沉闷的一声枪响，那车子随后七扭八歪冲进晒盐池里，瘫痪似的熄了火。

庆春和那侦查员冲向晒盐池里的车子。杜长发也冲过来了。他们看见驾驶座上，那毒贩的身子趴在方向盘上，鲜血从脑后的一个枪眼里汩汩流出，染红了半个肩头。李春强手握一把手枪，昏迷在后座上。

事后庆春才知道，冷柜车的后门一开，毒匪中有人一眼看见车里有武警，便首先开了枪，反应之快令人难以置信。武警突击队员是随后才开的枪。后来查明，虽然开始的混战只延续了四五秒钟，但六个武警中有四名开了枪，毒贩中有两个，包括那个挟持者。当时李春强正站在老袁身边点烟，枪还没有掏出来肩部就中了一弹，子弹深深地嵌入肩胛，所幸离心脏甚远。

李春强和庆春原来都认为老袁这帮人一见到武警一定全蒙了。武警是藏在这辆经过特别改装的冷柜车的夹层中的，夹层设在冷柜的头端和顶部，不上车仔细察看，只远远睃一眼是发现不了这道夹皮墙的。老袁这帮人见李春强三男一女开了辆空载的冷柜车，以为敌寡我众，都有些掉以轻心。而李春强也以为用这辆特洛伊木马式的冷柜车坚壁着六个突击队员肯定出其不意，因此，也多少有些松懈，他后来承认自己确实没想到这帮亡命徒会开枪这么快。

这是庆春从警六年来，经历的第一次有严重伤亡的战斗。毒贩两死两伤，但生擒了匪首老袁。李春强伤在左肩，虽然一度失血昏迷，但送医院抢救后，很快脱离了危险。处长率领的后续人马在战斗结束二十分钟后才赶到这里，那时李春强和两个受伤的毒贩已被运走，只留了杜长发和三个武警弹压着其余毒贩，守护着七百万现金和毒品。

把李春强送到医院是庆春亲自开的车。她顺着京津塘高速路疯了似的往天津方向开，把另一辆拉着那两个受伤毒贩的车远远地甩在后面。她那时不知道李春强的伤到底有多重。她刚刚在他生日那天祝过他长命百岁，她执着地相信他能如愿地闯过这一关。

医院里这一天人很多，欧庆春冲进急救室，拉住一个医生就亮出证件说明情况。医生们马上找来担架，没办任何手续就直接把李春强推进了手术室。

在进手术室之前李春强苏醒了。他第一眼就看见了跟着担架车往手术室走的欧庆春，苍白的脸上浮出一丝艰难的笑意。那笑意让庆春激动得几乎难以言语。

他颤抖着向庆春伸出一只手，庆春接过来紧紧握住，他嘴角动了动，好像说了句什么。庆春俯下身来，终于听清了他微弱的声音：“你……你的枪法，很准了……”

庆春点点头，她冲他会意地笑了笑。他又说：“我，可能不行了……”庆春轻轻地温柔地摇着头，说：“你一定行的，做了手术你就会好的。我们还得在一起干呢！”

担架车快推到手术室门口了。医生打断他们：“不要讲话了，不要讲话了，你要节约体力，啊！”但李春强仍然挣扎着用轻得像耳语般的声音，对庆春说道：

“你，一定要让他戒了，这样对你，才行……”

庆春没有接话，担架就推进手术室了。她听懂了他说的是肖童。她那时不知道李春强还能不能活着被推出这个大门。如果他牺牲了，难道这句话就成了他的临终遗言？

庆春的鼻子发酸。

两个小时后李春强被推出了手术室，他像死人一样昏睡着。这时处长和杜长发以及天津市局的领导都已赶来，和庆春一起迎在手术室的门外。随后出来的医生神情坦然地告诉他们手术非常顺利，病人已脱离危险。大家的心情这才放松下来，一齐顺着手术室外长长的走廊向楼外走去。

处长问庆春："李春强情绪怎么样，手术前都说了什么？"

庆春说："他没说什么，只是问罪犯都抓到没有，任务是不是都完成了。"

处长说："你们任务完成得很好，在这么不利的地形条件下制服这批亡命之徒，缴获价值数百万的毒品，应该说战果辉煌，立功受奖你们一个也跑不了！"

大家都笑。

处长也笑。笑完，他面孔严肃下来，把庆春拉到一旁说："有个不好的消息。刚才我们正要通知吉林市局采取行动，他们先来了电话……"

"怎么了？"庆春预感到发生了什么不测，不由得紧张起来。处长停了一下，小声说：

"欧阳天和欧阳兰兰，失踪了。"

"肖童呢？"

"如果他还活着，"处长不敢肯定地说，"那他应该还是和他们在一起吧。"

四十一

十二月三十一日晚上的这顿饭，吃得非常丰盛，但肖童却一直食不甘味，心神不宁。他不知道阳历年的这顿年夜饭叫不叫年夜饭，在多数人的习惯上，是不是也像春节的年三十晚上一样，全家人要聚在一块儿，吃饭，谈笑，守岁，一块儿度过年关的最后几个小时。

他想，再过几个小时，他就进入二十二岁了。

席间，欧阳天和欧阳兰兰父女俩都喝了酒，和老黄、建军你一杯我一杯地互相慷慨地交换着各种吉利的祝愿：祝来年发财，祝开门见红，祝一切顺遂，祝欧阳天长寿，祝欧阳兰兰心想事成但也悠着点……他们也祝了肖童，祝他新年好运，祝他吃胖点儿、壮点儿。也许他们不知道该祝他什么为妥当，所以只好祝这些笼而统之无关痛痒的方面。

他随着他们，随着欧阳兰兰，逢场作戏地应着景，心里只钻心地想着庆春，他暗暗地为她喝了好几杯酒，祝她此番功成名就，一切顺利，一切平安。当然他也祝了他们俩的关系。他心里默默地问：庆春，你还想着我吗？

他猜不出在这寒冷的年关，庆春是已经开赴天津，还是在家里陪着父亲。李春强逢年过节是不是又凑过去串门。他一想到李春强会抓住自己吸毒的问题乘虚而入、乘人之危，想到他会利用和庆春相处多年彼此了解且地位相同的优势不战而胜，就一阵阵地坐立不安，心里就像刀割一样疼。他连做梦都在离间他们。

他也恨自己，恨自己在毒瘾面前软弱无力，出尔反尔。恨自己经不住欧阳兰兰的诱惑，毁了自己当初许下的庄严承诺。难道他和其他人一样，只要吸了毒便意志崩溃，轻言寡信，丧尽廉耻？他不爱欧阳兰兰却能和她睡觉，她稍一撩拨他便控制不了，他对自己在那个清晨无耻的陷落而惊慌失措。他哭的时候就知道哭也晚了。

他感到绝望，感到事情已不可收拾。

晚饭过后，他们走出疗养院，让风吹着脸上微微的醉意。他四下张望了一下，猜测着远处的人谁会是公安的便衣。他出来时庆春的“老板”告诉他到吉林后他并不是孤军作战，周围始终会有人在保护着他。他在松花江宾馆和这个疗养院看到了许多形迹可疑的人，但他不敢断定他们当中谁就是跟踪他们同时也是保护他的便衣警察。也许是刚才邻桌的那两个食客，也许是进餐厅时撞了他一下的那个醉鬼，也许是给他们上菜的服务员。也许他们都是，也许他们都不是。

他东张西望地跟着欧阳兰兰他们走到湖边，登上一辆租好的夜游的爬犁，向夜幕中寒意深重的雪海银湖悠然滑去。肖童注意到建军没有跟他们一起出来，这使他的心情稍稍松快了一点，因为他最讨厌建军，建军从来都是对他阴沉着那张粗糙的脸子。

爬犁在夜风飒飒的湖中行进了不久，他们就看见了远处的冰面上明灭不定的渔火，点点线线，连成浩荡的一片。肖童没想到夜间渔民凿冰捕鱼的场面如此壮观。头上繁星闪闪，脚下灯光烁烁。渔民们一堆一堆地散漫在开阔的湖面上，凿开坚冰，投下细网。在灯光的诱惑之下，水面顷刻金鳞翻滚，与天上的星月，交相辉映；与渔夫的吆喝欢笑谑骂，和谐相融，构成一幅古朴、自然、粗犷、烂漫的风情画，让人在瞬间乐而忘忧。

欧阳天和老黄跳下爬犁，走近灯火，临渊羡鱼。肖童没有下去，他更喜欢远远地欣赏和感受整个儿的场面，这场面像油画一样浓烈。欧阳兰兰推推他，递过一包东西，他以为是什么吃的。手指触及，心里突地跳了一下，借着渔火、星光和雪地的反射，他看见自己手上拿过来的，是厚厚一沓簇新硬挺的钞票。他知道这就是欧阳兰兰答应还给他的钱。

一万美元！

他没有说话也没有清点，把钱放进皮衣内层的兜儿里。欧阳兰兰挥挥手，说："我们下去看鱼！"他点点头，跳下爬犁，跟在她身后，稳稳地向渔火走去。他想，用这笔钱他一定要陪庆春和她爸爸一起旅游一趟，跟豪华团，到东南亚，到中国香港去！

他们看了捞鱼，还向渔民们买了几条大个儿的鳌花，扔在爬犁上，然后继续向湖的腹地前进。肖童感到有些奇怪，他以为前面还会有什么夜间狂欢的景点之类，没想到前方越走越黑。走了十来分钟，老黄低声对驭手说了句什么，驭手挥鞭策马，爬犁斜刺着向左岸奔去。他们在一个布满浓密白桦林的岸边登陆。老黄付了显然足够的租钱，驭手兴奋地吆喝着，驾着爬犁飞快离去，刹那间消失在静无一人的湖面上。

肖童心里突然紧张，拉住欧阳兰兰问道，“我们去哪儿？”

欧阳兰兰笑着反问：“这荒山野地，月黑风高，要是让你一个人待在这儿你是不是得吓得尿裤子？”

肖童问：“把爬犁放走了，咱们怎么回去？”

欧阳兰兰说：“你跟着走吧，还怕丢了你？”她看肖童警惕地站着不动，又拽拽他说：“走吧，今晚要换个地方住。”

这时欧阳天和老黄已经轻车熟路地顺着岸边的树林向右绕行，肖童满腹狐疑地跟在他们后面。只走了百余米，便看见一条白练般的小路蜿蜒而至，路边幽灵般地停着他们那辆丰田旅行车，在雪地里黑黝黝的十分触目。见他们奔行而来，车里的建军将车前的大灯粲然亮起。肖童知道，这下公安局的便衣恐怕是彻底地被甩掉了。他心里顷刻间袭来一阵孤立无援的恐惧。

旅行车穿过白桦林，驶向大路。车灯的光线在不足十米的前方便燃成余烬，四周被厚厚的暗雪和重重的夜幕封锁着，前途茫茫。

他们在公路上整整走了一夜。天明时开进了一个尚未苏醒的城市。从街上的路标和商店的牌子上肖童知道这是到了长春。他们在长春南湖公园附近的一个老式建筑——南湖宾馆里开了房间。坐了一夜的车，每个人都感到疲倦。欧阳天看着表说时间还早，让大家先睡个短觉，睡醒后再吃早饭。

肖童和欧阳兰兰进了房，欧阳兰兰哈欠连天，而他却了无睡意。

他故作随意地问她：

“咱们干吗这么鬼鬼祟祟像仓皇逃命似的？我还有东西放在那疗养院没拿呢？”

欧阳兰兰睡眼蒙眬、口齿不清地说：“老袁他们今天早上要和你们于老板交货了。我爸怕万一出了事把咱们也给兜进去。如果他们在天津一切都挺顺的，咱们再回松花湖取东西，如果出了事，咱们就没法儿回去了。”

肖童拉住想往床上倒的欧阳兰兰说：“他们要是出了事，你爸爸他们会不会赖我，于老板可是我介绍给你们的。”

欧阳兰兰用自己的脸在他的脸上贴了一下，说：“他们都知道咱们的关系，你还能成心害我吗？于老板也是你半路认识的。再说，老袁要是真折进去了，也不一定就是于老板使的坏，于老板可能也是早让警察给盯上了，这都说不定。”

肖童舒了一口气，又问：“老袁在天津卫，你们怎么能知道他出没出事？”

欧阳兰兰说：“他们说好了今天一大早就交货。”欧阳兰兰看看表，“也许他们现在正交着呢。交完货他会打老黄的手机的。”

欧阳兰兰毫无戒备地把她知道的情况一点不露地抖搂出来。肖童也明白了自己现在的处境，也许再过半个小时，他们就会知道老袁连人带货都已落入法网。他们马上会疑心到自己身上。庆春说过这帮人都是拎着脑袋，活一天是一天的家伙，心狠手辣没有什么事他们不敢干的。肖童感到自己心跳得快而混乱，坐立不安。按原计划天津那边只要一见到货，马上就会通知吉林的公安动手抓了欧阳天，谁想到欧阳天半夜三更假装看鱼从湖上一下子跑到了长春。夜里的松花湖十里无人，公安的便衣就是想跟都没法儿跟！

这时他甚至想到要不要自我保护先溜了再说，可又马上否定了这个念头。万一天津那边推迟了接货时间，这边他一溜，引起欧阳天的怀疑，导致这场胜利功败垂成，那他回去将以何颜面面对庆春和她的“老板”？他想，死也不能这么做。如果他这回真的死了，庆春一定会感到难过，她会为自己落泪，想到此处肖童的眼眶突然湿了，心里有点悲壮。

也许正因为他总是不能彻底得到庆春的爱，所以他常常会想象用一个壮烈的死，去震醒她对自己的认识和感情。他已经不止一次地想象过他的各种死法和她相应的悲痛。

欧阳兰兰已经和衣歪在床上昏昏欲睡。肖童想，现在真正的保护伞只有她了。他看着她那张疲倦的脸，心想这也是个浪漫激情的女孩，纯粹是让她这个家，让她爸爸给毁了！也让她自己的无知和是非观念的混乱给毁了！这年头不是说欧阳兰兰，连肖童在大学里的同学，也有那种自私自利全无是非道德的家伙。

欧阳兰兰睡了片刻又睁开眼，招呼他让他坐到她身边来。他不想和她那样亲密，但基于自己当前的险境不得不假装听话地过去，坐在她的身边让她拉住自己的手。她迷迷糊糊又闭上眼睛，说：“肖童你不困吗，干吗不躺一会儿？”

他斟酌着词句，说：“我担心我们于老板可千万别出事，他要出了事连累了老袁，你爸爸非恨死我不可，那咱们俩也就很难再好下去啦。”

欧阳兰兰又睁开眼："那怎么会？他们出事跟咱们有什么关系？咱们只是介绍他们认识而已。"

"说是这么说，可他们总会怀疑我，你看那建军，本来就不希望我和你在一起。"

"建军？"欧阳兰兰一脸不放在眼里的神情，"他再这样下去有他后悔的时候。"

两人说着，老黄来敲门喊他们下去吃饭。他们跟着老黄去了楼下的咖啡厅，欧阳天和建军已经在等他们。欧阳天的脸上像阴了天一样异常沉闷。肖童看见桌子上放了两只手持电话，电话都开着，上面亮着小灯。老黄问了一句："来了吗？"

欧阳天没吭声，建军皱着脸说："没有。"

欧阳兰兰拉着肖童去取自助餐台上的食物。肖童一边取食一边偷偷向餐桌那边张望，只见老黄建军都凑在欧阳天跟前嘀嘀咕咕地说着什么。欧阳天一次又一次地看表，三个人的神色都显得沉重而慌张。终于欧阳天说了句什么，老黄便用桌上的一只手机不知给什么人打电话。肖童胸口狂跳，取菜的动作变得迟缓而盲目，他几乎控制不住用全部的注意力去关注老黄打电话的表情。电话似乎打通了，但只说了一两句就挂断了，老黄马上表情惊恐地小声向欧阳天学说着通话的内容，欧阳天的面色更加如丧考妣一样的死灰。老黄又打了两个电话，情形也是大致相同。肖童心想，看来庆春他们在天津动手了。这时他看见欧阳天离开座位匆匆走了，而老黄和建军则满脸严峻过来取菜。在自助餐台的一侧，老黄拉住欧阳兰兰耳语几句，欧阳兰兰便跑过来把手里的盘子递给他：

“我爸有急事让我上去一下，你先帮我拿过去，我待会儿下来。”

肖童点点头，他想反正餐厅里到处是人，他们要动手杀他也不会在这儿。他于是镇定地端着盘子回到座位上坐下来吃饭，心里盘算着怎样才能尽快和庆春取得联系，他不知如果待会儿在街上碰见个警察，上去就告诉他这几个人是罪犯他能管吗？还是听完以后半信半疑地傻愣着？

老黄和建军一左一右地守着他，三个人默默无语地吃着饭，各怀心事。肖童不知道他们两人对他是不是已经心照不宣。他想了想，让心情尽量沉下去，口吻平常地问道：“老板身体不舒服吗，怎么连早饭都不吃了？”

老黄和建军对视一眼，不动声色地说：“啊，可能昨晚上坐车累的。”

肖童故作糊涂地说：“我真不明白干吗非连夜赶过来，是不是老板今天在这儿有事？”

老黄敷衍地：“啊，可能吧。”

建军一言不发，老黄也不多话，三人又低头吃饭。肖童脑子里拼命开动智力，他想索性直问此事，可能反而显得正常，于是他壮着胆子问：“老袁和我们老板那生意做得怎么样？是不是已经做成了？”

他注意到两个人又隐蔽地对视一眼，还是老黄开口：“于老板这人，跟你交情究竟怎么样？”

肖童想此时可绝对不能往外摘，他说：“好啊，我们的交情没问题。”

建军突然插问道：“你们怎么认识的？”

肖童想了一下，脸上现出几分腼腆，说：“他给我烟抽。这年头没亲没故能这么白供着你的真不多。”他说到这儿故意觍脸笑了一下：“他老婆挺喜欢我，认我当干弟弟。”

他编的故事看来合情合理，建军傻愣了片刻，不再多问，老黄眨着眼若有所思。

直到吃完了饭，也没见欧阳父女下来，老黄签单结了账。三个人就回到楼上来，老黄借口房门钥匙放在前台了，让建军先去肖童屋里坐坐，他下楼去取。肖童心里知道他是要去找欧阳天，故意让建军看着他。于是他脸上不动声色。把建军领进自己的房间，建军坐在沙发上抽烟，他就坐在床上打开电视看，两人谁也不理谁。五分钟后，欧阳兰兰回来了，眼睛显然是刚刚哭过，红肿不堪。她说：“建军你过去吧，我爸爸叫你。”建军迟疑了一下，不放心地走了。

欧阳兰兰进了卫生间，打开水龙头湿了手巾擦脸。肖童跟到门口，问：“怎么了，是不是你爸爸骂你了？”

欧阳兰兰哭腔未尽地深深地喘着气，她说：“他让我把你甩了，跟他们马上离开这儿。”

肖童对形势的估计和分析，在欧阳兰兰这句话中得到了可靠的证实。他此时已经把戏演得比较自如，装傻道：“你看，你爸爸还是不同意咱俩在一起，我早就估计到了。”停了一下，又突然问：“还是老袁他们出事了？”

欧阳兰兰点头：“是老袁出事了，老袁没打电话来，打他的手机，接电话的是个陌生的人。我爸说老袁肯定是栽了。他说你们于老板要不也跟着栽了，要不就是公安局的便衣。他说必须得甩了你，要不然大家都不安全。我不同意甩了你，他就打我……他从来没打过我……”

欧阳兰兰靠在他怀里，抽泣着又哭起来。肖童用手拍拍她的背，尽量把口气放得温情："兰兰，我知道你不想离开我，可我也不想因为我伤了你和你爸的感情。既然你爸怀疑我，我再待下去也没意思。我走，我不给你们添麻烦。"

欧阳兰兰抱紧他："你走，你上哪儿去？警察肯定也在抓你。我不让你走！"

肖童说："我不走，你爸爸也许会杀了我。"

"他敢，我跟他说了，他要非让你走，我就跟你一起走，他要杀了你，就先杀了我！"

肖童心里有点乱，有点迷惑，欧阳兰兰的海誓山盟使他的光荣感有了一种瞬间的危机。她这样真挚地爱她，而他却如此坚决地扼杀着她的生命。他不知现在该怎样感觉自己的角色，怎样评价和认同自己的这个角色。

他只能让自己暂时避开突然袭来的信念上的混乱，问道："那你爸爸同意你跟我一块儿走吗？或者，他同意让你跟我一块儿死吗？"

欧阳兰兰擦去眼泪，说："他同意了，让咱们在一起，他同意不让你走了。不过他让我看着你，不离你半步，他怕你给你的亲戚朋友打电话把大伙都给卖了，哪怕你是无意的。公安局现在肯定把你认识的人都找了，一有你的消息他们都会报告的。"欧阳兰兰仰脸看他，"那我看着你，一刻也不离开你，你不会再烦我了吧？"

肖童支吾地："啊，不，不会。"

欧阳兰兰笑了，从她的笑容中，肖童意识到自己的这道生死关是过去了。他不由得大大地松了口气，但同时又感到无尽的倦意。看来马上又要启程了。他不知道他们会把他带到哪里。他还要继续全力以赴地伪装无辜，伪装爱，被裹挟着开始一个危机四伏看不到尽头的逃亡之旅。

四十二

这个旅程刚刚开始的时候，也许连欧阳天自己也没有想好确定的目的地。他们带着些盲目仓皇启程，登上了南去的列车。先是顺着铁轨一下子开到了山西，在省会太原和平遥古城喘息了三四天，又心神不定地向西走。在银川迟疑地停了一两日。复又向南，在一个凄风苦雨的早上，他们到了成都。

一路上肖童尽量装出随和与服从的外表，而内心里却度日如年。应该说，脱险的机会每天都有，却找不到能和庆春联络的一点时间，他也并不想就这样逃跑。当他的生命安全暂时不存在迫切的危险时，他又有些好大喜功，总想着会有一天在什么地方与庆春胜利会师，将欧阳天这帮人一网打尽。这样的结局当然就圆满了，他在庆春跟前也就有了面子，当然比他一个人偷偷地逃回去光彩多了。掐指算来，这案子他投入进来也有半年了，磕磕绊绊走到今天，他想无论如何也该有个大获全胜、锦上添花的结果。

每到一地，欧阳天和老黄、建军三个人就躲在旅馆的房间里没完没了地商量。他们总是住在一些小得连直拨长途电话都没有的小店里，用假身份证登记姓名。他们把以前帮肖童办驾驶执照时办的那个假身份证拿出来，让他将错就错把上面的名字“夏同”作为自己的化名。欧阳兰兰果然如其父所要求的那样和他寸步不离，连晚上上了床都要用手摸着他睡去。老黄和建军也依然对他充满警惕，一软一硬红脸白脸地监管着他的每个动作。只有欧阳天看上去不大把怀疑时刻挂在脸上，他说话很少，表情也不多，每日食宿安排都听老黄的张罗。

在成都逗留了两天，第三天的清早他们突然带他登上了去西藏的飞机。

飞机在贡嘎机场落了地，他们租了一辆巴士穿过拉萨繁华的市区。隔着拉萨河远远地望了一眼巍峨神秘的布达拉宫，便又继续南行。他们在离拉萨百多公里的一个偏僻的村落下了车。在这里找到了一个汉人，他是这村落里一位金银饰品作坊的老板，也是欧阳天多年以前的一个故旧。

那位老板姓钟，生得细瘦干枯，一副广东人的外形，而脸上的皮肤和皱纹，却已如真正的藏民一样刻满风霜。他们就在他的作坊住下来。这作坊是一个宽大的院落和一座藏式的小楼，前店后坊，楼上是家。他们到的时候天色已晚，太阳西下。西藏和内地相比有两个小时的时差，这里已经是晚上八点，主人已吃完晚饭。而他们手表上的北京时间才刚刚走进黄昏。

那位钟老板热情地招呼着他们喝茶，指挥着自己的老婆和一个八九岁的小女儿烧火做饭。肖童看得出欧阳天和他交情甚笃，总有好多久违想念的惊喜表达个没完。也能听出他们过去同甘共苦做过一段毒品买卖，互相毫无忌讳地询问过去的熟人，张三怎样李四如何现在还做不做了，等等。那钟老板说："我是早不做了，结婚有了孩子，想想还是积点德不做那买卖为好。"欧阳天随声附和说："没错，我也早就金盆洗手彻底不干了。"

欧阳天把女儿和女儿的"未婚夫"，以及同行的两个伙计，一一介绍给钟老板，说这么多年了带孩子再来一趟西藏重游旧地是他的一个夙愿，这次终于如愿以偿。可惜是冬天，要是夏天就更好看了。肖童听那钟老板有时管欧阳天叫"老罗"，有时又亲热地叫他"罗长腿"，便小声问欧阳兰兰，他怎么管你爸叫"罗长腿"？欧阳兰兰笑着说："我还叫罗兰呢，那是我的小名，我爸原来就姓罗，改了好多年了。其实我还是叫罗兰比较好听。我爸当初真不应该改姓了欧阳，绕嘴还俗气。"

肖童问："那应该改姓什么？"

欧阳兰兰说："应该还叫罗兰，然后姓索菲亚。"

肖童一点没有笑意，心想这欧阳兰兰真是头脑简单，这都什么处境了还没心没肺、无忧无虑。他改了话题问："那你爸爸要带我们在这儿待多久？这儿是海拔两三千米的高原咱们可待不习惯。"

欧阳兰兰好像无所谓似的，说："你放心，你要抽的烟我这次带了好多，足够你用一阵儿的。"

肖童从一下飞机就觉得呼吸急促头晕目眩，他不知道这究竟是高山反应还是毒瘾犯了。

主人把饭菜端上桌子，西藏口味和四川口味杂在一起。肖童有点饿了，吃得狼吞虎咽。钟老板打开一瓶白酒，欧阳天摆着手说："不喝了，我好久没进藏了，乍一来至少得适应两天，喝酒太耗氧，不喝还喘不过气来呢。”他又对埋头吃饭的肖童说：“少吃点，乍到高原肠胃消化都好不了，吃多了你自己难受。”钟老板说：“对，你们刚来头两天要少食多餐。”

吃完饭，又兴高采烈地说话聊天，聊得连欧阳天都感到缺了氧，主人方安排他们休息。肖童和欧阳兰兰被安顿在平常主人女儿住的小屋里，小女孩就搬到父母那边同住了。女孩的妈妈在这屋里又为他们搭了张床，还在他们的被褥中放了些防跳蚤用的沙姜粉。

熄灯前，肖童要了一支烟，躺在床上慢慢地吸了。欧阳兰兰也有些头晕眼花呼吸短促，因此也不来缠他。这使肖童有了一个安静而独立的被窝去想自己的心事。他当然还是想庆春。他躺在这陌生的带着些沙姜味的干燥的被子里，万般思绪，蜂拥而来。他想庆春和李春强和他们的“老板”一定在开会研究呢，一定在分析他们这些天跑到哪儿去了。庆春的“老板”看上去老谋深算，很有经验，李春强在工作上也显得精明能干。但肖童深信，他们谁也不会想到他这会儿正躺在世界屋脊的西藏，躺在这个雪山荒原的小镇上，躺在这幢藏式的小楼里。他知道他现在离庆春很远很远。他现在更没法和她联系了。这里显然不会有长途电话，这里的人和空气一样稀少。他连逃走的路都找不到。他茫然得几乎无法入睡。这里的与世隔绝使他越发感到与庆春的重逢大概还很遥远。

正如肖童所料，他们在这里一住就是半个月，在欧阳天的脸色上，仍然没有一点要走的迹象。他和老黄、建军整日愁眉不展。在高山反应消失后，他们开始喝酒，有时竟喝得酩酊大醉。钟老板每天埋头忙他的手艺和生意，肖童不清楚他和欧阳天究竟有多深的神交和默契，只看到他对他们的借酒浇愁和长吁短叹不闻不问。肖童觉得这位骨瘦如柴的钟老板本身就像一个充满悬疑的故事，他这样一个地道的汉族人怎么会隐居般地独自生活在这个荒原上的藏族人的村落，谜一样深奥。欧阳兰兰也说不清这当中的来龙去脉，她只记得她小时候常听父亲说起这个人。

肖童和欧阳兰兰每天只要不刮风就坐在院里晒太阳，和主人的狗玩。有时他们也走出院子，到不远的山坡去逛。这里只有这样一座被风吹干了只留下片片积雪的小山。站在山头可以看到整个儿弹丸小村的全貌。这里连汽车都不通。全村似乎只有钟老板拥有一辆越野的吉普。人们的运输工具还是骆驼、牦牛和成群结队的羊群。

小山的山头上，有一座看上去已荒芜了百年的寺庙。庙里还残存着一些破损的塑像，那是一些造型优美的菩萨。倒塌的金刚头部的表情依然清楚，圆睁怒目，剑眉倒竖，大张着呐喊的嘴巴，让肖童看了触目惊心。这小山不高，但离天很近，有时肖童站在院子门口，就可以看到雾一样的云低低地缠绕着那泥灰色的废寺和它北面风化的塔林，让他朦胧地想起那些关于宇宙、自然、魔法、灿烂的艺术和生命的本源的种种疑问。

欧阳兰兰开始几天还比较快乐，在一个黄昏她父亲把她带到那山头废寺金色的夕阳下，做了一次长谈之后，便沉闷下来。那天晚上肖童看她两眼红红的回来就知道又是欧阳天和她说了什么。他没有问，他知道她肯定会主动地倾诉。

晚上，躺在床上，嗞嗞作响的酥油灯把屋子照得阴影深沉，欧阳兰兰拱在他的怀里嘤嘤地哭着，她说：“我爸爸破产了。”

肖童不动声色，他问：“是因为老袁吗？”

欧阳兰兰说：“我不知道因为什么，他只跟我说他没钱了，也回不去。他说他这么多年惨淡经营的家业，为我挣的这份家业，全没了。你知道吗，我们大业公司让公安局给抄了。帝都夜总会，还有燕京美食城，还有……他们在成都就打电话去假装订餐订房，结果都告诉停业了。我们回不了家了。”

肖童问：“那你爸爸下一步打算怎么办？他就一直在这儿住下去吗？”

欧阳兰兰没有回答，也许她和他一样，对他们今后的去向和前途茫然不知。她用力搂着他，他被搂得有些心烦便抽身坐起来。欧阳兰兰在他背后用双臂环绕着抱着他的腰，说：“肖童我问你，如果我真的穷了，你还跟不跟我，你会不会就把我甩了？”

肖童没法回答她，他只好有意无意地用了一种刺伤的说法：“先别说穷不穷，你能把命保住就万幸了。别忘了警察现在准是到处在抓你们！”

“也抓你！”欧阳兰兰赌气似的反击，“你以为没你事吗，老袁要是供了，第一个就得供你！”

肖童抱着自己的膝盖，不说话，他心里暗暗充盈着一种生存地位的优越感。他平静地说：“我不怕死，可你怕。”

说到死，欧阳兰兰有点天生绿林的豪迈，满不在乎地说：“如果和你死在一起，我也不怕！”

肖童问：“你愿意怎么死？如果是我亲手杀死你，你愿意吗？”

欧阳兰兰说:“如果我们已经没有活下去的路了，如果我们必须死，真的我宁愿死在你手里。”

肖童看了她半天，拿过她的一只手，在上面拍了一下，击掌为盟地说:“好，说定了。”

欧阳兰兰带着几分顽皮和好胜，说:“可我也想让你死在我手里，死在我的怀抱里。我得等你死后，抱好了你，再死。这样我们就是上了天堂也能待在一起，投生转世也能投在一起。”

肖童脸上半笑着，心里冷冷地，问:“你是说，你要我死在你头里?”

欧阳兰兰歪着头，组织了半天语言，说:“你先死，我跟着，就算是一起死吧。难道你真的计较这一两秒钟的先后吗?”见肖童不语，她笑了，说:“咱们真是神经了，谈了半天，全是死呀死的，太不吉利，你放心，我爸爸刚才说了，只要我们能过这一关，他就有办法东山再起。他说他以前给我许的愿都算数，他一定能让我到国外去，让咱们俩都去！我相信我爸爸。”

在以后的几天里，欧阳兰兰的话题总是离不开未来家业的重振和死。她对未来，对她无所不能的父亲，充满了希望和信心。但或许，她或许也隐约地，触摸到了死。

西藏，也正是这样一个潜藏着生命之源、布满了死亡之谷的带有象征意味的地方。当欧阳天这些人的沉闷和叹息告一段落之后，他们开始有兴趣走出这个孤立的小楼和院落，走向荒原。欧阳天借了钟老板的越野吉普带着他们游历了附近冰雪中的高山和湖泊、寺院和城堡、草场和荒滩。他们开车经过一座座经幡飞舞的民村，看到一个个摇着转经轮从草原深处走来的朝圣的藏族人，听到一声声“唵、嘛、呢、叭、咪、哞”的梵音咒语，那神秘的声音从喜马拉雅、冈底斯、唐古拉和昆仑山那边无休无止、无始无终地四面飘来。肖童从来没有见过这么清湛的天空，蓝得像画报上的海。空气纯净透明，无可形容的清新，清新得带着些天地之初的野气。有时他们走很远也看不到一个人，天上没有云，地上没有草，到处散落着灵性的石头和风干的动物尸骨，静卧着连绵的崇山峻岭，给人一种苍凉超凡的极地气韵。冰清玉洁的湖边，成群的野马，一看见他们的汽车，就狂奔如潮，像一片瞬息暴发的黑色的泥石流，一发不可收拾。

偶尔他们也会邂逅一个集镇。欧阳兰兰便会忘掉所有忧愁挤在人群中挑选东西。只有欧阳天懂得一点藏语，结结巴巴非常省略地当着翻译。建军一见到藏族人便阴沉着土匪一样的嘴脸不言不语，老黄则入乡随俗，见人便伸出双手掌心向上，说一声“扎西德勒”。

欧阳兰兰买了一些珊瑚、琥珀和西藏特有的绿松石串成的项链。老黄则买了条念珠拿在手里拨动着念念有词。肖童想，他是在祈求佛的保佑吧？侧目看看欧阳天和建军，他们只是在卖法器的摊子上转了转，什么也没买，他们不信神。他们是那种什么也不信的人。

在他们与摊主用半生不熟的藏语和比比画画的手势讨价还价的时候，肖童突然不经意地发现在这个小小的集镇上，竟有一个同样小小的邮电所，就在他的眼前，不过十米远的地方。他假装向那边卖糌粑的小摊踱去，一闪身便溜进了这家邮局。这邮局只是个十几米见方的屋子，破旧的柜台几乎横到了门口。唯一的营业员是个姑娘，肖童上前招呼，竟惊喜地发现她能听懂汉语。肖童只迟疑了半秒钟便紧张地问她：“你们这里可以发电报吗？”她好像有些反应迟钝：“电报？不，不可以。”他又问：“那，可以打长途直拨电话吗？”姑娘点头说：“可以打长途电话，但是要在这里等，要等电话局给接。”“要等多久呢？”“这个说不准的。可能十分钟，也可能半小时，也可能一个小时两个小时，都说不定。”

肖童有点泄气，他看一眼门口，只有静静的阳光投射进来。他说：“那么，你们这里还可以干什么？”

“你要邮票吗，要寄东西吗？要寄信吗？要汇钱吗？都可以。”

肖童几乎没等她说完就说：“那你这儿有信封信纸吗？我寄一封信。”

姑娘拿出了一沓信纸和一个信封，又拿出邮票。肖童说：“借我一支笔行吗？”她又拿出笔。肖童在信纸上快速地写下一行字：“西藏，乃巴，萨噶鲁村”，下面写了“肖童”二字。在写信封时他突然发觉自己根本不知道庆春的通信地址，他知道她家知道她单位怎么走，但说不清街道胡同门牌号码。情急之下，只好写了“北京，公安局，欧庆春收”几个字，犹豫了一下，又在欧庆春下面，写了“李春强”三个字，他想欧庆春在公安局的知名度也许不如李春强那么大。

他把信装进信封，递过去。那女营业员慢吞吞地看着，一脸疑惑，似乎担心这样简单几个字会不会成为盲信。她最后还是决定替他发出这信，但把信封又递回来，指着上面的六个方格，说：“邮编号！”

肖童愣了，他说：“我不知道邮编号，麻烦你帮我查一查好不好。”

“可以，那你得告诉我具体地址。”

肖童依稀记得前门东大街那边有个院子门口挂着公安局的牌子，信寄到那里大概总能转到庆春的手里。于是他说了前门东大街。那姑娘翻开一个大册子在上面慢慢查找，直急得肖童满头是汗，门外的每一个响动都让他心惊肉跳。他想说不定欧阳天他们现在正在找他，说不定马上就会找到这里。他对姑娘说：“让我来查吧，我地名熟。”姑娘说：“你先交钱吧，我自己查。”他身上没有一分钱人民币，他毫不犹豫地拈了一张百元的美钞送了上去。不料姑娘盯着那美钞左看右看不明白。

她问：“这是什么钱？”

“这是美元，一百美元相当于八百多人民币。不过你不用找。”肖童说。

姑娘却把钱推给他：“我们不收这个，只收人民币。”

真是民风朴实，连美元都不认。肖童急得眼睛冒火，比比画画地解释说：“美元很值钱的，你不信可以去问。你以后要去北京吗？去上海吗？去南方吗？这钱那些地方都认。”他不知该怎样让那姑娘相信他不是个骗子。

姑娘坚持原则一丝不苟：“我们这儿有规定的，不能收外币，我们也不清楚你这钱是不是真的、有没有过期。”她一边说一边收回了柜台上的邮票和那沓已经用了一张的信纸，说：“你下次带人民币来，我再帮你发这封信，这信纸我先扣下，下次带钱来就给你。”

正说着，门口一暗，肖童没回头也知道是有人进来了。他飞快地将已经写好的信封和钱都揣进怀里。果然后脑勺响起了欧阳兰兰的声音：

“肖童，你在这儿干什么？”

肖童回头一看，是欧阳兰兰和建军，脸上挂着程度不同的怀疑。

他竭力自然地笑着，说：“这儿有个人会讲汉语，我们聊聊天。”他说完便搂住欧阳兰兰的腰肢，亲热地拥着她出门，还回头挥手向那营业员告别：“以后再和你聊，欢迎你到北京去！”也许他的声音和动作太自然了，自然得一点不像临时的编排，所以欧阳兰兰马上半嗔半笑地骂了句：“你怎么见着个年轻顺眼点儿的就上去套磁，守着我你还这么不老实。”建军在屋里东看西看看不出什么破绽，便也跟了出来。

在回去的路上，男人们在一个荒凉的沟崖停车方便。肖童慢吞吞地留在后面，他看见他们走上车子等他，便背向他们掏出那封未能发出的密信，扔进了泥灰斑驳的峭壁之下。那是一个可能永远不会有人迹光顾的深壑。这时，黄昏的夕阳正使这里变成一个巨大的阴影。

整个儿晚上他的心情都有些恍惚和压抑，也很疲倦。熄灯后欧阳兰兰拱到他的被子里，在他耳边喃喃地说着肉麻的话，手脚并用地糊在他的身上。这是入藏以后她第一次向他表达床笫之事的信号。但肖童厌烦地坐起身子。

“怎么啦？”欧阳兰兰不满地问。

“没什么，我很累。”肖童说，“我不希望现在伤了身体。”

“怎么伤身体啦，你这又是闹什么情绪呢，我不明白我又怎么你啦？”

肖童闷声闷气地说：“我想戒毒！”

“戒毒？”欧阳兰兰疑惑地也坐起来，“在这儿？”

“对。”肖童突然产生了这个念头，并且马上就决定了。他看着欧阳兰兰，冷冷地说：“你愿意帮我吗？”

“在这儿怎么戒？你也没有药，也没有医生。你怎么想起现在就戒?”

“对，我想现在就戒。”肖童语气坚定。他说:“你要是同意我戒，就帮我。我想在离开这儿的时候，在我将来有朝一日回家的时候，我要像个好人一样地回去!”

“好,”欧阳兰兰似乎被他的决心所感染，“我同意，我帮你。我知道你这毒一天戒不了，你就会恨我一天。”

肖童恶毒地望着她，他觉得和她待在一起真不是个滋味！她的每一个表情，无论软硬，都带出一股子主宰的欲望，和她在一起他的每一句言语、每一个动作，都像是一种挣扎和抵抗。他咬着牙说:“对了，是你毁了我，所以我恨你。我这毒戒不了我就恨你一辈子!”欧阳兰兰说:“我也恨你！你老是羞辱我，晾着我，我有时候真觉得杀了你也不解气。可谁让你是我爱的第一个男的呢。我爱你都爱得不是我自己了。没准儿我将来早晚有一天得毁在你手里。你这人的心其实狠着呢，我都看出来了!”

四十三

戒毒的艰难对肖童来说并非初次，但这一次的痛苦却来得异常凶猛。在这里找不到一点戒毒的药物，无论是代替性或麻醉性或辅助性的戒毒药物全都没有。肖童忽略了药物在减轻痛苦方面的作用，他只是依靠自己的体力和意志与之抗衡。也因为突然增大的对氧气的消耗，他的高山反应并发而来，有几次竟活活窒息过去。所有的痛苦都极尽能事地给他意料之外的袭击，打乱他的招架，让他昏昏醒醒。而最终支持他拼死抵抗的力量源泉，就是与庆春共同拥有未来的幻想，和那篇烂熟于胸的对祖国母亲的赞颂。那不知背诵了多少遍的演讲词配着疾风急浪的黄河协奏曲，常常响彻在他的耳畔脑海，让他的苦难变得伟大和充满牺牲的激情，让他从肉体的折磨中找到心灵的感动。他想欧庆春如果知道他的默默挣扎一定会爱他的。她是一个爱慕坚强、崇拜成熟、喜欢深沉的女人。

在他最难熬的时候，欧阳兰兰让老黄和建军把他绑起来，绑在床上，任他呻吟、喊叫、哭泣、谩骂，谁也不去理他。有时他实在闹得厉害了，欧阳兰兰就忍不住跑进屋去看他，看他的涕泪交加和苦苦哀求。他说:“我不戒了，你给我一口烟吧。你给我烟我保证永远听你的了，你让我干什么我就干什么。”欧阳兰兰摆着冰冷的面孔不为所动，她说:“你再坚持坚持吧，已经熬这个分儿上了，再坚持坚持，就熬出来了。”到后来她也说累了，说疲了，索性不再说话，就坐在他身边看他折腾。那样子几乎是在欣赏他的痛苦，脸上甚至还能看出一丝得意的笑容。肖童那时心里突然清楚起来，欧阳兰兰的表情让他一下子看懂了她的性格。她是一个既缠绵又残忍的女人，既可以委曲求全柔弱如水，又在内心深处充满霸占欲，热烈、执着和冷酷、妄为兼而有之。他恨恨地想，有这样的家庭、这样的经历、这样的父亲，她能学出什么好来!

她给他喂饭，给他吃烧得香喷喷的牛肉和羊肉，他不知是出于胃里的厌恶还是心里的厌恶，摆着头坚决不吃。欧阳兰兰没办法，左哄右劝最后把碗往桌子上一放，骂了句:“你爱吃不吃，谁还求着你!”她当着他的面自己吃，吃得吮吸有声津津有味。肖童转过头不去看她。他万箭钻心般地想念着庆春，就觉得自己万分孤独。在这举目无亲的异乡的角落里，他一天到晚绳索交加，一动也不能动地忍受着酷刑般的痛苦和心灵的荒凉，他为自己而流泪。有一两次，他怨恨地想到了他远在德国的父母。他们大概充实得忘了他这个儿子。他们至今也不知道他们的儿子这半年来经历了什么样的变故。他想象着他们大概又要和那些友善的德国同事去慕尼黑郊区的乡村度假了。他知道那儿有一年四季都绿荫不断的山丘，有幽静的树林、湿润的林间小路和小路两侧时隐时现的木屋。山脚下是一片湖水，深蓝的湖里常常游弋着几只雪白的野天鹅，把平滑如镜的湖面犁出一个个人字形的微澜。是的，他相信他的父母此时就在那里，悠闲地散步，坐在湖边原木搭就的钓鱼码头上，喝着气泡丰富的啤酒，把面包撕碎了丢进湖里，让野天鹅觅食。他们对小动物一向充满了爱怜和人道主义。当然他们间或也会想起他来，会议论起他的学业，担心他被一些不好的女人勾引。但那只是一瞬，很短很短的话题，说说就过去了。从他很长时间才能收到的那一两封由母亲执笔的短信中，他知道关于他的话题就是如此。

于是他集中了一个念头，那就是一切要靠自己，他一定要坚持到底。因为他要是带着毒回去，庆春和她正统的父亲，是不会要他的。他要让他们看见，他已经彻底地把毒戒了，是一个好人了，是一个完全正常的人了！

四天之后，他从床上爬起来，拖着虚弱的身体走出屋子，走到充满阳光的院子里。也许是这里离太阳太近的缘故，冬天的阳光也像春天般温煦。他仰着苍白的脸，看着碧蓝如洗的天空，不知为什么他突然想放开沙哑的喉咙大声地朗诵，想拼尽身体里最后的余力，一句一句地，仰天大喊：

“上下五千年，英雄万万千。壮士常怀报国心！黄沙百战穿金甲，不破楼兰终不还！”

他停了一下，看着站在阳光下惊奇地发愣的钟老板的小女儿，他笑了一下，冲她轻轻地念道：“这是每个龙的子孙永恒的精神！”

他觉得整个儿身心终于透出了一口气！

一周之后，他开始有了胃口，能够如常地吃饭和出门散步，晚上也能睡好，体力在明显地恢复。他甚至能骑上一匹邻家的老马，歪着肩膀一颠一颠地在坡地上小跑。晚上，他借口身体不能再有消耗，拒绝欧阳兰兰碰他，但他自己却在夜深人静时闭眼想着庆春。他几乎每天都要在幻想中和庆春做爱一次，否则就不能入睡。但每当和庆春“爱”过之后，他又会陷入一种心灵的空旷和虚无。于是他常常在梦中用各种浪漫的方式与她相会。他梦见他和她一起到了松花湖上，坐着马拉爬犁，在铃铛和欢笑声中扬鞭飞驰。湖上没有人，四周的冰峰雪峦只属于他们自己。他梦见他们去山上滑雪，像专业选手那样高水平地在雪道上互相追逐。他还梦见开冰捕鱼的夜晚。他和她一齐用力拉网，一网出水，金鳞毕现，灿若头顶的繁星。他们失去重心滑倒在冰上，周围的渔民们皆欢声大笑。他有时也会梦见明朗辽阔的天空和一派银色的山系，那当然是西藏特有的雪域风光。他和庆春驾驶着吉普车，穿越着旷野和湖泊，远处是奔腾的野马，身边是背负鼓鼓囊囊的毛织口袋，成群结队涉过河滩的羊群。天上的云白得耀眼，低得像是伸手可触。他们看见了寺庙群落五彩的经幡和辉煌的金顶。他们像朝圣的藏族人一样在释迦牟尼、松赞干布和文成公主的像前五体投地，匍匐而拜。肖童一拜再拜长拜不起，这种藏族式的拜礼像做操一样让他觉得十分有趣。拜毕起身，不见了庆春。他大声呼喊找遍了寺院，遥遥看见庆春和李春强携手走远。他拼尽全力疯狂追去，半路杀出欧阳天、老黄、建军和欧阳兰兰，他们拦住他，挂着满脸的怀疑，责问他上哪儿去了，是不是去通风报信？他矢口否认竭力辩解赌咒发誓。不料那位邮局的女营业员突然惊喜地喊着他的名字不期而至。她递过那封未能发出的密信，兴奋地说：“那个邮编号我帮你查到了，你找到人民币了吗，现在可以去寄。”肖童面如土色，知道死期已近。欧阳天劈手夺过那信看后缓缓撕碎，将白色的纸片从寺庙的殿顶重檐撒向空中。然后他们把肖童五花大绑，给他吸毒，注射海洛因，看他毒瘾发作，嘶声惨叫，然后把他抬上山崖绝壁，向不毛的山谷里狠狠地抛下……肖童凌空大喊，灵魂已然出窍。他用力睁开双眼，酥油灯下，欧阳兰兰正在俯身温柔地看他。

她用毛巾帮他擦头上的汗，问："你做噩梦了吧？"

他闭上眼，想从惊恐中恢复一下。

她又问："梦见什么了？"

他睁开眼说："梦见我让人杀死了。"

她吃惊地笑笑："你心里准是有什么鬼了，怎么老做这种梦，谁要杀你？"

他说："你，还有你爸爸。"

她更乐了，蛮有兴趣地问："我们怎么杀的你？用枪，还是用刀？我要杀你，一定要让你一点一点慢慢地死，我最喜欢折磨人了。你梦见我把你大卸八块了吧？"

"你们用毒，给我吸了好多好多毒，还给我静脉注射，打进好多海洛因，然后把我扔在山谷里不管了，我就死了。"

欧阳兰兰收住笑容，把毛巾用力扔在他的脸上，说："你到底有完没完！你吸毒可是老袁使的坏，你要记仇就找他去。甭跟我念叨。我真后悔这么费心费力地帮你戒毒，喂你吃饭，我对你有千条好万条好，你还是看不见！"

肖童拉开脸上的毛巾，眼睛看着黑黝黝的屋顶，冷淡地说："我用不着你对我好。"

欧阳兰兰急了，扑上来揪住他就打，嘴里哭着骂着：“肖童，你给我说清楚！你得了我的好现在又说用不着了，你这个没良心的家伙！你为什么这么欺负我！……”

肖童用力和她扭打，互相用东西砸对方。老黄和建军闻声赶来，叫门门不开，便破门而入，把他们拉开。欧阳兰兰扑在床上发着狠地无声哭泣，老黄连声劝着：“你们这是搞什么呀，猫一阵儿狗一阵儿的，这是什么地方你们还吵成这个样子。要吵，动动嘴也就行了，怎么半夜三更动起手来了？”

建军见欧阳兰兰咬牙切齿哭个不停，便恶狠狠地揪住肖童质问：“你对她都干了什么？你为什么总是欺负她，啊？”

肖童挣扎着，你拉我扯又和建军扭打起来。他最讨厌建军那土匪似的架势和侉了吧唧的外地口音，以及总是刻意充当守护神的那副德行。但他现在的体力早已不是建军的对手，只好发疯似的又踢又咬，直到欧阳天出现在门口，他们才住了手。

欧阳天看看他们，看看抽抽搭搭的兰兰，低声地，但却是威严地说了句：

“都去睡去！”

建军从地上爬起来，拍拍身上的土，走了，肖童恶狠狠地说：“建军，你他妈等着！”建军回头咬牙道：“我等着你！”

老黄也走出去，欧阳天对女儿说了句：“先睡吧，明天再说。”便替他们把门关上了。肖童觉得胸中的无名之火也发泄完了，他不理欧阳兰兰，自己倒在床上蒙头便睡，他不知道欧阳天明天要说什么！

第二天，大家起床，吃饭，吃完饭帮钟老板干了点活儿。一切如常，除了建军和肖童仇人似的谁也不理谁外，谁也没再说什么。

肖童晚间照常做梦，照常靠想象和庆春做爱。但梦的内容不再是往昔而换成了未来。他梦见结婚。梦见陪庆春和她父亲去旅游。他们去了香港，去太平山看夜景，去太古广场购物，去海洋公园看动物表演，去船上吃海鲜……做完这种梦醒来后的心情是最凄凉的，只有头上黑黑的屋顶和窗外高原的风。

于是这些美丽的梦就使他变得更加烦躁暴戾，喜怒无常，白天和欧阳兰兰的吵架成了家常便饭。他虽然依然会跟着他们出去走走，但对远近那些奇异的民俗风情和神秘的名刹古堡，都已无动于衷。度日如年的寂寞与无端的烦闷与日俱增。他想逃跑，想一个人先跑了再说。但和以前一样，一想到庆春那副严肃责问的表情他就打消了这个念头。而且他人地生疏、语言不通、身无分文（不算美元的话），在这交通隔绝的荒原小村，跑也不是一件简单的事情。

欧阳兰兰毕竟是个女人，她的高山反应去而复来，恶心呕吐的症状甚至比刚来时还要严重。她一病肖童要照顾她便不能再与之吵架。她病了才觉得肖童对她也还是有情有义。他除了依旧少言寡语之外该做的什么都做，端茶递饭也算尽了义务。某日欧阳天和钟老板带上她开车到很远的地方去看病，看到傍晚才回来。回来时欧阳兰兰有说有笑，情绪突然变得蛮好，欧阳天却面色阴沉闷闷不乐。

吃完晚饭欧阳天找上钟老板坐在楼下的厅房里要商量什么事情。老黄和建军回房在油灯下玩儿一种刚刚学会的藏式纸牌。肖童和欧阳兰兰回到屋里，肖童问："你今天去，医生说是什么病，不是什么绝症吧？"

欧阳兰兰腻腻地冲他笑一下，说：“要是我真得了绝症，你还要不要我了？”

“我现在也没说要你呀。”

“你不要我，你干吗玩儿了我？”

肖童气不打一处来地说：“你是自找！我还不想玩儿你呢！”

欧阳兰兰气得喘息起伏：“肖童，你还是不是个爷们儿，是不是个男的？你玩儿完了舒服了，你翻脸不认人啦！我当初怎么就鬼迷心窍没看透你！”

肖童说：“好，现在你看透了，以后就别再喜欢我了，我也不再玩儿你了，咱们今天就两讫了！”

欧阳兰兰伸手给了肖童一个响亮的耳光，肖童挥起手，欧阳兰兰尖叫一声哭起来。肖童只是挥了一下，并没有打下去。他拉开门，大步跨出屋子，欧阳兰兰在他身后痛哭起来。肖童不理她，把木板楼梯踏得砰砰响地走下楼去。楼下欧阳天正和钟老板谈着什么，见他怒气冲冲下楼便站起身来，板着脸责问：

“肖童，这种时候为什么你还要和她吵架？”

欧阳天这种公然袒护自己女儿的态度令肖童十分抵触。他没有回答就走向房门，想走出这栋令人窒息的房子。欧阳天拦住他厉声说道：“你没听见她在哭吗，这种时候你应该去安慰她！”

肖童站住了，他问：“她到底得了什么病？”

欧阳天愣了片刻，说：“还是让她自己和你谈吧！”

肖童示威似的顶撞着欧阳天：“她得了什么病她不跟我说，她拿她的病威胁我。她有病我可以照顾她，她干吗拿这个威胁我，她生病又不是我造成的！”

欧阳天一巴掌把肖童打了一个趔趄，骂道：“你这是跟谁说话呢！她肚子里的孩子不是你弄的是谁弄的！”

这一巴掌把肖童打醒了，这一句话说得他目瞪口呆，心里一下子乱了方寸。欧阳天指着他的鼻子，说：“要么，你有本事劝她把孩子打了去。要么你好好伺候她，让她高高兴兴地替你把孩子生下来。这一段你再欺负她，小心我抽你！你也是快当爸爸的人了，你连自个儿的女人都不知道心疼，你还懂点人事不懂！”

肖童记不清自己是怎样迈着沉重而又混乱的步子回到楼上的。欧阳兰兰知道他回来了，没有理他，继续趴在床上抽泣。他嗫嚅着凑近她，说：“你怎么不早说……”只说了这一句便又无话。他的心情没有一点喜悦，反而坏到了极点。他想也许他和欧阳兰兰之间真有一种逃不开的孽缘，他历尽艰辛吃尽苦头一心想逃离开去，结果阴差阳错反倒越陷越深，他绝望地想这下他该怎么向庆春解释，怎么向她交代啊！

欧阳兰兰哭着扑到他的怀里，他不由得不抱着她用抚摸来表示安慰。她的眼泪弄湿了他的脸，他躲避不开顷刻被弄得一塌糊涂。她说：“我爱你肖童，我们终于有了自己的孩子。刚才我是逗你呢，真的我怀了你的孩子我特别高兴。”

肖童浑身不自在地搂着她，他说：“可是，可是，现在咱们的处境，还不方便要孩子，咱们还是先把这孩子打了吧，以后，以后，以后再……反正咱们都还年轻。”

欧阳兰兰惊讶不解地看着他：“你怎么和我爸一样，非要把他打了？这是你的孩子，你知道吗？是你的！难道你一点不想要他吗？打了他你不心疼吗?”

肖童说:“真的兰兰,我这是为了你,也为了,为了大家。现在大家不是都在逃命吗。在这儿也不可能住太久,以后上哪儿去谁也不清楚,这到处流浪的生活不可能拖累着一个孩子。”

欧阳兰兰盯问着他:“你究竟是怕什么?你是怕拖累你还是怕拖累我?我真心爱你所以才要把他生下来。你非让我打了去是不是想将来甩了我更方便?”

肖童说:“不是。”

“没关系,如果将来你甩了我,你另有所爱,这孩子我就自己养着,他也算咱俩的一个见证。就让他当这种有娘没爹的私生子吧,反正我是不怕难为情。孩子将来没准还因为这个更出息了呢!”

肖童没了话,他知道说什么都为时已晚。他命中注定要被这个女人死死拖住。他隐隐觉得,他一直梦寐以求的那个希望,那个得而复失、失而复得的幻想,那种信心,开始在自己心里真正地消亡。

从这一天开始他似乎在精神上失去了支撑,像一个没有信念的人那样陷入一种浑浑噩噩的境况。大家虽然没人不希望欧阳兰兰把孩子打了去,但谁都明白凭欧阳兰兰的个性要说服她是痴心妄想。所有人于是都对她表现出百倍的关爱,呵护有加。所有人都把祝贺和忌妒的目光投在肖童的身上,仿佛他是这个世界上最幸福、最走运的人,仿佛他奔前跑后为照顾兰兰所做的一切,也都是为了他自己,应当应分。

似乎只有建军看出他时常的发呆和语无伦次。他不知出于什么用心破天荒地主动找肖童说话。那天他们俩坐在院子里的墙根下晒太阳,听着钟老板小女儿的录音机里放送着一支未曾听过的流行歌曲，那歌曲从容自信地唱着一段优美无比的男女爱情，那爱情的优美就在于它的朴素和简单，简单得只是一个少年天真的心情——“……我能想到最浪漫的事，就是和你一起慢慢变老……”这歌词竟把肖童唱得肝肠寸断、热泪横流。建军问：“你哭什么？想什么哪？”他不说话，擦去眼泪，自己也不明白怎么这样脆弱。

建军又搭讪地问：“那玩意儿，你现在还吸吗？”

肖童说：“不吸了。”

建军说：“好样儿的，是不是连味儿都想不起来了？”

肖童低着头，像是躲避着高原上刺目的日照，他没有回答。

建军挑唆地笑着：“真不吸啦？”

肖童说：“真不吸了。”沉默了半天，他看了他一眼，问：“你有吗？”

建军把一件东西扔在他的怀里，然后站起来拍拍屁股走了。肖童看怀里那东西，在阳光的直射下发出令人炫目的聚光。当那光芒移去的时候，他看见的竟是那个熟悉的金灿灿的烟盒。

那天晚上他听见欧阳兰兰在楼下和建军大吵大闹，痛骂建军杀人不见血没安好心。建军偶尔冷冷地解释说这是他自己非要不可，他现在是父以子贵、牛 × 大了我怎么敢不给。但他的声音一再被欧阳兰兰的歇斯底里的叫骂和威胁压住，间或传来老黄息事宁人的劝解。肖童独自在楼上枯坐，面对着油灯慢慢吸完了一支海洛因。他的泪水不知不觉地滚落下来。他这时谁也不恨，只恨自己。他的堕落、失败和幻灭，都是自找的，都是因为自己的脆弱和无常。他白天的盼、夜里的梦，一点一点远远地离了他。他也不去追了，因为他累了。他一动都不想动，麻木地听着欧阳兰兰在楼下尖厉的叫声：

“建军，你毁他就是毁我，早晚我会让你后悔的！现在你别美，等咱们出去了再说!”

四十四

一连很多天，肖童都赖在床上昏昏沉沉，常常一整天一整天地处在一种半睡半醒的状态中，但夜里又顽固地失眠。他面色苍白、动作迟缓，对包括吃饭在内的每天必需的生存活动都变得无所谓，连春节那天他都没有下楼和他们一起吃饭，只是到了半夜才爬起来吃了一些冰冷的残汤剩菜。但是他对毒品的依赖，则无论是精神上还是数量上，都表现出越来越明目张胆的贪婪。

他和欧阳兰兰照例吵吵闹闹，比过去更加易怒易躁，争吵时一句也不相让。除非在那小金盒里为数不多的烟吸完了，他缠着欧阳兰兰要烟的时候，才会做出一副万般温存、低声下气的嘴脸。欧阳兰兰每一次给他一根，多了不给。那一根根混合着海洛因的粗大的纸烟，就成了欧阳兰兰不战而胜的武器，成了调整双方关系的一个法宝。

这天上午，欧阳兰兰把他从被窝里拉起来，让他马上起床。她在他耳边大声说："我们要出发了，到拉萨去！"

肖童毫无兴趣地翻个身又躺下，嘟哝着说：“我不去，我要睡觉。”他自然没忘了说：“你把烟给我留下，你们去多久？”

欧阳兰兰手忙脚乱地收拾着东西，把一切摆在外面的用品，包括她在这里集市上买来的玩意儿，一股脑儿地塞进包里。她说：“你要不起你就一个人留在这里吧，你就死在这里吧。我们要走了，要离开西藏了。”

肖童像弹簧一样坐起身子，似乎一下子恢复了以往敏捷的反应。他的声音颤抖着问：“咱们要走吗？”

欧阳兰兰直起腰，喝问：“你到底起不起？”

肖童手脚并用地爬起来，生怕自己被丢下似的忙乱地收拾着东西。他的脑海里刹那间闪现的，不是拉萨而是北京，但稍纵即逝。在那一秒钟内他几乎感觉马上就要回到自己的家了。

他们下了楼，欧阳兰兰果然没有虚言，欧阳天和老黄、建军他们都行装齐备地在院子里和钟老板的老婆孩子告别。钟老板本人则把那辆越野吉普车擦得锃亮，并且跳上车把引擎发动起来。那一下一下像脉冲一样轰鸣的油门声，穿过高高的石墙，几乎响彻整个儿荒原。

欧阳兰兰被优待地安排坐在车子前边，肖童和其余三人一起挤在后座上，离开了村子。他们沿着一个多月前来到这里时早已被风卷走的轨迹，穿过了干枯的河流和狂风大作的山口，进入了一片荒无人迹的不毛之地。车行很久才会偶尔看到远处一个黑色的牛毛帐篷和一片土林地貌的遗址废墟。没有牛羊，也没有一个人以及一棵植物，汽车把荒原的苍凉和悲壮，渐次抛向身后。肖童在后座上和他们挤着，颠簸一路，他和欧阳兰兰几次停车呕吐。欧阳兰兰吐的是早上吃的饭，他肚子空空吐的是胃里的苦水。

他们终于到了拉萨。

他们在拉萨住了两天，除了大昭寺和八角街之外，哪里都没去，第三天上午便乘飞机去了成都。在飞机的轮子振动着离开贡嘎机场黑色的跑道时，肖童的心却仿佛怦地一下落了地，心里欢呼般地念了一句：“唵、嘛、呢、叭、咪、吽！”他以前差点以为会死在西藏这块高原极地呢。

在成都下了飞机他们没有停留，匆匆赶往火车站，他们几乎是盲目地买了车票登上一列火车，半路上又不断换乘着车次和路线。但方向并不盲目。他们一直是朝着南方，朝着广东的方向，辗转而来。肖童到后来已经记不清他们换了多少次车，在铁路上颠簸了多少昼夜。长期的旅途劳顿使他食欲不振，精神疲倦，昼眠夜醒，晨昏错乱。每天就靠躲在列车上的厕所里吸毒维持体力。在不知多少天以后，他们终于不再换车前行了。因为他们已经走到了海边。

他们在广东沿海的一个小镇上下了火车，又搭了一辆拉沙子的卡车，沿着海边崎岖起伏的丘陵继续走了好几个小时。肖童坐在沙子上，他看得出他们并不是往人烟稠密的城镇走，前方的路越来越荒僻，他们渐渐地走进了丘陵的深处。但他心里却萌发出一股活力和生机，因为在高原幽闭了那么多天之后，他终于看到了蔚蓝的大海，看到了成片的绿荫，嗅到了南方早春的湿气和暖意。这满目的绿色和海的涛声再一次使他鼓足了勇气，信心陡起。他想，这回只要安顿下来，他一定再把毒给戒了，他一定要像过去那样健康地、生气勃勃地回到北京去。他一定要把大学的课程坚持读完，然后出国留学。然后学成归来，然后成为那些大企业大公司都求之若渴的人才，然后平起平坐地和他所爱的人相爱！

他们在天黑时来到一个看上去很穷的小村子。这里山环水抱，风景很美，但交通不便，四周没有大的集镇。村民的房子都比较破旧，村里的街上，也只能看到两个点着灯泡敞着门做生意的商店和一家门前污水横流的饭馆。他们在村头下了车，用钱谢了司机，步行穿过这个只有一条街的村子，来到村子的末梢。丛林掩映之下，在村边上竟奇奇怪怪地露出一间小小的工厂，工厂的小院里赫然停着一辆全新的子弹头面包车和一辆半新的广州“标致”，加上三两间厂房和一支细细的烟囱，给这个还残留着些原始蒙昧痕迹的村落，多少带来一点现代文明的气息。

厂房的外表显得有些破败，但烟囱里却升浮着袅袅青烟。院子的墙根下，长了一些自开自谢的闲花野草，早被青烟落下的尘埃熏染得枝叶枯黄无精打采，剩下一点勉强的残红，虚应着春天的气氛。墙外几株南方的矮树，也是枝丫开裂，萎靡不振，一副苟延残喘的败象。而院子门口的牌子上写着的“新田化工制剂厂”的字样，似乎解释了一切。这厂子的一位厂主模样的中年男人似乎知道他们要来，操着本地口音迎出院门，但并不像西藏的钟老板那样久别重逢似的寒暄个没完。他把他们稍稍安顿便领着他们去了村里的那家餐馆，要了一桌子菜还要了酒。餐馆的老板娘和伙计都喊他石厂长，他向老板娘介绍说：“这些都是我们总公司的老板，来我这里检查工作，你可要招待好了。”欧阳天和那位石厂长喝着酒吃着菜，说一些陈年旧事。但每个人的脸上，都有一种无可掩饰的黯淡。

晚上他们就睡在厂里，肖童听他们聊天说这里离汕头很近，就想不通这村子为什么守着粤东重镇还会如此贫穷。厂里的屋子十分简陋，临时搭起的床铺散发着怪怪的霉味儿，墙上地上，不但潮湿且有爬虫出没。住下来几乎比在西藏还不舒服。不过肖童这半年来的千般苦难使他自己也不知道是在哪一天早上已然百炼成钢，对任何艰苦的条件都满不在乎。但他还是在欧阳天踱过来看他们的房间时问了一句："我们要在这里住多久？"欧阳天说："住多久是我考虑的事，你就好好照顾兰兰。"肖童理直气壮地说："这儿太潮太脏，兰兰怀孕了，住这儿不合适。"肖童的理直气壮毕竟是借了欧阳天的女儿和未来的外孙的名义，让欧阳天不由得沉默了一会儿，但他依然措辞含混没做任何答复。欧阳兰兰出于领情和回报也对父亲说："肖童身体也不好，住久了也会生病。"欧阳天最后沉吟着说："我琢磨琢磨吧，但是不可能马上走。"

晚上在石厂长的陪同下，他们在这间只有几栋平房的小厂里转了转。这厂里设备的简陋和零乱让肖童疑惑不解。他留意地四面观察，竟连一部电话都没有找到。那位石厂长有一两次和什么地方联系事情都是用手上的"大哥大"。直到晚上上了床，欧阳兰兰才告诉他这间小型化工厂生产的唯一产品，叫作甲基苯丙胺，也就是人们常说的"冰毒"。

"我也是才知道，是建军告诉我的。"欧阳兰兰拱在他的怀里，嘟哝地说道，"这石厂长原来一直是靠我爸给他出货的，他的货大多数都是出给香港，再运到外国去。"

欧阳兰兰的口气平淡，就像是谈论一段父辈的家常。而肖童却听得心惊肉跳："他怎么这么大胆，光天化日之下公然就开厂子弄这个东西?”

欧阳兰兰见怪不怪地一笑，很内行地说:“所以他们才把厂子开到这么个穷乡僻壤来，这种没人注意的角落挺安全的。这儿的农民只要你给他们点钱，说是租地开工厂，没有不乐意的。这儿没人懂这种化学玩意儿。石厂长自己就是学化学出身的，从海洛因中提炼这东西是他的专业。从当地再雇几个小工，再有我们帮他进货销货，这就齐了。”

肖童背脊上冒着凉气，问:“你爸来找他，是想就住下来跟他一块儿办这个厂吗?”

欧阳兰兰说:“不是，现在警察肯定在找我们，我们只能先到西藏或者这种没人想得到的地方躲一躲。”欧阳兰兰满脸风霜地说:“唉，本来这些年我爸的生意一直做得特顺，没想到去年连折了几笔大买卖。据建军说去年夏天光在云南就赔了几千万。还有我爸存在龙庆峡十八盘旅店的一批货，刚存进去公安局就来抄。幸亏藏得巧，没让他们抄走。可这次老袁在天津又栽了。去年不知道是哪儿出了毛病，这么背!多少年打出来的天下，说垮就垮，弄得现在东躲西藏，真是不知道哪儿出了毛病。刚才建军跟我聊的时候眼圈都红了。他说我爸想先设法到香港去。我们在香港有个天蓝公司，是我爸让一个香港人替我们注册的。我爸答应帮香港方面再出一次货，然后就坐他们的船走。到了香港再想办法往外国走，到了那儿就好办了。”

欧阳兰兰一边说，一边用手在肖童身上摸索，肖童知道她又想要他了。于是翻了一个身，想用问话来打断她:“那我们在这儿还要等多久?”

欧阳兰兰仍然急急地把他搂过来，嘴里胡乱地答着:“你急啦?放心吧，会带你出去的。”

肖童再次挪开身体，说：“如果在这儿要住一段时间的话，那我想再戒一次毒。”

欧阳兰兰的动作越发表现得难耐难忍了，嘴里漫不经心地应付着：“等咱们出去再说吧，就别在这儿折腾了。”

肖童索性直截了当地挡开她的手，说：“别闹了，我决定了，从现在开始我就戒毒，你别再耗我体力了。”

欧阳兰兰愣了一下，怒不可遏地狠狠打了他一个嘴巴，气急败坏地说：“我真恨死你了，你别老再拿戒毒当幌子冷淡我，我还看不出你这一套！辛辛苦苦帮你戒了半天，一转身，又觍着脸跟建军要，你要真想戒早戒了！”

肖童瞪着她，发誓说：“建军是王八蛋，他是成心毁我，你也是成心毁我，我就是让你们给毁的！这回我非戒给你们看，我不服！这回你们看着！”

欧阳兰兰恨恨地转过身去，不跟他吵，不时重重地喘气，发泄胸中的积郁。肖童关了灯，闭眼躺着。床很窄，偶然翻身碰着她，她便报复似的发一声狠：“别碰我！”肖童在黑暗中心平气和地说：“我也是为你考虑，你现在怀着孩子，再干这种伤身子的事，对你对孩子都不好。”欧阳兰兰回嘴道：“你别假惺惺的了，你要真关心我关心孩子就不会这样对我，就应该让我顺心。”肖童问：“那得怎么让你顺心呀，你要干什么就干什么，一切都得随你的意是吗？”欧阳兰兰说：“你至少得让人家痛快吧。”肖童支起身子，把她的身子扳过来，说：“那好，今天我让你痛快，但你必须答应我一件事……你，你把孩子打掉吧。”

欧阳兰兰直愣愣地看了他半天，说："肖童，我怎么老弄不明白，你究竟爱不爱我，我弄不明白！"

肖童又躺下来，他不再说话，躺在这间四面漏风的小屋里，和一个自己根本不爱的人挤在一张小床上，他觉得这日子过得跟地狱差不多。他也不敢再想自己未来的生活和自己所爱的人。因为除了毒品之外，欧阳兰兰肚子里的孩子，又成了压在他心上的一个沉重的负担！无论对庆春还是对欧阳兰兰，他觉得自己都是一个戴罪之人。

夜里的风很冷，在他还没有睡着时毒瘾就突然来了。他咬牙忍着，在床上翻来滚去，他叫醒欧阳兰兰，求她把自己捆起来，但欧阳兰兰置之不理。她说："你不是有骨气吗？你不是说要戒给我看吗？我看着呢，我祝你成功！"

后半夜他们谁也没睡，一个苦苦挣扎，一个冷冷旁观，像是要互相赌个输赢。到天亮时肖童筋疲力竭，开始求欧阳兰兰给他烟抽。这次决心最大的戒毒，经历了最短的过程，再次以失败告终。

欧阳兰兰把烟给了他，掩饰不住脸上的幸灾乐祸。

他抽完烟便昏然睡去，直到中午才醒。醒来后他的脸上被一片灰白色的挫折感占据着，沮丧得一句话也不想说。为了表示一点歉意，欧阳兰兰拉着他去找父亲要钱，准备和他一起到村里的饭馆去吃饭。

父亲说："石厂长已经叫人做了饭，我们刚才都是在这儿吃的。你们不要搞特殊。"

欧阳兰兰说："那饭我看了，一看就没胃口，怎么吃呀。我们昨天一宿没睡好，得补一补。"

父亲说："这次带出来的现金花得差不多了，信用卡上的钱又不敢取。咱们在这儿还住几天也说不清楚。你花钱不能像以前那样由着性子了。”

老黄从旁插嘴：“兰兰，你出来的时候，不是带了一万美元现金吗？这毕竟是沿海开放地区，这儿的人再不开化也认得美元呀。”

说到这一万美元，欧阳兰兰转脸看肖童，肖童说：“就在厂里吃吧，别出去花钱了。”

欧阳兰兰不知是任性较劲儿还是真的馋了，皱着眉说：“就先用你这钱吧，我又不是为我自己嘴馋。别那么守财奴似的好不好。”肖童肯定不想动他这钱，他想自己不可救药一无所有了，只有这钱，还能帮他完成以前许下的一个心愿，那就是让庆春和她的爸爸出国。于是他像葛朗台似的小气地说：“那我不去吃。我不想把这钱破了花在饭馆里。”

建军说：“现在是非常时期，钱都得拿出来统一使用。”

这话似乎提醒了欧阳天，他问肖童：“兰兰在你身上到底放了多少钱？”

肖童说：“多少钱都是我自己的，和你们无关。”

欧阳天说：“现在这时候，还分什么你我，现在要有难同当。当初你到我们家里每天又吃又喝的我没亏待过你，兰兰在你身上也没少花钱，你现在倒分得清了。”

肖童斜眼看欧阳兰兰：“你问她，她搞得我倾家荡产。”

建军上去一把揪住他的脖领子：“你废什么话，把钱拿出来！”

肖童拼命挣扎大叫：“你松手，你再不松手别后悔！……”

欧阳天喝住建军：“算了！”他看一眼兰兰，说：“你看你找的这人！”他阴沉着脸踱到屋外去了。

建军悻悻地松了手，也走了。老黄也一脸鄙夷地出了门。欧阳兰兰脸上挂不住，恨铁不成钢地埋怨说：“真没发现你这么贪财，你没见过钱是怎么的，你这不是让我没面子吗！等出去了还怕我没钱还你？再说，你在钱上跟我分得那么清，你这不是让老黄、建军笑话我吗？没听我爸刚才说的那话吗？你不觉得难听是怎么着！”

肖童说：“我就不想去饭馆吃。”

“我想！”欧阳兰兰叫道，“我怀孕了，应该增加营养，你怎么那么不知道心疼人。”

肖童说：“你是馋了，照你这么说，那贫困山区、农村的人，还没法生孩子了！”

欧阳兰兰说：“我不是为了我，我是为了孩子。孩子是你的，你连孩子都不知道心疼，你配要孩子吗！”

肖童一时理屈词穷，恼羞成怒口不择言地嚷嚷：“我就没想要孩子，就没想要这个孩子！”

此话一出，自然又是一顿大吵大闹。他们吵闹惯了，再也没有人进来劝，没人进来给欧阳兰兰做主。欧阳兰兰骂了一通哭着跑出去了，屋里只留下肖童一人。

这是石厂长睡觉的屋子，又像是这厂子的办公室。屋里有一张单人床、一张桌子和相应的椅子，屋角还放着文件柜。家具都很简陋。肖童看欧阳天正在院子里和老黄、建军、石厂长他们摇头叹气地说话，便不想出去。他在椅子上坐下来，也一点不想吃饭。桌子上一个黑黑的家伙怦然在他的视线里撞了一下，几乎把他的双眼撞得眼冒金星——他看见桌子上放着的，是一只开着机的“大哥大”！

那是石厂长的“大哥大”。

他全身打了个冷战，看看窗外，他们还在聊着。他把那手持电话拿起来，假装把玩着东看西看，眼睛的余光却留意着外面。依然没人注意他。外面的光线亮，屋里的光线暗，也许他们不会看清他的细小动作。他想事不宜迟，这是他两个月来的唯一机会。他哆嗦着按动了电话的号码，电话机发出的嘀嘀声把他的心震得几乎跳出来。他连拨了两次都拨错，第一次没拨北京地区码，第二次拨到一半他竟拨得自己也乱了。终于，他拨通了庆春家的电话。电话铃一声一声响着，没人来接，他突然省悟到现在是中午，庆春不会在家，他正要挂断，不料这一瞬那边竟有人接了。他一听那熟悉的声音就像终于见到亲人那样激动万分。

他颤抖地说：“是伯伯吗？”

电话里问：“你找谁呀？”

显然庆春的父亲没有听出他的声音，他说：“伯伯，我是肖童。”

“肖童？”对方听出来了，“你回来了吗？你在哪儿，喂，你大声点，这电话听不清楚。”

他哪儿敢大声，他说：“我在广东呢。伯伯你告诉庆春，我在广东！这儿好像叫林西县，新田村，新田村，您记住了吗？……”

庆春的父亲在电话里沙沙的杂音中吃力地问：“什么，你再说一遍，我听不清楚……”

紧接着电话就断掉了。他小声地喂喂了半天，听筒里才传出嘟嘟的忙音。他又拨了一遍，这次他拨的是庆春办公室的电话。电话通了，他急切地听着那一声声的振铃，不知是渴望马上把情报送出去还是渴望庆春的声音。但是听筒里的铃声不厌其烦地响着，没人来接。这里他不得不再次挂掉电话，因为他看见建军已经走到门口，推门进来。他心头狂跳，跳得几乎喘不过气来。建军看了他一眼，他知道自己脸上非常不自然。但建军没问什么，只是拿了放在桌子上的香烟，一边点着火一边出去了。肖童深深地透出口气，这才把藏在手里的“大哥大”放回了桌上。紧接着，石厂长也进了屋，打开屋角的柜子从里边取出了一包东西，又把柜子锁上，走出屋子，临走时拿走了桌上的“大哥大”。

一切都过去了，屋里和院内都显得静下来，大概他们都到车间去了。这次突如其来的冒险，尽管可能并没有成效，但毕竟是肖童这么多天孤身虎穴第一次真切地听到千里以外自己人的声音，这无疑给了他一个激励、一线希望。他兴奋地想，毕竟能找到机会！但下一个机会还会有吗？他又茫然了。

回到自己屋里，欧阳兰兰背朝外躺在床上，还在生气，听见门响也不回头。他在门边的一张破椅子上坐下来，和解地说：“你还在生我气哪。还是起来去吃点东西吧。晚上我再陪你出去吃，我请客行了吧。”

欧阳兰兰还是没理他，也不去吃饭。别扭了一下午，到晚上才和缓下来，拉着肖童出去吃饭。她还是跟欧阳天要了钱，因为用百元的美钞付钱确实也不方便。她要钱时老黄和建军都表示了不满。建军说：“兰兰，你怀孕了，你特殊点吃好点我们没意见。他凭什么沾这个光啊，他吸毒还吸出小灶来了，连老板都没吃小灶呢。”欧阳天说：“算了，让他们吃去吧，就算是让他陪兰兰。”

肖童就陪着欧阳兰兰去那村里的饭馆吃了晚饭。避着欧阳兰兰，他和饭馆的老板娘做了简短的攀谈，他问她，你们这里除了饭馆、小杂货店还有什么？有储蓄所吗？有图书室吗？有邮局吗？有电视吗？有录像吗？有卡拉 OK 吗？好像你们这儿连电话都没有吧？他绕了一个大圈子拉了许多陪衬，目的其实只是问邮局和电话。老板娘用十分艰难的普通话词不达意地说了一大通，肖童连猜带分析大概知道了她的意思是这些统统都没有。

第二天中午他们就在厂里跟着大伙儿一块随便吃了点工人做的大锅饭。到了晚上欧阳兰兰又拉着肖童跑到这家饭馆来了。当然她并不像在北京时点菜那么挥霍，挥霍得带着点炫耀。她只是点了两三样普通的菜，主要是图这里的菜炒得味儿还可以。一顿饭下来也很便宜，昨晚他们要了两菜一汤两听可乐，不过花了二十元钱。

南方的初春，天一样黑得早，不到七点钟，落日的余晖便已经泯灭在村里唯一的这条短街上。只有这个餐馆和那两家敞开的小杂货店里泻出的灯光，凸显着门前泥土的坑洼。饭馆里又来了两男一女三位新的客人，咋咋呼呼地坐下来点酒点肉，门口停了一辆拉货的卡车。这村子经常有长途货运的司机路过打尖或留宿。那两个男的听口音像广州一带跑长途的，那女的少言少语，低眉顺眼。肖童无意中抬眼去看，他的眼珠子顿时凝固在眼眶里，半张着嘴差一点叫出声来。

那个女的就是欧庆春。

肖童几乎不敢相信地盯着她看，他想他会不会是看走了眼，这么多天久思不得出了幻觉？天下的美人都是一个模子里倒出来的。会不会这女的与庆春仅仅是外表酷似？欧阳兰兰看他眼神不对，也回头去看，半嗔半恨地用筷子戳了一下桌子："嘿，看什么哪，没见过漂亮姑娘是怎么的。”肖童这才醒悟过来，低头吃饭，额上却渗出一片汗迹。

欧阳兰兰说：“怪不得你现在对我没兴趣了呢，原来你还真是个花花公子，见个漂亮点儿的眼就直了。”

肖童见她声音大得有些过分，怕欧庆春听了产生误会，连忙低声压制道：“你说什么哪！”

“上次在西藏你就黏糊邮局那个小姑娘来着，你也太没起子了，连少数民族你都不放过。”

肖童的耳朵已经被心跳塞住了，什么都听不清楚。他低头吃饭，用余光瞟着对面的饭桌，越瞟越觉得那女的正是庆春无误，她的装束尽管变了，打扮像个搭车赶路的大学生，但她的动作，举手投足，却是那么熟悉和亲切。肖童想：“这真是从天而降！”

他们要的汤来了，是一碗皮蛋鱼片汤。肖童知道欧阳兰兰对菜无所谓，最重视的是汤。于是捂着肚子说：“不行我要上厕所，我好像有点要拉肚子。”欧阳兰兰说：“你是不是水土不服呀，快去吧你有纸吗？”

肖童故意大声问老板娘厕所在哪里并且要了几张餐巾纸，起身从欧庆春身边目不斜视地出去了。他绕到餐馆的房后，那儿有一个砖墙围出来的厕所，看上去男女不分。四周黑黑的，餐馆里的声音显得很远，几棵高大的古榕也树静风止地沉默着。他四面观察，附近没有人，就站在树下心焦如焚地等着。

两分钟后，果然有人过来了，从步伐上一眼可以认出庆春的特征。终于，他们站到了一起，近得咫尺相隔，互相能把对方的脸看得非常清楚。他看见庆春的脸上沉着而矜持，不像他那么激动难抑。庆春说：“肖童，真高兴还能见到你。”肖童此时千言万语，但他忍着，只说了一句：

“我们住在村东头，新田化工厂里。”

“欧阳天在吗？”

“在。还有他的助理和司机。那厂子里还有个姓石的，都是一伙的。”

“我们很可能今晚就动手抓他们。你准备好，别让他们伤了你。到时候你趴在地上不动就行。”

“好。”肖童点头的这一秒钟，知道自己是熬到头了，这两个多月来，以至近一年来，他倾力而为的这件事情，就像一个西天取经式的长途跋涉，在九九八十一难之后，马上就要功德圆满，以理想中最棒的一种方式，终成正果了。他难以形容自己此时的心情，究竟是兴奋还是疲倦。他万幸地说：

“你们要再晚来两天就来不及了，欧阳天打算再替那姓石的出一批冰毒，从海上运到香港去，然后他们就坐香港那边接货的船一起过去。”

庆春似乎对这个情况格外重视，问：“他们说了在哪一天和香港的船接头吗？在什么地方交货？”

“不知道，可能就是最近几天吧。”

庆春思索一下，说：“肖童，你今天晚上还是按我说的做好准备，但如果我们今晚没动手的话，你就想办法摸清关于香港那条船的情况。我会想办法再联络你的，你记住一个电话号码65007852，这是广州的电话，广州的地区号020，有紧急情况你就打这个电话。你就说你是肖童就行。这号码你记住了吗？”

肖童点头：“65007852！”

“你快回去吧。”庆春伸出手和他握了一下，“保重！”

这个他盼了整整两个月的秘密接头竟这么短暂地结束了，他握着庆春伸过来的手。这只手的感觉和他第一次在医院里拉着她的手去卫生间时一模一样，既柔软又有力度。他在她抽回手的刹那竟突然一把抱住了她，眼泪几乎是轰的一声，奔涌而出！

他说：“庆春我想死你了！”

四十五

欧阳兰兰把那一大碗皮蛋鱼片汤几乎全喝光了，肖童才从厕所姗姗而归。他的眼圈发红，像是刚刚哭过似的，一副神情恍惚的样子。她小声问他是不是瘾又犯了。他摇摇头，说肚子疼。欧阳兰兰又心疼又好笑地奚落了一句："肚子疼至于掉眼泪吗！别看你这么大个子，就跟纸糊的一样娇气。"

他们吃完饭，她傍着肖童的胳膊走出饭馆。肖童甩开她的手，在邻桌那几位外乡的过客面前，他似乎对她的这种亲昵还有些难为情。肖童的冷热无常使欧阳兰兰觉得她至今也没摸透他的脾性，她到现在也搞不清自己在他心目中究竟是什么位置。

他们回到了化工制剂厂，看见建军不知何故正把石厂长的子弹头面包车发动起来，欧阳天和老黄正和石厂长在办公室里激烈地谈着什么。建军把欧阳兰兰叫到一边，小声说："兰兰，赶快收拾东西去，咱们马上要走。"

欧阳兰兰有些意外："这么晚了，上哪儿去？"

建军看一眼五米外的肖童，低低地说："别问了，回头我再告诉你。"

建军一向是不放过任何机会向她献殷勤的，但最近不知为什么总喜欢欲言又止地卖关子，欧阳兰兰最反感别人这样故作神秘。于是她跑到办公室里去问父亲。

她进屋的时候父亲与石厂长显然因为什么事情有些争执，双方眉眼不睦，口气僵持。父亲说："老石，这么多年，我关照你没有，失过信没有，你十万块拿不出来，有个七八万、五六万，也可以。几天之内，这批货我帮你出出去，我连本带息，如数奉还。咱们往后生意还做不做了？"

石厂长说："十万块，小意思嘛，我不是不够朋友，我现在是拿不出来这么多现金嘛。枪倒是有。不过罗老板你也是信不过我呀，怎么说走就要走，提前一个招呼都不给我打。"

欧阳天说："我不是告诉你我把和香港14K接头的时间记错了吗。我明天上午必须赶到珠海。我就问你一句，我罗长腿讲话你还相信不相信？你怕我骗你钱骗你汽车是怎么着？我们老黄不是说留下来吗，你是不是让我把女儿也留下来做人质？"

欧阳兰兰见说得这么严重，吓了一跳。老黄说："石厂长是不是觉得我们大业公司走背字会走一辈子？这么说吧，凭我们罗老板的关系、路子、信誉，不会没有翻身的时候，你也别太认钱不认人了。"石厂长干笑着："哪里还有什么大业公司呀，大业公司不是早叫警察封了吗？"

话说得如此不留情面，老黄也只能憋着气干瞪眼，脸上大有虎落平阳被犬欺的愤慨。欧阳天把手上的手表摘下来，又把无名指上的钻戒扒下来，往桌子上一放，说："石厂长，姓石的，这昆仑表，这白金钻戒，加起来三十多万买的，押在你这儿，行了吧？"

石厂长尴尬地笑着："罗老板，你这是做什么，我们没有什么不好商量的嘛。我这边的货很久都出不去了，雇的人也都快发不出工钱了。我实在是拿不出多少现金。这样吧，我这儿一共还有七万块钱，我全给你，好不好，好不好？"

石厂长当即从保险柜里取出钱，还有三支手枪和两盒子弹，欧阳天让走进屋子的建军拿了，然后连声再见都没说就走出了屋子。石厂长紧追出来，说："罗老板，这批货什么时候起运，我等你电话，等你电话哟。"

老黄一语双关地劝他："放心吧，有我陪着你，你还怕什么。你怕我们老板连我都不要了吗？"这话其实是说给欧阳天听的。

欧阳兰兰也跟出来，她刚叫声："爸！"父亲就冲她说道："赶快收拾东西，我们走！"欧阳兰兰从父亲的神色中知道此时不可细问，便匆匆跑进自己的屋里，并且一个劲儿地催促肖童打点行囊准备起身。

肖童本来一直站在门口，此时疑惑地跟进屋子："怎么啦，咱们要走？"

"对！快收拾你的东西。"

肖童站着没动，脸上比欧阳兰兰还要显得不安："这么晚了往哪儿走？你去跟你爸说，明天再走不行吗？"

"不行，你没看见吗，刚才我爸差点和石厂长吵起来。再说这破地方你还住上瘾啦！"

"我，我现在肚子疼，我现在想躺着。"

“你将就忍着点吧，我爸说要走，自然有要走的道理。”

欧阳兰兰把他的背包扔给他，率先走出房门。肖童像是对这里无限留恋似的，左顾右盼很不情愿地跟她上了车。

汽车带着几分仓皇，开出了院子，车前的大灯照亮了寂静的村路。欧阳兰兰回头望去，看见石厂长和老黄并排站在厂门口目送他们远去。汽车辗转颠簸开上了山区的土路，建军和父亲不停地商量着往哪个方向走为好，对前途都有些生疏。欧阳兰兰和肖童并排坐在后座上，她不清楚此去珠海路有多远。车子像摇篮一样把她摇得睡意十足。

昏昏沉沉走了一夜，天亮时他们的汽车开进了一座城市。欧阳兰兰醒了，她看见他们正在穿越雾气朦胧的珠江，然后又看见了黄花岗公园和越秀山上的五羊石雕。她大惑不解地问道：“爸，咱们不是去珠海吗，这儿是广州!”

半个小时以后，他们已经坐在了广州著名的白天鹅宾馆的咖啡厅里，刀叉叮当地享用着一份丰盛缤纷的美式早餐了。面对着眼前雪白的细瓷餐具，熨烫过的藕荷色餐巾，盘子里一份精致的配菜煎蛋和杯子里香气扑鼻的哥伦比亚咖啡，欧阳兰兰仿佛又找回了自己的往昔。她离开了一段时间才知道自己实际上已经离不开这种富有的生存品质和贵族情调。眼前的一切使她的心情格外兴奋，又不免有几分茫然和惆怅。她看看肖童，尽管他在车上刚刚吸过烟了，但此时不知为什么在这些久违的珍馐美味面前，依然神不守舍，食欲不振。她想大概是他的肠胃昨天晚上出了毛病。

吃完饭欧阳兰兰让肖童先去他们刚刚开好的房间，她自己则拉着建军打探昨夜突然出走的原委。建军说得非常简短，因为他急着要跟父亲出去办事。他和父亲在这里连房间都没有开，吃完早饭便开着车匆匆走了。在大堂送走建军和父亲，欧阳兰兰上楼回到房间。肖童正在浴室里洗澡，她隔着门问他是想睡觉还是想出去转转。肖童问：“你爸和建军他们干什么去了?”欧阳兰兰说：“他们有事出去了。”浴室里哗哗的冲水声停了，肖童裹着浴巾出来，甩着湿淋淋的头发说：“那我睡觉。”

欧阳兰兰便也冲了澡，冲完了澡便挤上了肖童的床。和往常一样，她全身都赤裸着，而肖童却穿着严严实实的内衣内裤。他们并排躺着，躺了一会儿，她侧过身子，拉过肖童的手，放在自己的肚子上，用目光问他的感觉，然后无比幸福地说：“你还没好好摸过吧！这是你的，你的孩子。”

肖童看着她，脸上几乎没有一点反应，或者说，那是一副茫然的表情。她知道他并没有做好当父亲的准备，这身份来得有些突然。于是她开始有意地与他谈论和孩子有关的种种话题。她让他猜测这孩子是男是女，他说：“可能是女的。”她问：“为什么可能?”他说：“因为你太强了，咱们俩在一起是你强迫我。书上说男人的精子和女人的卵子结合的时候，如果是男人的精子占了上风，生出的孩子就是男的。如果是女人的卵子占了上风，生出的孩子就是女的，所以我估计是女的。”她冷笑：“你还真懂，你表面上孔老夫子似的一本正经，闹了半天也净看这种研究男女事的淫书，说起来居然这么头头是道。”又问：“你喜欢男孩还是女孩?”肖童不假犹豫地说：“女孩。”“为什么?”她问。“因为，女孩像父亲，男孩像母亲。”欧阳兰兰翻着眼睛说：“又成心气我是不是!”

两人都沉默了一会儿，仰天躺着各自想着心事。欧阳兰兰说：“给孩子起个名字吧！你起。”

肖童说：“男女都不知道，怎么起。也没听说这么早起名字的。”欧阳兰兰说：“好像你对这孩子一点没感情、一点不上心似的，从这点就能看出来你自己还是个孩子。告诉你，以后生出来要真是个男的，真是像我的话，你也要对他好，怎么说也是你自己的亲生骨肉。”

肖童像睡着似的，没有声息。欧阳兰兰抬起身子看他，却见他大睁着双眼。他风马牛不相及地问：“你爸和建军到底干吗去了，什么时候回来？”

欧阳兰兰愣了一下，说：“我也不知道。”

“是不是和香港来的人见面去了？”

“不是，香港的人要到今天晚上才到呢。”

“那咱们半夜三更走这么急干什么，弄得一夜没睡。白天赶过来也来得及。”

欧阳兰兰坐起来，用被单围在胸前，半靠在床头板上，说：“那个又脏又潮又破的地方，你还舍不得走似的，我是一分钟都不愿意在那儿待了。”停了一下，又说，“你知道吗，我爸他们怀疑上那石厂长了。”

肖童问：“为什么？”

“姓石的好像跟公安局通着。”

肖童抬眼看她，有些吃惊的样子。欧阳兰兰接着说：“昨天晚上建军用石厂长的手机想给香港那边打电话，结果看见那手机上还有个电话号码没销呢，是北京的电话。建军疑心就试着打过去了，那边还真有人接，那边问建军找谁，建军就问他这是哪儿，那边问建军要哪儿，建军就说这是房管局吗，那边说不是房管局，是公安局。”

肖童干瞪了半天眼睛，说：“也许，那边是跟他恶作剧呢。”

“不管是真是假，反正把建军吓着了。跟我爸一说，我爸就决定连夜走。怕石厂长不借车不借钱，还把老黄押在那儿当人质了。咱们俩幸亏吃饭快回来早，要不他们就该开车到饭馆找咱们来了。”

肖童问：“老黄知道这些情况吗？”

“不知道，老黄那人，跟包蛋糕的纸似的，都油透了。要告诉他他还敢留下来吗？我爸只告诉他我们要到珠海去和香港来的人接头，都没敢告诉他们咱们要到广州来。当然，我爸也不能肯定石厂长出了问题，他还是没放弃帮他出那批货的打算。所以，也需要留下老黄盯这事。这货要真出到香港去了，对我们过去也有好处。”

肖童问：“怎么又不能肯定石厂长出了问题呢？”

欧阳兰兰看着肖童，脸上笑出几分杀气，说：“反正那个电话，不是姓石的打的，就是你打的，再没别人了。”

“我？”肖童忽地一下坐起来，脸一下白了，“怎么是我打的？”

“除了你们俩，还能有谁？是我爸自己打的？”

“老黄，建军，为什么不能是他们打的！”

欧阳兰兰想了一下：“老黄嘛，当然也有可能，建军绝对没可能。这人对我爸忠心耿耿，讲义气。再说，以前他还追过我呢，他总不至于害我吧。”

肖童说：“那，我就会害你了？”

欧阳兰兰伸出手摸摸他的脸：“当然你也不会，只不过建军对你有点怀疑罢了，就像你也怀疑他一样。我爸做事谨慎惯了，只要他觉得拿不准的，他就会防着一手。”

“他和建军这么早就跑出去，是不是躲着我？”

“也可能吧，万一你要抽出空来再打那个电话呢，那公安局弄不好半小时之内就能把咱们都擒了。”

“那怎么不带走你呢，你不是你爸的心肝宝贝吗？”

“警察要抓的是他，在找到他之前，是不会动我的。”

肖童呆呆地愣着，若有所思，少顷，他说：“你为什么不甩了我，找他去？”

欧阳兰兰在他脸上亲了一下，说：“我可不愿意我的孩子没有爸爸。”

欧阳兰兰没走，是因为她深信父亲是绝不会甩了她独自逃生的。而她，也不会甩了肖童。父亲刚才走的时候给她留下了钱和一部手机，他说他随时会和她联系。她把那只手机始终开着。反正肖童也没心情出去，他们就这样躺在床上，聊着天，一天没有离开宾馆。中午，就在宾馆里的餐厅吃了饭，她点了一份菜胆鱼翅、一份素菜和一条蒸鱼。她想已经很久没有吃到鱼翅和这种地道的广式蒸鱼了。下午他们仍然回客房里躺在床上，模棱两可地睡睡醒醒，养精蓄锐等待父亲的消息。她想也许就在今天晚上，也许待到明天凌晨，他们就会从某一个僻静的地方上船，开始最后的偷渡。

晚上，他们还是在宾馆里，换了个餐厅吃饭。吃到一半的时候，父亲的电话来了。父亲在电话里的声音低沉而沙哑，像一个七八十岁的老人。他让她单独出来，不要带肖童。她看一眼坐在她对面吃饭的肖童，问父亲为什么，父亲说：“肖童的事我会安排好的，你现在先出来，有些话当着肖童不方便说。”

她挂掉电话，想了想，极尽婉转也极尽轻描淡写地对肖童说：“你先接着吃，吃完把账签到房账上就行。我爸来电话叫我去一趟。可能，可能他是要用这部电话，让我送一趟。”

肖童平静地问：“要我跟你一起去吗？”

“不用，”她说着擦擦嘴站起来，“我一人去就行。”

肖童冷冷地抬头看着她：“你还回来吗？”

她愣了一下，说：“当然，你怎么这么问？”

“我想你爸可能不会让你回来了。”

欧阳兰兰当然明白肖童的意思，他的话里藏着尖锐的冷笑，于是她赌咒发誓地说：“我会回来的，我向你保证。我以我肚里孩子的名义向你保证，你还不相信吗？”

肖童不再说话了，低下头去吃东西。欧阳兰兰从手包里把房间的钥匙拿出来，放到他面前，他都没有看一眼。

她走出宾馆大门，叫了辆的士，按父亲交代的地点，赶到了省体育馆。又按照父亲交代的方法，让出租车绕着体育馆一圈一圈地慢转，像是找路，又像是找人。她回头观察，没见有什么车辆跟着。又绕了一圈，她突然发现建军开的那辆子弹头跟了上来。当那子弹头和她并行的时候，她让司机停车，扔下一百元钱，也不等找零，就拉开车门下了车，只几秒钟，就已经坐在了子弹头的前座上。

她和建军在大街小巷转了一阵，确信无人尾随，才把车子一直开到花园饭店的大门口。父亲正在这饭店的露天茶座里等她。她从父亲平静的眼神里，看得出他已经和香港方面接上了头，而且顺利。她坐在父亲身边，要了饮料，建军则远远地坐在茶座的另一端。

父亲问："你和肖童今天都干什么了？"

她回答："没干什么，我们一起在宾馆里待着。"

父亲说："你待会儿给他打个电话，告诉他你明天早上再回去。今天晚上你跟着我，我们另外找地方住。"

欧阳兰兰怔怔地想，果然不幸言被肖童中。她问："为什么要另找地方住？"

父亲打开皮包，递过一个信封，说："香港方面按照我的要求，都安排好了，我们明天一早乘头班火车到福州去，然后从那儿直接飞汤加，那种小国，签证好办。护照和票你都收好，万一我和建军出了意外，你就拿上这个护照和机票，按这个路线自己走，在汤加会有人接你。"

欧阳兰兰接了那个信封，既兴奋又疑惑，她问："您不是还要帮石厂长往香港出一批货吗，您不管了吗？"

父亲疲惫地说："我都联系好了，老黄和姓石的已经从新田出发了，明天早晨香港方面在海上接货。如果姓石的没出问题，那就是老黄命大，他会跟着货一起过去，以后也会到汤加来找我们。要是姓石的出了问题，那老黄……唉，我也就顾不了那么多了。天下没有不散的筵席。"

欧阳兰兰心里隐隐有点难过，尽管她并不喜欢老黄，但父亲的语气仍使她心里掠过一丝物是人非的悲凉。想想自己，又有一种劫后余生的喜悦，她不由得感叹一声："还是香港人利索，护照机票，一下子全替咱们办妥了。他们还真给您办事。"

父亲冷笑："他们不敢不给我办，我要出了事，他们也不安全。他们的情况老黄、建军不了解，我可是全都门儿清，他们不能不担心我这张嘴到时候会跟公安说什么。再说，我对内地的这种买卖太熟了，他们以后还用得着我。将来把内地这条线再做起来不是没可能的事。”

欧阳兰兰也笑笑，打开信封，一样一样查看着里面的东西：护照，从广州到福州的火车票，从福州到汤加的飞机票。还有钱，一小沓又新又脆的美元。护照用的是假名字，上面既有入境的印鉴又有出境的印鉴，还有一些在其他国家出入境的记录，伪造得足以乱真。她一一鉴赏，似乎觉得还缺了什么，凝神想想，忽然猛醒，黯然变色。

“哎，怎么没有肖童的护照，他怎么走？”

“兰兰，”父亲板着脸，“你别再糊涂了，咱们只有这一条路了，活得成活不成在此一举，为了咱们的安全，现在只能甩了他。”

“不行。”欧阳兰兰的心一下子乱了。“我不能甩了他，他是我孩子的父亲！”她拉住父亲的手，“爸爸，我求你让他跟我们一起走吧，我求你！”

父亲的态度缓和了一些，说：“兰兰，跟我们一起走是绝对不可能了，就是现在我同意了，护照也来不及办，机票也来不及搞。如果这次我们能出去了，以后可以再想办法把他也办出去。那时候就简单了。”

“不行，爸！”欧阳兰兰急得眼泪几乎掉下来，“咱们一走他到哪儿去？让公安抓住还不得枪毙了，我以后到哪儿找他去？”

“兰兰！”父亲突然目露凶光，“是我重要还是他重要？”

欧阳兰兰红了眼圈也红了脸，她几乎叫喊起来：“这关系到我今后生活的大事，你为什么不和我商量一下！”

她说完跑出了茶座，跑到了花园里。她以为父亲会跟过来劝她，但父亲没有。他阴沉地喝完杯里残剩的咖啡，把桌上的信封收在皮箱里，然后结了账，向建军使了个眼色，建军出去了。父亲这才走进花园，走近她身边，用令人不敢相信的冷漠的口气，在她身后说道："那你就找他去吧，我和建军自己走。就算我，算我没你这个女儿！告诉你，我现在怀疑给公安局的那个电话就是他打的。不怕死你就找他去吧！我，还有建军，我们不会跟你去垫背！你……好自为之吧。"

父亲拎着皮箱走了。他的话故意说得冷静，但那声音几乎哆嗦得失了调子，这是欧阳兰兰有生以来第一次看到父亲对她如此冷酷无情。他的面孔和声音陌生得让人不寒而栗，一下子打垮了她的任性和激动，让她心寒让她恐惧让她只能唯唯诺诺。是的，父亲说得明白，现在就是想把肖童带走也没辙了，因为护照和机票都没有他的。她知道一切都已无可挽回，她只能扑在栏杆上无声地痛哭。建军已经在饭店的门口叫好了一部出租车，父亲上了车，坐着，没有急着开，他们等着她从饭店的大门里丧魂落魄地跟出来，低眉垂首地蹒跚着上了车子。

出租车离开了花园饭店，绕了几条街，把他们带到了火车站附近的东方宾馆。他们从新田开来的那辆子弹头面包车，就扔在了花园饭店的停车场上。

在东方宾馆开了房间，父亲亲自督着她给白天鹅宾馆的肖童打了电话。电话拨通了，她问肖童在干什么，肖童说："没事，在看电视，在等你。"她想哭但忍住了。她按照父亲替她编好的说法骗他，她说："我在我爸的一个朋友家呢。他们要玩儿麻将三缺一，你就先睡吧，我明天一早就回去。"肖童问："你那边有没有电话，有事的话我好找你。"她看着父亲的眼色，支支吾吾地说："电话呀，人家家里的电话不想告诉别人，反正我明天一早就回去，你先睡吧。再见，晚安，我爱你！”

挂了电话，她又想哭，眼泪在眼窝里转着圈，没出来。她想，和肖童的这一场爱，难道就这样完了吗？时至此刻她不能不承认，肖童至今也没有真正地爱上她。但是，她的追求、努力和计划，就只能到此为止了吗？她得到了什么？难道只有一个孩子吗？如果没有了肖童，她肚子里的这个孩子又算是什么！

这个晚上父亲就住在了她的屋里看着她。他们几乎都是一夜未眠。早上早早地，父亲就把她叫起来，他和建军寸步不离地带她下了楼。建军在服务台结账，父亲和她坐在大堂的沙发里等。建军不知是因为什么账目搞不清，跑过来对父亲说，可能上一个房客还留了一笔账没结，让父亲过去核对一下自己的消费。父亲去了，皮包和手机都放在茶几上。欧阳兰兰左顾右盼见父亲没有注意，便拿起手机，快速地拨了白天鹅宾馆的电话，她知道这是和肖童最后告别的机会。

电话打通了，接到了肖童的房间，她一听到肖童的声音就止不住想流泪，肖童在电话里问：“兰兰吗，你在哪儿？你什么时候回来？”她哆嗦着不知道说什么好。

“肖童……再见了，你千万，保护自己，实在不行你可以再回西藏去，你找钟老板让他再把你藏一阵。我会回来找你的……”

肖童在电话里沉默了，沉默了好一会儿才问：“你告诉我，兰兰，你在哪儿？”

“我，我在，在火车站附近。我要走了，我会来找你的，我们很快会再见面的。就这样吧。”

她不等肖童回答就挂掉电话，因为这时她看见父亲和建军已经结完了账，已向这边走来。她把电话在原位放好，料想父亲没有发现。

父亲走近了，毫无察觉地拿起皮包，收好电话。他的神情已明显轻松下来，对着女儿笑了一笑，说：“走，我们去吃个早饭。”

四十六

欧庆春记不得她和肖童的聚散离合使她落了多少眼泪，她发觉自己不知不觉已变得脆弱易折。如果说，和胡新民的感情是一种心平气和的幸福、一种常规而默契的生活，那么和肖童的相爱，就是一条让人牵肠挂肚、死去活来，而又欲罢不能的心路。

当她走进那家山村的小饭馆一眼看见肖童时，他那又黑又瘦的脸使她几乎不敢确认。无论是因为两个多月的颠沛流离，还是因为那顽固不化的毒瘾，肖童那几分脱形的样子，都让她心疼不已。她强迫自己心情平定，靠深深地呼吸控制了情绪。在稍后和他接头时她表现出异常的沉着镇静，直到在古榕树下肖童那依然有力的一抱，她的眼泪才破眶而出。她本不想流泪，但他那倾力一抱，谁能不哭！

两个月来，他们在欧阳天可能会去的省份和城市，动员大批警力进行了搜索，一无所获。处长还亲自带人去了趟吉林，参与搜捕的组织工作，同样没有线索。也许是处长对短期内找到他们不再抱有幻想的缘故，于是在天津行动取得成功一个半月后，处里终于向局里做了“6·16”案的总结汇报。经过了半年多细致浩繁的调查取证，内外结合，主动出击，他们使这个规模庞大、隐藏很深的贩毒集团受到连续重创，终于土崩瓦解。它的物质基础已经崩溃，主要网络已经瘫痪，重要据点已经摧毁，缴获毒品及毒资数额之巨，居全国之最。虽然主犯尚未抓获归案，但战果之显著之辉煌，亦可载入史册了。

这个汇报会庆春是参加了的，会上自然谈到了肖童。处长说：“从目前的情况分析，肖童很可能已经遇难，否则，不会这么长时间没有和我们取得联络。”

这是这么多天来一直被避讳的话题，第一次被处长说破了。庆春知道这已经是心照不宣的共识。但处长此话一出，她的心还是忽地一下提到了喉咙。会议为此暂停了十几秒钟，像是为肖童默哀。庆春想哭，但众目之下，无法落泪。她知道如果她真的当众为他而哭的话，大家一定会觉得她太感情化了，因为除了李春强外，没人知道她和肖童的故事。

这一天恰是李春强伤愈出院。下午她和刑警队的几个同志到医院去接他。她亲自开车把他送到了家里。李春强让她上去坐坐。她心情郁闷，说：“不上去了，我身体不舒服想早点回家。”她此时确实渴望能够一个人独处。

李春强点点头，并不勉强她下车。他说：“肖童的事，我都听说了，你别太难过。跟毒贩子打交道，还不就是这样残酷。包括你我，都是提着脑袋，朝不保夕，这次那家伙的枪要是正一点，我不也一样完了。干咱们这事，必须放松点，生死谈笑间，随他去了。不能像电影小说里那样，死个人一咏三叹。”

庆春看看他，表示理解地笑笑，但依然感叹道：“咱们都是公安干部人民警察，咱们出生入死为国牺牲，理所当然。可肖童不是，他上大学上得好好的，被我硬拉出来干这事，他死得太冤。将来还不知道该怎么向他在国外的父母交代。”

李春强只能劝慰，又说了些人固有一死，或重于泰山或轻于鸿毛只要死得其所之类的话。庆春听了点头，但心里的伤痛一点没有减轻。她一连几天彻夜不眠，肖童和她相识相处时的每一句话，都依次浮上心头。他的每一个动作、每一个笑容、每一次愤怒、每一次哭，都历历在目。她至此才后悔以前对他的冷淡和轻视。她对他的爱、他为她的事业所做的牺牲，回报得太少了、太被动了。以致现在，肖童的全部音容笑貌，都出来缠绕她，折磨她。他的率直和好斗、热烈与开朗、男子气和孩子气，都不肯甘休地盘踞了她的脑海，无时无刻不在刺痛着她那些已经伤痕累累的神经。

父亲是敏感的，知道一定发生了什么事情。他发现庆春不知什么时候在自己的皮夹里放上了她和肖童在司马台长城的相片，那是一张把两个人单独的相片剪贴在一起的“合影”。他没问缘由。直到客厅茶几上那个水晶相框里的照片也换上了肖童，并且在照片的一角，压上了一支枯萎的玫瑰时，父亲才小心地问了庆春。

庆春没有隐瞒，如实告诉父亲，肖童失踪了。

父亲问：“会出事吗？”

她说：“会。”

父亲沉默了，他的沉默是对她的一个抚慰。也许父亲和她一样，非要待到此情此景，才会想起肖童有那么多那么多的可爱之处。

父亲和肖童显然也有一种特别的缘分，他是在肖童失踪后，第一个真切地听到他的声音而且证明他还活着的人。他接到肖童那突如其来没头没尾的电话后，马上打电话告诉了庆春。庆春几乎不敢相信这会是真的。

她在当天傍晚带了一个小组离开北京赶赴广州，又在第二天由广东省厅派出侦查员和她一起赶到了离汕头不远的新田村。在与肖童顺利接头之后，她马上用手机与广东省厅和北京进行了联系，建议改变当晚逮捕欧阳天的方案，等待香港贩毒组织与他交接毒品时一网打尽。当一切还没有决定的时候，散在村东的便衣警察就紧急报告说，欧阳天带了好几个人突然离开了新田化工制剂厂，驾车不知去向了。

她没想到案子到了最后关头，居然出现了这样一个措手不及的失误。她几乎已经把他们肯定地抓到了手里，一眨眼又得而复失无影无踪了。经过请示，广东省厅要她待在新田村不要动。晚上她就把车子开到新田村附近的隐蔽处，在车上和大家一起过了焦灼的一夜。当地公安局对新田化工厂进行了一夜的监视，未再发现异常动静。第二天早上广东省厅发来消息，说肖童刚刚打了庆春留给他的那个电话，他和欧阳兰兰已经到了五百公里外的广州，现在住进了广州的白天鹅宾馆。

她立即带人赶到了广州。傍晚她登上广州市局的一只小艇，顺着珠江开到白天鹅宾馆外的岸边停靠，等待着与肖童接头的机会。市局的侦查员看见肖童与欧阳兰兰在西餐厅里吃了一半的饭，欧阳兰兰突然弃席而走。肖童一个人草草吃完独自到河边散步，一个化装成宾馆清洁工的便衣从他身后走上来，在超越他时小声说了句："向前走！"肖童便远远尾随着他走，一直走到了泊在岸边的那艘小艇上。

那小艇看上去不过是一个用于拉货和牵引的机动船。船舱里只亮着一盏罩子肮脏的顶灯，发散着蜡烛似的昏昧的光芒。船舱的正中摆放着木箱拼成的桌子，桌子上放着几只喝过的茶杯和吃剩的快餐盒。一只用可乐罐截成的烟灰盒里，堆满了狼藉不堪的烟头和废纸。除了庆春之外，木箱上还坐着两位一看就是本地人的便衣。

肖童一见到庆春便急不可待地说了欧阳兰兰被叫走的情况，庆春说："不用担心，我们的人已经盯上去了，她跑不了。"实际上她现在唯一不清楚的是欧阳天此时藏匿的地点。关于他将要与香港黑社会组织14K的海上接头，公安部今天中午已经把一份翔实的情报材料发到了广东省厅，时间地点人数都已掌握。这个情报也分析欧阳天一伙正是准备搭乘香港那条接货的船偷渡出去。

她没有让肖童坐，也没有为他介绍她的两位本地同事，这本身就预示着这次接头的短暂。庆春说："今天晚上如果欧阳兰兰给你打电话，你尽可能问清楚他们在什么地方。也可能他们会让你过去，也可能会来接你。你能不去尽量不去。"

肖童说："不用我跟着他们了吗？"

庆春说："对，你的任务已经完成了。"

她看出肖童愣了一下，随即身上便有种释然的松弛。他咧开嘴笑了一下，说：

"我就知道你该说这句话了。"

"你怎么知道？"

肖童低头想了一下，有些腼腆，想笑，又没笑，说："我也不知道为什么，就有预感。昨天我在车上半睡不睡，还做了一个梦呢，梦见我又回学校了，还参加演讲比赛呢。我的朋友、老师，我的爸爸妈妈都去了，你也去了。熟悉我的人都去了。我朗诵的还是'祖国啊，我的母亲'这个题目。我发挥得特别好、特别投入。我念到'上下五千年，英雄万万千。黄沙百战穿金甲，不破楼兰终不还'这一段时，我自己都把自己感动得哭了。我也不知道想起什么来了，也许想到我自己受的那些苦，在梦中就大哭了一场，结果没朗诵完就醒了。"

船上的两位广东省厅的同志都为肖童的孩子气暗暗发笑。庆春也笑了一下，却是一种很温暖很理解的笑，她说："不，你已经朗诵完了。你朗诵了很多遍，一遍比一遍好！"

她说了这话，和肖童久久对视着，目光里交流着对彼此的感激。她想象得到肖童这两个月来都经历了什么，一切都不难想见。肖童的脸红着，他想用话语来掩饰自己的激动。

"我现在也理解了，一个人为国家为社会而牺牲而奋斗，也是有快乐的。他自己会觉得很神圣、很光彩、很充实、很满足。以前报纸上这样说我觉得特假，现在我理解了。我帮你们干了这一段事情，我就明白了你们这些人，包括你们李队长，你们的'老板'，都特别伟大！"

庆春笑道："那你下次再参加演讲比赛，就把我们也写到词儿里去。连你自己，也可以写进去。"

肖童眼里闪着兴奋的异彩说："欧阳天他们不是还没抓到吗，如果需要我，我可以继续。"

庆春说："真的不用了。明天早上海上的抓捕任务主要由武警部队承担，连我们都是配角儿。而且，他们那边也来不少人，说不定战斗会很残酷。你这方面没经过训练，枪子儿可不认人。”

肖童低了头，像在想什么。庆春说：“你别在这儿待太久，说不定欧阳兰兰会很快打电话找你。我在你隔壁租了一间客房，你有情况找我很方便。”

肖童点了头，告辞转身，走到舱口又站住，回头看庆春，又看看那两位本地的便衣，欲言又止。庆春问：

“还有什么情况吗？”

他嗫嚅着，甚至把脸低下，回避开庆春的注视，他说：“我有一个要求，不知道你们能不能答应。”

庆春用一种轻松的口吻，鼓励地回答他：“你说吧，什么要求？”

肖童抬了头复又低下，不知如何开口似的。庆春又说：“没事，你尽管说。”

“你们，你们，在海上，明天早上你也去吗？”

“我不去。”

“那你，能不能，让他们，让那些武警，别伤着欧阳兰兰，他们可以活捉她。”

庆春不明白肖童的表情何以如此郑重，而出语却又如此踌躇。她说：“当然，如果他们缴械投降，我们优待俘虏，将来怎么样由法律决定。”

肖童的目光仍然躲闪着，说：“我是怕，欧阳兰兰那个性子，她手里有枪的话她会跟着她父亲和建军抵抗的。她做事不顾后果的。我希望，你们，你们能保护一下她。”

欧庆春疑惑地说："你要知道，欧阳兰兰也是有罪的。"

肖童说："她有罪可以判她刑，如果可以的话，别打死她，她是女的。"

肖童的这副表情，欧庆春已经看不懂了。那闪避的目光、歉意的眉毛、牵强的借口、和吞吞吐吐的措辞，几乎暗示出一种隐私的成分。她用和缓的，却是坚决的口气，说："肖童，告诉我原因，好吗?"

肖童不说。

庆春说："你跟她待了两个月，是不是觉得她还不错，还有不少优点，是吗?你们在一块儿待长了，多少有了点感情了，是吗?你用不着说不出口，其实这是挺正常的事情，我能理解。和一只小猫处长了都有感情。"

肖童摇头："不是，我跟她没有感情，一点没有，你不信就算了。"

"那为什么?"庆春抬高了声音。

"因为，她肚子里有孩子了。"

连那两位旁听的便衣，也面面相觑，整个船舱都愣了半天，庆春也半张着嘴，一时说不出话来，但她终于还是用了一种镇定的声态，直截了当地问：

"是你的吗?"

肖童僵直地站着，没有回答，这显然是一种明确的默认。

庆春低头咬了一下牙，然后，抬起头，她想笑一下，脸上的肌肉却挤得十分难看。

"好的，我会通知武警部队，尽量不伤害她。"

肖童当然看到了她脸上那被极力掩饰的震惊。他因此而有些无措，也有些绝望。因此而使自己的声音软弱无力，几乎让人听不见。

“谢谢。”

他说完这句就走了。

庆春站在原地，发着呆，几乎听不清两位同船的便衣如何跟她评论着这位年轻帅气的特情。他们问她这小伙子是不是跟欧阳天的女儿在谈恋爱呀？能这么大义灭亲还真是觉悟不低……

庆春想，他对她没感情，为什么有了孩子！

十分钟后她走进宾馆，上了楼，进了自己的房间。在路过肖童的房门时她留意地听了一下，里边没有一点动静。

进了房她先打电话向马处长汇报了刚才和肖童接头的情况。处长嘱咐她别让肖童离开房间，因为刚刚接到市局的报告，欧阳兰兰在省体育场外面动作明显地测梢甩梢。市局怕暴露了影响明天早晨海上的围捕，所以放弃了跟踪。那个出租车司机只知道欧阳兰兰在体育场下了车，不知道她具体去了哪里。估计她还会给肖童打电话的，也不排除她返回去找肖童的可能。庆春一一点头，说：“我知道了，处长。”

处长是今天下午赶到广州参加此案最后一役的指挥工作的。李春强、杜长发来了，他们这会儿都在离广州六十多公里远的一个渔村里，对明天清晨的海上围捕做最后的检查部署。这次行动将动用十来条快艇和上百名武警，此时应已进入了各隐蔽点整装待发。不要说肖童，连庆春自己，作为“6·16”案的主办人之一，现在也已经算完成任务，只需静候佳音了。但她心里却突然黯淡下来，没有一点喜迎收获的兴奋，没有一点胜利在望的心情。

没感情，可居然有了孩子！

她搞不清肖童是怎么回事，他对欧阳兰兰没感情是可信的，因为正是由于他的一次一次的情报，才将欧阳兰兰和她的父亲推上了灭亡的边缘。可他居然让她怀了他的孩子。庆春怎么也想不通，难道爱和性、灵与肉，真是可以这样截然分离的吗？也许像肖童这种二十岁出头的人，才可以并且乐于去和自己完全不爱的人睡觉，图个生理的快感。但这对于她来说，真是最最难以接受的行径。

电话铃响了，是肖童在隔壁打来的。他说："庆春我想和你谈谈，是我对不起你，希望你给我机会。"庆春说："现在不是谈这些事的时候，你马上把电话挂了，万一他们打进来你占着线他们会怀疑的。"肖童还想说什么，庆春自己把电话挂了。

她想，也许事情就是这样，永远没有两全的结局，向一个二十岁出头的人托以终身是最激情也是最不牢靠的事情。她想自己和肖童这半年多来的分分合合，她的所有的彷徨和苦闷，其实都是在激情与理智间的选择和犹豫。一方面她曾经几次试图甚至决心离开他，但最终还是离不开。另一方面她常常以为自己了解他了，也适应他了，但又不断发现他的新的缺点和恶习，好像永远离不开他同时也永远适应不了他似的，永远永远。

她想不出肖童以后将怎么处理他的这个孩子。一想到这个孩子，庆春便心情败坏。明天早上，只要欧阳兰兰不是负隅顽抗自取灭亡，肖童就必然地，成了一个父亲。怀孕妇女不能判死刑。作为父亲，肖童对这孩子负有不可推卸的责任。而庆春自己，她能接受这个现实吗？

很晚的时候，电话的铃声又响了。又是肖童，他说："欧阳兰兰来电话了，她现在在她父亲的一个朋友家和他们一块儿打麻将呢。"庆春问："她说她还回来吗？"肖童说："她说明天早上回来。"庆春说："明天早上他们已经在六十公里以外的海上登船走了，看来她就没想带你走。这样更好，省得你搅在里面我们的人更不好下手。"肖童说："庆春，我想过去和你当面谈谈，我有很多话想跟你说。"庆春说："你还是好好休息吧，关于这两个月来的情况我们会找机会认真听你说的，现在你应该好好休息。"她用一种非常事务性的口吻结束了他们的通话，然后就把电话挂了。可过了没多久，肖童当当当地过来敲她的门。她问清楚是他以后，犹豫半天才打开了门。肖童一进屋她就先发制人，她说："肖童，现在我们都是在工作，现在不是谈私事的时候。"她没料到肖童居然说："我不想谈了，我只是想，抱抱你。"

庆春愣了一下，还是拒绝："我说了，现在我们是在工作……"

肖童打断她，声音突然有些哽咽："我知道，可这两个月来，我以为我不会活着再见你了。这两个月一直在支撑我的就是你，是你给了我坚持下去的信念。现在，我只想再抱一下你，然后我就走。"庆春有些感动，她点点头，说："好，肖童。"

他们两个抱在一起，肖童只是紧紧地、一动不动地抱住她。她感觉到他流泪了。她听到他在她耳边说："我知道，我们已经没有缘分了。"说完，他松开手，转身离开了她。她听见那扇沉重的门在他身后砰的一声关住！

然后，她彻夜未眠。

她希望他还能再打电话来，她希望他能和她谈谈。在这夜深人静的时候，在这个把他们俩联结在一起的案件就要胜利结束的时候，在他们久别重逢的时候，隔着一堵墙，为什么突然会有这种离散的凄凉？

他为什么就不能再打个电话来，细说原委，商量商量？他真的绝望了吗？

凌晨，天还没有全亮，电话响了。静了一夜的电话在此时叫得异常尖锐。果然还是肖童。他的声音急促而慌乱：

“庆春，是我，刚刚欧阳兰兰又给我来了电话，她没去海上，她说她现在在火车站附近。”

庆春心里一怔，问：“她在那儿干什么？”

“她说她要走了，向我告别。”

“她又在骗你，她一定和她爸爸在一起，他们现在应该已经在海上了。”

“也许吧，可我觉得，她没必要骗我。”

庆春想了一下，说：“你马上下楼，在宾馆大门口等我。”

她放下电话，匆匆忙忙地穿好衣服，一边下楼一边用手持电话向省公安厅报告，请求支援。尽管她这时仍然认为这个突然的变化有百分之八十是虚惊一场。

省公安厅在宾馆的车库里给她留了一辆车。她把车开出来，在大门口接了等在那里的肖童和一直守在大堂的两位市局的便衣。他们向着破晓的霞光，穿过清晨冷清的街道，直奔火车站驶去。

他们赶到火车站时，站前的大钟刚刚敲了沉重的一响。他们几乎没顾上看是几点了便跑进了候车大厅。已经有几个线路的早班车开始检票了。市局的同志出示了工作证，检票员便让他们全都进了站台。庆春说：“咱们得分开找，如果谁发现了他们，能抓就抓，不能抓就跟踪他们上车，注意别伤了群众。”她又对肖童说：“要是你发现了，你就缠上欧阳兰兰，要她带你一块儿走，然后你有机会还是打那个电话！”肖童说：“好！”

她和肖童分开了，他们分头在两个站台上寻找。提着大包小包操着各地方言的乘客从她身边争先恐后地跑过。因为是刚刚检票，列车上倒是空空的还没上去多少人。

这是开往柳州的车。

在这个站台上她没有找到欧阳兰兰，却在人群中找到了刚刚赶到的省厅的市局的同志。市局进来了十几个便衣。省厅的同志说，火车站的各个出口已经封锁，欧阳天只要进来了，就是瓮中之鳖。各出口的同志都看过通缉令上的照片，对他的相貌早就烂熟于胸。现在关键是别伤了群众。

车站派出所的同志也来了，介绍了情况：西边的站台是广州至湛江的普快，再往西那个站台还没有车，在那空着的站台的右邻，是广州至福州的特快，也已经开始检票放人了。

便衣们四散而去，庆春跳下站台，穿过路轨向西边的站台走。时间还早，大多数站台都还空着，发着寒光的铁轨静静地把躯干延伸进稀薄的朝阳和青白的晨雾中，越远越显得朦胧。

庆春这时还不知道，她和肖童等人一进站台就被欧阳天他们发现了。他们一直在站台的柱子、楼梯、货亭的掩护下，和便衣们进行着一场惊心动魄的捉迷藏的游戏。欧阳天本来决定他们三个人分散开走，但由于欧阳兰兰撕心裂肺地目睹了肖童带着便衣警察追杀过来的一幕，精神已经崩溃，他只能和建军架着她往前走。去福州的站台上，便衣重重，要上车显然已不可能。于是他们就往天桥上走，因为在另一个站台上，刚刚有一列客车到站，天桥一端的出站口已经打开，他们显然是想从天桥走出车站。但他们刚刚走上空无一人的楼梯，身后突然传来肖童的喊声：

“兰兰！”

欧庆春和另两个便衣这时恰从另一侧走上天桥，她一方面想站在高处向下看一看，另一方面也是担心欧阳天会从这里往外走。肖童的喊声使她的目光投向对面的楼梯，她看见欧阳兰兰绊倒在楼梯上，回过头来与肖童四目相视。肖童的喊声也惊动了周围的便衣，空荡荡的楼梯上，三个被搜寻的目标立时暴露无遗。欧阳天和建军都张皇地没有动，反倒是欧阳兰兰从怀里拔出了一支手枪，凶恶地对准肖童。肖童躲都没躲，依旧坦然地向她走去。他面目平静地向她说了一句什么，但庆春听不见，因为这时不知是谁喊了一声：“不许动，把手举起来！”许多支手枪从不同方向对准了楼梯上的人。

庆春看到，欧阳天首先举起了双手，接着建军也举起了手。但这时她听见了枪声，像小孩子玩儿的那种麻雷子，那种在北京禁放烟花爆竹后就再也没有听见过的麻雷子，响得那么震耳、那么突然。连续的几声之后，她才看清欧阳兰兰手上还平端着一支枪，而肖童已经瘫在了天桥的楼梯上。庆春嘶声大喊，同时感到心里有什么东西像是离开了自己的躯壳。她不知道自己在喊什么，她只是下意识地竭尽全力想挽留住那个东西。

这时便衣们的枪声也响了，欧阳兰兰靠在楼梯的栏杆上坐着，已被击毙。欧阳天和建军拔出枪向天桥上挣扎逃去。便衣警察们从上至下两个方向奋勇地追击拦截，喊声和枪声响成一片。欧庆春则反向地冲下去，她冲下去抱起了躺在台阶上的肖童，她哭喊着“肖童！肖童！”。肖童的面容一片宁静。他胸口上全是血，嘴巴动动，已经说不出话来。他把插在胸前衣服里的手拿出来，惨白的手上像花开一样点染着血的红色。那手上拿着厚厚的一卷钱，一卷簇新的美元，递到庆春的怀里。他的嘴拼命翕动着，想要说什么，但听不见声音。从他的表情和动作的配合上，庆春听懂他是在说这钱，他在说这钱是给她的，让她收好，收好。然后，他就不动了。市局的同志围上来，七嘴八舌地问着，七手八脚地抬起他来。战斗显然已经结束了。她看见他们抬着肖童磕绊着飞快地向外跑去，有人打着手持电话呼喊着急救车。人们把她抛在身后，她孤独地伫立在天桥的楼梯上，手里拿着那一万美元。她知道她的肖童已经死了。

四十七

几乎是必然的，她梦见了金山岭。

金山岭还停留在落叶的深秋。满山的荒林萋草，风凛冽而萧瑟，吹散了稀薄的凉雾，也吹干了清晨的那一点点湿润，于是深秋的司马台就比任何时候更透出一份老到与成熟。但是当太阳冉冉升起，寒秋的凄凉和苍茫便仓皇地退避三舍。初升的太阳是多么让人振奋啊！一草一木都点染出欣欣向荣的昌盛，这使她用充满希望的心情毫不费力地向上攀登。斑驳的长城在山岭中沉着地出没，阳光给它带来明亮与色彩，也带来阴影。阴影更加凸显了长城的险峻和雄劲，也让你看到那些悲壮的残缺和消损。这残缺和消损不仅暗示了生命的规律，同时也展览了死亡的美丽。

她一点不觉得冷，一口气爬到了顶峰。从这里她再次看到了千古天险古北口，看到了岚气空蒙的雾灵山，看到了碧水晴天的密云水库和若隐若现的北京城。她想欢呼，想笑，却发现自己有点孤独。

她没有看见肖童。

她惊醒的时候才想起肖童还在医院的太平间里躺着呢，身上盖着白布，和她一样孤独。她早上赶去的时候，短暂的抢救刚刚结束。医生拿了死亡鉴定书要求单位里的人或者死者的亲属签字，市局的同志推给省厅，省厅的同志正在犹豫，她来了。

省厅的同志说："哎，你来得正好，这里有个字，得你来签。他算是你们的人吧，我们签不太好。"

她问："人呢？"

答："已经送到太平间去了，送来的时候已经不行了。"

她说："我要看看他。"

省厅的同志迟疑了一下，还是帮她联系了医院的工作人员，带她去了太平间。太平间里空空的，只躺着他一个人。省厅的同志担心她是女同志，见了死人会害怕，因此主动帮她把盖在肖童身上的白布掀开，让她看了一下脸马上又盖上。而她却说："麻烦你们，在外边等一下好吗？我想单独陪他坐一会儿。"

省厅的同志和医院的工作人员面面相觑，好半天才用一种理解的表情，对她的胆大无畏和与死者深厚的同志感情给予了敬佩，默默地退到门外去了。她坐在肖童的身边，自己轻轻地把白布拉开。肖童的脸上安详而平静，看不出一丝一毫的痛苦和恐怖。这使她回忆起天桥楼梯上枪响前的瞬间，肖童也是这样坦然。他面对那歇斯底里的枪口，还向欧阳兰兰平静地说了句什么。他说了句什么？是说他的孩子吗？也许他没有想到自己会死，也许他想到了却迎着死而去。这个场面逼使庆春想到了昨晚，在白天鹅宾馆的客房里，他最后一次抱她时已经说了绝望的话。他说他知道和她已经没有了缘分。她不敢再想他是不是因此才视死如归！

此时，肖童栩栩如生的面容竟给了她一个幻想。她让自己感觉他没有死，只是他太累了睡得很深。他在白布下的身体是赤裸的。她没有去看他胸前的伤口，她怕血腥破坏了他的宁静和纯洁。她拿起他的一只手，捧在自己的掌心里。他的手有些冷，但还是柔软的。她轻轻抚摸着那只手，把它贴在自己的脸上。她的泪打湿了他的手，她用自己的嘴唇又替他擦拭干净。在这个天地里只有他们两个人，互相拥有着彼此，这一刻竟是如此缠绵和美丽。

省厅的同志又进来了，有的人眼圈有点红。他们和肖童素不相识，并非为他而悲痛。他们是为她，她和肖童告别的情形令人动容。他们默哀了一会儿，扶起她，把她扶到外面。他们看到了她满目的泪水。他们劝她，她说："不用担心，我没什么。"

她要求省厅的同志帮她找到医院的一位负责人，向他表示肖童可以向他们捐献一对角膜。那位负责人负责地问："请问你是他什么人，你能不能代表他呀？"她说："我是他的未婚妻，他生前有这个愿望。"负责人似乎觉得未婚妻有些不够法定，又问："死者还有别的亲人吗？"庆春说："他父母都在国外，我是他在国内唯一的亲人。"省厅的同志也义务地为她做证，于是那负责人握了她的手，说："我代表医院感谢你，也感谢死者。"

她替肖童填了表，签了字，又看着一群白衣天使把肖童抬出太平间，推进手术室。她在手术室外一直想着肖童的那双漂亮的眼睛。她确信那眼睛已经永恒地留在了自己的心里。

中午，处长和李春强、杜长发他们都回到了广州，脸上挂着凯旋的笑容。午饭后他们就和省厅、市局和武警部队的负责人一起开会，归纳此次破案的情况和战果，以便联合上报省委和公安部，并对新闻界发布消息。海上的围捕由于情报准确，又有压倒优势的兵力，所以几乎不战而胜。一举抓获境内外贩毒分子六人，缴获冰毒十七公斤、毒资港币六百余万元、运毒船艇两艘和武器若干。火车站这边的行动虽然事发突然，但各方面出击果断，依然取得成功，击毙毒贩一人，击伤并擒获二人。整个儿“6·16”案的主犯至此无一漏网。领导们神情满意而又兴奋地提前议论起该给哪些同志哪些单位记什么功授什么奖来了，因为这一仗不仅战果辉煌而且打得真叫漂亮，如果不是特情人员肖童不幸身亡，这案子破得就更是百分之一百的圆满了。

说到肖童大家感叹了几句。谈到他的后事，李春强说：“肖童虽然也是个吸毒人员，但在这个案子上是立了大功的，我认为也应该给他评功摆好，追记个几等功什么的。”一说肖童处长自然把目光投向庆春。庆春从开会到现在一直沉默不语。此时她从随身的皮包里取出一沓钱来，是一沓数目不小的美元。大家的目光都惊讶着，听见庆春的声音抖得厉害，她说：“这是一万美元，可能是欧阳天放在他身上的毒资，他牺牲以前托我上交给组织。他死得很英勇、很壮烈，他是一个真真正正的革命烈士！”

处长迟疑了一下，点头，说：“他是在战斗中牺牲的，按条例中规定的条件，倒是可以申报为烈士的。”李春强看一眼欧庆春，随即附议，也说没错，应该给肖童追认这个称号。广东省厅的同志说：“他是你们的人，这要你们回去自己申报。”

在接下来的几天里，他们的工作依然忙碌。处长先期回北京去了。李春强和杜长发等都留在广州处理案件的收尾工作，包括对嫌疑人的审讯和物证的汇集。他们让庆春用更多的时间去处理肖童的后事。他是她负责联络的特情，理应由她料理这些事情。

她首先往北京打电话给郑文燕，在她那里查到了肖童父母在德国的电话。然后在中午十二点把电话打到了慕尼黑，这正是那边的清晨六点钟。肖童的母亲在电话里哭了，庆春也忍不住相隔万里同她一起唏嘘。肖童的父母在接到电话的第三天便乘飞机赶到了广州，见了儿子最后一面。虽然将肖童追认为烈士的问题只限于一种非正式的议论，但省厅还是以烈士亲属的规格认真接待了他们。这使庆春从内心里十分感激。她想如果肖童真的获得了烈士的荣誉，她一定要把他的烈士证书送到对他有深深误解的母校燕京大学去，让他昔日的老师和同学们都看到。她确信这是肖童的心愿。

她确信自己是这世界上最了解肖童的人，但是她一连几天脑子里总是绕不开肖童死时的那个情景。她反反复复地琢磨着他那一刻的面部表情，那张脸面对欧阳兰兰的枪口竟是那么安详平静。他还向欧阳兰兰不慌不忙地说了一句话。他究竟说什么呢？庆春越想越觉得他显然是意识到死亡了，至少面对死亡他并不想躲避！

除了生命终止前的这个刹那，庆春确信自己已经了解了全部的肖童。就是对这个奇怪的刹那，她仿佛也能隐隐感知。肖童面对的毕竟不仅仅是欧阳兰兰的枪口，还有她肚子里怀着的，他的孩子！

肖童的父母非常通情达理，同意儿子的遗体在当地火化。在火化的那天举行了一个简朴的、内部的、只有亲属和“6・16”案侦破工作参加者在场的送别仪式。郑文燕也从北京赶来了，在这个仪式上见到了昔日情人的遗容，哭了，但很节制。李春强和杜长发替肖童穿了衣服。衣服是庆春上街买的。她原先想买他日常总是穿的时髦的衣服和牛仔裤，但考虑再三还是买了一套西服。因为她想起肖童第一次接她去他家时，就穿了西服，在学校演讲比赛时也穿了西服。看来重要时刻他还是选择西服的。而且西服能给他一种意外的潇洒和风度。经过请示，处里同意报销一千元的服装费，包括内衣和鞋子。这似乎已经是按照烈士的标准了。但庆春光买那套皮尔·卡丹的西服，就花了四千多元，加上一双五百元的皮鞋以及和西服同一个牌子的衬衣，加上皮带领带之类，总共用去了六千多元。庆春想，这个钱理应由她自己出。

送别仪式就在医院的一间不大的空房里举行。没有遗像，没有横幅，甚至也没有花圈和松柏。肖童被简单地化了妆，躺在白布铺底的一个担架车上，胸口放着父母送上的一束鲜花。庆春也想买一束鲜花放到他的胸前，但那是亲人才能放花的地方。她什么也不是。人们依次向遗体鞠躬，然后向肖童的父母表示慰问。白发人送黑发人的悲痛人所共知，他的父母是这送别仪式上被安慰的主角。没有人理会庆春，她预先是想好了不在这里哭的，她的悲痛只属于她和肖童两人，是他们两人共享的秘密。她尽量挨到最后，才上去和他告别。她没有像所有人那样冲他鞠躬，而是走到他的近前，她看到那张双眸紧闭的脸上带着几分庄严，依然如活着一样清俊。他的面容使欧庆春一下子想起了和他在一起的每一时刻。她想他好多次让她主动和他亲吻可她从来还没有答应过，以及诸如此类很多很多让她此刻痛悔万分的事。她把那张将自己和肖童剪贴在一起的合影照片，放进了他贴身的衬衣口袋里，然后当着肖童父母和李春强、郑文燕以及所有人的面，亲吻了肖童紧闭的双唇。这是她第一次主动地亲他的嘴，也是最后一次了。这个她爱的人，她爱的躯体，这躯体的每一个部分，除了那一对由他和胡新民共享的角膜外，都将永远不复存在了。她无法离舍地抱着他，眼泪终于滚滚而下，她抱住他大声地痛哭起来。

连郑文燕和肖童的父母在内，所有人都惊呆了。人们疑惑地拉她起来，把她拉开。只有李春强上来搀住她，说了理解和劝慰的话。有人快速推走了肖童，她没有像肖童的父母那样抓住车子哭着想再看一眼。她知道她和他终有一别！

她只是望着肖童被远远推走的影子，心里替他默念："上下五千年，英雄万万千……"她想她的声音是随了他去的，她坚信他走到哪里也会听到这个声音！

"上下五千年，英雄万万千，壮士常怀报国心！黄沙百战穿金甲，不破楼兰终不还！这是每个龙的子孙永恒的精神……"

她和肖童的关系在肖童成为一撮寒灰之后，才变得公开了。人们悄悄地议论，没有褒贬。杜长发悄悄地问李春强以前是否知道，李春强面目严肃不置是否。

春天到了，南方的暖风开始鼓足势头，从容不迫地向北吹去。草油油地绿了，花娇艳地开了。三月里阳光明媚的一天，欧庆春、李春强和杜长发，还有肖童的父母，作为特邀客人，参观了东莞市虎门镇著名的威远炮台，以及虎门改革开放的现代化标志——全长十五公里的虎门大桥。然后，观看了由全国禁毒委员会、广东省人民政府和东莞市人民政府组织的销毒大会。下午四点，设在虎门镇人民广场的五个焚烧炉内的三百公斤海洛因和二百公斤冰毒，随着熊熊烈火，化为灰烬！此刻距离民族英雄林则徐在这里当众销毁二百三十七万余斤鸦片烟的那一天，已过了一百五十九年！

观看了虎门销烟之后，他们准备离开广州回到北京去了。肖童的父母也买好了回慕尼黑的机票。欧庆春在与肖童的父母做了一夜长谈之后，他们同意把儿子的骨灰留下来由她保存。和“6·16”案一样，所有悲欢聚散都成为过去，谁也不知道那些刻骨铭心的往事和情感是否会随着时间的消磨和记忆的褪色，而变得淡漠。

真的一切都结束了。

回北京的前一天，欧庆春又来到医院。她在一间单人病房里，看到了接受肖童角膜的那位幸运患者。那患者眼睛上还蒙着纱布，纱布下露出半张年轻俊朗的面孔，他不甚礼貌地沉默不语，听着陪在一边的女朋友啰啰唆唆地向这位充满爱心的捐献者表达着空洞而俗套的谢意。

我为什么写缉毒的小说

——代后记

海岩

我写缉毒的小说，是因为有人约我写，我答应了不便反悔。于是从今年六月开始，一直到八月底，每天下班之后，我在我家那间没有空调的屋子里，熬过了北京几十年来最热的一个夏天，匆匆写出了这本《永不瞑目》。其实在这之前，我几乎完全不知道海洛因是什么东西。

现在我知道了，海洛因是1898年一个德国人在吗啡中添入某种化学物质加热合成的。纯粹的海洛因是一种白色的粉末，所以人们称之为“白粉”。而吗啡则是在1815年从鸦片中分离提炼出来的一种叫作“生物碱”的东西。第一次分离出吗啡的也是一位德国人。他们都是药剂师。他们创造出海洛因和吗啡本来是出于高尚的目的，只是想把这两种可以减轻病人痛苦的镇痛药贡献给以救死扶伤为己任的医学，而并没有想到他们的科学发明后来竟无可挽回地导致了全人类永远的痛苦。

从那时开始就没有人能够阻止这场灾难，人们甚至没法准确统计出全世界到底有多少人公开地或悄悄地走进吸毒者的行列。最近有统计说全世界每年消费的毒品价值在三千亿美元以上。也有统计说，在世界上全部刑事犯罪中，和毒品有关的就占了三分之二。因此可以说，毒品已经成为当代世界的第一大公害。

正因为这样，有人就劝我赶紧写缉毒的小说。因为毒品问题当仁不让地成了一个世界性的永恒的主题。

也正因为这样，另一些人就劝我千万别写。因为反映缉毒、吸毒和戒毒的作品已经太多，读者早已倒了胃口，吸毒的危害、戒毒的艰难、缉毒的惊险，人所共知。你硬挤进去炒冷饭，写得再离奇也没人爱看。

为了让人爱看，我在写的时候就采取了“戏不够，爱情凑”“爱情不够，景来凑”的办法。让这个故事的许多情节，都发生在好看的风景胜地。就像电影《庐山恋》似的，不爱看故事，就看看景吧。

好在毕竟是写了毒品，这个让整个地球都为之战栗的东西，如今突然闯入了中国，闯入了我们许多人的生活里，让人猝不及防。我相信会有越来越多的人关心缉毒问题，也会有越来越多的人愿意听到对这个问题的不同角度的描述。于是我还是坚持花了三个月的业余时间，为大家编了一个缉毒的案件，并借这个案件，描述了我们的公安队伍和我们的人民中，那些不消灭毒品就永不瞑目的人，和就发生在今年的一段故事。